헤나 아티스트

헤나 아티스트

알카 조시

정연희 옮김

청미래

역자 정연희
서울대학교 영어교육과를 졸업하고 미국 펜실베이니아 대학교에서 석
사학위를 받았다. 전문 번역가로 활동하고 있다. 옮긴 책으로 『그 겨울
의 일주일』, 『다시, 올리브』, 『내 이름은 루시 바턴』, 『에이미와 이저벨』,
『무엇이든 가능하다』, 『비와 별이 내리는 밤』, 『엘리너 올리펀트는 완전
괜찮아』, 『운명과 분노』, 『디어 라이프』, 『헬프』 등이 있다.

헤나 아티스트

저자/알카 조시
역자/정연희
발행처/도서출판 청미래
발행인/김실
주소/서울시 용산구 서빙고로 67, 파크타워 103동 1003호
전화/02 · 739 · 1661
팩시밀리/02 · 723 · 4591
홈페이지/www.cheongmirae.co.kr
전자우편/cheongmirae@hotmail.com
등록번호/1-2623
등록일/2000. 1. 18
초판 1쇄 발행일/2022. 10. 20

값/뒤표지에 쓰여 있음

ISBN 978-89-86836-82-0 03840

나의 독립을 응원해주신 어머니
수다 라티카 조시께

내게 가장 달콤한 자장가를 불러주신 아버지
라메시 찬드라 조시께

여행자는 자신의 문에 이르기 위하여
모든 낯선 문을 두드려야 하고
그 끝에 있는 안쪽 성지(聖地)에 이르기 위하여
모든 바깥 세상을 샅샅이 떠돌아야 한다.

　　　　—라빈드라나트 타고르의 시 "집으로 가는 여정"에서

재물의 여신이 축복을 내려주러 올 때에는
얼굴을 씻는다는 이유로라도 방을 나가서는 안 된다.

　　　　　　—인도 속담

차례

일러두기
단어 설명과 옮긴이 주는 모두 괄호로 표기했다.

등장인물 소개

락슈미 샤스트리 : 서른 살, 헤나 아티스트. 자이푸르에 산다.

라다 : 열세 살, 락슈미의 여동생. 락슈미가 고향 마을을 떠난 후에 태어났다.

말릭 : 일곱 살 혹은 여덟 살(본인도 확실히 알지 못한다), 락슈미의 잡일을 도와주는 소년. 복잡한 도심 지역에서 이슬람교도인 친척 아주머니, 사촌들과 함께 산다.

파르바티 싱 : 서른다섯 살, 기품 있는 사교계 부인. 사미르 싱의 아내이자 라비와 고빈드 싱의 어머니이며 자이푸르 왕가의 먼 친척이다.

사미르 싱 : 고위 카스트(인도의 엄격한 사회경제적 계급 구조로 크게 브라만, 크샤트리아, 바이샤, 수드라, 불가촉천민으로 나뉜다)인 라지푸트족(인도 서부, 중부에 여러 왕조를 세웠던 아리아족) 가문 출신의 이름난 건축가. 파르바티 싱의 남편이자 라비와 고빈드 싱의 아버지이다.

라비 싱 : 열일곱 살, 파르바티와 사미르 싱의 아들. 기숙학교인 마요 학교(자이푸르에서 몇 시간 거리에 있다)에 다녔다.

랄라 : 싱 가문에서 오래 일한 하녀. 나이가 많고 미혼이다.

실라 샤르마 : 열다섯 살. 출신은 보잘것없었으나 지금은 부유한 브라만 V. M. 샤르마 부부의 딸이다.

V. M. 샤르마 씨 : 자이푸르 왕가의 공식 건설업자. 샤르마 부인의 남편이자 막내딸 실라 샤르마를 포함한 네 자녀의 아버지이다.

제이 쿠마르 : 사미르가 옥스퍼드 대학교에 다니던 시절에 만난 미혼의 학교 친구. 심라(히말라야 산맥의 기슭에 위치한, 자이푸르에서 차로 11시간 거리의 지역)에서 내과 전문의로 일한다.

이엥가르 부인 : 자이푸르에서 락슈미가 사는 셋집의 주인.
판디 씨 : 락슈미의 이웃이자 이엥가르 부인의 집에 세 들어 사는 사람. 실라 샤르마의 음악 선생이기도 하다.

하리 샤스트리 : 락슈미의 남편. 락슈미와 별거 중이다.
사스 : 힌디어로 '시어머니'라는 뜻. 락슈미가 '사스'라고 할 때는 하리의 어머니를 일컫는 것이다. 보통 여자가 시어머니를 직접 부를 때에는 존경을 담아 '사수지'라는 호칭으로 부른다.

조이스 해리스 부인 : 젊은 영국인 여자. 영국령 인도 제국 시대에서 인도에 통치권이 넘어가던 시기에 자이푸르에 살면서 이양 부서에서 일하는 영국인 장교의 아내이다.
제러미 해리스 부인 : 조이스 해리스의 시어머니.

문치 : 락슈미의 고향 마을에 사는 노인. 락슈미에게는 그림 그리는 법을, 라다에게는 물감 섞는 법을 가르쳤다.

칸타 아가르왈 : 스물여섯 살, 마누 아가르왈의 아내. 잉글랜드에서 교육을 받았고, 원래 콜카타의 문학인 집안 출신이다.
마누 아가르왈 : 자이푸르 왕가의 시설 관리 책임자이자 칸타의 남편. 잉글랜드에서 교육을 받았으며 샤르마 가문과 친척이다.
바주 : 칸타와 마누 아가르왈의 집에서 일하는 늙은 하인.

자이푸르의 마하라자 : 마하라자는 왕족을 뜻한다. 인도 독립 이후 상징적인 최고 권력자이며, 도시의 최고위 계급이다. 땅과 돈이 많고 궁을 여 럿 소유하고 있다.

마하라니 인디라 : 마하라니는 마하라자의 아내를 일컫는 말이다. 현(現) 자 이푸르의 마하라자의 계모이다. 선대 마하라자와 결혼했고 자식은 없 다. 대비라고도 부른다.

마하라니 라티카 : 서른한 살, 현 자이푸르의 마하라자의 아내. 스위스에서 교육받았다.

마도 싱 : 마하라니 인디라가 키우는 앵무새.

나라야 : 자이푸르에서 락슈미의 새집 공사를 맡은 사람.

기타 : 과부. 사미르 싱의 현재 정부(情婦).

파텔 부인 : 락슈미의 충실한 헤나 고객으로, 호텔 주인이다.

* 힌디어, 프랑스어, 영어 단어의 설명은 책의 뒤쪽에 정리되어 있다.

프롤로그

인도 우타르 프라데시 주 아자르, 1955년 9월

소녀의 발이 단단한 흙바닥을 가볍게 밟으며 지나가고, 굳은살이 박인 발바닥은 강둑의 작은 돌멩이나 딱딱해진 진흙을 느끼지 못한다. 소녀는 머리에 무트키(물을 차게 보관하는 질그릇)를 이고 있는데, 매일 우물에서 물을 길어 나를 때 쓰던 그 토기 항아리이다. 오늘은 물 대신 소녀가 가진 모든 것들이 담겨 있다. 중고로 산 페티코트(속치마)와 블라우스, 어머니가 결혼식 때 입은 사리(긴 천을 둘러 입는 여성용 의상), 아버지가 읽어주던 『크리슈나 이야기』―오랫동안 손을 타다 보니 천으로 된 낱장이 부드러워졌다―와 오늘 이른 아침에 자이푸르에서 도착한 편지까지.

멀리에서 마을 여자들의 목소리가 들리자 소녀는 멈칫한다. 뒷말하기 좋아하는 여자들이 사리와 조끼와 페티코트와 도티(남성용 의상으로, 허리와 다리를 감싸 입는 천)를 빨면서 잡담을 하거나 이야기를 늘어놓거나 웃고 있다. 하지만 자신이 눈에 띄면 그들은 이야기를 멈추고 자신을 빤히 쳐다보거나 땅에 침을 뱉거나 재수 없는 계집애로부터 지켜달라고 신에게 간청하리라는 것을 소녀는 안다. 소녀는 무트키 안에 안전하게 넣어둔 편지를 떠올리며 생각한다. 그러라지, 뭐. 이번이 마지막일 테니.

어제는 여자들이 촌장을 찾아가 불평을 쏟아냈다. 왜 저 재수 없는 계집애가 새로 온 선생이 써야 할 교사 숙소에서 눌러살아요? 소녀는 여자들이 집으로 쳐들어와서 머리채를 잡고 끌어낼까 봐 두려웠고, 그래서 무슨 소리라도 날까 봐 걱정이 되어 네 면의 흙벽 안에서 꼼짝하지 않았다. 지금 소녀를 보호할 사람은 아무도 없었다. 지난주에 어머니의 시신이 다른 죽은 동물들의 뼈와 함께 태워졌다. 가난한 이들을 태우는 화장용 장작더미에서. 아버지는 학교 교사였지만 여섯 달 전에 어머니와 소녀를 두고 집을 나갔고, 얼마 되지 않아 강둑 옆 얕은 물웅덩이에 빠져 죽었다. 너무 취해서 죽음을 맞는 순간의 고통도 느끼지 못했을 것이다.

지난 일주일 동안 소녀는 날마다 마을 변두리에 숨어, 이따금 자전거를 타고 이웃 마을에서 이곳으로 오는 집배원을 기다렸다. 오늘 아침에 소녀는 그를 보자마자 숨어 있던 곳에서 달려 나왔고, 그는 깜짝 놀랐다. 소녀가 가족 앞으로 온 편지가 있는지 묻자 그는 얼굴을 찡그리며 뺨 안쪽을 깨물었고, 두꺼운 안경을 통해 젖은 눈으로 소녀를 뜯어 보았다. 소녀는 그가 자신을 안타까워한다는 것을 알 수 있었지만, 한편으로는 귀찮아하는 것 같았다. 촌장이나 되어야 요구할 법한 일을 소녀가 물었기 때문이다. 하지만 소녀는 눈도 깜짝하지 않고 그의 시선을 받았다. 그가 결국 소녀의 부모 앞으로 온 두꺼운 반투명 봉투를 황급히, 소녀의 시선을 피하면서 내밀었고, 빠르게 힘껏 페달을 밟으면서 멀어졌다.

지금 소녀는 똑바로 서서 어깨를 뒤로 젖히고 강둑에 모인 여자들

앞을 천천히 지나간다. 그들이 소녀를 쏘아본다. 심장이 쿵쾅쿵쾅 마구 뛰지만, 소녀는 자신이 유일하게 이용할 수 있고 마을에서 3킬로미터 밖으로 나간 곳에 있는 농부들의 우물로 가는 것처럼, 머리에 무트키를 인 채 몸을 사탕수수처럼 꼿꼿이 하고 지나간다.

뒷말하기 좋아하는 사람들은 이제 더 이상 속닥거리지 않고 큰 소리로 말한다. 저기 재수 없는 계집애가 지나가네! 저 애가 태어난 해에 메뚜기 떼가 밀을 먹어치웠지! 저 애 언니는 남편을 버리고 떠난 후에 여긴 얼씬도 안 했어! 뻔뻔하기는! 바로 그해에 저 애 엄마 눈이 멀었다지! 저 애 아버지는 술꾼이 됐고! 치욕스럽게도! 저 애 눈이나 피부 색깔도 수상해. 앙그레지(영국인 백인)만 눈이 파랗잖아. 저 애가 우리하고 어울리기나 해? 이 마을하고 어울리기나 해?

소녀는 종종 그들이 말하는 언니라는 존재가 궁금해지고는 했다. 언니의 얼굴은 꿈속에서 그림자로만 보았고, 부모님은 언니의 존재를 결코 인정하지 않았다. 뒷말하기 좋아하는 사람들은 언니가 13년 전에 마을을 떠났다고 했다. 왜? 어디로 간 거지? 뒷말하기 좋아하는 사람들이 일거수일투족을 지켜보는 동네에서 언니는 어떻게 달아났지? 소와 양이 잠든 깜깜한 밤에 떠났나? 사람들은 언니가 돈을 훔쳤다지만, 이 마을에 돈이 있는 사람은 없었다. 언니는 어떻게 혼자 먹고살까? 어떤 사람은, 누군가가 길에서 멈춰 세울까 봐 언니가 남자 옷을 입었다고 했다. 또 어떤 사람은 언니가 서커스단 남자와 눈이 맞아 달아났고, 아주 멀리 떨어진 아그라의 노치(춤꾼)가 되어 윤락가에서 춤을 추면서 산다고 했다.

사흘 전에 한쪽 다리를 저는 문치라는 노인―이 마을에서 소녀의 유일한 친구―이 숙소를 비우지 않으면 촌장이 소녀를 홀아비가 된 농부와 결혼시키거나 마을을 떠나게 할 거라고 알려주었다.

"지금 여기 너한테 남은 건 아무것도 없다." 문치-지(존경을 표하는 호칭)가 말했다. 하지만 소녀가 무슨 수로 떠날 수 있을까—가족도, 돈도 없는 열세 살 고아 여자애가.

문치-지가 말했다. "용기를 내라, 베티(소녀나 젊은 여자를 부르는 애칭)." 그는 소녀의 형부, 즉 언니가 오래 전에 떠난 남편을 근처 마을 어디로 가면 찾을 수 있는지 말해주었다. 형부가 언니를 찾는 일을 도와줄 수 있을지도 모른다고.

"할아버지하고 같이 살면 왜 안 돼요?" 소녀가 물었다.

"그건 도의를 벗어나는 일이지." 노인이 다정하게 대답했다. 그는 피팔나무(인도보리수)의 잎맥에 그림을 그리는 것으로 생계를 유지했다. 그가 소녀를 위로하려고 그림 하나를 선물로 주었다. 골이 난 소녀는 그에게 그림을 다시 던지려고 하다가, 그 그림이 크리슈나 신(비슈누 신의 여덟 번째 화신)이 배우자인 라다에게 망고를 먹이는 장면이라는 것을 알아차렸다. 라다는 소녀의 이름이기도 했다. 소녀가 지금껏 받아본 선물 중에 가장 아름다운 선물이었다.

마을 탈곡장에 가까워지자 라다는 걸음을 늦춘다. 멍에를 쓴 황소 네 마리가 크고 납작한 돌을 중심으로 빙빙 돌면서 밀을 빻는다. 소를 돌보는, 또래보다 좀 모자라 보이는 아이가 오두막에 기대앉은 채 잠들어 있다. 살금살금, 소녀는 서둘러 그를 지나 가네샤-지 사원으로 이어지는 좁은 길로 들어선다. 성지는 입구가 좁고, 안에 가네샤 신(코끼리 머리를 한 학업과 학문의 신)의 상이 모셔져 있다. 이 코끼리 신의 발치에는 선물이 놓여 있다. 덜 익은 코코넛 열매, 천수국, 기(정제 버터)를 담은 작은 단지, 망고 조각. 원뿔 모양의 단향목 향에서 연기가 구불구불 느른하게 피어오른다.

소녀는 문치-지가 그린 크리슈나 그림을 모든 장애물을 없애준다는 가네샤-지 앞에 놓고, 재수 없는 계집애라는 저주를 벗겨달라고 간청한다.

형부가 산다는, 서쪽으로 16킬로미터 떨어진 마을에 다다르자 늦은 오후가 되어 태양이 이미 수평선 가까이 내려와 있다. 면 블라우스가 젖을 만큼 땀이 난다. 발과 발목에 먼지가 가득하고, 입안은 바짝 마른다.

소녀는 조심스럽게 마을로 들어간다. 관목 사이에 웅크리거나 나무 뒤에 숨는다. 사람들은 혼자 다니는 여자에게 친절하지 않다는 것을 소녀도 안다. 소녀는 문치-지가 묘사한 사람과 비슷해 보이는 남자를 찾는다.

그가 보인다. 저기. 그는 반얀나무 아래, 소녀를 바로 볼 수 있는 방향에 쭈그리고 앉아 있다. 형부다.

그의 머리칼은 숱이 많고, 번질거리고, 색깔이 석탄처럼 검다. 아랫입술에서 턱까지 울퉁불퉁한 흉터가 뱀처럼 구불구불 이어져 있다. 젊지 않지만 늙지도 않았다. 부시-셔츠(남성용 반소매 셔츠) 곳곳에 커리 얼룩이 있고, 도티에는 흙이 묻어 있다.

그 순간 소녀는 남자의 앞쪽으로 흙바닥에 쭈그리고 앉아 있는 여자를 발견한다. 여자는 한 손으로 반대쪽 팔꿈치를 받쳤는데, 팔꿈치 아래쪽이 부자연스러운 각도로 달랑거린다. 머리는 팔루(어깨 위로 걸치는 사리의 장식적인 끝부분)로 완전히 감쌌고, 남자에게 조용히 뭔가를 속삭이고 있다. 그 모습을 지켜보던 라다는 형부가 다른 여자를 아내로 삼았는지 궁금해진다.

소녀가 작은 돌멩이를 집어 그에게 던진다. 맞히지 못했다. 두 번째에는 허벅지를 맞히지만, 그는 그저 벌레를 쫓듯이 손으로 휙 쳐내기만 한다. 그는 여자의 말을 귀 기울여 듣고 있다. 라다는 돌멩이를 더 많이 던지고, 그를 맞히는 데 몇 번 성공한다. 마침내 그가 고개를 들고 주위를 둘러본다.

그가 자신을 볼 수 있게, 라다는 공터로 나선다.

그의 눈이 유령을 본 듯이 커진다. 그가 말한다. "락슈미?"

1부

1

인도 라자스탄 주 자이푸르, 1955년 11월 15일

독립이 모든 것을 바꾸었다. 독립은 아무것도 바꾸지 않았다. 영국이 떠나고 8년이 지난 지금, 우리는 공립학교를 공짜로 다니고 수돗물을 쓰고 포장도로를 이용한다. 하지만 내게 자이푸르는 흙먼지 날리는 땅에 처음 발을 디딘 10년 전과 여전히 똑같이 느껴진다. 오전 첫 일정에 시간 맞춰 가는 길에, 말릭과 나는 우리 사이를 지나가는 자전거 때문에 하마터면 시멘트 부대를 이고 가는 남자와 부딪칠 뻔했다. 팔 밑에 2미터 길이의 사다리를 끼고 있던 자전거 탄 사람 때문에 마차가 돼지 몸통을 가볍게 스치자, 돼지는 꽥꽥거리며 좁은 골목길로 뛰어들어갔다. 우리는 옆으로 비켜서서 시끌벅적한 히즈라(인도의 최하층 계급이자 남성도 여성도 아닌 성 정체성을 가진 사람들로, 축하 행사에서 공연을 하고 받은 대가로 생계를 꾸린다) 무리가 지나가기를 기다렸다. 사리를 입고 립스틱을 바른 남자들이 갓 태어난 남자아이의 탄생을 축복하려고 어느 집 앞에서 노래하며 춤추고 있었다. 우리는 도시의 악취—소똥, 요리용 장작불, 코코넛 헤어오일, 단향목 향, 오줌—에 너무 익숙해서 냄새가 나는지도 거의 몰랐다.

독립이 바꾼 것은 우리 사람들이었다. 사람들이 서 있는 자세를 보면 알 수 있었다. 사람들은 이제야 숨 쉬는 것이 허용되었다는 듯이 가슴을 힘껏 내밀었다. 사원으로 갈 때 목적의식과 자부심이 드러나는 걷는 모습을 봐도 알 수 있었다. 시장에서 전보다 더 대담하게 상인들과 흥정하는 태도도 마찬가지였다.

말릭은 휘파람을 불어 통가(이륜마차)를 불렀다. 말릭은 어리고, 갈대처럼 가녀리다. 하지만 휘파람 소리는 뭄바이만큼 먼 곳에서도 들릴 정도로 커서, 나는 늘 깜짝 놀란다. 말릭이 무거운 찬합을 마차에 실었고, 통가-왈라(마차꾼)는 못마땅한 기색으로 고작 다섯 블록 떨어진 싱 가문의 사유지까지 우리를 태워주었다. 우리가 통가에서 내리는 것을 차우키다르(문지기)가 지켜보았다.

독립 전에 자이푸르에 터를 잡은 가문들 대부분은 유서 깊은 핑크 시티(자이푸르의 별칭으로, 식민지 시절 영국 왕자가 자이푸르를 방문했을 때 환영의 의미로 도시를 핑크색으로 꾸몄다는 설이 있다) 안쪽의 복작거리는 가족 주거단지에서 살았다. 하지만 싱 가문 사람들은 대대로 도시 성벽 바깥의 광대한 사유지에서 살았다. 그들은 영국이 지배하기 전이나 당시, 그리고 그후에도 오랫동안 특권을 누리는 데 익숙한 지배계급—라자(왕), 군주, 임관 장교—출신이었다. 싱 가문의 사유지는 피팔나무가 늘어선 대로에 있었다. 뾰족한 유리 파편이 박힌 2.5미터 높이의 벽이 2층 저택을 가리고 있었다. 부겐빌레아(장식용 덩굴식물)와 재스민 넝쿨이 치렁하게 늘어진 대리석 베란다가 저택 층마다 전면과 측면을 따라 돌출되어 있어서, 자이푸르가 탄두리 오븐만큼 뜨거워지는 여름에 저택을 시원하게 해주었다.

싱 가문의 차우키다르가 통가를 타고 도착하는 우리를 지켜보았고,

우리는 곧 짐을 내렸다. 말릭은 남아서 차우키다르와 대화를 나누었고, 나는 잘 가꿔진 넓은 잔디밭 옆의 포장된 돌길을 걷고 돌계단을 올라 파르바티 싱의 베란다로 향했다.

11월 오후의 공기는 선선하면서도 습했다. 파르바티 싱의 집에서 가장 오래 일한 가정부이자 아이들의 보모였던 랄라가 문 앞에서 나를 맞았다. 그녀는 존경의 표시로 사리를 당겨 머리 위로 덮어썼다.

나는 미소를 짓고 두 손을 모아 나마스테로 인사했다. "목련 오일은 쓰고 있어요, 랄라?" 지난번에 왔을 때, 나는 굳은 살이 박인 발에 바르라고 그녀에게 치료제를 슬쩍 건넸다.

그녀는 팔루 뒤로 미소를 감추며 아무것도 신지 않은 한쪽 발을 앞으로 내밀고 발바닥이 보이게 발목을 돌려서, 부드러워진 발꿈치를 내게 보여주었다. "한(네)-지." 그녀가 밝게 웃었다.

"샤바시(브라보)!" 나는 그녀를 축하했다. "조카는 어때요?" 랄라는 여섯 달 전에 싱 가문의 집으로 일하러 오면서 열다섯 살짜리 여자 조카를 데려왔다.

늙은 여인의 이마에 주름이 잡히더니 미소가 사라졌다. 하지만 그녀가 대답하려고 입을 여는 순간, 안주인이 안에서 소리쳤다. "락슈미, 자넨가?"

랄라는 재빨리 표정을 가다듬고 단정한 미소를 짓더니 고개를 살짝 기울여 이런 뜻을 드러냈다. 그 애는 잘 지내요. 그녀는 부엌으로 가려고 돌아섰고, 나는 혼자 파르바티의 침실을 찾아갔다. 전에도 숱하게 들어가본 곳이었다.

파르바티는 자단(紫檀) 목재로 만든 책상에 앉아 있었다. 그녀는 금으로 만든 가느다란 손목시계를 쳐다보고는 쓰고 있던 편지로 돌아갔다. 시간을 지키는 것을 중시하는 그녀는 다른 사람들이 늦는 것을 싫어했다. 반면 나는 그녀가 네루-지에게 보낼 편지를 쓰거나 인도-소비에트 연맹 회원과의 전화 통화를 마칠 때까지 기다리는 일에 이미 익숙했다.

그녀가 편지를 봉인하고 랄라를 부르는 동안 나는 찬합을 내려놓고 파르바티의 크림색 실크 디반(동양식의 긴 쿠션 의자)에 놓인 쿠션을 가지런히 정리했다.

늙은 하녀 대신 랄라의 조카가 나타났다. 크고 검은 눈은 바닥을 향했고, 손은 몸 앞으로 모아 잡았다.

파르바티가 미간을 좁히며 얼굴을 찡그렸다. 그러고는 소녀를 찬찬히 뜯어보았고, 아주 잠시 가만히 있다가 말했다. "점심에 손님이 오실 거야. 분디 라이타(병아리콩 가루를 튀긴 것을 요구르트 소스에 버무린 음식)를 먹을 테니 반드시 준비해놓거라."

소녀의 얼굴이 하얘졌는데, 어디가 아픈 것 같았다. "신선한 요구르트가 없습니다, 멤사히브(존경을 담아서 기혼 여성을 부르는 말)."

"왜 없지?"

소녀는 불안한지 몸을 약간 움직였다. 그리고 답을 찾는 것처럼 눈으로 터키 카펫과 액자 속 수상(首相)의 사진, 거울이 달린 칵테일 수납장을 훑었다.

파르바티의 입에서 나오는 단어들은 투명하고 날카로운 유리 같았다. "점심 식사 때 분디 라이타가 빠져서는 절대 안 돼."

소녀의 아랫입술이 바르르 떨렸다. 그리고 간절한 눈빛으로 나를 쳐다보았다.

나는 뒤쪽 정원이 내다보이는 창문으로 시선을 돌렸다. 파르바티는 내가 모시는 분이기도 하니, 나는 벽에 걸린 호랑이 가죽을 도울 수 없듯이 소녀를 도울 수 없었다.

"오늘은 랄라가 차를 내오게 해라." 파르바티는 소녀를 보내고는 편안히 디반에 누웠다. 이제 나는 헤나 문양을 그릴 수 있게 되었다. 나는 의자 반대쪽 끝, 평소 앉던 자리에 앉아 그녀의 손을 잡았다.

내가 자이푸르로 오기 전에, 여기 부인들은 손과 발에 헤나를 하고 싶을 때면 수드라 여자들을 찾을 수밖에 없었다. 하지만 낮은 카스트인 수드라 여자들은 그들의 어머니가 그리던 단순한 물방울, 막대 모양, 삼각형 문양만을 답습했다. 그저 푼돈을 벌 만큼이었다. 내 문양은 좀더 정교했다. 나는 헤나에 부인들의 사연을 담아서 그렸다. 내가 쓰는 헤나 반죽은 수드라 여자들이 사용하는 것보다 질감이 더 고와서 비단 같았다. 나는 부인들의 피부에 헤나 염료를 바르기 전에 레몬과 설탕을 넣은 로션을 먼저 발라서, 그림이 몇 주일 동안 유지되게 했다. 색깔이 짙을수록 여자는 남편의 사랑을 더 많이 받았고—혹은 부인들이 그렇게 믿었고—계피를 풍부하게 넣은 내 문양은 결코 부인들을 실망시키지 않았다. 시간이 지나자 부인들은 내 헤나가 자기 뜻대로 되지 않는 남편을 다시 잠자리로 데려오거나, 자궁을 달래서 아기를 잉태하게 만든다고 믿게 되었다. 그 덕분에 나는 수드라 여자들보다 10배는 더 높은 값을 부를 수 있었다. 그리고 그만큼 받았다.

심지어 파르바티는 둘째 아들이 태어난 것이 내 헤나 덕분이라고 치켜세웠다. 그녀는 내가 자이푸르에서 처음으로 맡은 고객이었다. 파르바티가 임신한 후에 예약 장부는 그녀가 알고 지내는 부인들—자이푸르의 엘리트들—로 가득 채워졌다.

파르바티의 손에 그린 헤나는 말라가고 있었고, 이제는 발에 그릴 차례였다. 그녀는 우리의 머리가 서로 닿을 정도로 몸을 앞으로 숙여서 과정을 지켜보았다. 숨결에서 달콤한 빈랑나무 열매 향이 났다. 그녀의 더운 숨이 내 뺨을 스쳤다. "인도 밖으로 나가본 적은 한 번도 없다고 했던 것 같은데. 나는 이 무화과 잎을 이스탄불에서만 봤거든."

내 숨이 멎었고, 잠시 오래된 두려움이 나를 덮쳤다. 나는 파르바티의 발에 터키산 무화과 잎을 그리던 중이었다. 이 나무는 그 사촌 격인 라자스탄 주의 반얀나무와는 완전히 다른데, 반얀나무 열매는 새나 쪼아먹을 만큼 쪼끄맸다. 반면에, 내가 그린 열매는 반으로 쪼개진 커다란 무화과였다. 나는 그 육감적이고 관능적인 그림을 오직 그녀의 남편만 볼 수 있도록 발바닥에 그렸다.

나는 그녀의 시선을 마주하고는 미소를 지었고, 어깨가 디반의 쿠션에 닿도록 그녀를 뒤로 부드럽게 밀었다. 한쪽 눈썹을 아치 모양으로 올리며 내가 말했다. "남편분이 알아보실까요? 무화과가 터키산이라는 걸요?"

나는 가방에서 거울을 꺼내 오른쪽 발바닥 아치 쪽을 비추어 내가 무화과 옆에 그린 작은 말벌을 보여주었다. "남편분은 모든 무화과에는 꽃 안쪽 깊숙이 수정시켜줄 특별한 말벌이 필요하다는 걸 분명 알고 계실 거예요."

그녀가 놀랐는지 눈썹이 올라갔다. 짙은 자두색으로 칠한 그녀의 입술이 벌어졌다. 그녀가 웃었다. 디반을 흔들 만큼 화통한 웃음이었다. 파르바티는 고운 눈매에 큰 입을 가진 아름다운 여자였고, 윗입술이 아랫입술보다 더 도톰했다. 그녀가 즐겨 입는, 보석처럼 찬란한 사리는 오늘 입은 자홍색 실크 사리가 그렇듯이 그녀의 얼굴색이 더욱 밝아 보이게 했다.

그녀가 눈가를 사리의 한쪽 끝으로 닦았다. 그녀가 말했다. "샤바시, 락슈미! 자네가 헤나 문양을 그려주는 날엔 사미르가 내 침대에서 떠나려 하질 않지." 그녀의 목소리에 시원한 면 시트 위에서 그녀가 남편과 서로 허벅지를 맞붙인 채 보낸 어느 오후에 대한 암시가 깃들어 있었다.

나는 그 이미지를 마음에서 애써 몰아냈다. "당연하죠." 나는 그렇게 중얼거리고, 발바닥 아치에 다시 작업을 시작했다. 대부분의 여자들에게 민감한 부위였지만, 내 작업에 익숙한 그녀는 갈대 붓이 전혀 흔들리지 않게 잘 참아냈다.

그녀가 키득거렸다. "그러니까 자네의 푸른 눈과 하얀 피부처럼 터키산 무화과 잎도 미스터리로 남는 거로군."

내가 헤나를 그려준 10년 동안 파르바티는 그 문제를 그냥 넘기지 않았다. 인도는 눈동자가 숯처럼 검은 사람들이 사는 땅이다. 푸른 눈에는 설명이 필요했다. 깨끗하지 않은 과거가 있나? 아버지가 유럽인이었나? 혹은 더 나쁘게는, 어머니가 영국인과 인도인 사이의 혼혈아였나? 나는 서른 살이었고, 영국이 지배하던 시기에 태어났으며, 내 혈통에 주어지는 거부감에는 익숙했다. 나는 파르바티가 하는 말에 한 번도 발끈한 적이 없었다.

나는 헤나 반죽 위에 젖은 헝겊을 덮어두고, 병에 담긴 정향 오일을 내 손바닥에 조금 부었다. 그리고 두 손바닥을 비벼 오일을 따뜻하게 데운 다음, 그녀의 손을 잡고 마른 헤나 반죽을 비벼서 떼어냈다. "이건 어떨까요, 지. 마르코 폴로가 제 조상 중에 한 명을 유혹한 거예요. 알렉산드로스 대왕이 그랬거나요." 내가 그녀의 손가락을 마사지하자, 마른 헤나 반죽 조각이 아래에 놓인 수건 위로 떨어졌다. 그녀의 손에는 헤나로 물든 문양이 남아 있었다. "부인처럼 제 혈관에도 전사의 피가 흐를지 모르겠네요."

"오, 락슈미. 농담하지 말고!" 그녀가 또 한 번 웃음을 터뜨리자 금과 진주로 만들어진 그녀의 종 모양 귀걸이가 즐겁게 춤췄다. 파르바티도 나도 힌두교의 두 고위 카스트 가문에서 태어났다. 그녀는 크샤트리아, 나는 브라만. 하지만 그녀는 나를 결코 자신과 동등하게 대하지 않았는데, 내가 헤나 일을 하면서 부인들의 발을 만지기 때문이었다. 발은 더러운 부위였고, 발을 만지는 것은 낮은 카스트인 수드라뿐이었다. 그녀가 속한 카스트의 사람들은 자녀를 교육하거나 영적인 의식을 거행할 때면 오랫동안 내가 속한 카스트에 의존해왔지만, 지금 자이푸르 엘리트의 눈에 나는 추락한 브라만이었다.

하지만 파르바티 같은 여자들은 돈을 잘 쳐주었다. 그녀의 손에서 반죽을 마저 떼어내면서 나는 그녀가 내 심기를 건드린 것에는 전혀 신경 쓰지 않았다. 시간이 지나면서 나는 돈을 아주 많이 모았고, 내가 원하는 것—집—을 손에 넣을 날이 얼마 남지 않았다. 종일 도시를 누비고 다닌 내 발을 식히도록 바닥은 대리석으로 깔 것이다. 무트키에 물을 받을 때 집주인에게 사정하는 대신 내가 쓰고 싶은 만큼 수돗물을 쓸 것이다. 나만 쓸 수 있는 현관문 열쇠를 마련할 것이다. 그 집에서는 누구도 나를 강제로 내보내지 않을 것이다. 내 나이 열다섯에, 부모님이 더는 나를 먹여 살릴 수 없게 되었을 때, 나는 결혼하기 위해서 고향 마을을 떠나야만 했다. 이제 나에게는 부모님을 먹여 살리고 보살필 능력이 있다. 부모님은 내가 그동안 보낸 편지나 돈에 아무 반응도 하지 않았지만, 내 집에서 함께 지낼 수 있게 되면 분명 마음을 바꿔 자이푸르로 올 것이다. 결국에는 부모님도 모두 괜찮다는 사실을 알게 될 것이다. 우리가 다시 만날 때까지 나는 이 자랑스러운 마음을 눌러둘 것이다. 간디-지가 말하지 않았는가? 눈에는 눈으로 앙갚음하면 온 세계가 눈멀 거라고.

유리가 깨지는 소리에 나는 깜짝 놀랐다. 날아온 크리켓 공이 카펫 위를 구르더니 디반 앞에서 멈췄다. 잠시 후 파르바티의 장남인 라비가 11월의 냉기와 함께 베란다 문으로 들어왔다.

"베타(아들, 혹은 소년이나 젊은 남자를 부르는 애칭)! 얼른 문 닫아!"

라비가 싱긋 웃었다. "천천히 던졌는데 고빈드가 받을 준비가 안 돼서요." 그는 공이 디반 근처에 있는 것을 보고 주웠다.

"너보단 한참 어린애잖니, 라비." 파르바티는 아이들이 해달라는 것은 다 들어주었고, 내가 그려준 헤나 문양 덕분에 태어났다고 믿는 둘째 아들 고빈드(나는 그 생각을 깨는 말 따위는 하지 않았다)의 응석에는 특히 더 그랬다.

지난번에 본 후로 라비는 키도 더 크고 어깨도 더 벌어졌다. 아버지를 빼닮은 각진 턱은 이제 거뭇거뭇했다. 당연히 면도를 시작했을 것이다. 어머니에게서 장밋빛 피부색과 긴 속눈썹을 물려받아 외모가 거의 예쁘장했다.

그는 손쉽게 한 손으로 공을 공중으로 던지고 받았다. "차 마셔도 돼요?" 그의 아버지가 말했다고 해도 믿을 것 같았다. 부자(父子)가 같은 기숙학교에서 영어를 배워서 아주 비슷했다.

파르바티가 디반 옆에 두는 은 종을 울렸다. "너하고 고빈드는 잔디밭에서 마시렴. 그리고 차우키다르에게 유리판을 교체해줄 유리-왈라가 필요하다고 말하고."

라비는 우리를 보고 싱긋 웃었고, 나가면서 내게 윙크했다. 그가 조심하지 않고 문을 닫는 바람에 유리 파편 하나가 더 떨어졌다. 나는 그가 잔디밭을 우아하게 달려가는 모습을 바라보았다. 정원사 셋이 머리를 머플러로 감싼 채 뒤쪽 정원에서 잡초를 뽑고 히비스커스 관목과 향기로운 인동 덩굴을 손질하고 있었다.

라비의 등장은 내가 이곳에 온 진짜 목적을 꺼내기에 완벽했다. 그래도 조심스럽게 진행할 필요가 있었다.

"기숙학교에 있다가 집에 온 건가요?"

"한(응). 라비가 새로 지은 짐카나(경기장) 개관식을 도와주면 좋겠는데. 자네도 네루-지가 인도를 현대화하고 싶어하는 거 알고 있겠지." 그녀는 매일같이 걸려오는 수상의 전화에 포위당했다는 듯이 한숨을 쉬고 쿠션에 머리를 댔다. 내가 알기로 그것은 사실이었다.

랄라가 은쟁반에 차를 준비해서 들어왔다. 내가 파르바티를 위해서 특별히 만들어온 향긋한 과자를 찬합에서 꺼내는 동안, 파르바티가 늙은 하녀에게 "저 애 내보내라고 하지 않았나?" 하고 말하는 소리가 들렸다. 책망하는 목소리였다.

랄라는 기도하듯이 두 손을 모아 입술에 가져다댔다. "조카가 갈 곳이 없습니다. 이제 가족은 저밖에 없고요. 부탁드립니다, 지. 자비를 베풀어주세요. 다시 생각해주세요."

나는 랄라가 그렇게 곤혹스러워하는 모습을 본 적이 없었다. 랄라가 무릎을 꿇으려고 하는 것 같아서 나는 고개를 돌렸다. 네 개의 기둥이 있는 침대 옆의 작은 탁자에는 가네샤 신을 모시는 자리가 마련되어 있었다. 치자나무로 만든 화환 하나와 툴시(다양한 약효가 있다는 신성한 약초) 잎으로 만든 화환 하나가 가네샤 상에 걸려 있었고,

그 앞에는 디야(진흙으로 만든 등잔)가 활활 타오르고 있었다. 파르바티는 현대적인 사람으로 보이고 싶어했지만, 한편으로는 매일 아침 신들에게 기도하며 시간을 보냈다. 나는 나와 이름이 같으면서 아름다움과 부의 여신인 락슈미에게만 종종 기도했다. 마(어머니)는 여신에게 자신의 전 재산인 큰 낫을 바친 브라만 농부의 이야기를 즐겨 들려주었다. 여신은 감사의 표시로 농부에게 바라기만 하면 언제라도 음식을 내놓는 마법의 바구니를 주었단다. 하지만 그것 역시, 마가 해준 다른 이야기들과 다름없는 이야기일 뿐이었다. 나는 열일곱 살에 신들을 등졌다. 지금 내가 가네샤 신을 모신 자리를 외면한 것처럼.

파르바티는 여전히 랄라에게 뭔가를 말하고 있었다. "자네까지 잃고 싶지는 않네, 랄라. 오늘 안으로 저 애를 내 눈에 보이지 않게 하게." 그러고는 랄라가 어깨를 내리고 시선을 떨굴 때까지 쏘아보았다.

나는 랄라가 방에서 나가는 것을 지켜보았고, 랄라는 고개를 들지 않았다. 나는 조카가 뭘 어떻게 했길래 랄라의 주인이 이렇게 화가 났는지 궁금했다.

파르바티가 잔과 받침에 손을 뻗으면서 나보고도 찻잔을 들라는 표시를 했다. 찻잔 세트는 영국인이 좋아하는 종류로, 코르셋을 받쳐 입은 드레스 차림의 여자들과 바지를 입은 남자들, 드레스를 입은 곱슬머리 소녀들이 그려져 있었다. 독립 전에는 이런 물건들이 여자들이 영국적인 것을 찬미한다는 의미였으나, 이제는 조롱을 나타냈다. 부인들의 허식은 그대로였고 이유만 달라졌다. 내가 부인들에게서 뭔가를 배웠다면 이것이었다. 바보만이 물속에 살고 악어의 적으로 남는다는 것.

나는 차를 한 모금 마시고 눈썹을 치켰다. "아드님이 잘생긴 청년으로 자랐군요."

"자기가 라자스탄 주의 데브다스(한량)인 줄 아는 라오 가문 아들과
는 다르지."

파르바티는 다른 부인들과는 다르게, 자신과 어울리는 사람 누구에
게도 절대로 하지 않을 이야기들을 내게 했다. 나는 아이가 없었고, 따
라서 연민의 대상, 즉 부인들에게 우월감을 느끼게 해주는 존재였다.
서른 살인 나는 어리석은 처녀도 아니었고 뒷말하기 좋아하는 아줌
마도 아니었다. 부인들은 남편이 나를 버렸다고 오랫동안 알고 있었
고, 나는 그들의 추측을 반박하는 수고 따위는 하지 않았다. 이마에는
여전히 주홍색 빈디(이마에 붙이는 작고 둥근 점)를 해서 내가 기혼이라
는 사실을 세상에 공표했다. 이렇게 신임을 얻지 못했다면 부인들이
털어놓는 비밀을 결코 듣지 못했을 것이고, 지금 내가 들어와 있는 이
런 침실―나는 발을 분홍색 살룸바 대리석에 올리고 있고, 내 옆에는
이 저택의 안주인이 자단목으로 만든 디반 위에 앉아 있다―에도 들
어와보지 못했을 것이다.

나는 차이(뜨거운 차)를 또 한 모금 마셨다. "그런 완벽한 아들에게
는 완벽하게 맞는 짝을 찾으셔야죠! 제가 부인을 부러워하는 건 절대
아니고요."

"라비는 이제 겨우 열일곱 살이야. 열두 살에 마요 학교에 보내면서
아이를 잃었어. 1년 전에는 옥스퍼드로 보내면서 또 잃었고. 아내에게
보내서 또 잃으라고? 지금은 그럴 생각이 없네."

나는 사리의 매무새를 바로 했다. "그게 현명하신 거죠. 두트 가문
은 좀 너무 서두르는 것 같아서 걱정이 되더라고요."

그녀의 눈빛이 반짝였다.

"무슨 뜻이지?"

내가 말을 이었다. "그러니까, 그 집 아들하고 쿠마르 가문 딸을 혼인시키기로 이야기가 막 끝났다네요. 그 딸이 누군지 아시죠? 뺨에 애교점이 있는 아가씨요. 물론 결혼은 아들이 학위를 받을 때까지 미룬다는 것 같지만요." 나는 창밖으로 하얀색 크리켓 운동복을 입은, 파르바티의 아이들을 내다보았다. "참한 규수는 따끈한 잘레비(진한 설탕물을 입혀 튀긴 오렌지색의 단 과자)처럼 금세 팔려나가죠. 아들을 영국이나 미국으로 보낸 부모들은 아들이 힌디어는 한마디도 할 줄 모르는 아내를 데리고 집에 올까 봐 걱정한다네요."

"그럴 만하군. 가장 행복한 결혼은 부모가 여자를 골라줘야 가능하지. 사미르와 나만 봐도."

뭐라고 말할 수도 있었지만, 그러지 않았다. 대신 차를 후후 야단스레 불었다. "악바르 가문 딸도 무하마드 이스마일의 아들과 혼약을 했다던데요. 라비와 같은 반이었죠, 안 그런가요?"

나는 파르바티의 시선을 받으며 또 한 모금 차를 홀짝였다.

그녀는 앉은 자세를 더 바로 하고 창밖을 내다보았다. 잔디밭에서는 랄라의 조카가 이 집의 아들들에게 차를 따라주고 있었다. 라비가 소녀에게 말을 걸면서 소녀의 코를 장난스럽게 톡 치자, 소녀가 웃음을 터뜨리며 깔깔거렸다.

파르바티가 얼굴을 찡그렸다. 그녀는 바깥에서 벌어지는 일에 시선을 떼지 않은 채 아기 새처럼 입을 벌리고 내게 천천히 몸을 기울였는데, 자기 입안에 먹을 것을 넣어달라는 표시였다. 나는 그날 아침에 파슬리를 뿌려서 완성한 남킨(짭조름한 튀김 과자)을 그녀의 입에 넣어주었다. 다른 고객들도 다 그러듯이, 그녀 또한 내 음식에 든 재료가 그

녀의 손과 발에 그려진 내 그림과 합쳐져서 자신의 갈망과 남편의 욕
망에 연료가 된다고 굳게 믿었다.

잠시 후 그녀는 창가에서 돌아서서 자신의 찻잔을 우아하게 탁자에
내려놓았다.

"만약에 내가 짝을 찾아준다면, 물론 그러겠다는 건 아니지만……."
그녀가 냅킨으로 입을 톡톡 두드렸다. "누구 염두에 둘 만한 사람이
있나?"

"자이푸르에는 적당한 규수가 많죠, 아시잖아요." 나는 잔의 가장자
리 너머로 그녀를 쳐다보며 미소를 지었다. "하지만 라비는 여느 청년
하고는 다르니까요."

그녀가 아이들을 다시 보려고 고개를 돌렸을 때, 랄라의 조카는 사
라지고 없었다. 파르바티의 얼굴에서 긴장이 풀렸다. "내가 집에 오라
고 하면 라비는 늘 온다네. 사미르는 그럴 거면 기숙학교에 왜 보냈느
냐고 그래." 그녀가 가볍게 웃었다. "하지만 나는 보고 싶어. 고빈드도
형을 보고 싶어하고. 라비가 기숙학교로 떠났을 때, 고빈드는 겨우 세
살이었지."

그녀는 찻주전자를 들어 자기 잔에 차이를 한 잔 더 따랐다. "라이
싱의 딸에 대해 뭔가 얘기 들은 것 있나? 아주 매력적이라던데."

"어쩌나. 어제 라토르 부인이 자기 아들의 짝으로 낚아채버렸네요."
나는 한숨을 내쉬었다. 우리가 지금 나누는 대화는 민감한 것이었다.

그녀가 눈을 가느스름히 하고 내 얼굴을 살폈다. "자네, 염두에 둔
규수가 있는 눈친데."

"아, 제가 점찍은 규수가 탐탁지 않으실까 봐 염려스러워서요."

"어째서 그렇지?"

"음……. 관습적이지 않을 수 있거든요."

"관습적이지 않다고? 자네는 날 그보다는 더 잘 알지 않나, 락슈미. 난 작년에 한 번도 아니고 두 번이나 소련에 갔다 왔어. 네루-지가 나 보고 인도-소련 연맹과 함께 가야 한다고 해서 말이지. 어서, 말해봐."

"음……." 나는 틀어올린 머리에 머리카락 한 가닥을 끼워넣는 시늉을 했다. "그 규수가 라지푸트족은 아니고요."

그녀가 시선을 돌리지 않은 채, 족집게로 정리한 한쪽 눈썹을 치켰다. 나도 계속 그녀를 응시했다. "브라만이에요."

파르바티가 눈을 깜박였다. 자신을 현대 여성이라고 생각했겠지만, 그녀도 라비가 자기 카스트 밖의 누군가와 결혼할 가능성은 생각해보지 않은 것이다. 수 세기 동안 힌두교의 카스트 네 개 계급은—심지어 상인과 노동자도—대체로 자기 카스트 안에서만 결혼했다.

나는 파르바티에게 간식 하나를 더 먹여주었다.

나는 말을 계속했다. "싱 가문에 이보다 더 좋은 짝은 생각할 수 없죠. 예쁜 아가씨예요. 피부도 곱고. 교육도 잘 받았고 활발하고요. 라비가 좋아할 만해요. 가문 인맥도 탄탄하고요. 어머, 차가 식지 않았나요? 제 차는 식었네요."

"우리와 아는 사이인가?"

"실은 아이 때부터요. 차를 더 내오라고 할까요?" 나는 잔을 내려놓고 은 종을 잡으려고 손을 뻗었지만, 파르바티가 내 팔을 잡았다.

"차는 됐고, 락슈미! 그 아가씨에 대해 말해주지 않으면 발을 수건으로 닦아서 한 시간 동안 작업한 헤나를 다 망쳐버릴 거야."

눈을 마주치는 대신, 나는 그녀의 발에 물든 헤나를 살짝 만져보며 얼마나 말랐는지 확인했다. "아가씨 이름은 실라 샤르마예요. V. M.

샤르마 씨의 딸이죠."

파르바티는 당연히 샤르마 가문을 알았다. 두 가문은 종종 같은 업계에서 움직였다. 샤르마 씨의 건설회사는 라자스탄 주에서 규모가 가장 큰데, 얼마 전에는 마하라자의 람바그 궁 리모델링 계약을 따냈다. 파르바티의 남편은 이 도시의 주거용 건물과 상업용 건물들을 다수 설계한 건축회사를 운영하고 있었다. 이렇게 하면 두 걸출한 가문의 예상치 못한 결합이 될 것이다. 내가 이 혼사를 잘 성사시키면 자이푸르의 엘리트들이 나보고 중매를 서달라고 성화를 부릴 것이다. 그쪽의 돈벌이 전망이 헤나 문양을 그리는 것보다 훨씬 밝았다.

파르바티가 고개를 한쪽으로 갸웃했다. "하지만……실라는 아직 어린데."

지난 한 해 동안 라이스 푸딩에 기를 곁들인 차파티(효모를 넣지 않은 둥글고 납작한 빵)까지 챙겨 먹은 덕분에 실라의 몸에는 부드러운 살이 한 겹 더 붙었다. 이제 실라는 소녀라기보다는 아가씨로 보였다.

내가 말했다. "실라는 열다섯 살이에요. 그리고 아주 사랑스럽고요. 마하라니 여학교에 다니고 있어요. 지난주에는 실라의 음악 선생님이 제게 그 아가씨가 노래하는 걸 보니 라타 망게슈카르(인도의 가수이자 음악 감독)가 생각난다고 했답니다."

나는 찻잔을 들었다. 파르바티는 머릿속에서 이것저것 따져보고 있을 것이다. 바로 지난주에 내가 머릿속으로 한 일이었다. 좋게 볼 때, 두 비즈니스—샤르마의 건설회사와 싱의 건축회사—가 손을 잡는다면 각자 따로 경영하는 것보다는 수익이 더 커질 것이다. 그리고 파르바티에게는 영어를 잘해서 정치가와 나와브(상류층 이슬람교도)를 상대할 수 있는 며느리가 생길 것이다. 나쁜 점이 있다면, 실라가 고위 카스트이긴 하지만 같은 카스트는 아니라는 것이었다. 내게는 파르바티에게 말해줄 만한 것들이 더 있었지만, 말하지 않을 생각이었다. 양갈래로 땋은 사촌의 머리칼을 잡아당기기 전에 흉하게 일그러지는 실라의 입술, 보모에게 이래라저래라 명령하는 듯한 실라의 말투, 음악과외 선생도 치를 떨게 만드는 실라의 게으름 같은 것 말이다. 나는 부인들의 집에서 그들의 자녀들이 자라는 모습을 오랫동안 지켜보았다. 나는 아이들의 성격을 잘 알았고, 심지어 전문 중매인도 미처 알아채지 못한 미세한 버릇에 대해서도 알았다. 하지만 이런 것들은 나중에 남편이 발견할 흠이지, 내가 밝힐 문제는 아니었다.

파르바티는 침묵했다. 그녀가 작은 원통형 베개의 가장자리 술 장식을 만지작거렸다.

"굽타 가문 결혼식 기억나나?"

나는 기억난다는 뜻으로 빙긋 웃었다.

"자네가 신부에게 헤나 문양으로 그려준 '정원의 처녀'를 본 순간, 그해가 가기 전에 신부가 아들을 낳으리라는 걸 알았지. 진짜 그렇게 됐고."

굽타 씨네 딸의 결혼은 연애결혼이었지만, 나는 그 사실을 파르바티에게 말하지는 않았다.

"자네의 헤나는 기적을 일으키지." 그녀가 수줍게 웃었다. "자네가 도움을 드릴 수 있는 분이 있어. 우리에게 아주 귀한 분일세."

나는 그녀의 말이 어디로 향할지 몰라서 공손하게 고개를 살짝 숙였다.

"지난밤에 사미르하고 람바그 궁에 갔어. 짐카나의 마지막 부분을 완성하기 위한 모금 행사를 진행했거든." 그녀의 목소리가 또렷했다.

그녀는 어쨌거나 자기가 진보적인 사람이라는 것을 내가 알아주었으면 하는 것이다. "마하라자가 그 궁을 호텔로 바꿀 생각이라고 말했다네. 상상할 수 있나? 우리가 독립을 위해서 싸우고 영국을 몰아냈더니, 그들을 다시 우리 궁으로 불러들여?" 그녀는 화난 표정으로 고개를 가로저었다.

나는 이해했다. 숙박 요금을 감당할 수 있는 사람은 부유한 유럽인, 대체로 영국인뿐이었다.

"마하라니(마하라자의 아내이자 지역에서 가장 강력한 힘을 지닌 왕비)는 지난밤 행사에 나타나지 않았는데, 아주 이례적인 일이야. 라티카는 잔치를 정말 좋아하거든." 파르바티가 목소리를 낮췄다. "듣기로는……건강이 좀 안 좋다던데."

나는 기다렸다.

그녀가 두 손바닥을 비벼 헤나 향을 들이마셨다. "자네 재능으로 그분 건강을 되돌려놓을 수 있을 것 같나?"

나는 파르바티가 나를 궁에 소개해주는 순간을 아주 오랫동안 기다려왔다! 그 생각을 하자 손이 떨릴 것 같아 잔을 내려놓았다. 마하라니의 의뢰가 다른 사람들의 연락으로 이어질 것은 보나마나였다. 나도 모르는 사이에 새집의 빚이 다 해결되어 있을 것이다! 머릿속이 계산으로 바빠져서 파르바티의 말은 거의 들리지도 않았다. 그녀가 내 손가락이 떨리는 모습을 이미 봤을지도 몰랐다.

"전하께 자네 헤나 덕분에 내가 고빈드를 임신했다고 말했어. 당연히 조심스럽게 꺼냈지. 만약 내가 자네를 궁에 추천하면……."

이제 나는 그녀가 어느 쪽으로 말을 끌어가려는지 알 수 있었다. 파르바티는 내가 라비의 짝을 지어주기를 바라지만, 비용은 내고 싶지는 않은 것이다. 뻔뻔하기도 해라! 중매에는 기술과 노력이 모두 필요했다. 카스트와 직위가 높은 남자가 중매를 섰다면 내게 주려는 돈의 두 배, 세 배라도 선뜻 주었을 것이다. 내가 1만 루피를 받는다고 쳐도 아주 헐값이었다. 양쪽 가문 모두 만족할 때까지 몇 주일, 심지어 몇 달을 바쳐야 할 수도 있었다. 그러고도 중매가 실패했다는 소문이 돌지 않아야 했다. 자칫하면 모든 노력이 허사가 된다.

그런데 지금 파르바티는 나를 궁에 소개해주는 대가로 내가 중매를 서주기를 바라는 것이다. 안 된다고 하기 전에 먼저 따져봐야 했다. 그녀가 왕가와 혈연(그녀의 아버지가 마하라니 중의 한 명과 친척이었다)이라는 사실이 적어도 궁과의 약속을 보장한다. 그렇지만 인도 여자라면 아무리 돈이 많아도 흥정하려 들지 않겠는가? 그러지 않는다면 바보에다가 쉬운 먹잇감이 되는 것이다. 그러니 파르바티의 제안을 내가 즉시 받아들이면, 내 평판에 쉽게 조종할 수 있는 여자라는 낙인이 찍히게 된다. 내게 위험 요소는, 내가 궁에서 일하게 될 수도 있지만, 그 기회가 아예 없을 수도 있다는 것이었다. 약속이 보장해주는 것은 아무것도 없었다.

내가 망설이는 것을 느낀 파르바티는 몸을 앞으로 숙이고 자신과 시선을 마주치지 않을 수 없을 때까지 나를 쳐다보았다. "내게 자네처럼 그림에 대한 재능이 있었다면, 락슈미, 나도 아마 자네와 같은 직업을 가졌을 거야." 부인들에게 직업이라는 단어는 칭찬이 아니라 모욕이었다.

나는 침을 삼켰다. "오, 지. 부인은 삶의 시간을 더 큰 일에 쓰셔야죠. 어느 누가 정치가를 위한 잔치를 그토록 성대하게 준비할 수 있겠어요? 정치가들이 환대받는 기분이 들게 만드는 일을 하는 분도 있어야죠."

그녀는 내가 대꾸한 뜻을 알아차리고 싱긋 웃었다. 이제 우리는 다시 편안한 관계로 돌아갔다. 나는 아랫사람, 그녀는 멤사히브로.

하지만 나는 마지막 수를 써볼 생각이었다. "부인이 저를 신뢰하시는 건 잘 알고 있지만, 이 말씀은 드려야겠어요. 마마는 아마 최고 중에서도 최고의 재료를 기대하실 것 같아요."

파르바티가 입술을 꾹 붙였다. 생각에 잠긴 것 같았다. "6,000루피면 되겠나?"

나는 파르바티의 발아래 벨벳 천을 반듯이 펴고 헤나 상태를 확인한 뒤, 마른 부분을 제거하기 위해서 정향 오일을 집었다. "어떤 제품은 아주 먼 타지에서 왔을 거예요. 카피르 라임 잎 같은 것 말이죠. 가장 효과가 강한 건 태국산이에요."

파르바티는 말이 없었다. 내가 너무 강한 수를 썼나? 그녀의 발을 마사지하는데 내 관자놀이에서 맥박이 느껴졌다.

그녀는 눈을 찡그리고 저만치 벽에 걸린 팬 아메리칸 항공사 달력을 보았다. 마침내 그녀가 말했다. "명절 잔치가 다가오고 있어. 12월 20일. 그날 오후에 라비 또래의 아가씨들을 모아 특별한 헤나 파티를 열어줄까 하는데." 파르바티가 자신의 장밋빛 뺨을 손으로 톡톡 쳤다. "셰익스피어리애나 극단을 부를까 해. 아이들이 그 극단 공연을 아주 좋아하더라고." 그녀는 그때를 기회로 삼아 라비와 어울릴 만한 아가씨들을 훑어볼 것이다. 실라 샤르마도 틀림없이 그 자리에 나타날 것이다.

그녀가 두 발을 뻗고 이리저리 돌려보며 내가 그린 문양을 살펴보았다. "하지만 자네 일정이 이미 꽉 찼겠지? 확인해보겠나?"

헤나 파티는 품이 많이 드는 일이지만, 궁에 소개된다는 보장이 있으면 충분히 해볼 만한 가치가 있었다.

나는 최대한 우아한 미소를 지어 보였다. "부인을 위해서라면, 멤사히브, 제 일정은 언제나 열려 있지요."

그녀가 싱긋 웃자 작고 고른 치아가 드러나고, 눈빛이 반짝거렸다. "그럼 이렇게 하지. 마하라니 라티카를 위해서 필요한 재료를 준비하는 데 9,000루피, 어떤가?"

나는 참고 있던 숨을 내쉬었다. 나는 첫 결혼 중매를 따냈고, 중매로 내가 기대한 만큼 큰돈을 벌지 못하더라도 이것으로 부모님과 함께 살 집—내가 그들에게 끼친 모든 고통에 대한 사죄—을 완성하고 공사비를 내는 데 필요한 또 한 걸음을 딛을 수 있을 것이다. 이제 내가 해야 할 일은 이 중매를 성사시키는 것이었다.

그녀에게 무거운 금발찌를 다시 해주면서 내가 말했다. "헤나 파티는 제가 부인께 드리는 선물로 해주셔야 합니다."

싱 가문의 저택 베란다에서 나는 샌들을 신었다. 말릭이 앞쪽 잔디밭의 커다란 사과나무 아래에서 수석 정원사와 함께 웃고 있는 모습이 보였다. 잎을 떨군 나뭇가지가 구름 없는 하늘을 배경으로 뾰족뾰족 솟아 있었다.

나는 말릭을 불렀다.

말릭은 막대 같은 다리로 내게 달려왔다. 말릭은 여섯 살 아니면 열 살 정도일 것이다. 내 눈에 띄기 전에는 끼니를 얼마나 많이 굶었을까? 더러운 반바지를 입고 상의는 벗은 채 도시에서 나를 쫓아다니던 거리의 부랑아. 내가 찬합을 들라고 건네자 말릭은 싱긋 웃었는데, 앞니 두 개가 있어야 할 자리가 비어 있었다. 3년 전 그날 이후로 우리는 함께, 대체로 말없이 일했다. 나는 말릭이 어디에서 사는지, 잠은 딱딱한 땅에서 자는지 어떤지 물어본 적이 없었다.

"소식은?" 내가 물었다. 내가 부인들에게 헤나 문양을 그려주는 동안, 말릭은 종종 심부름을 하러 갔다. 말릭은 지난 몇 달 동안 매일 내 부모님이 왔는지 보려고 기차역으로 갔다. 나는 지난번 편지에 기차표를 살 돈을 넣어 보냈고, 지금쯤 부모님은 편지를 받았을 것이다. 하지만 아직 아무런 답장이 없었다.

말릭이 고개를 가로젓고 얼굴을 찡그렸다. 말릭은 내가 실망하는 것을 싫어했다.

나는 한숨을 쉬었다. "통가 좀 불러줘."

말릭이 정문 쪽으로 달려갔다. 오늘은 노란 면 셔츠를 입고 있었는데, 늘 입고 다니던 부시 셔츠 대신 입으라고 내가 준 것이었다. 감청색 반바지 역시 새것이었다. 하지만 말릭은 제대로 된 신발을 신는 것은 거부했고 싸구려 고무 샌들을 더 좋아했는데, 보통은 이웃에 사는 다른 아이들에게서 훔친 것이었다. 샌들은 바꿔 신기가 더 쉬워서, 늘 다른 사람의 것을 훔칠 수 있었다. 내가 보니 말릭이 오늘 신은 샌들은 사이즈가 너무 컸다.

말릭이 릭쇼(인력거)를 부르려면 번잡한 거리까지 나가야 할 테니, 나는 기다리는 동안 베란다 담 위에 앉아 프랜지페니(아주 달콤한 향이 나는 꽃) 향을 맡으며 마음을 진정시켰다. 덩굴에서 두 송이를 따서 귀 뒤에 꽂았다. 오늘 밤 물잔에 이 꽃들을 담가두었다가 아침에 향이 밴 물로 블라우스를 빨 것이다.

나는 페티코트 안에 바느질해서 덧댄 주머니에서 작은 공책을 꺼냈다. 아버지는 마을의 학교 선생님이었고 학생들이 정답을 말하지 못하면 자로 손마디를 때리곤 했다. 나는 벌을 피하려고 공책을 이용하기 시작했는데, 구구단, 영국 총독 이름, 힌디어 동사를 열심히 기록했다(그리고 암기했다). 그것이 습관이 되었고, 나중에는 약속 날짜와 시간, 대화 내용, 사야 할 재료를 기록하는 데 활용했다.

파르바티 싱이라고 이름표를 붙인 페이지에 11월 15일, 손/발 40루피라고 썼다. 그다음에는 파르바티의 집에서 열리는 헤나 파티의 날짜를 쓰고 중매 사례금으로 받게 될 돈이 9,000루피라고 썼다. 나는 또다른 고객인 샤르마 부인이 싱 가문과 샤르마 가문의 결합에서 오는 이득을 알아차릴 만큼 충분히 영리하다는 사실을 알고 있었다. 샤르마 부인은 자기 딸의 심술궂은 성격에 대해서는 전혀 몰랐지만, 나는 라비 싱의 매력이 그것을 극복하리라는 점을 조금도 의심하지 않았다.

빈 페이지를 펼쳤다. 그리고 떨리는 손으로 마하라자 사바이 모힌더 싱과 마하라니 라티카, 궁 의뢰?라고 썼다. 내 마음은 가능성으로 부풀었다. 그런 일을 따내면 자이푸르에 사는 모든 여인들이 내게 의뢰해올 것이다. 나는 아마 계획한 것보다 더 일찍 헤나 붓을 놓고 은퇴할 수 있을 것이다. 바로 그때 어머니의 말이 머릿속에서 메아리쳤다. 침대 길이만큼만 다리를 뻗어라. 나는 내 수준보다 지나치게 앞서가려고 하고 있었다.

공책을 덮고 눈을 감았다. 13년 전에 내 유일한 바람은 부모님이 나를 내준 남편에게서 가능한 한 멀리 달아나는 것이었다. 언젠가 내가 자유롭게 마음대로 다니고, 내 삶의 조건을 두고 협상할 수 있으리라고는 상상도 하지 못했다. 부모님은 내가 이룬 모든 것들을 보고 어떻게 반응할까? 부모님을 집으로 모셔와서 내가 디자인한 아름다운

테라초(대리석 따위의 부스러기를 시멘트와 섞어 만드는 인조석) 바닥
과 천장의 선풍기와 앞으로 약초를 키울 안뜰, 고향 마을 사람들은 꿈
도 꾸지 못할 서구식 화장실을 보여주는 그날을 얼마나 자주 그려왔
던가? 부모님이 도착할 즈음에는 모든 공사가 끝나 있기를 바랐지만,
나는 자꾸 작은 사치를 보태고 있었다. 일단 부모님이 내가 디자인한
것들을 본다면 집이 완성될 때까지 내 셋집에서 자야 된다고 해도 개
의치 않을 것이다.

나는 부모님이 모든 것들을 둘러보며 얼굴에 떠올릴 놀란 표정을
그려보았다. 아버지가 "베티, 이게 다 네 거라고?"라고 말하는 소리가
들리는 것 같았다. 부모님은 내 손으로 직접 일군 삶을 보면 얼마나
자랑스러워하실까. 나는 부모님께 배가 불러 터질 정도로 키르(라이
스 푸딩)와 수브지(커리를 넣는 채소 요리)와 탄두리 로티(효모 없이 만
든 빵)를 드릴 것이다. 침대는 완전히 새것으로 사드릴 것이고, 부모님
이 누우면 그 무게에 황마 끈이 끽끽거릴 것이다. 피타지(아버지)의 고
단한 발을 마사지해주는 말리시(여자 마사지사)도 고용할 것이다. 이
제 파르바티의 것과 같은, 자단목으로 만든 긴 소파에 느긋이 누워 있
는 마의 모습이 그려졌다! 그리고 실크 쿠션도—안 될 것이 뭐가 있
는가! 속을 깃털로 채워서! 상상이 너무 멀리 펼쳐지자—당연히 아직
은 이 모든 것들을 감당할 수 없었다—슬며시 웃음이 나왔다.

"내가 그렇게 웃기게 생겼소, 락슈미?"

눈을 뜨니 계단을 올라오는 사미르 싱이 보였고, 갑자기 세상이 한
결 가볍게 느껴졌다. 파르바티가 둥글둥글하다면, 그녀의 남편은 각
진 외모였다. 날카로운 코에 살이 없는 턱, 튀어나온 광대뼈. 내가 아
주 매력적이라고 생각하는 것은 그의 눈이었다. 그의 눈은 짙은 갈색

에 유리 구슬에서 보이는 줄무늬가 있었고, 호기심으로 생기가 넘쳤으며, 늘 재미있는 일을 기다리는 듯했다. 얼굴은 가만히 있는데도 눈은 추파를 던지고 회유를 하고 장난을 쳤다. 내가 그를 알고 지낸 것이 10년인데, 그사이 그의 눈꺼풀 아래 눈구멍은 더 깊이 들어가고 이마 선은 뒤로 물러났지만, 활기찬 에너지만큼은 결코 사라진 적이 없었다.

"외눈박이 남자는 눈먼 자들 사이에서는 왕이다." 내가 웃으면서 대꾸했다.

그는 웃으면서 신발을 벗었다. 사미르는 새 인도와 옛 인도가 흥미롭게 섞여 있는 사람이었다. 그는 영국인이 입는 맞춤 정장을 입었고, 인도의 풍습을 따랐다. "아레(맙소사), 어리석은 원숭이가 생강 맛에 대해서 뭘 알겠는가."

"춤을 못 추는 사람이 바닥을 탓하는 법."

우리는 종종 이렇게 속담을 주고받는 게임을 했다. 내가 아는 속담은 어머니의 신중한 혀끝에서 나온 것이었다. 그가 아는 속담은 기숙학교와 옥스퍼드에서 보낸 나날에서 나온 것이었다.

나는 일어서서 틀어올린 머리에 연필을 꽂고 페티코트 주머니에 공책을 찔러넣었다.

그가 나를 향해 걸어오면서 한쪽 눈썹을 아치 형태로 치켰다. "거기에 싱 가문의 은 제품을 숨겨 가려고?"

나는 수줍게 미소를 지었다. "다른 것도 많은데 하필."

"내 식물을 이미 마음대로 가져간 게 보이는데?" 그의 시선이 내 귀 뒤에 꽂힌 프랜지페니에 머물러 있었다. 그가 몸을 앞으로 바짝 숙이고 숨을 들이마셨다. "빌쿨(엄청나게) 취하는데." 그가 내 귓불에 따뜻한 숨을 내뿜으며 속삭였고, 그러자 배 바로 아래쪽, 내 안의 뭔가가 흔들리며 풀어졌다.

피부에 닿는 남자의 더운 체온과 젖가슴을 내리누르는 남자의 무게를 마지막으로 느낀 지 13년이 지났다. 고개를 살짝만 돌려도 내 입술이 사미르의 입술을 스칠 것 같았다. 내 숨결로 그의 목과 칼라 사이의 공간을 따뜻하게 해줄 수도 있었다. 하지만 사미르는 타고난 바람둥이였다. 그리고 나는 여전히 결혼한 여자였다. 한번 잘못 행동하면 내 생계를, 내 독립을, 내 미래 계획을 잃을 수 있었다. 하인들이 다가오는 소리—빗자루로 바닥을 쓰는 소리, 돌바닥에 맨발이 탁탁 닿는 소리—에 정신이 번쩍 들었다. 나는 마지못해 한 걸음 뒤로 물러섰다.

"당신을 취하게 만드는 아내가 있으시잖아요. 곧 직접 확인하시게 되겠지만."

사미르가 싱긋 웃었다. "락슈미 샤스트리가 아내를 만나고 가는 날에는 싱 여사가 늘 아주……사랑스럽지. 그 이야기를 하자면……." 그가 손을 내밀었다.

"아." 나는 사리의 주름 부분에서 모슬린 주머니 세 개를 꺼내 그의 손바닥에 놓아주었다. "운이 좋은 분이세요, 사히브(남자 어른에 대한 존칭). 침실에서는 아내가, 바깥에서는 자유가 기다리잖아요."

그는 루비의 무게를 재듯이 손에 놓인 주머니의 무게를 가늠했다.

"자유는 상대적이오, 락슈미." 그는 한 번의 민첩한 동작으로 내 손에 수백 루피의 지폐와 종이쪽지를 쥐여주었다. "한때는 영국이 우리 위에 있었지. 하지만 지금은 우리 발밑에 있을 뿐이오."

나는 종이를 펴서 적힌 글을 읽었다. "앙그레지 여자라고요?"

"영국인도 당신 서비스가 필요한 모양이오. 내일 당신을 만났으면

하던데. 집에서 만나고 싶다고 하고." 그가 옷 주머니에 모슬린 주머니를 넣으며 말했다. "집은 어떻게 돼가오?"

지금이 그에게 공사업자가 나보고 밀린 돈을 갚아야 한다며 무례하게 몰아붙인다는 말을 해야 할 때일 것이다. 내게는 여전히 갚아야 할 4,000루피가 있었다. 하지만 그만큼의 빚을 더 진 것은 누구의 잘못도 아닌 내 잘못이었다. 나도 부인들이 가진 것들이 탐났다. 무늬가 새겨진 석조 바닥, 서구식 변기, 한낮의 열기를 쫓아내는 두꺼운 이중벽. 스스로 만든 문제이니 스스로 풀어야 할 것이다. 혼사가 성사되면 내 입지를 개선하는 데 도움이 될 것이다. 내가 말했다. "내일은 테라초에 염소젖을 발라 마감할 거예요. 직접 보셔야 하는데."

그의 시선이 내 입술로 내려왔다. "나만 따로 구경시켜주겠다는 말이오?"

나는 웃었다. "이미 제 일정을 망쳐놓고 보상을 바라시게요?"

뒤에서 다른 목소리가 들렸다. "벗을 웃게 만드는 자는 천국에 들어갈 자격이 있다!"

사미르와 나는 방금 들은 말소리가 누구의 것인지 확인하려고 돌아보았다. 회색 모직 정장을 입고 빨간 타이를 단정하게 맨 키 큰 남자가 베란다 계단을 껑충껑충 올라오고 있었다. 헝클어진 부분은 그의 검은 곱슬머리뿐이었다.

사미르는 옆으로 비켜서서 방금 나타난 사람을 포옹했다. 그가 말했다. "쿠마르! 만나서 반갑네, 오랜 벗! 자이푸르에 왔군. 마침내!"

"심라의 철도가 나를 점심까지 늦지 않게 여기로 데려다주리라곤 생각도 못 했는데. 저녁 시간까지도 못 올 줄 알았거든." 쿠마르는 그렇게 말하고 수줍은 미소로 나를 흘끗 보았다. 그의 앞니 두 개가 겹

쳐져 있었다. "만나서 반갑습니다, 싱 부인."

사미르와 내가 서로 그렇게 가까이 붙어 있었나?

사미르가 쿠마르의 등을 정겹게 톡톡 쳤다. "나히-나히(아니-아니). 자네에게 락슈미 샤스트리 부인을 소개하지. 자이푸르의 모든 이들에게 아름다움을 선사하는 사람일세."

"아직 자네에게는 시작도 하지 않은 걸로 보이는데, 새미."

사미르가 싱긋 웃었다. 쿠마르가 나를, 사미르를, 베란다를, 자기 구두를, 그리고 다시 나를 보았다. 신중한 사람의 시선이었다.

"락슈미, 옥스퍼드에서 만난 내 오랜 친구를 소개하겠소. 여긴 제이 쿠마르. 의사요."

내가 두 손을 모아 나마스테로 인사하려는데, 의사가 악수하려고 손을 내밀다가 그만 내 손목을 찔렀다.

사미르가 웃었다. "용서해요, 락슈미. 해외에서 너무 오랜 시간을 보냈거든. 이 친구에게는 인도 방식을 가르쳐줄 아내가 없소."

쿠마르의 얼굴이 장밋빛이 되었고, 시선은 사미르와 나 사이를 오갔다. "사과드립니다, 샤스트리 부인."

"괜찮아요, 의사 선생님." 그의 어깨 너머로 말릭이 베란다 계단에서 우리를 쳐다보고 있었다. "통가는?" 내가 말릭에게 물었다.

말릭이 고개를 끄덕여 함께 왔다는 표시를 했다. 싱 가문의 저택에서부터 몇 블록 떨어진 곳에 이르면, 우리는 마차에서 내려 더 싼 릭쇼로 갈아타고 다음 헤나 일정이 있는 장소로 갈 것이다.

"만나서 반가웠어요, 쿠마르 선생님. 다음에 뵈어요, 새미." 내 입에서 흘러나온 그의 옛 별명은 내 귀에 어색하게 들린 만큼 그들의 귀에도 어색하게 들린 것이 틀림없었다. 두 사람 다 웃었다.

나는 찬합과 비닐 가방을 챙겨 들었고, 말릭에게는 사과나무 아래에 놓아둔 큰 가방 두 개를 가져오라고 말했다. 두 남자에게 고개를 끄덕여 인사하면서 나는 공책에 사미르에게서 받은 약주머니 값을 잊지 않고 기록해둬야겠다고 생각했다.

계단을 내려가는데 사미르의 목소리가 멀리서 들렸다. "안으로 들어가지. 파르바티가 자네를 정말로 만나보고 싶어해!" 마지막 계단에서 샌들이 벗겨져, 나는 다시 신으려고 뒤를 돌아보았다. 흘끗 위를 올려다보는데, 마침 앞문이 닫힐 때 쿠마르 박사가 나를 보고 있었다. 그리고 베란다 모서리에서 랄라가 입술을 깨문 채 손으로 팔루 끝을 잡고 불안하게 비틀며 서 있었다. 그녀의 눈빛이 간곡해서, 잠시 그녀를 만나보려고 계단을 거의 다 올라갔는데, 그녀는 어느새 사라지고 없었다.

헤나 일정으로 분주했던 낮이 또다시 저녁으로 이어졌고, 말릭과 나는 둘 다 지친 상태였다. 우리가 방금 빠져나온 핑크 시티 바자르(시장)는 이런 늦은 시간에 활기를 띠기 시작했다. 무늬 있는 사리를 입은 여자들은 머리핀을 고르고, 쿠르타(소매가 긴 헐렁한 튜닉)를 입은 남자들은 향신료 맛이 강한 차트(가판대에서 만들어 파는 즉석 간식)를 우적우적 씹어먹고, 늙은이들은 하릴없이 시간을 보내고 있었다. 어스름한 밤에 그들이 피우는 비디(갈색 원추 모양의 인도 담배) 불빛이 오렌지색 원 모양으로 떠 있었다. 나는 그들이 누리는 편안한 동지애가, 노동자와 상인 카스트가 누리는 밤중에 돌아다닐 수 있는 자유가 부러웠다.

분할(대영제국의 식민지였던 인도가 1947년에 힌두교도의 인도와 이슬람교도의 파키스탄[현재의 방글라데시 포함]으로 분할 독립된 것을 말한다) 이후 옛 핑크 시티의 거리 양옆으로 낡은 사리나 캔버스 천으로 천막을 친 것에 불과한 대충 지은 작은 가게들이 복작복작 들어서면서 보행자 도로가 더 좁아졌다. 옛 시장의 가게들은 파키스탄 서부에서 온 펀자브 주와 신드 주의 난민들이 가판대를 설치하고 향신료부터 뱅글까지 온갖 것들을 팔 수 있는 공간을 마련해주었다. 어쨌거나 자이푸르의 상인들은 핑크 시티가 환대의 색깔로 칠해진 데는 이유가 있을 거라며 농담을 던졌다.

말릭은 핑크 시티를 이루는 많은 건물들 중에 어딘가에서 살았다. 나는 말릭에게 형제가 있는지, 어머니나 아버지는 있는지 한 번도 묻지 않았다. 말릭과는 하루에 10시간씩 같이 지내면서 말릭이 내 찬합을 들고 다니고 릭쇼나 통가를 부르고 재료 상인들과 입씨름을 하는 것으로 충분했다. 우리 사이에도 당연히 신의가 있었다. 오늘 마지막 고객이 우리를 1시간이나 기다리게 했을 때, 그 애가 보여준 참기 힘들다는 표정 같은 것 말이다.

나는 저녁 식사로 기름진 간식 대신 진짜 음식을 사 먹겠다는 약속을 받아내고서야 말릭의 손바닥에 루피 동전 세 개를 놓아주었다. "넌 한창 자랄 때야." 말릭이 그 사실을 모르고 있다는 듯이 나는 아이를 일깨워주었다.

말릭은 싱긋 웃고 잽싸게 시장을 떠나 장을 보는 사람들 사이를 요리조리 헤집으며 밝은 불빛이 있는 쪽으로 뛰어갔다.

나는 말릭의 등에 대고 외쳤다. "차파티와 수브지를 먹어, 알겠지?"

말릭이 돌아서서 빈손을 허공에 흔들었다. "그리고 차트요. 한창 자라는 아이는 굶으면 안 되는 거니까요." 말릭은 빠르게 말하고 북적거리는 사람들 속으로 사라졌다.

대기 중이던 릭쇼에 올라타며, 나는 공사가 얼마나 진척되었는지—
끝날 날이 아주 가까웠다—확인해볼까 생각했다. 이틀에 한 번씩 가
서 살펴보지 않으면 공사업자인 나라야는 할 일을 대충 해치울 것이
고, 그러면 나는 그와 싸우면서 공사한 것을 허물고 다시 하라고 말할
수밖에 없었다(한 번 이상 그래야 할 것이다). 하지만 늦은 시간이었고,
입씨름을 하기에는 내가 너무 피곤했다. 그래서 릭쇼-왈라(인력거꾼)
에게 내가 사는 셋집으로 가달라고 부탁했다.

대문을 잠그고 이옝가르 부인의 안뜰을 지나 걸음을 재촉했을 때는
8시였다. 굶주린 위가 꼬르륵 소리를 냈다. 나는 배수구 옆에 빈 찬합
을 놓았다. 오늘 밤 이옝가르 부인의 하인이 설거지를 마치자마자 내
가 설거지를 할 것이다. 셋방으로 가려고 계단을 막 올라가려는데, 집
주인이 열린 입구에서 나를 불렀다.

"좋은 저녁이에요, 지." 나는 두 손을 모아 나마스테로 인사했다.

"좋은 저녁이에요, 샤스트리 부인."

이옝가르 부인이 작은 수건에 두 손을 닦았다. 나는 미르치(매운 고
추) 때문에 재채기가 나려고 했다. 이옝가르 부부는 남부 출신이라 향
신료 맛이 강한 음식을 좋아했다. 나는 그 냄새만 맡아도 목 안이 홧
홧해졌다.

키가 작고 땅딸막한 이옝가르 부인이 나를 올려다보았다. 그녀의
시선이 근엄했다. "오늘 손님이 왔었어요."

이옝가르 부인이 "저 부랑아 녀석"이라고 부르는 말릭 말고는 나를
찾아올 사람이 없었다.

그녀가 손가락에 묻은 마른 아타(밀가루 반죽)를 비벼 떼어내자 금
팔찌가 쟁그랑거렸다. "그가 당신 방에서 기다리게 해달라고 했어요.

하지만 알다시피 난 그런 건 허락하지 않으니까." 그녀가 내게 눈빛으로 주의를 주었다.

나는 달래는 목소리로 그녀를 안심시켰다. "아주 잘하셨어요, 이엥가르 부인. 그가 뭘 원하는지 말하던가요?"

"당신이 아자르 마을에서 온 여자인지 물어봤어요. 난 모른다고 했고요." 그녀가 자신이 엉성하게 알고 있는 내 과거에 덧붙일 만한 부분이 있는지 보려고 내 얼굴을 살폈다. "아주 아주 큰 흉터가 있었어요." 그녀가 손가락으로 한쪽 입가에서 턱까지 선을 그었다. "여기에서 여기까지." 그리고 바로 그 손가락을 내게 겨누고 흔들면서 얼굴을 찡그렸다. "내 생각에 그건 좋은 사람이라는 표시는 아니지."

내가 손을 뻗어—그녀를 달래기 위해서만큼이나 나 자신을 진정시키기 위해서—그녀의 손을 잡으려는데, 심장이 늑골에 부딪힐 만큼 쿵쾅거렸다. "요리하면 손이 건조해질 수 있어요, 그렇게 생각하지 않으세요? 원하시면 내일 손에 제라늄 오일을 좀 발라드릴게요."

그녀의 미간에 주름이 잡혔고, 전에는 한번도 본 적이 없다는 듯이 자신의 손을 내려다보았다. "수고를 끼치고 싶지는 않은데."

"전혀 수고롭지 않아요. 남편분이 다음번에 부인을 만지면 부인이 어린 신부였을 때의 모습을 떠올릴 거예요." 나는 별것 아니라는 듯이 웃었고, 자리를 떠나려고 돌아섰다. 그리고 가벼운 어조를 유지하며 말했다. "그 남자가 언제 다시 온다는 말은 안 했을 것 같은데요?"

이엥가르 부인은 손톱 아래 끼인 끈적거리는 반죽을 열심히 빼내고 있었다. "안 했어." 그녀가 말했다.

안뜰에서 막 냄비를 씻기 시작한 하인이 말했다. "방금 소에게 먹일 채소 자투리를 던져주려고 나갔다가 길 건너에 서 있는 걸 봤어요."

이옝가르 부인이 하인에게 자기 할 일이나 잘하라고 나무랄 때, 나는 2층 층계참으로 달아나 방으로 들어간 뒤 문을 닫고 빗장을 잠갔다. 심장이 벌렁거리기 시작했다. 나는 호흡을 진정시키려고 애썼다. 언젠가 하리가 나타나리라고 예상하지 않았던가? 나는 눈썹 숱이 많고 흉측한 흉터가 있는 누군가가 나타나지 않을까 늘 주시하고 있었다. 그렇게 긴 시간이 별일 없이 흘러갔고, 나는 남편이 나를 결코 찾아내지 못할 거라고 스스로를 속였다.

그가 어떻게 여기까지 나를 추적했지? 마와 피타지에게 편지를 써서 그들을 버리고 떠난 데 용서를 구하면서도, 나는 내 주소를 절대 밝히지 않으려고 조심했다. 자이푸르로 오는 기차표를 살 돈을 보내면서도 기차역에서 말릭을 찾으라고, 그러면 그 애가 내게 안내할 거라고 써서 보냈다. 하지만 말릭은 지금까지 기차역에서 자신을 찾은 사람은 아무도 없었다고 했다. 부모님이 여기로 오는 대신 하리에게 나를 찾아내 집으로 데려오라고 했다면? 부모님은 아직도 내게 그렇게 화가 많이 난 걸까? 나는 결코 용서받지 못할까?

천장 등을 켜지 않고 창문으로 걸어가 바깥을 내다보았다. 저기, 길 건너 망고나무에 거의 가려진 채 도티를 입은 누군가의 하반신이 어둠 속에서 하얗게 빛나고 있었다. 그리고 비디의 불빛이 붉은 원 모양으로 떠 있었다. 이렇게 늦은 밤에는 아무도 주택가를 돌아다니지 않는다. 하리가 틀림없었다. 여기로부터 멀리 떨어진 어딘가에서 그를 만날 방법을 생각해내야—알아내야—했다.

나는 이옝가르 부인의 집에 세 들어 사는 또다른 사람인 판디 씨가 계단을 살며시 밟으며 올라오는 소리를 듣고 집 문을 열었다. 그는 혼자 생각에 빠져 있다가 깜짝 놀라 고개를 들었다.

"샤스트리 부인, 좋은 저녁입니다." 그의 입 전체가 벌어지며 느린 미소가 지어졌고, 점점 커졌다. 눈꼬리가 처져서 친절하고 인내심 있게 생긴 인상이었는데, 음악 선생이 되기에 바람직한 생김새였다. 그는 머리를 길게 길렀다. 어깨까지 내려온 머리칼 끝이 단정하게 말려 있었다. 이따금 나는 그가 아내와 함께, 베개에 그와 아내의 머리칼이 서로 뒤엉킨 채 침대에 누워 있는 장면을 그려보았다.

"나마스테, 사히브." 나는 손이 떨리는 것을 막으려고 양손을 꽉 잡았다. "가르치는 건 좀 어때요?"

"학생이 잘하는 만큼 좋죠." 그가 미소를 지었다.

"실라 샤르마가 굽타 가문의 결혼식을 위한 여자들 모임에서 노래를 참 예쁘게 불렀어요. 선생님 덕분이죠."

"나히-나히." 그는 질투하는 혼령을 쫓으려고 귓불을 만지면서 부드럽게 웃었다. "실라를 라타 망게슈카르처럼 만들려면 갈 길이 멉니다." 그는 실라 샤르마를 어린아이 때부터 가르쳐왔고, 나는 그가 말해준 얼마 안 되는 사실로부터 실라의 재능이 그 애를 오만하고 적잖이 게으르게 만들었음을 알 수 있었다. 스스로 노력하지 않으면 전설적인 가수의 음악적 기량에는 미치지 못할 것이다. 내가 파르바티에게 이야기한 것과는 완전히 반대였다.

"판디 부인의 건강은 어떠세요?"

"더할 나위 없이 좋습니다. 물어봐줘서 고마워요."

"판디 씨, 죄송한데 부탁 하나 들어주겠어요?" 내 목소리가 너무 작아 잘 들리지 않아서 그는 내게 더 가까이 다가왔다. 나는 페티코트 안에서 공책을 꺼내고 종이 한 장을 찢어 재빨리 갈겨 썼다. 그러고는 종이를 접어 그에게 내밀었다. 그가 내게서 시선을 떼지 않은 채 종이를 받았다.

"길 건너에 남자가 있어요. 비디를 피우고 있어요. 그에게 이걸 좀 전해주겠어요? 저 혼자 그 남자를 만나는 건 적절하지 않은 것 같아서……." 나는 말꼬리를 흐리며 시선을 아래로 깔고 뒤로 물러섰다.

그가 목을 풀었다. "그럼요, 당연히 해드려야죠. 지금 말입니까?"

"괜찮으시면."

그가 한 손을 들고 머리를 흔들었다. "어려울 거 없어요." 그가 계단을 내려가기 시작했다.

나는 침실 창문으로 달려갔다. 불을 아직 켜지 않아 들키지 않고 바깥을 내다볼 수 있었다. 판디 씨의 흰색 쿠르타 파자마(통이 넓은 바지)가 보였다. 그는 길을 건넜고, 잠시 망설였다. 그의 왼쪽 몇 걸음 거리에서 성냥불이 휙 타올랐고, 그가 그쪽을 향해서 걸어갔다. 나는 참고 있던 숨을 내뱉었다.

2

젖은 회반죽, 시멘트, 돌. 새로 짓고 있는 내 집에서는 그런 냄새가 났다. 오늘은 좀더 이른 저녁 시간에 새집을 방문해 공사가 진척되는 상황을 확인하고 싶은 충동이 일었지만, 참았다. 그리고 밤 10시, 그날의 수입을 계산하고 다음 날을 위한 준비를 하는 시간이 되어서야 나는 완공되지 않은 내 집에 서 있었다. 나는 식물을 자르고 씨앗을 쪼갤 때 쓰는 칼을 손에 단단히 잡은 채 하리를 기다렸다.

바깥의 가로등 불빛이 내 집의 아름다운 바닥 위로 떨어져 모자이크 기법으로 장식된 만개한 사프란 꽃, 나선형으로 감아 올라가는 보테(페이즐리 무늬), 그리고 여성적인 곡선을 그리는 꽃병의 무늬를 드러냈다. 나는 아그라에서 만난 창녀들인 하지와 나스린, 그리고 다른 창녀들을 생각했다. 각자 고향—이스파한, 마라케시, 카불, 콜카타, 마드라스, 카이로—의 고유한 문양을 내게 처음 소개해준 사람들이었다. 하리를 떠나 자이푸르로 오기 전까지 3년 동안 일한 타지마할이라는 도시에서, 나는 창녀들의 팔과 엉덩이와 등을 헤나로 장식했다. 내 문양은 시간이 지나면서 점점 더 독특해졌다. 터키의 클램셸(조개

껍데기 모양 뚜껑이 달린 용기) 안에 페르시아 공작을 그려넣고, 아프가니스탄의 산새를 모로코의 부채로 변형하는 식이었다. 그래서 집 바닥의 문양을 고민하면서 여자들 몸에 헤나를 그려줬을 때만큼이나 복잡한 문양을 만들어낼 수 있었고, 숨은 의미를 나만이 안다는 사실에 기쁨을 느꼈다.

사프란 꽃은 불임을 나타냈다. 내가 아이를 낳지 못한다는 사실을 입증한 것처럼 그 꽃도 씨앗을 만들지 못했다. 우리 새로운 공화국의 아이콘이기도 한 아소카 사자는 내 야망을 드러내는 상징이었다. 나는 늘 내 손이 할 수 있는 것보다, 내 지혜가 성취할 수 있는 것보다 더 많은 것을 원했다. 부모님이 가능하다고 생각한 것보다도 더 많이. 내 발아래 그려진 멋진 작품은 궁의 전속 장인들이나 그려낼 법한 문양이었다. 돈은 내가 공들여 제조한 마법의 오일, 로션, 헤나 반죽, 가장 중요하게는 사미르에게 공급하는 약주머니를 통해 마련했다.

하리는 내게서 이 모든 것들을 뺏어가려고 온 걸까?

자그락, 자그락. 바깥에서 자갈 밟는 발소리가 들렸다. 나는 엄지로 날카로운 칼 모서리를 조심스럽게 쓸었다.

잠시 정적. 그리고 다시 발걸음 소리가 들렸고, 현관문 앞에서 멈췄다. 나는 이제 그 문의 한쪽으로 붙어 섰다. 어둠 속에서, 얕은 숨을 쉬면서.

문이 열렸고, 하리가 들어왔다. 그는 무대에 선 것처럼 가로등 불빛을 받으며 서 있었다. 여전히 숱이 많고 굽슬굽슬한 머리칼이 눈을 덮을 만큼 흘러내려와 있었다. 옆모습은 날카로웠지만 턱선은 부드러웠다. 광대뼈가 불거져, 거의 잘생겨 보이기까지 했다. 나는 그의 시선이 안을 한 바퀴 훑고 마침내 내게 와서 머무는 것을 지켜보았다.

우리는 한참 서로를 바라보았다. 그의 시선은—천천히—내 얼굴에서 고급 면 사리 밑단까지 훑고 내려가 은색 샌들에 이르렀다. 나는 사리로 몸을 더 단단히 감싸고 싶은 충동에 저항했다.

그의 입이 벌어졌다. 그는 미소를 지으려고 했다. 수줍은 미소를.

"잘 지냈군."

그의 말은 진심인가? 아니면 전에 그랬듯 다정한 말 뒤에 바로 가슴을 찌르는 말이 따를 것인가?

한쪽 겨드랑이 밑이 찢어진 그의 셔츠에는 커리 얼룩이 묻어 있었다. 도티에는 때가 잔뜩 끼어 있었다. 턱 아래로 군살이 늘어져 있었다. 그는 내가 기억하는 모습보다 더 말랐다. 그의 땀과 싸구려 담배 냄새가 우리 사이 공간을 채웠다.

내가 대답하지 않자 그는 회반죽이 발린 벽으로 걸어가 벽에 손바닥을 대고 문질렀다. 그는 감동한 것 같았다. 나는 움찔했다. 내 소유물에 그의 손이 닿는 것이 싫었다.

그는 바닥 모자이크를 유심히 들여다보았다. "이 집은……? 여기엔 누가 살지? 내가 알기로, 당신은 다른 곳에 살지 않나? 남부 인도인들하고?"

"내 집이에요. 내가 지었어요." 목소리에 자부심이 묻어났다. 그가 애써 이해해보려는 듯이 얼굴을 찡그리고 고개를 한쪽으로 기울였다. 우리는 한때 방이 하나뿐인 오두막에 살았는데, 그의 어머니는 부엌 살림이 있는 앞쪽 절반에서 잠을 잤고, 나는 뒤쪽에서 잤다. 두 구역 사이에 커튼이 있었다.

그는 깊은 생각에 빠진 것처럼 한 손으로 입을 가리더니, 그대로 있었다. "당신이 이걸 지었다고?"

이 모습이 내가 아는 하리였다. 성관계를 하고 아이를 돌보는 사람 이상의 가치가 내게 있다는 생각은 한 번도 하지 않은 그.

"내가 벌어서 지은 거예요. 이 전부가." 그리고 이어 이 말이 튀어나왔다. "당신이 여태 번 것보다 더 많이 벌었죠."

강렬한 불빛이 그의 눈을 비췄다. 그의 입술이 씰룩거리고 있었다. "내가……? 당신이 나를 버렸어, 기억나나?" 그는 분노를 떨쳐버리려는 듯이 눈을 감고 고개를 빠르게 저었다. "시작부터 그르치고 싶진 않아, 락슈미. 지나간 일은 지나간 일이야, 안 그래? 나는 당신을 용서해. 우린 다시 시작할 거야."

그를 봤을 때 입은 옷과 거지꼴을 한 모습에 나는 하마터면 그를 불쌍하게 여길 뻔했다. 나는 얼마나 바보 같은가! 그렇다고 해도 그의 한심한 처지는 자업자득이었다. 아이를 낳지 못하는 아내는 수치였다. 친정에 돌려보내는 것이 정당한 행위가 될 만큼 짐이었다. 열다섯 살이던 나는 하리의 거친 방식에 대응하기에는 너무 소심하고 너무 순진했다. 그사이 많은 시간이 지나면서 쉽게 겁먹지 않는 법을 익혔다. 사과 같은 것은 하지 않을 것이다.

"당신이 나를 용서해요? 당신이 나를 그렇게 대해놓고?"

그는 혼란스러운 것 같았다. "하지만 당신 여동생이 말하기로는……."

"여동생?" 무슨 소리를 하는 거지? "내게는 여동생이 없어요."

그가 문으로 고개를 돌렸고, 그의 미간이 좁아졌다. "내게 거짓말을 한 거니?"

나는 그의 시선을 쫓아갔다. 님나무(건강 목적으로 활용되는 상록수의 일종)의 작은 가지처럼 비쩍 마른 소녀가 문 바로 안쪽 어둠 속에서 있었다. 내가 어떻게 이 애를 못 봤지?

소녀는 시선을 내게 고정한 채 뭔가에 홀린 듯이 집 한복판으로 걸어왔다. 키는 나보다 머리 반만큼 작았다. 짙은 갈색 머리칼은 먼지가 묻고 헝클어졌는데, 옆 가르마를 타고 등 아래로 쭉 땋아서 거의 허리까지 내려왔다. 면으로 된 오렌지색 천이 나달나달한 페티코트의 절반을 가리고 등을 감싸며 올라가 어깨에 둘려 있었다. 블라우스는 칙칙한 푸른색이었다. 장신구도 없었고, 신발도 없었다.

소녀가 내 어깨를 만지려는 듯이 한 손을 들어올렸다. "지지(언니)?" 소녀가 말했다.

나는 누구의 언니가 아니었다! 나는 한 걸음 뒤로 물러섰다. 손에 쥔 칼이 가로등 불빛에 번쩍거렸다. 소녀가 숨을 헉 쉬었다.

하리가 우리 사이에 끼어들었다. 그러고는 소녀를 손가락으로 가리켰다. "대답해!"

소녀가 풀쩍 뛰어와 두 팔로 내 허리를 감싸안았다.

나는 하리를, 소녀를, 다시 하리를 보았다. "무슨 일이죠?"

하리가 주머니에서 성냥갑을 꺼내 내 발치에 던졌다. "직접 알아봐."

이건 속임수인가? 성냥불을 켜려면 칼을 내려놓아야 했다. 나는 하리를 계속 쳐다보면서 천천히 움직였다. 그는 주먹을 쥐었다가 풀었지만, 그 자리에 서 있었다. 나는 성냥불을 켜고 소녀의 얼굴을 비췄다. 소녀의 녹청색 눈은 공작 깃털 색깔처럼 영롱했고, 아주 아주 컸다. 코는 좁고 곧았으며, 가운데가 조금 튀어나왔다. 입술은 장미꽃 봉오리처럼 둥글고 분홍색이었다. 나는 성냥불을 들어 한 번도 깜박이지 않은 소녀의 눈을 다시 비췄다.

귀에서 피가 빠르게 돌았다. 나는 고개를 가로저었다. "말도 안 돼. 내가 태어난 뒤에 마는 여동생을 두 명 더 낳았지만, 모두 첫해를 넘기지 못했어.”

하리 역시 혼란스러운 것 같았다. “당신이 나를 떠난 그해에 태어났다고 하더군. 당신이 안다고 했어.”

내가 하리를 떠났을 때, 마가 임신한 상태였다고? 여자아이를 하나 더? 나는 몰랐는데? 아주 많은 생각이 머릿속에서 소용돌이쳤다. 지참금을 낼 일이 또 생겼으니, 어머니는 아주 속상했을 것이다! 많은 가난한 여자들이 그러듯이, 어머니는 여자아이를 짐으로 느꼈다. 하지만 내가 자이푸르로 올 수 있는 돈을 보냈는데도 부모님은 왜 이 아이와 함께 오지 않은 거지? 마는 왜 하리와 오지 않았지?

나는 성냥불의 빛을 이용하여 소녀의 몸을 보았다. 팔에 멍이 들어 있었다. “이름이 뭐니?”

소녀는 대답하기 전에 하리를 흘끗 보았다. “라다.”

성냥불에 손가락을 데었다. 나는 성냥을 바닥에 떨어뜨리고 또 한 개비를 켰다. 손이 떨렸다. “마는 어디 계시지?” 내가 물었다.

소녀의 눈에 눈물이 그렁그렁 차올랐다. “엄마는 돌아가셨어요, 지지.” 목소리가 작았다.

단어들이 잠잠히 가라앉았다. 다리가 고무처럼 느껴졌다. “그럼 피타지는?”

소녀가 고개를 흔들어 아버지도 돌아가셨다는 사실을 알렸다.

두 분 다 돌아가셨다고? “언제?”

“피타지는 여덟 달 전에, 우리 마는 두 달 전에요.”

몸에서 기운이 쭉 빠지는 것 같았다. 부모님과 다시 만나기를 꿈꾸었던 그 시간 내내 영원히 다시 보지 못할 거라는 생각은 결코 해본 적이 없었다. 어머니와 아버지는 수치심의 수의를 입고 장작더미로 옮겨져 스러졌는가? 남편을 버리고 달아난 무책임한 딸을 두고 사람들이 쑥덕거리는 소리에 둘러싸인 채?

하리와 결혼해서 살던 2년 동안 내가 그를 떠날 생각을 얼마나 자주 했는지 부모님은 결코 모를 것이다. 계속 망설인 것은 그렇게 달아나면 부모님의 평판에 누를 끼칠지도 모른다는 두려움 때문이었다. 그러다가 남편의 구타를, 피가 난 상처를, 가슴을 도려내던 말을 더는 참을 수 없는 날이 왔다. 내가 바닥에서 거의 일어나 앉지도 못하던 아침들. 그 모든 것들은 무엇 때문이었나? 내가 그에게 낳아줄 수 없었던 아이 때문 아니었나. 우리가 결혼하고 첫해에 그의 어머니, 그 사랑스러운 여인은 야생 얌을 우려낸 차와 붉은토끼풀과 박하를 달인 물이 내 몸을 아기 낳기 좋은 몸으로 만들어주기를 바랐다. 그녀는 내 장기를 튼튼하게 하려고 쐐기풀 잎으로 강장제를 만들었다. 나는 여자의 그 부분을 촉촉하게 하려고 입안 가득 물집이 생길 때까지 호박씨를 씹었다.

시어머니는 내가 약초 정원을 돌보듯이—토양을 비옥하게 하고 씨앗을 심고 연약한 식물에 비료를 주듯이—내 몸을 정성스럽게 돌봐주었다. 하지만 사스(시어머니)가 인내심 있게 온갖 노력을 기울여도 그녀의 아들에게 그가 가장 갈망하는 것을 안겨주지는 못했다. 인도 남자에게 아들—혹은 딸—은 정력의 증거였다. 다음 세대를 이끌어갈 남자들의 사회에서 자랑스럽고 정당한 자리를 차지할 수 있다는 뜻이었다. 하리는 내가 그에게서 그 권리를 뺏어갔다고 느꼈다. 그와 같은 입장인 많은 남자들이 그랬을 것이다.

마와 피타지가 자이푸르로 왔다면, 나는 그것들을—전부 다—설명할 수 있었을 것이다. 그들은 내가 하리를 떠나는 것이, 반짝거리는 새로운 삶을 선택한 것이 옳았다고 동의했을 것이다. 하지만 그들은 결코 오지 않았다.

그에게 묻고 싶지 않았지만, 나는 알아야 했다. "당신 어머니는요? 여전히 우리와 같은 세상에……계시죠?"

하리가 침을 꼴깍 삼켰다. 그리고 시선을 돌렸다.

눈에 눈물이 차올랐다. 그의 어머니, 내 사스 또한 돌아가셨다는 말인가? 나는 내 어머니를 사랑한 것만큼이나 그 다정한 여인을 사랑했다. 그녀는 생리를 조절하는 데 쓰는 앵무새나무의 꽃은 어떻게 따는지, 피부에 화상을 입히지 않고 물집을 가라앉히려면 뱀꼬리 풀을 얼마나 곱게 찧어야 하는지 몇 시간을 들여서 내게 가르쳐주었다. 나는 그녀의 가르침을 내 삶의 직업으로 삼았다. 그 덕에 살아남을 수 있었다. 이제 그녀는 그 사실을 결코 알 수 없을 것이다.

다시 말할 수 있을 것 같은 상태가 되자, 내가 말했다. "하지만 마가 돌아가신 게 두 달 전이라면……여기로 오기까지 시간이 왜 그렇게 많이 걸렸니?"

소녀는 하리를 슬쩍 보고 눈을 내리깔았다.

그는 손으로 턱에 있는 흉터를 어루만졌다. "준비가 필요했어. 여기까지 오려면."

그가 흉터를 숨기는 방식을 보니 거짓말을 하고 있다는 것을 알 수 있었다. 자기가 릭쇼를 끌어 나를 먹여 살릴 수 있다고 내 아버지에게 말했을 때도 똑같은 동작을 했다.

나는 성냥불을 다시 소녀의 얼굴 가까이 가져갔다. 저것은 목에 생긴 멍인가, 아니면 그저 그림자인가? 소녀에게서 소똥 냄새가 났다. 하리도 마찬가지였다. 내가 부모님에게 기차표를 사라고 준 돈을 쓰지 않은 것이 틀림없었다.

나는 하리를 보았다. "내가 보낸 돈으론 뭘 했어요?"

하리는 이제 입술을 꾹 붙이고 반발심이 느껴지는 시선으로 나를 쳐다보았다.

성냥불이 꺼져서, 나는 또 하나를 켜고 다시 소녀 가까이 가져갔다. 그러고는 이 말을 하는데 숨이 거칠게 나왔다. "룬도 라니?"

소녀가 두 손을 비볐다.

나는 다시 말했다. "룬도 라니?"

소녀의 입술이 벌어졌다.

"룬도 라니." 이번에는 더 크게, 내가 다시 말했다.

소녀가 다급하게 말을 쏟아냈다. "룬도 라니, 부리 사야니. 피티 툰다, 툰다 파니. 라킨 쿠르티 헤 문마니." 그리고 한 손으로 입을 막아 미소를 감췄다.

아버지는 내가 아기였을 때, 자장가 곡조에 가사를 붙여 나를 포함한 모든 딸들에게 불러주었다. 리틀 퀸, 자기가 아주 크다고 생각하죠. 물은 찬물만 마시고요. 하지만 장난을 아주 많이 쳐요.

나는 잠시 숨을 멈췄다가 천천히 내쉬었다. 소녀는 내 눈으로 이미 본 것을 확인해주었다. 라다의 얼굴에 어머니의 눈이 있었다.

소녀가 손을 내렸다. 소녀는 이제 대놓고 싱글거렸는데, 얼굴이 싹 바뀐 것 같았다. 소녀의 몸에 여인의 얼굴이었다.

내게 여동생이 있었고, 내가 과거로부터 달아난 그 시간 내내 동생은 성장하고 있었다. 하지만 부모님은 왜 내게 알려주지 않았지? 하지만 내가 편지를 보낼 때 내 주소를 쓰지 않았으니 그들이 어떻게 알려줄 수 있었겠는가.

나는 하리가 말할 때까지 그가 거기 있다는 것도 잊고 있었다. "우리는 아직 결혼한 상태야. 당신은 여전히 내 아내고."

내 어깨가 움찔했다.

"우린 다시 시작할 수 있어, 락슈미."

안 돼! 나는 성냥갑을 그의 발에 던졌다. "우리는 이혼할 거예요."

그의 콧구멍이 분노로 벌름거렸다. 이것이 내가 아는 하리였다. "이제 알겠군." 그는 라다 쪽으로 고개를 홱 돌렸다. "당신 둘은 정말 자매로군. 둘 다 거짓말하는 걸 보니."

그는 무슨 뜻으로 저 말을 했는가? 나는 대답을 들으려고 라다를 쳐다보았지만, 라다는 바닥만 보고 있었다.

나를 돌아보는 하리의 턱에 힘이 들어가 있었다. 그가 이를 악문 채 말했다. "당신 이름도 거짓말이잖아, 락슈미. 당신이 부의 여신은 아니지, 안 그래? 혼자서는 절대 이런 걸 지을 만큼 벌지 못했을 텐데." 그가 한 팔을 휘두르며 집을 가리켰다. 그의 눈이 가느스름해졌다. "어떤 놈한테 빌붙었나?"

그는 당연히 내가 어느 부유한 남자의 정부라고 생각한 것이다. 여자 혼자서는 결코 이런 것들을 이루지 못하리라 생각한다면 그러라지, 뭐!

나는 애써 목소리를 가다듬었다. "올해 법이 통과됐어요, 하리. 지금은 이혼할 수 있어요."

그가 입술을 깨물고 성냥갑을 집어들었다. 그러고는 다시 집 안을 둘러보고, 내 집 바닥을, 내 사리를 쳐다보았다. 우리는 잠시 침묵하며 서 있었다.

그 순간 깨달았다. "돈을 원하는군요." 내가 말했다. 물론 그랬다!

하리는 일주일 동안 더 큰 도시로 가서 릭쇼를 끌다가 집으로 돌아오면, 그렇게 번 돈을 내게 주지 않고 마을에서 자거나 먹거나 나를 침대로 끌어들이면서 대부분의 시간을 보냈다. 그의 어머니가 약초나 치료를 통해 푼돈이라도 벌지 않았다면, 우리는 제대로 먹지도 못했을 것이다.

갑자기 그의 얼굴이 부드러워졌다. "당분간만……." 그가 뉘우치는 목소리로 말했다.

"얼마나 많이?" 내가 딱딱하게 말했다.

그가 이마를 긁고, 선 채로 무게 중심을 이동시켰다. "얼마나 해줄 수 있나?"

"나는 열심히 일해요, 하리. 여기 보이는 모든 것들은 내가 그동안 쉬지 않고 일해서 마련한 거예요. 그리고 아직 완전히 내 것도 아니고요." 나는 눈을 가느스름히 떴다. "갚을 돈이 있어요. 나는 당신하고는 달라서, 빚을 갚거든요."

그는 다시 턱을 움직이고 있었다. "내가 당신에 대한 진실을 다른 사람들에게 말하면 좋겠어? 당신의 멤사히브들이 그 사실을 알면 뭐라고 말할까?"

심장이 빠르게 뛰었다. 그의 현재 상태로는 어떤 차우키다르도 그들이 지키는 웅장한 저택의 대문 안으로 그를 들여보내지 않을 것이다. 하지만 그 역시 나만큼 잘 알고 있었다. 뇌물로 문지기를—먹여 살릴 입이 있고 지참금을 마련해야 하는 사람이라면 누구든지—매수할 수 있다는 사실을.

라다가 우리를 빤히 쳐다보고 있었다.

내가 하리에게 말했다. "자이푸르에는 얼마나 오래 있으려고요?"

그가 어깨를 으쓱했다.

나는 숨을 한 번, 두 번, 세 번 깊이 들이쉬었다. 그리고 페티코트에서 루피 지폐 다발을 꺼냈다. 다음번에 공사할 부분에 대해서 공사업자에게 주려고 모아놓은 루피였다. 내가 지폐 다발을 테라초 바닥에 던졌다. 오래 전에 하리가 오두막 바닥에 얼마 안 되는 번 돈을 던지던 방식으로.

그가 지폐를 빤히 보았다. 아마 그가 지금껏 본 것보다 더 많은 액수였을 것이다. 잠시 후 그는 루피를 주우려고 앞으로 움직였다.

그가 턱에 뻣뻣하게 자란 수염을 문질렀다. 그러고는 눈을 들어 나와 시선을 마주쳤다. 그리고 더 말할 것이 있다는 듯이 입을 열었다.

나는 기다렸다.

하지만 그의 입은 조개처럼 다물렸다. 그의 시선이 라다에게로 옮겨갔지만, 라다는 그와 시선을 마주치지 않으려고 했다. 그는 고개를 젓고 문밖으로 나갔다.

나는 이유를 모른 채 불안정하게 서 있었다. 오랫동안 하리를 다시보면 어떻게 할지 상상했다. 주먹으로 때릴 것이다. 손바닥으로 후려칠 것이다. 발로 찰 것이다. 그가 내게 상처를 입힌 그 모든 시간에 나는 위축되어 있었다. 하지만 13년의 시간이 지나 지금 그를 마주하니 분노보다 연민이 더 느껴졌다.

라다의 목소리가 내 생각을 뚫고 들어왔다. "지지, 그 시간 내내 자이푸르에 있었어요? 옷이……."

나는 손을 움직여 라다의 말을 막았다. 창문으로 달려가 하리가 거리를 걸어가는 것을 지켜보았다. 그가 시야에서 사라지자 나는 손가락을 입에 대고 휘파람을 불었다. 몇 초도 되지 않아 말릭이 나를 보호하려고 자기보다 키가 두 배는 더 큰 청년 둘을 뒤에 데리고서 창가에 나타났다.

"갔어요, 앤티(나이가 더 많은 여성 지인을 존경을 담아 부르는 애칭)-보스(대장). 릭쇼가 모퉁이에서 기다리고 있어요."

나는 5루피를 헤아렸다. 말릭이 친구들에게 동전을 하나씩 주고 나머지 세 개는 자기 주머니에 쑤셔넣었다. 그는 타고난 장사꾼이었다.

릭쇼를 타고 집으로 돌아가는 길에 나는 라다가 내 옷과 머리칼과 샌들을 뜯어보는 것을 느꼈다. 나는 라다의 질문을 상상했는데, 내가 라다에게 대답하지 않을 질문들이었다. 그동안 어디 있었어요? 왜 달아났어요? 자이푸르에는 어떻게 오게 됐어요? 나는 하리를 본 충격과 한때 내게 아주 소중했던 세 사람이 더는 이 세상에 없다는 사실을 알게 된 충격에서 헤어나오려고 여전히 애쓰고 있었다. 그리고 내게 여동생이 있고, 그 애가 내 옆에, 관자놀이에서 느껴지는 두통만큼이나 분명하게 앉아 있다는 사실에 점점 익숙해지고 있었다.

나는 천천히, 그리고 일부러 어깨에 걸친 사리의 매무새를 바로잡으며 목을 풀었다. "첫째, 빤히 쳐다보는 것은 예의 바른 행동이 아니다."

라다가 시선을 피했다가 어쩔 수 없다는 듯이 다시 내게 고개를 돌렸다. "지지."

나는 우리 사이에 한 손을 들어올렸다. "둘째, 대화는 집에서만 나눈다." 땅에 자기들이 먹은 씨앗을 뿌리는 새들처럼, 릭쇼와 통가를 끄는 사람들은 자신들이 들은 소문을 퍼뜨렸다. 나는 그들에게 절대 먹이를 줘서는 안 된다고 생각했다.

나는 다시 라다의 시선을 느꼈고, 눈을 감아 차단했다. 관자놀이가 더욱 심하게 지끈거렸다. 이 아이가 정말로 여동생인가? 정말로 지저 분했다! 일주일 동안 목초지를 돌아다닌 브라만종 황소처럼 더러웠 다. 이 아이 나이에 나는 머리칼을 매만지고 강가에서 빤 젖은 치마를 비틀어 짜고 자리에 눕기 전에 발을 씻었다. 마가 이 아이에게는 아무 것도 가르치지 않았나? 몸에서는 둘둘 말아놓은 건초 냄새가 났는데, 하리가 지나가는 농부들에게 자이푸르까지 태워달라고 부탁했다는 의미였다. 그리고 그들에게 내가 집으로 부친 돈을 찔러줬을 것이다.

나는 곁눈으로 깍지 낀 아이의 손을 보았다. 아이의 검은 손톱은 거 지 손톱만큼이나 불결했다. 있는 줄도 몰랐던 여동생을 다른 사람에 게는 어떻게 설명할 것인가? 고객들은 내 가족사의 구체적인 내용을 조금도 모르겠지만, 이옝가르 부인, 그녀에게는 뭐라고 할 것인가? 나 는 진지하게 주의사항에 한 가지를 더 보탰다. 셋째, 누구에게도 하리 이야기는 하지 마. 겉보기에 그는 여전히 맞비빌 루피 지폐 몇 장도 없 는 신세였다. 한동안 자이푸르에서 지내면서 내 돈으로 먹고살 생각 이었으리라. 마침내 노동의 결과를 수확하려는 이 시점에, 왜 내게 벌 어먹일 입이 두 개 더 늘어나야 하지?

얼마나 부당한 일인가! 기다렸던 두 사람—어머니와 아버지—을 먹여 살릴 책임이라면 기꺼이 떠안았을 것이다. 라다는 내가 부모님 에게 끼친 불명예에 대한 보속(補贖)인지도 몰랐다. 부모님, 시어머니 와 하리, 모두 내가 달아난 뒤에 사회에서 배척되고 무시당했을 것이 다. 종교의식, 결혼식, 탄생일, 장례식에도 갈 수 없었을 것이고, 심지 어 누군가는 그들에게 침을 뱉었을 것이다. 내 얼굴이 죄의식으로 점 점 달아올랐다.

라다의 머리가 앞으로 꾸뻑했고, 나는 아이가 리드미컬하게 흔들리는 릭쇼의 움직임에 잠이 들었음을 깨달았다. 라다의 몸이 내게 기울기 시작했고, 나는 그 가까운 거리가 불편하게 느껴졌다. 내가 앉은 자리에서 몸을 조금 움직이자 아이의 몸이 반대쪽으로 기울었고, 머리가 나달나달해진 릭쇼의 캔버스 덮개에 닿았다.

이제 나는 아이의 얼굴을 마음껏 뜯어볼 수 있었다. 나보다 더 달걀형인 것이 마의 얼굴형을 닮았다. 내 얼굴은 하트 모양이고 피타지처럼 턱이 뾰족했다. 내가 떠난 해에 라다가 태어났다면 지금 열세 살일 텐데, 그보다 더 성숙해 보였다. 나이가 그렇게 어린데도 벌써 미간에 깊은 주름이 생겨 있었다. 그리고 입가에는 팔자주름도 있었다.

나는 아이의 팔에 생긴 검고 둥글게 눌린 자국을 살펴보면서 하리가 손으로 아이의 팔을 잡았을 것이라고 생각했다. 나는 하리의 잔인한 행동을 피해서 달아났으나, 결과적으로는 라다에게 고통을 주었을 뿐이라면? 그 생각이 들자 몸서리가 쳐졌다.

그에 대한 답인 듯이 라다가 몸을 떨었다. 나는 양모 숄을 벗어 아이의 가녀린 몸을 감쌌다. 라다에게 스웨터가 있을 것 같지 않았다. 여기로 오는 길 내내 틀림없이 추위에 떨었을 것이다!

아이의 피부색은 나보다 조금 더 짙었다. 내가 오래 전에 그랬듯이, 이 아이도 틀림없이 마을 우물에서 물을 긷거나 한낮의 태양 아래에서 소똥을 모으느라 햇볕 아래에서 많은 시간을 보냈을 것이다. 발바닥은 터서 갈라져 있었다. 목욕을 시키려면 이른 아침까지 기다려야 할 것이다. 판디 씨 가족을 깨우는 위험도, 이옝가르 부인의 식구들을 깨우는 위험도 무릅쓰고 싶지 않았다.

열세 살이라면, 지금 라다는 6학년이어야 한다. 공립학교를 알아봐야 할 것이다. 부인들의 딸들을 보면 다음 학기는 1월에 시작할 것이다. 그때까지 뭘 하지? 내가 부인들을 만나는 동안 라다만 우리 셋집에 남겨둘 수는 없었다. 이엥가르 부인이 코를 들이밀고 질문을 백 가지는 할 것이다. 라다를 헤나 예약 장소에 데려가도 괜찮을까? 옷이 필요했다! 이 아이를 사회에 내놓으려면 새 옷이 필요할 것이다.

휙휙 돌아가는 모든 생각들을 담아내기에는 머리가 너무 작게 느껴졌다. 오늘 밤은 그 이상을 생각할 엄두가 나지 않았다. 그 생각까지 한다면 결코 다시 잠들 수 없을 것이다.

나는 어깨를 흔들어 라다를 깨웠다. 가르쳐야 할 것이 많았다. 그것도 빨리.

3

1955년 11월 16일

이옝가르 부인은 내게 알미라(나무로 만든 옷장)를 빌려주는 대가로 돈을 얼마간 받았다. 수납장 한 칸에 나는 파스텔 색조의 사리를 개어 보관했다. 사리의 무늬—작은 물방울, 가는 줄, 무당벌레보다 크지 않게 자수를 놓은 꽃—들은 정교했다. 다음 칸에는 블라우스를 보관했는데, 색깔대로 나란히 정리했다. 연푸른색, 잎사귀의 녹색, 사탕 같은 분홍색, 티 없는 흰색, 그리고 상아색. 내가 어렸을 때 자주 입던 살와르-카미즈(1950년대에 소녀나 젊은 여자들이 입었던 의상)는 짝이 맞는 춘니(여성용 머리덮개)와 함께 맨 아래 칸에 있었다.

"이게 다 언니 거예요, 지지?" 목욕을 마치고 수건으로 몸을 감싸고 나온 라다가 알미라 안을 들여다보았다. 그리고 질 좋은 면과 실크를 몹시 만져보고 싶다는 듯이 손가락을 맞비볐다. 간밤에 릭쇼를 타고 가면서, 내가 어떤 여자들을 위해서 일하는지 아이에게 말해준 다음 몇 가지 주의를 주었다. "넷째, 자기 것이 아닌 물건은 만져서는 안 된다. 네가 아니라고 하기도 전에 부인들이 도둑으로 몰아갈 거야."

나는 가장자리에 작은 푸크시아 꽃이 둘린 장밋빛 분홍색 사리를 고르고, 그것을 페티코트 안에 끼워넣기 전에 익숙한 손놀림으로 주름을 잡았다. "부인들 대부분은 면으로 된 옷은 입지 않고, 반지 안에 넣고 당겨도 될 만큼 고운 실크로 된 옷만 입지. 특별한 행사가 있을 때는 자수를 풍성하게 놓은 사리를 입고. 대체로 금사와 은사로 수를 놓은 걸로." 그리고 여동생을 보았다. "최근에 어느 신부에게 헤나를 해줬어. 사리에 금사를 어찌나 많이 썼는지, 신부가 만답(신부와 신랑, 주례를 서는 힌두교 성직자를 위해서 세우는 지붕 덮인 무대)으로 올라갈 때 자매 세 명이 부축해야 할 정도였어."

"그러면 불 주변에서는 어떻게 걸어다녀요?"

나는 한쪽 눈썹을 치켰다. "아주 아주 천천히."

라다의 웃음소리는 놀랄 만큼 깊었다. 남자아이들이 자전거 바큇살 사이에 카드를 끼워넣을 때 들리는, 푸르르 떨리는 소리 같았다.

나는 아이에게 신어보라며 석조 바닥에 갈색 샌들을 탁 내리쳤다. 굽은 평평하고 끈은 소박했다. 발바닥에 못이 박인 것을 보니 아이가 맨발로 돌아다니는 데 익숙하다는 것을 알 수 있었다. 샌들을 신으면 차츰 구두를 신을 수 있게 될 것이다.

라다가 몸을 감았던 수건을 풀자 내 시선은 다시 아이의 타박상으로 돌아갔다. 어제 본 성난 붉은색이 조금 희미해져 있었다. 우리의 시선이 마주치자 아이는 자국을 감추려고 가슴 앞으로 팔짱을 끼었다. "트럭에 양이 타고 있어서, 양이 내 갈빗대를 들이받았어요. 내일이면 멍든 자국이 사라질 거예요."

우리 사이에는 말하지 않고 넘긴 것들이 너무 많았다. 거리의 여자 청소부가 일과를 시작하기 전, 그리고 이영가르 부인의 어린 하녀가 어제 널어놓은 사리를 빨랫줄에서 걷기 전인 오늘 새벽에 내가 옥상에서 아이를 목욕시켰을 때도 다르지 않았다. 라다는 어떤 것들에 대해서 입을 다물었고, 나는 다른 어떤 것들에 대해서 침묵했다. 나는 둘로 갈렸다. 내 일부는 하리가 (그가 내게 상처를 준 것처럼) 라다에게 상처를 줬는지 알고 싶었지만, 또다른 일부는 진실을 아는 것을 두려워했다. 아이가 어떤 답을 하든 내 탓인 것이 분명했다. 그가 내게 앙갚음을 하려고 그랬을 테니까.

나는 풀 색깔의 녹색 튜닉을 아이의 머리에서부터 씌워 입히고 가녀린 어깨를 덮은 천을 반듯하게 펴주었다. 카미즈가 아이의 작은 가슴을 여유 있게 통과했고, 나는 옷을 얼마나 줄여야 할지 보려고 남아도는 천을 손으로 모아 잡았다. 흰색 면 살와르 또한 단을 몇 센티미터 올려야 했다. 바짓단이 발치에서 웅덩이를 이루었고, 허리는 한 뼘이나 남았다. 마지막으로 아이의 어깨에 흰색 시폰 춘니를 느슨히 둘러주었다. 그리고 뒤로 물러서서 내 작품을 살펴보았다.

튜닉의 녹색이 아이의 연못 같은 녹색 눈동자를 돋보이게 했고, 머리 색깔도 더욱 검어 보이게 했다. 피부는 내가 열심히 문질러 장밋빛이 되었고, 팔에서는 코코넛 오일을 바른 덕에 사랑스러운 광채가 흘렀다. 머리를 높이 틀어올리고 목에 보석 한두 점을 걸고 뼈에 살이 좀 붙으면 부인 누구의 딸이라고 해도 될 것 같았다.

아이는 내가 결과에 만족한다는 사실을 알고 입술을 꾹 붙여 수줍은 미소를 지었다. "지지, 더 밝은 색깔 있어요?"

내가 말했다. "경박한 색깔을 입으면 시골 여자애처럼 보일 거야. 대담한 색깔을 입으려면 부인들처럼 실크를 입어야 해. 평범한 세탁부 여자처럼 싸구려 거울 장식물을 단 옷 따위는 잊어."

아이의 입이 벌어졌고 입술이 떨렸다.

내 말이 너무 가혹했나?

아이의 시선이 고향 마을에서부터 줄곧 이고 왔다는 무트키에 가닿았다. 마의 결혼식 사리에 달렸던 수백 개의 작은 거울 장식이 항아리 입구에서 우리를 향해 반짝거리고 있었다.

너무 늦었다. 내가 아이의 감정을 다치게 한 것이다. 지붕 위에서 머리카락에 붙은 진드기를 잡아낼 때 그랬던 것처럼.

"씻기는 하니?" 내가 물었다.

"우리는 열흘 동안 사탕수수 수레를 타고 왔고, 그다음에는 자이푸르로 양들을 싣고 가는 트럭을 잡아탔어요."

아이의 목소리가 미안하다는 듯이 작아져서, 나는 즉시 내 말투를 후회했다. 하리가 내 돈을 다른 데 쓰려고 했더라도 아이가 뭘 할 수 있었겠는가? 게다가 내가 아자르에서 염소와 지저분한 개들 사이를 떠돌 때, 진드기는 내게도 옮겨붙지 않았던가? 아이를 더 다정히 대해야 할 것이다.

텅, 텅. 금속 용기가 맞부딪치는 소리가 들리는 것을 보니 이옝가르 부인의 안뜰에 우유 배달부가 온 모양이었다. 다른 일이 생긴 데 안도하며 서둘러 샌들을 신었다. "두드-왈라(우유 배달부)를 붙잡아야 해. 부르피(우유와 견과류를 섞어서 만드는 단 과자)를 만들려면 1리터가 더 필요할 거야."

내가 문을 열었을 때는 말릭이 문을 두드리려는 찰나였다. 숱 많은 머리칼은 빗지 않았지만, 셔츠와 니커(헐렁한 무릎 바지)는 깨끗해 보였다. 뭔가를 씹는지 턱이 움직이고 있었다.

"아레, 말릭! 일찍 왔구나."

말릭이 라다를 향해 턱을 내밀었다. "누구예요?"

"라다, 내 여동생이야. 여기서 지내려고 왔어."

나는 설명을 더 할 생각이 없었고, 말릭과는 설명 같은 것이 필요 없었다. "판(담배와 빈랑나무 열매를 빈랑나무 잎으로 싼 것)을 씹으면 이가 까매져. 알겠지만."

말릭은 꿈쩍도 하지 않고 대답했다. "오늘은 장이 서는 날이에요, 앤티-보스. 그리고 저를 보고 반할 여자는 없어요." 그가 씩 웃자 담배 반죽으로 얼룩진 치아가 드러났다.

나는 페티코트에서 구매할 물건 목록을 꺼내 말릭에게 내밀었다. 말릭이 훑어보았다. "다른 건 더 없어요?"

나는 작업용 탁자 위에 일렬로 놓인 병들을 흘끗 보았다. "라벤더 오일." 오늘 아침에 라다의 멍에 바르느라 마지막 남은 방울까지 다 썼다. "그리고 목련 추출액." 라다의 발은 랄라의 발보다 훨씬 건조했다. 라다가 평생 신발을 신어본 적은 있는지 궁금했다.

말릭이 고개를 끄덕였다. 말릭은 다시 여동생을 보고 있었다.

나는 바닥에서 라다가 여기까지 올 때 입은 더러운 옷을 집어올렸다. "시장에서 돌아오면 이건 태워."

라다가 조그맣게 울음을 터뜨렸다.

나는 고개를 돌려 라다를 보았다. 아마 아이의 유일한 옷이었을 것이다. "진드기가 우글거리잖아, 라다. 새 걸 사줄게."

라다가 얼굴을 붉히며 말릭을 흘끔 쳐다보고, 재빨리 시선을 떨구었다. 내가 말릭 앞에서 이런 말을 해서 라다가 당혹스러운가? 나는 말릭의 반응을 흘끗 살폈지만, 아무 표정이 없었다. 나는 말릭에게 얼른 나가라고 재촉했고, 우리는 계단을 내려가 헤어졌다.

강철로 된 우유 통을 들고 방으로 돌아왔을 때, 나는 뭔가가 달라진 것을 눈치채고 입구에서 걸음을 멈췄다. 라다는 내가 허브를 정리해 두는 긴 탁자의 한쪽 옆에 등 뒤로 양손을 잡고 서 있었다. 눈에서는 경계하는 야생 짐승의 눈빛이 엿보였다. 이 아이가 뭘 한 거지? 뭔지 는 몰라도 라다는 내가 자기를 혼내려고 한다고 생각한 모양이었다. 나는 눈으로 오일과 로션 병, 막자사발과 막자, 식물이나 씨앗을 잇댈 때 쓰는 대리석 판을 훑었다. 모든 것들이 살짝 흐트러져 있고 내가 정리해둔 모습이 아니었다. 신선한 허브를 넣은 병 또한 다른 곳으로 치워져 있었다. 그 순간 보았다. 프랜지패니를 넣고 블라우스를 담가 놓은 대야에서 한 송이가 사라졌다. 내가 라다를 쳐다보자 라다의 손 이 순식간에 머리로 옮겨갔다. 거기, 내가 틀어올려준 머리칼에 그 한 송이가 꽂혀 있었다.

라다가 익살맞은 미소를 지었다. "열 번째, 부인들의 집에 초대받고 싶으면 늘 꽃향기가 나야 한다."

지난밤에 첫 번째, 두 번째, 세 번째, 네 번째를 알려준 다음 나는 다 섯 번째, 똑바로 앉는다(그 애는 빨래나 요리를 하느라 늘 바닥에 쭈그리 고 앉아 지낸 사람처럼 자세가 구부정했다), 여섯 번째, 입을 벌리고 있지 않는다(스쿠터일 뿐인데 그게 힌디어로 노래하는 원숭이라도 되는 것처 럼 정신없이 보고 있었다), 일곱 번째, 입을 다물고 먹는다(몇 주일은 굶은 사람처럼 차파티를 한 입 다 먹기도 전에 다시 베어 먹었다), 여덟 번째, 아침에 이옝가르 부인에게 소개할 때, 미소를 짓는다(걱정이 있는 사람처 럼 평소에 찡그린 표정을 하고 있었다)를 가르쳤다. 아홉 번째까지 갔을 때 라다는 저녁을 다 먹었고, 눈꺼풀이 내려오기 시작했다. 나는 알미 라 앞에 시트를 펴주었다. 라다가 머리를 계속 긁고 있어서, 머리에서 주이(벼룩)를 다 잡고 나면 침대에서 같이 잘 수 있을 거라고 말해주었다. 라다는 뭐라고 하지 않았다. 바닥에서 자는 데 익숙하거나 불평하기에는 너무 지쳤을 것이다.

나는 혼자 지낸 시간이 아주 길었고 아이를 키운 경험은 전혀 없었다. 뭔가에 손대기 전에 물어봐야 한다고 타일러야 할까, 아니면 나로서는 당연히 받아들이는 모든 것들에 홀린 이 시골 여자애가 하고 싶다는 것은 다 하도록 해줘야 할까? 꽃은 어쨌거나 별것 아니었다.

나는 방 안으로 들어가 우유 통을 탁자에 내려놓았다. 그리고 미소를 지었다. 이어 남은 꽃과 블라우스가 담긴 대야를 가리키며 말했다. "내가 머리를 매만지는 동안 지붕에 내 블라우스 좀 널어주겠니?"

숨을 참고 있었던 것처럼 라다의 몸에서 긴장이 풀렸다. 그러더니 탁자에 있는 병 하나를 집어들고 "지지, 이건 어디에 쓰는 거예요?" 하고 물었다.

"그건 바치(피부나 머리칼에 바르는 오일을 만들 때 쓰는 씨) 오일이야. 머리칼을 자라게 해주지. 넌 필요 없어. 숱이 충분히 많으니까." 내가 말했다.

라다가 사각형의 붉은 벨벳 위에 놓인 점토 그릇을 가리켰다. 그릇 가장자리에 짙은 계피 얼룩이 남아 있었다. "저 그릇은 뭔가 특별한 거예요?"

라다가 내 사스의 오래된 그릇에 손대기 전에 나는 라다가 탁자에서 물러서게 했다. "헤나 반죽을 하는 그릇이야. 이제 얼른 블라우스를 널고 와." 나는 손목시계를 확인하며 말했다. "재봉사를 찾아갈 거야. 우리가 일찍 가면, 그 아줌마가 허기진 상태라 싸게 해줄 거야."

재봉사는 가르마를 가운데로 탔고, 숱이 별로 없는 머리카락은 하나로 모아 틀어올렸다. 노란빛이 도는 갈색 두피가 듬성듬성 드러나 보였다. 우리가 가져간 세 벌의 살와르-카미즈에 핀을 꽂은 뒤, 그녀는 2층 창밖으로 몸을 내밀고 차를 주문했다. 5분 뒤 소년이 김이 모락모락 나는 차이 세 잔을 작은 유리잔에 담아 들고 들어왔다. 나는 잔을 받아 들었지만, 위에 떠 있는 기름층 때문에 마시지 않았다. 한편 라다는 1분도 되지 않아 자기 몫을 다 들이켰다. 내 잔을 건네자, 그것도 전부 비웠다. 목이 마른 것처럼 보이지 않으면서 차를 마시는 법을 가르쳐야 할 것이다.

"얼마예요?" 내가 재봉사에게 물었다.

여자는 커다란 스코피온 브랜드의 코담배 통을 선반에서 내렸고, 말린 담뱃잎을 엄지와 검지로 조금 집었다. 그러고는 마가 하던 대로 처음에는 한쪽 코로, 다음에는 반대쪽 코로 훅 들이마셨고, 그다음에는 입을 벌리고 코를 킁 들이마셨다.

"여동생이 있다고 했었나요?" 그녀가 말했다.

내가 말했다. "내가 물어봤을 때는 오렌지색 생사(生絲)가 있다는 말은 하지 않았잖아요. 당신이 그 천으로 만들어준 블라우스를 파르바티 싱이 입고 있는 걸 보고 내가 얼마나 놀랐는지 알아요?"

그녀의 입술이 일자가 되었다.

나는 라다가 우리를 지켜보고 있다는 것을 알아차렸다. 시선이 재봉사와 나 사이를 오갔다.

적을 만드는 것은 내 방식이 아니었고, 자이푸르에서 가장 솜씨 좋은 재봉사와는 단연코 그럴 수 없었다. 나는 가방에서 작은 병을 꺼냈다. "잊기 전에 이거 받으세요."

그녀가 병을 잡았고, 우리는 그녀가 그것을 사리의 주름 사이로 깊

숙이 집어넣는 것을 지켜보았다. "이틀 걸릴 거요." 그녀가 말했다.

내가 일어섰다. "내일까지."

우리가 재봉사의 집에서 나오자마자 라다가 그 병에 뭐가 들었는지 물었다.

"짐작이 안 가?"

우리는 말없이 걸었다. 갑자기 라다가 걸음을 멈췄다. "바치 오일?"

나는 웃으면서 라다가 걸음을 다시 떼도록 팔을 잡아끌었다. "그 불쌍한 여인은 내 오일을 바르기 전에는 머리 한쪽이 거의 대머리였어."

라다가 웃었다.

"앤티-보스!"

릭쇼가 우리 옆에 와서 섰고, 말릭이 발판에 서 있었다.

나는 눈을 찡그리고 그를 올려다보았다. "내 돈을 릭쇼를 타는 데 낭비하는 거니?"

말릭이 자기 가슴에 손을 얹고 고개를 옆으로 살짝 기울였다. "앤티-보스, 제 숙녀분들을 보살피는 거예요." 말릭은 내 손을 잡아 나를 끌어 올려주고, 이어 라다를 도와주었다. 입으로는 타마린드 사탕을 부지런히 빨아먹고 있었다. 말릭이 라다에게 한 개를 주자, 라다는 굶주린 듯이 입안에 집어넣었다.

열세 번째, 단 과자를 먹으면 이가 상한다. 나는 속으로 이 문장을 라다에게 가르칠 목록에 보탰다. 나는 신문지에 싸인 꾸러미를 풀면서 말릭이 사온 물건들을 빠르게 확인했다. "라벤더 오일, 문스타 걸로 구했니?"

라다 옆에 끼어 앉은 말릭이 몸을 숙이고 나를 보았다. "다른 모두에게 지혜로운 자가 집에서는 아무도 아니다. 마담, 문스타뿐 아니라 돈으로 살 수 있는 최고의 브랜드 제품에 할인을 받았습죠."

"그럼 그 돈은 내게 돌려줘야겠구나?"

말릭이 손바닥이 위로 향하게 하여 릭쇼꾼 쪽으로 두 손을 내밀었다. "릭쇼는 돈을 안 받고 태워주나요?"

나는 그 말에 웃음이 터질 뻔하다가, 말릭이 눈썹을 치키고 라다에게 정중하게 살람 인사를 하는 것을 보고 참았다. 말릭의 오므린 손바닥이 이마에서 입으로, 다시 가슴으로 우아하게 내려왔고, 라다는 그것을 보며 미소를 지었다. 나는 다시 꾸러미로 주의를 돌렸다.

"지지! 봐요! 크리슈나의 왕관 같아요!" 라다가 길 건너를 가리키며 소리쳤다.

나는 동생의 팔을 부드럽게 잡아 내렸다. "여섯 번째는, 라다?"

라다가 생각하느라 얼굴을 찡그렸다. "입을 벌리고 있지 않는다?"

"아주 좋아. 저 건물은 하와 마할이야. 거의 천 개의 창문이 있지. 궁의 여인들은 아마 저 창문을 내다보고 있겠지만, 밖에서는 자기들 모습이 보이지 않기를 바랄 거야."

우리는 하와 마할을 지나쳤다. 라다가 여인들이 우리를 지켜보는지 뒤돌아 확인하고 싶은 충동과 싸우고 있다는 것을 느낄 수 있었다. 동생을 계속 지켜봐야 할 것이다. 동생은 좋게 보면 생기 넘치고 호기심이 많았지만, 길들지 않은 상태였다. 그러니 어떤 위험한 일이 터질지 몰랐다.

20분이 지났을 때쯤, 나는 릭쇼-왈라에게 세워달라고 했다. "나는 볼일이 있어서 여기서 내려야 해. 말릭, 집에 도착하면 라다에게 내가 라두(렌즈콩과 통밀 가루로 만든 경단)를 어떻게 만드는지 알려줘. 하지만 나가서 화덕 쓸 때는 이엥가르 부인에게 들키지 말고."

"당연하죠, 앤티-보스. 하지만……."

"뭐?"

말릭이 과장되게 어깨를 으쓱했다. "라두는 음식이 아닌데요. 저한테 종종 그렇게 말했잖아요, 마담."

뺨이 뜨거워졌다. 물론 그랬다! 나는 재봉사의 집에서 차를 마시고 타마린드 사탕을 먹은 것 말고는 라다가 아무것도 먹지 못했다는 사실을 완전히 잊고 있었다. 말릭은 그것을 알아차린 것이다. 나 역시 아무것도 먹지 않았지만 나는 허기에 익숙했다. 하지만 라다는 성장 중인 아이였다. 내가 일찍 알아차렸어야 했다. "집에 가면 알루(감자), 고비(콜리플라워), 피야지(양파)가 있어. 라다, 수브지나 차파티는 만들 줄 아니?"

동생이 머리를 움직였고, 표정은 진지했다. 네.

"좋아." 릭쇼에서 내리면서 내가 주의를 주었다. "먼저 손을 씻어. 말릭, 이번에는 꼭 비누를 써서 씻고."

10년 전에 나는 아그라에서 살았고, 창녀들이 계속 아이를 가지지 않을 수 있게 피임을 위한 차를 만들어주고 돈을 벌었다. 그들은 돈을 넉넉히 쳐주었다. 하지나 나스린 같은 마담은 특히 친절해서, 차에 대한 보답으로 자신의 부지에 숙소를 마련해주었다. 남는 시간에는 내게 헤나 기술을 가르쳤다. 피부에 갈대 붓을 대고 긋는 기술은 고향 마을에서 문치-지와 함께 피팔 잎맥에 색을 칠하던 것과 조금 다를 뿐이었다. 나는 헤나로 색을 칠하는 법을 빠르게 익혔다. 윤락가 여인들은 각자 고향—이스파한, 마라케시, 카불, 콜카타, 마드라스, 카이로―에서 본 것을 가르쳐주었고, 나는 얼마 지나지 않아 여인들의 팔과 다리, 배, 등, 가슴에 그들이 가르쳐준 모양을 그릴 수 있었다.

사미르 싱은 아그라에 볼일이 있을 때마다 하지와 나스린의 윤락업소를 자주 찾았다. 거기에서는 이슬람교 귀족, 뱅골 사업가, 힌두교도인 의사와 변호사들이 물담배를 피우면서, 창녀들이 고대 시를 암송하거나 향수를 일으키는 달콤한 가잘(사랑의 발라드)을 부르거나 전문 음악가들의 리듬에 맞춰 고전적인 카타크(아주 격정적이고 대중적인 춤)를 추는 동안 먹고 마셨다. 사미르는 내 헤나 솜씨에 대한 말을 듣고 나를 불러냈다. "자이푸르에 가면 집에 불이 나기 전에 우물을 파고 싶어하는 신사들이 많소. 내가 무슨 뜻으로 말하는지 알 거요. 그리고 그 남자들은 윤락업소에서 주는 돈의 세 배를 줄 거요." 사미르는 나에게 자이푸르로 거처를 옮겨서 자기처럼 혼외정사를 즐기는 남자들에게 원치 않는 임신을 막아주는 일을 하면서 상상할 수 있는 것보다 더 많은 돈을 벌어보라고 제안한 것이다. 그는 윤락업소를 즐겨 찾지만, 개인적으로는 젊고 자식 없는 과부를 더 선호한다고 했다. 그 여자들은 아무리 어린 나이에 남편을 잃었어도 보통은 혼자 살아야만 했다. 사회가 그러기를 원했다(홀아비들에게는 해당되지 않았다. 그들은 그런 분위기에 영향을 받지 않고 결혼할 수 있었다). 사미르는 과부들에게 칭찬과 선물을 쏟아부었고, 자신의 매력을 듬뿍 발산했으며, 그들은 고마워했다.

이 협상은 사미르가 제안한, 진실을 위장할 수 있는 꽤 괜찮은 방법 덕에 매듭지어졌다. 그의 아내 같은 고위 카스트 부인들에게는 헤나 문양을 그려주고, 한편으로는 그 뒤에서 자기 친구들과 지인들에게 피임을 위한 약주머니를 몰래 팔라는 것이었다. 파르바티가 아이가 생기지 않는다고 한탄했을 때, 나는 그녀가 고빈드를 임신할 때까지 내 사스가 내게 먹였을 법한 것—붉은토끼풀, 프림로즈 오일, 야생 얌을 달거나 향미가 강한 과자 형태로 만든 것—을 먹였다. 파르바티는 기뻐하며 부인들을 소개해주었고, 이제는 그들의 이름이 내 예약 장부에 영예롭게 올라 있었다.

1945년에 사미르를 만났을 때, 나는 이미 독립적인 삶의 형태를 이룬 후였다. 내 힘으로 월세를 냈고, 배불리 먹었으며, 부모님이 계신 집으로 돈을 조금씩 보냈다. 사미르는 내게 사업을 키울 기회를 제공했고, 나는 아이가 반딧불이를 잡는 방식으로 그것을 붙잡았다. 기회가 사라지기 전에—잽싸게!—허공에서 낚아챘다.

나는 나란히 늘어선 단층집 앞에 서서 어제 받은 사미르의 종이쪽지를 확인했다. J. 해리스 부인. 툴시 마르그 30-N. 머리 양옆으로 회색 머리칼을 빅토리아롤 스타일로 말고 앞뜰에서 넝쿨을 뻗어올리는 장미나무의 시든 꽃을 잘라내고 있는 여자가 있었는데, 아이를 가질 나이를 한참 넘긴 듯이 보였다. 나는 어리둥절해서 다시 주소를 보았다. 지금까지 약주머니를 만들어왔건만, 오십이 한참 넘은 여자가 약주머니가 필요하다고 한 경우는 없었다. 하지만 영국 여자라니 모를 일이었다. 자이푸르의 태양은 내 인도 부인들의 손에 그랬던 것만큼, 기미가 잔뜩 낀 이 여자에게도 무자비했다.

"J. 해리스 부인?" 내가 물었다.

영국 여자가 돌아보더니 회색 이를 잔뜩 드러내며 환한 미소를 지었다. "당신이 그 애를 찾아냈군요! 정원사는 이런 일을 절대 제대로 할 줄 모르지. 뭐든 제대로 하려면 내가 직접 해야 한다니까. 당신은 가정교사 면접을 보러 온 것 같은데, 아기들을 잘 돌보겠죠? 음, 군에서 보내주는 사람들보단 훨씬 청결해 보이네요. 하지만 내 남편 제러미는 그 사람들에겐 목욕할 만한 적당한 공간이 없는데 어떻게 몸을 씻겠느냐고 말하곤 했죠.

남편은 영국군 소령이었어요. 남편이 죽은 후에 나는 여기 남은 거고요. 군인 연금으로는 브리스톨에 있는 집을 감당하기 어렵지, 안 그렇겠어요? 차를 내오라고 할 건데 괜찮죠? 미리 말해두는데, 당신들 모두 그토록 좋아하는 향이 강한 차이는⋯⋯위장에 좋지 않아요. 나는 맛 좋은 옛날식 영국 차로 하겠어요. 안으로 들어가요. 몹시 추웠을 텐데. 섭씨 21도는 내게 더없이 화창한 날씨지만, 당신들 인도인은 바람만 살짝 불어도 대번에 양모 옷을 꺼내 입더라고. 한번도 공감이 된 적은 없었지만. 선선한 공기가 내게는 딱이거든!" 그녀가 빠르게 말하니 영어의 r 소리는 삼켜지고 d 소리는 부드러워졌다. 그 두 자음은 우리 인도인이 아주 주의를 기울여 발음하는 것이었다. 그녀는 '아르미(Army)'를 '아미(aamy)'로 발음했다. '인디안스(Indians)'는 '인준스(Injuns)'로 발음했다.

죄송하다는 말을 중얼거리며 얼른 떠나려고 돌아서는데, 젊은 여자가 현관문을 통해 허겁지겁 달려나와 나를 구해주었다.

"아, 거기 있었군요, 샤스트리 부인. 내게 보여줄 제품을 가져왔겠죠? 내 친구들이 당신이 만든 핸드크림을 너무 좋아해요!"

우리는 젊은 영국 여자의 침실로 들어가 문을 닫은 채 목소리를 낮추어 이야기했다.

"시어머니 일은 사과할게요, 샤스트리 부인." 그녀가 소곤거렸다.

내 느낌에, 그녀는 자신의 사스가 여기 있다는 데 필요 이상으로 사과하는 것 같았다.

"그분은 제러미 해리스 부인이라고들 불러요. 사람들은 나도 해리스 부인이라고 부르지만, 내 이름은 조이스예요." 젊은 여자의 뺨이 발그레해졌다. "시어머니가 오늘 브리지 게임을 하러 가신다고 했는데, 취소됐어요. 난 우리끼리만 있게 될 줄 알았거든요."

"해리스 부인, 캐묻고 싶지 않지만 부인의 시어머니는 제가 가정교사로 지원한다고 생각하시나 봐요. 다른 아이가 있으세요?"

조이스 해리스가 고개를 가로저으며 시선을 자신의 배로 보냈다.

"하지만 임신한 거죠? 임신이 비밀은 아닌 거고요?"

그녀는 다시 고개를 가로저었다.

"임신한 지 얼마나 됐는지 알아야 해요." 내가 부드럽게 말했다.

그녀의 눈에 눈물이 그렁그렁해졌다. 눈물 두 방울이 화사한 나일론 드레스 보디스(코르셋 위에 입는 여성용 조끼)에 떨어졌다. 그녀는 눈물이 꽃무늬 천의 길이만큼 흘러내리도록 내버려두었고, 닦아내려고는 하지 않았다.

"해리스 부인?"

그녀가 답을 망설였다. "너, 넉 달이에요."

임신하고 시간이 너무 많이 지나면 아이를 없애는 것이 여자에게 위험했다. 넉 달이 상한이었다. 여자들이 도움을 청하러 내 시어머니를 찾아왔을 때 시어머니는 내게, 왔을 때만큼 건강한 상태로 돌아가야 해 하고 말하고는 했다. "확실해요?"

한 박자 쯤을 들이고, 그녀가 고개를 끄덕였다.

"이 단계에서는 위험할 수도 있어요. 부인도, 아기도. 그리고 나에겐 당신의 안전이 가장 중요해요. 넉 달을 넘지 않은 게 확실해야 해요."

그녀는 다급한 속삭임으로 내 말을 멈췄다. "이 아기를 정말 낳고 싶어요. 하지만 내가 거리로 내쫓기면……."

내가 도움을 준 여자들은 늘 자신들의 죄의식을 고백하려 했지만, 나를 그들의 비밀 이야기로 끌어들이지 않는 편이 내게도 그들에게도 더 나았다. 나는 입술을 적셨다. 그녀가 내게 하는 말이 진실인지 확실히 알아야 했다.

"넉 달이 넘지 않은 게 확실하다면, 그리고 내가 주는 지시를 정확히 따른다면, 당신은 괜찮겠지만……."

"잠을 못 자겠어요. 계속 두통이 있고요. 이 아기를 낳을 수 있다면 낳을 거예요. 하지만 남편의 아이가……맞는지 모르겠어요."

내가 사미르의 요청으로 해결한 많은 여자들은 누군가와 불륜 관계를 맺고 있었다.

"마담, 설명할 필요 없어요."

조이스 해리스가 내 쪽으로 기대며 내 손을 꼭 쥐는 바람에 나는 깜짝 놀랐다. 나는 그녀의 손마디를 덮은 하얀 피부와 헐거워진 결혼반지, 선홍색으로 칠한 손톱을 물끄러미 바라보았다. 그녀는 내게서 내가 줄 수 없는 것을 기대하고 있었다. 용서. 면죄. 나는 그녀에게 낯선 사람이었다.

나는 그녀의 얼굴―젖고, 얼룩지고, 불안으로 달아올라 있었다―을 보았다. 눈의 흰자위에 핏발이 서 있었다.

"그는 클럽에서 존……남편과 스쿼시를 하는 사이예요. 거기에서 그를 만났어요. 클럽에서. 그도 결혼한 남자예요. 아기는 존의 아기겠지만……그의 아기일 수도 있어요." 그녀가 내 손을 놓고 허리띠에서 손수건을 꺼내 눈물을 닦았다. "그는 인도인이에요."

아주 잠깐 나는 그녀의 인도인 애인이 사미르일지도 모르겠다고 생각했다. 하지만 사미르는 지나칠 만큼 신중한 사람이었다. 그는 자신의 정부에게 내가 만든 약주머니를 주고, 양심의 가책 없이 다음 여자에게로 옮겨갔다. 조이스 해리스가 그의 애인들 중의 하나였다면 내게 말했을 것이다. 그는 다른 여자들에 대해서 내게 숨기지 않았다. 게다가 그는 과부를 선호했고, 조이스 해리스는 분명 결혼한 여자였다.

"내가 인도인 아기를 건네면 남편이 뭐라고 하겠어요?……엄마가 뭐라고 할지는 안 물어봐도 뻔하고요. 서리에 있는 집으로 갈색 피부의 아기를 데려갈 수는 없어요. 영국 사회에는 그런 아이가 있을 자리가 없어요. 내 아기가 안전하게 살아갈 장소는……그런 곳은 어디에도 없어요."

나는 그녀의 흐느낌이 잦아들기를 기다렸다.

"해리스 부인, 당신이 현재 상황에……그리고 주변 사람들에게 최선을 다하고 있다는 건 확실히 알겠어요. 하지만 다시 말하지만, 더 미루는 건 절대 안 돼요. 약주머니 하나를 물 1리터에 넣고 반 시간 동안 끓이세요. 다 마실 때까지 1시간마다 그 물을 한 잔씩 들이켜세요. 쓴맛이 날 테지만, 꿀을 넣으면 좀 먹을 만할 거예요. 그 과정을 한 번 더 반복하세요. 몇 시간 안에 경련이 일어날 거예요. 하혈이 시작되면 피가 흘러내리지 않게 속옷에 면 패드를 꼭 대놓고요. 임신이 지금 단계에 이르면 몸이 내보내는 세포 덩어리 역시 클 거예요. 많이 아프겠지만 겁먹지는 마세요. 약초가 제 일을 하게 두세요."

조이스 해리스가 눈을 감았고, 더 많은 눈물이 흘러내렸다. 나는 그녀가 내 지침을 잘 새기도록 잠시 말을 멈췄다.

"주머니 세 개를 놓고 갈게요. 하지만 두 개 이상 쓰는 건 곤란해요.

통증을 덜려면 뜨거운 물병을 배에 대고 있거나 수건을 따뜻한 물에 적셔 여자의 그곳에 대고 있어야 해요. 의사를 부르는 건 다 끝난 후에 하고요. 의사는 유산이라고 생각할 거예요. 너무 일찍 부르면 아기를 구하려고 할 거예요. 내 생각에 그건 당신이 원하지 않는 거고요."

내가 그녀의 하얀 팔을 가볍게 두드렸다. "대체로 효과가 있지만, 장담은 못 해요. 출혈이 너무 심하면 곧바로 의사를 불러야 해요. 다시 말하지만, 통증이 심할 거예요." 나는 유리로 된 작은 병을 차 마시는 탁자에 놓고, 여자의 그곳을 진정시키는 로션이니 잘 바르라고 말했다. 몸이 태아를 내보내고 나면 그곳에 쓰라린 느낌이 있을 것이다. "내가 말한 내용 다 이해했죠?"

그녀가 고개를 끄덕였다. 우리는 말없이 조금 더 앉아 있었다.

"질문이 더 있나요?"

"우리 둘 다 대답할 수 없는 질문들뿐이에요." 그녀는 내가 귀를 쫑긋 세워야 간신히 알아들을 만한 목소리로 말했다.

내가 셋집에 들어가자마자 라다가 바닥에서 벌떡 일어섰고, 말릭은 공기놀이를 하다 말고 돌멩이를 모았다. 라다는 냄비로 달려가 음식이 담긴 쟁반을 들고 돌아왔고, 가방을 받아주었다. "언니를 위해서 만들었어요, 지지."

뭔가가 이상했다. 눈으로 방 안을 한 바퀴 훑었다.

말릭이 일어서서 돌멩이를 주머니에 집어넣었다. 그러고는 나와는 시선을 마주치지 않고 바닥만 시무룩하게 내려다보았다. 라다가 물항아리로 달려가 잔에 물을 가득 따라 들고 돌아왔다.

이제 나는 튀긴 반죽이 담긴 접시와 물 잔을 들고 서 있었고, 근심 어린 두 얼굴이 나를 쳐다보고 있었다.

"달 바티(달[렌즈콩 수프]과 함께 먹는 경단)? 라두를 만들라고 한 것 같은데."

라다가 불안한 미소를 지었다. "말릭이 그러는데, 달 바티가 라자스탄 주 명물 요리래요. 탄 부분은 긁어냈어요. 맛보세요, 지지." 라다는 나를 기쁘게 하려고 열심이었다.

나는 라다를 무시했다. "말릭?"

라다가 말릭을 방어하려는 것처럼 한 걸음 앞으로 나섰다. "말릭 잘 못이 아니에요, 지지. 말릭은 그냥 불을 끄려고 했던 것뿐이에요. 그런데 이옝가르 부인이 비명을 지르기 시작한 거고······."

불? 이옝가르 부인이 비명을 질러? "춥-춥(쉿-쉿)!" 접시와 물잔을 작업대에 놓으며 나는 깊은숨을 쉬었다. "처음부터 이야기해봐."

라다는 자기가 달 바티를 만들고 있었는데 춘니에 불이 붙었다고 했다. 말릭이 도와주려고 급하게 계단을 내려갔고, 이옝가르 부인은 화덕이 오염되었다며 소리를 질렀단다.

말릭이 바닥에다가 엄지발가락으로 원을 그렸다. "죄송해요, 앤티-보스."

라다는 얼굴을 찡그리고 말릭에게서 내게로 시선을 돌렸다. "말릭이 사과할 일은 없어요. 말릭은 내가 집을 태우지 않도록 막아줬어요! 저 비열한 까마귀 할망구······."

라다가 무례한 말을 하지 않았다면 나는 오히려 공감했을지도 몰랐다. 하지만 지금 이런 말버릇에 재갈을 물리지 않으면 집주인과 내 관계가 곤란해질 것이다.

나는 손가락 하나를 들었다. "그 늙은 까마귀가 우리 집주인이야."

내가 손가락 하나를 더 들어올렸다. "여긴 그녀의 집이지 우리 집이 아니야. 그녀에게는 뭘 할지 말지 우리에게 말할 권리가 있어."

"그건 공평하지 않아요! 왜 지금 새집으로 이사하지 않아요? 그 아줌마한테서 벗어나면 되잖아요?"

관자놀이의 혈관이 불끈거렸다. 나는 손가락으로 그 자리를 부드럽게 눌러, 목소리를 높이고 싶은 충동에 저항했다. "내가 말했잖아, 라다. 집이 준비되면 들어갈 거라고. 준비되기 전이 아니라."

나는 말릭을 보았다. "지금 라다가 말한 대로니?"

말릭이 고개를 끄덕였다.

나는 손바닥을 말릭의 머리에 가져다댔다. "라다가 집을 홀랑 태우지 않게 도와줘서 고맙다."

말릭이 작은 미소를 지어 보였다.

"그리고 너는, 라다, 이제부터 좀더 조심해야겠어."

"하지만……."

"특히 이엥가르 부인의 화덕을 사용할 때는."

"지지……."

나는 라다를 진정시키려고 어깨를 잡았다. 라다는 내가 자기를 때리려고 했다는 듯이 움찔했다. 마가 그랬나? 아니면 하리가 그랬나?

나는 손을 내렸다. 라다는 나와 시선을 마주치지 않으려고 했다.

나는 한숨을 내쉬었다. 신심이 깊은 이엥가르 부인의 마음을 풀려면 값을 충분히 치러야 할 것이다. 지난번에(그런 일이 한 번 더 있었다) 말릭이 무심코 그녀의 화덕 앞을 지나갔을 때, 그녀는 브라만 판디트(승려)가 화덕을 정화해야 한다고 고집했다(말릭 같은 이슬람교도는 고기를 먹지만, 이엥가르 식구들은 먹지 않았다. 그들은 싱 가문 사람들이 화덕 앞을 지나가는 것도 안 된다고 했을 것이다. 라지푸트족도 고기를 먹는 사람들이었다). 첫 번째 정화식 때는 40루피를 내야 했다. 먼저 공사업자에게 밀린 돈을 주고, 이어 하리에게 돈을 주고. 그리고 이제 이 일이 터졌다.

나는 사리 끝을 페티코트 안에 집어넣고 집주인과 이야기해보려고 마음을 단단히 먹었다. "우리가 무슨 벌을 받게 될지 알아보고 올게."

말릭은 약초 탁자로 달려가 병 두 개를 들고 와서 내게 건넸다. "이미 만들어뒀어요."

나는 라벨을 보았다. 헤어토닉과 스킨로션. 내가 미소를 지었다. "잘했다." 말릭도 나만큼 뇌물이 집주인의 마음을 움직인다는 점을 알고 있었다. 이옝가르 부인이 우리를 우물 위로 달랑달랑 들고 있는 꼴이었다. 판디트가 정화식을 끝낼 때까지 우리는 내일 고객들에게 가져갈 음식을 요리할 수 없을 것이고, 의식을 하는 데는 1시간에서 3시간이 걸릴 것이다. 긴 밤이 될 것이다.

말릭이 내 생각을 읽은 것처럼 말했다. "판디트-지가 1시간 안에 올 거예요."

마침내 자정이 되었다. 내가 좋아하는 시간. 창가에 달이 떠 있었다. 코얄(아름다운 노랫소리로 유명한 두견과의 새)이 사랑 노래를 불렀다. 점무늬 비둘기가 합세했다. 낮의 열기와 먼지가 가라앉았고, 자이푸르 주민들도 안식을 취했다. 방에서는 우리가 만든 향기로운 과자와 단 과자(파텔 부인의 관절염을 위한 민들레 잎 파코라[한 가지 채소로 속을 채운, 향미가 강한 튀김 요리], 굽타 부인의 두통을 위한 달콤한 아몬드 라두), 그리고 우리가 만든 로션(라이 부인의 아픈 발을 위한 신선한 단향목 오일)의 향이 났다.

말릭은 몇 시간 전에 집으로 돌아갔다. 라다는 침대에서 자고 있었다. 나는 약초 탁자에 놓은 작은 디야를 태워 불빛을 밝힌 채 앉아 있었다. 그리고 공책을 폈고, 연필 끝을 핥았다.

판디트의 정화식(이옝가르 부인의 화덕을 정화하는 데 1시간이 걸림) : 지출

말릭이 오늘 사온 라벤더 오일, 정향 오일, 강황, 사프란 : 지출

내가 사미르에게 약주머니를 주고 받은 돈 : 수입

조이스 해리스가 약주머니에 대해서 준 돈 : 수입

공사업자 청구서 : 지출

하리에게 준 돈 : 지출

전체적으로 적자였다. 나는 공책을 덮고 머리칼에서 핀을 뽑기 시작했다. 싱 가문과 샤르마 가문의 혼사를 마무리하려면 시일이 얼마나 걸릴지 생각했다. 그리고 공사업자가 밀린 대금의 기한을 연장해줄지 말지에 대해서. 하리는 침묵을 지키는 대가로 얼마를 더 요구할까? 나는 정말로 궁의 의뢰가 절실하지만, 파르바티가 마하라니에게 말하기까지 얼마나 기다려야 할까?

머리칼에 손가락을 집어넣어 빗어내렸다. 사수지(존경을 담아서 시어머니[사스]를 부르는 말)가 한번은 카르마에 세 종류가 있다고 말했다. 우리가 전생을 여러 번 거치면서 쌓아온 카르마, 이번 생에 만든 카르마, 그리고 후생에 무르익도록 남겨질 카르마. 나는 어느 카르마가 나를 하리와의 결혼으로 이끌었는지 생각해보았다. 그리고 내 가족을 버린 것은 어떤 쪽인가? 내가 만든 새로운 카르마인가, 아니면

전생에서 넘어와 이번 생에서 무르익은 카르마인가?

잠든 라다는 입을 다문 채 도움을 청하는 것처럼 소리를 질렀다. 나는 동생이 건물 사람들 모두를 깨우기 전에 서둘러 침대로 달려갔다.

"라다. 그건 그냥 꿈이야." 내가 어깨를 어루만져주었다.

하지만 라디는 잠에서 깨려고 하지 않았다. 라다는 자궁 안의 아기처럼 몸을 웅크린 채 모로 누워 있었다. 턱 아래에 주먹을 단단히 쥔 채였다. 눈물이 베개 위로 똑똑 떨어졌다. 바스러질 것처럼 보였다. 퍼뜩 어떤 기억이 떠올랐다. 하리와 결혼해서 살던 시절에 하루하루 밤마다 울면서 잠들었던 기억이.

나는 내 뺨을 라다의 뺨에, 내 다리를 라다의 다리에 댄 채 가슴을 라다의 등에 붙이고 누웠다. 그리고 우리 사이에 틈이 남지 않을 때까지 내 몸으로 라다의 몸을 감쌌다. 일하면서 날마다 부인들의 피부를 만졌지만, 다른 사람의 몸에 이만큼 가까이 있자 새로운 감각이 느껴졌다.

"쉿. 괜찮아. 쉿." 내가 속삭였다.

나는 빈손으로 여전히 오늘 아침의 프랜지패니 향이 나는 라다의 머리칼을 어루만졌다. "룬도 파니, 부리 사야니. 피티 툰다, 툰다 파니. 라킨 쿠르티 헤 문마니." 아버지의 목소리가 이끄는 대로 동생의 입가에서 부드럽게 노래했다.

라다의 숨이 편안해졌다. 근육이 부드러워졌다. 라다는 이제 깨어났다. 라다는 내 손을 잡고 자기 가슴으로 가져갔다. 나는 라다의 갈빗대가 숨 쉴 때마다 올라갔다가 내려가는 것을 느꼈다.

나는 라다의 얼굴과 목을 사리 가장자리로 닦아주었다. "말해봐. 어떤 꿈이었는지, 라다."

라다가 훌쩍였다. "어두웠어요. 피타지가 우물 안에 있었어요. 그리고 아버지는 나보고 계속 잡고 있으라고 했어요. 뒷말하기 좋아하는 사람들은 오래 전에 집으로 돌아간 뒤였고요. 나는 아버지를 도우려고 했어요. 하지만 나에게는 너무 무거웠어요." 라다가 지친 울음을 터뜨렸다. "그래서 나는 손을 놓았어요. 지지, 내가 손을 놓았어요. 어쩔 수가 없었어요, 어쩔 수가. 나는 언니를 찾았지만, 언니는 거기에 없었어요!" 아이가 숨을 한 번 크게 들이쉬었다. "언니가 와서 나를 도와주기를 얼마나 바랐는지 몰라요. 한번은 언니를 찾으려고 아자르에서 출발했는데, 이웃인 말라가 나를 보고 다시 집으로 돌려보냈어요." 라다가 잡고 있는 내 손 위로 눈물이 파도처럼 떨어졌다. "마가 돌아가셨을 때, 나는 누구에게도 알리지 않았어요. 누운 마를 그대로 둔 채 이틀 동안 그냥 있었어요. 침대 위에 둔 채요. 너무 겁이 났어요. 내게 어떤 일이 일어날지 알 수 없었어요. 너무 외로웠어요. 그 시간 동안 어디 있었어요, 지지? 왜 우리를 떠났어요? 왜 그를 떠났어요?"

나는 라다를 잡았던 손에서 힘을 풀었다. 아이는 당연히 알고 싶을 것이다. 13년 동안 나는 그 대답을 혼자 간직했다.

내가 침을 꼴깍 삼켰다. "계속 거기 있었다면 나는 죽었을 거야. 하리가 그렇게 했을걸. 마와 피타지에게는 돌아갈 수 없었고." 라다도 여자는 결혼하면 남편의 재산이 된다는 것을 나만큼 잘 알았다. 불행한 아내는 동정을 기대하며 부모가 있는 집으로 그냥 돌아갈 수 없었다. 어떤 가정은 심지어 며느리를 집에 들이자마자 며느리에게 과거는 존재하지도 않는다는 듯이 이름까지 바꿔버렸다.

나는 라다에게 내 결혼에서 딱 하나 좋은 것이었던 하리의 어머니에 대해서 말해주었다. 그녀가 주변 마을에서 찾아오는 여자들을 치료하는 방법을 내게 어떻게 알려주었는지를. 대체로 그들은 배탈이 났다고, 음식을 만들다 화상을 입었다고, 여성의 통증이 있다고, 불임이라고 고민을 털어놓았다. 남편에게 알리지 않고 자궁을 비우고 싶어하는 여자들에 대해서는 말하지 않았다.

나는 하리의 구타에 대해서, 그의 오두막에서 빠져나와 아그라까지 걸어간 그날 오후에 대해서, 누가 보일 때마다 관목 뒤나 도랑에 숨은 것에 대해서 말했다. 아그라로 가는 데 일주일이 걸렸다. 도중에 먹을 것이 눈에 띄면 뭐든 집어 먹었는데, 아무도 나를 볼 수 없는 밤이면 주변에 멧돼지가 없는지 종종 확인해야 했다. 타지마할에서 시어머니가 하던 것과 거의 같은 방식으로 여자들을 도왔다고 말했다. 수입의 대부분이 목화 뿌리껍질 빻은 것 몇 스푼을 모슬린 주머니에 넣어—사스가 마을 여자들에게 해주던 대로—판 것에서 나왔다는 사실은 말하지 않았다. 내 일을 부끄러워한다는 의미는 아니었다. 내가 아니었다면 많은 창녀와 무희들이 임신을 막기 위해서 더 조야하고 더 위험한 수단—세제로 질을 세척하거나 계단 아래로 몸을 던지거나 태아를 뜨개바늘로 찌르는 것—을 써야 했을 것이다. 하지만 열세 살 시골 소녀의 귀는 그런 이야기를 듣기에 너무 여렸다.

내가 아그라에서 헤나 문양을 그리는 법을 배웠다는 이야기는 해주었다. 그리고 하지와 나스린이 욕망에 불을 지르기 위해서 여자의 몸에다가 문양을 그리는 법을 가르치던 것을 떠올리며 미소를 지었지만, 그 이야기를 라다에게 해주지는 않았다. 자이푸르로 가서 더 많은 돈을 받고 헤나 문양을 그리자는 제안을 받은 것과 그 기회를 덥석 문 것은 말해주었다. "그 제안을 수락한 후에는 집에 돈을 더 보낼 수 있었어."

라다가 말했다. "하지만 헤나는 수드라의 일이지 브라만의 일은 아니잖아요. 피타지였다면 다른 사람의 발을 만지는 건 절대 허락하지 않았을 거예요."

나는 그 말에 라다의 손을 놓고 돌아누웠다. "그게 창녀가 되는 것보단 나았어, 라다." 나는 야멸찬 어투로 말하려고 했고, 실제로도 그렇게 들렸다.

우리는 한동안 조용히 누워 있었다.

"피타지는 어떻게 돌아가셨니?" 내가 물었다.

"물에 빠져서요. 하지만 아프셨어요. 배가."

"무슨 말이니?"

라다가 조그맣게 말했다. "아버지는 샤라브(술)를 좋아했어요. 아버지는 우리가 그걸 모르는 줄 알았겠지만, 밤이 되면 너무 취해서 잘 걷지도 못했어요. 다음 날에는 내가 학교에 대신 가서 아이들을 가르쳐야 했어요."

우리가 아자르에서 살던 무렵부터 피타지가 술을 마시기 시작한 것을 나도 알고는 있었지만, 내가 학교에서 대신 가르쳐야 할 만큼 아버지가 취한 적은 결코 없었다. "마는 아버지를 용서하셨니?"

라다는 고개를 돌려 나를 보았다. "뭘 용서해요?"

그 순간의 라다가 마와 너무 똑같아 보여서, 예전에 내가 어머니 옆에 누워 있던 그날 밤과 거의 같은 기분이 들었다. 그때 나는 어머니의 금팔찌는 어디 있냐고 물어보았다. 나는 당시 어린 소녀였고, 내가 기억하는 한 어머니는 목욕을 하든 요리를 하든 잠을 자든 어느 때나 금팔찌를 결코 뺀 적이 없었다. 나는 어머니와 이렇게 같이 누워 있을 때, 팔찌를 만지작거리는 것을 좋아했다. 내가 금팔찌에 대해서 물었을 때, 마의 눈에는 눈물이 차올랐고, 나는 태어나서 처음으로 두려움을 느꼈다.

나는 라다의 뺨을 어루만져주었다. "우리가 아자르에서 계속 살진 않았어. 마가 그 이야긴 안 해주셨니? 우리는 러크나우에서 왔어. 피타지는 독립 운동에 강박적으로 빠져 있어서, 자유 행진에 참여하려고 출근도 종종 빼먹었어. 집회에서 영국 통치에 저항하는 연설도 하고. 그러다가 독립 운동 자금이 더 필요해지자 마가 지참금으로 가져온 장신구―결혼 팔찌, 목걸이, 귀걸이―를 어머니의 뜻을 무시하고 팔아버렸지. 마는 엄청 화를 냈어.

학교를 운영하는 영국인들은 아버지의 자유 투쟁을 인정하지 않았어. 그래서 아자르, 그 작은 오지로 보내버린 거야. 그때 나는 열 살쯤이었던 것 같아. 그들이 단칼에 아버지의 월급과 자존심을 잘라버린 거지."

"하지만 피타지가 옳았어요, 안 그래요? 결국 인도가 이겼잖아요." 내가 그랬듯이 라다도 우리의 아버지를 믿고 옹호하고 싶어했다.

"물론 아버지가 옳았지." 내가 말했다. 인도인이 더는 자국에서 볼모로 붙잡혀 살지 않을 거라고 영국에 명확히 전달한 것은 우리 아버지 같은 사람들이었고, 그런 사람들은 수백만 명에 달했다.

하지만 나는 마가 아버지의 행동을 싫어한 이유 또한 알 수 있었다. 아주 많은 인도인들이 영국에 맞서 일어섰다는 이유로 다치거나 투옥되었다. 어머니는 아버지에게 사정했다. 왜 그냥 있지 못하냐고, 가족을 돌보고 투쟁은 다른 사람들에게 맡겨둘 수 없겠느냐고. 하지만 우리의 아버지는 신념을 지키는 데 투철했고, 나는 그 점에 대해서는 그를 존경했다. 그는 자신의 이상을 끝까지 지키려고 했다. 안타깝게도 이상이 높으면 대가가 따랐다.

모은 돈이 바닥나자 피타지는 마의 얼마 되지 않는 소유물들 중에 남은 것, 즉 우리를 가난에서 구해줄 금을 팔았다. 금이 있었다면 마는 과부가 되어도 안정적으로 살 수 있었을 것이고, 어쩌면 내가 열다섯에 결혼할 필요도 없었을 것이다. 여자가 소유한 금이 예측할 수 없는 상황에 대한 안전책이 되는 이 나라에서, 마의 귓불과 손목에 아무것도 없다는 사실은 아버지가 가족보다 정치를 우선시했음을 끊임없이 상기시켰다.

그리하여 우리는 어쩔 수 없이 아자르로 옮겨왔고, 그곳에 어머니는 실망감을 묻고 아버지는 자존심을 묻었다. 독립은 다음 12년 동안 이루어지지 않았지만, 그때는 이미 파산한 상태였다.

라다가 말했다. "마는 언니 이야기는 한 번도 꺼내지 않았어요. 언니 이름을 말하지도 않았어요. 뒷말하기 좋아하는 사람들이 언니가 사라진 그해에 내가 태어났다고 말하기 전까지 나는 언니가 있는 줄도 몰랐어요. 읽는 법을 배우자마자, 나는 마가 받을 때마다 태우는 편지가 언니가 보낸 것이라는 사실을 알게 됐어요. 내가 읽은 유일한 편지는 언니가 자이푸르로 오는 기차표에 대해서 쓴 편지였어요. 그 편지에 내 이야기는 하나도 없었어요. 그래서 언니 역시 내 존재를 모른다는 걸 알게 된 거고요."

나는 눈을 감았다. 오, 마. 내가 어머니를 정말로 화나게 했군요. 당신의 남편은 당신을 배신했죠. 나도 어머니를 배신했어요. 내가 보낸 편지를 어머니가 펴보기만 했어도!

돈을 충분히 벌 수 있게 되자마자 나는 부모님에게 편지를 부칠 때마다 필요한 곳에 쓰라고 돈을 넣어 보냈다. 결혼생활에서 달아난 데 용서를 구하고 가능해지면 그들을 모셔오겠다고 썼다. 돈이 내 편지와 함께 소멸했다면 라다가 자이푸르에 도착했을 때, 옷이 그렇게 나달나달했던 것도 이상한 일이 아니었다.

나는 다시 내 몸을 라다의 몸에 밀착했다. 어머니를 끌어안는 것처럼, 내가 간절히 바랐듯이.

라다가 내 손을 꼭 쥐어 나를 다시 현재로 데려왔고, 그렇게 내게 살아 있고 숨 쉬는 동생이 있다는 것을 일깨워주었다. 라다가 내가 저지른 잘못에 대한 보속은 아니겠지만, 구원은 될 수 있었다. 나는 더 이상 부모님과의 관계를 바로잡을 수 없었고, 부모님 앞에 겸허하게 사죄할 수도 없었고, 부모님의 좋은 평판을 회복시킬 수도 없었다. 하지만 나는 라다를 보살피고 안내하여 여성으로 성장시킬 수 있었다. 반드시 라다를 부모님이 자랑스러워할 만한―나와는 다른―존재로 만들 것이다.

라다가 몸을 뒤척였다. "지지, 문치-지 기억나요?"

나는 아자르의 노인을 기억하고 있었다. 작은 잎의 잎맥 위로 허리를 숙이고 내 엄지보다 크지 않은 고피(소를 모는 여자)와 소를 그리던 그를, 낙타털 붓으로 우유 짜는 여자의 사리에 톡톡 점을 찍던 그를. 부모님이 돈 문제로 싸우면 나는 그에게 달려갔다. 나는 그림에 몰두하는 것으로 어머니의 쓴 침묵과 아버지의 음주 문제로부터 달아났다. 문치 할아버지는 내게 붓을 건네기 전에, 내가 그리려고 하는 것의 모든 작은 부분들을 제대로 보는 법을 가르쳤다. 이 훈련 덕분에 여러 해가 지나서도 나는 헤나 갈대 붓을 집어 기억 속에 정교하게 새겨져 있는 문양을 쉽게 그릴 수 있었다.

"아직 그림을 그리셔?" 내가 물었다.

"한. 할아버지는 늘 언니가 최고의 제자였다고 그러셨어요."

나도 모르게 미소가 지어졌다. "너도 같이 그림을 그렸어?"

"나에게는 언니가 가진 재능이 없어요, 락슈미. 대체로 나는 피팔 잎에서 잎맥만 남기는 일을 했어요. 배경을 칠하는 일도 했고요." 라다는 다시 나를 돌아보았다. 장난꾸러기 같은 미소가 입술에서 놀고 있었다. "소에게 망고 잎을 먹여 똥과 오줌을 받고, 그걸 진흙과 섞으면 뭘 얻을 수 있는지 아세요?"

"뭘 얻는데?"

"오렌지색 물감!" 라다가 싱긋 웃었다. "문치-지는 내가 만든 물감이 실크처럼 부드럽다고 했어요."

"네가 원하면 헤나 잎을 빻아서 반죽 만드는 법을 가르쳐줄게."

"아차(알겠어요)." 라다는 눈을 감고 요란하게 하품했다.

"하품할 때는 입을 가려야 한다, 라다."

라다가 눈을 살짝 치떠 수줍게 내 시선과 마주쳤고, 입술 모양은 곡선이 되었다. "스무 번째 규칙이에요?"

나는 늘 잠을 깊이 자지 못해서, 문손잡이가 덜거덕거리는 소리가 들렸을 때 재빨리 일어나 침대에서 내려섰다. 바깥은 여전히 어두웠다. 라다는 금세 잠이 들었다. 사미르가 문을 벌컥 열고 들어왔을 때, 처음 든 생각은 그가 클럽에서 술을 너무 많이 마셔서 정신이 어떻게 됐다는 것이었다. 그러다가 마침내 그의 품에 안긴 여인을 보았다. 퀼트에 감싸여 있었다. 눈은 감겨 있고, 아주 작은 소리로 신음하고 있었다. 사미르의 친구인 쿠마르 선생이 그의 옆에 서 있었다. 나는 벌떡 일어나면서 벽에 걸린 시계를 보았다. 새벽 2시. 나는 이옝가르 부인이 깨기 전에 얼른 그들을 방으로 들어오게 했다.

전등 스위치를 켜고 사미르의 표정을 보니, 어두웠다.

사미르가 속삭였다. "해리스 부인에게 문제가 생겼소. 쿠마르가 당신에게 물어볼 게 있다고 해서." 그러고는 방 안을 재빨리 훑었고, 마침내 그의 시선이 라다가 한쪽 팔꿈치로 몸을 받친 채 눈을 비비고 있는 내 침대에 가닿았다.

나는 얼른 라다에게 다가갔다. "라다, 좀 일어나."

라다가 눈이 휘둥그레진 채 잽싸게 침대에서 내려왔고, 사미르는 라다와 내가 자고 있던 침대 시트 위에 해리스 부인을 조심스럽게 내려놓았다. 그가 그러는 동안 퀼트 담요가 벌어졌고, 천장에 매달린 알전구의 희미한 불빛 아래 응고된 피가 반짝거리는 것이 보였다. 조이스 해리스의 붉어진 눈꺼풀이 떨리고 있었고, 눈꺼풀에는 푸른 핏줄이 드러나 있었다. 그녀는 무릎을 가슴 쪽으로 끌어당기며 배를 움켜쥐고 있었다. 이가 달달 부딪치는 소리가 너무 시끄러워서 아직 이옝가르 부인이 조용히 하라며 문을 두드리지 않은 것이 오히려 놀라울 정도였다.

"왜 이 사람을 데려온 건지……."

"시간이 없어요. 쿠마르가 설명할 거요."

나는 의사의 검은색 왕진 가방을 보았다. 그가 청진기를 꺼냈다.

사미르가 내 두 손을 꼭 잡았다. "고마워요, 락슈미. 쿠마르 박사가 말하는 대로 해줘요." 그가 부탁했다. 그러고는 조용히 문을 닫고 사라졌다. 이 모든 일들이 일어나는 데 1분도 채 걸리지 않았다. 방 안의 공기는 답답하고 영국 여자의 신음으로 그득했다.

쿠마르 선생은 여전히 시선을 어디에 둘지 정하지 못한 채 낮은 목소리를 유지했다. "뭔가 먹은 것 같아요. 뭘 얼마나 먹었는지 알아야 합니다."

"무슨 말인지 잘 모르겠⋯⋯."

"이해할 게 뭐가 있습니까?" 그가 얼굴을 찡그렸다. "아기를 죽일 만큼 위험한 약초를 먹었어요. 뭘 먹었는지 알아내지 못하면 죽을 겁니다."

"하지만 나는 그저⋯⋯." 내 얼굴이 붉어지는 것이 느껴졌다. "사미르가 설명해주지 않던가요? 내가 뭘⋯⋯."

"다섯 달 된 아기를 유산하는 게 얼마나 위험한 일인지 압니까?" 그의 회색 눈이 번쩍였다.

"다섯 달이라고요?" 내 입이 벌어졌다.

쿠마르 선생은 고개를 끄덕이고 해리스 부인의 배에 청진기를 가져다댔다. 그녀가 비명을 질렀다. "아기의 심장 소리를 들어보면 적어도 18주는 됐습니다. 하지만 심장박동이 희미해요. 출혈이 심하고요. 수혈이 필요합니다. 사미르는 개인 병원에 데려가자는 의견이에요." 그가 말했고, 그의 시선은 조이스 해리스와 나 사이를 떠돌았다. "아기가 살아날 것 같지는 않습니다." 그는 사리 앞에서 움켜잡은 두 손을 흘끗 보았다.

마침내 그가 청진기를 떼어냈다. "뭘 줬습니까?" 그의 말투는 화를 참으려고 애쓰는 듯 절제되어 있었다.

나는 침대에서 몸을 비트는 여인에게서 간신히 시선을 돌렸다. "목화 뿌리껍질을 차로 마실 수 있게 해서 줬어요. 내 지시대로 했다면 약 주머니 하나를 뜨거운 물 1리터에 넣고 끓였을 거예요. 그만큼을 다마실 때까지 매시간 조금씩 마시기로 되어 있고요. 그런 다음에 그 과정을 반복해요. 아기를 밖으로 완전히 내보내려면 대체로 그만큼이 걸려요. 하지만 혹시 몰라서 주머니 하나를 더 주었어요."

쿠마르 선생은 여자의 손목에 손가락 두 개를 댄 채 손목시계를 확인했다. "맥박이 아주 희미해요. 아마 효과를 더 좋게 하려고 한 번에 주머니 세 개를 다 넣고 물은 덜 넣었을 수도 있겠군요."

"하지만 넉 달 이상은 되지 않았다고 맹세했어요. 두 번이나 물었고, 그보다 더 되었으면 위험하다는 말도 해줬어요. 저로서는 그녀를 믿지 않을 이유가 없었어요."

그가 나를 빤히 보았다. 그는 내가 거짓말을 한다고 생각하는가?

"임신 4개월이 넘은 여자 누구에게도 이 약초를 준 적은 없어요. 해리스 부인이 몰랐거나, 너무 절박해서 내게 거짓말을 했겠죠."

나는 그가 솜을 알코올에 적셔 그녀의 팔오금에 문지르는 것을 지켜보았다.

"당신과 사미르는 그녀를……어떻게 발견했나요?"

그가 가방에서 주사액이 든 병과 주사기를 꺼냈다. "우리가 같이 클럽에서 저녁을 먹고 있는데, 그녀의 친구가 사미르에게 전화를 걸어 왔어요. 도움이 필요하다고 그러더군요." 그가 영국 여자의 팔을 톡톡 쳐서 혈관을 도드라지게 한 다음 주삿바늘을 찔러넣었다. 조이스 해리스가 움찔했다. "우리가 그녀를 데리러 갔습니다. 남편하고 시어머니는 오늘 조드푸르로 떠나서 집에 아무도 없었고요. 여기를 좀 잡고 있어주겠어요?"

나는 여자의 팔에 솜을 대고 꾹 눌렀다. 쿠마르 선생이 주사기에 뚜껑을 끼운 뒤, 진료 기구를 다시 가방에 넣었다. 그러고는 여자의 손목을 잡고 한동안 손목시계를 들여다보았다. 그의 손가락은 길고 손톱은 아주 깨끗했다. 그는 그녀의 손목을 다시 퀼트에 내려놓았다.

"진통제로 모르핀을 소량 주사했어요. 하지만 그녀가 의식을 잃어서는 안 됩니다. 모르핀이 당신이 준 것을 방해하지는 않을 겁니다. 하지만 감염을 막으려면 항생제를 써야 해요." 쿠마르 선생의 신중한 시선이 내 손과 얼굴과 머리칼을 차례차례 보았다. 나는 그의 짙은 색깔 곱슬머리에 은색 머리칼이 섞여 있는 것을, 윗입술 위로는 주근깨가 있는 것을 보았다. "샤스트리 부인, 당신은 정말로 여성의……문제를……약초로 치료할 수 있다고 생각합니까?"

"다른 선택지가 없을 때는, 네, 그래요."

"이 여자분에게는 다른 선택지가 있었을 거예요."

"그녀는 그렇게 생각하지 않았어요."

"어째서 그렇죠? 영국인이잖아요. 세상의 모든 선택지들을 가졌습니다. 우선은 백인을 위한 병원이 있고요."

"만약 아기 아버지가 인도인이라면요?"

의사는 가는 눈썹을 치키며 환자를 새로운 호기심으로 바라보았다.

"그럼 사미르가 말해주지 않은 건가요?"

나는 곁눈으로 라다가 움직이는 것을 보았다. 문득 라다가 아직 방안에 있다는 것이 떠올랐다. 라다는 한마디도 빼지 않고 전부 들은 것이다. 의사에게 말하면서, 나는 라다를 흘끗 보았다. "해리스 부인은 아기가 남편의 아기인지 아닌지 몰라요." 제발, 라다, 이해하려고 해봐.

라다가 손으로 입을 가렸다.

의사의 가는 눈썹이 올라갔다. "하지만 약초를 쓰는 건 위험해요. 혹시나 해서 하는 말인데, 독약을 줬을지도 모르잖아요."

나는 턱에 힘을 주었다. "그런 일은 하지 않았어요, 쿠마르 선생님.

내가 준 건 자궁을 미끄럽게 만드는 약초였어요. 6시간에서 8시간 안에 태아를 이루는 물질이 엄마가 아기에게 만들어준 자양분과 함께 빠져나올 거예요." 이 말은 내 귀에도 방어적으로 들렸다.

"그러면 당신의 약초가 정확히 어떻게 자궁을, 당신이 말한 대로, 미끄럽게 만듭니까?"

"여자의 몸이 난자를 자궁에 들러붙게 돕는 물질을 생산하지 못하게 해줘요."

그는 나를 한참 쳐다보더니 말했다. "프로게스테론. 당신이 지금 말하는 게 프로게스테론이에요." 의사는 환자의 맥박을 확인했다. "혹시 여자들이 당신의 약초를 먹고 부작용을 경험한 적이 있습니까?"

"한 번도 없었어요."

쿠마르 선생이 또다른 질문을 하려는 것처럼 입을 벌리는데, 시끄럽게 문 두드리는 소리가 들려 우리 모두 깜짝 놀랐다. 조이스 해리스는 조그맣게 비명을 질렀고, 그녀의 시선이 아주 잠시 방 안을 휙 훑더니 곧 다시 감기며 조용한 섬망(譫妄) 상태로 들어갔다. 의사와 나는 서로 물끄러미 쳐다보았다.

이옝가르 부인이 크게 속삭이는 소리가 문 너머로 들렸다. "캬 호갸(무슨 일이에요)? 샤스트리 부인, 이 무슨 난리예요?"

라다는 재빨리 침대 위로 올라가 아픈 여자 옆에 누운 후에 퀼트 이불을 덮어 해리스 부인이 눈에 드러나지 않게 가렸다.

"새벽 2시라고요!" 이옝가르 부인이 문을 열려고 했다.

나는 허겁지겁 달려가 그녀가 들어오지 못하게 막았다. "죄송해요, 지. 동생이······몸이 안 좋아요."

이옝가르 부인이 목을 쭉 빼고 내 주변을 살폈다. 영국 여자의 작은 비명 소리를 묻으려고, 라다가 신음하며 아픈 척했다.

"의사를 불렀어요, 이옝가르 부인." 내가 쿠마르 선생을 눈으로 가리켰다. "깨워서 정말 죄송해요."

조이스 해리스가 뭐라고 중얼거리자, 라다가 더 크게 신음했다. 쿠마르 선생은 동생의 손목을 잡았고, 손목시계를 보면서 엄지로 동생의 손목을 눌렀다. "동생은 휴식이 필요합니다, 샤스트리 부인." 그가 집주인이 쳐들어온 것이 짜증난다는 듯이 말했다.

라다가 눈을 감고 외쳤다. "지지."

"뭔가 잘못 먹은 모양인데……."

"이만 가주셔야겠어요, 이옝가르 부인." 나는 문을 닫으려고 몸을 움직였다.

하지만 집주인은 가려고 하지 않았다. "겨울에는 시큼하고 짭조름하게, 남편은 늘 그렇게 말하죠. 여름에는 달콤하고 부드럽게……."

"네, 네. 고맙습니다. 조언 새겨들을게요. 의사 선생님 조언도 같이요. 잠을 깨워서 정말 죄송해요."

나는 문을 꼭 닫은 뒤 문짝에 등을 기댔다. 그리고 라다를 감탄의 눈빛으로 바라보았다. 이 아이는 자기가 뭘 하면 되는지 어떻게 알았을까? 라다의 행동은 신속하고 영리했다.

해리스 부인이 이제 찡얼거리는 소리를 냈다. 라다가 침대에서 내려와 그녀에게 퀼트를 잘 덮어주었다.

의사가 나를 경계하는 눈빛으로 보고 있었다.

나는 문에서 몸을 떼고 머리칼을 모아 하나로 틀어올렸다. "라다, 카밀러 꽃에서 꽃가루를 좀 떼어줘."

"약초는 더 이상 안 됩니다, 샤스트리 부인." 쿠마르 선생의 목소리에 고단함이 묻어나왔다.

"그녀는 내가 도와줄 거라고 믿었어요, 쿠마르 선생님." 나는 약초 탁자로 걸어갔다. "라다, 얼른!" 나는 멍한 상태인 라다에게 말했다.

라다가 서둘러 내 쪽으로 왔고, 카밀러 꽃의 한복판에 있는 꽃가루를 모으기 위해서 꽃잎과 줄기를 떼어내기 시작했다. 그러고는 내게 건넸다. 나는 꽃가루와 박하 잎 세 장을 물 몇 방울과 함께 섞어 사발에 넣고 막자로 짓찧었다. 이렇게 반죽이 만들어지자 과일 향이나 꽃향 같은 달콤하고 톡 쏘는 냄새가 작은 방 안을 가득 채웠다.

"헝겊을 물에 적셔줘." 내가 라다에게 말했다.

라다가 깨끗한 헝겊을 적셔서 축축하게 만들었다. 나는 그 한복판에 반죽을 놓고 헝겊을 접어 양쪽 끝을 묶고 찜질팩을 만들었다.

나는 좁은 침대 위 쿠마르 선생의 맞은편에 앉아 여자의 뜨거운 이마를 찜질팩으로 톡톡 찍어주었다. 그녀가 잠시 눈을 떴고, 다시 감기 전에 눈빛을 반짝거리며 내가 누군지 안다는 표시를 했다.

내가 그녀에게 말했다. "숨을 쉬어요, 해리스 부인. 괜찮을 거예요. 숨을 쉬어요." 승려의 주술적인 기도나 사람들이 사원에서 가네샤 신에게 드리는 간청의 말처럼, 나는 긴장으로 경직된 그녀의 이마가 풀릴 때까지 계속 주문을 외웠다.

나는 퀼트를 끌어내렸다. 영국 여자의 손은 여전히 자신의 배를 움켜잡고 있었다. 꽉 잡은 손가락의 힘이 풀릴 때까지 나는 그녀의 땀이 난 손목 아래의 한 지점을 꾹 눌렀다. 그리고 찜질팩을 그녀의 배 위에 놓았다. 잠시 후 그녀의 팔다리가 경련을 멈췄다. 호흡은 좀더 규칙적으로 변했다.

쿠마르 선생은 믿을 수 없다는 표정으로 보고 있었다.

"이렇게 해서 나쁜 균을 빼내는 거예요." 내가 그에게 주머니를 건네며 말했다.

"뜨겁군요." 그가 손가락에 화상이라도 입을 것처럼 주머니를 살며시 쥐었다.

나는 미소를 지었다. "사스가 만드는 법을 가르쳐줬어요."

문이 탈칵 열리는 소리가 났다. 돌아보니 사미르가 우리 쪽으로 급하게 걸어오고 있었다. 그가 침대에서 영국 여자를 들어올렸다. "골라의 개인 병원으로 데려갈 거요. 골라도 우리의 동창생인데 기억하지, 쿠마르?"

쿠마르 선생이 고개를 끄덕였다.

"좀 차도는 있나?"

"통증은 좀 줄었어. 하지만 아기를 잃을 거야." 의사는 그 말을 하면서 나를 쳐다보았다. 체념한 목소리였다. 나를 비난하는 어조는 없었다. 그가 검은색 왕진 가방을 챙겨 들었다.

"어쩔 수 없지." 사미르가 문까지 반쯤 걸어갔다. 그는 이 문제를 얼른 떨쳐버리고 싶은 것 같았다. "가지, 쿠마르!"

나는 그들을 따라 문까지 갔다. "그녀가 어떻게 이겨나가는지 알려줄 거죠?"

"며칠 뒤에 소식을 전하겠소." 사미르는 조이스 해리스를 계단 아래로 데려가면서 속삭였다.

쿠마르 선생이 방 안을 둘러보았고, 그의 시선이 여러 물건에 가서 머물다가 마지막으로 내게 왔다. 그는 작별의 뜻으로 고개를 한쪽으로 기울인 뒤 서둘러 밖으로 나갔다.

나는 문을 닫았고 이마를 문짝에 가져다댔다. 방 안의 침묵은 뜨거운 여름날 매미처럼 요란했다. 나는 라다의 질문을 기다렸다.

잠시 후에 라다가 말했다. "저 부인—앙그레지요—아기를 없애고 싶어했다고요?"

"그래."

"그리고 언니가 도와줬고요?"

"그래." 어깨가 내려갔다. 라다에게 몇 년 동안은 설명하지 않아도 될 거라고 생각했는데, 나는 얼마나 순진했던가.

"하지만 언니는 헤나로 돈을 번다고 했잖아요."

나는 입술을 꾹 붙였다. 그리고 시선을 돌렸다.

라다가 얼굴을 찡그리며 생각에 잠겼다. "우리가 어제 본 거지 여인 말인데요. 아기를 데리고 있었어요. 언니는 그 여자가 아기를 더 낳아서는 안 된다고 했죠. 아기를 먹여 살릴 능력이 없다고."

"그랬지."

"하지만 오늘 밤은 다르잖아요. 그 앙그레지 여자. 그 사람은 부자일 텐데요."

"여자가 힘든 뭔가를 해야 할 땐 다 나름의 이유가 있어." 나는 입을 앙다물었다. "나는 이유는 묻지 않아. 알 필요가 없으니까."

라다가 침대를 쳐다보았다. "여자들이 어떻게 언니를 찾아내나요?"

내가 어깨를 으쓱했다. "나는 그쪽으로 유명해."

"그러면 두 남자는요? 그들은 누구예요?"

"사미르 싱은 친구야. 오래 알고 지낸 분. 나머지 한 사람은 쿠마르 선생님. 그분에 대해서는 사미르의 오랜 친구라는 사실만 알고."

또 한 번의 침묵. "말릭은 알아요?"

나는 머리를 살짝 움직였다. 그렇다는 뜻으로. "질문은 하나만 더,

라다. 그런 다음에는 여기를 깨끗이 치워야 해."

"왜요?"

"설명하려면 시간이 더 필요할 것 같아. 복잡한 문제야."

"그게 아니라, 언니는 왜 그런 일을 하냐고요. 여자들이 아기를 없애
도록 돕는 일이요."

라다는 새로운 사실을 오늘 밤 너무 많이 보고 들었다. 라다의 다리
가 떨리는 것에서, 시선이 침대 위의 핏자국에서 떨어지지 않는 것에
서 알 수 있었다.

내가 어떻게 한밤중에 문을 두드린 남자들에 대해서 설명할 수 있
겠는가? 혹은 결혼생활 밖에서 애인을 만드는 여자들에 대해서.

나는 시어머니가 피임을 위한 약주머니를 만드는 방법을 가르치던
때를 생각했다. 나는 열다섯 살이었고, 그 집안의 새 신부였다. "그 여
자들에게 안 된다는 말을 어떻게 하겠니, 베티? 그들의 땅은 메말랐
어. 곡물 창고는 세금이라는 명목으로 자민다르(소작농이 농사를 짓는
땅의 주인)가 잡고 있고. 집에서 그들을 기다리는 어린 것들을 먹일 수
도 없어. 그들에게는 의지할 다른 사람이 아무도 없단다."

동생은 고작 열세 살이었다. 간단한 설명만으론 충분하지 않을 것이
다. 하지만 나는 라다를 이해시킬 만한 적당한 말을 찾기에는 너무
지쳐 있었다.

결국 나는 사스의 말을 반복했다. "그들에게는 의지할 다른 사람이
아무도 없어."

우리는 각자 생각에 빠졌고, 잠시 온전한 침묵의 시간을 보낸 뒤 내
가 조용히 말했다. "지붕 위로 올라가 빨래하자." 나는 얼룩이 묻은 시
트를 침대에서 휙 걷어냈다. 조이스 해리스의 피가 아래 황마까지 스

며 있었다. 기와 재를 섞은 물로 비벼 씻어야 할 것이다. "라다?"

동생이 피 묻은 침대에서 고개를 들었다. 고민이 깃든 눈빛으로.

"오늘 밤에는 참 잘해줬어. 하지만 이건 우리끼리의 비밀이야, 아차 (알겠니)?"

아이에게 이런 부탁을 하기는 싫었지만, 이런 일을 우리끼리만 아는 것은 내 생업에 너무도 중요했다. 해리스의 불운에 대해서 한마디라도 나돌면, 내 사업은 완전히 끝장이다.

처음에 나는 라다가 내 말에 반박할 것이라고 생각했다. 그 순간 라다가 귀에 거의 들리지 않을 만큼 작은 소리로 말했다. "한-지."

4

1955년 11월 17일

다음 날 새벽에 라다를 깨웠지만, 우리 둘 다 잠을 오래 자지도, 아주 잘 자지도 못했다. 나는 라다에게 헤나를 빻는 법을 알려주었는데, 놀랍게도 라다는 나보다 헤나 반죽을 더 곱게 만들었다. 문치 할아버지의 말은 분명 과장이 아니었다. 동생은 심지어 더 진한 색깔을 만들기 위해서 레몬즙을 조금 더 넣어보자는 제안도 했다. 내가 칭찬해주자 라다는 칭찬에는 익숙하지 않은 듯 놀란 표정을 지었다.

1월까지는 라다를 학교에 보낼 수 없으니 헤나 약속에 말릭과 함께 데려가야 할 것이다.

그날 첫 번째 일정은 칸타였다. 칸타는 나를 동등하게 대해주는 몇 안 되는 고객들 중의 한 사람이었다. 그녀는 막 스물여섯이 되었으니, 아마 내가 그녀보다 나이가 조금 더 많아서일 것이다. 그리고 아마 콜카타에서 자랐고 잉글랜드에서 교육을 받은 후에 나처럼 자이푸르로 와서 살게 된 처지여서 그럴 것이다. 혹은 그녀 역시 아이가 없어서. 그녀는 엄마가 되고 싶은 마음이 간절했다.

칸타는 벵골 지방의 유서 깊은 시인, 작가 집안에서 태어났다. 그녀의 아버지와 할아버지는 소네트를 짓고 문학 살롱을 조직하면서 시간을 보냈다. "자이푸르 여자들이 읽는 건 「리더스 다이제스트」뿐이에요." 한번은 그녀가 불평했다.

칸타는 내가 베란다에 발을 들여놓기도 전에 일흔 살 하인 바주를 옆으로 밀치고 직접 문을 열었다. 바주는 마르와리 터번을 똑바로 고쳐 쓰고 긴 콧수염을 쓰다듬었다. "이러시기예요, 마담?"

그녀는 기대감에 부풀어 흥분한 상태였다. "락슈미! 파르바티의 집에서 무슨 일이 일어났는지 궁금해 죽겠어요. 바주, 그냥 거기 서 있지 말고! 말릭을 부엌에 데려가 간식을 좀 먹여요." 마침내 그녀는 라다가 내 뒤에 서 있는 것을 보았다. 그러고는 내 눈을 보고, 이어 라다의 눈을 보더니, 이렇게 외쳤다. "아레! 한 사람이 둘로 보이는 건가요?"

나는 칸타를 동생에게 소개하고, 칸타에게는 라다가 이곳 공립학교에서 공부하려고 자이푸르로 왔다고 말했다. 나는 라다가 이 설명을 어떻게 받아들이는지 보려고 라다를 흘끗 보았다. 걱정할 필요는 없었다. 라다는 칸타를 홀린 듯이 쳐다보고 있었다. 어깨 길이의 단발머리, 몸에 날씬하게 맞는 7부 바지, 배꼽이 드러나게 허리에서 묶은 소매 없는 셔츠(파르바티처럼, 살집이 많은 복부를 사리를 이용해서 요령껏 가리는 전통적인 여성은 배를 드러내느니 차라리 창녀촌에 가겠다고 했을 것이다).

립스틱을 바른 칸타의 입술이 크게 벌어졌다. 그녀가 라다를 보며 웃었다. "나는 여성을 위한 교육을 적극 옹호해요!" 칸타가 속한 브라만 가문은 늘 딸을 귀하게 여겼고, 딸이라고 해서 결코 하등하게 키우지 않았다. 그녀는 잉글랜드에서 대학원 공부를 했다.

칸타가 나를 침실로 안내하는 동안, 나는 목이 타는 가젤처럼 주변을 빨아들이는 라다에게서 시선을 떼지 않았다. 네모난 긴 소파가 있고 바닥에는 카펫을 깔지 않았고 벽에는 마하라자나 마하라니, 신이나 여신의 그림이 한 점도 없는, 통풍이 잘 되는 저택이었다. 이런 집은 콜카타나 뭄바이에서는 흔할지 몰라도, 자이푸르에서는 드물었다.

라다는 걸음을 늦추고 벽에 걸린 사진들—간디-지의 큰 사진, 칸타와 그녀의 남편 마누가 그들이 다닌 대학교 앞에 같이 서 있는 사진, 칸타의 먼 친척이자 인도에서 유명한 문인인 라빈드라나트 타고르의 사진—을 물끄러미 쳐다보았다.

두 남자가 함께 서 있는 사진—한 사람은 화려한 머리 장식을 하고 있었다—앞에 이르렀을 때, 라다가 내 어깨를 톡톡 쳤다. 나는 걸음을 멈추고 쳐다보았다.

우리를 지켜보던 칸타가 말했다. "왼쪽이 마누예요. 그리고 그의 보스, 자이푸르의 마하라자. 둘 다 잘생겼죠, 안 그래요?" 그녀가 발랄하게 웃으며 자신의 침실로 다시 걸음을 옮겼다.

칸타의 남편은 궁에서 시설 관리 감독으로 일했다. 아가르왈 가문이 한때 어느 영국인 가정이 살았던 인상적인 식민 시대 건물에서 집세를 내지 않고 사는 것은 그의 지위가 높았기 때문이다. 원래 침실 여섯 개가 있던 집과 부지가 한복판에서 둘로 나뉘어, 두 가정이 사는 두 개의 집이 되었다.

우리가 칸타의 침실로 들어갈 때, 그녀가 물었다. "저기, 락슈미? 마누가 소원을 이룰 수 있을까요?" 그녀가 그 말을 하면서 문을 닫는데, 그녀의 시어머니가 반대쪽에서 문을 세게 밀면서 들어왔다.

"그래, 락슈미, 마누가 사내아이를 얻는 소망을 이루겠나?" 시어머니가 칸타를 휙 돌아보았다. 시어머니가 과부가 되면 장남과 함께 사는 것이 풍습이었고, 마누가 장남이어서 그의 어머니가 그들과 함께 살고 있었다. 칸타는 사스의 머리 위로 나를 쳐다보며 눈알을 굴렸다.

나는 미소를 지었다. "노력하고 있습니다."

칸타의 사스는 며느리의 배에 있는 단향목 염주를 가리켰다. "아기가 있다면 밖으로 나오기가 두려울 것 같네. 저 애를 한번 보게. 어른이 방에 들어오는데 머리도 가리지 않았어. 낯선 남자에게 바지 입은 엉덩이를 드러내질 않나. 내 남편이 아직 살아 있었다면……."

"마누가 마다했을 법한 여자를 골라줬을 거예요." 칸타가 방긋 웃으며 장난을 쳤다.

마누와 칸타는 케임브리지에서 공부하면서 만났다. 연애결혼이었고, 칸타의 사스는 크게 분노했다. 칸타는 잉글랜드의 자유로운 서구 분위기에 대담해진 그들이 어떻게 손을 잡기 시작했는지, 그것이 어떻게 비밀스러운 수많은 키스들로 이어졌는지 종종 농담하곤 했다. 그리고 그때 결혼하지 않았다면 그 정도에서 멈추지 않았을 거라고도.

시어머니는 콧방귀를 뀌었다. 풍성한 흰색 모슬린 사리를 입은 몸을 낮추어 침실 디반에 앉으면서, 그녀는 누구에게랄 것 없이 말했다. "칸타는 내게 손자도 안겨주지 않고 내 화장용 장작더미로 나를 보러 오겠구나."

칸타가 깜짝 놀란 표정을 지었다. 나는 그들의 애정 어린 언쟁에 익숙했지만, 오늘 시어머니의 말에는 날이 서 있었다. 이 노부인은 손자를 두셋 본 친구들 사이에서 경쟁의식을 느낀 모양이었다. 보통의 아내라면 칸타의 나이에 아기 몇 명은 낳았을 것이다. 나 역시 압박감을 느꼈다. 지금까지 내가 칸타의 임신을 도우려고 시도한 모든 약초 치료가 유산으로 끝났다.

나는 그들을 부드럽게 나무랐다. "자, 두 분. 사수지, 이 문양을 보면 아기가 이미 여기 있다고 느낄 거예요. 그리고 성공하려면, 평화롭고 조용한 분위기가 필요합니다."

노부인이 한 손으로 한쪽 무릎을 짚으며 힘겹게 일어섰다. "바주! 내 버터밀크는 어디 있나?" 그녀가 나가는 길에 하인을 불렀다. "저 영감은 행동이 죽은 코끼리보다도 굼뜨다니까. 종일 우리 기를 훔치고 우리 차파티를 먹기나 하지."

문이 닫히자 나는 빙그레 웃으면서 칸타를 돌아보았지만, 그녀는 천장을 보며 눈을 깜짝여 고인 눈물을 애써 없애고 있었다. "밤낮으로 손주 타령이세요."

나는 칸타의 손을 잡고 디반으로 이끌었다. 그녀 옆에 앉아 내 사리의 모서리로 그녀의 눈물을 닦아주었다.

그녀는 넋 나간 표정으로 나를 돌아보았다. "그게 그러니까, 시도는 계속했는데……." 그녀의 실망감이 손에 만져질 듯이 생생했다.

나는 친구가 안타까웠다. "부인과 마누는 지난 5년을 보내면서 서로에 대해서 많이 알게 됐어요. 그가 쌀 요리보다 차파티를 좋아한다는 것도 알고, 산문보다 시를 좋아한다는 것도 알게 되었잖아요. 쿠르타에 빳빳이 풀 먹이는 걸 더 좋아한다는 것도요. 아이가 태어나면 그런 걸 물어볼 새도 없이 너무 바빠질 테니까 아주 중요해요. '아레, 아라-가라-나투-카라(아주 평범한 거라고 해도 말이죠)! 마누, 당신 차르-소-비스(사기꾼)로군요! 당신, 내 소녀 같은 몸매는 어디 감췄나요?'" 나는 목소리를 높여 시장에서 비터멜론을 파는 시골 여자를 흉내 냈다.

칸타는 아랫입술을 깨물고 웃기 시작했다. 그녀가 라다를 쳐다보았고, 라다 또한 킥킥거리고 있었다.

이제 시작할 준비가 되었다. 칸타에게 디반에 누워 바지를 내리라고 말했다. 오늘은 배에 헤나 문양을 그릴 예정이라서, 그녀는 꼼짝하지 않고 있어야 했다. 나는 손에 정향 오일을 몇 방울 따랐다. "라다, 내가 일하는 동안 칸타에게 책이라도 좀 읽어드리지 그러니?"

"정말 좋은 생각인데요!" 칸타가 말했다. 다시 명랑한 모습으로 되돌아간 그녀가 말했다. "라다, 침대 옆 탁자에서 책을 한 권 골라봐."

라다의 얼굴이 밝아졌다. 간밤에 라다가 말해주기로, 쥐가 씹어먹지 않은 피타지의 책은 모조리 읽고 또 읽었다고 했다. 디킨스, 오스틴, 하디, 나라얀, 타고르, 셰익스피어(나도 그런 책을 좋아했던 것이 기억났다). 피타지가 돌아가신 후에 라다는 마을 아이들에게 글자와 수학을 가르치기 시작했고, 그렇게 번 돈으로 마와 함께 오두막에서 생계를 유지할 수 있었다. 물론 마가 돌아가시자 마을 사람들은 젊은 여자 혼자 교사의 집에 사는 것을 더는 용납하지 않았다.

나는 라다가 칸타의 침대 옆 탁자에 놓인 책을 살펴보는 것을 바라보았다. "『제인 에어』, 『바가바드 기타』, 『채털리 부인의 연인』?" 라다는 마지막 책의 제목을 말하면서 우리를 쳐다보았다. 라다가 얼굴을 붉혔다.

칸타는 라다의 얼굴에 떠오른 표정을 보고 웃었다. "아직 『제인 에어』를 안 읽어봤다면 그것부터 시작하자. 난 몇 년마다 한 번씩 읽거든. 고아 소녀가 마지막에는 자기가 원하는 모든 걸 갖는다는 결말이 마음에 들어."

내가 칸타의 배에 정향 오일을 발라 문지르는 동안 라다는 책을 읽기 시작했다. 라다는 처음에는 더듬었지만 소리 내어 읽으면서 자신감을 얻었다. 어려운 단어를 읽는 데는 시간이 조금 걸렸지만, 라다의 영어 실력은 인상적이었다. "그날 산책할 가능성은 없었다. 우리는 아침에 한 시간 동안 잎이 정말로 하나도 없는 관목숲을 떠돌고 있었다. 하지만 저녁을 먹은 후로……."

나는 헤나 문양을 그리기 시작했다. 가느다란 갈대 붓으로 칸타의 배꼽 주위에 큰 원을 그렸다. 다음에는 배꼽에서 원의 둘레까지 여섯 개의 선을 그어 바큇살을 만들었다. 그 결과 만들어진 부채꼴 하나하나에 아기가 먹는 모습, 자는 모습을 그려 넣었다. 책을 읽는 모습, 공을 가지고 노는 모습, 신발을 신는 모습, 우는 모습까지.

라다가 제인 에어의 고립에 대해서 읽는 동안 나는 칸타의 외로움에 대해서 생각했다. 자이푸르는 콜카타나 뭄바이, 뉴델리만큼 국제적인 곳이 아니었다. 이곳은 훨씬 더 전통적이었고, 사람들은 옛 인도에 더 붙잡혀 있었고, 변화에는 덜 열려 있었다. 칸타는 내 부인들과는 괴리감을 느꼈고 우정을 갈망했다. 엄마가 되면 편안한 대화와 친밀한 나눔의 세계로 입장할 수 있으리라고 느꼈다. 그녀는 자신이 그렇게 될 수 있도록 내가 도와줄 것이라고 믿었다. 그리고 나는 그녀를 실망시키고 싶지 않았다. 나는 그녀의 자궁 속 난자를 튼튼하게 만드는 데 도움이 될 만한 치료제를 만들기 위해서 계속 이런저런 조합을 시도해보고 있었다. 오늘은 부르피를 가져왔다. 얌을 넣어 달게 만들고 참깨를 뿌린 것이었다. 나는 그녀가 차를 마시려고 일어나려는 것을 막고, 헤나가 잘 마를 수 있도록 누운 채로 마시게 했다. 그러는 동안 라다는 감정과 극적인 요소를 실어 목소리에 변화를 주면서 소리 내어 책을 읽었다. 저렇게 읽는 법을 언제 배웠을까?

적당한 시점에 나는 제라늄 오일로 두 손을 열심히 비비고 칸타의 배를 마사지해서 마른 헤나 반죽을 떼어냈다. 다 끝나자, 그녀는 디반에서 풀쩍 내려와 거울 문이 달린 알미라로 걸어갔다. 그녀가 왼쪽, 오른쪽으로 몸을 돌려보며 문양에 감탄하더니 두 손을 이용해 평평한 배에 액자 모양을 만들었다.

"오, 락슈미! 내 아기로군요. 여섯이나 되네요! 당장 마누에게 보여주고 싶어요!" 그녀가 나를 돌아보았다. "하지만 왜 한 아기는 울고 있어요?"

나는 어깨를 으쓱했다. "현실 세계에서 아기는 우니까요."

칸타의 눈에 장난기가 떠올랐다. "사스가 이 아기들의 할머니가 될 수만 있다면."

그녀의 시선이 라다에게 가서 머물렀다. "내 책은 언제든 빌려 가도 돼. 책을 참 잘 읽는구나. 하지만 사스가 있을 때는 조심해. 『채털리 부인의 연인』은 늘 맨 밑에, 『바가바드 기타』는 맨 위에 두고."

라다는 자이푸르에 온 이후로 내가 본 어떤 모습보다도 행복해 보였다.

칸타가 입술에 손가락을 댔다. "락슈미, 라다를 미네르바에 데려가 봤어요?"

나는 라다가 영화관에 가본 적이 있는지 모른다고 말하려다가 멈칫했다.

칸타는 내 침묵을 오해하고 웃었다. "괜찮아요, 락슈미. 내가 보여줄게요. 매릴린 먼로가 나오는 영화를 하는데, 꼭 보고 싶거든요. 내가 라다를 데려가면 돼요."

그 제안을 듣자 심장이 쿵쾅거렸다. 부인들은 이런 영화가—그리고 영화관에 온 남자들의 행동이—감수성 예민한 딸들에게 미칠 영향력에 대해서 불안해했다. 인도인들은 영화에 열광했다. 엘리자베스 테일러나 매릴린 먼로 같은 미국 스타가 몸에 딱 붙는 치마를 입은 모습이 나오면 릭쇼꾼이나 푼돈을 버는 사람들은 걷잡을 수 없이 흥분해서 스크린을 향해 동전을 던질 정도였다(어느 시점이 되면 관리자가 어김없이 그들을 나무랐다).

"음, 그런 데 노출시키는 게 현명한 생각인지……." 내 얼굴이 뜨겁게 달아올랐다. 꼭 기혼인 내 고객들처럼 말하고 있었다.

"서구 여자들에게요? 무섭죠, 그렇지 않나요?" 칸타가 킥킥거리자 내 말이 고리타분하게 느껴졌다. 내가 지나치게 보호적인 태도를 보이고 있었다. 큰 도시에서 살려면 라다에게도 그런 경험이 필요했다. 라다를 지나치게 보호하는 일은 전혀 도움이 되지 않을 것이다. 그리고 라다를 이끌어주는 데 칸타보다 더 나은—세상을 많이 알고 교양 있는—사람이 누가 있겠는가? 게다가 고작 영화일 뿐이었다!

칸타는 손뼉을 치며 라다에게 미소를 지어 보였다. "오, 우린 즐거운 시간을 보낼 거예요!" 그녀가 나를 보며 눈썹을 치켰다. "동생이 있다고 말해주지 않은 건 너무 나빴어요. 저 눈을 봐요! 남자들이 죄다 홀랑 빠지겠는데요."

나는 불편한 미소를 지었다. 내가 좋아하는 고객이 동생의 예쁜 모습을 알아봐준 것이 기뻤다. 하지만 한편 걱정스러웠다. 라다의 호기심을 누르지 않고 그냥 놔둬도 될까? 충동은 또 어쩌고? 나는 고개를 가로저었다. 나는 너무 빅토리아 시대 사람처럼 굴고 있었다.

칸타의 집 밖에서 나는 공책에 몇 줄을 써넣었다. 라다가 베란다 위 기둥에 몸을 기댔다. 우리는 말릭이 릭쇼를 잡아 돌아오기를 기다리고 있었다.

"칸타 앤티는 슬퍼하고 있어요."

"음."

"앤티는 왜 아기를 가질 수 없어요?"

"나도 몰라, 라다. 생리가 늘 불규칙적이었어. 충분한 난자를 생산할 수 없어서 그런 걸 수도 있고. 내가 부인에게 부르피 먹인 거 봤지? 그 안에 넣은 야생 얌이 생리 주기를 규칙적으로 만드는 데 도움이 되면 좋겠는데." 나는 내가 동생에 대해서 아는 것이 얼마나 없는지 문득 깨닫고 얼굴을 찡그렸다. "생리는 시작했니?"

라다는 뺨이 붉어지면서 턱을 아래로 내렸다. "두 달 전에요. 자이푸르로 오기 직전에."

"음, 그럼 너도 이제 여자가 됐구나. 너도……아기를 가질 수 있어." 나는 어떻게 설명해야 할지 몰라 말을 멈췄다. "영화관에서는 남자를 조심해야 해. 버스에서도. 그리고 말릭이나 내가 같이 있지 않을 때는 거리에 나가 돌아다니지 말고."

라다가 의문을 담은 눈빛으로 눈을 깜박거렸다.

내가 주의를 줘야 할 것이 아마 천 가지는 더 있겠지만, 내게는 새로운 영역이었다. 라다에게 남편이 침대에서 뭘 하는지 알려줄 적당한 시기는 언제인가? 나는 입을 다물었고, 스스로에게 놀랐다. 여인들은 내게 온종일 은밀한 이야기를 해주었다. 동생에게 섹스에 대해서 말하는 것이 왜 당황스럽지?

하지만 라다의 마음은 딴 데 가 있는 듯했다. 라다가 물었다. "칸타 앤티는 우리가 그 집에 처음 갔을 때, 무엇 때문에 그렇게 흥분해 있던 거예요?"

나는 공책을 페티코트 안에 집어넣었다. "아. 자이푸르의 마하라자가 궁 하나를 호텔로 바꾸려고 한대. 마하라자는 사미르 싱이 리모델링 설계를 해주기를 바라고. 하지만 그 궁의 공사를 맡은 공식 도급업자인 샤르마 씨는 다른 설계사를 골랐어. 그래서 칸타의 남편은 샤르마 씨가 사미르를 고용하게 하는 방법을 궁리 중이고."

"마하라자는 원하는 사람을 마음대로 고용할 수 없어요?"

"당연히 할 수 있지. 하지만 그건 그분이 사람을 쓰는 방법이 아니야. 그분은 샤르마 씨 스스로 선택하길 바라."

"언니가 어떻게 도와줄 수 있어요?"

"곧 알게 될 거야." 내가 미소를 지었다.

칸타가 마누 문제를 처음 털어놓았을 때, 나는 대번에 답을 알았다. 샤르마 가문과 싱 가문의 운명을 봉인하는 가장 좋은 방법은 혼인을 약속하는 것이다. 그러고 나면 서로 사업상의 파트너가 되는 일을 고려할 것이다. 나는 칸타에게 말하기 전에 양쪽 가문 모두 그 혼사에 동의할 때까지 기다리고 싶었다.

말릭의 아주 높은 휘파람 소리가 들려, 우리는 그쪽을 돌아보았다. 말릭은 칸타의 베란다 옆에 서서 우리에게 계단을 내려오라고 손짓했다. 오늘 아침 집에서 나올 때 얼룩 없이 깨끗하던 옷에 지금은 흙탕물이 튀어 있었다. 한쪽 어깨에 피가 흐른 흔적이 있었고, 그쪽 귀에서 벌건 피가 줄줄 흐르고 있었다. 나는 말릭에게 달려갔고, 가방에서 헝겊을 꺼냈다.

라다가 나를 뒤쫓아 달려왔는데, 손에 든 찬합이 댕댕거리며 부딪쳤다.

"말릭! 쿄 하 갸?"

내가 말릭이 있는 곳에 미처 다다르기도 전에 말릭이 돌아서서 정문으로 휘휘 걸어가버려서, 우리는 그 애를 뒤쫓아가야 했다.

우리의 대화가 차우키다르에게 들리지 않을 만큼 안전하게 벗어났을 때, 말릭이 말했다. "저 마데르초드(후레자식) 공사업자 말인데요! 앤티가 준 200루피를 건넸더니 나한테 다시 던지더라고요! 낙타 입에 커민 씨를 집어넣고 있군. 이러면서요. 그러더니 귀를 후려치고, 갚을 돈을 전부 가져오지 않으면 다시 나타나지 말라고 했어요." 말릭이 제자리에서 한 바퀴 돈 다음 섰다. "여기." 말릭이 주머니에 손을 넣었다. 그리고 내가 준 200루피를 다시 건넸다.

나는 피가 흐르는 말릭의 귀를 헝겊으로 눌러주었다. 말릭이 비명을 지르더니 헝겊을 가져가 자기 머리에 직접 가져다댔다. 헝겊은 대번에 붉게 물들었다. 나는 그것을 물끄러미 바라보았다.

나는 내 실수에 대한 대가를 말릭이 치르는 것은 원하지 않았다. 하지만 공사업자에게 수천 루피를 어떻게 갚지? 파르바티로부터 궁과의 약속에 대한 이야기는 아직 듣지 못했다. 그녀를 찾아가봐야 할 것이다.

"말릭, 사미르에게 내가 꼭 만나 뵙고 싶어한다는 말을 좀 전해줘야겠다. 하지만 그보다 먼저, 라다. 말릭의 귀에 라벤더 오일을 발라줘."

말릭을 보살핀 후에 나는 라다에게 집으로 돌아가 그의 옷을 빨라고 말했다. 말릭이 다시 사람들 앞에 나설 만해지면, 오후 예약 시간에 맞춰 샤르마 부인의 집으로 갈 때 두 아이를 같이 데려갈 수 있을 것이다.

샤르마 가문의 집 앞뜰에서, 라다와 말릭과 나는 가방을 내려놓았다.

말릭은 깨끗한 셔츠로 갈아입었고, 귀의 부기는 좀 가라앉았다.

우리가 여기 온 것은 뜰에 만다라(의식을 위해서 그리는, 원 모양을 기본으로 한 문양)를 그리기 위해서였는데, 문양은 대체로 집안의 여자들이 색분필과 쌀을 이용해서 그렸다. 하지만 샤르마 부인의 막내이자 유일한 딸인 실라가 오늘 밤 큰 가족 행사에서 노래를 부르기로 되어 있어서, 샤르마 부인은 훨씬 더 정교한 문양을 원했다. 그녀는 문양을 내가 헤나로 작업하는 것과 비슷하게 만들어달라고 했다. 우리는 하얀 쌀에 더해서, 청록색과 산호색 분필을 곱게 빻아서 만든 가루와 빨간 벽돌을 부수어서 만든 작은 돌멩이들, 겨자씨, 말린 천수국 꽃잎도 봉지에 넣어 담아왔다.

우리는 식료품을 배달하러 온 사람들이 뜰을 비워주기를 기다리고 있었다. 가게 주인이 수레에서 설탕 비스킷과 참기름이 든 통을 꺼내는 동안 그의 낙타는 평화롭게 마른 풀을 뜯고 있었다. 샤르마 부인은 영수증에 서명하기 전에 배달된 물건을 확인하고 있었다. 그녀는 우리를 보자 베란다 계단을 내려왔고, 걸을 때마다 집에서 만든 면 사리가 사각거렸다. 파르바티가 허영심이 많다면, 샤르마 부인은 현실적이었다. 돌봐야 하는 식솔—자식 셋, 샤르마 씨의 남동생 다섯—이 많으니 외모에 호들갑을 떨 이유를 찾지 못했다. 더 비싼 옷을 살 수 있었겠지만, 평소에는 간디-지에 대한 존경의 표시로 카디(손으로 짠 천) 사리를 입었고, 코에는 깔끔한 루비와 다이아몬드 장식을 박았다.

"락슈미, 조금만 더 기다려주면 이 사람들이 곧 떠날걸세. 음악가들이 도착하기 전에 자네가 마법을 부릴 시간을 충분히 가지도록 해주겠네." 그녀가 환하게 웃자, 오른쪽 뺨에 있는 큰 점이 올라갔다. "오늘 밤 산지트(함께 노래 부르는 모임)에서 있을 실라의 공연을 위해 모든 준비가 완벽히 되어야 해."

"실라는 분명 아주 멋질 거예요, 샤르마 부인."

부인이 웃었다. 만다라는 락슈미 여신의 풍요를 가져왔다. 그녀가 말했다. "당신이 그리는 만다라로 우리는 모든 신들을 모셔올 수 있지!" 그녀가 두 팔을 넓게 벌리자 통통한 팔에 걸린 결혼 팔찌가 댕댕 거렸다. 30년 동안 팔에 낀 은은한 금팔찌라 모양이 좀 일그러지고 흠집이 나 있었다.

마침내 뜰이 비워지자, 라다와 말릭은 가로세로 3미터의 정사각형 공간을 댓가지 빗자루로 쓸기 시작했다.

나는 자루 하나에서 쌀을 한 움큼 집어 손바닥에서 줄줄 흩어가며 안쪽 원을 그렸다. 저녁에 여기에다가 작은 불을 피울 것이다. 그 원 주위로 여덟 개의 아주 큰 꽃잎이 있는 연꽃을 그렸다. 라다는 붉은색의 작은 돌멩이를 들고 나를 따라다니면서 윤곽 안을 채웠다.

라다가 갑자기 소리쳤다. "와!"

내가 그쪽을 보았다. 라다는 베란다를 보고 있었는데, 그곳에는 실라 샤르마가 비 온 후의 석양 색깔의 새틴 드레스를 입고 서 있었다. 반소매는 부풀린 모양새—화가 난 것 같았다—였고, 봉긋하게 부푸는 젖가슴 아래로 엠파이어 웨이스트 라인(가슴 아래까지 올라오는 높은 허리선)이 자리를 잡았다. 작은 왕국의 공주 같아 보였다. 마두발라 스타일로 끝을 곱슬하게 만 짙은 남색의 머리에 씌울 티아라만 없었을 뿐이었다. 눈부시게 아름다웠다.

나는 그녀에게 미소를 지어 보였다. "오늘 밤 공연의 스타라고 들었어요."

그녀가 한쪽 어깨 너머로 머리칼을 휙 넘겼다. "그냥 가족 행사인걸요. 다음 달 싱 부인의 잔치에서 진짜 관객을 위한 공연을 할 거예요. 그때 마하라자가 오시기로 되어 있거든요."

그러니까 파르바티가 내 제안을 진지하게 받아들이고 있는 것이다. 자기 며느리라면 주(州)의 우두머리를 즐겁게 해줄 수 있어야 한다고 생각했고, 그래서 왕족 앞에서 실라의 침착성을 검증하기로 한 것이다. 내 역할은 실라가 라비 싱의 시선을 사로잡도록 하는 것이었다. 아들이 스스로 실라에게 반하게 만드는 것은 파르바티의 영리한 한 수였다. 그녀는 아들의 짝을 직접 골라주고 싶어했지만, 아들이 눈치 채기는 바라지 않았다.

나는 왼쪽을 보며 몹시 들뜬 채 서 있는 라다를 가리켰다. "실라, 여긴 제 동생 라다예요." 나는 뜰의 가장자리에서 비질을 하고 있는 말릭 쪽으로 고개를 기울였다. "말릭은 전에 본 적 있죠?"

그가 실라를 향해 고개를 까딱했다.

나는 실라를 돌아보았고, 그녀의 시선은 라다에게서 말릭으로 휙 옮겨갔다. 라다 또한 말릭을 보았다. 실라가 입을 앙다물고 턱을 들어 머리부터 발끝까지 말릭을 훑어보았다. 거친 머리칼, 분홍색 귀, 더러워진 발, 너무 작은 차팔(샌들)까지. 말릭도 실라가 무엇을 불쾌하게 느꼈는지 보려고 자기 몸을 내려다보았다.

"락슈미, 만다라 작업은 당신만 하는 게 좋겠네요." 실라가 말했다. 그녀는 뭐든 자기 뜻대로 하는 데 익숙했다.

나는 그녀에게 아낌없는 미소를 지어 보였다. "실라, 도움 없이는 문양을 완성하기까지 시간이 두 배는 걸릴 거예요. 그리고 집 안에도 헤나 문양을 그리려고 하는 숙녀분들이 계시고요. 이 잔치가 큰 성공을 거두는 게 좋잖아요, 안 그래요?"

하지만 실라는 미소로 답하지 않았고, 검은 에나멜가죽 구두의 굽을 축 삼아 우아하게 몸을 돌리더니 집 안으로 도도하게 걸어가버렸다. 말릭이 라다를 보며 어깨를 으쓱했다.

나는 실라의 기분은 무시하기로 했다. 실라는 응석받이 아이였으나 자기 어머니의 심장을 지배했다. 적으로 만들어서 좋을 것은 하나도 없었다. "라다, 벽돌 부스러기 좀 부탁해."

"락슈미?"

내가 고개를 드니 샤르마 부인이 현관문 쪽에, 실라는 그 뒤에 서 있었다. 나는 손바닥에 있던 쌀을 다시 자루에 넣고 계단을 올라갔다.

"내 딸이 이 소년이 마음에 안 드나 보네. 아마 자네가 이 소년에게 시킬 심부름이 있겠지?" 그렇게 묻는 샤르마 부인의 목소리는 명령하는 듯도 하고, 미안해하는 듯도 했다. 고뇌에 빠진 그녀의 시선이 앞쪽 정원을 불안하게 훑었다. 그녀의 어깨 너머로 실라 샤르마의 고소하다는 듯한 얼굴이 보였다.

"저 애가 뭔가 잘못을 했나요, 마담?"

"실라는……누가 우리의 만다라 작업을 하는지에……까다로워."

내가 실라를 흘끗 보았다. "당연한 말씀입니다."

나는 다시 계단을 내려가 천으로 된 가방 안을 들여다보는 시늉을 했다. "말릭, 오늘 밤 사용할 헤나를 좀더 빻아서 가져다줘. 이 반죽이 충분히 잘된 것 같지는 않구나."

하지만 말릭은 내 거짓말을 꿰뚫어 보고 있었다. 가방 안에는 헤나 반죽이 듬뿍 든 커다란 도기 두 개가 젖은 수건에 쌓인 채 들어 있었다. 스물두 개의 손에 헤나를 해주기에 충분했다. 오늘 아침에 나는 심지어 말릭이 듣는 데서 라다의 반죽 질감이 부드럽다는 칭찬까지

했다.

말릭이 베란다를, 그리고 자신을 거만하게 쳐다보는 실라를 응시했다. 말릭은 엄지와 검지를 서로 비비고 있었다. 말릭이 화가 났을 때 하는 동작이었다. 실라가 말릭을 쫓아내려는 것이 남자(어쨌거나 만다라는 여자의 일이었다)라서인지, 아니면 외모가 마음에 들지 않아서인지 나는 몰랐다.

말릭이 자루를 바닥에 툭 떨어뜨렸다.

나는 허리띠에서 2루피를 꺼냈다. "통가를 타고 가."

그것은 작은 위로였다. 나는 돈을 그의 셔츠 주머니에 쑤셔넣고 그가 고개를 끄덕일 때까지 두 손을 그의 어깨 위에 가만히 올려두었다.

원을 그리던 자리로 돌아가면서, 나는 라다가 벽돌 부스러기 자루에 손을 넣었다가 팔을 머리 뒤로 빼는 것을 보았다. 목표물은 멀어지는 실라의 등이었다. 헤이 람(맙소사)!

"라다!" 내가 크게 외치며, 그 동작을 실라가 보지 못하게 막으려고 라다 앞을 가로막고 섰다. 나는 라다의 팔을 잡고 손을 억지로 자루 안에 집어넣고 그대로 있었다. 라다는 내가 생각했던 것보다 힘이 더 셌다. 나는 라다의 손목 안쪽을 힘껏 꼬집었다. 그렇게 손을 펴서 잡았던 돌멩이를 놓게 했다.

등 쪽에서 실라의 시선이 느껴졌다. 나는 목소리가 베란다까지 들리도록 신경 써서 말했다. "원 하나를 너무 많이 채우면 안 된다는 걸 명심해. 그러면 만다라의 결과물이 고르지 않을 텐데, 우린 실라를 위해서 완벽하게 만들어야 해, 그렇지?" 나는 눈빛으로 라다에게 얌전히 있으라고 애원했다. "청록색 분필부터 시작하자."

동생이 눈을 깜박였고, 내 눈을 빤히 들여다본 후에 몇 번 더 깜박였다. 그러더니 시선을 깔았고, 나는 라다의 팔을 놓아주었다.

곁눈으로 실라가 집 안으로 들어가는 것이 보였다. 나는 무릎이 후들거려 엉덩이를 발꿈치에 대고 쭈그리고 앉아 마음을 진정시켰다.

나는 윗입술에 고인 땀을 핥았다. 집안의 하인이 혹시 그 장면을 봤다면 어쩌지? 그들이 어떤 해를 끼칠지 누가 알겠는가!

원 안쪽을 채우려고 청록색 가루를 한 움큼 집는데 손이 떨렸다. 라다는 대체 무슨 생각이었을까? 우리는 다른 누구로 쉽게 교체될 수 있지만, 실라는 늘 이 왕국의 공주일 것이다. 말릭에게는 그런 것을 가르칠 필요가 없었다. 말릭은 계층과 카스트의 숨은 의미를 본능적으로 이해했다. 말릭은 우리를 위태롭게 만들 일을 결코 하지 않았다.

오후의 남은 시간 동안 라다와 나는 말없이 일했다. 내가 자루를 가리키면 라다가 내게 가져왔다. 나는 뭐라고 타이르기에는 라다가 한 행동에 너무 화가 나 있었다.

중심 원에서 멀어질수록 연꽃에 더 많은 디테일이 보태졌다. 마침내 나는 뒤로 물러서서 내가 작업한 것을 바라보았다. 꽃잎 한복판에는 여신과 연관된 것들이 있었다. 소라 껍데기, 부엉이, 코끼리, 금화, 진주 목걸이. 만다라를 그리느라 허리를 숙이고 있었으니 내일은 허리가 아프겠지만, 샤르마 부인은 결과에 만족할 것이다.

나는 라다에게 빈 자루를 건넸다. "집으로 돌아가. 말릭한테 부탁해서 내일 부인들에게 줄 음식을 만들도록 해."

라다는 말 한마디 없이 떠났다.

나는 손바닥을 털면서 부엌으로 향했다. 하인들이 오늘 오후에 무슨 일이 있었는지 눈치채지 못했는지 확인하고, 그들이 실라 샤르마의 결혼 전망에 대해서 뭔가 말해줄 것이 있는지 알아봐야 했다.

화구 몇 개에 불이 지펴져 있었고, 튀긴 커민, 마늘, 양파의 자극적인 냄새가 부엌에 가득했다. 샤르마 부인의 요리사는 손이 거칠고 떡 벌어진 체격의 여자였는데, 아타를 조금씩 떼어내 작은 공 모양으로 만들고 있었다. 나중에 그것을 굴려서 사모사(감자와 향신료, 콩으로 속을 채운, 향미가 강한 튀김 요리) 페이스트리를 만들 것이었다. 젊은 여자가 바닥에 책상다리를 하고 앉아 있었다. 그녀는 스테인리스스틸 그릇을 안은 채 그 안에 담긴 삶은 감자와 완두콩과 마살라를 섞고 있었다. 사모사 안에 넣을 재료였다. 뒷문이 열린 채로 고정되어 요리의 열기를 밖으로 내보내고 있었다.

나는 요리사를 보고 빙긋 웃으며 물을 달라고 했다. 그녀는 내 잔에 물을 채워주고는 다시 하던 일로 돌아갔다. 그 집의 누구라도 라다가 실라에게 돌멩이를 던지려고 하는 것을 봤다면, 요리사가 나를 봤을 때 그 이야기를 해주었을 것이다.

나는 잔을 들고 가장자리에 입술을 대지 않고 마셨다.

"오늘 밤 산지트를 위해서 당신이 잘 만들기로 소문난 그 드럼스틱(모링가나무 열매로, 꼬투리의 생김새가 북을 치는 채처럼 생겼다고 해서 드럼스틱이라고 부른다) 렌즈콩 수프를 만드는 건가요?" 내가 물었다. 샤르마의 요리사는 벵골 출신이었는데 렌즈콩 요리에 사지나(긴 녹색 콩과 비슷하게 생긴 채소)의 꽃과 열매로 향미를 내는 것으로 유명했다. 북채 같은 채소를 잘게 썰고 양귀비와 겨자씨와 함께 볶은 뒤, 요리한 렌즈콩에 보탰다.

그녀는 어깨를 으쓱하고 팔을 들어 천장을 향해 손바닥을 폈다. 한쪽 손에 반죽 조각이 남아 있었다. "나는 언제쯤에나 달을 만들지 않게 될까요, 지? 어느 날에는 이 사람들에게 만들어주고, 또 어느 날에는 저 사람들에게 만들어주고 말이에요."

"솜씨가 너무 훌륭해서 그런걸요."

"내가 이것 말고 뭘 할 수 있겠어요. 타고난 게 이 재주인걸요." 그녀가 둥근 나무 도마에 마른 밀가루를 조금 뿌리고 둥근 반죽을 그 위에 탁 얹었다. "요즘 모두 그 어린 아가씨를 보고 싶어하는군요. 지난주에는 푸카 사히브(예의 바른 신사)가 많이 왔어요." 그녀가 밀방망이로 둥근 반죽의 왼쪽을 누르고 다음엔 오른쪽, 그리고 다시 왼쪽을 눌렀다. 그런 식으로 납작하게 만들어 페이스트리를 만드는 데 필요한 완벽한 원 모양을 냈다.

"정말이에요?"

"한-지. 마리와르 가문도 왔고, 랄 찬드라 가문도 왔고요."

"마투르 사히브 부부도 왔던데요." 나는 요리사와 동시에 요리사의 조수를 돌아봤는데, 조수는 하던 일에서 고개도 들지 않고 그 사실을 알려주었다.

"감자는 충분히 곱게 으깨고 있는 거니? 지난번처럼 사모사에서 덩어리가 나오면 곤란해!" 요리사가 다른 여자 조수를 보고 인상을 썼고, 조수는 고개를 그릇 쪽으로 더 가까이 내렸다.

나는 미소를 감췄다. "프라샤드 가문에 대한 소문도 들리는 것 같던데요?"

"다음 주에 온대요." 요리사가 윗입술 위로 번질거리는 피부를 사리 끝으로 닦았다. "어쨌거나 일을 할 사람은 나 혼자로군요." 그녀가 고개를 휙 돌려 조수를 가리켰다. "저기 저 애는 시시때때로 살펴봐야 하고요. 그러면 내가 요리할 시간은 얼마나 남겠어요?" 그 말을 하는데 냄비 하나의 뚜껑이 달달거리기 시작하면서 김이 안간힘을 쓰며 빠져나왔다. 그녀가 다른 여자 조수를 돌아보며 외쳤다. "뭐야? 냄비도 내가 다 지켜봐야 해? 너는 코프타(감자나 고기로 만든 경단)가 다 익은 것도 모르겠니?"

조수가 허둥지둥 일어나 사리 한쪽 끝으로 냄비 손잡이를 잡고 화구에서 내렸다. 요리사는 그것으로도 성에 차지 않았는지 더 많은 욕을 퍼부었다.

내가 추측한 대로 실라 샤르마를 향한 경쟁이 달아올라 있었다. 샤르마 가문에서는 혼사 제안이 들어오는 상황을 즐기고 있었다. 파르바티는 곧 행동을 취해야 할 것이었다. 자이푸르에서 가장 유력하고 부유한 가문인 싱 가문의 제안은 초라한 배경을 지닌 샤르마 가문에는 결여된 것—왕가와의 공식적인 인맥—을 제공할 것이다. 파르바티는 영리하게도 자신의 명절 잔치에 샤르마 가문 사람들과 함께 자이푸르의 왕가를 초대하여 그 부분에 확실히 못을 박았다.

혼사가 더 빨리 결정될수록 내 빚도 더 빨리 청산할 수 있었다. 그때까지 나는 다른 중매인들이 낌새채지 않게 이 일을 혼자만 간직할 생각이었다.

나는 조리대에 잔을 내려놓고, 두 요리사가 자신들의 일을 하게 둔 채로 부엌을 떠났다.

5

1955년 11월 18일

공사업자인 나라야와 한 번의 점검을 더 마친 뒤(회반죽을 한 번 더 칠해서 벽의 표면을 매끄럽게 해달라고 요구했다), 나는 내 라지나가르 집에서 사미르를 기다렸다. 나는 바닥에 앉아 두 팔로 무릎을 감싸안은 채 문양을 넣어 깐 테라초를 응시했다.

페티코트가 너무 헐렁한 것보다 꼭 끼는 편이 더 낫다. 헐렁하면 사리가 처지거나 주름이 풀어질 것이다.

거뭇해진 눈 밑을 밝게 만들려면 매일 양쪽 눈에 차가운 차에 적신 습포를 대고 있어라.

흔한 고무 차팔은 절대 신지 말고, 샌들이나 구두만 신어라.

라다의 도시생활을 준비시키기에 이런 충고로 충분하다고 생각했다니 얼마나 어리석었는가! 나는 내가 이 사회에서 이옝가르 부인이나 파르바티, 실라 가족을 상대하는 등과 같은 난관을 극복하는 법을 어떻게 터득해왔는지 라다에게 분명히 말해줄 수가 없었다. 라다는 인내하는 법뿐 아니라 목표에는 우회적으로 접근해야 한다는 것도 배워야 했다. 내가 그랬듯이, 말릭이 그랬듯이.

하지만 어떻게 라다를 계속 주시하면서 동시에 고객을 만나고 공급자들과 협상하고 새로운 의뢰를 받을 수 있겠는가?

전날 저녁 나는 샤르마 가문의 집에서 일한 후 고단한 몸을 이끌고 집으로 돌아가서, 라다에게 사람에게 돌을 던지는 버릇이 있는지 물었다.

라다의 얼굴이 일그러졌다. 라다가 말했다. "뒷말하기 좋아하는 사람들이 나를 조롱하지 않게 만들려면 그 방법 말고는 없었어요, 지지. 그들은 늘 나를 재수 없는 계집애라고 불렀어요. 살리 쿠티(암캐). 가스티 키 베헨(창녀의 여동생). 온갖 욕은 다 들었어요. 내가 우물에서 물을 길어서 이고 가면 꼬마 남자애들이 발을 걸었어요. 모든 게 내 잘못이랬어요. 우유가 달지 않으면 뒷말하기 좋아하는 사람들이 내가 그 앞을 지나가서 그렇다고 했어요. 곤충이 곡식을 먹으면 농부들은 내가 밤에 곤충을 불러내서 그렇다고 했어요. 촌장의 아들이 열병으로 죽었을 때는 사람들이 막대기를 들고 나를 찾아왔어요. 마도 그들을 말리지 못했어요. 나는 강둑으로 달려가 피팔나무를 타고 올라갔어요. 거기 이틀 동안 있었는데, 그때서야 순회 의사가 와서 아기의 죽음은 말라리아 때문이었다고 말해줬어요."

라다는 젖은 눈과 코를 카미즈 소매로 닦았고, 나는 그 버릇을 없애주려고 애쓰고 있었다. "내가 태어난 후로 모든 게 내 탓이었어요. 뒷말하기 좋아하는 사람들은 지난 옛일도 다 기억해요."

인도에는 개인의 수치심이라는 것이 존재하지 않았다. 창피함의 감정은 파라핀지에 떨어진 기름처럼 대번에 온 가족에게, 심지어 먼 친척과 조카에게까지 퍼졌다. 소문을 내는 사람들이 기필코 그렇게 만들었다. 비난이 가슴을 묵직하게 내리눌렀다. 내가 결혼생활을 저버리지 않았다면 라다는 그렇게 많이 힘들지 않아도 되었을 것이고, 마와 피타지는 마을 전체에 대해서 그렇게 무력하지 않아도 되었을 것이다. 오늘 말릭이 얼마나 부당하게 배척되는지 보고, 라다는 늘 그랬듯이—무력한 짐승처럼—반응한 것뿐이었다. 더 좋은 방법을 몰랐던 이유는 그 누구도 더 나은 방어법을 알려주지 않았기 때문이다.

라다가 내 앞에 무릎을 꿇었다. "지지, 나를 돌려보내지 말아요. 언니 말고는 아무도 없어요. 다시는 안 그럴게요. 다시는. 약속해요." 라다의 가녀린 몸이 흔들리고 있었다.

당황하고 부끄러워진 나는 라다를 일으켜 세우고 눈물을 닦아주었다. 나는 말하고 싶었다. 내가 왜 너를 돌려보낼 거라고 생각해? 너는 내 동생이야. 내 책임이고. 하지만 입에서 나온 말은 이것뿐이었다. "나도 더 잘하겠다고 약속할게."

누군가가 내 손을 쿡 찔렀다. "아름다운 여인이여, 일어나요."

눈을 깜박거리다 떴다. 사미르의 목소리인 것은 알았지만 어둠 속이라 얼굴을 알아볼 수 없었다. 나는 여기가 어딘지 알아차리려고 주위를 두리번거렸다. 어느 시점에 테라초 바닥에 누워 몸을 뻗고 잠들어버린 것이다.

"조이스 해리스는 회복 중이오." 그의 흰색 셔츠가 내 위로 어둠 속에서 은은히 빛났다. 담배 냄새가 났다. 영국 위스키와 단향목, 내가 알기로 창녀들의 집에서 나는 냄새였다. "그녀의 남편이 조드푸르에서 돌아왔소. 그는 아기가 자연 유산된 줄 알고 있고."

나는 눈을 비볐다. "내가 잘못한 게 없다는 거 아시죠, 사미르?"

"알아요." 한숨을 쉬며 그는 몸을 낮춰 내 옆에 누웠다. 그리고 슈트 주머니에서 레드 앤드 화이트 담배를 한 대 꺼내 불을 붙였다. "하지만 한동안 약주머니는 조심해서 써야겠소. 해리스 부인에게 일어난 일로 사람들이 불안감을 느껴요."

나는 침을 꼴깍 삼켰다.

"그런데 무슨 일이오? 말릭이 그러던데, 내게 할 말이 있다고." 그가 말했다.

"빚이 많아요."

"당신답지 않은 소리로군."

"예상치 못한 일로 돈을 좀……썼어요."

"무슨 일로?"

나는 목을 큼큼 풀었다. "동생이 왔어요."

"침대에 있던 그 소녀?"

"네."

"여기 자이푸르에 사나?"

"지금은 그래요. 한 달 전부터." 나는 몸을 돌려 그를 보았다.

그가 내 얼굴을 뜯어보았다. 그는 우리의 규칙을 알고 있었다. 우리는 상대가 알아야 할 사실만 밝혔다. 그가 다시 천장을 보았다.

그는 한동안 말없이 이따금 담배 연기만 내뿜었다. 사업가인 그는 말하기 전에 생각했다. "빚은 누구한테 졌소?"

"우선은 공사업자."

"얼마를 요구하지?"

"액수는 상관없는데요. 갚는 데 시간이 더 필요해요."

"내가……."

"아니에요." 내가 아마 너무 강하게 말했을 것이다. "제 빚이에요. 제가 알아서 할 수 있어요."

그가 담배 연기를 요란하게 내뿜었다. 전에도 이런 대화를 한 적이 있었다. 내가 그에게 돈을 빌린 유일한 때는 자이푸르에 오고 첫 주일 동안이었다. 헤나 재료와 약초를 사는 데 돈이 필요했다. 일주일 안에 갚았고, 다시는 파이사(1루피의 100분의 1에 해당하는 동전 단위) 한 푼 부탁하지 않았다.

나는 그의 손을 잡고 가볍게 흔들었다. "카드놀이도 못 끝내고 오시게 해서 미안해요."

사미르가 싱긋 웃었다. "내가 카드놀이를 하고 있었던 걸 어떻게 알았소?"

"카드놀이를 하고 있었던 게 아니죠. 돈을 잃고 있었죠." 내가 그의 옆얼굴을 보았다. "잃을 때 술을 더 많이 드시잖아요. 스스로 불쌍해지는 게 싫어서 한 잔씩 돌리기 시작하고."

그가 내 손을 꽉 잡았다. "나는 이미 아내가 하나 있다오, 아름다운 여인이여."

나는 시선을 돌려 다시 천장을 보았다. 그는 담배를 피웠다.

"공사업자가 누구요?"

"나라야."

사미르가 음 소리를 냈다. "그 사람은 삼류인데. 당신이 고집을 피우지 않았다면 내 공사업자를 써도 괜찮았소."

"그러면 지금보다 돈이 두 배는 더 들었을 거예요. 이게 내가 감당할 수 있는 만큼이에요, 사미르. 내 집이에요. 그리고 나라야도 잘하고 있어요." 나라야는 지금까지 나를 힘들게 했고, 사미르의 말이 맞았지만, 나도 고집이 셌기 때문에 이보다 더 잘할 수 있었으리라고는 인정하고 싶지 않았다.

그가 한숨을 쉬었다.

"굽타 씨 알아요?" 그가 잠시 후에 물었다.

"그 사람 딸에게 신부 헤나를 해줬어요."

"굽타 씨가 핑크 바자르 근처에 호스텔을 짓고 싶어해요. 당신의 공사업자가 그 일을 맡기에 딱 알맞을 것 같은데."

나는 어리둥절해서 그를 쳐다보았다. "그게 그 사람이 저를 덜 괴롭히는 것에 어떤 영향을 미치죠?"

"굽타는 돈이 아주 많아요." 사미르가 담배를 빨았다. "그가 몇 달 동안 나라야를 바쁘게 만들 거고, 돈도 잘 쳐줄 거요."

"뭘 해서요?"

그가 내게 미소를 지어 보였다. "화장실 공사. 수백 개를 짓는 일이오. 점원에겐 뇌물을 주고, 브라만에겐 선물을 주라."

내가 웃었다. 그 아이러니는 알아차리지 못할 수가 없었다. 나라야는 화장실을 지을 것이다. 보통 수드라가 하는 일이지만 돈벌이가 아주 짭짤했다. 그 역시 나처럼 추락한 브라만이었다.

사미르의 손에 느슨하게 잡힌 내 손이 그의 호흡에 맞춰 올라갔다 내려갔다 했다. 이렇게 평생 있으라고 해도 그럴 수 있을 것 같았다. 그가 내게로 고개를 돌렸다. 나도 그를 돌아보았고, 우리의 코는 거의 맞닿을 만큼 가까워졌고, 그의 따뜻한 숨이 흘러와 내 뺨에 닿았다.

서로 몸이 닿은 채, 우리 둘뿐이었다. 늦은 시간이었다. 아주 쉬울 것이다. 내 몸으로 그의 몸을 누르고 싶어 미칠 것 같았다. 그에 대한 답인 듯이 그가 한쪽 팔로 자기 머리를 받치고 모로 누워 나를 바라보았다. 그가 빈손을 들고 내 머리칼을 쓸어 이마에서 부드럽게 뒤로 넘겨주었다. 손길은 깃털만큼 섬세했다.

"너무 아름다워." 그의 목소리는 아주 부드러워서 거의 들리지도 않았다.

나는 숨이 밖으로 나올 때까지 참고 있었던 것도 몰랐다.

간신히 시선을 딴 곳으로 옮겼다. 그가 한숨 쉬는 소리를 들었다. 그는 다시 등을 대고 누웠지만, 내 손을 놓지는 않았다.

그에게 하리에 대한 말은 하지 않기로 이미 결심했다. 남편은 내 문제였다. 내가 달아남으로써 만든 문제. 사미르는 그의 존재를 알 필요가 없었다. 그가 내 과거에 대해서 내가 기꺼이 말해줄 수 있는 것보다 더 많이 알 필요는 없었다.

"아그라의 창녀들은 어떻게 지내나요, 사미르?"

"지난달에 갔더니 당신 안부를 묻더군. 10년이나 지났는데. 하지와 나스린은 여전히 깐깐해요. 그들이 가장 잘 지킨 비밀이 당신이었는데, 내가 당신을 훔쳐갔다고 지금도 나를 비난하지. 마침내 테헤란에서 여자 한 명을 데려왔던데. 그 여자가 그려주는 헤나 문양이 거의 당신 것만큼 아름답다고 하더군."

"거짓말쟁이들!" 내가 웃었다.

사미르는 천장을 향해 연기를 내뿜고, 천장을 담배로 가리켰다. "천장에도 당신이 만든 문양을 넣었어야 했는데. 정말 굉장했을 거요."

"바닥에 한 것만으로도 벅찬걸요." 나는 그의 손에서 내 손을 빼내고 일어나 앉아 머리칼을 매만졌다. "천장은 돈을 다 갚고 나면 생각해볼게요."

그가 일어서더니 손을 내려 나를 일으켜 세워주었다. 그가 나를 당겨 올릴 때, 나는 균형을 잃고 그에게로 쓰러졌다. 그가 나를 휙 돌려

벽에 고정했다. 그의 입술은 젖어 있었고, 내 입술 아주 가까이 있었다. 내가 그의 입술에 내 입술을 가져다대면 그의 입술이 살며시 부드럽게 벌어질까, 아니면 열정적으로 굶주린 듯이 내 입술을 세게 누를까? 이어, 늘 그랬듯 나는 그의 아내이자 내 또다른 후원자인 파르바티를 떠올렸다.

나는 한 손으로 그의 턱을 단단히 잡고 바닥을 향하게 아래로 내렸다. "아직 내 작품에 감탄하지 않으셨어요."

사미르는 신음하고 벽을 밀며 멀찍이 떨어졌다. 그리고 은제 라이터를 찾아 주머니를 더듬었다. 그러고는 불빛을 이용하여 우리가 누워 있던 자리를 더 자세히 보았다.

그가 두 손가락을 딱 부딪쳤다. "이 안에 당신 이름을 숨겨놨겠군!"

나는 웃음이 나오려는 것을 참았다. 그러면 당연히 알 것이다. 그는 몸에 그리는 헤나 문양 안에 자기 이름을 숨겨놓는 노치 여자들과 가까이 어울렸다. 남자가 그 이름을 찾아내면 하룻밤이 공짜였다. 그러지 못하면 돈을 두 배로 냈다.

"내가 찾아내면 어쩌려고?" 그가 물었다.

"두 번째 부탁은 들어주시지 않아도 되는 걸로 해요."

"당신의 요구에는 끝이 없소?"

"여기에 있는 시간을 가치 있게 만들어드릴게요."

그가 바닥을 살펴보며 연기를 빨아들이자 담뱃불의 오렌지색이 밝아졌다. "포기." 그가 자기 귀 뒤를 긁었다.

"들리는 말로, 궁에서 제가 필요할지 모른다고 하던데요."

"누가 그랬소?" 담배 연기가 사미르의 입 양옆에서 구불구불 올라갔다.

"당신의 아내가요. 마하라니 라티카의 건강이 좋지 않다는 것 같던데. 파르바티는 내가 그분을 도울 수 있을 거라고 생각해요."

그가 눈썹을 치켰다.

"저기 오른쪽에 보이는 귀들에 내 이름을 속삭여줄 수 있겠소? 우물 안에서 치는 두 번의 메아리는 한 번보다 크다."

그가 눈을 깜박였고 나는 그가 그 일을 할지 말지가 아니라 언제 어떻게 할지 궁리 중이라는 것을 알 수 있었다. 그가 담배로 바닥을 가리켰다. "이건 비용을 얼마를 지불해도 될 만큼 가치가 있는 거로군."

"혹은 아직 지불하지 않은 만큼." 나는 숄로 내 어깨를 감쌌다. "보답으로 당신에게 뭔가 드릴 게 있어요."

그의 한쪽 입꼬리가 올라갔다. 절반의 미소.

"람바그 궁 리모델링 말인데요. 자존심을 삼키고 샤르마 씨를 만나보세요. 당신이 그 프로젝트의 설계를 맡아야 한다고 설득하세요."

그가 눈을 찡그렸다. "샤르마에게는 이미 설계사가 있소." 그가 얼굴을 찡그렸다. "이류지만."

"하지만 마하라자는 당신만을 원해요."

그가 담배 연기를 길게 내뿜었다. "정말이오?"

나는 미소를 짓고 숄로 몸을 더 단단히 감쌌다. "제가 이 정보를 드렸다는 걸 파르바티도 꼭 알게 해주실 거죠?" 나는 달빛이 비치는 뜰로 걸어갔다. "가요. 저는 릭쇼를 잡아타야 해요."

"그게 내가 받는 감사의 전부요?"

"당신은 감사가 필요하지 않은 사람이죠. 당신에게는 운전사가 있잖아요."

6

1955년 12월 20일

나는 동생과 함께 싱 가문의 저택 응접실에 앉아 자이푸르에서 가장 훌륭한 가문들의 딸들 손에 헤나로 문양을 그려주고 있었다. 아가씨들은 영국식 원피스를 입어 세련된 모습이었고, 최근에 본 영화나 자기들이 좋아하는 배우가 입은 옷에 대한 대화를 나누고 있었다. 일부는 내가 작업하는 것을 지켜보았다. 또다른 일부는 그라모폰 축음기 옆에서 "록 어라운드 더 클락"에 맞춰 춤을 췄다. 몇 명은 파르바티의 「라이프」 잡지에 들러붙어서, 풍만한 몸매의 스타 배우 마두발라의 모습에 감탄하고 있었다.

실라 샤르마는 이 아가씨들 대부분과 같은 학교에 다니고 같은 파티에 놀러가면서 함께 성장했다. 그녀는 파르바티의 소파에 앉아, 사람들에게 둘러싸인 채 관심을 받고 있었다. 샴페인 실크 드레스를 입고 그 드레스와 어울리는 하이힐을 신은 찬란한 모습의 그녀는 분명 명절을 기념하는 헤나 파티에서 가장 아름다운 아가씨였다. 그녀가 장차 자이푸르 사교계의 중심이 되리라는 것을 상상하기 어렵지 않았다. 나는 내가 훌륭한 혼사를 제안했다는 사실에 혼자 슬며시 미소를 지었다.

라다와 나는 발을 얹는 스툴에 나란히 앉아 있었고, 우리 앞에는 각 각 팔걸이의자가 놓여 있었다. 아가씨들이 하나씩 먼저 라다 앞에 앉 아 손을 준비하고, 이어 헤나 문양을 받기 위해서 내 자리로 이동했다.

"누구 라비 본 사람?" 실라가 아가씨들에게 물었다. "자기가 주인공 인 잔치인데, 적어도 나타나기는 해야 하는 거 아냐?"

한 아가씨가 그라모폰 축음기 옆에서 다른 아가씨에게 스윙을 추는 법을 알려주다가 말했다. "아마 여기 있을 텐데. 오늘 밤 그 애가 공연 한댔어."

"뭘 하는데?"

"몰랐어? 싱 부인이 셰익스피어 극단을 불렀는데, 라비가 오셀로를 연기한대."

"실라, 다음 차례예요." 내가 라다의 스툴 앞에 있는 의자를 톡톡 치 며 말했다.

실라가 자리를 옮겨 동생 앞에 앉았다. 우리—라다와 나—는 이 순 간을 미리 준비했다. 나는 동생에게 다른 옷을 입혀 우리가 만다라 작 업을 한 날에 재앙을 일으킬 뻔한 라다를 실라가 알아보지 못하게 했 다. 라다는 살와르-카미즈 대신 내 사리 중 한 벌을 입고 있었다. 연 푸른 색깔의 좋은 면에 흰 자수가 놓인 것이었다. 머리를 틀어올려— 그 위에 작은 재스민 가지를 꽂았다—더 성숙해 보였다. 꼭 나를 본 뜬 미니어처처럼.

내가 일러둔 대로, 라다는 실라의 얼굴을 일부러 보지 않았다. 그리 고 손에 오일을 바르는 일에 집중했다.

라다에게는 주의를 기울이지 않고, 실라는 방 안 전체를 향해 말하고 있었다. "오늘 밤에 나도 노래를 불러."

"무대에서?" 한 아가씨가 물었다.

"사실은 영화 「아자드」에 나오는 '나 볼레 나 볼레'를 부르고 싶었는데……."

"그거 내가 너무너무 좋아하는 영화야!"

실라는 우아한 곡선이 드러난 어깨를 으쓱했다. "야르(얘는). 그치만 판디 사히브는 너무 구식이셔. 그 선생님이 마하라자들 가잘만 좋아하실 거래." 그녀는 전하께 매일 노래를 불러주는 것처럼 말했다.

나는 곁눈으로 라다를 흘끔 쳐다보았다. 라다는 우리의 이웃인 판디 씨를 좋아해서 그에 대한 실라의 평가가 마음에 들지 않는 눈치였다. 라다의 얼굴색이 바뀌었지만, 눈은 일에 집중하고 있었다.

그라모폰 축음기 주위에 있던 아가씨 하나가 이제 엘비스 프레슬리의 히트송을 틀면서 말했다. "판디 사히브는 정말 훌륭하신 분이야. 지난 한 해 동안 내 노래 실력을 정말로 키워주셨어."

실라가 히죽거렸다. "너는 그걸 그렇게 말하니, 니타? 노래라고?"

다른 여자애들이 키득거렸고, 니타의 뺨은 분홍색으로 달아올랐다.

"이 바보 멍청이! 아프잖아."

나는 깜짝 놀라 오른쪽을 보았다. 실라가 라다를 쏘아보고 있었다. 라다는 잠시 고개를 들었다가 실라의 손을 너무 세게 누른 것에 대해서 죄송하다는 말을 중얼거리고 다시 시선을 떨구었다. 실라는 전에 라다를 어디서 봤는지 떠올리려는 듯 눈을 깜박거렸다. 내 맥박이 더 빨라졌다.

"실라." 내가 내 스툴 앞 팔걸이의자를 톡톡 쳤다. "이리로 앉으세요. 오늘 밤의 스타셔서 특별한 헤나 디자인을 준비해뒀어요."

"좋겠다, 실라!" "와! 와!" 합창 소리가 커졌다.

실라의 관심이 내 쪽으로 옮겨왔다. 실라는 우쭐한 미소를 지은 채 안락의자에서 폴짝 뛰어내리며, 하필 라다가 뚜껑을 닫고 있던 정향 오일 병을 건드렸다. 일부러 그런 것이었을까? 라다는 아슬아슬하게 병을 잡았고, 두려운 눈빛으로 나를 쳐다보았다. 벨벳 안락의자에 얼룩이 질 뻔했다!

나는 라다에게 위로의 미소를 지어 보였고, 고개를 약간 기울여 다른 아가씨들이 기다리고 있다고 알려주었다.

동생은 감탄할 만큼 잘 지내왔다. 자이푸르에 온 지 두 달도 되지 않아 새로운 것을 많이 배웠다. 나는 작은 희망이 시작되려는 기미를 느꼈다. 지금부터 쭉 모든 일들이 잘될 것이다. 라비 싱과 실라 샤르마는 결혼할 것이다. 사미르는 나를 반드시 궁에 소개해줄 것이다. 하리는 나와 이혼해줄 것이다. 나는 공사업자에게 돈을 갚을 것이고, 그는 내 집 공사를 끝낼 것이다. 우리는 셋방에서 나올 것이다. 그리고 진정 독립적인 내 삶이 시작될 것이다.

그 생각에 위안을 느끼며, 나는 실라의 손에 큰 장미를 그리고 순수한 장미 오일로 향을 내서 마음속 감정이 올라오게 했다. 나는 대체로 결혼식용 헤나를 위해서 귀한 오일은 아껴두지만, 오늘 밤에는 벌이 차멜리(인도 재스민)에 끌리듯이 라비가 실라에게 끌리기를 바랐다.

아가씨들은 라다와 내가 그들의 헤나를 마치자 잔디밭으로 나가 부모나 다른 손님들과 어울렸고, 그러는 동안 우리는 찬합을 챙겨 모았다. 긴 복도를 통과해 부엌으로 가는 길에 바닥에서 천장까지 난 창문들을 통해서 반 층 아래에 있는 뒤쪽 테라스가 보였다. 저만치 벨벳 같은 잔디밭 가장자리를 따라 횃불이 일렁였다. 빨간 터번을 두르고 흰 겉옷을 입은 사람들이 손님들에게 접대할 음료나 오르되브르(전채음식)가 담긴 은색 쟁반을 들고 돌아다녔다. 얼음과 샤라브로 채워진 잔을 집어드는 신사들의 손가락에서는 금반지가 반짝거렸다. 금사와 은사로 짠 여자들의 팔루는 빤짝거리는 냇물처럼 어깨에서 떨어졌다.

라다는 걸음을 늦추고 그 화려함에 감탄했다. 나는 전에 이런 행사에 와본 적이 있었지만, 라다에게는 이것이 그 애가 가본 가장 우아한 잔치일 것이라는 생각이 들었다. 조금 누리게 해준다고 해가 되지는 않을 것이다. 나는 찬합을 내려놓고, 몸짓으로 라다에게도 똑같이 하라는 표시를 했다. 나는 라다의 어깨에 한 팔을 두르고 창문 근처로 데려간 후에 턱짓으로 우리 바로 아래쪽에 있는 신사를 가리켰다.

"안경 쓴 저 사람 보여? 알아보겠어?"

"네! 사진에서 봤어요. 칸타 앤티의 남편인가요?"

내가 고개를 끄덕였다. 세련된 슈트에 타이를 맨 마누 아가르왈이, 이 잔치에서 흔한 차림새인 네루 모자(챙이 없는 하얀색의 인도 모자)를 쓰고 쿠르타 위에 양모 조끼를 입은 회색 머리칼 남자와 이야기를 나누고 있었다. 밤은 온화했고, 창문은 열려 있었다. 그들이 대화를 나누는 소리가 들렸다.

나이가 많은 쪽이 스카치 잔을 흔들었다. "교통부에서 일하는 내 친구 이스마일과 이야기를 나눠봐요. 그가 당신이 원하는 버스 노선에 대한 모든 허가와 면허를 내줄 거요. 당장에라도 해줄 걸요."

칸타의 남편이 안경을 고쳐 썼다. "마하라자께서 기뻐하시겠네요."

"자루르(그럼요). 내가 부탁하면 그리될 겁니다. 그러니까……." 네루 모자를 쓴 사람이 입술 위로 콧수염을 매만졌다. "아마 마하라자는 버스 노선을 우다이푸르까지 확장하는 걸 고려하고 계시겠죠? 아름다운 도시예요. 거기 가보지 않았다면요. 가령 라크(10만)의 반만 투자해도 당신의 프로젝트를 위한 길이 열릴 겁니다. 말하자면 그렇다는 거죠." 그가 크리스털 잔에 담긴 음료를 한 모금 홀짝이고, 잔 가장자리 너머로 마누를 바라보았다.

나는 동생의 귀에 중얼거렸다. "뇌물을 주는 거지. 길이나 주유소, 다리, 심지어 영화관이 이런 식으로 건설돼. 독립 전에 저 남자는 구두 수선공이었어. 글은 읽을 줄 모르지만, 숫자는 잘 알지."

동생이 미소를 지었다. "지지, 칸타 앤티는 왜 여기에 남편하고 오지 않았어요?"

나 역시 칸타가 이 잔치에 오지 않았음을 눈치채고 있었다. "오늘 밤에는 사스의 동행이 더 되고 싶었나 보지."

라다가 싱긋 웃었다.

우리는 다음 창문으로 이동했다. 내 고객들인 밝은 색 실크 옷을 입은 통통한 몸매의 부인 두 사람이 파르바티 주변에 모여 몸을 앞으로 숙이고 있었다. 파르바티가 입은 분홍색 사리에는 내 1년 치 집세보다 더 많은 돈이 들었을 것이다. 부인들은 흥분해서 몸짓, 손짓을 해가며 말하고 있었고, 고개를 끄덕이거나 가로저을 때마다 귀걸이가 춤을 췄다. 이따금 그들은 주위를 둘러보며 누가 엿듣고 있지는 않은지 확인했다.

"마하라자의 운전사가 네 친구 집 앞에 전하의 롤스로이스를 두고 갔다고?" 파르바티가 믿기지 않는다는 듯 물었다.

비즈 달린 숄을 두른 여자가 고개를 끄덕였다. "하지만 내 친구가 차를 빌려달라고 부탁한 게 아니야. 그럴 필요가 없거든. 조드푸르에 그가 소유한 영화관이 네 개나 돼. 돈을 얼마나 많이 버는데!"

세 번째 여자가 끼어들었다. "그건 전하가 그 차를 빌려주는 게 아니란 뜻이야. 궁에서 보낸 메시지인 셈이지. 돈을 갚는다."

"네 친구가 어쨌길래?" 파르바티가 물었다.

"비카네르의 마하라자에게 1만 루피를 줬대."

"헤이 람!" 파르바티가 외쳤다.

"마하라자들이 다 파산한 것 같네. 폴로 조랑말, 호랑이 사냥, 멋진 차에 돈을 다 썼지!"

총으로 호랑이를 사냥하고 폴로 경기를 하는 상류층 출신인 파르바티가 턱을 들었다.

"정말로 미친 사람은 바라트푸르의 마하라자지. 롤스로이스 스물두 대를 샀으니까. 그 대부분을 도시의 쓰레기를 실어 나르는 데 사용한다지. 그건 좋은 일이지만, 안 그래?" 그녀가 말했다.

숄을 두른 부인이 콧방귀를 뀌었다. "난 언제든 조만간 내 집 정문 앞에 우리 마하라자의 차가 있는 걸 보지만 않으면 좋겠어."

파르바티가 싱긋 웃었다. "전하는 파산을 피할 만큼은 충분히 영리하시지." 그녀의 입술이 씰룩거렸다. "아니면 의회에 출마할 생각이시거나."

여인들이 웃음을 터뜨렸다.

라다가 눈동자에 질문을 담은 채 나를 흘끗 보았다.

"정치와 부동산. 왕족이 선호하는 두 가지 직종이야." 내가 말했다.

나는 라다를 다음 창문으로 데려갔다. 라다의 숨이 멎었다. 왕족의 모임 같았다. 자이푸르의 마하라자는 칸타의 집에서 사진으로 봤던 터라 알아보기 쉬웠다. 양단으로 만든 롱코트, 하얀 레깅스, 화려한 머리 장식. 그는 운동선수 같은 자세—가슴을 쑥 내민 채 종아리가 튼튼한 두 다리로 땅바닥을 단단히 딛고 서 있었다―를 하고 있었고 실제로 운동선수이기도 해서, 그의 친구들보다 더 넓은 자리를 차지하고 있었는데, 그 친구들 중에는 마하라자와 엇비슷한 수준의 이슬람교도 머리 장식을 하고 정교하게 보석을 박은 코트를 입은 나와브 두 명도 있었다. 사미르도 그들 무리 안에서 한 손에 스카치 잔을 들고 활기 넘치는 손동작을 하고 있었는데, 모습을 보건대 한창 이야기를 풀어놓는 중인 것 같았다. 그가 말을 마치자 사람들이 웃음을 터뜨렸다.

마하라자가 사미르에게 뭐라고 하자, 사미르는 잔디밭 무대를 향해 돌아서더니 누군가에게 손짓했다. 우리는 노란색 실크 도티를 입고 금관을 쓴 라비가 가볍게 뛰어 시야에 나타나는 것을 지켜보았다. 그의 얼굴, 목, 벌거벗은 상체에는 진청색의 분장용 화장품이 온통 발라져 있었다. 달릴 때 그의 가슴 근육이 물결처럼 움직였다.

"저 사람은 누구예요?" 라다가 라비를 가리키며 속삭였다.

나는 라다의 손가락을 부드럽게 아래로 내렸다. "파르바티와 사미르의 아들 라비. 잘생긴 오셀로지, 그렇게 생각하지 않니?"

라다는 기분이 좋아 보였다. "피타지가 좋아하는 연극이었어요."

그 사실은 내 기억에 없었다. "아차(그랬니)?"

"그리고 「말괄량이 길들이기」도요. 아버지가 나더러 읽으라고 시켰어요. 여러 번. 내가 거의……외울 때까지."

"너는 그 작품을 좋아했니?"

라다가 악동 같은 미소를 지었다. "정말 좋아했죠!" 동생은 헤나 파티에서 본 여자들을 흉내 내어 영국 영어의 억양을 넣어가며 대사를 암기했다.

나는 라다와 함께 웃었고, 그 순간 사미르와 라비가 우리 창문을 올려다보았다. 나는 라다를 복도 안쪽으로 끌어당겼다. "찬합을 씻을 시간이야."

우리가 모퉁이를 돌 때, 사미르가 베란다에서 안으로 들어왔다. "당신이 여기 위에 있는 걸 본 것 같았소."

나는 미소를 짓고 라다를 소개했고, 라다는 짐을 내려놓고 나마스테로 인사했다. "안녕하세요, 사히브. 집이 아름다워요."

조이스 해리스를 데려온 그 끔찍한 밤에 라다를 본 것을 기억하더라도 그는 티를 내지 않았다. 사미르는 한 손을 그의 가슴에 얹었고, 입가에 주름을 잡으며 따뜻한 환영을 나타냈다. "내 심장을 부수려고 온 건가?"

나는 사미르가 이렇게 어린 소녀에게 추파를 던지는 것이 놀라워서 눈썹을 치켰다. "이분에게는 관심 보이지 마라, 라다."

사미르는 심기가 상한 척했다. "락슈미를 궁에 들일 기회를 만들어 왔는데, 내가 이런 푸대접을 받다니?"

나는 제대로 들었는지 자신이 없어 눈을 깜박였다. "캬(뭐라고요)?"

"내일 마하라니와의 만남이 잡혔소."

라다가 두 손으로 입을 막으며 나를 돌아보았다. "오, 지지! 마하라니라고요! 우리도 궁에 가보겠네요!"

나는 한 손을 라다의 어깨에 올렸는데, 라다만큼 내 마음을 진정시키기 위해서였다. 마침내 그 일이 일어나려는 것이다.

사미르가 웃으며 천장을 가리켰다. "저녁 식사를 챙겨 들고 지붕으로 올라가요. 거기서 오늘 밤 공연을 보고 내 아들이 배우로서 얼마나 잘하는지 말해줘요. 그 애는 자기가 진짜 배우인 줄 알아."

"오, 지지! 그래도 돼요? 「오셀로」라니요!" 라다가 희망 가득한 얼굴로 내게 물었다.

원래 잔치에 계속 있을 계획이 아니었지만, 라다는 오늘 처신을 아주 잘했다. 나는 라다를 보며 미소를 지었다. "먼저 부엌에 갔다가 연극을 보자."

라다는 공손하게 자리를 뜨고, 뛰지 않으려고 애쓰면서 찬합을 들고 복도를 걸어갔다. 말릭에게 얼른 그 소식을 전하고 싶은 것 같았다. 그 애들은 모든 이야기를 서로 나누었다.

사미르가 라다를 눈으로 쫓았다. "예쁜 아이로군."

그는 서재의 열린 문을 손동작으로 가리킨 후에 나를 따라 안으로 들어왔다.

영어, 힌디어, 라틴어로 쓰인 두꺼운 책이 빽빽하게 꽂힌 붙박이 책장과 빨간 가죽 팔걸이의자가 있는 이 방은 사미르가 좋아하는 곳이었다. 저녁 시간이라 난로에 불이 지펴져 있었다.

"좋은 소식이 더 있소. 굽타가 나라야를 고용하는 데 동의했고, 나라야는 당신의 비용 청구를 연장하겠다고 승인했소. 기쁜가?"

나는 두 팔로 그를 끌어안고 그의 발에 키스할 수도 있을 만큼 흥분했지만, 미소를 넉넉히 짓는 것으로 끝냈다. "감사합니다, 사미르. 제게는 정말 큰 의미예요."

"잘됐소." 반사된 난로 불빛이 그의 눈동자에서 일렁였다. "당신이 궁에서 위탁한 일을 어떻게 처리할지 정말 궁금하군."

"혹시 젊은 왕비를 괴롭히는 일이 뭔지 아세요?"

"내가 아는 거라고는 기운을 좀 차리고 싶어하신다는 것뿐이오. 당신이 알아봐요. 나는 당신을 믿거든." 그가 슈트 재킷 주머니에 손을 넣었다. "그런데 말이지⋯⋯."

사미르가 내 손을 잡고 금으로 된 회중시계를 내 손바닥에 놓았다. 빈랑나무 열매 크기로, 아름다웠다. 그가 수집하는 다른 빅토리아풍 손목시계들보다 훨씬 작고 정교했다. 뚜껑에는 락슈미 여신이 들고 다니는 것과 비슷한 연꽃을 든 손이 새겨져 있었다.

"열어봐요." 그가 팔짱을 끼며 말했다.

뚜껑은 또다른 장면을 감추고 있었다. 한 인도 여자가 다른 인도 여자의 손을 잡고 있었다. 시계가 움직이자 여자의 손 하나가 위아래로 까딱했다. 그러자 여자가 작은 막대기를 쥐고 있는 것이 보였다.

나는 숨이 턱 막혔다. "헤나 아티스트?"

"한. 사랑스럽지. 당신처럼." 그가 다음 칸을 튕겨 열자 시계판이 나타났다. "흰색 에나멜 다이얼. 금 시계침. 열아홉 개의 보석으로 된 레버가 금 장식쇠와 어우러져 만들어내는 동작까지."

"정말 아름다워요." 나는 시계를 그에게 돌려주었다.

"내가 제작을 의뢰한 것이오." 그가 시계를 뒤집었고, 뒤쪽에는 작은 진주알들이 필기체로 L이라는 글자를 만들어내고 있었다. 그가 시계를 다시 내 손에 놓고 손가락을 오므려 그의 두 손으로 내 손을 꼭 잡았다. "당신 거요."

누구도 내게 이렇게 좋은 것을 준 적이 없었다. 사실 나는 마지막으로 받은 선물이 무엇이었는지도 기억나지 않았다. 고맙다고 말하려고 목청을 가다듬었지만 목소리가 나오지 않았다. 사미르가 준 선물. 파르바티가 그 사실을 알면 뭐라고 할까?

나는 바스락거리는 소리를 들었고, 곁눈으로 분홍색 새틴이 번쩍하며 지나가는 것을 느꼈다. 싱의 서재로 들어오는 문이 조금 열려 있었다. 누군가가 복도를 지나간 것인가, 아니면 입구에 서서 우리를 지켜보고 있었는가?

나는 그의 손에서 내 손을 빼내려고 했다. "이걸로 뭘 해야 할지 모르겠어요."

"다른 사람들이 하는 걸 하시오. 시간을 아는 것." 그가 내 손을 놓았다. "마하라니 인디라가 내일 아침 10시 정각에 당신을 만나겠다고 했소."

"예쁘기는 하지만……."

"페티코트 안에 잘 감춰두시오. 싱 가문의 은화와 함께."

실라 샤르마는 공연 휴식 시간에 높고 청아한 목소리로 여자가 사랑에 헌신하는 내용의 발라드를 불렀다. 데스데모나의 백조의 노래였을 것이다. 나는 옥상에서 라다, 말릭, 집안 하인들과 함께 앉아 저 아래를 내려다보며 관객이 감탄하는 모습을 잘 구경할 수 있었고, 판디 씨가 실라를 가르치는 일이 힘들다고는 말했지만 그가 들인 노력이 보상받았음을 알 수 있었다. 실라의 노래는 완벽했다. 라비에 대해서 말하자면, 그의 오셀로 연기는 확신에 차 있었다.

하지만 내 마음은 다른 데로 흘러가 과부 마하라니를 만나는 일에 대한 계획을 세우고 있었다. 준비물로 뭘 챙겨갈지 생각했다. 가서 뭐라고 말하지? 갈 때 어떤 옷을 입지? 내가 가진 옷들 중에 궁에 갈 때 입을 만한 것이 있었던가? 공책을 확인하고 싶은 충동을 누르며(어쨌거나 어두운 옥상에서 뭐가 보이겠는가) 내일 마마를 만나려면 어떤 약속을 변경해야 하는지 기억해내려고 애썼다. 가슴이 너무 두근거려서, 접시에 담긴 바삭거리는 알루 티키(향신료 맛이 강한 감자 팬케이크)나 부드러운 시금치나 파니르(가정에서 만드는 치즈) 커리에는 거의 손도 대지 않았다.

마지막 커튼이 내려오고, 몸을 진청색으로 칠해서 실제보다 더 커 보이는 라비가 무대 조명 속에서 분장용 화장품을 반짝거리며 멋진 연설을 했다. 그는 마하라자와 나와브들에게 이 자리에 참석하여 명절 모임을 더욱 영예롭게 해준 것에 감사를 드리고, 전하께 나마스테로 인사한 후에 나와브들 각각에게 두 손을 모아 잡고 살람으로 인사했다. 라비는 왕족을 대하는 일에 완벽하고 익숙해 보였고, 왕족들은 고개를 살짝 기울여 답했다.

나는 라다와 말릭에게 우리 접시를 설거지하는 곳으로 가져다 놓고 우리 물건을 챙겨 이제 떠나는 인사를 하자고 신호를 보냈다.

나는 랄라의 안부를 물으러 부엌으로 갔다. 지난번 이곳에 왔을 때 그녀가 내게 무슨 말을 하고 싶었던 건지 알아내려고 저녁 내내 파르바티의 하인인 그녀를 찾았다. 하지만 보지 못했다.

수석 요리사가 랄라와 그녀의 조카는 더 이상 싱 가문의 집에서 일하지 않는다고 말해주었다.

내가 싱 가문의 집 응접실에서 마지막 물건을 챙기는데, 말릭이 내 옆에 다가왔다.

"앤티-보스, 멤사히브가 서재에서 뵙자고 하는데요."

나는 미소를 지었다. 당연하지! 파르바티는 내 헤나에 대해서 고맙다는 말을 하고 싶은 것이다. 그녀가 손님 접대를 하느라 너무 바빠서, 나는 저녁 내내 지나가는 길에도 그녀와 거의 마주치지 못했다.

나는 몇 시간 전에 사미르와 만난 서재로 갔다. 파르바티는 난로 앞에서 초조한 사자처럼 서성이고 있었다. 방향을 바꿀 때마다 새틴 사리가 성난 듯 사각거렸고, 팔루는 불이 붙을 것처럼 위협적이었다. 그녀의 등은 자처럼 곧았고, 풍만한 가슴은 앞으로 튀어나와 있었다.

나를 보자 그녀의 검은 눈동자가 번득였다. "자네 동생이 내 등 뒤에서 라비하고 노닥거리는데 내가 어떻게 자네를 믿고 중매를 맡기겠나?" 그녀의 이마에 찍힌 선홍색 빈디가 나를 비난하듯이 번쩍거렸다.

"뭐라고요, 왜 그런 말씀을? 제 동생이요?" 라비하고? 이건 무슨 말도 안 되는 소린가? 라다는 그 청년을 알지도 못한다!

파르바티가 한 손가락을 구부리자, 라다가 어둠 속에서 밖으로 나왔다. 얼굴이 붉어지고 입은 분노로 일그러져 있었다. 뺨에 저건 부은 자국인가? 더 가까이 보자 사선으로 그어진 푸른색 물감 자국 같았다. 팔에도 같은 줄무늬가 있었다. 심장이 벌렁거렸다. "라다, 무슨 일이 있었던 거니?"

"내 가족이 스캔들에 휘말리게 할 수는 없어. 나는 내 아들의 미래를 생각해야 하네." 파르바티가 다시 서성이기 시작했다.

나는 라다가 뭐든지 아무 말이라도 하기를 기다렸다. 하지만 라다의 시선은 이 방 안이 아닌 먼 어딘가에 꽂혀 있었다. 샤르마 가문의 집 뜰에서 그랬던 것처럼. 정신이 어디 딴 곳에 가 있는 것 같았다.

파르바티가 식식거렸다. "라비의 분장용 화장품이 온몸에 묻어 있어. 저렇게 빤히 보이는 걸 내가 어떻게 안 믿겠나?"

분장용 화장품? 저녁에 있었던 일이 내 눈앞으로 지나갔다. 라다와 나는 응접실에서 아가씨들과 함께 있었다. 그리고 같이 뒤쪽 창가에 있었고, 옥상에서 저녁을 먹었고, 연극을 보았다. 나는 동생에게 묻은 푸른 자국을 더 자세히 보았다. 언제 라비와 같이 있을 시간이 있었지? 분명 다른 설명이 있어야 할 것이다.

"라비는 이 모든 일에 대해서 뭐라고 하나요?"

파르바티가 멈칫했다. "그 애는 말할 필요가 없지."

나는 숨이 잘 쉬어지지 않았다. "물어는 보셨나요?"

그녀가 둘째손가락으로 나를 가리켰다. "남자는 자제력이 없다는 걸 자네도 나만큼 잘 알지 않나. 여자가 남자가 다니는 길을 피해야 하는 거지. 자네 동생이 제대로 교육을 받고 컸다면 아마 알 텐데."

동생의 팔을 쿡 찌르며 내가 조용히 말했다. "가. 얼굴을 씻어."

라다는 잠시 나를 쏘아보았고, 이어 문을 열고 나간 후 쾅 닫았다.

나는 침을 꼴깍 삼키면서 잠시 생각에 잠겼다. 내가 말했다. "파르바티-지. 부탁이에요. 앉으세요. 뭔가 분명 오해가 있었을 거예요. 라다는 겨우 열한 살이에요. 그러기엔 너무 어리……."

파르바티가 걷는 속도를 늦췄다.

"라비가, 그렇게 성숙한 소년……아니, 청년이 제 동생 같은 여자에게 관심을 가질 리 없어요. 그는 실라에게 완전히 반한걸요. 둘이 무대에 올랐을 때 얼마나 완벽하게 어울리는지 보셨어요? 결혼하면 얼마나 멋진 부부가 되겠어요." 나는 소파를 가리켰다. "제발요, 지."

느닷없이 그녀가 무거운 한숨을 쉬며 가죽 소파에 앉았다. "돌아가신 아버지가 오늘 우리와 함께 계셨다면 어떻게 해야 할지 아실 텐데. 모두들 아버지의 말이라면 들었지. 하지만 나는 사미르를……." 그녀의 목소리가 갈라졌다. 그리고 촉촉한 눈으로 나를 바라보았다. "당신과 사미르, 아까 서재에서 뭘 했지?"

서재 문 앞에 있었던 사람이 파르바티였던 것이다.

나는 두 손을 포개 잡았다. "마님이 너그럽게도 저를 궁에 추천해주셨다고 전해주셨어요. 제가 마님께 정말로 빚을 졌네요. 마님이 왕족과 혈연이 아니었다면……." 나는 넌지시 암시만 던지고 중간에 말을 멈췄다.

그녀가 시선을 딴 데로 돌렸다. 나는 거짓말을 하고 있었고, 그녀는 내가 거짓말을 한다는 사실을 알았지만, 중요하지 않았다. 진실은 체면을 유지하는 것보다 중요하지 않았다. 그녀가 계속 흥정의 한쪽 끝을 잡은 채로 나를 궁에 소개해주었다면, 내가 사미르에게 개입을 부탁하지 않아도 되었을 것이다. 그녀는 나를 궁에 소개하겠다는 약속을 지키지 않았다는 점을 인정할 수 없을 테니, 나도 내가 사미르에게 도움을 요청했다는 점을 인정할 필요가 없었다.

그녀는 입을 샐쭉하더니 소파 위 쿠션을 바로 놓고 실크 위에 수놓인 작은 구슬을 어루만졌다. "전에도 두 사람이 대화를 나누고 있는 걸 봤지, 베란다에서. 자네하고 사미르하고 같이 나눌 만한 이야기가 뭐가 있지?" 그녀가 천천히 눈을 들어 나와 시선을 맞췄다. 그녀에게서 전에는 보이지 않던 뭔가가 보였다. 두려움. 남편이 자기에게 무슨 비밀을 감추고 있는지 궁금하다는 듯이. 그리고 아마도, 내가 그녀에게 무슨 비밀을 감추고 있는지 궁금하다는 듯이. 그녀가 나에 대해서 아는 것은, 내가 올 때 아그라에 있는 사미르의 비즈니스 동료들의 아내들이 나를 아주 많이 추천했다는 사실뿐이었다.

나는 두 손을 펴고 감추는 것이 전혀 없다는 표시를 했다. "그분은 제가 마님께 어떤 걸 그리고, 또 어디에 그리는지 종종 물어보세요. 저는 늘 그건 직접 알아보셔야 한다고 말씀드리죠."

그녀가 슬쩍 미소를 지었다. 아마 남편과 욕정을 나눈 오후를 회상했을 것이다. 그녀는 귓불 위의 다이아몬드를 만졌다. "자네에게 동생이 있다는 걸 내가 왜 몰랐지?" 칸타와 재봉사도 똑같은 질문을 했다.

내가 한숨을 쉬었다. "파르바티-지, 제 인생의 작고 사소한 이야기로 고객을 지루하게 할 이유가 뭐가 있겠어요? 하지만 물어보시니까. 부모님이 최근에 돌아가셔서 라다를 제 집에 데려와 살게 했어요. 지금은 저하고 같이 일하지만, 새 학기에는 공립학교에 다닐 거예요."

파르바티가 쿠션에서 빠져나온 실 한 가닥을 잡았다. 계속 잡아당기면 아편 씨보다는 크지 않은 수백 개의 구슬이 바닥에 흩어질 것이다.

나는 실제로 느끼는 것보다 더 자신 있는 미소를 지었다. "단언컨대 불상사는 절대 일어나지 않았겠지만, 라다와 이야기해볼게요." 파르바티의 분노가 마지못해 조금씩 누그러지는 것을 알 수 있었지만, 기분은 여전히 좋지 않아 보였다. 내 신용으로 밀어붙일 시간이었다. "지난 10년 동안 제가 마님을 실망시켜드린 적이 있나요? 마님에게 일어난 기적은 어떻고요? 고빈드는요?"

아들의 이름을 듣자 파르바티의 얼굴이 밝아졌다.

"제게는 마님의 신임을 다시 얻는 게 중요합니다, 지. 지난 시간 동안 제게 정말 많은 도움을 주셨어요. 최상류 사회에 소개해주셨고요."

그녀가 눈을 감고 손끝을 눈두덩에 대고 눌렀다. 그녀는 자신의 체면을 지키기 위해서 나에게 마지막으로 한마디 쏘아붙여야 할 것이다. "내가 그 애들이 같이 있는 모습을 또 한 번 보게 되면 그때 자네와 나 사이는 끝이고 더 이상은 없네." 나는 그게 그녀가 내게 던지는 우회적인 경고이기도 하다는 것을 알았다. 내 남편에게서 떨어져 있어.

피가 관자놀이에서 불끈거렸고 속이 메스꺼웠지만, 나는 턱을 조용히 들어 그녀가 그런 위협을 실행에 옮길 필요는 결코 없으리라는 표시를 했다.

그녀는 다시 한번 왕족처럼 위엄 있게 자리에서 일어섰고, 팔루를 어깨 위로 걸쳐 올리고 방에서 나갔다. 서재에 혼자 남은 나는 소파에 털썩 주저앉았다. 블라우스가 땀으로 흠뻑 젖어 있었다. 사리 모서리로 이마와 목을 훔쳤다. 전에도 파르바티가 화난 모습을 봤지만 오늘만큼 화난 적은 없었고, 그 화가 나를 향했던 적도 결코 없었다. 라다처럼 순박하고 실라 샤르마와 같은 급도 아닌 시골 여자애가 라비의 주의를 끌었으리라고는 믿기 어려웠다. 하지만 만약 실제로 그런 일이 일어났다면.

내 평판은 파르바티 싱의 말에 달려 있었다. 그녀의 인정을 받지 못하면, 헤나나 만다라 문양을 그리는 것이나 중매 같은 일거리는 떨어져나갈 것이다. 내 수입은 오직 사미르에게 공급하는, 피임을 위한 약 주머니에서만 나올 것이다. 그리고 지금은 그것조차 위태로웠다.

내 속은 엉망진창이었다. 여기서 빠져나가야 했다. 지금 당장.

라다와 말릭이 앞쪽 베란다에서 나를 기다리고 있었다. 말릭은 걱정하는 듯이 보였고, 라다는 초조해 보였다. 나는 그들을 급히 지나 차가운 밤공기를 왈칵 들이켰고 정원 문을 향해 앞쪽 계단을 총총 빠르게 내려갔다.

"지지." 라다가 나를 따라잡으려고 뛰어오며 내 뒤에서 말했다. "나는 아무 짓도 안 했어요. 말릭하고 부엌에서 나오는데 라비가 내게 말을 걸었어요. 말릭한테 물어봐요. 말해줄 거예요."

내가 갑자기 걸음을 멈추자 뒤를 따라오던 말릭이 내 사리에 발이 걸렸다. "정말이니?"

라다가 고개를 끄덕였다. "우리가 저녁 먹은 접시를 가져다 놓으려고 부엌에 가는데 라비 사히브가 우리를 봤어요. 우리보고 재미있었냐고 물었어요. 우리는 그의 연기가 최고였다고 말해줬어요. 그때 라다가……" 말릭이 말을 멈췄다.

"내가 오셀로는 왕이 아니라 장교라고 말해줬어요. 왕관을 벗는 게 더 좋았을 거라고요."

"라다!"

동생의 공작 같은 눈은 단호했다. "그건 사실이잖아요. 어쨌거나 그는 신경 쓰지 않는 것 같았어요. 그냥 웃었어요."

"그가 웃었어요, 앤티-보스. 라다가 그의……뭐더라……그게 되는 한 자기는 뭐라도 하겠다면서요. 뭐였지?"

"데스데모나."

"그러자 그가……." 말릭이 라다를 자신 없이 쳐다보았다.

"말해."

"그가 라다를 만졌어요." 말릭이 라다의 팔을 가리켰다.

"그리고 내 얼굴을." 라다가 덧붙였다.

그러니까 우연이 아니었고, 그렇다면, 내가 상상한 것보다 더 나빴다. 나는 라다가 표정이나 미소로 라비를 자극하지 않았다고 어떻게 확신할 수 있었지? 하지만 생각해보면 나는 라다가 누군가를 유혹하는 것은 한 번도 보지 못했다. 라다와 말릭은 서로 장난을 쳤지만, 남매끼리의 장난 같은 것이었다.

두통 때문에 관자놀이가 지끈거렸다. "나중에 이야기하자."

내가 이 일을 이렇게 넘긴다는 것이 믿기지 않는다는 듯이 라다의 눈썹이 치켜졌다. 라다가 말릭을 휙 쳐다보았다.

솔직히 나는 어떻게 해야 할지 몰랐다. 말릭이 거짓말하는 것은 보지 못했지만, 라다를 위해서라면 거짓말을 할까? 말릭과 라다가 진실을 말했다면, 동생은 결백했다. 그리고 동생이 결백하다면, 파르바티는 어떻게 그런 말도 안 되는 결론에 도달할 수 있었지? 어처구니가 없었다.

한편 라다가 모르는 것은 단연코 아주 많았다. 라비 같은 청년―자신감 넘치고 세속적이고 약간 거만한―과 어떻게 거리를 유지하는지와 같은 것. 라다는 그저 시선을 내리고 입을 조개처럼 다물고 그 자리를 피했어야 했다.

말릭을 조리 바자르에서 내려주려고 멈췄을 때, 나는 말릭에게 다음 날 궁 약속에 맞춰 아침 일찍 만나자고 말했다. 몇 주일 전이었다면 말릭은 그 소식에 팽이처럼 빙빙 돌았겠지만, 지금은 고개만 살짝 까딱했다. 그리고 라다의 손을 꼭 쥐었다가 놓고 자기 길을 갔다.

라다는 배에서 나는 꾸르륵 소리 때문에 집으로 돌아가는 내내 두 손으로 배를 끌어안고 있었다. 우리가 이옝가르 부인의 집에 도착했을 때, 나는 팬에 우유를 반쯤 따른 뒤, 오늘 밤 일어난 일을 곰곰이 생각하면서 팬을 바깥 화덕으로 가지고 나갔다. 우유를 끓이고 위층으로 다시 올라가니 라다가 몸을 깊이 숙이고 침대 위에 앉아 있었다. 나는 강황을 따뜻한 우유에 타서 저은 후에 설탕을 조금 넣었다.

라다가 두 팔로 자신의 배를 감싸안고 앞뒤로 몸을 흔들었다. "지지, 제발 뭐라고 말 좀 해요. 뭐든요. 나는 잘못한 게 없어요. 이제 더는 재수 없는 계집애가 되고 싶지 않아요." 라다가 딸꾹질을 시작했다. "그가 내게 말을 걸거나 얼굴을 만지면 나는 어쩔 수가 없어요. 갠지스 강의 성수에 걸고, 맹세코 내 잘못이 아니었어요."

내가 잔을 건네며 말했다. "쉿. 오늘 밤 기름진 음식을 너무 많이 먹었어. 이걸 먹으면 속이 진정될 거야." 라다가 우유를 홀짝이고 잔을 잡지 않은 팔로 배를 감쌌다.

라다의 손에 쥐인 우유 잔이 흔들리지 않게 조심하면서 내가 그 애 옆에 앉았다.

"지금껏 어느 고객도 내게 오늘 밤의 파르바티 싱처럼 말한 적이 없었어. 파르바티가 후원을 철회하면 나는 모든 것을 잃게 돼. 우리는 모든 것을 잃게 돼. 내가 무슨 말 하는지 이해하겠니? 모든 부인들이 그녀를 추종해. 내가 파르바티를 놓치면 머리 위 지붕과도 작별이야. 배 속에 들어가는 아타와도 작별이고, 네가 오늘 밤에 입은 고급 면 사리와도."

나는 라다의 손에서 빈 잔을 빼서 바닥에 놓았다. 내가 라다의 손을 잡았다. "거기에 더 있으면서 오늘 밤 공연을 보고 가라는 사미르의 제안을 받아들이지 말았어야 했어. 우리는 그 자리에 어울리지 않는 사람들이야. 일이 끝났을 때 떠났어야 했어."

라다가 얼굴을 숙였다. "언니 내 말 안 들었죠! 지지, 그가 내 팔을 잡았어요! 그가 내게 말을 걸었어요!"

나는 라다가 뭐라고 하든 아랑곳없이 계속 말했다. 라다의 등을 문지르면서 손으로 조그맣게 원을 그렸다. "네게는 아무도 네 또래 여자아이가 알아야 할 걸 가르쳐주지 않았어. 그럴 나이가 됐을 때, 피타지는 정말로 네 옆에 있어주지 않았으니까, 그렇지? 그리고 마는 나 때문에 너무 화가 나서 너한테 신경을 쓸 정신이 없었고. 넌 혼자 커야 했어. 그리고 그건 좋지 않았고. 넌 내 동생이야, 라다. 하지만 난 너를 잘 몰라……."

"뭐든 물어봐요! 다 말할게요. 뭐든! 언니는 내가 어느 달에 태어났는지도 물어보지 않았잖아요. 10월이에요. 내가 좋아하는 음식은? 가

자르 카 할바(채 썬 당근으로 만든 디저트). 나는 거울 장식이 달린 사리를 정말 좋아하고요. 아기에게 해주는 카잘(눈가를 검은색으로 칠하는 눈 화장)을 좋아해요. 좋아하는 색깔은 망고 잎의 녹색이고. 무르익기 직전, 과육이 입안에서 군침이 고일 만큼 시큼할 때의 구아바 맛을 좋아해요."

라다의 말이 맞았고, 나는 마음이 아팠다. 나는 라다를 알려고 노력하지 않았다. 정말로 그랬다. 라다와 가까워질수록 내 죄의식은 더 심해졌는데, 나는 그 죄의식을 원하지 않았다. 라다가 패배감에 빠진─더 나쁘게는 술꾼이 된─아버지에게 느꼈을 공포, 그리고 화를 내거나 무관심한 어머니에게 느꼈을 공포를 떠올리고 싶지 않았다. 동생은 내 배신 때문에 아자르에서 혼자 컸다. 동생이 자이푸르에 온 후로 나는 한결같은 벗이었던 내 일에 나 자신을 묻었다. 나는 일을 잘했다. 일은 나를 반겨주었고, 나는 일의 품에 안겨 빛이 났다. 라다는 영리하지만 순진했고, 용감하지만 무모했으며, 도움이 되지만 경솔해서 다루기가 아주 까다로웠다.

내가 긴 한숨을 내쉬었다. "그게 그렇게 쉽지는 않아, 라다. 나는 너를 못 믿겠어. 아직은. 내가 환심을 사려고 그토록 열심히 노력해온 부인들의 집에서는 널 못 믿겠어. 아직 갚아야 할 빚이 이렇게 많은 지금은 널 못 믿겠어. 그래도 그 모든 것을 다 가질 순간이 이제 거의 다왔어, 라다."

"언니는 지금도 다른 사람들 편을 드네요! 내가 재수 없는 계집애라고 생각하는……."

"아니야, 그렇지 않아. 너를 믿어. 네가 잘못했다고는 생각하지 않아. 그건 중요한 게 아니야." 나는 엄지로 라다의 뺨을 닦고 눈썹을 쓸어주었다. "하지만 넌 내일 우리하고 같이 궁에 갈 수 없어. 오늘 밤 일어난 일이 거기서 일어나지 않으리라는 확신이 없어." 그 말을 하는데 안도감이 밀려왔다. 샤르마의 집에서 그 일이 있은 이후로 나는 고객 누구든 그들의 집에 갔을 때, 혹시 라다가 뭔가 부적절한 말이나 행동을 할까 봐 긴장했다. 라다가 우리와 같이 다니지 않으면 그런 불안은 사라질 것이다.

"하지만 지지, 말릭은 가는데……."

"그 애는 오랫동안 나하고 같이 일했어, 라다." 나는 라다의 가느다란 팔을 문질렀고, 손가락을 라다의 숱 많은 머리칼 속에 집어넣고 쓸어내렸다. "내일 칸타의 집으로 가서 우리가 일정을 다시 잡아야 하는 이유를 설명해드려. 이해해주실 거야. 그러고 나면 곧장 집으로 돌아와, 아차(알겠니)? 네가 할 일의 목록을 만들어줄 테니까."

"싫어요!" 라다가 내게서 몸을 돌리고 훌쩍였다. 나는 어리고 무력하다는 것이 어떤 건지 알았다. 내 나이 열다섯에 마가 나보고 하리와 결혼하라고 말했을 때, 마는―내가 지금 그런 것처럼―올바른 일을 하고 있다고 확신했다. 마는 내가 열여덟 살―자신이 결혼한 나이―이 될 때까지 기다리고 싶어했지만, 하리의 청혼이 아주 적절한 시점에 들어왔다. 피타지의 집에서는 세 사람을 먹일 돈은커녕 두 사람을 먹일 돈도 없었다. 나는 울고 또 울었고, 마에게 집에 계속 있게 해달라고 사정했다. 적게 먹겠다고, 다른 집에 가서 하인으로 일하겠다고 약속했다. 어머니도 울었다. 하지만 내게 선택의 여지가 없다고 말했다. 하인이 되는 것보다는 결혼하는 편이 더 명예를 지키는 일이었다. 그래서 부모님이 하라는 대로 했는데, 그것이 나를 얼마나 비참하게 만들었는가. 나도 지금 라다를 그렇게 비참하게 만들고 있는 걸까?

나는 이마를 문질렀다. 이마가 바이스(물건을 고정하는 기구)로 죄이는 느낌이었다. "몇 주일 뒤에 개학하면 이 모든 일들을 잊을 거야. 공부하느라 아주 바빠질 테니까. 너도 알게 될걸."

라다는 자기 팔을 내 손이 닿지 않는 곳으로 치웠다.

2부

7

인도 라자스탄 주 자이푸르, 1955년 12월 21일

다음 날 아침 우리는 궁으로 출발했다. 12월의 선선한 날이었다. 라다와 말릭과 나는 준비물을 실은 통가에 타고 양모 숄을 뒤집어쓴 채 웅크리고 앉아 있었다. 왕가 사람과 처음 만나는 자리인 만큼 충분한 휴식을 취하고 더 좋은 기분으로 가고 싶었지만, 한잠도 자지 못하고 몇 분마다 일어나 가방 안에 물건을 한 가지씩 더 챙겨 넣었다. 젊은 왕비를 괴롭히는 문제가 무엇인지 전혀 아는 바가 없어서, 태국에서 주문한 카피르 라임 잎을 포함하여 가지고 있는 거의 모든 로션들과 귀중한 재료들을 꾸려 넣었다. 나이 많은 마하라니는 궁의 부인들로 이어지는 문지기와 같은 존재여서, 그녀에게 좋은 인상을 남길지의 여부에 아주 많은 것들이 달려 있었다.

오늘 아침에는 핑크 시티인 자이푸르가 벌집 같았다. 우리 마차는 바구니 만드는 사람이 납작하게 눌린 풀로 바구니를 짜고 있는 곳 앞을 지나갔다. 터번을 두른 구두 수선공이 쇳덩이를 망치 모양으로 만들다가 우리가 지나갈 때 고개를 들었다. 길가에서는 한 여자가 천수국을 솜씨 좋게 엮어 화사한 말라(목걸이)를 만들고 있었다.

경박한 라임빛 녹색 사리를 입은 여자가 내 시선을 사로잡았다. 피부색이 이상하고 누르께한 것이 건강하지 않아 보였다. 머리에 아무것도 쓰지 않아서 기름기가 흐르는 머리카락이 고스란히 드러나 있었다. 나는 아그라에서 가난한 매춘부들을 많이 봐서 보기만 해도 매춘부를 알아보았다. 이 여자의 싸구려 사리는 누가 거저 준 것으로 보였다. 여자 옆의 남자가 여자의 어깨에 팔을 둘렀다. 그가 걸으면서 여자를 안내하고—혹은 강제로 데려가고?—있는 것 같았다.

심장이 한 박자 멈췄다가 뛰었다.

하리였다.

그의 옷은 라다를 내게 데려온 그날보다 깨끗했지만, 그를 알아보지 못할 리가 없었다.

저 창녀는 하리의 새로운 식권인가? 이제 그는 음식과 숙소를 해결하려고 창녀 관리를 하고 있나? 나는 역겨움을 느끼며 시선을 돌렸고, 궁에서 맡을 일에 애써 정신을 집중했다. 다른 것들은 중요하지 않았다.

궁 정문에 도착한 뒤, 나는 라다를 칸타의 집으로 데려가달라고 통가-왈라에게 부탁했다. 릭쇼에 탄 동생의 모습은 작고 겁먹은 듯이 보였다. 라다의 눈은 부어 있었다. 울어서 그런 것인지, 준비를 돕느라 새벽부터 일어나서 그런 것인지, 아니면 둘 다인지 잘 알 수 없었다. 간밤에 나는 라다가 훌쩍이는 소리와 그 소리를 억누르려고 애쓰는 소리를 들었다. 라다는 여전히 내게 화난 상태이긴 했지만 내가 안아주자 가만히 있었다. 나는 라다의 등을 어루만져주었고, 마침내 라다는 잠이 들었다.

통가가 떠나고 말릭과 나는 잠시 서서 마하라니의 궁들을 바라보았다. 피팔나무와 커다란 히비스커스가 줄지어 있고 구불구불 돌아가는 긴 입구가 있는 마하라자의 궁에 비해서, 핑크 시티에 인접한 마하라니의 거처는 놀랄 만큼 소박했다. 높은 철제 대문 양옆에는 코를 들어 올린 코끼리 석상이 세워져 있었다. 문 뒤로는 원형으로 된 진입로가 있었는데, 차 세 대가 들어갈 만큼도 크지 않았다. 오늘 경비소에 보이는 깃발은 하나뿐이었다. 마하라자가 도시에 없다는 뜻이었다. 전하가 자이푸르에 있을 때는 그것에 더해 그 깃발의 4분의 1 크기인 깃발이 궁 각각에 하나씩 더 걸렸다.

무거운 찬합을 잘 챙겨 들고 우리는 경비소를 향해 걸어갔다. 말릭이 내게 윙크했다. 즐기세요, 앤티-보스! 나는 말릭에게 불안한 미소를 지어 보이면서 속으로 준비물 목록을 다시 점검했다. 재스민과 정향 오일, 바치-코코넛 헤어토닉, 님과 제라늄 로션, 겨자 오일, 레몬즙을 추가로 넣은 헤나 반죽, 밤새 담가 놓은 쿠스-쿠스 부채(헤나를 빠르게 말리고 공기를 향기롭게 한다), 툴시 잎으로 만든 차, 빻은 단향목 가루로 만든 흰 반죽(혹시 두통이 있으면 이마에 발라줄 것이다), 갓 꺾은 갈대, 재스민 향을 낸 찬물, 마하라니의 기분을 좋게 하거나 욕망을 북돋기 위해서 만든 달콤하고 짭조름한 먹을거리.

빨간 터번을 두르고 금 단추로 잠긴 티 없이 하얀 조끼를 입은 경비가 창살이 있는 창문 뒤에 앉아 있었다. 그가 내게 궁에 어떤 볼일이 있느냐고 물을 때 그의 긴 회색 콧수염이 이리저리 춤을 췄다. 내가 그에게 마하라니와의 약속이 있다고 말하자 그는 얼굴을 찡그리고 내 옆으로 시선을 돌려 말릭의 체격을 가늠했다. "나이 많으신 쪽, 젊으신 쪽?"

나는 숨을 깊이 들이쉬었다. "나이 많으신 쪽. 마하라니 인디라요."

목소리가 떨렸다. 나이 많은 마마가 나를 인정하면, 마하라자의 아내를 돌보는 역할을 맡게 될 것이다. 그녀의 마음에 들지 않으면, 찬합 하나도 열어보지 못한 채 준비물을 들고 다시 집으로 돌아가야 한다.

경비가 우리에게 기다리라고 했다. 나는 사미르가 준 회중시계를 열 번째로 확인했다. 늦고 싶지 않았다. 잠시 후 수행원이 나타났다. 우리는 그와 함께 아치문을 지나 페르시아산 카펫이 깔리고 은으로 만든 탁자, 라지푸트족 가문의 창, 방패, 검이 진열된 복도를 연이어 통과했다. 수행원은 걸음이 가벼웠고, 우리는 준비물의 무게로 허덕이며 그를 허위허위 쫓아갔다. 그를 허겁지겁 따라가느라, 그리고 마하라니를 처음으로 만난다는 불안감에 나는 숨이 찼다. 우리는 양옆으로 풍요로운 정원이 있는 콜로네이드(지붕을 떠받치도록 일렬로 세운 돌기둥) 복도로 들어섰다. 코끼리 모양으로 다듬은 나무들이 잔디밭에 모여 있었다. 진짜 공작이 원형 분수의 주변을 돌아다녔다. 돌 항아리 안에 인동덩굴, 재스민, 스위트피가 싹을 틔우고 있었다. 우리는 3층 건물 앞쪽에 있는 옥외 통로를 지나갔는데, 추정컨대 그 건물이 여인들의 거처 같았다. 젊은 왕비인 마하라니 라티카가 푸르다(힌두교 및 이슬람교 지역 사회에서, 남자와 여자가 서로 분리된 숙사에서 생활하는 고대 관행)를 폐지하려고 했지만 수백 년의 전통을 뒤엎기는 힘들었고, 궁의 여인들은 계속 남자들과 떨어진 채로 살았다.

우리는 파란색, 녹색, 빨간색 에나멜을 칠하고 금색으로 가장자리를 두른—구애 중인 공작을 그린 장면이었다—스캘럽 아치(가장자리가 물결 모양인 아치) 아래를 통과했다. 라다가 이 모든 것들을 보면 얼마나 좋아할까! 라다를 집에 두고 온 것에 죄의식이 들었고, 마음이 아팠다. 그리고 말릭을 흘끗 보았는데, 말릭 또한 라다를 생각하고 있음을 알 수 있었다. 말릭의 시선이 배드민턴 공처럼 오른쪽, 왼쪽, 위아래로 움직였다. 나중에 라다에게 구체적으로 말해주기 위해서 머릿속에 담아두려는 것이었다.

이제 우리는 대기실처럼 보이는 곳으로 들어갔다. 대기실에는 내 부인들의 집에서 보던, 우아한 선을 자랑하는 프랑스제 셰즈-롱그(다리를 뻗을 수 있는, 팔걸이가 하나인 긴 의자)가 있었다. 맞은편에는 다마스크 천을 씌우고 팔걸이 끝에 금술 장식을 단 의자들이 나란히 놓여 있었다. 거의 내 셋집만큼 넓은 중앙 탁자에는 천수국이 컷글래스 꽃병에 꽂혀 있었다. 샹들리에가 천장에서 반짝거렸다. 그리고 벽에는 라지푸트족의 역사가 걸려 있었다. 사냥 나갈 준비를 마친 듯이 어민(족제비의 흰색 겨울털) 망토를 입었거나 승마 복장을 갖춰 입은 전(前) 마하라니들의 초상화가 보였다.

수행원이 우리보고 앉으라고 손짓했다. 그리고 그의 키보다 세 배는 더 큰 이중문을 두드렸다. 각각의 문에는 라자스탄 주민의 생활—양을 치고, 농사를 짓고, 신발을 만들고—을 묘사한 장면이 장식적으로 새겨져 있었다.

말릭은 눈썹을 치켜 나를 보고 입을 벙긋거렸다. "팔루." 나는 그 말의 의미를 알아듣고 내가 가진 가장 좋은, 끝에 자수가 놓인 실크 사리를 머리에 덮어썼다. 지난밤 싱 가문의 명절 잔치에서 입은 크림색 사리였다.

우리를 안내하는 사람이 잠시 문을 통과해 사라졌다가, 다시 돌아와 문을 열고 잡아주었다. 내가 마하라니와 먼저 따로 만나는 동안, 말릭은 대기실에서 준비물을 가지고 기다리기로 했다. 말릭은 싱긋 웃고, 알겠다는 뜻으로 머리를 양옆으로 흔들며 내게 용기를 주었다.

나는 문을 통과해 들어갔다. 내 뒤에서 들릴락 말락 하게 탈칵 소리가 나며 문이 닫혔다.

아름답게 꾸며진 거실이 눈앞에 있었다. 머리 위 높은 천장에는 라마(비슈누 신의 일곱 번째 화신)와 시타(락슈미 여신의 화신)의 구애 장면이 그려져 있었다. 내 앞으로는 다마스크 천으로 된 소파 세 개가 있었는데, 가운데 소파에 대략 쉰 살로 보이는 통통한 여인이 에메랄드 그린색 실크 옷을 입은 채 앉아 있었다. 블라우스에는 금색 보테 문양이 찍혀 있었다. 그녀는 앞에 놓인 광이 나는 마호가니 탁자 위에 카드를 펼쳐놓고 인내심을 발휘하고 있었다. 페이지보이 스타일(머리 끝을 안으로 만 단발머리)로 자른 회색 섞인 숱 많은 검은 머리칼이 어깨와 다이아몬드 쿤단(금을 녹여 다이아몬드 등의 원석을 박아 만든 장신구) 목걸이에 닿았다.

내가 왕족 앞에 서는 것은 이번이 처음이어서 목 안이 간질거렸다. 마하라니 앞에서 기침이 나오면 어쩌나? 나는 침을 꼴깍 삼키고 목을 큼큼거리고 싶은 충동과 싸웠다. 그리고 떨리는 손으로 사리를 매만져 머리를 좀더 가리고 손을 나마스테 형태로 모은 채 앞으로 나아갔다. 소파 앞에 이르렀을 때, 나는 허리를 숙이고 먼저 그녀의 발을, 이어 내 이마를 만졌다. 그녀는 뭔가를 쳐내듯이 보석으로 가득 장식된 손을 움직여 내게 물러서라는 신호를 보냈다.

그녀가 카드 팩에서 한 장을 꺼내 놓을 자리를 살피다가 마침내 앞면이 가려지게 탁자 위에 놓았다.

그녀가 말했다. "알겠지만, 나는 늘 킹을 찾고 있는데, 킹은 나를 피하는구나." 목소리는 깊고 거칠었다.

높은 음의 휘파람 소리에 나는 자세를 더 똑바로 했다. 소파 뒤 정교한 은제 새장 안에서 밝은 녹색의 앵무새가 고개를 돌려 처음에는 한쪽 눈을, 이어 반대쪽 눈을 내게 고정했다. 새장 문이 열려 있었다.

마하라니는 여전히 나를 똑바로 보지 않은 채 새장을 향해 무심하게 손짓했다. 그녀가 말했다. "인사하게. 마도 싱이라고 하네."

앵무새가 말했다. "나마스테! 봉주르! 환영해!" 그리고 다시 휘파람을 불며 붉은 부리 안에서 검은 혀를 굴렸다. 목에는 마하라니가 목걸이를 한 것처럼, 무지개 빛깔이 도는 검은색과 밝은 분홍색의 테두리가 있었다. 맨 위의 깃털은 여름 하늘 색깔이었다.

나는 알렉산더 앵무에 대해서 들은 적은 있었지만, 본 적은 없었다. 아름다웠다. "돌아가신 마하라자의 존함을 따서 앵무새의 이름을 지으셨습니까?"

그녀가 처음으로 자신의 검은 눈을 내 눈에 고정하고 한쪽 눈썹을 치켰다. "안타깝게도 둘은 한 번도 만난 적이 없지. 내 남편은 33년 전에 돌아가셨고, 꼬맹이 마도 싱은 이제 겨우 열다섯 살이라네." 그녀가 나를 머리에서 발끝까지 냉정하게 바라보았다. "앉게."

나는 가까운 소파에 앉아 마음을 진정시키려고 무릎 위의 사리를 반듯하게 폈다.

그때 문 바로 안쪽에 대기하고 있었던 것 같은 다른 수행원이 조용히 앞으로 나섰다.

"차를 내오게." 마하라니가 말했다.

그는 절을 하고 방에서 나갔다. 그녀는 카드 팩에서 또 한 장을 꺼냈다. "코끼리 축제에 가본 적 있나?"

"그런 즐거움은 누려보지 못했습니다, 마마."

"아주 재미있었다네. 라지푸트족이 사방에서 이곳으로 와서 화려한 코끼리를 타고 폴로 경기를 했지. 사방이 색색으로 칠해져 있었어. 엄니에도, 코에도, 발에도. 심지어 발톱에도 색깔이 칠해져 있었다네." 그녀는 장식이 얼마나 광범위하게 되어 있었는지 나타내려고 방 안을 한 팔로 한 번 휘저었다. "마하라니 라티카가 내 양자(養子)와 결혼하기 전에는, 가장 멋지게 장식한 코끼리에게 내가 상을 줬지. 그들이 어느 해에 감사의 뜻으로 내게 마도 싱을 선물했다네."

앵무새가 다시 휘파람 소리를 내며 빽빽거렸다. "나마스테! 봉주르! 환영해!"

마하라니가 문 쪽을 보았다. 열린 문 근처에서 말릭이 안을 빠끔 들여다보고 있었다. 나는 몸이 뻣뻣해졌다. 내가 밖에서 기다리라는 말을 몇 번이나 했던가? 나이 많은 왕비가 우리 미래에 얼마나 중요한 존재인지 내가 똑똑히 일러두지 않았던가?

그녀가 검지를 고리 모양으로 구부려 말릭에게 들어오라는 표시를 했다. 말릭은 조심스럽게 안으로 들어와 소리가 나는 곳을 찾아 두리번거렸다. 파르바티가 궁 약속을 처음 언급한 날 말릭에게 노란색 긴 소매 셔츠와 흰색 바지를 사준 것이 참으로 다행이었다. 오늘 아침 말릭이 이옝가르 부인의 집으로 왔을 때, 나는 말릭의 머리를 감기고 기름을 발라준 뒤 발갛게 될 때까지 목과 귀를 문질러 씻었다. 오늘은 심지어 샌들도 잘 맞는 것으로 신었다.

마하라니는 말릭이 그녀는 쳐다보지도 않고 앵무새만 유심히 관찰하는 모습을 호기심 있게 지켜보고 있었다. "내 소중한 새에게 인사하고 싶니?" 마도 싱은 횃대에서 날아가 마하라니의 소파 등받이에 앉았다. "소중한 새." 앵무새가 그 말을 귀엽게 따라 했다.

말릭은 손을 우아하게 움직여 새에게 살람 인사를 했다. "굿모닝."

앵무새에게서 시선을 잠시도 떼지 않은 채, 말릭은 최선을 다해서 영어로 말했다.

앵무새가 반복했다. "나마스테! 봉주르! 환영해!"

말릭이 싱긋 웃었다. "영리한 새."

"영리한 새." 마도 싱이 따라했다.

마하라니는 그러는 내내 말릭을 흥미롭게 지켜보고 있다가 물었다. "나이는 어떻게 되지?"

말릭이 그 질문을 조금 생각해보는 것 같았다. 그러더니 먼저 고개를 들어 천장을 보고, 다시 마하라니를 내려다보았다. "여덟 살로 하겠습니다."

그녀의 립스틱을 바른 입 가장자리가 파르르 떨리더니 곧 너그러운 미소로 바뀌었다. "완벽하게 매력적이로구나." 그녀의 웃음은 가슴팍에서 시작되어 거품처럼 목을 타고 올라왔다. 그 웃음으로 팔찌가 흔들리고 사리의 접힌 부분이 사각사각 소리를 냈다. 그녀가 말릭을, 이어 나를 보았다. "자네는?"

나는 고개를 저었다.

마하라니가 말릭을 돌아보았다. "아가, 네가 좋아하는 사탕 과자는 뭐지?"

앵무새가 따라했다. "네가 좋아하는 사탕 과자는 뭐지?"

말릭이 얼굴을 찡그리고 다시 천장을 보았다. "라브리(우유로 만든 부드러운 디저트)입니다." 말릭이 말했다.

"훌륭해! 주방장에게 말해야겠다. 당장 네게 라브리를 만들어주라고." 마하라니가 말했다.

내 얼굴이 점점 뜨겁게 달아올랐고, 나는 소파 모서리까지 비틀거리

며 앞으로 나갔다. "마마. 저희가 여기 온 건 마마께서 저희 부탁을 들
어주시는 게 아니라 저희가 마마의 분부를 받들기 위해서입니다." 라
브리를 만드는 것은 단조롭고 시간이 걸리는 일, 약불에서 2시간 동안
우유를 끓여 물이 증발하고 크림만 남을 때까지 끊임없이 지켜봐야
하는 일이었다. 궁에 그런 일을 부탁하는 행동은 부적절했다!

마하라니가 눈을 더 크게 떴다. "하지만 그렇게 하면 마도 싱이 아
주 많이 기뻐할 것 같은데. 그렇지 않느냐?"

앵무새가 눈을 깜박거렸다. "나 사탕 과자 좋아해."

말릭이 나를 힐끔 쳐다보았는데, 우리가 지금 뭔가 게임을 하고 있
는데 자기가 함께해도 좋은지 물어보려는 듯이 입술에 희미한 미소를
띠고 있었다.

나는 안 된다고 했다. "마마, 라브리를 만드는 데는 시간이 아주 많
이……."

"바로 그거지." 그녀가 문을 돌아보자 또다른 수행원이 바로 앞으로
나섰다. 그녀는 그에게 말릭을 부엌으로 데려가 라브리를 실컷 먹을
때까지 데리고 오지 말라고 지시를 내렸다. "요리사가 저 아이를 다른
부엌으로 보내는 일은 절대 없도록 하라. 그리고 마도 싱도 같이 데려
가고." 그러고는 내게 말했다. "마도 싱이 사탕 과자를 좋아해."

나를 돌아보는 말릭의 눈이 휘둥그레졌다. 나는 한쪽 어깨를 살짝
들어올렸다. 내가 어쩌자고 마하라니에게 대들겠는가? 앵무새는 마
하라니의 말을 완벽히 알아들은 것처럼 디반에서 날아올라 흰 코트를
입은 수행원의 어깨 위에 내려앉았다.

"나 사탕 과자 좋아." 말릭이 앵무새와 수행원을 따라 문밖으로 나
갈 때 마도 싱이 그 말을 반복했다.

나는 왕비를 돌아보았는데, 웃음을 참으려다 실패한 모양이었다. 그녀가 말했다. "주방장이 끔찍해. 음식에 절대 내가 원하는 대로 향신료를 쓰지 않아. 고인이 된 내 남편이 좋아하는 요리사였는데, 이제는 나한테 음식을 만들어줘야 하니 화가 나나 보지. 다른 누구의 입을 먹이려고 뜨거운 화로를 굽어보며 노예처럼 일해야 한다는 게 짜증 나는 모양이야."

내 어깨에서 긴장이 풀렸다. 내 부인들처럼 마하라니도 게임을 자신에게 유리하게 이끄는 자기만의 규칙을 만들어놓고 있었다.

마하라니가 다이아몬드 6을 뒤집어 클로버 7 위에 놓았다. "그러니까……자네는 파르바티 싱을 알지. 그녀의 아버지와 내 어머니가 사촌지간이었어." 그녀가 상황에 걸맞는 미소를 지으며 나를 쳐다보았다. "그녀의 남편에게는 저항할 수가 없지. 사미르가 내게 가장 필요한 선물을 보내기 때문에. 그 사실은 알고 있었나?"

나는 어리둥절해져서 대답했다. "몰랐습니다. 마마."

"알아야지." 그녀가 말했고, 표정은 비밀스러웠다. "자네가 공급원이라고 알고 있는데."

약주머니? 설마!

"내 머리숱이 이렇게 많았던 적이 없었다네." 그녀가 머리를 흔들었다. 머리칼이 옆구리께에서 이쪽저쪽 우아하게 출렁거렸다. 사미르는 매달 내 바치 헤어오일을 한 상자씩 사갔지만, 나는 불륜 관계의 정부에게 가져다주는 줄 알았다.

내가 미소를 지었다. "아름답습니다, 마마."

"그러니까 자네가 기적을 만든다고 사미르가 말하면 나는 믿네." 그녀는 날카로운 눈빛으로 내 쪽을 흘깃 쳐다보았다. "자네는 자네가 기적을 만든다고 믿나?"

"그런 평판이 있습니다."

"자네 머리를 좀 보여주게."

나는 그녀의 요구에 놀라서 멈칫했다. 하지만 그녀가 한 손가락으로 나보고 팔루를 벗으라는 제스처를 했을 때, 나는 머리를 드러냈다. 그녀의 짙은 색깔 눈동자가 내 머리칼(방금 감고 오일을 발랐다)을, 틀어올린 머리에 꽂은 재스민 가지를, 드러난 내 귓불을 보았다. 그녀가 손가락을 빙빙 돌렸고, 나는 고개를 돌려 그녀가 뒤통수를 보도록 했다. 내가 다시 그녀를 바라보자 그녀가 한번 고개를 끄덕였다.

"나는 예쁘게 모양을 낸 머리가 좋아." 그녀가 말했다.

하인이 은제 다기를 들고 들어왔다. 다기에 그려진 문양이 파르바티의 것과 비슷했다. 가장자리에 금색을 두른 접시에는 차와 곁들이는 종이처럼 얇은 비스킷이 있었는데, 비스킷 한복판에 피스타치오와 라벤더 꽃차례가 박혀 있었다. 하인이 차를 따랐다. 마라하니가 매니큐어를 바른 손톱 끝으로 차를 카드 옆에 놓으라는 표시를 했다. 하지만 잔을 들지는 않았다.

"고인이 된 남편이 차를 아주 좋아했지. 그가 설탕을 듬뿍 넣은 차를 하루에 대여섯 잔씩 마신다는 걸 알고 있었네. 그 정도의 설탕이면 그가 달콤한 남자가 되었어야겠지." 그녀가 말을 멈췄다. "하지만 그렇게 되지는 않았어."

마마의 솔직함은 예상치 못한 것이었으나, 신기하게도 듣기 좋았다. 어쩌면 모든 왕족들은 괴짜일지 모르겠다고 추측해보면서, 이제 나는 소파 쿠션에 등을 기대고 여유롭게 차를 홀짝였다. 차는 부드럽고 달콤하고 카더멈과 시나몬 향이 났다.

마마가 말을 이었다. "그는 끝까지 이기적이었어. 첩들 사이에서 예순다섯 명의 자식을 낳았는데, 뭐 사생아에게는 누가 신경이나 쓰겠나? 그는 나를 포함한 다섯 아내와의 사이에서는 하나도 낳지 않으려고 엄청 신경을 썼네. 왠지 아나?" 그녀는 남자들이 허공에 담배를 들고 있는 방식으로 검지와 중지 사이에 카드를 끼워 든 채 내 대답을 기다렸다.

나는 머리를 공손하게 조아렸다.

"점성가가 그에게 혈육을 믿지 말라고 충고했기 때문이지. 그래서 적자 아들을 낳는 대신 라지푸트족 가문의 아들을 입양한 거고, 그 아들이 지금 우리 마하라자라네." 그녀가 카드 앞면을 아래로 하여 탁자 위에 탁 내려놓았다. "나는 지금 내 친자가 아닌 마하라자와 그리고 그 입양한 아들의 아내인 마하라니와 한 궁에 살고 있는 걸세."

인도의 궁에서 점성가의 충고로 왕세자를 입양한다는 이야기를 들은 것이 이번이 처음은 아니었다. 일부 왕족 가문에서는 일반적인 관행이었다.

그녀는 잠시 찻잔을 손바닥으로 감쌌다가 그대로 탁자에 두었다. "지금의 마하라자는 세 번째 아내를 사랑한다네. 라티카는 아름다운 여자로 자랐고, 고급 교육을 받았고, 영리해. 그 애가 낳아준 아들이 왕세자가 되었어야 해."

그녀가 카드 팩에서 잭을 빼내 그것으로 퀸을 덮었다.

"문제는 그 양자 또한 자신의 점성가의 충고에 귀를 기울였다는 것이고, 그 점성가도 친자가 왕의 자리를 찬탈할 거라고 경고했다는 거지. 그래서 마하라자는 아내에게 말도 하지 않고 자기 아들을 잉글랜드에 있는 기숙학교로 보내버렸다네. 그는 그 문제를 자신의 수석 자문관에게 맡겼어. 그렇게 아들과 멀리 떨어져 지내게 된 후로 마라하니 라티카는 먹고 자는 것도 제대로 못 하고 있어. 말도 하지 않으려고 하고. 침대에서 나오지도 않아."

그녀가 고개를 가로저으며 말했다. "아들은 겨우 여덟 살이고. 자네 조수가 자기 나이로 하겠다고 한 그 나이. 하지만 그녀는 아들을 만나도 된다는 허락을 받지 못했어."

나는 엄마가 자식을 열병이나 영양 실조로 잃었을 때 경험하는 정신적 충격을 이해했다. 사스와 함께 일하면서 그런 경우를 볼 만큼 보았다. 하지만 미리 알지 못한 채 아들을 그렇게 빼앗기는 일은 또다른 종류의 고통일 것이었다.

마하라니 인디라는 카드 팩의 마지막 장에 이르렀다. "자이푸르 시민은 우리 마하라니들이 힘을 가졌다고 생각하겠지. 하지만 그건 진실과는 거리가 먼 이야기라네."

그녀는 버린 카드들을 하나씩 뒤집기 시작했다.

"이제 자네에게 화제를 돌려보지, 락슈미 샤스트리. 젊은 왕비는 내 친자의 아내가 아니라, 입양된 아들의 아내지만 내 책임이야. 그 애가 왕가의 역할을 재개하려면 영혼의 회복이 필요하네. 다시 마하라자에게 어울리는 아내가 될 필요가 있고." 그녀가 눈썹을 치켰다. "자신과 아들의 운명을 받아들이는 것 말고는 선택의 여지가 없어. 케 세라, 세라(별 수 없지)." 마하라니 인디라가 자신의 손을 가만히 두었다. "적어도 엄마가 된다는 경험은 했으니까."

내 앞에 앉은 여인 또한 슬픔을 알고 있었다. 부적절한 행동이 아니라면 나는 오늘 아침에 슬픔을 달래주기 위해서 카더멈과 함께 준비해온 캐슈너트 과자를 가방에서 꺼내 건넸을 것이다.

나는 잠시 기다렸다. "제가 어떻게 도와드릴 수 있을까요, 마마?"

"마하라니 라티카를 다시 건강하게 만들어주게. 슬픔을 걷어주고. 사미르는 자네가 해낼 수 있다고 장담하더군."

나에 대한 사미르의 신임이 내게 용기를 주었다. 하지만 상류층 사람―그런 공적인 인물―을 상대로 실패한다고 생각하니 간담이 서늘해졌다.

나는 입술을 적셨다. "마마, 치료에는 시간이 필요합니다. 제가 쓰는 방법도 마찬가지입니다. 먼저 마하라니 라티카를 만나 어떻게 도움을 드릴 수 있을지, 시간은 얼마나 걸릴지 판단할 필요가 있습니다. 싱 나리가 저를 그렇게 신임하시니 영광이옵니다만, 먼저 제가 어떤 상황인지 판단할 수 있도록 허락해주십시오."

그녀가 나를 찬찬히 뜯어보았고, 표정은 완고했다. 나는 그녀의 시선을 받으며 기다렸다.

잠시 후 그녀는 결론을 내리려는 듯이 탁자 위의 카드를 그러모았다. "가서 판단해보거라." 그녀가 다시 딱딱한 목소리로 돌아가 지시를 내렸다. "그리고 끝나면 다시 나를 보고 가고."

나는 여기서 내가 할 일이 고통스러워하는 여인을 달래는 것이라는 사실에 마음이 놓였다. 전에도 여러 번 해본 일이었다. 성공은 달콤할 것이고, 내 평판을 도시 성벽 저 너머로 퍼뜨릴 것이다. 하지만 실패하면 치명적이다. 그런 수치스러운 일을 겪고 나면 내 사업은 결코 회복되지 않을 것이다. 젊은 왕비를 치료하기 위해서라면 사스의 치료법에서 사용하는 약초를 전부 다 써볼 것이다.

진한 차를 마셨음에도 입안이 말랐다. "기꺼이 그렇게 하겠습니다, 마마."

만족스러운지, 그녀가 고개를 한 번 까딱했다. 그러고는 앞으로 나선 하인을 쳐다보았다. "샤스트리 부인을 작은 마마에게 데려가라." 그리고 찻잔을 다시 잡고 그에게 말했다. "그리고 주방장에게 다시는 식은 차를 내지 말라고 하거라! 감히 마하라니에게 그런 짓을 해?"

나는 후들거리는 다리로 소파에서 일어나 허리를 숙이고 그녀의 발에 입을 맞췄다.

내가 어렸을 때, 아버지가 학교에서 가르칠 수도 없을 만큼 술꾼이 되었을 무렵, 어머니는 공공연히 걱정을 드러냈다. "이 사람이 직장을 잃으면 우리는 뭘 먹고 사나? 책 먹고 살아?" 나는 어머니의 불안에서 벗어날 수 있는 안식처를 찾아 문치 할아버지의 오두막에 가서 피팔 잎의 잎맥에 그림을 그렸다. 우유 배달부의 춘나 구관조의 작은 깃털 무늬를 그리는 일에 몰두하면 나 자신을 잊을 수 있었다. 그것이 마음을 진정시켰다. 이후에 하리가 자식을 낳아주지 않는다고 몰아붙였을 때 나는 다시 한번 내 예술 세계로 돌아갔다. 그가 내 복부를 주먹으로 때리고 등을 발로 찰 때도 내 손에 붓이 잡혀 있다고 상상하면서 마음속으로 그림을 그렸다. 팔을 기어오르는 무당벌레나 내 사리의 페이즐리 무늬처럼 세부 묘사에 집중하고 다른 모든 것들은 무시하면서 불안과 고통과 걱정을 몰아냈다.

젊은 마하라니의 방으로 안내된 나는 이제 문 주변에 에나멜 도료로 칠한 무늬나 창문의 틀을 이루는 격자무늬, 대리석 바닥이나 벽을 장식한 모자이크, 실크 카펫 안에 짜여 들어간 이야기를 열심히 살펴보고 있었다. 몇 세기 전에 자이푸르의 군주들은 외국—페르시아, 이집트, 아프리카, 터키—에서 가장 솜씨가 뛰어난 석공, 염색업자, 보석세공사, 화가, 방직공을 초대해 각자 재능을 뽐내게 했다. 라티카 마마의 침실 앞에 이르자 불안이 줄어들었다. 마음이 더 차분해졌다.

문 왼쪽으로 구루가 책상다리를 한 채 푹신한 방석에 앉아 몸을 앞 뒤로 흔들며 손가락 사이로 염주를 굴리고 있었다. 강황 가루로 만든 오렌지색 빈디가 그의 이마부터 머리카락이 나는 곳까지 그어져 있었다. 흰색 튜닉에 잡힌 주름이 불룩 나온 큰 배를 풍성하게 감쌌다. 그의 앞에서는 원뿔 모양 향에서 피어나는 연기가 구불구불 게으르게 천장을 향해 올라갔다.

마하라니 라티카는 기둥이 네 개인 침대에 놓인 크림색 새틴 베개에 몸을 기대고 있었다. 그녀는 과부가 아니었지만, 고운 모슬린으로 만든 흰색 사리와 흰색 블라우스 차림이었다. 실크 사리를 입은 궁의 여인 세 명이 그녀의 시중을 들고 있었다. 왕비의 머리칼을 빗겨주고 있는 사람은 의상을 담당하는 것이 분명해 보였다. 다른 여인은 그녀에게 부채질을 해주고 있었고, 세 번째 여인은 시집을 읽어주는 중이었다. 나는 그게 타고르의 시임을 알 수 있었다. 검다고? 그녀가 아무리 검다 해도, 나는 그녀의 가젤 같은 검은 눈을 보았다. 내가 방에 들어갔을 때, 궁의 여인들은 고개를 들었지만 하던 일을 계속했다. 나는 손을 모아 나마스테로 인사하고 침대로 걸어가 마하라니의 발 위 허공에 손을 저어 혹시라도 있을 질투의 에너지를 내 이마 쪽으로 끌어왔다. 하지만 그녀의 생기 없는 눈은 나를 보지 못한 것처럼 앞만 바라보고 있었다. 나는 두 손을 모아 여인들에게 인사했고, 그들은 답례로 고개를 숙였다.

계획적으로, 혹은 의도적으로 그랬는지 몰라도 방은 어두웠고, 나는 짐을 들어준 사람에게 내 가방을 더 잘 보이는 창가 자리에 놓아

달라고 부탁했다. 내가 낮은 스툴을 찾아 주위를 둘러보자 짐을 날라 준 사람이 천을 씌운 스툴을 가져다주었다. 나는 필요한 물건을 꺼내고 용기에 담아온 시원한 재스민 물로 손을 씻었다. 그다음 손에 오일을 발랐다. 그리고 조심스럽게 왕비의 손을 들어올렸다. 그녀의 피부는 건조하고 시원했다. 그녀가 움찔했다. 곁눈으로 나는 그녀가 머리를 내게로 돌리는 것을 보았다. 조금 전까지는 그녀의 눈을 피하고 있었지만, 지금은 마주 보았다. 마하라자를 첫눈에 빠져들게 했다는 그 아름다움에 대해서는 익히 들었다. 한복판이 적갈색인 그녀의 동그랗고 반짝거리는 눈은 큰 슬픔을 숨기지 못한 채 벌거벗은 듯했다. 눈꺼풀 주변의 부드러운 피부는 불에 그슬린 것처럼 나머지 피부보다 더 짙은 색이었다. 마마는 보석 장신구는 하지 않고 있었다. 가르마를 따라 발라놓은 빨간 연지색 파우더가 유일한 장식이었다. 아마도 어느 수행원이 발라줬을 것이다.

그녀의 시선이 내가 잡고 있는 그녀의 손에 떨어졌다. 그녀는 손가락을 부채 모양으로 펴더니 전에는 본 적 없다는 듯 손을 들여다보았다. 잘 관리된 손톱 끝은 둥근 모양으로 다듬어져 있었고, 큐티클은 깔끔하게 정리되어 있었다. 그녀는 긴 한숨을 내쉬고 몽상 속으로 되돌아갔다. 이제 나는 일을 시작할 수 있었다.

하리와 그의 어머니 집에서 살게 된 후의 어느 아침이었다. 나는 강둑에서 빨래를 하다가 자줏빛의 알 세 개가 있는 것을 보았다. 빽빽거리는 소리—킹크-아-주! 킹크-아-주! 하고 울었다—가 들려 관목 아래를 보니, 머리 옆에 구레나룻 같은 빨간 털이 난 불불(노랫소리가 고운, 아시아와 아프리카에 서식하는 새)이 나를 지켜보면서 고개를 처음에는 이쪽, 다음에는 저쪽으로 갸웃했다. 새는 한쪽으로 몸을 기울인 채 한쪽 날개를 땅에 끌고 있었다. 나는 집에 있는 사스에게 그 새를 데려갔고, 사스는 새가 알을 낳으려고 둥지로 올라가려다가 다친 모양이라고 말해주었다. 집에서 사스는 찜질제를 만들어 새의 날개가 움직이지 못하게 고정했다. 2주일이 지나자 날개는 나았고, 사스는 발견한 곳에 새를 놓아주라고 했다. 내가 그렇게 하자 불불은 알을 찾았지만, 헛일이었다. 알은 오래 전에 사라졌다. 알까지는 구하지 못한 것이다. 마찬가지로 나는 마하라니 라티카의 아들을 집으로 데려올 수는 없었다. 하지만 시간이 지나면 그녀의 상처가 낫도록 도와줄 수는 있을 것이다.

나는 그녀가 내 손길에 익숙해지도록 손과 발을 부드럽게 마사지하기 시작했다. 나는 부인들과 오래 일해왔고 그들은 나를 믿었지만, 마하라니 라티카는 나를 몰랐고 심지어 내 실력을 알고 있지도 않았다. 그러니 의상 담당자의 손이 닿을 때에는 긴장을 풀겠지만 내게도 그러기는 어려울 것이다. 나는 오늘 아침 만든 혼합물—참깨, 코코넛 오일, 브라미(정신을 자극하는 약초), 타임 잎 추출물을 섞은 것—을 손에 묻혀 엄지와 검지 사이를 만져주었다. 그리고 손목에서 맥박이 뛰는 자리를 문질렀다. 마찬가지로 그녀의 발바닥 아치 부분을 만져주고 긴장을 풀어주기 위해서 가운데 발가락부터 엄지발가락까지의 사이사이를 꾹 눌렀다. 최면적인 리듬으로 시집을 읽어주던 귀족 여인이 나와 보조를 맞추었다.

잠시 후 나는 마하라니의 근육이 부드러워지기 시작하는 것을 느꼈고 숨이 더 깊어져 폐로 들어가는 소리를 들었다. 다음 1시간 동안은 팔과 다리를 따라 올라갔다가 다시 손과 발로 내려오는 방식으로 오일 마사지를 계속했다. 인대를 스트레칭해주고 팔다리의 긴장을 풀어주면서 경락을 열었다. 근육이 저항하면 긴장을 풀기 위해서 압통점으로 옮겨갔다. 작업하면서, 나는 내 에너지를 그녀에게 옮기는 데 계속 집중했다. 다른 모든 것들은 잊었다.

마마의 팔이 축 늘어지는 느낌이 들어 큰마음을 먹고 쳐다보았다. 그녀는 잠들어 있었다. 이 상태가 오래 지속되지는 않겠지만, 오늘이 처음이니 이만큼이 그녀가 감당할 수 있는 정도였다.

내가 준비물을 다시 챙겨 넣자, 수행원 하나가 나를 에스코트하여 다른 복도를 통해 온통 난으로 채워져 있는 온실로 데려갔다. 방의 공기는 습했고, 온도는 에어컨을 틀어놓은 궁보다 훨씬 따뜻했다. 윗입술 위로 땀이 가느다랗게 모이는 것이 느껴졌다.

나이 많은 마하라니가 작은 은제 가위로 식물의 죽은 잎을 잘라내고 있었다. 실크 블라우스의 겨드랑이 부분에 반달 모양의 땀 얼룩이 있었다.

마하라니 인디라는 돌아보지 않고 말했다. "라티카가 더 빨리 회복되면 나도 더 빨리 내 아가들에게 돌아갈 수 있겠지." 근처 탁자에서 그녀는 얼음과 투명한 액체로 채워진 잔을 들어올려 가볍게 흔들었다. "진 토닉인데. 들겠나, 샤스트리 부인?"

그러고 싶었지만, 나는 술을 마셔본 적이 한 번도 없었다. "고맙습니다만, 괜찮습니다."

그녀가 웃으면서 나를 보았다. "진심인가? 영국인들이 우리에게 좋은 것들을 두고 갔는데, 지금까지는 이게 가장 좋구나." 그녀가 한 모금 마셨다. "말라리아를 얼씬도 못하게 만드니 더욱 좋고."

그녀가 다음 식물로 옮겨갔고, 잎을 뒤집어 살펴보기 시작했다. 그러고는 만족한 표정으로 칵테일을 크게 한 모금 마셨다. "이리 와서 내 사랑스러운 아가들을 만나보게."

나는 더 가까이 갔다.

그녀가 노란 바탕에 녹색 줄무늬가 있고 양옆으로 날개를 뻗은 꽃을 가리켰다. 날개에는 검은 점이 박혀 있었다. "이 꽃의 이름은 이별한 여인의 슬리퍼라네. 하지만 나비처럼 생겨서 나는 티틀리(나비)라고 부르지. 여기 이 푸른 반다(난초의 한 종류)에는 시타라는 이름을 붙였어." 그녀가 꽃잎을 손가락으로 부드럽게 어루만졌다. 온실은 한 가지 이상의 의미로 마라하니에게는 놀이방처럼 보였다. "들리는 말로는 시타가 추방되었을 때 머리에 푸른 난을 꽂고 지냈다지. 참으로 희귀한 종이야."

마하라니 인디라는 방을 가로지르더니, 줄기 하나에서 핀 작은 분홍색 꽃들—합해서 대략 스무 송이—을 손가락으로 쓸었다. "이건 태국의 공주가 보내온 선물이야. 여기에 고인이 된 남편의 이름을 붙이려고 했는데, 태국 공주가 자기는 이 줄기를 키울 수가 없었다고 해서 그 점에서는 내 남편과 다르군 하고 생각했지!" 그녀는 외설적인 농담을 하고는 즐거운지 목이 쉰 듯한 깊은 웃음소리를 냈다. 과부 마하라니는 자신의 좁은 영역 안에서 안식처를 찾아낸 것 같았다. 가난한 사람만 카스트에 갇힌 것은 아니었다.

"나는 무엇이든 키우는 비결을 안다네." 그녀가 식물 아래쪽에 음료 몇 방울을 부었다. 곁눈으로 나를 보는 그녀의 입술이 음모자의 미소 같은 곡선을 만들었다. "춥-춥."

나는 참지 못하고 웃음을 터뜨렸다.

그녀가 잔을 입에 가져가 홀짝였다. "그러니 말인데, 샤스트리 부인, 나는 언제쯤 내 난을 돌보는 데 내 모든 시간을 쓸 수 있겠나?"

나는 젊은 왕비를 돌보는 동안 이 질문을 생각해보았다. "마마, 말씀드리기 황송하옵지만, 제가 마하라니 라티카에게 정말로 도움을 드리기 위해서는 먼저 그분이 저를 믿으셔야 합니다. 2-3주일 동안 매일 같은 시간에 보살펴드린다면 분명 진척이 있을 것입니다."

"그러면 오늘은 조금 진척이 있었는가?"

"그런 것 같습니다. 헤나 문양을 그릴 준비를 시작했고, 매일 조금씩 보탤 것입니다. 문양이 완성될 때쯤이면 마마는 훨씬 기분이 좋아지실 겁니다."

그녀가 입술을 꾹 붙이며 고개를 끄덕였다. "이렇게 회복시키는 데 사례금은 얼마로 하면 되겠는가?"

나는 사리 앞으로 손을 모았다. "마마가 적당하다고 생각하시는 만큼이면 됩니다."

나이 많은 마하라니가 나를 쳐다보았다. "매일 아침 작은 마마를 보살피는 일이 끝나면 내게 보고해주면 좋겠구나. 진척이 보이면 계속할 것이다. 그렇지 않으면 다른 방법을 시도할 것이야. 오늘 나가는 길에 회계 관리에게 이걸 줘라." 그녀가 내게 종이 한 장을 건넸다. "자네가 올 때마다 그가 500루피를 지급할 것이다."

나는 기절할 것 같은 기분이었다. 1시간 동안 헤나 문양을 그려서 일주일 동안 일한 만큼을 번 것이다. 2주일이면 7,000루피다! 습기 때문에 숨이 막힐 것 같았고, 이마는 땀이 나서 번질거렸다. 여기서 나가야 했다.

"감사합니다, 마마."

그녀는 고갯짓으로 가보라는 표시를 한 뒤 다시 몸을 돌려 자기 앞에 있는 식물을 살펴보았다. 내가 방에서 나올 때, 그녀의 말소리가 들렸다. "다시 풀이 죽었구나, 윈스턴? 내가 관심을 충분히 주지 않았니, 아가?"

말릭이 궁 대문에서 나를 기다리고 있었다. 말릭은 앞으로 달려와 찬합을 받아주었다.

"웃고 있군요, 앤티-보스. 성공했어요?"

"그런 것 같아." 내가 미소를 지었다. "그런데 궁 주방장은 어땠어? 그와 보낸 시간은 재미있었니?"

"솔직히, 타마린드 사탕을 빼면 사탕 과자는 별로 안 좋아해요. 하지만 마도 싱은 좋아했어요. 그 새가 제 라브리를 거의 다 먹었어요. 오늘 밤 배탈이 날지도 몰라요." 우리가 릭쇼를 잡기 위해서 다음 거리로 걸어가는데 말릭이 찬합 손잡이를 잡은 채 앞뒤로 흔들었다. 나는 고개를 가로저었다. 주의를 준다고 무슨 소용이 있겠는가?

"그럼 너는 주방장하고 있는 동안 뭘 했니?"

"거기 계속 있지는 않았어요. 심부름 가고, 주문받고, 배달했죠."

나는 걸음을 옮기다 멈췄다. "말릭! 네가 일부러 마마의 명령을 어겼다고?"

말릭이 나를 돌아보았다. 싱글거리고 있었다. "걱정 마요, 앤티-보스. 수행원이 주방장 아저씨더러 내게 라브리를 만들어주라고 하니까 주방장 아저씨가 칼로 나를 두 토막으로 갈라버릴 기세였어요." 말릭이 휘파람으로 릭쇼를 불렀다. "그래서 생각했죠. 내가 매일 앤티-보스를 행복하게 해주는 것처럼 어떻게 그를 행복하게 해줄 수 있을까?" 말릭은 내가 눈썹을 치키는 것을 보고 웃었다. "궁에서 얼마를 주고 요리용 오일을 사는지 물어봤어요. 그가 말해주길래, 제가 '밥 레 밥(맙소사)! 그건 돈을 뜯기는 거예요' 하고 말해줬죠."

나는 눈을 감았다. 말릭이 지금 뭘 하려는 것인가?

"앤티-보스, 긴장하지 마세요." 그가 전구를 돌려 박는 듯한 손짓을 했다. 나쁜 일은 없었다. "제가 궁에 바가지를 씌우는 날강도보다 훨씬 싼값에 오일을 대주기로 했고, 그렇게 하면 주방장 아저씨는 차액을 챙길 수 있어요." 말릭이 손에 든 가방 하나를 가리켰다. "주방장 아저씨가 너무 좋아하면서 내가 부탁하든 말든 매일 특별한 간식을 만들어주겠다고 약속했어요. 오늘은 푸리(둥근 튀긴 빵)와 촐레(병아리콩에 향신료를 넣어 익힌 것)를 만들어줬고요. 내일은 바지(묽은 밀가루 반죽에 담갔다가 튀긴 채소)를 만들어준대요! 앤티-보스와 라다는 이제 요리할 필요가 없을 거예요."

말릭은 기다리고 있는 릭쇼에 우리 짐을 두려고 앞장서서 달려갔고, 나는 내 어린 친구의 뒤를 따르면서 말릭이 감탄스럽기도 하고 조금은 경외스럽기도 했다.

내가 궁에 찾아갔다는 소문은 뜨거운 차파티에 얹은 기처럼 퍼져나갔다. 그렇게 된 것은 망고 가게 주인이 우리를 궁 대문에서 보곤 그의 아내에게 말하고, 그 아내가 이웃에게 말하고, 그 이웃이 시동생에게 말하고, 그 시동생이 의사에게 말하고, 그 의사가 세탁부에게 말하고, 그 세탁부가 내 부인들 중에 한 사람의 집에 다림질한 것을 가져다주러 갔기 때문이었다. 곧 새로운 고객들이 내 서비스를 바라며 약혼식이나 임신 7개월째, 출산일, 아기가 고형 음식을 처음 먹는 날, 아기가 머리칼을 처음 자르는 날, 소년이 성년이 되는 날, 새로 지은 집에 처음 들어가는 날, 하누만(인도 서사시에 등장하는 원숭이 장군으로, 리마

왕을 잘 모신 덕에 불사의 몸이 되었다)의 탄신일, 두르가 여신을 위한 불 숭배, 시바 신(파괴의 신)의 위대한 밤, 승진, 대학 입학, 무사 여행 기원의식, 무사 귀가 기념의식 등 모든 행사와 의식에 와달라고 요청했다. 인도에서는 의식이나 의례가 넘쳐났고, 우리 셋은 아침부터 늦은 저녁까지 바빴다. 라다는 헤나 반죽을 준비하고 내가 향미 과자를 만드는 것을 도왔다. 나는 오전에는 마하라니 라티카를, 오후와 저녁에는 내 부인들을 보살폈다. 말릭은 도시를 누비며 크림과 오일, 로션을 배달했고, 판매량은 세 배로 뛰었다. 우리에게 행복한 시간이었다. 나는 더 즐겼어야 했지만 그럴 수 없었다. 마하라니 라티카가 왕비로서의 책무를 재개할 때까지는.

우리의 새로운 고객 다수는 뒷말하기 좋아하는 사람들이었다.

마하라니 라티카가 듣던 대로 예뻐?

열 명이 앉을 수 있다는 소파 얘기 좀 해봐!

궁에 있는 항아리는 정말로 남자 키만큼 높아?

요리사가 고기 요리를 내나?

내가 수년 동안 만나온 부인들조차 한두 개씩을 슬쩍슬쩍 물어보았다. 마하라니의 사리는 전부 파리에서 공수한 거야? 조젯 패턴은 무늬가 어떻게 생겼어?

재산이나 직위를 크게 생각하지 않는 파텔 부인같이 내가 좋아하는 부인들은 호기심을 드러내지 않았다. 조용하고 평온한 성격이며 남편의 호텔 장부를 맡은 60대 노부인인 파텔 부인은 친근한 침묵으로 빠지기 전에 이렇게 말했다. "자네가 휴식을 취하기 바라네, 락슈미. 이런 시기에는 심한 동요를 느끼기 쉽지."

말릭은 신중한 태도를 유지했다. 문지기나 하인, 통가-왈라가 물어보면 어떻게 대답할지를 나는 말릭에게 미리 알려주었다. 말릭은 왕족의 사냥에 따라나간 마하라니들의 모습을 그린 그림에 대해 라지푸트족 사람들에게는 말해주었지만, 브라만에게는 말해주지 않았다(브라만은 채식을 한다). 향기로운 정원에 대해서는 말했지만, 왕족이 쓰는 화장실의 유럽식 배관에 대해서는 자세히 말하지 않았다(너무 천박한 주제이다). 궁의 악단이 음악가 마흔 명을 고용했다는 사실은 말했지만, 주방장 세 명—각각 벵골, 라자스탄 주, 영국 출신—이 각자 부엌을 쓰고 각자 조수를 두고 있다는 사실은 알려주지 않았다(너무 사치스럽게 들린다).

라다는 거의 한마디도 하지 않고 자기 일을 했다. 일이 끝나면 칸타의 집으로 갔다. 새 학기가 아직 시작되지 않았으므로, 칸타는 라다가 오후에 자기에게 책을 읽어주면 좋겠다고 제안했다. 아주 멋진 생각 같았다. 내가 저녁 늦게 셋집에 도착하면 라다가 그날 하루 일에 대해서 신나게 이야기해줄 것이라고 생각했지만—내심 기대했다—라다는 등을 돌리고 그냥 침대에 누워 칸타가 빌려준 책만 읽었다.

내가 뭘 읽고 있는지 물어보면 대답은 짤막했다. "책인데요." 내가 무슨 책인지 물어보면 이렇게 대답했다. "언니는 모를 거예요." 그러면 내가 대답한다. "그래도 말해봐." 그러면 라다는 말할 것이다. "브론테 자매 중에서 한 명이 쓴 소설이에요."

라다도 내가 그 세 자매를 다 안다는 사실을 잘 알고 있었다. 같은 아버지가 우리가 세 살 때 영어 읽는 법을 가르치며 우리를 기르지 않았던가? 뜻도 모르고 발음할 수 있는 것이 다였지만, 아버지의 방식 덕에 우리는 이른 나이부터 문학을 읽기 시작했다.

나는 라다가 궁에 갈 수 없다는 것 때문에 내게 아직도 화나 있다고는 믿을 수 없었다. 그렇다면 나로서도 몹시 화나는 일이었다. 나는 언니이고, 돈을 버는 사람이었다. 내가 규칙을 정하면 그 애는 착한 동생이 그러듯이 묻지 않고 따라야 하는 것이다. 하지만 나는 분노를 묻었다. 시간이 지나면 동생도 극복할 것이다. 시간이 지나면 바꿀 수 없는 것을 받아들이는 법을 배울 것이다.

나를 보라. 여러 번 싫다고 했지만 내 운명을 바꾸지 못했다. 결국 하리와 결혼했다.

다음번 샤르마 부인을 찾아갔을 때, 그녀는 내가 궁의 의뢰를 받은 것을 축하해주었다. 나는 대담해져서, 내가 제안한 실라와 라비의 혼사를 상의하고 싶다고 말했다(사미르가 이미 람바그 궁 계약에 대해 샤르마 씨와 공동 입찰을 협의하기 시작해서, 이 이야기를 화제로 꺼내기가 아주 자연스러웠다). 샤르마 부인은 뺨 옆쪽으로 난 점이 밀려 올라갈 만큼 큰 미소를 감추지 못한 채 이런저런 문제를 절충하면서 대화를 자신에게 유리한 방향으로 끌고 갔다. 샤르마 가문에서는 지참금을 주는 대신, 혼사가 진행되는 대로 실라와 라비에게 새집을 지어주고 싶어했다. 실라는 미래의 남편 가족과 같이 사는 풍습은 따르고 싶어 하지 않았다. "그 집에서 이 요구를 반대하면, 우리는 그들의 제안을 거절할 수밖에 없지."

나는 자이푸르의 가문들이 왜 실라의 요구를 받아들이지 못하는지 알 수 있었다. 이곳에서는 대가족을 이루어 사는 것이 일반적이었다. 현대적이고 서구화된 칸타와 마누조차 과부가 된 마누의 어머니와 같이 살았다. 파르바티는 장남과 함께 살아야 한다고 호랑이처럼 싸울 것이다. 싱 가문 저택에 방이 아주 많다고 주장할 것이다. 라비와 실라는 별채를 단독으로 쓸 수도 있었다.

이 혼사를 내가 맡으려면—그리고 싶었다—양가를 모두 만족시키는 해결책을 찾아야 했다. 틀림없이 성가신 문제였지만 나는 이 합의를 거의 마무리하는 중이었다. 이제와서 포기할 생각은 없었다. 돈이 아주 많지 않은 가문들과는 대체로 지참금을 얼마로 할지가 핵심이었다. 액수는 얼마로 할지, 금은 얼마나 가져올지, 실크 사리는 몇 벌을 준비할지. 하지만 싱 가문과 샤르마 가문 사람들이라면 돈 때문에 옥신각신하지는 않을 것이었다. 양쪽의 요구를 모두 만족시키려면 수완과 창의성, 작은 행운에 더해 그 이상이 필요했다.

매일 궁으로 찾아간 지 일주일이 지났을 때, 나는 우리의 정기적인 일정에 맞춰 칸타의 집으로 갔다. 라다는 이미 팔걸이의자에 앉아 있었고, 손가락은 두 사람이 함께 읽고 있었을 책의 페이지를 표시하고 있었다.

칸타가 새로운 소식을 알려주려고 숨도 쉬지 않고 소파에서 벌떡 일어났다. "락슈미, 이 말을 해주고 싶어 미치는 줄 알았어요!" 눈동자에 기쁨의 빛이 반짝거렸다. "나 임신했어요!" 그녀가 두 팔로 나를 감싸안았다. "그리고 이건 다 당신과 그 마법의 헤나와 당신의 열정이 담긴 문양 덕분이에요. 당신이 만든 단 과자 속에 뭔가 짓궂은 게 있었던 게 틀림없어요."

나는 미소를 지었다. "칸타, 정말 잘됐네요!" 그리고 라다를 돌아보았다. "들었니?"

라다가 눈썹을 치켰다. 그리고 우쭐해서 말했다. "앤티가 내게는 이미 말해줬어요."

칸타가 말했다. "사수지는 내가 알기도 전에 이미 아셨어요. 내가 책을 펼 때마다 속이 메슥거렸거든요. 시어머니가 당신 배 속에 마누를 품고 있을 때도 그랬다고 하셨어요. 생각해봐요! 시어머니하고 나하고 마침내 남편 말고 공통으로 이야기할 뭔가를 찾은 거예요!" 그녀가 싱긋 웃었다.

그녀의 행복에는 전염성이 있었다. 나 역시 어느새 웃고 있었다.

칸타는 라다의 어깨에 한 팔을 둘렀다. "라다가 책을 읽어주는 게 아주 좋았는데, 그게 그래서였어요. 이제는 혼자 읽기 힘들거든요!" 그녀가 킥킥 웃었다.

우리는 칸타의 침실로 걸어갔고, 그녀는 사리를 벗었다. "사수지는 내가 어떤 옷을 입고 있는지 아기가 볼 수 있다고 생각해요. 사수지가 사리 입은 내 모습을 보고 행복해한다면, 좋아요." 그녀가 디반에 누웠다. "마누처럼 잘생긴 사내아이가 태어나도록 배꼽 쪽에 아기 만다라를 하나 더 그려줘요."

동생은 우리를 따라 침실로 들어왔고, 마치 이곳에 사는 사람처럼 침대 위에 앉았다.

"라다, 락슈미가 마법을 부리는 동안 책을 계속 읽어줘."

내가 시키는 것보다 칸타가 시키는 편이 더 행복하다는 듯, 라다는 우쭐한 미소를 짓고 자신이 가져온 책에서 읽다 만 페이지를 폈다. 내가 표지를 보았다. 『데이지 밀러』. 나는 아직 읽지 않았지만 부인들이 그 이야기를 한 적이 있었다. 유럽 여행에 나선 10대 미국 소녀에 관한 소설이었다. 라다의 영어 실력을—그리고 세상에 대한 지식을—높이도록 도와주는 칸타는 얼마나 마음이 고운가. 나는 동생과 보낼 시간이 없지만, 그녀는 그럴 수 있다는 것이 나는 고마웠다. 내 하루하루는 너무 바빠서 라다가 내 손에서 벗어나 있는 것이 위안이 되었다.

"오, 락슈미! 내일 라다를 영화관에 데려가서 전에 말한 미국 영화를 보여줄 거예요. 「뜨거운 것이 좋아」. 매릴린 먼로 양이 나와요!" 엉덩이가 자주색인 태양새처럼 칸타가 명랑하게 지절거렸다. "그리고 다음 달엔 「미스터 앤드 미시즈 55」를 재상영한대요. 첫 상영 때 정말 인기 있었거든요! 그것도 보러 갈 거예요. 괜찮죠, 응, 락슈미?"

그녀가 그렇게 너그러운 마음으로 동생의 보호자가 되겠다는데 내가 어떻게 안 된다고 말하겠는가? 나는 라다를 흘끗 보았고, 라다가 무심한 척했지만 내 답을 간절하게 기다리고 있다는 것을 알 수 있었다. 나는 묘하게 불편한 기분이 들었지만 이렇게 말했다. "당연히 괜찮죠. 당신은 정말 좋은 사람이에요, 칸타."

라다는 내게 작은 미소를 지어 보였다.

동생에게는 친구가 필요했고, 칸타도 그랬다. 나는 그들이 함께 더 많은 시간을 보내게 해주면서, 내가 동생과 함께 시간을 적게 보내는 것에 대해서 라다에게 내 나름으로 용서를 구하는 셈이었다. 혹은 그런 거라고, 속으로 혼잣말을 했다.

8

1956년 1월 5일

마하라니 라티카를 매일 찾아간 지 2주일이 되었을 때 나는 변화를 감지했다. 내가 도착하자 젊은 왕비가 내 눈을 똑바로 쳐다보았다. 눈꺼풀 주변의 짙은 색깔이 옅어지고 총기가 돌았다. 눈에 섰던 핏발도 더는 보이지 않았다. 나는 그녀의 발을 만지고 건강에 대해서 물었다. 그녀는 대답하지 않았지만, 계속 나를 큰 눈으로 뜯어보았다.

"간밤에 마마가 6시간 내리 주무셨어요!" 젊은 왕비에게 책을 읽어 주고 있던 귀족 여인이 말했다.

나는 흥분을 감출 수 없었다. 전날 밤 설탕에 절여둔 레몬 조각이 담긴 찬합을 열었다. "아마 축하 자리가 준비되겠지요?" 내가 물었다. 사스는 깊은 슬픔에 빠져 있는 여자에게는 과일과 꽃 에센스가 풍부한 치료제가 필요하다고 가르쳤다. 레몬은 에너지와 위장 안에 있는 불을 촉진시켰다. 설탕에 절인 과일은 마마의 식욕을 돋웠다. "허락해 주신다면요, 마마?"

마하라니 라티카가 눈썹을 치키고 어떻게 할지 알려달라는 듯이 여인들을 쳐다보았다.

시중드는 여인 한 명이 짐을 운반해온 사람에게 찬합을 부엌으로 가져가라고 지시했다. 궁 바깥에서 준비된 음식은 믿을 수 없어서 마하라니가 먹기 전에 요리사의 조수가 먼저 먹어봐야 했다. 오늘 모든 일들이 잘 풀리면 며칠 안에 나는 그녀에게 부드러운 라스말라이, 즉 설탕, 카더멈, 장미 꽃잎으로 만들어진 수제 커드를 먹일 수 있을 것이다. 마하라니의 뺨이 쑥 들어가 있었다. 마하라니는 마시는 물만큼 묽게 만든 달 말고는 몇 주일 동안 아무것도 먹지 않았다. 나는 그녀에게 배 속의 허기를 자극하는 음식을 먹여 몸의 바타(아유르베다 전통에서 몸의 원기를 이해하는 기초 개념) 불균형을 바로잡기를 바랐다. 커드 같은 더 묵직한 질감의 음식과 카더멈 같은 향신료를 먹기 시작한다면 그녀의 우울증은 더 빨리 걷힐 것이다.

오늘 마마는 헤나에 관심을 보이면서 내가 그림 그리는 모습을 지켜보았다. 매일 나는 전날 그린 것에 새로운 문양을 보탰다. 먼저 진한 헤나 반죽을 이용해 손톱, 손가락 끝, 손목에 헤나를 칠했다. 그리고 발톱과 발바닥에도 똑같이 했다. 그다음 날에는 손가락 하나하나, 엄지와 발바닥에 뒤엉킨 나뭇가지를 그렸다. 그다음 날에는 양쪽 손등과 발등에 복잡한 무늬의 나뭇잎을 그렸다. 이제 나는 각각의 잎 가장자리를 빙 둘러 작은 점을 찍었다. 내 목표는 손과 발의 피부 전체를 헤나로 덮는 것이었다. 헤나를 많이 바를수록 반죽의 진정시키는 성질이 마음과 몸의 긴장을 푸는 데 작용하여 마마에게 휴식을 안겨 줄 것이다.

짐 나르는 사람이 설탕에 절인 레몬을 자기로 만든 군청색 접시에 담아서 들고 돌아왔고, 시중드는 여인이 그에게서 접시를 받아들었다. 그녀가 접시를 젊은 왕비에게 내밀었다. 마마는 레몬 조각을 집기 전에 망설였다. 모든 눈들이 그녀를 향해 있었다. 막 사탕을 빨아먹으려는 것처럼 입술을 붙인 채 기도를 하던 구루조차 고개를 들었다.

마하라니가 조그맣게 한 입 베어먹은 뒤 씹어 삼켰다. 눈을 감고 또 한 입을 먹었다. 방 안에 감돌던 긴장감이 잦아들었다. 어깨가 내려가고 모두 안도의 한숨을 쉬었다.

시중드는 여자가 다시 낭송을 시작했다. "폭풍 구름이 하늘에서 우르르 쾅쾅 소리를 내며 6월의 소나기가 쏟아지자, 눅눅한 동쪽 바람이 황야 위로 행군하며 대나무 숲 사이로 백파이프를 불었다. 난데없이 불쑥 나타난 꽃 무더기가 잔뜩 신이 나서 풀밭에서 춤췄다."

다음 날 마마는 가지색 실크 사리를 입고 있었다. 여인들이 그녀의 이마에 옷과 어울리는 자주색 빈디를 찍어 놓았다. 블라우스 가장자리에는 손으로 수를 놓은 금색과 녹색 꽃이 장식되어 있었다. 마마의 머리칼은 내가 전날 의상 담당자에게 주고 간 바치-코코넛 오일을 발라 반짝거렸다. 마지막 순간에 페퍼민트를 한 방울 떨어뜨린 오일이라서 구루의 단향목 향과 함께 공기 중에 은은한 향이 스며들고 있었다.

나는 여인들과 미소를 교환했다.

"좋은 아침."

우리 모두 고개를 돌려 이 인사말을 건넨 마마를 돌아보았다. 목소리가 까마귀 울음 같았다. 말하지 않고 지낸 지 한 달이었다. 그녀가 목을 큼큼 풀자 수행원 한 명이 물을 들고 급히 달려왔다.

몇 모금 마신 뒤 마하라니 라티카가 다시 말했다. "좋은 아침."

목소리가 까칠했다. 마마가 한 손을 가슴에 얹고 눈을 감았다. 나는 그녀가 곧 울 것이라고 생각했다. 하지만 곧 수줍은 미소가 천천히 얼

굴에 퍼졌다. 그녀가 눈을 뜨고 가볍게 가슴을 쳤다. 자신의 거친 목
소리가 재미있다는 듯이 그녀는 웃으려고 하고 있었다.

"헤이, 바그완(오, 신이시여). 아주 좋은 아침입니다, 마마." 구루가
말했다.

그날 저녁 이엥가르 부인의 뒷마당에 있는 화장실을 사용한 후에 계
단을 통해 우리 셋집으로 올라가는데, 우리 방에서 라다와 말릭이 말
하는 소리가 들렸다. 방으로 들어가는 문이 조금 열려 있었다. 요즘
라다는 내게 긴 이야기를 거의 하지 않았기 때문에, 두 사람 사이의 대
화를 엿들어야만 동생이 요즘 어떻게 지내는지를 알 수 있었다. 나는
무슨 이야기인지 들으려고 층계참에서 걸음을 멈췄다.

"매릴린 먼로는 인도 여자와는 아주 달라, 말릭." 라다가 꿈꾸듯이
말했다. "피부는 참파(조향에 종종 사용되는 향기로운 꽃) 꽃잎처럼 하
얗고, 머리칼은 풍성해. 극장에서 파는 솜사탕처럼."

"고팔은 매릴린 먼로의 옷이 몸에 너무 붙어서 젖가슴을 쳐다보지
않을 수 없었다고 하더라. 영화관 스크린으로 보면 그게 산처럼 보인
대." 말릭이 말했다.

"그 친구 엉큼하긴."

칸타와 보내는 시간이 더욱 많아질수록 라다의 말투는 도시의 교
양 있는 여자처럼 보이려고 애쓰는 듯이 더욱 거만해졌다. 석 달 전에
만났을 때는 때 묻은 페티코트에 지저분한 손톱에 머리칼은 헝클어진
모습이었는데, 그때와 같은 여자애라고는 믿기 어려웠다. 라다가 빠
르게 변하는 것에 나는 약간 불안을 느꼈다. 라다가 너무 빨리 자라고
있는 걸까? 한편으로는 라다가 반짝거리는 머리칼을 깔끔하게 틀어

올리고 세련된 살와르-카미즈를 입었을 때, 자부심이 들면서 은근히 우쭐하지 않았던가? 마치 내가 피그말리온 조각상을 만든 것처럼.

"영화는 재미있었어?" 말릭이 물었다.

"그런 것 같아. 칸타 앤티가 내가 이해 못한 부분을 설명해주셨어. 미스 먼로가 웃는 모습은 최고로 예뻐." 잠시 침묵. "미국인은 우리보다 이 개수가 더 많니?"

"모르겠는데. 아마 더 크게 웃는 거겠지."

"음. 앙그레지보다는 확실히 더 좋은 이를 가진 것 같아."

"모두 영국인들보다는 더 좋은 이를 가졌지."

그들은 웃었다.

잠시 후에 라다가 말했다. "그게 내가 최초로 본 컬러 영화야."

"최초로 본 영화라고 말한 것 같은데."

"아레! 내가 한 말을 일일이 다 기억할 필요는 없잖아."

말릭이 싱긋 웃었다.

라다가 곰곰 생각했다. "근데 먼로의 이가 더 하얘 보이는 건 입술이 너무 빨개서인지도 몰라."

잠시 스테인리스스틸 접시가 부딪치는 소리만 들렸다. 이어지는 말소리. "라다, 립스틱은 맛이 어때?"

"그걸 내가 어떻게 알아?"

"다 봤어. 내가 심부름하러 갔을 때. 자이푸르 클럽의 폴로 경기장에 서 있는 거 봤어. 그때 립스틱 바르고 있던데."

"날 염탐했니?" 라다의 목소리가 날카로웠다.

"아야!" 라다가 말릭의 귓불을 꼬집은 모양이었다. "아니야! 내가 널 훔쳐볼 만큼 한가한 줄 알아?"

잠시 후에 라다가 말했다. "칸타 앤티가 나보고 발라보랬어. 종종 나보고 앤티 걸 써보게 하거든."

나는 가슴이 답답해졌다. 칸타가 열세 살인 내 동생에게 립스틱을 발라보라고 했다고?

"고팔이 립스틱에 대해서 뭐라고 그러는지 알아, 라다? 뭄바이에 사는 소녀들은 태어날 때부터 립스틱을 바른대. 영화 배우가 되는 데 걸리는 시간이 절약된다면서."

나는 말릭의 목구멍에서 나는 쿡쿡 웃는 소리와 라다의 깊은 웃음소리를 들었다. 라다는 행복한 것 같았다.

자이푸르 클럽은 엘리트 계층이 폴로를 하고 테니스를 치고 베란다에서 칵테일을 홀짝이는 곳이었다. 내가 초대될 만한 곳은 아니었다. 칸타와 마누가 자이푸르 클럽의 회원이긴 했지만, 마누가 테니스나 폴로를 하지 않았기 때문에 그들은 좀처럼 클럽에 가지 않았다. 칸타가 동생을 데려갔다면 틀림없이 그 말을 꺼냈을 것이다. 나는 칸타가 라다를 너무 오냐오냐하는 것에 대해서 칸타와 맞서고 싶지는 않았다. 그렇게 하면 내가 고마워할 줄 모르는 속 좁은 사람으로 보일 것이다. 칸타가 동생의 삶에 만들어주는 기쁨을 질투하는 듯이 보일 것이다.

하지만 나는 라다가 피상적인 것에만 빠져 있는 것은 원치 않았다. 나는 결코 받지 못한 고등 교육을 라다가 받았으면 했다. 칸타처럼 해외에서 공부하기를 바라는 것은 지나친 희망이겠지만, 과외 교사를 구해서 공립학교의 공부를 보충하고 지역 대학의 까다로운 입학 시험에 통과시키는 것은 내가 충분히 할 수 있었다.

나는 깊은숨을 쉬었다. 학교는 다음 주면 시작할 테고, 라다의 머릿속은 매릴린 먼로가 어떤 브랜드의 치약을 사용하는지 대신 수학 방정식과 과학 이론으로 채워질 것이다.

2주일 동안 치료를 받자 마하라니 라티카의 뺨에 생기가 돌기 시작했다. 오늘 그녀의 의상 담당자는 가는 은사가 섞인 조젯 천으로 만든 빨간 사리를 골랐다. 마마의 루비 색깔 립스틱이 영화 배우 스타일로 매만진 검은 머리칼을 돋보이게 했다. 머리 가운데 가르마 부분을 장식한 은색 망 티카(여자의 이마에 하는 장신구)의 끝에는 눈물방울 같은 루비가 달려 있었다. 변화된 모습은 숨을 멎게 할 정도였다. 이 여인은 내가 처음 만났을 때의 기운 없던 왕비와는 완전히 달라져서, 지금은 건강과 행복한 삶의 분위기를 뿜어내고 있었다. 그녀에게 먹인 음식이 마사지해줄 때 쓴 오일과 함께 그녀의 기분에 경이로운 변화를 일으킨 것이다.

내 헤나 문양에 마무리를 할 시간이었다. 왼손 손바닥 한복판에 힌디어로 그녀의 이름을 썼다. 라티카. 오른손 손바닥에는 그녀의 아들 이름을 헤나로 썼다. 마둡. 내가 그린 것을 보여주려고 그녀의 손을 들어올리자, 그녀는 숨을 헉 내쉬었다.

"아드님을 생각할 때, 마마, 아드님과 가까이 있으려면 두 손바닥을 맞붙이시기만 하면 됩니다." 이 말이 위험할 수도 있음을 나는 알고 있었다. 자신이 뭘 상실했는지를 상기시키면 역효과를 낳아 또다른 우울을 불러올 수 있었다. 하지만 지난 몇 주일 동안 그녀의 몸을 돌보면서 나는 근육에서는 강철 같은 감각을, 힘줄에서는 단호함을, 혈관에서는 강한 흐름을 느꼈다. 그녀는 좌절에도 불구하고 언제나 앞을 보는 사람이었고, 나는 그녀가 가야 할 길을 가도록 안내하는 치료를 진행했을 뿐이었다.

그녀의 눈에 눈물이 그렁그렁 맺히다 뺨 위로 눈물 한 방울이 흘러
내렸다. 여인 한 명이 그녀의 얼굴을 수놓인 손수건으로 닦아주었다.

"락슈미." 그녀가 말했다. 다시 말문을 연 후로 그녀의 목소리는 점
점 강해졌다.

그녀가 내 이름을 알고 있는 줄은 몰랐다. "마마?"

"고맙네."

내 눈이 뜨거워졌다. 그녀의 황폐해진 영혼을 달래기 위해서 내가
지금껏 발전시켜온 모든 기술들을 써보았다는 안도감—그리고 자부
심—에서 오는 눈물이었다. 말로는 잘 표현할 수 없을 것 같았다. 시
선을 내리고 고개를 약간 숙여 그녀가 표시한 고마움에 답했다.

"마하라니 인디라가 그러시던데, 자네에게 여동생이 있다고."

두 왕비가 내 개인적인 삶에 대해서 아는 정도가 아니라 대화를 나
눈다는 사실에 놀라서 나는 고개를 끄덕였다. "네. 라다라고 합니다.
열세 살입니다."

"학교는 다니는가?"

"다음 주부터 저희가 사는 곳 근처 공립학교에 다니기로 했습니다."

마하라니가 나를 쳐다보고 목을 큼큼 풀었다. "그 애를 내 학교에
보내는 건 어떻겠는가?"

잠시 나는 법도를 잊고 그녀를 물끄러미 쳐다보았다. 마하라니 여
학교는 라자스탄 주에서 가장 명성이 높은 학교였다. 마하라니 라티
카가 어린 숙녀들에게 우아함과 자부심을 길러주기 위해서 설립한 곳
이었다. 내 고객들은 딸을 그 학교에 보낼 경제적인 여유가 있었지만,
나는 사업이 잘 되어도 그곳의 등록금을 댈 만큼은 결코 벌 수 없을

것이었다.

내 마음을 읽은 것처럼 마마는 한 손을 내저으며 말했다. "등록금은 걱정할 것 없다."

나는 계속 그녀를 쳐다보았다. 라다가 마하라니 여학교에 다닌다면 내가 라다에게 만들어줄 수 있는 것보다 훨씬 나은 미래가 펼쳐질 수 있다. 그 아이는—칸타처럼—해외에서 공부할 수도 있고 더 넓은 세상을 볼 수도 있다. 나로서는 꿈만 꾸었던 일을 하는 것이다. 어제만 해도 그런 일이 가능하리라고는 생각하지도 못했다!

왕비가 자신의 편 손을 내려다보고 깊은숨을 쉬었고, 두 손을 모아 나마스테를 하려다가 젖은 헤나가 번지기 직전에 멈췄다. "자네가 내게 해준 게 고마워서."

나는 울컥했다. 안도감이었다. 심적 부담을 많이 느끼던 일이 마침내 결실을 맺은 것이다. 나는 고개를 숙여 그녀의 나마스테에 답했다.

울컥함이 잦아들어 말할 수 있게 되었을 때, 내가 말했다. "늘 붉은 색을 입으시면 좋겠습니다, 마마."

나는 전통적인 축복의 말을 하다가 중간에 멈췄다. 그리고 아들이 남편분의 이름을 이어가길 바랍니다. 그녀의 유일한 친자인 마둡은 결코 왕좌에 오르지 못할 것이고, 지금으로서는 그녀가 절대 과부가 되지 않기를 바라는 쪽이 더 친절한 일일 것이다.

나는 매일의 상태를 보고하기 위해서, 남편과 사별한 마마 앞에 불려 갔다. 조수는 마마가 처음 나와 대면하여 이야기를 나눈 살롱으로 나를 데려갔고, 마마는 우아한 보석 장신구를 주렁주렁 단 여인 세 명과 함께 탁자에 앉아 있었다. 브리지 게임을 하는 중이었다. 나는 두 손을 모아 먼저 마마에게, 이어 마마의 벗들에게 나마스테로 인사했다.

마도 싱이 휘파람 소리를 내며 깍깍거렸다. "나마스테! 봉주르! 환영해!" 마도가 새장에서 주인의 의자 위로 날아갔다.

마하라니 인디라가 탁자 건너 여자에게 말했다. "날라니, 그대가 몇 달 전에 뭄바이에서 헬렌 켈러를 만났다고 했지. 하지만 진짜 기적을 만드는 사람이 그대의 오른쪽에 있다네."

날라니라는 이름의 여자는 반달 모양 안경 너머로 나를 찬찬히 훑어보았다. "그런가요?"

마마가 카드를 살펴보았다. "숙녀분들, 락슈미 샤스트리를 소개하오. 젊은 마하라니를 깊은 우울의 늪에서 꺼내준 사람이라오."

나는 미소를 지었다. "그 일을 할 수 있어서 기뻤습니다, 마마."

"고리, 내가 알기로 다음 달에 프랑스 재무부 장관을 초청한다고 했지. 락슈미가 그의 아내 손에 헤나 문양을 그려준다면 얼마나 큰 선물이 되겠는가! 그리고 아누, 곧 세 번째 손주를 보기를 바란다고 했지. 락슈미가 그대의 만다라 문양을 만들어줄 적임자야. 그녀가 마법을 일으킬 테고, 눈 깜짝하기도 전에 그대는 손자를 얻게 될 거야."

"그렇게만 되면 기적이 되겠네요." 아누가 싱긋 웃으면서 말했다.

마하라니는 내게 자애로운 미소를 지어 보였다. 나는 이마에 손을 가져다대어 그녀의 칭찬에 답했다.

그녀는 카드로 주의를 돌렸다. "다음 달에도 일주일에 몇 번씩 라티카를 계속 만나주면 좋겠네. 마하라자가 젊은 왕비에게 자기 아들과 다시 이야기를 나눠도 좋다고 허락해주면 당연히 증상이 재발할 테고, 그러면 왕비도 자네 도움을 반길 걸세." 그리고 마마는 내게 나가보라는 뜻으로 고갯짓을 했다.

내가 문으로 걸어갈 때, 그녀가 말하는 소리가 들렸다. "내 팔자도 참. 이보게들. 다음 주에 사막 축제 기념식을 개최하려고 하는데. 고리, 이번에는 그대가 나와 동행해야 하겠네. 왜 내가 늘 콧수염 대회의 심판을 해야 하지?"

"사람들이 뭐라 그러는지 아시잖습니까. 콧수염이 길수록 링감(시바 신의 상징인 남근상[男根像])도 길다고."

그들의 웃음이 내 뒤를 따라 문밖으로 나와 복도로 이어졌다.

말릭과 나는 통가에 타고 다음 약속 장소로 갔다. 내가 마하라니 인디라의 친구들을 위해서 맡을 새로운 일에 대해서 말하는데 통가가 덜컹 멈췄다. 말이 뒷다리로 서며 히힝 울었다. 나는 떨어지지 않으려고 한 손으론 말릭의 팔을, 반대쪽 손으론 차양을 잡았다. 뭔가와 부딪쳤나? 움푹 팬 구멍? 바위? 떠돌이 개? 그 순간 나는 하리를 보았다. 우리 오른쪽에, 차체의 바큇살 사이에 낀 나무 막대를 쥔 하리가 있었다. 말을 모는 사람이 거친 동작을 하면서 그에게 욕설을 퍼부었다. 우리를 뒤따라오던 승용차 운전자들이 빵빵 경적을 울렸다. 사람들이 고개를 돌려 그를 쳐다보았다. 길가에 있던 하얀 송아지도 버려진 감자 껍질을 우적거리던 움직임을 멈추고 고개를 들었다.

말릭이 내 팔을 잡아당겼다. "내려요."

말릭은 우리의 찬합을 잡고 뛰어내렸지만, 나는 움직일 수 없었다. 말릭이 운전사에게 루피 몇 개를 던진 뒤, 나를 끌어내렸다. 그러고는 찬합을 챙기고, 나를 골목으로 끌어당겼다. 나는 기름 속에서 헤엄치는 것처럼 팔다리가 무겁게 느껴졌다. 내가 일곱 생 동안 하리와 묶여 있었다는 것이 정말일까?

우리가 사람들 눈에 띄지 않는 안전한 곳에 이르자 말릭은 뒤를 돌아보고, 내 팔을 여전히 잡은 채로 찬합을 내려놓았다.

하리가 풀이 자라지 않은 흙바닥에 막대를 떨어뜨리며 다가왔다.

말릭이 바닥에 침을 뱉었다. "아저씨도 다른 사람들처럼 미리 약속을 잡으면 안 되나요?"

하리는 말릭을 무시하고 내게 말했다. "당신은 집에 있는 법이 없군. 당신이 필요해."

"돈 때문에?"

"그래, 하지만……."

"그 문제라면 당신을 도와줄 다른 사람을 찾은 줄 알았는데요."

그가 혼란스러운 표정으로 얼굴을 찡그렸다.

"그 노치 여자 말이에요. 그 여자 돈도 다 썼어요?"

그가 한 손을 저었다. "아, 그 여자. 그 여자는……." 그가 말을 멈추고 고개를 가로저었다. "저기 말이지. 이 일로 당신 도움이 필요해." 그러고는 옆으로 비켜섰다. 그 뒤에 말릭보다 더 작고 어린 소녀가 서 있었다. 빨지 않은 누더기 같은 원피스를 입고 있었다. 신발은 신지 않았다. 콧물이 줄줄 흐르고 있었다. 하리가 부드럽게 아이를 돌려세웠다. 아이의 오른쪽 종아리에 깊은 상처가 나서 누런 고름이 새어 나오고 있었다.

"마의 찜질제를 대줬는데, 감염이 더 심해지기만 해." 그가 말했다.

나는 상처를 더 유심히 보았지만, 더 가까이 다가가지는 않았다. "이 애는 누구죠?" 그러고는 놀라서 하리를 흘끗 보았다. "그리고 당신이 찜질제에 대해서 뭘 안다고요?"

그가 한숨을 쉬었다. "당신이 떠난 후에 마를 도와줄 사람이 필요했어. 나는 도울 생각이 없었지만 어머니가 병이 들었고, 어머니는 나더러 당신을 찾아온 여인들을 도와달라고 부탁하셨어. 어머니는 당신을 가르쳤듯이 나를 가르치셨어." 그가 부르튼 입술을 핥았다. "여기, 자이푸르에도 도움이 필요한 사람들이 있어." 그가 조심스럽게 아이의 입에서 아이의 엄지를 빼냈다. "이 아이는 어느 노치 여자의 딸이야."

내가 아는 13년 전의 하리는 자기가 원하는 것을 얻기 위해서라면 무엇이든 하고 무엇이든 말하는 사람이었다. 우리가 결혼하고 첫해에는 그가 말하는 모든 것들을 믿었다. 하리는 강둑에서 캤다며 냉이를 가져왔다("봐, 락슈미, 심장 모양이야, 당신한테 주는 거야"). 또 한 번은 말린 루드락샤(인도의 나무로, 씨앗으로는 힌두교 염주를 만든다) 씨앗("이걸로 멋진 목걸이를 만들 수 있을 거야!")을 가져왔다. 그런 순간에 내 마음은 부드러워졌다. 나는 나중에야 냉이는 사스의 재료에서 가져온 것이고(사스는 말라리아를 고치는 데 냉이를 사용했다) 씨앗은 우리 마을을 지나가던 구루가 놓고 간 염주(탐이 나는 푸른 씨앗으로 만든 것)에서 나온 것임을 알게 되었다. 내가 다시 속아넘어가는 일은 없을 것이다.

"이번에는 얼마를 원해요, 하리?"

"모르겠어? 이 아이는……."

"얼마?"

"어린아이야, 락슈미."

"이미 당신에게 수백 루피를 줬어요. 내가 그걸 버느라 얼마나 오래 일했는지 알아요? 얼마냐고요?"

그가 아래턱을 이리저리 움직였다. 그가 소녀의 어깨를 더 꽉 잡았고, 아이는 고개를 돌려 그를 올려다보았다. 그는 내 태도에 실망했다는 듯이 나를 쳐다보며 고개를 가로저었다.

나는 그 순간 죄의식을 느꼈다. 그의 말이 진실이라면, 내가 소녀를 돕지 않는 것은 옳지 않은 일이었다. 소녀에게는 도움이 필요해 보였다. 하리가 사수지의 일을 이어받을 만큼 충분히 달라졌다고 믿기는 어려워도, 이 소녀에게 뭔가를 해야 하는 것은 내 빚이었다. 시어머니라면 아이를 도왔을 테니까.

나는 말릭을 쳐다보았고, 말릭은 내 팔을 놓았다. 나는 소녀에게 다가갔고, 쭈그리고 앉아 상처 난 부위를 살펴보았다. 상처가 깊었다. 상처 주위의 피부가 빨간색, 분홍색, 자주색으로 얼룩덜룩했다. 하리의 어머니가 소독한 실과 아주 가는 바늘로 피부를 봉합하는 것을 본 적은 있었지만, 내가 직접 해본 적은 없었다. 나도 이 작은 소녀에게 똑같이 해볼 수는 있겠지만 자신이 없었다. 상처가 더 악화되는 것은 곤란했다. 아이가 다리를 잃게 될까 봐 걱정스러웠다.

내가 말했다. "봉합해야 해요. 그리고 소독약을 바르고. 나중에 상처를 덮어줘야 해요."

하리가 허허 웃었는데, 즐거운 웃음소리는 아니었다. "이제 당신은 궁에서 일하니, 직접 돕기에는 너무 잘났다는 건가?"

나는 얼굴이 달아오르는 것을 느꼈다. 10년 동안 나는 부자들을 상대로 경미하고 좀더 감정적인 문제만을 치료해왔다. 하리와 더 오래 살았다면, 사수지만이 할 수 있었던 더욱 복잡한 치료법까지 배울 수 있었을 것이다. 나는 지금 하리가 그러는 것처럼 시어머니가 실망하여 나를 쳐다보는 모습을 상상하고 몸서리를 쳤다.

그는 자신이 내 약한 부분을 건드렸음을 알아차렸다. "지금은 라다조차 높은 사람들과 어울려 다니던데." 내가 그게 무슨 뜻인지 묻기도 전에 그가 말했다. "궁 회계 관리한테서 얼마를 받았지?"

나는 가난한 소녀를 다시 보았다. 아이를 탓할 수는 없었다. 아이가 가난한 것은 아이의 잘못이 아니었다. 나는 회계 관리에게서 받은 돈에서 1,000루피를 꺼내 하리에게 내밀었다. "이 아이를 당장 병원에 데려가요. 그리고 약을 사 먹여요."

그가 돈을 받으려고 손을 내미는 순간, 내가 손을 뒤로 뺐다. "이혼해요, 하리. 그게 내가 요구하는 대가예요."

그가 눈을 찡그리더니 그러든 말든 상관없다는 듯이 어깨를 으쓱했다. 나는 그가 손에서 돈을 가져가 주머니에 넣는 것을 지켜보았다.

"말릭을 통해서 서류를 보낼게요." 내가 말했다.

우리는 한참 서로를 쳐다보았다. 마침내 그가 고개를 끄덕였다.

그가 소녀의 손을 잡고 골목길을 벗어났다. 그들이 모퉁이를 돌 때, 소녀가 고개를 돌려 나를 빤히 보았다.

"헤이 람." 내가 말했다. 그 돈이 내 손에 있었던 시간은 현실감이 느껴지지도 않을 만큼 짧았다. 이제 공사업자에게 갚을 돈이 더 줄었다.

"군다(불한당)!" 말릭이 말했다.

하리는 나쁜 사람일 수도, 아닐 수도 있었다. 나는 오래 전의 하리만을 알고 있었다. 그가 지금은 달라졌을까? 그럴 것 같지는 않았다.

나는 말릭의 어깨에 손을 얹고 억지로 나를 쳐다보게 했다. "너는 절대 불한당이 되지 않겠다고 말해줘. 내게 약속해."

말릭은 대답하지 않았다. 그리고 찬합을 들고 걸어갔다.

나는 평소보다 일찍 집에 도착했다. 하리를 본 것 때문에 심란해졌지만, 그 일은 생각하지 않으려고 애썼다. 그 대신 라다와 나누고 싶은 소식에만 집중했다. 마하라니 여학교. 라다가 자이푸르의 엘리트 계층에 속한 젊은 숙녀들과 셰익스피어를 함께 읽는다니 얼마나 흥분되는 일인가.

이옝가르 부인의 집 대문에서 나는 옥외 화덕 앞에 있는 라다를 보았다. 라다는 자루에 담긴 통밀 가루를 쇠 접시에 붓고 있었다. 손을 빠르게 놀려 체를 쳐서 가루를 걸러내고 돌멩이를 제거했다. 라다는 고갯짓을 한 번 하거나 나를 아예 무시하고 칸타에게서 빌려온 소설 속에 머리를 파묻는 등 내게 여전히 퉁명스러웠다. 하지만 오늘은 다를 것이다. 특히 우리 둘 모두가 기대하지 못한 것—심지어 칸타가 줄 수 있는 것보다 더 좋은 것—을 내가 줄 수 있게 되었으니.

나는 라다에게 다가가 저녁 인사를 했다.

라다는 시선을 홱 돌려 나를 쳐다봤지만 말은 하지 않았다. 그리고 접시에 있는 통밀 가루를 기를 녹인 팬에 쏟아부었다. 따뜻한 버터와 통밀 가루가 섞이자 진한 향이 공기 중에 가득 찼다.

나는 라다의 옆에 쭈그리고 앉았다. 라다가 아기 때 귀를 뚫지 않았다는 생각이 처음으로 떠올랐다. 마와 피타지는 귀걸이에 필요한 금을 살 돈이 없었다. 내가 이 아이의 귀를 뚫어 금으로 된 작은 링 귀걸이를 해줄 것이다.

"다음에 궁에 갈 땐, 라다, 너를 데리고 갈게."

동생은 놀라서 눈을 끔벅였지만, 통밀 가루를 계속 저을 뿐이었다. 나는 반응을 기다렸다. 반응이 전혀 없었다.

"너는 일을 아주 성실히 해왔어. 헤나를 나보다 더 곱게 빻고……."

"그럴 수 없어요."

"뭘 그럴 수 없어?"

"언니하고 궁에 같이 갈 수 없어요."

"당연히 갈 수 있지. 네가 오후에 가지 못해도 칸타 앤티가 충분히 이해해줄 거……."

라다가 건조하게 말했다. "칸타는 온종일 집에 박혀 있어요. 그리고 칸타의 사스는 까다롭고요." 그러고는 설탕 한 봉지를 뜨거운 팬에 쏟아부었다. "칸타는 내가 필요해요." 나는 라다가 말하지 않은 부분을 들었다. 언니는 아니잖아요.

뜨끔했다. 2주일 전에 내가 말릭만 궁에 데려가고 자기는 데려가지 않는다고 밤새 울던 아이였는데, 이제 그런 건 아무 상관없다는 것인가? 내가 이 말을 꺼내기에 부적절한 시점을 고른 것인가? 어쩌면 라다가 요리를 마칠 때까지 기다렸어야 했는지도 몰랐다. 이 아이는 여기 처음 와서 이엥가르 부인의 화덕을 쓰다가 불을 낸 후로는 더욱 조심했다.

나는 설탕을 넣은 식재료에 부으려고 잘게 부순 카더멈이 담긴 그릇을 들었다.

라다가 내 손목을 잡았다. "아직 안 돼요."

나는 당황해서 그릇을 내려놓았다. 끼어들지 말았어야 했다. 라다가 만든 라두는 내가 만든 것보다 더 맛있다.

라다는 통밀 가루를 주걱에 가득 올려 뒤집었다. 노란색이 도는 예쁜 갈색이 되어가고 있었다.

우리 사이의 침묵이 길어졌다.

"깜짝 선물이 있어. 마하라니 라티카가 네게 장학금을 주면서 자기 학교에 입학시켜 주겠대. 생각해봐, 라다! 공립학교 대신, 사립학교에 가는 거야. 파르바티의 명절 잔치에 왔던 여자애들 전부 그 학교에 다녀. 다음 주가 개학이고."

라다는 통밀 가루만 계속 저을 뿐이었다.

"라다?"

"내일 앤티를 보면 말해볼게요. 기뻐해줄 거예요."

아마 라다가 너무 피곤해서 내 말을 잘 이해하지 못한 것 같았다. 내가 일을 너무 많이 시켰나?

"입학 시험을 쳐야겠지만, 쉽게 통과할 거야. 책에 대한 건 이미 많이 알잖아, 라다. 영어 실력도 아주 좋고…….”

"그게 언니가 원하는 거라면 갈게요."

"나는 네가 좋아할 줄 알았는데…….”

라다가 눈을 들어 나를 차분히 바라보았다. "고맙다고 말해주길 바라나요? 그래요. 고마워요. 지금은 이 요리를 끝내야 해요. 안 그러면 언니가 내 일을 끝내지 않았다고 화낼 테니까."

나는 눈을 깜박였다. 석 달 전에 처음 만났을 때는 나를 우러러보면서 "지지"라고 부르던 동생이 이제는 내가 자신을 위해서 어떤 말과 행동을 해도 관심 없다는 태도를 보였다. 라다가 내게서 떨어져나가 독립적인 사람이 되었고 자기 일을 스스로 결정하기 시작했다는 사실에 내가 마땅히 기뻐해야 하는가? 하지만 나는 그럴 기분이 아니었다. 지금과는 다른 라다, 우리 침대에서 내게 꼭 붙어 힘없이 울면서 아자르에서의 마와 피타지와 자신의 생활에 대해서 말해주던 라다가 그리웠다.

나는 조심스레 일어서서 사리를 반듯하게 폈다. 라다가 다른 식재료들을 섞은 것에 빻은 정향 가루를 넣는 모습을 지켜보았다. 목소리를 떨지 않고 말할 수 있게 되었을 때, 내가 말했다. "궁에 가는 것에 대해서 마음이 바뀌면……."

"그럴 일 없을 거예요. 찬합은 두고 가세요. 설거지를 끝내고 올라
갈게요." 라다는 카더멈을 잡으려고 손을 뻗으며 말했고, 딱 부러지는
날선 라다의 말이 더 이상의 대화를 차단했다.

9

1956년 2월 12일

마하라니 여학교는 가로로 넓은 세 채의 건물로 이루어져 있었고, 각각의 건물은 2층 높이였다. 나는 길 건너 학교 맞은편에 서서, 차들이 줄지어 학교 정문으로 들어가 포장된 진입로를 지나고 원형 뜰을 돌아 다시 거리로 나오는 모습을 지켜보았다. 카키색 셔츠와 주름 잡힌 니커를 입은 운전 기사들이 점심을 먹으러 집으로 가는 어린 멤사히브들을 위해서 문을 열고 잡아주었다. 통학하는 학생들 몇 명이 끼니를 챙겨 먹으러 음식을 파는 가판대로 걸어가고 있었다. 기숙사에서 생활하는 학생들은 학교 매점에서 식사를 했다.

여덟 살에서 열두 살 사이의 소녀들은 옅은 푸른색 치마에 반소매 셔츠를 입고 빨간 띠를 맸다. 라다 또래이거나 라다보다 나이가 많은 여학생들은 푸른색 카미즈에 흰색 살와르를 입고 적갈색 춘니를 걸쳤다. 모든 여학생들이 적갈색 카디건을 입고 있었다. 자이푸르의 2월은 쌀쌀했다. 마하라니가 학교의 모든 부분들—교복에서부터 교장으로 미스 제너비브를 선임한 것(마마가 스위스 기숙학교에 다니던 시절의 과외 교사였다), 점심 메뉴(튀긴 음식과 설탕은 안 되고 채소와 과일을 충분하게 포함했다)까지—에 세세하게 관여한다는 이야기는 들었다.

라다가 마하라니 여학교에 등교한 첫 주라서, 나는 라다를 데리고 같이 점심을 먹고 싶었다. 모든 일들이 순조롭게 흘러가고 있었지만 얼굴 볼 시간이 많지 않아서 학교는 좋은지, 수업은 괜찮은지를 물어보지 못했다. 본관 건물의 앞쪽 계단을 폴짝폴짝 뛰어 내려오는 라다를 바라보자 가슴이 벅찼다. 얼굴은 장밋빛이었다. 교복은 세련되고 단정했다(오늘 아침 내가 말릭과 함께 릭쇼에 태워주겠다고 했을 때, 라다는 코를 찡그렸다. 릭쇼-왈라의 땀 냄새를 풍기고 싶지도 않을뿐더러 옷이 구겨지는 것도 싫다면서).

라다가 마지막 계단을 내려왔을 때, 실라 샤르마가 라다의 앞을 가로막았고, 동생은 깜짝 놀라 걸음을 멈췄다. 실라는 미안하다는 말도 없이 가족 차인 세단의 뒷좌석에 휙 몸을 밀어넣었다. 라다의 입이 굳게 다물어졌다.

나는 숨을 참았다.

라다가 점심을 먹으러 나간다고 말하려고 수위실로 다시 걸음을 옮기는 모습을 보고, 나는 마음이 놓였다. 수위는 느긋하게 클립보드에서 라다의 이름을 찾았다. 라다는 초조한 듯이 눈을 들어 거리를 쳐다보고 입술을 잘근거렸다.

내가 라다를 불렀다. 라다가 깜짝 놀라 돌아보았다. 나를 본 것이 기쁜 것 같지 않은데, 이제는 나도 그 사실을 받아들이는 데 점점 의연해지고 있었다. 내 손에는 찬합도 없고, 가방도 없고, 오직 핸드백뿐이었다.

라다가 다시 한번 거리를 쳐다보았다. 어깨가 축 처졌다.

"교복을 입으니까 정말 멋지다!" 내가 유쾌하게 말했다.

라다는 내가 얼룩이라도 찾아낸 것처럼 자의식적으로 교복을 내려다보았다.

나는 라다의 가는 팔을 내 팔에 걸고 거리 반대쪽 끝에 있는 차트 가게로 갔다. "널 데리고 점심을 먹으러 가야겠다고 생각했지." 나는 걸음을 멈추고 라다의 어깨에 걸쳐진 긴 춘니를 반듯하게 펴주었다. "학교생활은 어떠니?"

"괜찮아요."

"이제 가자." 나는 라다의 팔을 잡고 다시 걷기 시작했다. "여기가 네가 처음 다니는 대도시 학교가 되는구나. 피타지가 가르치던 작은 판잣집이 아니라. 분명 뭔가 놀라운 게 있었겠지? 친구로 사귀고 싶은 아이는 만났니?"

라다가 고개를 이쪽저쪽으로 흔들고 어깨를 으쓱했다. 네. 아니요. 아마.

라다와 똑같은 교복을 입은 여학생 둘이 우리를 앞서면서 고개를 돌려 동생에게 미소를 지었지만, 라다는 다른 데 정신이 팔려 인사를 받아주지 못했다.

내가 라다의 팔을 꽉 잡았다. "분명 아주 좋겠지. 새로운 경험도 아주 많이 하고." 나는 지나가는 길에 보이는 차트 가게들에서 파는 음식들—사모사, 촐레, 파코라, 달 바티—을 능숙하게 살펴봤다.

"세브 푸리(짭조름한 맛을 내는 튀긴 패스트푸드)는 어때? 푸리는 집에서 만들려면 시간이 많이 걸리지만 여기선 화덕에서 갓 구워 나오는 걸 주문할 수 있어." 내가 라다를 쳐다보고 동의를 구했다.

라다가 눈썹을 치켰다. "언니는 길거리 음식 안 좋아하잖아요."

그렇기는 했지만, 나는 예외를 두고 싶다고 말했다. 라다는 작게 고개를 끄덕였다. 우리는 음식 판매점 앞의 작은 탁자에 자리를 잡았다.

"선생님들 이야기 좀 해봐."

라다는 나무 탁자의 홈에 손가락을 대고 죽 그으며 한숨을 쉬었다. "힌디어 선생님은 체구가 작고 말랐는데 머리칼에 비듬이 있어요. 언니는 그 선생님이 목 씻는 방법을 안 좋아할걸요."

"라다! 그게 읽기와 쓰기를 가르치는 선생님에게 할 소리니?"

라다가 이렇게 묻는 것처럼 나와 시선을 마주쳤다. 나를 야단치러 여기까지 온 거예요?

나는 라다의 손 위에 내 손을 올렸다. "피타지가 너를 아주 자랑스러워하실 거야."

"아버지는 내가 공립학교에 다닌다고 했어도 좋아하셨을 거예요."

우리 아버지가 모든 카스트에게 무상교육을 실시해야 한다는 주장을 지지한 것은 사실이었다. 하지만 마하라니 여학교에서 가능한 것들이라면. 라다가 알게 되는 여자애들, 기회들! 아버지라도 흥분했을 것이다.

우리가 마실 차가 작은 유리잔에 담겨 나왔고, 감자와 처트니(매운 양념) 푸리는 신문지에 싸여 나왔다. 라다가 한 입 크게 베어먹는 모습을 보니 배가 고팠던 모양이었다. 숙녀처럼 먹어야 한다고 일깨워주려고 나도 모르게 라다의 팔을 잡았다. 라다는 내가 자기 행동을 고쳐주는 모습을 자기 반 아이들 중에 혹시 누가 봤는지 주변을 살폈고, 나는 그러지 말걸 그랬다고 후회했다.

나는 차를 홀짝였다. "다른 선생님들은 어떠시니?"

"역사는 찬나 선생님이 가르치세요. 그 선생님은 비열해요. 우리 반 여자애가 친구하고 무슨 말을 하고 있었거든요. 찬나 선생님이 역정을 내면서 소냐보고 쭈그리고 앉아 귀를 잡으라고 했어요. 수탉처럼."

학교에서 주는 어떤 벌은 결코 변하지 않았다. 내 입술이 씰룩거렸다. "찬나 선생님이 본보기를 보여주려고 한 것 같구나."

라다가 아무튼 자기는 신경 쓰지 않는다는 듯이 어깨를 으쓱 올렸다. 나는 동생이 말릭이나 칸타 옆에 있을 때 얼마나 행복해 보이는지를 생각했다. 왜 나하고 있을 때는 그런 모습을 보여주지 않지?

나는 핸드백에서 얇은 송아지 가죽으로 된 만년필 케이스를 꺼냈다. "네가 책 읽는 걸 아주 많이 좋아해서 글을 써보는 건 어떨까 생각했어. 이게 쓸모가 있을 거야."

라다는 잠시 만년필 케이스를, 이어 나를 보았다. 라다가 전에는 선물 같은 걸 받아본 적이 없었을 것이라는 생각이 들었다. 라다가 학교 손수건을 꺼내 손에 묻은 기름을 닦았다. 그리고 천천히 케이스를 열었고, 혹시라도 깰까 봐 두려운 손길로 푸른색 벨벳 받침에 놓인 대리석 무늬의 오렌지색 만년필을 들어올렸다. 라다는 손가락으로 만년필의 매끈한 원통 몸체를 만져본 다음 뚜껑을 열었다. 그리고 금색 펜촉에 새겨진 글을 살폈다. Wilson 1st Quality Fine(윌슨[인도의 유명한 펜 제조사] 최고급 명품).

라다의 입술이 벌어지며 미소가 떠올랐다. 그러더니 갑자기 눈을 깜박거렸다. 그러고는 만년필을 다시 케이스 안에 넣고 탁 닫았다. "이건 아닌 것 같아요."

내가 깜짝 놀라 말했다. "마음에 들지 않니?"

"잃어버리면 화낼 거잖아요." 이 또한 나에 대한 비난이었다.

라다는 푸리와 감자를 다시 한 입 크게 베어먹으면서, 내가 식탁 예절을 고쳐준 것에 대한 반발심을 표현했다.

나는 입술을 꾹 다물었다. 그리고 케이스를 라다 쪽으로 더 밀어주었다. "네 거야, 초티 베헨(여동생)." 여동생이라는 단어가 그냥 입에서 흘러나왔다. 미리 마음을 먹었던 것은 아니었다. 말릭이 자기가 오빠인 양 라다를 보호해야 한다고 느끼면서 라다를 초티 베헨이라고 부르는 것에는 나도 익숙했다. 내가 라다를 그렇게 부른 것은 이번이 처음이었다.

라다가 음식을 씹다가 멈췄다. 그리고 힘들게 삼켰다. "고마워요, 지지."

라다는 남은 푸리를 빠르게 먹어치우고, 다음 수업이 시작하기 전에 읽어야 할 과제가 있다면서 가봐야 한다고 했다. "오늘 아침에 다 읽을 수 있었는데, 언니를 위해서 헤나를 빻아야 했어요."

"라다, 학교 과제가 힘들면 헤나 반죽은 이제 만들지 않아도 괜찮아. 내가 할 수 있어."

"이제 그만 가도 돼요?" 라다가 조바심을 내는 목소리로 말하고 의자에서 일어섰다.

우리는 학교 정문에 도착했고, 라다는 수위에게 들렀다가 뜰을 지나고 계단을 올라 본관 건물 안으로 사라졌다. 심지어 간다는 인사도 하지 않았다.

나는 생각에 빠져 길을 건넜다. 처음에 라다는 마하라니 여학교에 가고 싶어하지 않았지만, 지금은 공부를 잘하려고 점심 먹고 일찍 돌아가겠다고 안달이었다. 얼마나 종잡을 수 없는 아이인가.

"내 딸을 저런 학교에 보낼 수 있다면 얼마나 좋을까."

나는 깜짝 놀랐다. 공사업자인 나라야가 내 뒤에 와 있었다. 지나치게 바짝 붙어 서서 이쑤시개로 이를 쑤시고 있었다. 그는 장대한 남자였고 배도 많이 나왔다. 그가 입은 쿠르타는 아주 풍성해서 덩치가 더욱 커 보였다.

나는 그에게서 한 걸음 떨어졌다. "깜짝 놀랐잖아요, 나라야 씨."

"나 때문에요? 미안하게 됐소. 샤스트리 부인." 그는 나를 침착하게 바라보고 있었지만, 목소리에 악의가 느껴졌다. "당신이 원한 서구식 고급 배관시설을 설치한 건 봤소? 안타깝게도 지금 화장실을 지을 돈이 없소. 창문에 덧문을 달 돈도 없고." 그가 쿠르타에서 종이 한 장을 꺼내더니 다시 내 쪽으로 더 가까이 다가왔다. "청구한 돈을 받지 못했소." 그에게서 값싼 비디와 점심으로 먹은 커리 냄새가 풍겼다.

내가 그의 손에서 종이를 가져가려는 찰나, 그가 다시 종이를 자기 쪽으로 당겼다. "물론 이 액수의 배를 받아야 하고."

뭐라고? 사미르가 나를 위해서 기한을 두 달 연장해주었다. 나는 그의 손에서 명세서를 홱 낚아채고 훑어보았다. "1만 루피? 어째서?"

"연장한 것 말이오? 두 달이 지났소." 그가 목을 긁었다. "이틀 전에. 대금을 갚지 못하면 액수가 두 배가 되잖소. 계약서에도 쓰여 있소."

궁 방문과 새로 잡힌 예약들 때문에 정신이 없었고, 라다를 새 학교에 보낼 준비를 해야 했고, 당연히 일하고 일하고 또 일하느라 공책에 기록해놓는 것을 깜박한 것이다.

그가 이를 쑤셨다. "이미 두 달은 추가로 줬고. 오늘 돈을 받지 못하면 그 집은 내 소유가 될 수 있소. 그 내용 또한 계약서에 있고. 내 딸과 그 애 새신랑에게 집이 필요하거든."

헤이 람! 나는 아직 갚을 돈이 없었다. 궁에서 생긴 수입의 대부분은 마하라니 라티카에게 사용할 재료(파르바티는 아직 중매에 대한 사례금을 주지 않았다)를 마련하고, 라다의 교복과 책을 사고, 이엥가르 부인이 동생에 대해서 인상한 집세를 내는 데 쓰였고, 또한 당연히 하리에게로 갔다. 나라야는 일부러 화장실 시공을 미루고 있었다. 적당한 화장실 없이는 그 집에 들어가 살 수 없었다.

나는 미소를 지으려고 했지만 찡그린 얼굴이 되었다. "시간이 좀더 필요해요."

부처의 뺨을 가진 그의 얼굴은 충분히 좋은 인상이었지만, 목소리는 딱딱했다. "내 딸의 지참금이 급해요. 안 그러면 혼례식을 올리기도 전에 애를 낳게 생겼소."

내가 눈썹을 치켰다. "임신했어요?"

그는 우리가 방금 나눈 대화가 농담이었다는 듯이 누런 치아를 드러냈다. "그 애를 쫓아낸 적이 한 번 있었지. 하지만 여동생이 사정사정해서 다시 받아줬어요. 마침내 그 애를 내 손에서 털어낼 늙은이를 찾아냈소. 하지만 곧 임신한 표가 날 거요."

"신랑은 모르고요?"

나라야 씨가 너무 껄껄거려서 쿠르타 아래 배가 출렁거렸다. "내가 미쳤소?"

나는 뒤로 물러섰다.

"상태가 좋아 보이지 않는데, 샤스트리 부인. 당신이 돈을 보관하는 곳이 어딘지는 몰라도 내가 거기까지 태워주는 건 어떻소?"

나는 돈이 그 안에 들었다는 듯이 핸드백을 꽉 쥐었다. "아니요. 오후 3시에 만나요. 조리 바자르 입구 밖에서. 돈을 들고 갈게요."

그는 이쑤시개로 나를 가리켰다. "이렇게 간단하게 처리될 일을."

사미르에게 부탁하는 것 말고는 선택의 여지가 없었다. 그가 전에 돈을 빌려주겠다고 제안한 적도 있고, 그는 실제로 그렇게 해줄 수 있는 사람이었지만, 나는 부탁하기가 싫었다. 내 집을 갖는다는 것—독립적인 삶에 대한 꿈—에 너무도 강렬히 매달려 있었기 때문에 빚을 내기는 싫었고, 친구에게 돈을 빌리기는 더욱 싫었다. 사미르라면 더욱 그랬다. 우리가 만나는 일은 엄밀히 약주머니에 기반을 두고 있었다. 파르바티의 명절 잔치가 끝난 이후로 나는 그와 개인적으로 엮이는 일은 피하고 싶었다.

나는 회중시계를 확인했다. 오후 1시 30분. 이 시간에 사미르는 고객에게 점심을 대접하는 것이 아니라면 자기 사무실에 있을 가능성이 높았다.

나는 릭쇼를 불러 세웠다.

높고 하얀 돌기둥이 일렬로 늘어서서 지붕을 떠받치고 있는 사무실 건물에 도착하자 나는 용기를 거의 다 잃었다. 손이 축축했다. 그냥 돌아서고 싶었다. 하지만 그 돈을 달리 어디에서 구하겠는가? 은행에서? 그들이 언제 남편 없는 여자에게 돈을 빌려준 적이 있었던가?

그 순간 오싹한 생각이 스쳤다. 나는 하리와 어떻게 다른가? 돈을 달라고 애걸하고, 시간을 내달라고 애걸하고.

나는 마음이 바뀌기 전에 릭쇼에서 내렸다.

"음, 이거 놀라운 일인걸." 사미르가 말했다. 그가 책상 앞 의자를 가리켰다. 그의 사무실은 유리벽으로 되어 있고 넓고 개방된 공간의 한쪽으로 자리를 잡고 있었는데, 제도사 다섯 명이 책상 앞에서 바쁘게 일하고 있었다. "차를 들겠소?"

나는 고개를 가로저었다. "급해요. 그렇지 않았다면 여기 오지 않았을 거예요." 나는 입술을 적셨다. "공사업자의 대금 청구서 말인데요. 마감일을 넘겼어요."

그는 시간을 끌지 않았다. "얼마면 되오?"

나는 그에게 액수가 적힌 종이를 내밀었다. "이자를 쳐서 갚을게요."

사미르는 영수증을 보면서 휘파람을 불었고, 이어 나를 쳐다보았다. 그가 그의 뒤쪽에 있는 금고로 걸어가 다이얼을 돌려 문을 연 다음 지폐 뭉치를 꺼냈다. 그러고는 그것을 봉투에 넣고 내게 건넨 뒤, 다시 자리에 앉았다.

나는 사과하고 싶었다. 미안해요, 사미르. 혼자 힘으로 해결할 수 있을 줄 알았어요. 나는 잠시 더 의자에 앉아 있었다. "차용증이……필요한 가요?"

그의 눈가에 잔주름이 잡혔다. 웃음이 나려는 것을 간신히 참는 눈치였다. 그가 일어섰다.

나는 이제 가봐야겠다고 생각했다. 그리고 감사의 뜻으로 고개를 끄덕이고, 서둘러 사무실 문을 통과했다. 손에는 두꺼운 봉투가 들려 있었다. 나는 안도의 한숨을 내쉬었다. 사미르가 부탁을 아주 수월하게 처리해주었다.

나는 건물에서 나오다가, 파르바티와 부딪힐 뻔했다.

나는 얼어붙었다. 일단은 나눌 만한 가벼운 이야기가 떠오르지 않았다. 내가 여기에 무엇을 하러 왔는지 설명할 만한 거짓말도 떠오르지 않았다.

지난 12월 명절 잔치에서 그녀는 내게 자기 남편 근처에는 얼씬하지 말라고 거의 경고하다시피 했다. 하지만 여기 내가, 그의 사무실 문 앞에 있는 것이다. 나는 뺨이 붉어지는 것을 느꼈다. 이렇게 말하고 싶었다. 당신이 생각하는 그런 게 아니에요, 보이는 것과 달라요. 이것은 파르바티가 라다의 피부에서 번질거리는 푸른 물감을 발견했을 때, 라다가 했던 말 아니었던가?

파르바티의 시선이 내 손의 봉투에 머물렀다. 눈썹이 올라갔다.

나는 한 손으로 여전히 봉투를 잡은 채 그녀에게 인사를 하려고 두 손을 모았다. 말이 더듬더듬 나왔다. "사미르 사히브가……주문한 걸, 제가 배달하러……사미르의 고객을 위한 거예요."

그 말은 부분적으로 사실이었다. 그는 한 달에 한 번씩 마하라니 인디라에게 줄 헤어토닉을 샀다. 다만 오늘은 그 용건이 아니었다. 나는 몹시 당황해서 다른 말을 생각해낼 수 없었다.

30분 후에는 공사업자와 만나야 했다. 내 집을 잃을 수는 없었다! 나는 허둥지둥 그녀 옆을 지나 릭쇼를 불러 세웠다.

다음 날, 파르바티는 다음 번 예약을 취소하는 편지를 보내왔다.

3부

10

인도 라자스탄 주 자이푸르, 1956년 3월 15일

3월이 되자 헤나 사업은 크게 성장해서 새로운 고객을 대기자 명단에 올려야 했다. 우리 셋은 쉴 새 없이 바쁘게 움직였다. 라다는 학교에 가기 전에 헤나 반죽을 만들었다. 말릭과 나는 찬합에 준비물을 담고 자이푸르를 가로지르며 예약 장소들로 이동했다. 학교가 끝나면 라다는 칸타의 집으로 갔다. 그리고 저녁에 이옝가르 부인의 집으로 돌아와서 나를 도와 부인들을 위한 특별 음식을 만들었다. 우리 셋은 하루가 끝날 때쯤에는 몹시 지쳐서 필요한 말만 했다.

헤어토닉을 만드는 데 쓸 라임은 샀니?

수학 숙제는 어떻게 되어가니?

상한 바치 오일은 변상받았니?

라지나가르 집과 관련된 일도 마무리되고 있었다. 사미르에게 빌린 돈으로 나라야에게 줄 돈은 다 갚았고, 다른 공사업자를 고용하여 화장실을 마무리했다. 전기는 아직 설치하지 않았지만, 등잔으로 그럭저럭 지낼 수 있을 것이다. 이사 준비는 거의 끝났다.

어느 화창한 아침, 기온이 아직 오르기 전에 내가 그날의 첫 일정을 위해서 찬합을 몇 개 챙겨 들고 계단을 내려가고 있을 때였다. 라다와 말릭은 이미 먼저 내려갔다. 안뜰로 나가는 문 앞에 이르렀을 때, 아이들이 밖에서 이야기하는 소리가 들렸다.

"아니야, 누나가 맞았어. 지금 내 앞에서 보는 것만큼 똑똑히 누나를 봤어." 말릭은 자기보다 훨씬 어린 사람에게 자세하게 설명하는 듯한 말투로 말하고 있었다.

"나였다면 뭐 어쩔 건데? 뭐든지 너한테 설명해야 할 이유는 없잖아, 말릭."

"그래야 한다고 누가 그래? 그냥 조심하라는 거야, 아차(알겠어)?"

최근에 아이들은 걸핏하면 발끈하는 남매처럼 투닥거렸다. 나는 일은 너무 많고 잠잘 시간은 충분하지 않았다.

내가 문을 통과했다. "뭘 조심한다는 거니?"

라다가 말릭을 매섭게 휙 쏘아보고 자리를 떠나 학교로 갔다.

말릭은 나와 시선을 마주치려고 하지 않았다. 대신 이렇게 말했다. "금방 돌아올게요. 쿠스-쿠스 부채를 깜박 놓고 왔어요."

나는 이제 일주일에 한 번씩 마하라니 라티카를 보살폈고, 이제는 회복보다는 긴장을 푸는 데 집중했다. 젊은 왕비의 우울한 시기는 거의 끝나가고 있었다. 그녀는 학교의 행정에 점점 더 깊이 관여했다.

어느 날에는 말릭과 내가 궁에 도착했을 때 날렵한 검은색 벤틀리가 궁의 대문을 빠져나오고 있었다.

마하라니 라티카가 운전석 차창 밖으로 몸을 내밀었다. 짙은 색 선글라스를 쓰고 흰색 시폰 스카프를 두르고 있었다. 시중드는 부인이 조수석에 앉아 있었다.

"자네를 놓치지 않기를 바랐는데!" 그녀의 입이 벌어지면서 찬란한 미소가 떠올랐다. "오늘 약속을 취소해야 할 것 같아. 하지만 돈은 회계 관리가 지급할 거야. 내가 어린 숙녀들에게 폭스트롯을 가르치기로 했거든. 같이 가서 자네 동생을 보는 건 어때?"

고민스러웠다. 라다가 멋진 숙녀처럼 춤추는 모습을 보고 싶었지만, 라다는 내가 자기를 지켜보는 것을 좋아할까? 아니면 내가 자기를 감시한다고 생각할까?

나는 공손히 거절했다. 대신 칸타를 보러 가기로 했다. 임신한 몸의 상태가 어떤지 확인하고 싶었고, 솔직히 라다에 대한 이야기를 나누고 싶었다. 나 스스로는 동생이 이제는 내게 뚱한 태도를 보이지 않는다고 생각했지만, 확신할 수는 없었다. 라다와 나이가 더 가까운 칸타라면 이 문제를 어떻게 다루면 좋을지 더 잘 알 것이다.

칸타는 거실 소파에 누워서 쉬면서 라디오를 듣고 있었다. 나를 보자 반가워하며 하인에게 차를 내오라고 했다. 그녀는 피가 묻어나온다고, 의사가 남은 임신 기간 동안 엎드려 있으라고 권고했다고 말했다. 그녀가 어깨에 걸쳐진 사리를 내려 배를 드러내고 조금 나온 배를 자랑스럽게 보여주었다.

"비웃지 마요, 락슈미. 사수지와 함께 푸자(신성한 숭배의식)를 시작했어요!" 칸타는 내 얼굴에 떠오른 표정을 보며 쿡쿡 웃었다. "아기에게 행운을 가져다줄 수 있다면 뭐든 할 거예요."

나는 미소를 짓고 항복한다는 의미로 두 손을 위로 올렸다.

하인인 바주가 콧수염을 씰룩거리며 쟁반을 들고 들어왔다. 마누의 어머니이자 칸타의 시어머니가 바주의 바로 뒤에서 그가 라시(요구르트에 망고를 섞어 만든 대중적인 음료)를 너무 걸쭉하게 만들었다고 불평했다. 바주가 내게는 찻잔을, 칸타에게는 로즈 밀크가 담긴 유리잔과 동부콩이 담긴 접시를 건넸다.

"행운을 위하여." 그녀의 사스가 쟁반을 향해서 고개를 까딱였다.

바주는 잘 들리지 않게 투덜거리며 방에서 나갔다.

칸타의 시어머니는 여기에 머무르기 위해서 작정하고 온 것이었고, 자기 도움 없이는 칸타가 아기를 키우는 법을 모를 거라고 내게 말했다. "이 애는 로즈 밀크가 아기의 뺨을 발그레하게 해준다는 것도 모른다네!"

칸타는 유리잔 뒤로 미소를 감췄다.

마침내 그녀의 사스는 바주가 수브지의 맛을 너무 강하게 내는 것이 싫다고 말하면서 방에서 나갔다. "너무 매우면 아기가 화난 상태로 태어나지." 그녀가 말했다.

그녀가 내 말이 들리지 않을 만큼 멀어지자 나는 잔을 내려놓았다. 친구에게 라다에 대한 말을 꺼내는 것이 어색했고, 내가 동생을 이해하거나 다룰 수 없다는 점이 창피했다.

"칸타……당신하고 라다, 둘이 아주 친하잖아요. 당신이 내가 동생을 이해할 수 있게 좀 도와주면……."

내가 말을 다 끝내기도 전에 라다가 문을 열고 불쑥 들어왔고, 말릭, 칸타의 사스와 바주가 뒤따라 들어왔다. 동생은 여전히 교복을 입은 채였는데 한 손으로 왼쪽 눈을 가리고 있었다. 풀이 죽어 보였다.

나는 소파에서 일어섰다. "무슨 일이야? 학교에 있지 않고?"

라다가 얼어붙었다. 나를 여기에서 보리라고는 예상하지 못한 것이다. 라다가 손을 내렸다. 왼쪽 눈이 부었고, 눈 주변은 짙은 자주색이었다.

나는 숨을 헉 쉬고 동생에게 달려갔다.

"헤이 람!" 칸타가 소리치며 소파에서 일어났다.

"다른 데는 다치지 않았니?" 내가 라다의 어깨에 두 손을 얹고 다른 상처는 없는지 살폈다. "바주, 얼음 좀 가져다줘요."

칸타의 사스가 물었다. "경찰을 불러야 할까?"

"안 돼요!" 라다가 주먹을 쥐며 말했는데, 목소리가 너무 컸다.

"라다!" 나는 어른에게 너무 버릇없게 말했다고 라다를 나무랐다.

바주가 얼음주머니를 가져왔다. 나는 라다의 부은 눈을 얼음주머니로, 라다가 주머니를 내 손에서 뺏어갈 때까지 꾹 눌렀다. 라다는 방의 더 안쪽으로 들어가 눈에 얼음주머니를 댄 채 팔걸이의자에 털썩 앉았다. "멍청한 실라 샤르마!"

심장이 공중제비를 넘었다. 지금 뭐라고 한 거지?

"실라 샤르마가 네게 이런 폭력을 쓴 거니?" 사수지가 말하더니, 이어 칸타에게 말했다. "내가 샤르마 가문의 딸이 버릇없다고 말했잖니. 게다가 그 애가 군다라는 걸 알게 됐구나!"

칸타는 아무 말도 하지 않았다. 그녀의 눈은 충격으로 휘둥그레져 있었다.

라다가 참지 못하고 말했다. "그 애가 폭력을 쓴 건 아니고요. 우리가 폭스트롯을 추는데 그 애가 팔꿈치로 저를 쳤어요."

"폭스트롯?" 사수지가 묵직한 억양의 영어로 말했다. 그녀의 말투에는 자신이 받아들이기에 서구의 춤이 폭력보다 더 나쁘다는 뉘앙스가 깃들어 있었다. "그 학교에서 뭘 가르치는지 알겠나? 그런 외국 풍습 말인데, 라자스탄 주의 여자들에게는 가당치도 않네." 그녀가 코웃음을 쳤다.

"밥 레 밥, 사수지!" 칸타가 라다를 돌아보았다. "이 일이 학교에서 일어났다고? 그리고 사고였고?" 칸타가 물었다.

"네. 아니요." 라다는 카펫을 내려다보았다. "그 애가 일부러 그런 거 알아요."

"왜?"

"나를 좋아하지 않으니까요." 동생이 머뭇거렸다. "마하라니가 우리를 짝지어서 같이 춤추게 했는데요, 실라와 제가 짝이 됐어요. 실라가 자꾸 저보고 절대 춤을 배우지 못할 거라고 했어요. 발이 너무 크다면서요. 그러더니 제 눈을 팔꿈치로 치고는 이렇게 말했어요. '칼라 칼루타 바잉간 루타.'" 너는 가지처럼 까매.

칸타가 나를 쳐다보았다. "샤르마 부인에게 전화해야겠어요."

라다가 빈손으로 의자 팔걸이를 탁 치는 바람에 우리 모두는 깜짝 놀랐다. "안 돼요! 나는 고자질쟁이가 아니에요. 내가 그냥, 그 애처럼 크고 화려한 집에서 자라지 않아서 그런 거예요. 나는 그 애들 누구하고도 어울리지 않아요. 나는 촌스러워요. 분위기에 어울리는 옷을 입지 않고, 그런 신발도 없어요. 나는 그 애들과 다르고, 그 애들도 그걸 알아요."

라다가 불안한 눈빛으로 흘끗 나를 보았고, 나는 깜짝 놀란 표정을 들키고 말았다. 라다는 내게 위화감을 느낀다는 말은 한 번도 하지 않았다. 나는 특권층 아이들이 라다를 괴롭힐지도 모른다는 생각을 한 적이 없었다.

칸타가 얼굴을 찡그렸다. "그게 실라가 이렇게 한 이유라고? 네가 그 애들과 같지 않아서?"

라다가 나를 곁눈으로 쳐다보았다. 그리고 작은 목소리로 말했다.
"어쩌면 내가 예전에 자기한테 돌을 던지려고 한 걸 그 애가 기억하고 있는지도 모르죠."

칸타가 확인을 구하며 나를 쳐다보았다.

나는 고개를 가로저었다. "바보 같은 소리. 다친 사람도 없었는데."

"다친 사람이 없었다는 게 무슨 소리예요! 어린 숙녀들은 서로 돌멩이를 던져서는 안 돼요." 칸타가 말했다.

"머리가 아파요." 라다가 빈손으로 이마를 눌렀다.

칸타의 사스가 문 근처에서 서성이는 바주를 쏘아보았다. "이 멍청이, 아직도 거기서 꾸물거리나? 얼른 아스피린과 물을 가져오게."

바주가 기분이 상해서 방에서 나가면서 콧수염을 씰룩거렸다.

"음, 이 문제는 간단히 해결할 수 있겠는데." 칸타가 소파 옆 탁자를 돌아보고 전화기를 들었다. 내가 말리기도 전에 그녀는 재봉사와 통화했고 다음 날 오후에 라다를 데려가 영국식 드레스를 만드는 데 필요한 신체 치수를 측정하겠다고 말했다. 그리고 자신의 미용사에게 전화를 걸어 라다의 머리칼을 세련된 페이지보이 스타일로 잘라달라고 부탁했다.

그녀는 전화기를 내려놓으면서 싱글거리고 있었다. 그녀가 라다를, 이어 나를 쳐다보았다. "자, 나를 나무라지 마요, 락슈미. 현대 여성이, 음, 현대적으로 보이는 건 중요해요."

라다는 벌떡 일어나 칸타의 목을 감싸안았다.

나는 고개를 돌렸다. 내가 동생을 어떻게 행복하게 해줄지 하나도 모를 때, 칸타는 언제나 무슨 말을 하고 어떤 행동을 할지 알았다.

11

1956년 4월 20일

나는 새로운 집에 들어갈 때 하는 집들이 행사에는 크게 관심이 없었다. 하지만 말릭이 계속 고집을 부렸고, 나는 마침내 뜻을 굽혔다. 말릭이 힌두교의 그리하 프라베시(집들이) 같은 의식을 좋아한다는 것은 놀랍지 않았다. 이곳에는 이슬람교도가 많았는데, 다수는 인도에서 산 지 수백 년이 되었고, 인도 분할 뒤에도 이곳에 남아 살면서 자신들의 풍습뿐만 아니라 힌두교 풍습도 따랐다. 어쨌거나 축하의식은 행복한 행사였고, 누구를 배척하지도 않았다.

내 새로운 집인 라지나가르 집 입구에 말릭이 대나무 장대 두 개를 세우고 그 사이에 망고 잎 화환을 걸었다. 관습에 따르면 그것은 다산의 상징이기 때문에, 내가 앞으로도 아이를 낳지 못하는 여자라는 점을 감안하면 약간 불편하기는 했다. 하지만 마침내 이 집을 내 집이라고 부를 수 있게 된 것에 가슴이 설렜다. 아마 그것이 말릭이 그날 축하의식을 하도록 돕겠다고 나선 이유였을 것이다. 말릭은 거의 내가 나 자신을 아는 만큼이나 나를 잘 알았다. 이 벽은 내 것이었다. 창문, 모자이크로 처리한 바닥, 안뜰의 흙. 심지어 지붕 위 반짝거리는 별도 특권처럼 느껴졌다.

말릭은 또한 집을 정화하는 그리하 프라베시 의식에 판디트를 데려오려고 로비도 했다. 승려가 선택한 길일(4월 20일로 정해졌다)에 모든 짐들을 옮기지 않으면 불운이 따라온다고 했다.

"우리를 도와줄 판디트를 찾아볼게요. 싸게, 싸게, 앤티-보스." 말릭이 장담했다.

"나는 음식을 만들게요." 라다가 거들었다. 라다는 우리가 얼른 이 영가르 부인의 집을 떠나기를 바랐다. 여섯 달 전에 자이푸르에 처음 도착했을 때 라다는 내 방 돌바닥에서 잠을 자면서도 행복해했지만, 칸타의 집과 마하라니 여학교에서 보내는 시간이 많아질수록 우리의 초라한 셋방에 시큰둥해졌다.

라다와 말릭은 우리 짐을 금속 트렁크 두 개와 헤아릴 수 없이 많은 비닐봉지와 천 자루에 꾸렸다. 두 아이는 새집의 창문을 신문지로 닦고, 붙박이 선반의 먼지를 털고, 반짝반짝 광이 날 때까지 테라초 바닥을 닦고, 안뜰을 쓸었다. 단단하게 다져진 안뜰의 흙 위로는 손님들이 앉을 시트와 담요를 깔았다. 정화의식이 끝날 때까지는 아무도 집 안으로 들어갈 수 없었다.

말릭은 약속을 지켜서 단 20루피로 이 일을 맡아줄 승려를 찾았다. 머리가 벗겨진 작은 체구의 남자로, 가느다란 팔다리가 감자에 난 싹처럼 짙은 황색 로브에서 삐져나와 있었다. 그리고 가판대에서 색깔 있는 액체를 담아서 파는 병의 유리만큼이나 두꺼운 안경을 쓰고 있었다(나는 모든 승려들이 간디-지처럼 보이는지 궁금했다. 아니면 간디-지가 모든 판디트들과 비슷해 보이려고 그렇게 하기 시작한 것인가?). 아직은 금전적인 여유가 없어 창문에 덧창을 달지 못했더니(그리하 프라베시를 하려면 덧창이 필요했다) 판디트는 의식을 맡는 것에 불편한 감정을 내비쳤고, 결국 말릭이 5루피를 더 얹어주겠다며 달랬다.

승려의 조수가 의식을 위한 준비물을 꺼내기 시작했다. 작은 가네샤 신 조각상, 은 접시 몇 장, 은그릇 세 개, 단향목 향, 방금 자른 꽃 (색깔은 당연히 행운의 붉은색이고, 많은 여자들이 아침에 사원으로 가는 길에 그러듯이 걸어오는 길에 공원에서 딴 것이 틀림없었다), 녹나무 잎, 붉은 양초, 붉은 면사, 참깨, 통밀 낟알, 물로 반죽한 붉은 안료가 담긴 점토 항아리, 기가 담긴 은 항아리, 종과 붉은 실에 꿴 염주.

말릭은 거기에다가 오늘 아침 모퉁이 가게에서 산, 갓 만든 단 과자를 보탰다.

우선 판디트는 가네샤 신을 모시는 제단을 만들었다. 그는 다 암기하고 있을 텐데도 이따금 손때 묻은 주문집을 참고했다. "가네샤 신이 들고 있는 코끼리 엄니는 예식을 상징합니다. 막대는 가던 길을 계속 가라고 우리를 부추깁니다. 올가미는 무엇이 우리를 묶어주는지를 상기시킵니다. 가네샤 신은 자신이 아끼는 모든 이들에게 모든 은혜를 베풉니다."

손님들이 속속 도착했다. 단 과자를 넣은 상자를 준비해서 모든 이웃들(아는 사이든 모르는 사이든)을 의식에 초대하는 것이 전통이어서, 말릭은 모든 이웃들의 문 앞에 상자를 두었다. 새로운 이웃들이 가장 먼저 도착했는데, 우리가 어떤 사람들인지 궁금하고 길에 지어진 새집을 가장 먼저 보고 싶은 마음에서였다.

전에 살던 이옝가르 부인의 셋집에서 알게 된 판디 부부가 나타나자 라다와 나 모두 기쁘게 맞았다. 나는 라다도 나처럼, 실라 샤르마의 잘생긴 음악 교사에게 조금 반한 것은 아닐지 의심했다.

이옝가르 부부도 왔다. 전에 살던 집의 주인인 이옝가르 부인은 들창코에 코주름을 잡고 부지를 구경하는 척했다. "작은 집인데도 안뜰이 있어서 훨씬 봐줄 만하네."

나는 그녀가 흠을 잡아도 웃고 말았다. 오늘은 그 무엇도 내 기분을 망칠 수 없을 것이다.

나는 내 부인들에게는 집들이 행사를 알리지 않았다. 내가 그들을 내 집—그들의 집보다 훨씬 초라하다—에 초대하는 것은 적절하지 않은 일 같았다. 하지만 동생이 뛰쳐나가 칸타와 마누를 맞이하며 안뜰로 데리고 오는 것을 보니 라다가 칸타에게 소식을 흘린 모양이었다. 내가 방 안으로 들어갈 때에는 라다가 그렇게 반색하며 좋아해준 적이 한 번도 없었던 것 같아서 질투심이 내 가슴을 찔렀다. 라다가 몇 달 전에 마하라니 여학교에 다니면서부터 우리 사이의 간극이 더 커졌다는 생각이 새삼 떠올랐다.

칸타는 눈 아래 쑥 들어간 자리가 거무스름했지만, 명랑해 보였다. 그녀는 마누의 부축을 받으며 담요 위에 앉았다. 내가 그녀를 마지막으로 본 것이 몇 주일 전이어서, 칸타에게 몸 상태는 어떠냐고 물어보았다. 칸타의 상태가 별로 좋지 않아서 우리는 그간 예약 일정대로 만나지 못했다.

"책을 읽고 이동 수단을 타는 것 말고는 다른 일을 못했어요. 두 가지 다 아주 아주 빠르게 하는 걸 좋아하는데, 그것 말고는 다 좋아요. 오, 그리고 자고 먹는 것도 문제예요!" 그녀가 쿡쿡 웃었다.

손님들이 편안하게 자리를 잡고 부드러운 목소리로 대화를 나누기 시작하자 승려는 기가 담긴 점토 그릇에 월계수 잎을 떨어뜨렸다. 그러고는 성냥을 켜서 잎에 불을 붙이고, 불꽃을 키웠다. 그는 옴 간나 파티 나마(가네샤 신을 기리는 긴 기도문)를 한 박자도 놓치지 않고 암송하면서 아직 불을 붙이지 않은 향을 가리켰다. 그러자 조수 하나가 얼른 그리로 가서 불을 붙였다. 장뇌와 기와 단향목이 타들어가는 냄새가 합쳐져 사향 냄새, 달콤하고 쌉쌀한 냄새가 한꺼번에 진동했다. 오래 전에 잊힌, 지난 의식들에서 맡았던 냄새였다.

나는 오래 전 내 결혼식을 생각했다. 급하게 해치운 의식. 판디트는 자기가 받는 돈으로는 기를 살 만큼의 여유도 없다고 불평했다. 내게는 남자 친척이 없었기 때문에 내게 팔에 팔찌를 끼워주고 돈을 주는 추라(뱅글 모양 팔찌) 의식도 없었다. 그때 피타지는 술을 마셔서 혼자 위에 핏발이 선 채 똑바른 자세를 유지하려고 애쓰고 있었다. 마는 필라오(채소를 넣어 향미가 있는 밥), 사모사, 수브지, 단 과자가 담긴 변변찮은 접시에 들러붙는 파리를 손으로 쫓고 있었다.

나는 붉은 혼례용 사리로 얼굴을 가린 채 울고 또 울었는데, 마와 닷새 내내 말다툼을 했는데도 눈물이 남아 있다는 사실이 놀라웠다. 피타지가 없을 때 학교에서 가르칠 사람으로 내가 필요하지 않은가요? 열다섯 살은 집에서 계속 살기에는 나이가 너무 많은 건가요? 내가 떠나면 이 집트콩은 누가 볶고 갈아요? 우물에서 물은 누가 길어 오나요?

마는 부드러웠지만 단호했다. 마는 부모와 남편의 말을 잘 듣도록, 저항하거나 의문을 품거나 반박하지 않도록 키워졌다. 마는 피타지의 책이 내 머릿속에 바보 같은 생각을 너무 많이 심어주었다고 말했다. 그 생각들 때문에 내가 스스로 결정을 내릴 수 있다는 쓸데없는 생각을 하게 되었다는 것이다. 내가 딸로서 할 일은 부모님이 골라주는 남자와 결혼하는 거라고, 마는 말했다. 오래된 전통을 바꾸는 데 어머니는 나만큼 무력했다. 게다가 나를 계속 집에서 살게 할 돈도 없었다.

나는 마의 목을 흘끗 보았고, 그 말이 사실이라는 것을 깨달았다. 금 목걸이가 걸려 있던 자리, 목걸이가 살에 새긴 자국은 어머니가 무엇을 희생했는지를 늘 상기시켰다.

하지만 나는 또한 결혼하면 자야(jaaya)—남편이 미래의 자식이라는 형태로 여자의 자궁 안에 생명을 만드는 것—를 해야 한다는 것을 알았다. 그리고 아이가 생기면 더 이상 나는 없고 우리와 그들뿐이리란 것도 알았다. 그래서 나는 종종 나와 이름이 같은 락슈미 여신에게 빌었다. 나는 세 명의 사라스바티 여신(예술, 학문, 지혜의 여신)이 지닌 지식을 몹시 가지고 싶어요! 나를 작은 삶 안에 가두기 전에 더 넓은 세상을 보여주세요. 하지만 여신은 언제나처럼 미안하다는 듯이 가냘픈 두 손을 들어올리고 있을 뿐이었다. 항상 그러리라 하고 말하듯이.

오늘 의식에 부모님이 함께했다면 내 기분이 훨씬 좋았을 것이다. 나는 최고로 좋은 자리—판디트 앞—에 그들을 앉힐 테고, 손님들에게 부모님을 소개하고 맛이 풍부한 부르피를 직접 먹여드릴 테고, 쿠스-쿠스 부채로 그들의 얼굴을 시원하게 해줄 것이다…….

옆에서 사각거리는 소리에 정신이 한창 진행 중인 의식으로 되돌아왔다. 라다가 제단에서 흘러나오는 향이 너무 강하다는 듯이 춘니를 코에 가져다댔다. 그러더니 일어서서 사람들 사이를 요리조리 헤집으며 화장실로 향했다. 1시간 동안 벌써 세 번째였다.

말릭은 라다가 나오기를 기다렸다가 붙잡아서 귓가에 뭐라고 속삭였고, 이어 무트키로 달려가 가져온 물을 건넸다. 아직 4월이었지만, 라다는 열기가 참기 힘든지 얼굴에 부채질을 하고 있었다. 말릭이 물병을 건넸다. 라다가 한 모금 홀짝였고, 얼굴이 하얘졌다. 나는 나를 책망했다. 지난 며칠 동안 짐을 꾸리고 청소하고 학교에 가고 헤나 때문에 잡다한 일을 한 것이 라다에게 무리가 된 모양이었다.

라다가 자리로 돌아왔을 때 보니 라다는 얼굴에 물을 끼얹은 것 같았다. 이마 위로 곱슬곱슬 내려온 머리칼은 축축했고 뺨은 발그레했다. 내가 여섯 달 전에 본, 먼지 묻고 뺨이 쑥 들어가 있던 모습과는 딴판이었다. 이제 이 아이의 얼굴은 6월의 망고처럼 농익어 보였다. 심지어 자세도 달라졌다. 어깨는 반듯했고 목도 길어졌다. 걸음걸이도 더 확실해졌다. 페이지보이 머리 스타일이 달걀형 얼굴에 아주 잘 어울렸다. 촌스러운 발음은 덜 들렸다. "작아, 작아", "멀어, 멀어"처럼 단어를 반복해서 말하는 습관도 없어졌다. 어떤 단어—그게 뭐였지? 'antediluvian(아주 오래된)'이었나?—를 말하길래 내가 라다에게 뜻을 물어본 적도 있었다. 나는 그것이 자랑스러웠다. 라다는 정말로 쉽게 배웠다.

판디트-지가 참깨와 통밀과 붉은 반죽을 작은 불 속에 부은 뒤에 물을 뿌려 껐다. 연기가 구불구불한 곡선을 그리며 열린 하늘로 올라갔다. 그가 따뜻한 항아리를 바나나 잎으로 싼 후에 돌아보고 내게 건넸다. 하지만 나는 라다에게 고개를 까딱했다. 나는 라다가 항아리를 나르는 역할을 기쁘게 하리라는 것을 알았다. 라다는 항아리를 머리 위로 올리면서 아랫입술을 깨물고 수줍은 미소를 지었다. 그러고는 조심스럽게 일어서서 병균을 없애고 집을 정화하기 위해서 비어 있는 새집으로 들어갔다.

라다는 칸타가 맞춰준 드레스를 입고 있었다. 보디스가 몸에 딱 붙는, 깃털보다 가벼운 시폰 드레스였다. 칸타가 말했다. "마두발라가 「미스터 앤드 미시즈 55」에서 입었던 걸 본뜬 거예요. 재단사에게 허리 부분에 금줄을 넣어달라고 했어요. 영화에서 본 드레스처럼."

옷감이 라다의 젖가슴을 팽팽하게 감쌌다. 라다는 이따금 갑갑하다는 듯이 얼굴을 찡그렸다. 내가 처음 봤을 때 소년처럼 밋밋했던 엉덩이가 이제는 걸을 때마다 요리조리 흔들렸다. 나는 손님들의 얼굴을 쳐다보았고 남자들이 라다에게 주목한다는 사실에, 그들의 시선이 라다의 엉덩이가 움직이는 대로 쫓아간다는 사실에 충격을 받았다. 이제 겨우 열세 살이었다! 하지만 돌아보니 라다가 나이보다 훨씬 더 성숙해 보인다고 인정할 수밖에 없었다.

나는 승려의 조수들이 빨간 실을 들고 동쪽에서 시작하여 침실과 안뜰을 세 번 도는 것을 지켜보았다. 그동안 판디트는 그 주변에 성수를 뿌렸다. 그러고는 곡식 낟알과 빨간 꽃으로 채워진 점토 용기를 말릭이 안뜰 남동쪽 구석에 미리 파 놓은 구덩이 안에 내려놓았다. 우리가 신들에게 먹을 것을 주면서 집을 지켜주고 악에서 보호해달라고 부탁했으니, 이제 이 집과 여기 사는 사람들은 해악으로부터 안전할 것이다.

집들이 의식이 끝날 때까지는 집 안에 물건을 넣으면 안 되었기 때문에 낙타 수레를 모는 사람은 가방과 트렁크를 실은 채 집 앞에서 인내심 있게 기다려야 했다. 손님들이 떠난 뒤 말릭의 친구들(그들 또한 잔치에 초대되었다)이 짐을 전부 집 안으로 옮겼다. 나는 말릭에게 피곤해 보이니 집으로 돌아가라고 말했다. 치우는 것은 라다와 내가 하면 되었다. 의식이 성공적으로 끝난 것(판디트는 3시간 동안 머물렀다)에 만족해하며, 말릭은 친구들과 함께 (남은 단 과자를 챙겨서) 떠났다.

얼른 정리를 끝내고 싶은 마음에, 나는 첫 번째 트렁크의 짐을 풀고 옷을 붙박이 수납장에 정리했다. 라다에게는 부엌을 정리해달라고 부탁했다. 라다는 허리를 굽혀 트렁크를 풀다가 돌아서더니 잽싸게 방 밖으로 뛰쳐나갔다. 화장실에서 구역질하는 소리가 들렸다. 라다가 돌아왔을 때, 나는 뭔가 속에 안 받는 음식을 먹었는지 물었다.

라다는 고개를 가로젓더니 차르포이(밧줄이나 그물로 짜서 만드는 전통 인도 침대)로 갔다. "잠깐만 누워 있으면……." 그러고는 얼마 지나지 않아 잠들었다.

불쌍한 것. 라다는 요즘 하루하루가 너무 빈틈이 없어서 저녁을 먹다가도 꾸벅꾸벅 졸았다. 나는 옷 정리를 끝내기로 했다. 옷 정리가 끝나자 부엌을 정리하기 시작했다. 트렁크에서 냄비와 스테인리스스틸 접시, 컵, 유리잔을 꺼냈다. 잡다한 물건이 든 가방을 푸는 것은 내일로 미뤘다. 나는 흡족한 마음으로 방 안을 둘러보았다.

라다는 아직 기척이 없었다. 나는 방구석에 놓은 침대로 가서 잠든 동생의 모습에 감탄했다. 마두발라 드레스가 라다의 둥근 엉덩이를 팽팽히 감싸고 있었다. 머리칼은 코코넛 오일을 발라 반짝거렸다. 피부에는 광채가 흘렀다. 아픈 것 같지는 않았다. 평화롭고 만족한 모습이었다. 생강과 꿀을 탄 물을 만들어 먹여야 할 것이다. 임신 초기에 입덧하는 여자들에게 늘 놀라운 효과를 냈다.

그 단어가 귓가에 쟁쟁거리기 시작하더니 목을 타고 구불구불 척추로 흘러 들어갔다. 라다는 헛구역질을 했다. 젖가슴이 말랑말랑했다. 늘 피곤하다고 했다. 라다가 이미 생리를 시작했다고 말한 것이 기억났다. 혹시 임신했나?

누구하고 그런 거지? 라다는 여학교에 다니고 있었고, 아는 남자는 없었다. 말릭은 너무 어렸다. 칸타의 남편인 마누가 있지만, 그가 그 애에게 그런 짓을 할 것 같지는 않았다. 이옝가르 씨? 바주? 누구지?

그 답이 450킬로그램에 달하는 인도 혹소처럼 내 심장에 쿵 내려앉았다.

나는 핑크 시티 바자르로 갔다. 공기 중에 상한 식용유, 썩어가는 채소, 디젤 배기가스의 냄새가 배어 있었다.

나는 말릭이 자기가 좋아하는 차트 가판대 맞은편 낮은 담벼락에 앉아 친구들과 레드 앤드 화이트 담배 한 대를 나눠 피우고 있는 것을 발견했다(영국제 담배는 인도의 비디보다 더 비쌌고, 궁에 다니기 시작한 뒤로 말릭의 취향은 더 고급이 되었다).

말릭은 친구들에게 마하라니 궁의 주방장이 지난번에 만들어준 요리에 대해서 이야기를 늘어놓고 있었다. 나를 보자 말을 하다 말고 멈췄다.

내 모습은 먹이를 노리며 어슬렁거리는, 야성적이고 위험한 치타와 같았을 것이다. 틀어올린 머리칼 한쪽이 풀려서 흘러내려와 있었다. 사리는 짐을 풀고 몸을 굽히고 쭈그리고 앉고 다시 매무새를 가다듬은 탓에 구겨져 있었다. 눈에서는 분노가 이글거렸다.

말릭이 담벼락에서 뛰어내렸고, 거의 끝까지 타들어간 레드 앤드 화이트를 다른 부랑아에게 건넸다. "앤티-보스?" 그가 말했다.

"나를 하리에게 데려다줄래?"

우리는 지그재그로 뻗은 좁은 거리를 걸어갔고, 말릭은 차나 판을 파는 가판대 앞에서 종종 걸음을 멈추고 하리를 봤는지 주인에게 묻고는 했다. 차이-왈라(차이를 파는 사람)와 그들의 고객들이 나를 쳐다보았다. 나도 그들을 쳐다보았다. 우리는 레퓨지 시장에서 길 가장자리에 좌판을 벌인 한 여자 앞을 급하게 지나갔다. 그녀는 면직물 위에 앉아 있었는데, 신발 수선 도구가 가지런히 놓여 있었다. 그녀가 내 샌들을 눈여겨보더니 말했다. "지, 끈이 풀릴 것 같은데요."

우리는 특징 없는 건물 앞에 가서 섰다. 다른 건물들처럼 수십 년 전에 분홍색 회반죽을 발라놓은 것이었다. 맨 아래층은 가게들이 차지하고 있었다. 어느 가게에서는 한 남자가 타이어의 안쪽에 난 구멍을 메우고 있었다. 또다른 가게에서는 재봉사가 고객과 입씨름을 하는 중이었고, 남자 조수 두 명은 작은 재봉틀 위로 허리를 숙인 채 희미한 알전구 불빛 밑에서 일을 하고 있었다. 다음은 복작거리는 라시 가게였다. 가게 앞에서 남자들이 어정거리면서 대화를 나누거나 웃고, 점토로 만들어진 빈 잔을 아무 생각 없이 길가 도랑에 버렸다.

말릭이 어두운 복도로 들어갔다. 내가 뒤따랐다. 우리는 계단을 올라 어둑한 불빛이 있는 좁은 층계참으로 갔다. 말릭은 조용히 움직였고, 방 하나하나마다 문 안쪽을 빠끔 들여다보았다. 마침내 말릭이 돌아서서 내게 고개를 까딱했다.

방 안에서는 젊은 남자 둘이 나무 바닥에 앉아 카드놀이를 하고 있었다. 내가 들어가자 그들이 고개를 들었다. 창문은 없었고, 악취가 진동했다. 벽면은 매끈하지 않고 군데군데 회반죽이 덩어리째 떨어져 나간 자리가 보였다. 방 안의 유일한 가구는 차르포이였는데, 거기에서 세 번째 남자가 잠을 자고 있었다. 하리였다. 침대의 줄이 너무 늘어나서 그의 몸이 거칠한 나무 바닥 위로 겨우 2–3센티미터 떨어진 높이까지 내려와 있었다.

그에게 덤비기 직전에 나는 가슴팍에서 날카로운 통증을 느꼈다. 자이푸르에서 그와 처음 마주쳤을 때는 끌어내지 못한 분노가 내 안에서 폭발했다. 나는 그의 팔에 주먹을 날렸다. 귀싸대기를 날렸다. 어깨를 마구 때렸다. 맨손으로 그의 머리통을 깨부술 수 있다면 그렇게 했을 것이다.

하리가 나를 막으려고 머리를 두 팔로 감싸고 돌아누우며 외쳤다. "아레!"

나는 악을 쓰며 말했다. "마데르초드! 살라 쿠타(더러운 개)!" 그런 욕설은 남자들이 쓰는 것만 들어보았다.

카드놀이를 하던 다른 남자들이 그대로 얼어붙었다. 말릭이 그들에게 여기에서 나가라고 소리치고 비둘기를 쫓아내듯이 두 팔을 휘둘렀다. 그들이 일어서서 하던 것을 그대로 두고 열린 문으로 향했다가 뒤돌아보며 얼빠진 표정을 짓자, 말릭이 그들을 향해 달려갔다. 그러고는 그들을 내쫓으며 나가서는 문을 닫았다.

하리는 간신히 몸을 굴려 일어나 앉았다. 그가 내 팔을 잡으려고 했지만, 분노는 내게 시바 신의 힘을 주었다. 나는 그의 손아귀에서 팔을 빼내고 손바닥으로 그의 머리를 때리고 또 때렸다.

나는 폐가 허락하는 만큼 악을 쓰고 있었다. 동네 사람들이나 라시를 마시는 사람들이 무슨 생각을 할지는 상관없었다. "그 애는 어린 아이야! 당신 동생이나 다름없다고! 당신 동생한테도 그러겠어? 나쁜 놈! 당나귀 똥구멍! 빌어먹을 쓰레기 같으니!"

하리가 침대에서 허둥지둥 나오려다가 균형을 잃는 바람에 침대가 뒤집혔다. 그는 게걸음으로 뒤쪽 벽을 향해 걸어갔다. 나는 그를 발로 차고 손바닥으로 후려치고 주먹으로 때리면서 쫓아갔다. 손이 욱신거려서 그를 때릴 만한 다른 도구가 있는지 보려고 방 안을 살폈다. 그 순간 하리가 일어서서 나를 잡아 벽에 붙여 세웠다.

"그만해!" 그가 내 두 팔을 옆구리에 붙이면서 소리쳤다. "미쳤어?"

나는 그의 눈에서 공포를 보았다.

"대체 무슨 일이야?" 그의 이마에서 피가 흘렀고, 이마와 뺨이 빨갛게 부어올랐다.

그가 나를 너무 단단히 잡고 있어서, 나는 아무리 애써도 팔을 빼낼 수가 없었다. 우리는 고깃덩이를 놓고 싸우는 개들처럼 헐떡였다. 나는 그가 알아차리기 전에 그에게 침을 뱉었고, 그의 뺨 위로 침이 줄줄 흘러내렸다.

그가 내 얼굴을 너무 세게 후려친 바람에 이 하나가 뺨 안쪽을 긁었고 피 맛이 느껴졌다.

"부스!" 그가 그르렁거렸다. 그만하면 됐어!

나는 라다의 살이 그의 피부에 닿았으리라는, 라다의 몸 위로 지독한 땀 냄새를 풍기는 그의 몸이 닿았으리라는 생각을 참을 수 없었다. 라다는 열세 살이었다. 여전히 어린아이였고, 남자가 여자에게서 뭘 기대하는지 간신히 알 나이였다. 책임은 내게 있었다. 착한 아내가 그러듯이 나도 계속 그와 함께 살았다면 하리가 라다의 몸을 차지할 일은 결코 없었을 것이다. 그는 라다를 결코 더럽히지 않았을 것이다. 이제 라다의 배 속에는 그의 아이가 있었다.

내 몸이 벽을 타고 주르륵 미끄러졌다. 나는 무릎을 턱까지 당기고 두 팔로 감싼 채 몸을 이리저리 흔들었다. 눈을 꼭 감았다. 엉엉 울었다. 내가 내 삶을, 부모님의 삶을, 동생의 삶을 얼마나 엉망으로 만들었는가! 내가 그렇게 이기적이지 않았다면 이런 일은 일어나지 않았을 것이다. 동생은 더럽혀지지 않았을 것이다. 시어머니는 당신을 위로해 줄 나 없이 돌아가시지 않았을 것이다. 부모님은 수치심을 느끼지 않아도 되었을 것이다. 그렇다면 무엇을 위해서 그랬는가? 나 자신의 인생을 살기 위해서? 나는 얼마나 자기중심적이었던가!

문이 열렸고 말릭이 서 있었다. 작고 놀란 모습이었다. "앤티-보스?"

내가 대답하지 않자 말릭이 다가와 내 어깨를 흔들었다. "앤티-보스. 저예요." 내가 눈을 뜰 때까지 말릭은 말하고 또 말했고, 눈을 뜨니 겁을 먹은 말릭의 모습이 보였다. 우쭐거리던 모습은 보이지 않았고, 어깨는 두려움으로 움츠러져 있었다. 내가 이 비참한 장소에 왜 이 아이를 데려왔지?

내가 말했다. "부탁이야. 집으로 돌아가."

말릭의 눈빛은 단단해졌고, 가지 않겠다는 의미로 고개를 가로저었다. 그러고는 방에서 나갔고, 문을 닫았다. 내가 가족을 떠난 것만큼이나 쉽게, 말릭은 나를 떠나지 않으리라는 사실을 분명히 알 수 있었다. 말릭은 그래야 한다면 밤새 내 곁에 있어줄 것이었다.

하리가 차르포이를 정리했다. 그러는 내내 경계의 눈빛을 내게서 거두지 않았다. "여기에 왜 온 거지?"

그의 이마에서 피가 흐르고 있었다. 그의 머리칼은 길게 자라 귀 주위로 삐뚤삐뚤 내려와 있었다. 턱수염도 길렀는데, 듬성듬성 자란 모양새가 카슈미리 유목민 같아 보였다. 옷은 싸구려였지만 깨끗했고, 샌들은 새것이었다.

내가 물어보려고 하는 것에 대해서 우리 중에 누가 더 큰 비난을 받아 마땅할까? "라다하고 같이 잔 지 얼마나 됐지?"

그가 자세를 똑바로 고쳐 앉았다. 그의 눈이 커졌다. "왜 그렇게 생각하지?"

"얼마나 됐냐고."

"나는 단 한 번도 그런 적……그 애는 어린애잖아!"

"당신이 그 어린애를 데려왔을 때는 나도 그렇게 믿었어. 당신이 여기 여자들을 돕고 있다고 생각했고. 하지만 그때 당신은 거짓말을 한 거고, 지금도 거짓말을 하고 있잖아!"

"당신 동생은 절대 건드리지 않았어!" 그가 시선을 돌리더니 두 손을 맞비볐다. "그 애가 자기를 가지라고 했지만……."

"자기를 가지라고 했다고?"

하리의 아랫입술이 자줏빛으로 변하고 있었다. 그가 혀를 아랫입술에 부드럽게 가져다댔다. "내가 사는 마을로 그 애가 찾아왔고, 당신에게 데려다주면 돈을 주겠다고 했어. 난 그 말을 믿지 않았지. 그랬더니 나보고 자기에게 하고 싶은 걸 하라고 했어." 그가 공격적으로 턱을 내밀었다. "그럴 수도 있었지만, 난 그러지 않았어. 그런 짓은 하지 않아."

"그러면 그 애가 어떻게 임신한 거지?"

그의 입이 믿을 수 없다는 듯이 벌어졌다.

"곧 표시가 날 거라고."

그가 고개를 가로저었다. "아니야!"

"맞아!"

그가 일어서서 내게 다가왔고, 쭈그리고 앉아 내 두 팔을 잡았다. "락슈미, 내가 아니야." 그가 거짓말을 하는 거라면 턱에 난 흉터를 손으로 가릴 것이다.

나는 기억을 더듬었다. 처음 지저분한 머리를 양 갈래로 땋고 나타난 라다, 달 바티와 수브지를 만들어놓고 집에 돌아온 나를 맞아주던 라다, 이옝가르 부인에게 약속한 대로 동백나무와 재스민에 물을 주던 라다, 우리 집 방바닥에서 공기놀이를 하던 라다와 말릭.

내가 궁에서 일하기 시작한 즈음의 기억은 아른거렸다. 내가 라다를 보는 시간이 줄어들긴 했다. 그래도 그 기간이 길지는 않았다. 그 애가 학교나 칸타의 집에 있지 않았다면, 어디에 있었지?

나는 얼굴을 찡그렸다. "그 애가 이곳에 처음 왔을 때 멍이 들어 있었어."

하리가 차르포이로 돌아가서 앉았다. 그가 손가락을 이마에 댔는데, 이제 피가 줄줄 흐르고 있었다. 그는 움찔했다. "우리는 기차를 타지 않았어. 당신 돈은 빚을 갚는 데 썼고. 우리는 로리, 그러니까 농가 마차를 잡아탔어." 그가 침을 꼴깍 삼켰다. "어느 밤에는 양을 실어 나르는 트럭에 탔어. 운전사가 소변을 보겠다고 차를 세워서 나도 소변을 봤지. 내가 트럭으로 돌아오니 그자가 그 짓을 하려고……." 하리가 나를 흘끗 쳐다보고 시선을 돌렸다. "하지만 내가 막았어. 아무 일도 일어나지 않았어. 라다는 무사했고."

나는 한 손으로 내 두 눈을 가렸다. 다 내 잘못이다. 바깥에서 남자들이 웃고 떠드는 소리가 들렸다.

한동안 우리 두 사람은 한마디도 하지 않았다.

이윽고 그가 물었다. "그 아이도 없앨 건가? 우리 아이들을 없앤 것처럼?"

나는 손을 치우고 그를 쳐다보았다. "뭐라고요?"

"당신이 우리 아이들을 없앴어. 왜 그랬지?" 그의 입술이 파르르 떨렸다.

나는 침을 꼴깍 삼켰다. "어떤 아이들?"

그의 눈에 눈물이 고였다. "마는 당신이 뭘 하는지 줄곧 알고 있었

3부 255

어." 그가 두 손바닥을 힘주어 맞붙였다. "도대체 어떻게 그래?"

"바보 같은 소리 마요."

"우리 애들은 바그완이 준 선물이었어."

나는 소리를 지르지 않으려고 애를 썼다. 신이 준 선물?

나는 낮에는 사스가 임신이 잘 되라고 준 토닉과 수프와 씨앗과 혼합 음료를 먹었다. 하지만 결혼생활 2년 동안 사스와 남편이 잠들면, 아이가 생기지 않도록 약재를 달여 마셨다. 젖가슴이 말랑말랑해지고 음식을 삼킬 수 없게 되면, 사스의 목화 뿌리껍질 차를 마셨다. 출혈이 시작되면—임신이 끝난 것을 알게 되면—안도감이 찾아왔다.

그의 어머니는 내 눈을 뜨게 해준 사람이었다. 내가 그것을 그에게 어떻게 설명할 수 있을 것인가?

하루하루 나는 시어머니 곁에서 여자들을 치료했다. 대부분은 스무 살이나 그보다 어린 소녀들이었는데, 아기를 너무 많이 낳아 몸이 허약해져 있었고, 상태가 위험한 경우도 너무 많았다. 그들의 하루하루는 자식을 어떻게 먹이는지에 대한 걱정으로 가득했다. 그들은 밤에 남편이 아주 고단한 몸으로 집에 돌아와 또다른 근심거리를 보태는 일이 없기를 기도했다. 어느 날 사수지는 내게 피임 차 만드는 법을 가르쳐주었다. 그렇게 나는 목화 뿌리껍질이 여자의 삶을 바꿀 수 있다는 것을 알게 되었다. 삶을 스스로 선택할 수 있었다.

그것이 내가 원한 것이었다. 자식이 채워주는 것이 아니라, 다른 방식으로 나를 채우는 삶. 그날부터 나는 시어머니가 알려주는 모든 지식을 내 안에 저장했다. 그녀를 차파티의 동그란 모양을 만드는 굴림대로 여기자. 밤을 거의 지새우면서 내 세상은 점점 가능성으로 넓어졌다.

하리가 일어서서 서성이기 시작했다. "나는 당신이 다른 남자가 생겨서 나를 버린 줄 알았지. 나는……모든 가능성을 생각했어. 당신이 다쳤을까 봐 걱정했고. 도랑에 쓰러져 있을지도 모른다고 생각했지. 아플지도 모르고, 부상을 입었을지도 모른다고. 당신을 찾느라 가보지 않은 곳이 없었어. 잠을 잘 수 없었어. 일할 수도 없었고, 그런데 마가." 그가 나를 쳐다보았고, 눈에는 괴로움이 가득했다. "마가 예전 같지 않았어. 당신이 떠난 뒤로."

나는 눈을 감았다. 과부가 입는 사리를 입고 둥근 안경을 쓴 깔끔하고 단정한 모습으로 방 안에 서 있는 시어머니를 상상할 수 있었다. 늘 다정하고, 늘 친절했던 분. 죄송해요, 사수지.

나는 눈과 코를 거칠게 닦았다. "당신에게 어머니는 과분한 존재셨어요." 내가 하리에게 말했다.

대번에 그의 눈동자에 불길이 일렁였다. "어머니는 늘 당신 편을 드셨지. 당신이 영원히 떠난 걸 알았을 때 어머니는 단지를 확인하고 당신이 돈과 어머니의 약초 단지를 모조리 가져갔다는 걸 알아냈어. 나는 어머니가 화를 낼 거라 생각했지만 이렇게 말씀하셨지. '샤바시.' 어머니는 당신을 칭찬하는 소리가 내 귀에 들리지 않았을 거라 생각했지만, 나는 들었어. 마는 당신을 선택한 거야!"

그의 눈물은 진짜였다. 그가 손바닥으로 눈물을 닦았다.

그의 어머니가 내가 그 돈을 쓰기 바랐을 것이라고는 생각해본 적이 없었다. 내가 아이를 낳지 못한다며 하리가 나를 때리는 것에 대해서 우리는 한 번도 이야기한 적이 없었다. 하리는 얼굴은 거의 때리지 않았고, 몸에 든 멍은 사리로 가릴 수 있었다. 나는 이제야 시어머니가 얼굴이 부은 여자를 치료하면서 나보고 찜질제를 준비하라고 했던 것이 기억났다. 내게 나를 치료하는 방법을 알려준 것이었을까?

"생리가 시작된 걸 알면 당신은 번번이 멍든 몸으로 쭈그려 앉아 있는 나를 두고 떠났죠." 그때가 얼마나 무서웠는지 여전히 기억났다. "언젠가는 당신이 더 큰 짓도 저지를 수 있겠다고 생각했어요."

그가 움찔했다. "나, 나는 그때의 빚을 갚으려고 노력하고 있어."

그 말은 놀라웠다. "어떻게? 내가 가는 곳마다 쫓아다니면서 내 돈을 갈취하는 걸로?"

그가 말을 하려다가 멈췄다. 그는 조심스럽게 자기 이마를 만지고 거기 생긴 혹을 더듬었다. "나는 도움이 필요한 여자들에게 도움을 주고 있어."

"윤락가 여자들?"

그는 내 목소리에서 의심하는 기색을 느끼고 고개를 가로저었다. "내 말을 못 믿겠지. 그래도 괜찮아. 10년 전엔 나도 나를 믿지 않았을 테니까. 하지만……당신이 떠난 뒤에, 마가 당신에게 가르친 기술들을 내게도 가르쳐주셨어. 나는 마침내 깨달았어. 왜 그 여자들이 어머니를 찾아왔는지. 어머니가 그들의 마지막 희망이었던 거야."

그가 내 얼굴에 떠오른 충격을 본 것 같았다. 그가 한숨을 쉬었다.

"그러니까, 나는 어머니의 약주머니에 대해서 알고 있었어. 남자들이 그런 식으로 자기 자식들을 빼앗기고 있다는 사실에 화가 났지. 그러던 어느 밤 당신이 어머니가 만드는 차를 마시고 있는 걸 봤어. 당신은 몰랐을 거야. 나는 너무……화가 났고……당신이 내 자식을 원하지 않는다는 것에 수치심을 느꼈어. 그리고 당신이……떠났지, 마는 병에 걸렸고."

그가 말을 멈추고 한 손으로 두 눈을 비볐다. "한 여자가 도움을 청하려고 어머니를 찾아왔어. 자궁에서……출혈이 일어나고 있었어." 그가 시선을 돌렸다. "다른 남자의 농담에 웃었다는 이유로 남편이 빗자루 손잡이를 거기 밀어 넣은 거였어. 피를 너무 많이 흘려서……반쯤 죽은 상태였지. 마가 어떻게 해야 할지 말해줬어. 필요한 약초는 어디에서 채집하는지, 여자의 통증을 어떻게 가라앉히는지에 대해서."

내 호흡이 가빠졌다. 하리가 묘사한 장면을 내 눈앞에서 아주 분명히 볼 수 있었다. 나도 그의 어머니와 함께 일할 때 비슷한 장면을 보았다. 다급한 상황. 여자들의 애처로운 울음소리. 잔인한 상처.

하리가 두 손을 비볐다. "그 여잔 살아났어. 하지만 그후에 감염 증상이 나타났어. 나는 마가 가르쳐준 모든 방법을 다 썼지. 하지만 여자는 결국 죽었어." 그가 침을 꼴깍 삼켰다. "겨우 열여섯 살이었어, 락슈미. 그때 당신을 생각했어. 떠올리기 싫었지만, 내가 당신을 어떻게 다치게 했는지 떠올랐어. 몇 번이고……그리고 나는……부끄러웠어. 조금씩 마를 돕기 시작했어. 여자들을. 아이들을. 난 아주 많이 봤어, 통증을, 처참한 상황을, 굶주림을." 그가 한 손을 머리칼 안에 넣고 빗어내렸다.

나는 벽에 머리를 기댔다. 그를 믿고 싶지 않았다. 그의 말이 진실인지 따져보려고 눈을 감았다.

"내가 처음 여기로 왔을 때 난 윤락가로 갔어. 외로웠지. 특히 라다가 당신 편지 내용에 대해서 거짓말을 했다는 것을 알게 된 뒤로."

나는 어리둥절해서 눈을 떴다.

"자이푸르로 갈 수 있게 도와달라는 라다의 부탁을 거절했을 때, 그애가 당신 편지를 보여주면서, 당신이 나를 다시 보고 싶어한다고 했어. 나는 너무 행복했어."

그 주장의 어처구니없음과 라다의 몰염치함에 내 눈썹이 치켜 올라갔다. 라다가 나를 찾으려고 꾀를 부려 하리를 속인 것이다. 하리가 글을 읽을 줄 모를 수도 있다는 확률에 도박을 건 것이다.

"어떤 각도로 접근하면 내가 자기 부탁을 들어줄 수밖에 없는지 그 애가 마침내 알아낸 거였어." 그는 자기가 어린 여자애에게 속아 넘어갔다는 것을 믿을 수 없다는 듯이 고개를 가로저었다. "아무튼 내가 여기 윤락가를 알게 되자 도움이 필요한 여자들이 보였어, 마가 준 그런 도움. 이제는 내가 그 도움을 줄 수 있고, 당신 돈은 내가 할 수 있는 일을 하는 데 썼어. 하지만 더 많이 필요해, 진짜 약에는 말이야. 부상은 약초로 고칠 수 없어." 그의 목소리는 이제 진지하게 들렸다. "어떤 여자들은 자신이……서비스를 제공하는 남자들 때문에 다쳐. 뼈가 부러지고. 어떤 여자들은 은밀한 부분이……계속 감염되고."

"왜 전에는 이런 얘기를 해주지 않았어요?"

"말하려고 했어. 하지만 당신이 믿지 않았겠지. 그리고……." 그가 바닥을 내려다보았다. "나는 당신을 탓하지 않아. 나는……." 그가 두 손을 맞비볐다. "……전에는 몰랐던 많은 걸 이제는 이해해."

가슴이 조이는 것 같았다. 하리는 노력하고 있었다. 자기 잘못을 바로잡으려고 하고 있었다. 나는 하지 못한 방식으로 자기 어머니가 하던 일을 계속하고 있었다. 사스라면 인정해주었을 것이다. 나는 젊은 날의 하리, 나를 소유한 듯이 굴고 내게 지워지지 않는 상처를 남긴 그를 용서할 수 없었다. 나는 달라졌고 더 강해졌다. 하리 역시 변했음을, 더 부드러워졌음을 믿는 것이 그렇게 힘들까? 이런 하리, 그의 어머니가 축복해주었을 그와 화해할 수는 없을까? 나는 다리에 깊이 베인 상처가 있던 소녀를, 하리가 그 아이를 보내버리기를 바랐던 나 자신을 떠올렸다. 사수지라면 그런 나를 전혀 자랑스러워하지 않았을 것이다.

"그 아이, 다리는 어떻게 됐어요?" 내가 물었다.

"좋아졌어. 병원에 데려가 꿰맸어."

나는 고개를 끄덕였다.

그리고 손바닥으로 벽을 짚고 일어섰다. 며칠 혹은 몇 주일 동안 계속 걸은 것처럼 뼈가 물러진 느낌이었다.

하리는 내가 머리칼을 귀 뒤로 넘기는 모습을 지켜보았다. 그가 미소를 지었다.

"우리가 결혼하기 한참 전부터 나는 당신을 눈여겨보았어."

내가 그를 쳐다보았다.

"여자들이 빨래하면서 수다 떠는 모습을 보려고 우리 마을에서 강까지 한참 걸어가곤 했지. 아버지는 돌아가신 지 오래고 마는 여자들을 돌보느라 바빴어. 이따금 건너편 강둑에서 당신이 마을 공용 화덕으로 콩을 구우러 가는 모습을 지켜봤어. 당신은 늘 중요한 사명을 받은 것처럼 보였지. 아주 어렸고. 아주 진지했어." 그가 미소를 지었다. "어머니에게 때가 되면 당신만을 가지겠다고 말했지. 어머니가 한 번은 나하고 같이 강에 나갔어. 우리는 멀리에서 당신을 지켜봤어. 마침내 어머니가 내 손을 잡고 톡톡 치고는 말했어. '그래. 베타. 그러자.'"

이 정도로는 부족해, 나는 머리를 흔들면서 생각했다. 너무 늦었어.

"나는 약속을 지킬 작정이야, 락슈미. 마에게 한 약속. 나는 여기에서 잘하고 있어. 다만……." 그가 서성이기 시작했다. "아이들이 열날 때 먹이는 약이 필요해. 그리고 어린 노치 여자 몇 명이 곧 아기를 낳을 거야."

그가 내게 한 말은 사실이었다. 나도 눈으로 직접 보았다. 하지만 내

지갑은 무한하지 않았다. 나 또한 갚아야 할 빛이 있었다.

문이 열렸다. 말릭이 방으로 들어왔다. 문에 바짝 대고 있었는지 한쪽 귀가 빨갰다.

말릭이 말했다. "앤티-보스. 그를 도울 방법을 알아요."

가로등이 라지나가르 집 안을 환히 밝히고 있었다. 나는 침대 위에 웅크린 라다의 몸과, 잡다한 물건으로 채워진 금속 트렁크와 이런저런 가방이 뒹굴고 있는 것을 보았다. 나는 내가 만드는 소음의 크기는 신경 쓰지 않고, 전기를 설치할 돈이 있으면 좋겠다고 생각하면서 어둠 속에서 물건을 더듬더듬 뒤졌다.

"지지?"

"성냥. 어디 뒀어?"

나는 자루를 뒤집어 내용물을 쏟았다. 신문지에 싸온 약초, 숟가락, 이쑤시개. 라다가 챙겨온 『크리슈나 이야기』.

라다가 한쪽 팔꿈치에 몸을 받쳤다. "몇 시예요?"

"성냥! 내가 지난주에 말릭의 구매 목록에 넣는다는 걸 깜박했나?"

라다는 침대를 짚고 일어나 문 옆 비닐봉지 안에 손을 넣었다. "여기요." 라다가 하품을 했다. 나는 라다의 손에서 성냥갑을 낚아챘다. 성냥을 켜는 손가락이 떨렸다. 나는 또다른 가방의 내용물을 바닥에 쏟고 병과 꾸러미에 붙인 라벨을 살폈다.

"이제 또 뭘 찾아요?" 라다가 눈을 비볐다.

나는 찾던 것을 멈추고 라다를 쏘아보았다.

이제는 완전히 깨어난 라다가 눈을 깜박였다.

틀어올린 내 머리칼이 느슨해졌다. 헝클어진 머리칼이 얼굴 위로 흘러내렸다. 내 사리는 축축했고, 토사물 냄새가 났다. 나는 집으로 오는 길에 여섯 번 토했다.

손가락이 따끔거리기 시작했다. 나는 성냥을 흔들어 불을 껐다. "하리를 만났어."

어둠 속에서 라다의 흰자위가 더욱 반짝반짝 빛났다. "왜요?"

"라다, 나는 몰랐어……."

내가 또다시 울까 봐 두려웠다. 나는 바닥에 쭈그리고 앉았다가 일어섰다. 그리고 라다의 손을 잡았다. 라다가 움찔하며 어둠 속에서 뒤로 물러섰다.

"앉아." 내가 침대를 가리켰다. "제발."

라다가 차르포이 끝에 조심스럽게 걸터앉았다. 무릎 위에 놓인 라다의 손이 꼼지락거렸다. 나는 라다 앞에 무릎을 꿇었다.

"라다, 누가 네게 이런 짓을 했건 네 잘못이 아니야! 만약 내가 알았다면……마가 내가 떠난 후에 아이를 하나 더 낳았고, 내게 여동생이 있었고, 네가 혼자였다는 걸 알았다면……나는 떠나지 않았을 거야. 그랬다면 나는……."

그랬다면 어떻게 했을지 나는 잘 알 수 없었다.

라다의 이마에 주름이 잡혔다.

"네가 하리에게 너를 주려고 생각하다니, 끔찍해. 그건 내 잘못이야. 나를 용서해줘."

나는 라다 옆에 앉았다.

라다가 무서웠는지 움찔하며 내게서 떨어졌다.

"내가 너를 보호했어야 해. 하지만 그러지 못했어. 나 때문에 그렇게 된 거야. 그는……."

"지지, 언니가 이러니까 무서워요." 라다는 금방이라도 울 것처럼 나를 쳐다보았다. "지금 무슨 말을 하는 거예요?"

내 시선이 라다의 배 위로 떨어졌다. 라다가 찡그린 얼굴로 구겨진 드레스의 맨 밑까지 내 시선을 따라갔다가, 다시 고개를 들었다. 몰랐나? 모르는 것이 당연했다! 아직 어렸다!

"가슴이 말랑하지?"

라다의 눈썹이 올라갔다.

"소변을 자주 보러 가지? 메스껍지?"

라다의 입이 벌어졌다.

"마지막으로 생리한 게 언제니?"

라다가 바닥을 보았고, 입으로 숨을 쉬었다. 그러고는 자신의 배를 보았다. 그러더니 기억을 떠올리는 것처럼 눈이 부드러워졌다. 즐거운 기억인 모양이었다.

"내게 맡겨, 라다. 넉 달이 되지 않았다면 안전해. 목화 뿌리껍질 찾는 걸 도와줄래?" 나는 머리카락을 모아 감은 후에 목 쪽에서 묶고 바닥에서 일어났다. "해리스 부인 기억나? 내 차를 마셨는데."

라다가 얼굴을 찡그렸다.

"하지만 그 부인은 지금 괜찮아! 너도 그럴 거야. 누가 이렇게 했는지 몰라도, 판디 씨는 아니라고 말해줘."

라다가 고개를 가로저으며 허벅지 위로 구겨진 시폰을 반반하게 폈다.

나는 라다의 얼굴 표정을 읽을 수 없었다. 분명히 충격을 받았을 것이다.

"우리가 목화 뿌리껍질을 어디 뒀는지 기억해보자."

"지지."

"큰 격자무늬 가방에 넣어뒀던가?" 나는 서둘러 가방 쪽으로 가서 잡동사니가 흩어진 바닥 위에 내용물을 쏟았다.

"지지."

불빛이 더 필요했다. 성냥은 어디로 간 거지? 나는 기는 자세로 이것저것 흩어진 바닥을 살폈다. 책 꾸러미를 옆으로 밀었다. 실 꾸러미가 바닥에 툭 떨어져 굴러갔다.

"내가 아기를 낳기로 하면요?"

나는 테라초 위로 실이 풀려나가는 것을 보고 있었다. 이 애가 방금 뭐라고 한 거지?

내가 다시 움직이기까지 얼마나 많은 시간이 지났을까. 나는 천천히 고개를 돌려 라다를 돌아보았다.

라다는 입술을 깨물고 내 시선을 피했다.

내가 말했다. "낳을 필요가 없어. 내게서 아무것도 배운 게 없니?"

라다가 턱을 내리고 자기 무릎을 내려다보았다. 나는 라다의 죄의식이 분명하게 느껴지지 않았다. 자기 의지로 했구나. 남자가 자기를 만지게 했어, 거길, 아마도 한 번 이상. 이 애가 원한 거야. 내가 일하는 동안. 라다가 내 집에서 살고 있는 동안. 나는 얼마나 바보였나!

라다가 애틋하게 느껴졌다. 나를 용서할 시간이 필요했던 것이라고 속으로 혼잣말을 했다. 마음을 돌릴 것이다. 내가 해줄 수 있는 일에 고마워할 것이다. 집, 다시는 배고프지 않을 만큼 충분한 차파티, 마하라니 여학교, 우리가 상상할 수 있는 것보다 더 나은 삶의 가능성.

나는 일어서서 라다에게 손을 뻗었다. 무심코 원피스 치마를 잡았다. 라다가 몸을 훅 피하더니 달아나려고 했다. 내가 라다의 틀어올린 머리칼을 낚아채고 잡아당겼다. 라다가 비명을 질렀다. 나는 라다를 후려쳤다. 라다가 휘청하며 넘어졌다.

심장이 쿵쾅거리기 시작했다. 나는 라다가 기침을 하며 푸푸거리는 것을 지켜보았다. 라다는 바닥에 비스듬히 누웠고, 주변에는 가방에서 쏟아낸 내용물이 가득했다. 라다는 두 다리를 한쪽으로 모았다. 입술에서 피가 흐르고 있었고, 얼굴은 고통으로 일그러졌다.

내가 그녀를 내려다보았다. "그 남자가 어떻게 했니? 그 데브다스 말이야. 너를 영원히 사랑한다고 약속했니?"

"그만!"

"너한테 선물을 줬어?"

"그런 게 아니에요!"

"아니면 네가 뭔가를 대가로 너를 주겠다고 했니? 하리에게 그런 것처럼?"

라다의 뺨이 붉어졌다. "내가 뭘 할 수 있었겠어요? 나는 언니를 찾아야 했고, 혼자서는 할 수 없었어요. 그러니 자이푸르로 오려고 그를 이용한 게 뭐 어때서요? 언니는 달아나려고 이 방법을 썼고, 나는 그 방법을 썼죠! 나는 언니를 탓하지 않는데 언니는 왜 나를 탓해요?"

"네 남자친구가 네게 무슨 말을 했든 그건 사실이 아니야. 그리고 그가 그 애를 자기 아들로 인정할 거라고 생각한다면……."

"그럴 거예요!"

"아, 어쩌면 그렇게 바보 같니? 내 말 들어, 라다. 이 아이에게는 미래가 없어!"

"있어요!"

"나는 세상을 알아, 라다. 너는 모르고. 아이 아빠가 너하고 결혼할 거라고 생각한다면, 그건 꿈이야!"

라다가 고개를 숙였다. 이제 울고 있었다. "그는 나를 사랑해요."

나는 손을 사리에 닦고 휴대용 화로로 걸어갔다. 내일 가져갈 차를 끓이기 위해서 물을 채워둔 냄비가 놓여 있었다. 나는 주위를 둘러보며 바닥에 떨어진 성냥을 찾아냈다. 성냥을 주워서 성냥 끝을 돌로 된 상판에 탁 그은 뒤, 화구에 가져다댔다. 푸른 불꽃이 방 안을 환하게 밝혔다.

"이리 와서 도와줘, 라다." 내가 목소리를 간신히 부드럽게 해서 달래듯이 말했다. 내 부인들을 기분 좋게 해주려고 천 번은 그런 것처럼. 나는 두 손으로 주전자의 손잡이를 잡아 손이 심하게 떨리는 것을 숨겼다. "내일이면 모든 것들이 그 전과 같아질 거야. 다시 모든 것이 원래대로 돌아가는 거지. 평범한 일상으로." 내 불안한 목소리에서 이 말이 거짓말임이 드러났다.

"언니는 언니 부인들이 어떻게 생각할지 걱정하는 거죠."

내 몸이 경직되었다.

"응접실에서 나가면 언니가 뭘 하는지 모르는 그 존경스러운 멤사히브들이요." 라다가 조롱하는 투로 말했다. "언니가 어떻게 아기들을 사라지게 만드는지 모르는 그 사람들이요." 라다의 말투가 다르게 들렸다. 이 순간 라다의 말은 칼날로 찌르는 것처럼 날이 서 있었다.

나는 라다를 돌아보았다.

"그 사람들이 언니가 언니 아기들도 없앤 걸 알면 뭐라고 할까요?"

라다도 내 얼굴에 떠오른 충격의 표정을 보았을 것이다. "하리가 말해줬어요. 그리고 조이스 해리스의 일이 있은 뒤에 나 스스로 알아냈고요. 언니가 아기를 가지지 않으려고 어떻게 했는지."

나는 숨쉬기가 힘들었다. "이건 내 문제가 아니야! 이건, 네 문제라고. 너는 열세 살이야! 더 많은 경험을 하고 더 나은 존재가 될 기회를 누릴 수 있는……."

"언니는 지금 자기 이야기를 하는 거지, 내 이야기를 하는 게 아니에요. 나는 언니가 아니에요."

나는 한 손으로 내 가슴을 눌렀다. "아니, 우리는 네 이야기를 하고 있어, 아이는 있지만 남편은 없는 여자." 내가 씩씩거렸다.

라다가 턱을 내밀었다. "우리는 결혼할 거예요."

라다는 극도로 흥분해 있었다. 착각도 분수가 있지. 나는 자세를 똑바로 유지하려고 탁자 모서리를 단단히 잡았다. "내일 이맘때가 되면, 라다, 차를 마셨다는 사실조차 기억나지 않을 거야. 너는 다시 괜찮아질 거고 깨끗해질 거야. 내일, 우리는 다시 시작하는 거야."

"언니는 내 말은 듣지도 않네요. 한 번도 들은 적이 없었죠! 난 아이 아빠에게 말할 거고, 우린 결혼할 거예요. 아기는 낳을 거예요."

"남자가 거부하면, 라다? 그러면 어떻게 할 거니? 그것도 생각해봐야지. 네가 학교에 가면 누가 아기에게 옷을 입히고 달을 먹이지?"

라다의 얼굴에서 눈이 점점 커지더니 마의 얼굴이 되었다. 믿을 수 없지만, 이 순간에도 라다는 이 생각은 해보지 않은 것이다. "학교에는 가지 않아요. 일할 거예요. 언니처럼."

나는 고개를 가로저었다. "그게 그렇게 쉬운 줄 아니? 난 이 집을 가지려고 13년 동안 뼈 빠지게 일했어. 예, 지. 아뇨, 지. 분부대로 하겠습니다, 지. 그 학교에 다니면 이런 건 단연코 하지 않아도 돼. 아이를 가지려면 학교를 마친 후에도 시간은 많아. 라다, 제발. 마하라니 여학교는 상을 받는 거나 같아. 거기 들어갈 수 있는 사람은 얼마 없어. 게다가 넌 공짜로 다니잖아. 헤나 아티스트보다 훨씬 더 괜찮은 사람이 될 수 있어. 나보다 더 나은 사람이 될 수 있다고. 의미 있는 삶을 살 수 있어." 물이 거의 끓고 있었다. "그냥, 목화 뿌리껍질 찾는 것만 좀 도와줘."

라다의 목소리가 떨렸다. "그는 내가 언니에게 그저 싼값에 쓰는 일손에 불과하다고 했어요. 내가 온 후로 언니 사업이 잘되기 시작한 거라고. 언니가 그랬잖아요. 내 헤나 때문에 지금 예약을 더 많이 받고 있다고. 정말로 그런 거라면 언니는 왜 나를 믿고 내 일은 내가 고민하게 두지 않아요?"

라다가 내 앞에 와서 섰고, 라다 얼굴이 내게서 불과 몇 센티미터 떨어져 있었다. 입술에 맺힌 피가 반짝거렸다. 라다가 말했다. "명절 잔치 때도 나를 믿지 않았고, 지금도 믿지 않아요. 내가 얼마나 열심히 하는지, 얼마나 많은 걸 하는지는 중요하지 않은가 봐요. 언니는 나에 대한 믿음 따위는 결코 없겠죠!"

말보다 어조, 그 쓰라린 어조가, 내가 부인들을 상대하며 견딘 모욕보다 더 나빴다. 내가 이 아이에게 집에서 살게 하고 먹여주고 옷을 입혀준 것 말고 한 것이 뭐가 있는가! 심장이 공처럼 오므라들고 닫히는 것 같았다.

나는 손가락으로 라다의 가슴팍을 가리켰다. "새벽이 오기 전에 이걸 한 방울도 남기지 않고 마셔야 해."

"싫어요. 언니가 틀렸다는 걸 증명할 거예요!"

라다가 벌새처럼 잽싸게 달아났다. 나를 스쳐 달려갈 때, 시폰 드레스가 내 팔을 가볍게 쓸었다. 나는 라다를 잡으려고 했지만 손은 물속을 통과하는 것처럼 느껴졌고, 드레스의 고운 옷감만 찢었을 뿐이었다. 라다의 맨발이 안뜰 바닥에 타다닥 닿는 소리가 들렸고, 이어 라다는 사라졌다.

나는 화로에서 일렁이는 푸른 불꽃을 바라보았고, 물이 끓는 소리를 들었다. 이제는 이 물이 필요하지 않았다. 나는 난롯불을 껐다.

그리고 방을 가로질러 차르포이 위로 쓰러졌다. 새벽 3시가 지났을 것이다.

앞날에 대한 희망으로 부풀고 축하로 끝났어야 할 하루였다. 하지만 오히려 갠지스 강처럼 넓고 깊은 공허함을 느꼈다.

이 자리까지 오느라 걸어온 먼 길을 봐줄 부모님이 없으니 내 집을 지으려고 아등바등한 것이 의미 없게 느껴졌다. 그들을 돌보는 대신에 라다를 돌보게 되었는데, 나 역시 라다의 미래를 망쳐버린 것이다.

이 밤에 라다는 어디로 갈까? 애인에게 간 것은 당연히 아니겠지? 애인은 누구였을까? 우유 배달부가 아니라면 이옝가르 씨? 아니면 판디 씨? 누구지?

마하라니 여학교의 선생들은 전부 여자였다. 이 빠진 늙은 수위는 설마 아니겠지? 그럼 설마?

나는 이렇게 생각하고 깜짝 놀랐다. 사미르? 그가 라다보고 예쁘다고 감탄했지. 하지만……아니다. 라다는 그가 좋아하는 유형이 아니다. 과부도 아니고, 너무 어렸다. 그렇지 않은가?

라다가 어디로 갔든 걸어서 갔을 것이다. 통가-왈라와 릭쇼-왈라는 물론이고 모두가 잠자리에 들었을 시간이었다. 라다는 기차는 물론이고 버스를 탈 돈도 없었다. 그 애와 하리가 처음 자이푸르에 왔을 때 그랬던 것처럼 길에서 잘까? 하리에게 갈 리는 없었다. 당연히 그렇겠지?

칸타라면 알 것이다. 그녀에게 전화를 걸어야 한다. 하지만 어떻게?

셋집에 살 때는 허락을 받고 이영가르 부인의 전화를 이용했지만, 이곳에는 전화선을 설치할 여유가 없었다. 이따금 우체국에서 엄청난 액수의 돈을 내고 전화를 썼지만, 지금은 그곳도 문을 닫았다.

라다가 아침까지 돌아오지 않는다면 편지를 써서 말릭더러 칸타에게 전해달라고 해야 할 것이다. 나는 한숨을 쉬었다. 또다른 당혹감이 몰려왔다. 좋은 가정에서 자란 여자들은 집에서 도망치지 않는다. 아마 13년 전에 뒷말하기 좋아하는 사람들이 나에 대해서도 이렇게 떠들어댔을 것이다.

다음 날 아침에도 라다는 여전히 소식이 없었다. 나는 밤새 잠을 이루지 못했다. 라다 혼자 거리를 떠도는 모습이 계속 그려졌다. 라다 나이 때의 내 모습이 보였다. 수줍음을 너무 많이 타서 어른이든 아이든 남자에게 말을 못하는 것은 물론이고 쳐다보지도 못했다. 마가 이것만큼은 확실히 가르쳤다. 남자는 덜 익은 과일이라도 자기 눈앞에 있으면 먹는다. 동생은 언제부터 그런 주의에 귀를 기울이지 않았을까? 아니면 내가 떠난 후로 너무 무기력해진 마가, 내게 가르친 것들을 동생에게는 가르치지 않은 것일까? 어머니는 나를 가르쳤지만 내가 지키지 않았으니 동생에게도 소용없을 거라고 느꼈을지도 모른다.

나는 하리와 같이 살면서 당연히 아이를 낳고 라다가 내 아이들과 함께 성장하는 것을 지켜보는 모습을 상상하려고 해보았다. 그런 삶이 정말로 그렇게 나빴을까? 라다는 아마 안전하게 살았을 것이다. 모퉁이마다 음탕한 남자들이 있는 이 익숙하지 않은 도시로 와서 살지 않아도 되었을 것이다.

말릭이 새벽에 일하러 왔을 때, 나는 즉시 말릭을 칸타의 집으로 보냈다. 그리고 그날 필요한 준비물을 찬합에 꾸리느라 부지런히 움직였다. 1시간도 되지 않아 바깥에서 차 소리가 들렸다. 나는 창문으로 달려갔다. 커다란 회색 세단이 집 앞에서 멈췄다. 바주가 운전대를 잡고 있었다. 그는 차에서 내리고 뒷문을 열었다. 말릭이 내렸고 그가 다시 몸을 돌려 칸타가 내리는 것을 도와주었다.

나는 대번에 현관문을 열고 나갔고, 이어 대문 밖으로 나갔다. 칸타는 나를 보자 소리쳤다. "락슈미!" 얼굴이 잿빛이었다.

심장이 벌렁거렸다. 오, 바그완, 라다가 무사하게 해주세요! 라다에게 어떤 일도 일어나지 않게 해주세요!

"라다는 내 집에 있어요. 잘 있어요. 하지만 나는 최악의 앤티예요! 내가 어떻게 그걸 모를 수 있었을까, 적어도……."

잘 있다는 말을 듣자 대번에 몸에 긴장이 풀렸다. 라다는 안전했다.

칸타가 어찌나 큰 소리로 말하는지 방금 집에서 나온 이웃이 이쪽으로 주의를 돌리며 마당에 있는 비쩍 마른 레몬 묘목에 물을 주는 척했다.

내가 날카롭게 말했다. "칸타! 들어와서 차 좀 드셔요."

칸타는 아차 싶었는지 입을 다물고 말릭과 내가 안내하는 대로 집 안으로 들어왔다. 바주는 차로 돌아갔다.

내가 안으로 들어와 문을 닫자마자 칸타는 두 팔로 배를 감싸안고 울기 시작했다. "그게 그 애를 어떤 상황으로 내몰지 내가 알았더라면! 서구 방식을 보여주는 게 그 애를 더 잘 준비시키는 길인 줄 알았어요. 그러니까 현대적으로 살 수 있게, 현대적인 여성이 될 수 있게요. 나는 그게 교육이라고 생각했어요! 나 자신의 진보적인 생각에 너무 빠져 있었던 거예요! 당신도 기뻐할 거라고 생각했어요. 나는 결코,

깨닫지 못했어……."

나는 떨리는 손가락으로 등잔의 불을 밝혔다. "라다가 당신에게 무슨 말을 했어요?"

"전부 다요." 칸타는 갑자기 공기가 희박해진 것처럼 거칠게 숨을 헐떡였다. "끔찍해요."

그녀는 한동안 울고 있었던 것 같았다. 눈 주위가 부어 있었다. 피부가 노르스름했다. 나는 어깨를 잡고 그녀를 차르포이로 데려가 앉히고, 나도 그녀 옆에 앉았다.

말릭이 무트키에서 물을 따른 잔을 칸타에게 건넸다. 그러고는 화로로 가서 찻물을 끓였다.

방 안 공기는 전날의 집들이 의식 때문에 퀴퀴했지만, 이웃이 우리 말을 엿들을까 봐 창문을 열 엄두가 나지 않았다. 칸타가 더욱 무거운 냄새를 데려왔다. 공포의 냄새.

"그 애가, 내가, 오, 바그완! 어디에서 시작하지?" 그녀가 손으로 자신의 이마를 짚었다. "내가 가지고 있는 소설 있잖아요. 그 애가 내게 읽어주던 영어 소설요. 이렇게 생각했어요. '그 애가 영어를 배우는 데 이 소설이 도움이 될 거야. 더 큰 세상에 대해서 가르쳐줄 거야. 그리고 라다는 학교에 다니는 그 속물 여자애들보다 훨씬 잘해낼 거야.' 그리고 내가 데려가서 보여준 영화들도요! 오, 맙소사! 난 그 애가 책이나 영화에서 본 이야기와 자기 삶을 헷갈릴 거라고는 생각하지 못했어요."

나는 눈을 감았다. 여섯 달 전만 해도 닫혀 있던 라다의 상상력이 지레로 들어올린 듯이 열려버린 것이다. 로맨스에 대한 꿈을 눌러줄 부모님이 없다 보니 라다의 상상력은 허구를 사실로 만들어버렸다.

칸타는 라다보다 나이가 위였으니 더 잘 처신했어야 하지만, 결국 내 동생에 대한 책임은 내 몫이었다. 나는 그간 어떤 안내자 역할을 해왔던가?

칸타는 여전히 몹시 흥분해 있었다. "사랑과 연애에 대한 모든 이야기들. 영국 여자들에겐 괜찮아도 인도 여자애들에겐 아니에요." 그녀가 말하는 것이 그녀의 사스가 말하는 것처럼 들렸다. "그 애가 얼마나 어린지, 얼마나 잘 감화되는지 알았어야 했어요. 그 앤 모든 걸 가슴으로 받아들이고, 스펀지처럼 흡수해요! 그리고 아주 빠르게 배워서, 내가 선생님이라는 사실에 나는 우쭐했어요. 우리는 재미있는 시간을 보냈고⋯⋯."

나는 칸타에게서 고개를 돌렸다. 무너지는 모습을 보일 수는 없었다. 나는 테라초에 그린 내 삶의 지도를 내려다보았다. 눈물이 시야를 가렸다. 무늬는 일그러졌다. 형태가 더 이상 알아볼 수 없는 뭔가로 바뀌었다.

칸타는 또 한번의 흐느낌을 삼켰다. "오, 락슈미! 나는 우리 라다가 아이를 가졌다는 걸 믿을 수 없어요! 아직 누가 아빠인지 말해주지 않았어요. 당신이 같이 있는 자리에서 밝히고 싶대요."

라다는 공개적인 자리에서 고백하고 싶어했다. 너무도 세차게 내려서 사원의 양각 장식을 침식시키는 장맛비처럼, 동생은 내가 지은 요새를 망가뜨리려고 했다. 그 사실에 의문은 없었다. 내가 설계한 삶의 모습이 바뀌려고 하고 있었다. 철저히 짠 계획이 흩어지려고 하고 있었다. 방 안이 빙빙 돌았다. 나는 균형을 잃었고, 쓰러지지 않으려고 창턱을 잡았다.

말릭이 나를 잡으려고 달려왔지만 칸타가 먼저 왔다. 그녀가 나를 잡고 천천히 바닥에 앉혔다.

"내가 그 애 머릿속에 부크와(헛소리)를 집어넣은 거예요. 내가, 내 책이, 내가 보여준 영화가, 내 잡지가, 내 생각이. 임신하고 나서 내가 이상해졌나 봐요. 그것 말고는 설명할 길이 없어요. 그게 다 좋다고만 생각했어요. 그런데 그 대가를 치러야 하는 건 라다라니요. 그리고 당신, 락슈미라니요."

그녀는 더 서럽게, 더 넋을 놓고 울었다. 이웃들은 가족 중에 누군가가 죽었다고 생각할지도 모른다.

그녀가 말했다. "미안해요. 정말 미안해요."

그녀는 두 팔로 내 목을 감고 뜨거운 눈물로 내 가슴을 적셨지만, 나는 기진맥진하여 흐느적거렸다. 나는 그녀를 위로할 수 없었다.

12

1956년 4월 21일

칸타와 나는 응접실 소파에 나란히 앉았다. 라다는 영국인의 심문을 받는 것처럼 우리 앞에 서 있었다. 칸타에게서 빌린 드레스를 입고 있었다. 마두발라 드레스는 망가졌다.

동생이 불안하게 카펫을, 우리를, 이어 벽에 걸린 간디-지와 칸타가 최근에 관심을 갖게 된 사라스바티 여신의 사진을 보았다.

"말해봐, 베티." 칸타가 용기를 주었다.

라다가 찢어진 입술을 핥았다. 지난밤에 내가 준 상처였다. "학교에서 앤티의 집으로 가는 길에 매일 자이푸르 클럽 앞을 지나가곤 했어요. 길가에 있는 폴로 경기장 알죠?"

나는 뭐라고 말하려고 했지만, 칸타가 내 팔에 손을 얹어 막았다.

라다가 자기 뺨 안쪽을 깨물었다. "명절 동안 그가 폴로 경기를 하는 걸 지켜봤는데, 어느 날 그도 저를 봤어요. 그는 말을 끌고 마구간으로 데려가고 있었어요. 그가 걸음을 멈췄고, 우리는 대화를 시작했어요. 그는 학교에서 셰익스피어 연극을 연습하고 있다면서, 같이 연습해줄 수 있는지 물었어요. 그래서 그렇게 했어요. 어떤 때는 반 시간, 또 어떤 때는 한 시간."

나는 성급하게 끼어들지 않으려고 소파 가두리 장식을 움켜잡았다.

"그러던 어느 날 그가 나보고 마두발라와 꼭 닮았다고 했어요." 라다가 얼굴을 붉히며 시선을 돌렸다. "그리고 나보다 더 예쁜 여자는 만나보지 못했다면서 평생 나하고 같이 시간을 보내고 싶다고 했어요. 온종일 나 말고 다른 생각은 하지 않는다면서요." 동생이 나를 흘끗 보았고, 다시 바닥을 보았다. "꼭 영화 같았어요."

칸타가 신음 소리를 냈다. 내 심장이 쿵쾅거렸다.

라다가 두 손을 자기 앞으로 포개 잡았다. "나는 그가 좋았어요. 그는 명절 잔치 때 있었던 일을 사과했어요. 그의 어머니가 나한테 그렇게 말한 것 말이에요. 그 일로 언니하고 아주 큰 갈등이 있었다고 말했거든요, 지지."

방 안이 점점 좁아지는 것 같았다. 내 시야가 좁아졌다.

"그는 언니가 나를 질투한댔어요." 라다가 눈을 내리뜬 채 나를 바라보았다. "언니 삶에는 아무도 없지만, 나는 그렇지 않다면서요."

몸속으로 싸한 감각이 훑고 지나갔다. 라다의 목소리가 희미하고 멀게 느껴졌다.

라다가 말하는 상대는 라비 싱이었다.

정신이 돌아오자 내 머리는 칸타의 무릎에 놓여 있었고, 그녀가 내 사리의 끝으로 내 이마를 누르고 있었다. 차가웠다. 이유를 깨달았다. 그 안에 얼음이 싸여 있었다. 라다는 반대쪽 팔걸이의자에 앉아서 두 손으로 불안하게 소파 천을 문지르고 있었다.

나는 일어나 앉으려고 했지만, 머릿속이 빙빙 돌았다. 칸타가 내 어깨를 다시 아래로 눌렀다. 나는 천장 선풍기가 느리게 틱틱틱 돌아가는 것을 지켜보았다. 라비 싱이 동생 아기의 아빠라는 소식에 머릿속이 여전히 몹시 어지러웠다.

"하고많은 사람 중에……파르바티의 아들을?"

라다는 겁을 먹은 것 같았지만 표정은 단호했다. 라다는 도와달라는 표정으로 칸타를 쳐다보았다. "그래서 이 자리에 앤티가 필요한 거예요. 언니는 이해하지 못할 줄 알았어요. 하지만 앤티는 이해하죠?"

칸타의 이마에 걱정의 주름이 잡혔다. 그녀가 입을 열어 뭔가 말하려고 했지만 아무 말도 나오지 않았다. 칸타는 시선을 피했다.

동생이 애원했다. "언니가 나를 이해할 수 있게 도와주세요, 앤티. 그는 나를 사랑해요. 나를 아끼고요. 나만큼 이 아기를 원해요……."

헤이 람! 지금까지 나는 라다를 설득해서 내 약주머니를 쓸 수 있다면 이 임신을 비밀에 부칠 수 있을 거라고 기대했다. "그가 아기에 대해서 알고 있니? 이미?"

라다는 어린아이에게 설명하듯이 말했다. "그는 몰라요……아직. 하지만 말하면 아주 좋아할 거예요. 자기가 좋아하는 여자는 나뿐이라고 했어요."

"말도 안 돼! 그는 열일곱 살이야! 너는 열세 살이고!" 내가 말했다.

라다의 눈이 가느스름해졌다. "언니가 그랬잖아요. 생리가 시작되면 여자가 된다고."

"네가 아이를 가질 준비가 되었다는 말은 아니었어!"

"우리 마을에선 여자가 열세 살이면 아이를 낳아요. 나는 왜 안 돼요? 스무 살이 되기 전에 온전한 가족을 가지게 되는 거예요. 나는 가족이 있었던 적이 없어요. 정말로 없어요. 마는 종일 슬픔에 빠져 지냈

고, 피타지는 취해 있었어요. 그리고 언니는, 언니는 하리에게서 도망
쳐서 내가 찾아낼 때까지, 아무도 모르는 곳에 가서 살았고요."

하리의 이름이 나오자 나는 무력하게 칸타를 쳐다보았다. 칸타가
오늘 아침 나를 찾아왔을 때, 나는 그녀에게 내 과거—하리, 얻어맞은
일을 포함한 모든 것—에 대해서 말했다. 내 삶에 존재한 누구에게보
다 더 많이 말했다. 그 말이 그녀의 마음을 흔들었겠지만, 그녀는 어떤
비난도 하지 않고 받아들였다.

라다가 딸꾹질을 했다. "라비가 이 아기에 대해서 알게 되면 우리는
당장 결혼할 거예요. 이 아인 그의 아기니까요!"

칸타가 자기 입에 손을 가져가며 속삭였다. "락슈미. 파르바티가 이
일을 알게 되면 어떤 일이 생길까요."

정확히 내가 궁금해하던 것이었다.

라다는 내게서 칸타로 시선을 돌렸다. "그의 어머니 걱정은 왜 해
요? 라비가 아빠데요. 여기서 중요한 사람은 오직 그라고요!"

나는 그제서야 라다가 얼마나 순진한지, 얼마나 거대하고 은밀한
환상을 품고 살았는지 완전히 깨달았다. 내가 라다의 감정에 대해서
얼마나 아는 것이 없었는가. 라다의 감정을 이해하고 싶은 마음이 얼
마나 부족했는가.

나는 라다가 궁금히 여겼을 만한 것에 대해서 말하고 싶지 않았다.
이를테면 사랑. 자신이 사랑에 빠진 것을 어떻게 아는가? 사랑은 어
떤 느낌인가? 내가 사랑에 대해서 무엇을 아는가? 나는 사랑을 경험
해본 적이 없었다. 내가 라다의 질문에 대답할 수 없다는 것을 인정하
고 싶지 않았다. 칸타가 대답을 해주고 있기를 바랐다.

나는 소파에서 조심스럽게 몸을 세우고 앉았다. 관자놀이에서 욱신

하고 통증이 느껴졌다. "라다, 미안해. 내 잘못이야. 너하고 대화를 더 많이 했어야 했는데……. 하지만 이제 내 말 잘 들어. 너는 라비 싱과 결혼할 수 없어."

"아니, 아니, 아니야. 듣지 않을래요!" 이제 라다는 울고 있었고, 입매는 일그러져 있었다. "처음에 언니는 내가 궁에 갈 수 없다고 했어요. 그러고는 내 머리 모양, 억양, 옷이 조롱의 대상이 되는 곳에 나를 집어넣었어요. 내가 언니한테 뭘 어떻게 했는데요? 언니는 언니가 하고 싶은 대로 하고 사는데, 나는 왜 언니가 시키는 대로 해야 해요?"

나는 라다가 궁에 가지 못해 화난 것은 알았지만, 이제 그 문제는 지나갔다고 생각했다. 라다는 이제 뭄바이 스타일의 옷을 입었다. 머리도 세련되게 잘랐다. 지금은 서구 춤을 배우고 여덟 명을 위한 영국식 다과회를 준비하는 법을 배우고 있었다. 나로서는 가르칠 수 있는지도 몰랐던 것들이었다.

라다가 팔걸이의자에서 벌떡 일어나 내 옆에 풀썩 앉은 것은 아마 내 얼굴에 떠오른 당황스러운 표정 때문이었을 것이다. 라다가 내 두 손을 꽉 잡았다. 손은 눈물을 닦느라 젖어 있었다.

"지지, 라비는 언니가 내 남편감으로 원하는 모든 걸 갖춘 사람 아닌가요? 영화 배우처럼 잘생겼고, 교육도 잘 받았고, 재능도 있어요." 내가 처음에 라비의 짝이 될 아가씨를 제안할 때 읊었던 점들처럼 들렸다.

이 바보 같은 계집애. 나는 소리치고 싶었다. 그러나 그 대신 목소리를 낮췄다. "라다, 파르바티 싱은 자기 아들을 결코 너하고 결혼시키지 않을 거야. 대학을 졸업할 때까지는 아예 결혼을 안 시킬걸."

라다가 내 손을 더 힘껏 잡았다. "앤티는 사랑은 가장 예측하지 못한 장소에서 피어난댔어요." 라다가 칸타에게 호소했다. "로체스터 씨가 제인 에어를 사랑하지 않았나요, 앤티? 하지만 그녀에게는 돈이 없었잖아요? 그리고 채털리 부인은 또 어떻고요! 그 모든 부를 가졌음에도 가난한 사냥터지기를 사랑했고요. 그리고 앤티, 앤티는 돈 때문이 아니라 사랑 때문에 마누와 결혼했잖아요. 라비와 내가 연애결혼을 할 수 있다고 왜 믿기 어려운 거죠?"

칸타가 움찔하며 눈을 감았다. "헤이 람!"

내가 한숨을 쉬었다. "파르바티 싱이 연애결혼을 허락하지 않을 테니까."

라다가 내 손을 옆으로 휙 치웠다. 목소리에 분노가 거품처럼 일고 있었다. "언니는 내 감정 같은 건 고려하지 않는군요. 라비의 감정도 그렇고."

그 정도면 들을 만큼 들었다. "칸타, 말해줘요."

"내가 미리 알았다면⋯⋯."

"말해줘요!"

칸타의 입술이 슬픔으로 씰룩거렸다. 그리고 라다를 쳐다보았다.

그녀가 말했다. "베티! 네가 이런 일을 겪지 않아도 된다면 내가 뭐든 할 텐데. 실라 샤르마가 열여덟 살이 되면 라비 싱과 결혼하기로 되어 있어. 이틀 전 밤에 샤르마 부부가 축하 행사에서 그 사실을 공표했어."

동생은 깜짝 놀란 것 같았다. 라다가 자기 뒤로 손을 뻗어 팔걸이의자를 찾아 거기 앉았다.

칸타가 말했다. "마누와 내가 그 자리에 있었어. 라비도 있었고."

"하지만⋯⋯그는 부모님이 자기 동의 없이 결혼을 약속하는 일은 결코 없을 거라고 했어요!"

칸타가 말했다. "라비의 부모님이 물어봤어. 라비가 동의했고."

라다의 눈에 눈물이 그렁그렁해졌다.

"베티, 정말로 그가 너하고 결혼하겠다고 말했니?" 칸타가 물었고, 목소리는 다정했다.

동생은 자기 안으로 숨어버렸다. 라다가 너무 넋 나간 듯이 보여 위로하고 싶었지만, 라다가 허락하지 않으리라는 걸 나는 알았다.

"라비는 네가 생각하는 그런 사람이 아니야." 내가 최대한 부드럽게 말했다.

"언니가 하는 말은 나를 아프게 할 뿐이에요. 언니는 늘 그랬어요. 내가 언니를 찾아내지 않기를 바란 것 같았어요. 내가 같이 사는 걸 결코 원하지 않았잖아요." 라다가 눈시울이 붉어진 눈을 칸타에게로 돌렸다. "내가 가족을 원하는 이유가 그거예요, 앤티! 언니는 내 가족이 아니에요. 정말로 아니에요. 의미 있는 방식으로는 아니에요! 앤티와 엉클(나이가 더 많은 남성 지인을 존경을 담아 부르는 애칭)이 언니보다 더 가족 같아요!"

라다의 말에 나는 망치로 한 방 얻어맞은 것 같았다. 칸타가 안타까운 시선으로 나를 쳐다보았다.

한동안 아무도 말이 없었다. 마침내 칸타가 긴 숨을 내쉬며 일어섰다. 그러고는 라다의 의자 팔걸이로 가서 그 위에 앉았고, 두 손가락으로 라다의 턱을 들어올렸다. "락슈미의 말을 잘 들어. 락슈미는 네 지지야. 내게 좋은 미래, 최고의 미래를 만들어주려고 할 수 있는 건 다 했어. 언니한테 그런 식으로 말하면 못 써, 내 집에서는."

나는 감사하는 마음으로 칸타를 보았다. 지금껏 누구도 해주지 않은 방식으로 나를 대변해준 것이다. 나는 동생을 돌아보았다. "라다, 내가 이 혼사를 주선했어. 내가 그렇게 한 건……."

"언니가 내게 그런 짓을 했다고요?"

"나는 네게 아무 짓도 하지 않았어. 심지어 네가 그런 줄도……."

라다가 눈을 깜짝였다. "잠깐! 라비의 결혼은 앞으로 몇 년이나 남았어요! 많은 게 달라질 수 있어요! 그리고 언니의 부인들이 언니 말을 잘 들으니까, 언니가 라비의 어머니에게 말해볼 수 있잖아요, 지지……." 라다는 내가 열다섯 살 때 그랬던 것처럼 자기 미래를 바꾸려고 필사적이었다.

나는 고개를 저었다. "파르바티는 아들의 첫 번째 이가 나기도 전에 아들의 미래 지도를 그렸던 사람이야. 파르바티와 사미르도 그랬고, 싱 가문의 모든 세대가 다 그랬어."

칸타가 헉 소리를 냈다. "혹시, 라비가 자기 아기가 아니라고 하면 어쩌죠……."

"라다는 아기를 낳을 필요가 없어요."

"안 돼요! 나는 아기를 해치는 일 같은 건 하지 않을 거예요! 언니가 다른 여자들에게는 그럴 수 있어도, 나한테는 못해요!"

칸타의 얼굴에 충격이 떠올랐고, 그건 내 비밀이 또 하나 드러났다는 뜻이었다.

나는 그녀를 돌아보았다. "칸타, 임신 중절을 한 여자들을 모른다는 말은 하지 마요. 사랑에 빠졌으나 결과를 조심하지 않은 여자들요. 대학에서는 어땠나요? 잉글랜드에서?"

칸타가 손으로 입을 가리고 먼저 나를, 이어 바닥을 내려다보았다.

라다는 기다렸고, 내 친구에게 눈빛으로 자기 편을 들어달라고 애원했다. 침묵 속에서 천장 선풍기가 돌아가는 소리만이 점점 커졌다. 잠시 후 칸타가 동생의 어깨를 부드럽게 잡으며 고개를 끄덕였다. "나중에 결혼했는데, 상대는 다른 사람이었어. 그리고 다른 사람과 아이를 낳고."

라다는 고개를 가로저을 뿐이었다. "아니에요!"

"락슈미는 옳은 일을 하고 있는 거야."

하지만 그것은 라다가 듣고 싶은 말이 아니었다. 라다가 눈을 꾹 감았다. 나는 라다가 무슨 생각을 하는지 짐작할 수 있었다. 지지는 나를 나무라는 일과 내가 원하는 것을 가지지 못하게 한 일 말고는 도대체 뭘 했나요?

칸타가 손바닥 하나를 라다의 젖은 뺨에 가져다댔다. "그런 표정 하지 마. 넌 너무너무 예뻐. 락슈미는 여섯 달 전까지 네 존재도 몰랐대. 네가 나타났을 때 깜짝 놀랐지만, 너를 돌려보낸다는 생각은 한 번도 해본 적이 없대.

나를 봐, 라다. 네 언니는 책임감이 아주 강한 사람이고, 나는 그 점을 존경해. 네 언니에게 아마 화가 났겠지만, 언니는 너를 지붕 아래로 받아줬어. 너를 최고의 학교에 넣었고. 네가 지적 수준이 높아지니, 네가 겨우 열세 살이라는 것을 종종 잊게 돼." 칸타가 라다의 드레스를 잡아당겼다. "락슈미는 쉬운 삶을 살지 않았어." 칸타가 내 쪽을 흘끗 보았다. "나는 네 언니가 남편을 떠난 이유를 이해해. 그리고 내가 이미 일어난 일로 너나 네 언니를 쉽게 판단하지 않는다는 걸 알아주면 좋겠어. 네 언니는 세상이 어떻게 돌아가는지 네게 가르쳐주려고 했어. 락슈미는 엄격하지. 네 언니가 너를 어떻게 대하는지 봤어. 하지만 그건 언니로서 의무를 다하는 거야. 반면에……." 이 말을 하고 칸타가 한숨을 쉬었다. "……나는 정말로 철부지 앤티였어."

라다가 앉은 자세를 더 바로 하고 주먹을 쥐었다. "하지만 나는 앤티 같은 앤티가 있어서 좋았어요! 더 좋은 사람은 없었을 거예요!"

칸타가 말했다. "나는 너를 아주 좋아해. 하지만 나는 책임감 있는 지지는 아니야. 네가 그런 책을 읽을 준비가 되지 않았는데도 내게 읽어달라고 했어." 그러고는 얼굴을 찡그렸다. "내가 얼마나 생각이 없었는지 지금도 믿기지 않아. 나는 지루했고 친구가 필요했고, 너는 멋진 말벗이었어."

라다가 맞받았다. "그 책들 좋았어요! 제가 어디에서 그런 책을 읽을 기회가 있겠어요?" 라다가 나를 휙 쏘아보았다. "언니는 나하고는 아예 시간을 보내지 않아요. 언니는 일밖에 몰라요."

라다의 비난 하나하나가 내 뺨을 때리는 듯이 느껴졌다.

칸타가 라다의 손을 잡았다. "언니는 스스로 생계를 책임져야 해. 네 생계도. 그리고 말릭의 생계도. 언니는 용감하고, 아주 용맹스러워. 두 사람은 아주 닮았어, 알겠지만."

닮았다고? 나는 라다와 내가 수채화 같은 눈 색깔 말고 닮은 것이 있다는 생각은 해본 적이 없었다.

칸타가 말을 이었다. "나는 운 좋은 사람이야, 라다. 스스로 생계를 책임질 필요가 한 번도 없었어. 돈 걱정을 할 필요도 없었고. 심지어 지금도 마누가 받는 공무원 월급이 우리 생활비에 못 미치면 아버지가 도와주셔. 내 상황은 네 상황과는 아주 달라." 그녀가 한숨을 쉬었다. "너도 그러면 좋겠지만, 그렇지 않아. 너는 돈을 생각해야 해. 집세는 어떻게 낼지, 새 신발은 어떻게 사고 먹을 건 어떻게 마련할지. 네언니가 늘 그래온 것처럼. 내 행동에 대한 책임을 인정할게, 라다. 네 언니 탓이 아니야. 네 탓도 아니고."

라다가 칸타의 손을 놓았다. "지지는 라비와 다른 사람의 결혼을 주선했어요! 앤티는 내게 내 아기를 죽이라고 말하는 건가요?"

칸타가 뒤로 기대앉았다. "나는 네가 좋은 삶을 살면 좋겠어, 라다." 칸타가 부드러운 동작으로 동생의 등을 어루만졌다. "우리 모두 네 편이야. 하지만 너는 엄마가 되기에는 너무 어려. 네 삶은 제대로 시작도 되지 않았어, 베티. 너는 훨씬 많은 걸 할 수 있어. 점점 더 많은 여자들이……."

"그만해요!" 라다가 흐느껴 울었다. 그리고 눈을 꼭 감았고, 그러자 더 많은 눈물이 흘러내렸다. 라다의 뺨이 붉어졌다.

칸타가 고단한지 일어섰다. "지금은 이 정도로 해요, 락슈미."

천장 선풍기가 느려지다가 곧 완전히 멈췄다.

칸타가 투덜거렸다. "밥 레 밥! 오늘 벌써 세 번이나 정전됐어요. 이제 겨우 4월인데 날씨가 펄펄 끓기 시작하네요." 그녀는 목에 흐른 땀을 사리로 닦았다. "방법을 생각해봐요. 하지만 지금은 우리끼리만 아는 걸로 해야 해요. 당신하고 나하고 라다하고 마누하고." 그녀가 나를 보았다. "이 문제를 해결할 때까지 라다가 우리하고 같이 지내도 돼요." 이 말을 하면서 그녀는 그 누구도 쳐다보지 않았다. 아마도 우리 사이의 넓은 간극을 바라보는 당혹스러움을 우리가 느끼지 않도록 그랬을 것이다.

칸타가 어깨 위로 팔루를 잡아당겨 페티코트 안에 집어넣었다. "아마 차를 마시면 우리 모두 마음이 차분해지겠죠."

나는 이 모든 일이 시작된 곳인 싱 가문 사유지에서의 명절 잔치를 돌이켜보았다. 라비와 라다가 만난 곳. 사미르가 내게 궁의 의뢰에 대해서 말해준 곳. 그날 저녁이 시작될 즈음 나는 희망에 부풀어 있었다. 라다와 나는 자매로서 서로 이해하게 될 거라고. 라다는 도시의 방식을 배우고 있었다. 나는 라다를 돕고 있었다. 하지만 그날 밤은 완전히 다르게, 비난과 상처 입은 감정으로 끝났다.

나는 차는 마시고 싶지 않았다. 머리를 식히고 싶었다. 나는 양해를 구하고 떠났고, 칸타의 얼굴에는 안도의 표정이 떠올랐다.

13

나는 말릭에게 그날 일정은 취소해달라고 부탁했다. 꼭 가야 하는 곳은 없었다. 칸타의 집에서 나온 후로는 걸었다. 몇 시간 동안. 목적지 없이. 나는 생각하고 또 생각했다. 내 실패에 대해서. 하리에게 아내로서 실패했다. 부모님에게 딸로서 실패했다. 집의 안뜰은 맨흙이었다. 뒤쪽 울타리는 미완성이었다. 내가 원한 것은 오직 일이었고, 그것이 나를 지탱해주었다. 이제 어떤 일이 일어날 것인가?

나는 라다의 임신이 불러올 나쁜 결과를 상상했다. 등 뒤에서 사람들이 수군거릴 것이다. 소문은 하인들에게서 시작될 것이고, 들불처럼 내 부인들에게 퍼질 것이다. 불안한 시선, 거의 숨기지 않는 조롱, 노골적인 비난. 어디에서든 나는 고개를 들지 못할 것이다. 레퓨지 시장의 상인들도 내게는 재료를 공급하려고 하지 않을 것이다. 시간이 지나면서 희망이 점점 더 사라졌고, 부인들이 나를 버린다면 사미르에게 빌린 돈은 어떻게 갚을지 고민이 되었다.

저녁 식사 시간이 되자 어느새 윤락가인 굴라브나가르에 다다랐다. 아그라에서처럼 이곳의 집들도 모든 취향과 모든 지갑을 만족시켰다.

먼저 금방이라도 허물어질 것 같은 오두막들이 나타났다. 머리 모양이 단정하지 않고 손수 만든 페티코트를 입은 창녀들이 벽에 기대 서 있거나, 열린 문의 입구에 있는 의자에 앉아 있었다. 열 살이나 열두 살쯤 되는 마을 소녀들은 가출한 아이거나 고아였는데, 내가 뭔가를 물어보면 일단 2루피나 3루피를 달라고 했다. 하리가 아마 여기에서 하루하루를 보낼 것이다. 내가 하지 못한 방식으로 이 아이들을 도우면서.

오두막을 지나면 위엄 있는 저택들이 보였는데, 낡고 방치되어 금방이라도 무너져내릴 것 같았다. 여기 여자들은 나이가 조금 든 편이었고, 눈가에 콜(눈가를 검은색으로 칠하는 화장품)을 발랐으며, 닳을 대로 닳은 사람들 같았다. 그들은 하룻밤에 20루피에서 30루피를 불렀다. 내가 지나갈 때, 그들은 나를—내 옷과 머리카락과 샌들을—빤히 보다가 고개를 돌렸다. 또 한 명의 선행자가 그들과 그들의 자식들을 타락한 삶으로부터 구하려고 납셨네.

설마 그 애일 리 없어. 생각에 빠져 걷는데 화장을 진하게 하고 붉은 저택 앞에 서 있는 한 소녀가 보였다. 소녀의 싸구려 오렌지색 사리는 나온 배를 감추지 못했다. 더 가까이 다가가자 소녀는 돌아서서 문 안으로 들어갔다. 저 애가—설마—랄라의 조카일까? 헛것이 보이는 모양이었다. 하지만 나는 파르바티가 해고한 두 하인에게 무슨 일이 일어났는지 몰랐다.

곧 나는 그 구역의 끝에 있는 부자 창녀들의 구역에 이르렀다. 그들 다수는 이슬람교도였다. 옛 친구인 하지와 나스린처럼 이 여자들도 음악, 시, 춤 등 고대 예술을 갈고닦은 사람들이었다. 그들은 나와브, 즉 이슬람교도의 왕족과 성공한 사업가들만 상대했다. 저녁까지는, 그리고 일반인에게는 결코 집을 개방하지 않았다. 그들과 하룻밤을 보내는 비용은 1,000루피 정도였다. 그들은 하리 같은 사람의 도움이 필요하지 않을 것이다. 의사나 전문가를 찾아갈 경제적인 여유가 있는 사람들이었다. 또한 내 헤어오일과 미백크림, 그리고 당연히 말릭이 매달 배달하는 약주머니를 살 여유가 있었다.

나는 계속 걸었다. 반 시간 후에 유럽인 구역에 도착했는데, 그렇게 불린 것은 프랑스, 독일, 스칸디나비아 사람들이 부유한 인도인과 함께 이곳에서 살았기 때문이다. 사미르를 그의 사무실이나 자이푸르 클럽에서 찾을 수 없다면 그는 여기 있을 것이다. 아마 내가 부지불식 중에 줄곧 염두에 둔 목적지가 여기였을 것이다.

나는 단정한 분위기의 하얀 저택을 찾았다. 수위를 고용할 만큼은 아닌 아주 작은 집이었다. 자홍색 장미로 경계를 두른 작은 안뜰로 들어갔다. 저녁 이 무렵에는 아뜩한 향이 강렬했다.

베란다로 가는 계단은 넓고 우아했다. 내가 문을 두드리자 위층의 덧창 하나가 열리는 소리가 들렸다. 나는 고개를 들었다. 조젯 직물의 사리를 입은 젊고 아름다운 여자가 2층 창문을 열었다. 나는 미소를 짓고 두 손을 모아 인사했다.

여자는 망설였다. "내려가겠습니다."

곧 여자가 문 앞에 나타났다. 사미르의 정부, 기타였다.

사미르의 여자들은 전부 공통점이 있었다. 그들은 특정한 나이에 과부가 되었고, 머리를 깔끔하게 다듬었으며, 늘씬했다. 얼굴에 파우더를 바르는 여자들이었다.

사미르는 한 종류의 꽃만 키우는 정원은 재미없다고 생각했는지, 그의 여자들은 키도, 젖가슴 크기도, 코의 모양새도, 입매도 다 달랐다. 기타는 남편과 사별한 30대 초반의 여자였고, 빈랑나무의 열매만큼 눈이 컸다. 그녀의 작은 코와 섬세한 입술은 예쁘지만 평범해서, 그녀의 눈을 더 돋보이게 했다. 한 손에는 책을 들고 있었다.

내가 말했다. "이 시간에 찾아와 귀찮게 해서 죄송합니다."

그녀가 내 뒤로 거리를 이쪽저쪽 쳐다보았다. "들어오세요." 그녀가 말하고 문을 더 활짝 열어 나를 들어오게 했다.

"사미르 사히브와 할 이야기가 좀 있어요." 내가 말했다.

"저한테 맡기고 가세요."

그녀는 내가 약주머니를 가져왔다고 생각한 모양이었다.

내가 미소를 지었다. "그것 때문에 온 게 아니고요. 할 이야기가 있어서요."

잠시 침묵이 흘렀다. "여기 안 계세요."

"오시기로 되어 있나요?"

다시 잠시 침묵이 흘렀다. "나중에요."

"기다려도 될까요?"

그녀가 현관 탁자에 책을 내려놓았다. 그녀가 한숨을 쉰 것이 맞겠지? "그럼요. 그렇게 하세요." 그녀가 응접실을 가리켰다.

응접실에 발을 들여놓은 순간, 나는 정신이 아뜩해졌다. 피가 머리로 솟구쳤다. 다리가 아팠다. 몸을 가누려고 문틀에 기댔다.

기타가 내 팔을 잡았다. "헤이 람!" 걱정스럽다는 표정이었다. "정말로 괜찮나요?"

나는 종일 먹지 못했고, 그러다 칸타의 집에서는 기절도 했다. 나는 이마에 난 혹을 만졌다. "음료수를 좀 마실 수 있을까요. 님부 파니(달게 만든 탄산수), 혹시 있으면요." 나는 프랑스제 베르제르 의자에 몸을 내려놓았다.

"그럼요."

나는 감사의 뜻으로 미소를 지어 보이고, 팔걸이의자 등받이에 머리를 기댔다.

벽난로 선반에 놓인 시계가 재깍거렸고, 이어 섬세한 트릴 음을 냈다. 에메랄드 그린색 에나멜로 장식되어 있었고, 내 부인들이 선호하는 무거운 영국 시계보다 훨씬 고급이었다.

"프랑스제예요." 기타가 말하고, 설탕을 넣은 라임워터 잔을 내 옆 탁자에 내려놓았다. "고인이 된 남편이 프랑스적인 걸 좋아했어요. 지테시는 영국적인 걸 좋아했던 적이 없어요. 결국 그가 옳았어요." 그녀가 웃자 매력적인 보조개가 나타났다. 나는 사미르가 왜 그녀에게 끌리는지 알 수 있었다. 그녀가 소파에 앉았다.

나는 음료를 한 모금 홀짝인 뒤 나머지를 꿀꺽꿀꺽 마셨다. 내가 그렇게 목이 마른지도 모르고 있었다.

"한 잔 더 드려요?" 그녀가 일어섰지만, 나는 고개를 가로저었다.

"고맙지만 괜찮아요. 기분이 조금⋯⋯너무 폐가 되지 않는다면 조금 누워도 될까요, 지?"

그녀가 내 손에서 잔을 가져갔다. "아픈가요? 원하면 사람을 불러 줄 수 있어요."

"나히-나히. 일을 너무 많이 한 데다가⋯⋯끼니를 못 챙겼어요."

그녀는 내키지 않는 것 같았지만, 나를 데리고 계단을 올라가 손님 접대실인 듯한 방으로 데려갔다. 그 방에는 사진도, 그림도, 책도 없었다. 벽에는 옅은 노란색으로 페인트칠이 되어 있었다. 가구로는 장식적인 헤드보드가 있는 좁은 침대와 화장대가 있었는데 프랑스 제국 시대풍이었다. 나는 침대에 누워 눈을 감았다. 내 딱딱한 황마 침대와는 달리 깃털 매트리스는 푹신해서, 잠이 들었다.

날카로운 탈칵 소리에 잠을 깼다. 눈을 뜨니 사미르가 문을 닫는 것이 보였다. 그가 침대 위 내 옆에 앉아 한 손을 내 팔에 올렸다. 그의 미간이 좁혀졌다. "무슨 일이오? 다쳤소?"

나는 내가 어디 있는지, 어떻게 이곳까지 왔는지 기억나지 않았다. 방은 어두웠다. 꿈을 꾸고 있나?

"몇 시예요?" 나는 덜 깨서 몽롱했고 다시 눈을 감았다.

그는 침대 옆 등잔을 켜고 회중시계를 확인했다. "12시 15분."

나는 한숨을 쉬었다.

"긴급한 상황이란 게 뭐요?"

나는 마지못해 눈을 떴다. 그가 내 이마에 내려온 머리칼을 옆으로 넘기고 부은 곳을 살폈다. 그의 얼굴이 내 얼굴에서 몇 센티미터 떨어져 있었다. 눈동자의 구리색 테두리와 올리브색 중심이 보였다. 속눈썹은 또 얼마나 긴가! 그리고 눈가에 깃털처럼 잡힌 주름은, 그가 얼굴을 찡그리고 있어서 더 깊어 보였다. 나는 손가락으로 주름을 펴주려고 손을 뻗었다가 그 자리에 손을 가만히 두었다. 그리고 그의 뺨을 어루만졌다. 피부는 부드러웠지만 손끝에 닿는 구레나룻은 거칠었다. 나는 엄지로 그의 아랫입술의 선을 쓸었다.

그가 어리둥절한 미소를 지은 채 나를 바라보았다.

나도 그에게 미소를 지어 보였다. 그와 함께 있으면 늘 안전한 기분이 들었다. 그는 내게 위로가 되어주었고, 큰 문제들을 없애주었다. 라지나가르 땅의 주인이 여자에게는 집을 팔지 않겠다고 했을 때 개입하여 설득한 그때처럼. 그리고 내가 처음 자이푸르에 도착했을 때 약초 살 돈을 빌려준 그때처럼. 그는 늘 내 편이었다.

나는 엄지로 그의 입술을 벌리고 그 안의 젖은 살을 만졌다. 그는 내 눈을 계속 들여다보면서 내 엄지를 혀로 핥았다. 내가 순간 숨을 멈추자 그가 입술로 내 엄지를 물고 빨았다. 복부가 조여오는 느낌이었다. 내 손을 그의 가슴에 대고 그의 심장이 쿵쾅쿵쾅 뛰는 것을 느꼈다. 그의 가슴 맨 위 단추 두 개가 풀려 있었다. 나는 손가락을 벌어진 곳에 집어넣어 손톱으로 그의 가슴을 쓸었고, 그러자 그의 심장은 더 빠르게 뛰었다.

그는 내게 더 가까이 몸을 숙이고 블라우스의 깊은 목선을 따라 입술을 부드럽게 움직였다. 내 젖가슴이 부풀었다. 등이 휘었다. 피부는 점점 뜨거워졌다.

내가 그에게 키스했다. 그도 내게 키스했다.

그의 셔츠를 당겨 바지에서 빼내고 손톱을 그의 등 근육에 찔러 넣었다. 그가 내 블라우스 단추를 풀고 브래지어 고리를 찾을 때까지 끈을 따라서 손가락을 움직였다.

내 젖꼭지에 닿은 그의 혀는 따뜻하고 젖어 있었고, 다리 사이로 전류를 흘려보내는 것 같았다. 내 온몸—겨드랑이 아래 부드러운 살, 배꼽, 허벅지 안쪽 부드러운 살—에 피가 돌았다. 나는 사미르를 밀어 그가 앉은 자세를 취하게 했다. 내가 그의 머리 위로 셔츠를 벗기고 그의 젖꼭지에 키스했다. 그가 신음했다. 그러니까 이게 그 느낌인 것이다. 이게 그 애가 느낀 감정이다.

우리는 시트 위에서 몸을 굴렸고, 나는 그의 몸 위로 다리를 벌리고 앉았다. 그의 바지 지퍼를 내리고 그를 어루만졌다. 그는 신음하고 내 입술을 찾았다. 그가 내게 강렬하게 키스했고, 키스는 이어졌다. 그의 혀는 내 입을, 혀를, 목을, 젖가슴 아래를 탐험했다. 그가 내 페티코트 끈을 풀자 주름 잡은 부분이 풀렸고, 사리가 우리 주위로 흩어져 내렸다. 공책과 주머니, 회중시계가 빠져나왔다. 사미르가 그것을 침대에서 쓸어냈다. 그리고 바지를 벗었다. 그의 허벅지가 내 허벅지를 눌렀다. 나는 이로 그의 입술을 잡아당겼고, 카더멈 냄새가 나는 그의 숨을 들이마셨다. 그는 내 몸을 옆으로 돌리고 자기 몸을 내 뒤에 바짝 가져다댔다. 그의 배가 내 엉덩이를 눌렀고, 입술은 내 귓불을, 어깨를 핥았다. 손은 내 다리 사이 따뜻한 살을 애무하면서 내 몸을 앞뒤로, 다시 앞뒤로 흔들었다. 물이 강둑을 찰싹찰싹 때리는 것처럼. 그가 내 안으로 들어올 때 나는 더 이상 생각을 할 수 없었고 오직 기쁨을 느꼈다. 더 이상 내가 내 몸에, 침대에 묶여 있는 느낌이 아니었다. 모든 것들을 느꼈고, 동시에 아무것도 느끼지 않았다.

나는 다시 잠들었던 것도 깨닫지 못한 채 깜짝 놀라 깨어났다. 사미르는 옷을 입는 중이었다.

지난 1시간 동안 욕망 말고 모든 것들을 닫아두고 있었다. 내가 무슨 말을 하러 여기에 왔는지도 그에게 말하지 않았다.

내가 자신을 지켜보고 있는 것을 깨닫자 그는 미소를 짓고 나를 끌어당겨 일으켜 세웠다. 그는 내가 페티코트를 입고 브래지어를 하는 것을 도와주었다. 내 블라우스 앞쪽 단추도 채워주었다.

내가 지금 하려는 말이 우리 사이를 완전히 바꿔놓을 수도 있었다. 어디서 시작할 것인가?

그는 이제 내 구겨진 사리를 침대에서 끌어와 모아 잡은 뒤 내 페티

코트 안에 끼워넣기 시작했다. 천 번은 그렇게 한 것처럼—당연히 그
랬으리라—그의 동작은 확실하고 정확했다. 그가 내 어깨 위로 팔루
를 반듯하게 펴주고 한 걸음 뒤로 물러나 매무새가 괜찮은지 살폈다.

그가 미소를 짓고, 키스하려고 몸을 숙였다.

나는 그의 가슴에 손을 가져다대고 그러지 못하게 막았다. "사미르."

그가 영문을 모르겠다는 표정으로 고개를 갸웃했다.

"문제가 생겨서……."

그가 눈썹을 치켰다.

내가 뒷말을 잇지 못하자 그는 바지 주머니에서 담뱃갑을 더듬어
찾고 레드 앤드 화이트 한 대에 불을 붙였다. 나는 그가 담배를 한 모
금 빨고 길게 연기를 내뿜는 것을 지켜보았다. 그는 침대에 앉더니 듣
고 있다는 뜻의 제스처로 두 손을 폈다.

나는 목을 큼큼 풀었다. "아드님과 제 동생이……서로……." 나는 침
대 위 구겨진 시트를 흘끗 보았고, 그가 내 시선을 따라갔다. "이런 식
으로……함께 시간을 보내……."

그가 침대를 보았고, 이어 눈을 가느스름히 뜨고 나를 보았다. 그가
주저하며 미소를 지었다. 내가 농담을 한다고 생각한 모양이었다.

"둘이 명절 잔치에서 만났대요." 내가 입술을 꾹 붙였다. "동생이 임
신했어요."

"뭐라고? 누가?"

"제 동생 라다가, 임신했다고요."

"임신?"

"라다가 임신했어요. 라비가 아빠고요."

"당신 동생은 이제 겨우……."

"열세 살이죠."

"하지만……그게 라비의 자식인지 어떻게 알지?"

합리적인 질문이었지만, 사미르가 물어본다는 것이 내 부아를 돋우었다.

라다가 너무 비밀스러운 태도를 보여서, 나 역시 같은 질문을 했다. 하지만 라다가 라비 이야기를 할 때 얼굴에서 빛이 나는 것을 보았다. 그것으로 충분한 답이 되었다. 그럼에도 내 동생을 내가 의심하는 것과 사미르가 의심하는 것은 다른 문제였다.

"나는 라다를 믿어요. 직접 아드님에게 물어보셔야겠는데요."

"안 돼, 안 돼, 안 돼, 안 돼, 안 돼!" 그가 일어서서 고개를 가로젓고 불이 붙은 담배로 나를 가리켰다. "우리는 전에도 어린 하녀들과 이런 문제가 있었소."

어린 하녀들. 단어들이 허공에 걸렸다. 사미르는 라다를 그런 존재로 생각하는가? 혹은 나를?

전에도 어린 하녀들과 이런 문제가 있었소. 이번이 처음이 아니라고?

나는 단어를 목소리로 내기도 전에 입안에서 먼저 느꼈다. "파르바티가 랄라의 조카를 내쫓은 이유가 이거였어요? 그리고 랄라를?"

헤이 람! 내 몸이 분노로 떨렸다. "이게 당신이 당신 문제를 처리하는 방식인가요? 눈앞에서 보이지 않게 치워버리는 것? 당신의 아들이 계속……계속……. 나는 처음에 라다를 믿지 않았어요! 하지만 그 애는 진실을 말하고 있었군요. 나는……."

그가 얼굴을 찡그렸다. "당신이 이 일이 일어나게 했지. 그 애는 당신 동생이고."

"그럼 당신 아들은? 그 애는 누구 책임인가요?"

그가 고개를 돌리고 카펫을 유심히 쳐다보며 담배를 피웠다. "당신이 아기를 지워줄 수 없소? 그러니까, 우리는 그 이유로 당신에게 돈을 주지 않소? 이런 일을 처리하는 대가로?"

1시간 전만 해도 나는 사미르가 나를 도와줄 것이라고 생각했다. 우리가 이 문제를 함께 풀어가는 장면을 그려보았다. 이런 멍청이가 다 있나, 나란 사람! 물론 나도 임신 중절은 이미 제안했다. 하지만 사미르가 그런 말을 하니 비정하게 들렸다. 내 말도 동생에게 이렇게 들렸을까?

나는 내 두 손을 내려다보며 비볐다. "내가 약주머니를 내밀었는데 그 애가 싫다고 했어요. 라비가 자기하고 결혼할 줄 알아요."

"허튼소리! 라비도 그건 안 된다는 걸 알지."

내가 그를 보며 얼굴을 찡그렸다. "그런가요? 왕이 하면 신하도 한다?" 내 입에서 그 속담이 나온 순간 그것은 진실이 되었다. 사미르의 과거에도 어린 하녀들이 있었을 것이다.

그가 내 시선을 피했다. 그의 셔츠 위로 담뱃재가 떨어졌지만, 그는 알아차리지 못했다. 그가 침대를 가리켰다. "그러니까 이게 다 그런 꿍꿍이에서 한 일이오?"

"이거라니요?"

"우리가 방금 한 일!"

"아니에요!" 나는 관자놀이를 문질렀다. "당신은 내가 당신 정부 집에 이걸 하러 왔다고 생각……. 당신은……어떻게 할 건데요? 라비와 내 동생을 결혼시켜요? 돈을 주면서 내 입을 닫을 건가요?"

그가 시선을 떨어뜨리고 숨을 토했다. "락슈미, 이 일은 너무도 충격이오. 나는……결혼시키는 건 불가능해."

그것은 내가 라다에게 한 말이었다. 나는 천천히 몸을 낮추어 화장대 앞 스툴에 앉았다.

"라비하고 이야기는 해봤소?"

고개를 들어 그를 보았다. "그건 당신이 할 일 같은데요."

사미르가 자기 목을 긁었다. "당신 동생은 지금 어디 있소?"

"친구들하고."

그의 얼굴에서 긴장이 얼마간 걷혔다. 그가 침대 옆 탁자에 놓인 크리스털 재떨이에 담배를 비벼 껐다. "샤르마 가문에선……."

"샤르마 가문." 얼마나 아이러니한가. 나는 모두가 동의할 만한 해결책을 제시하여 실라와 라비의 혼사를 마무리했다. 사미르는 싱 가문의 사유지에 본채와 분리하여 실라와 라비가 살 집을 설계할 것이다. 샤르마 씨가 집을 지을 것이다. 하지만 내가 그것을 구상하고 계획하는 내내 라비와 동생은……. 나 자신을 질책해야 하는 마당에, 사미르가 나를 비난한다고 어떻게 탓할 수 있겠는가.

사미르는 새 담배에 불을 붙이고 연기를 깊이 들이마셨다. 그는 내 얼굴 쪽을 향해서 다시 침대에 앉았다. "알겠소. 그러니 이제 당신은 우리가 어떻게 해야 한다는 거요?"

"라다는 낙태에는 동의하지 않겠지만, 입양에는 동의할지도 몰라요. 고아원은 논외로 해요. 우리 둘 다 그런 장소는 감옥보다 조금 나은 정도라는 걸 알고 있잖아요."

인도 가정에서는 입양하는 경우가 별로 없었다. 아이들 다수는 성년이 될 때까지 보육원에서 지냈다. 부부가 아이를 가질 수 없다고 인정하는 것을 그렇게 수치스럽게 여기지 않는다면 상황은 달랐을 것이다. "하지만 입양이 체면을 잃는 게 아니라 유지하는 방법이라고 생각하는 가정이 하나 있어요." 내가 두 손을 붙이고 입술에 가져다댔다. "궁에서 입양할 새 왕자를 찾고 있어요."

"그럼 당신은……."

"점술가가 미래의 통치자를 입양하라고 말했고, 그래서 마하라자는 친자를 잉글랜드로 추방했어요. 라다의 아들은 파르바티 쪽으로 왕족 혈통이니 완벽한 입양 후보가 될 거예요. 아이는 보살핌을 받을 테고, 최고의 학교에 보내질 테고, 모든 것들을 누릴 거예요. 보육원은 아이에게 아무것도 주지 못하죠. 당신 아들의 자식이니, 다른 삶이 아니라 그런 삶이면 더 좋지 않겠어요?"

그가 얼굴을 찡그렸다.

"마하라니 인디라가 당신을 아주 좋아해요, 사미르. 당신을 믿어요. 마하라자에게 직접 말하는 것보다는 그분의 귀에 들어가게끔 하는 편이 더 나아요. 마하라니가 자신이 직접 그 생각을 한 것처럼 하면 되니까요."

"라비는 내 아들이요. 당신이 하라는 대로 하면 우리 아들이 그랬다는 게……."

"그는 라다 아기의 아빠예요." 내가 그를 쏘아보았다. 목소리를 높이려고 한 것은 아니었다.

사미르의 콧구멍이 분노로 벌름거렸는데, 그 분노가 나를 향한 것인지, 라비를 향한 것인지, 아니면 진실을 향한 것인지는 확실히 알 수 없었다.

"저 역시 그 사실이 비밀에 부쳐지길 바랍니다, 사미르. 하지만 친부 여부와 혈통을 입증하기 위해서는 혈액 검사를 해봐야겠죠. 그렇게 해야 라다의 말이 진실인지 알 수 있을 테니까요."

나는 스툴에 앉은 채 돌아앉았다. 화장대 거울을 보며 머리를 땋으면서 그를 지켜보았다. 나는 그가 샤르마 가문에 대해서 걱정하고 있다는 것—그들에게 비밀로 할 수 있을지, 그러지 못하면 싱 가문의 이름이 더럽혀질지—을 알 수 있었다.

그러면 람바그 궁 계약은? 그의 고객들—혹은 자이푸르 클럽의 회원들—이 사생아의 존재를 알게 되면 그의 생계와 그가 사회에서 차지한 위치가 위협받을 수 있었다. 10년 동안 사미르는 내 친구이자 사업 동료였다. 그는 늘 편안하고 즐거운 모습이었다. 그를 볼 때마다 기분이 가벼워졌다. 하지만 내가 그를 정말로 잘 알고 있는지 의심스러웠다. 거울 속에 보이는, 아들에게 주는—혹은 주지 않는—가르침보다 자신의 사회적 지위를 더욱 중요하게 여기는 이 사람이 진짜 사미르일까?

그가 목을 큼큼 풀었다. "라다가 임신 중절에는 동의하지 않아도 입양에는 동의할 거라는 건 어떻게 알 수 있소?"

"동의하지 않을지도 모르죠." 나는 어깨를 으쓱했다. "하지만 법적 보호자로서 제가 그 문제를 강행할 수 있어요." 나는 거울 속 그와 시선을 마주쳤다. "그리고 그렇게 할 거고요."

나는 머리칼을 감아 머리 꼭대기에 틀어올리고 여기저기 핀을 찔러 고정했다.

그가 담배 연기를 뿜었다. "그들은 왕족 입양에 대해서는 아주 신중해요. 모든 법적 보호자가 계약서에 서명해야 하고. 파르바티에게 말해야겠소."

그녀의 이름을 듣자마자 내가 잡고 있던 머리핀이 미끄러지면서 두피를 긁었다. 나는 목을 큼큼 풀었다. "해야 하는 일이면 하세요."

그가 두 손바닥을 쫙 폈다. "아기 때문에……." 그의 입술이 일그러진 것으로 보아 아기라는 단어가 그에게 불쾌감을 준다는 사실을 알수 있었다. "계획한 것보다 더 일찍 라비를 잉글랜드로 보내야겠군요. 그 애가 스캔들에서 멀어질수록 좋을 테니까. 이 한 번의 실수로 그 애의 남은 인생이 너무 쉽게 얼룩질지도 모르겠소."

나는 맞받아 쏘아붙였다. "그러면 라다의 평판은요? 이 일이 앞으로 내 동생의 삶을 얼룩지게 하지는 않나요?" 혈관 속에서 피가 부글거렸다. 나는 이 사미르가 역겨웠다. 내 동생의 미래는 전혀 고려하지않는 사미르.

그는 즉시 반성하는 태도를 보였다. 그는 자기 인생에 자기를 사랑하고 흠모하고 우러러볼 여자들이 있기를 원했다. "락슈미, 미안, 미안해요. 이 일에 너무 충격을 받아서. 그 애들에 대해서 내 생각이 짧았소……. 물론 당신 동생은 어리지……."

그가 한 손을 내 팔에 올렸다. 나를 위로하려고? 나는 화가 나서 그손을 휙 치웠다. 그의 입이 벌어졌다. 내가 그의 뺨이라도 후려쳤다는듯이 그의 얼굴에 놀란 표정이 떠올랐다.

나는 그가, 그리고 나 자신이 혐오스러워 어쩔 줄 모른 채 긴 의자에서 일어섰다. 나는 10년 동안 그와 그의 친구들이 아내 몰래 바람을피울 수 있게 불륜을 가벼운 일로 만들어주지 않았던가! 그들의 애인이 아기를 가지면, 나는 그들이 바지 주머니 안에 생긴 보풀을 뜯어내듯이 아기를 없애도록 도와주었다. 나는 그것을 사업상의 거래로 여기며 정당화했다. 내 집에 회반죽을 한 겹 더 바르거나 또 어딘가에 테라초를 깔기 위해서 약주머니를 파는 것뿐이라고. 약주머니를 만드는일은 적어도 여자들, 창녀로 키워져서 임신이 끼어들지 않아야 하는,

몸으로 생계를 유지해야 하는 여자들을 위한 일이라고.

피부가 간질거렸다. 사미르가 나를 만지고 키스하고 포옹한 모든 부위들을 떠올리며 몸서리를 쳤다. 그 순간 나는 그에게서 가능한 한 멀리 달아나고 싶었다. 나는 공책과 주머니를 찾아 페티코트 안에 찔러넣었다.

"저기, 내가 잘못했다는 거 알아요.……락슈미, 이런 식으로 떠나지는……."

나는 앞으로 사미르를 볼 때마다 드는 역겨움과 수치심을 피하지 못할 것이다. 이 피부를 덮어쓴 채로는 제대로 서 있을 수도 없었다. 나는 문으로 걸어갔다.

그가 나를 따라왔다. "만약, 아기가 여자아이면?"

나도 그 대답은 몰랐다. 계속 걸었다.

그가 당면한 이 일에 대해서 그렇게 많이 괴로워할 것 같지는 않았다. 그는 고개를 가로저을 것이다. 그의 삶은 계속 흘러갈 것이다. 전과 다름없이. 그가 다음번에 나이 많은 마하라니를 찾아가면 그녀는 미소로 반길 것이고, 그는 농담과 바치 헤어오일을 선물하여 그녀를 매혹할 것이다. 아들 라비는 자라서 꼭 사미르처럼 될 싹을 이미 보여주고 있었고, 그가 자신을 충분히 사랑하지 않는다는 사실을 눈치채기에는 너무 순진하고 젊은 여자들을 침대로 끌어들일 것이다.

내가 방에서 나가자 기타가 어둠 속에서 나타나 나를 깜짝 놀라게 했다. 그녀에 대해서는, 사미르와 내가 그녀의 집에서 더럽힌 시트에 대해서는 잊고 있었다. 그녀가 너무 가까이 있어서 그녀의 속눈썹이 젖고 뭉쳐 있는 것까지 보였다.

그녀는 말하면서 목소리가 떨렸다. "다시는 여기에 오지 않겠죠?"
그것은 요청이 아니었다.

"네." 내가 말했다. 나는 그녀 옆을 지나 복도를 걸어 밤 속으로 들어섰다.

14

1956년 4월 28일

나는 칸타가 내 목화 뿌리껍질 사업을 반대한다는 것을 알았고, 속으로는 라다가 아이를 낳기를 바란다는 것도 알았다. 더욱이 그녀는 라다가 곤경에 빠진 데 책임감을 느꼈고, 라다를 자이푸르에서 멀리 데려가서 아기를 낳게 해주고 싶어했다.

그래서 칸타가 매년 여름 자이푸르의 열기와 먼지를 피해서 찾아가는 심라로 라다를 데려가겠다고 했을 때, 나는 반대하지 않았다. 올해 그녀는 계획보다 훨씬 일찍, 5월이 시작될 즈음 떠나기로 했다.

그다음 주에 편지 두 통이 도착했다.

1956년 5월 2일

락슈미에게

마하라니 인디라가 당신을 만날 거요. 그분께 왕족 입양의 가능성에 대해서 말을 꺼냈지만, 자세한 내용은 당신에게 들으라고 했소. 그분이 동의하면, 왕가에서는 왕족 의사에게 임신 진행 상황을 살피고 산모의 건강이 위태로워지는 일이 결코 없도록 돌봐달라고 요청할 거요. 당신이 칸타 아가르왈 부인이 라다를 심라로 데려가 아기를 낳게 할 생각이라고 해서, 쿠마르에게 그곳에서 왕족 대리 의사가 되어줄 수 있을지 물어볼 생각이오. 그래도 괜찮겠소? 왕족 의사가 라비의 혈액을 추출했소. 아기의 혈액과 일치해야겠지.

내가 라비를 대신해서 몇 군데 전화를 걸었소. 이번 주에 라비는 잉글랜드로 떠나요. 이튼에서 공부를 마칠 예정이오.

사미르

두 번째 편지는 하리에게서 온 것이었다. 내가 그에게 보낸 이혼 판결문이었다. 그의 서명이 되어 있었다. 내가 그것을 말릭에게 보여주었다.

말릭이 싱긋 웃었다. "그가 다시는 앤티-보스를 괴롭히지 못할 거예요. 그 문제는 내가 처리했어요."

말릭은 더 이상은 말하지 않으려고 했다.

마하라니 인디라의 살롱 문 앞에서 말릭은 내 사리를 가리키며 머리를 가려야 한다는 사실을 일깨워주었다. 그러고는 내 뺨을 꼬집었다. 나는 깜짝 놀랐다. "화색이 돌아야지요." 말릭이 말했다. 내가 마마와의 만남을 몹시 걱정하고 있음을 알고 있는 말릭이 자기 방식으로 내게 용기를 북돋아주려는 것이었다. 내 눈은 부어 있었고, 눈 밑으로는 반달 모양으로 음영이 짙게 드리워져 있었다. 나는 밤잠을 설치며 일주일을 보냈고, 마라하니가 라다의 아기에 대해서 어떤 결정을 내릴지 걱정하느라 병이 들 지경이었다. 일주일 동안 머리칼에 오일을 바르지 못하고 방치했더니 뻗친 머리칼이 잘 손질되지 않았다.

열 번째로 회중시계를 확인하러 페티코트 안에 손을 집어넣다가 집에서도 시계를 찾을 수 없었던 것이 떠올랐다.

수행인이 내게 안으로 들어오라고 손짓했다. 마하라니 인디라는 내가 처음 만났을 때와 같은 소파에 같은 자세로 앉아 있었다. 젊은 마하라니는 완전히 회복해서 궁에서 나와 만날 필요가 더 이상 없었다. 나는 몇 주일 동안 어느 쪽 마하라니도 만나지 못했다.

그때처럼 낮은 마호가니 탁자 위에 카드가 몇 줄로 가지런히 놓여 있었고, 마마는 인내심을 발휘하고 있었다. 마마는 마리골드 꽃의 노란색 실크 사리와 그에 어울리는 회갈색의 크고 작은 잎사귀 무늬가 있는 블라우스를 입고 있었다. 목에는 진주를 꿴 줄이 다섯 개에, 한복판에는 내가 본 것 중에 가장 큰 자수정이 박혀 있는 목걸이가 걸려 있었다.

마도 싱이 새장 안에서 툴툴거리는 것과 아주 비슷한 나지막한 소리를 내고 있었다. 새장 문이 열려 있었다.

나는 마마에게 나마스테로 인사하고 그녀의 발에 손을 뻗었다. 그녀가 가까운 의자에 앉으라고 손짓했다. 오늘의 카드놀이가 잘되고 있는 것 같았다. 대부분이 앞면이 위로 가게 순서대로 놓여 있었는데, 좋은 신호였다.

그녀가 말했다. "마도 싱이 오늘 아주 짓궂었지. 우리가 브리지 게임을 하는 동안 카드를 계속 훔쳐갔다네." 그녀가 고개를 돌려 새를 쏘아보았다. "바드마시(악당)."

앵무새가 그네 위에서 머리를 숙인 채 불안하게 돌아다녔다. "짓궂은 새." 마도는 자신이 얼마나 깊이 반성하는지를 분명히 보여주려는 듯이 음절 하나하나를 늘여 발음했다.

마하라니는 나를 보았다. 턱은 새 쪽으로 살짝 돌아가 있었다. "저

새는 이름처럼 특이해. 에드워드 국왕의 대관식 때였는데 남편이, 그이 표현을 빌리면, '영국의 더러운 물'에 목욕하는 게 싫다며 갠지스 강의 물을 퍼서 가져가자고 고집했어." 그녀가 잭 위에 클로버 10을 내려놓았다. "더 어이없는 건, 남편이 어처구니없게 은 항아리에 물을 담아갔다는 거지. 나는 영국인이 그를 조롱하리란 걸 알았지만, 그이가 그 말을 들었을까?" 그녀는 앵무새를 심술궂은 눈초리로 바라보았다.

"짓궂은 새." 마도 싱은 그 어리석은 행동이 자기 책임이라는 듯이 그 말을 반복했다.

그녀는 시선을 다시 내게 돌렸다. "자네 몸 상태가 좋지 않아 보여." 그녀는 정말로 염려가 된다는 표정으로 말했다. "자기 몸은 더 잘 돌봐야지."

"저는 괜찮습니다, 마마. 약간 피곤할 뿐입니다."

카드를 펼쳐놓은 자리 오른쪽으로, 짭조름한 피스타치오를 담은 크리스털 그릇이 탁자 위에 놓여 있었다. 마하라니가 몇 개를 집어 손바닥에 놓고 굴렸다. 그러고는 고개를 뒤로 젖히고 피스타치오 한 개를 능숙하게 입안에 톡 집어넣고 씹으면서 나를 찬찬히 바라보았다. 휴식을 취하고 기분이 좋아진 듯이 보였다. 나는 마하라니가 최근에 파리에서 돌아왔다는 말을 들었다.

"아주 짧은 기간 안에 어마어마한 공을 세웠군, 샤스트리 부인. 마하라자가 감동했어. 라티카는 다시 회복해서 이제 에너지가 넘치고 의지가 가득한 모습이야. 거의 매일 궁 밖으로 나가 행사를 주재하고 아기들에게 키스하고 개관식에 참석한다네. 가난한 사람들을 위한 정부 센터를 설립하는 데 힘쓰고 있어. 그리고 자네는……." 그녀가 피스타

치오를 또 한 개 집어 입안에 톡 넣고 씹었다. "우아조(프랑스어로 새)
처럼 자유롭지." 그녀가 싱긋 웃었다.

"제가 도움이 될 수 있어서 기쁩니다."

"사미르가 마하라니의 문제를 자네에게 맡기자고 제안하기 전에,
전하는 라티카를 오스트리아로 보내서 전문의를 만나보게 할 생각이
었지. 그랬다면 얼마나 창피했을까. 자네도 가족의 빨래는 가족이 하
는 게 최선이라는 데 동의하지?"

빌쿨. 나는 생각했지만, 말은 하지 않았다.

수행원이 차와 다기를 가져와 따라주었다. 내가 전에 여기 왔을 때
마마는 차가 식기를 기다렸다가 마셨지만, 오늘은 곧바로 한 모금 마
셨다. 빈속이었던 내 몸은 바닐라와 사프란의 향이 나는 차를 반겼다.

"그리고 오늘 우리는 또다른 빨래 문제를 마주하게 됐군. 사미르 싱
이 그러는데, 10월에 혼외로 태어나는 아기가 있다고. 왕족 혈통이라
던데. 왕자로 입양하는 걸 고려해볼 만한 아기."

그녀는 잠시 기다렸다가 다시 말을 이었다.

"아기가 왕족 혈통인 걸 우리가 어떻게 확신할 수 있지? 혈액 검사
로 입증될 거라고 그가 안심시키던데. 더 구체적인 걸 물으니 자네하
고 이야기하라더군. 헤나 아티스트라고만 알려진 여자를 대변해서 사
미르가 계속 개입하는 이유가 뭔지도 궁금하고?"

나는 목이 열기로 달아오르는 것을 느꼈다.

마하라니가 말을 이었다. "나는 자네에게 헤나 기술 이상의 재능이
있을 거라고 생각하네." 그녀의 시선이 내 복부에 뾰족하게 꽂혔다.

나는 잔과 받침을 탁자에 놓았다. "그 아기는 제 아기가 아닙니다,
마마. 미성년인 제 동생의 아기예요. 저는 동생의 법적 보호자입니다.

제가 제 의무를 소홀히 한 바람에 동생이 싱 가문의 장남인 라비와 함께 사람들의 눈에서 벗어난 시간을 보냈습니다."

"아."

"아기는 라지푸트족 혈통을 이어받고 아름다운 용모를 지닐 것입니다, 마마. 관계된 모든 보호자가 동의했습니다."

마하라니는 사리가 접힌 부분에서 고급 리넨 손수건을 꺼내 손가락에 묻은 피스타치오 소금을 털어냈다. 그렇게 하고 나자 손수건은 다시 사리의 접힌 부분으로 사라졌다.

"알겠네." 그녀가 말했다. 그리고 찻잔을 들어올렸다.

내가 말했다. "마마는 싱 가문을 잘 알고 계시지요. 과거도, 혈통도 말입니다. 샤스트리 가문은 브라만입니다. 제 동생 라다는 마하라니 라티카께서 너그럽게도 장학금을 주셔서 마하라니 여학교에 다니고 있습니다."

"그러면 거기에서는 어떻게 하고 있는가?"

"학급 1등입니다, 마마."

그녀가 한숨을 쉬었다. "안타까운 일이야."

나는 그 말이 무슨 뜻인지 알 수 없었다. "마마?"

"나는 그 아기가 자네 아기이길 바랐어." 그녀가 빙그레 웃고는 매력적으로 어깨를 으쓱했다.

"잘 알겠네. 전하께는 이미 말씀드렸어. 사미르는 마하라자가 총애하는 사람이라, 자문들과 상의하고 계약을 승인하셨네. 물론 이 면담과 친자 검사 결과에 달렸지만."

나는 길고 느린 숨을 내쉬었다.

그녀가 받침과 함께 잔을 옆으로 치우고, 조심스럽게 기다리고 있던 수행원에게 신호를 보냈다. 그가 그녀 앞에 은 쟁반을 내려놓았다. 쟁반에는 서류와 만년필과 함께, 붉은빛이 도는 금색 액체로 채워진 은 그릇과 작은 은 스푼, 그리고 헝겊 냅킨 두 개가 놓여 있었다.

마하라니가 가슴 쪽에 손을 넣어 반달 모양의 안경을 꺼냈다. 안경을 쓰니 대번에 근엄한 모습이 되었는데, 그런 의도로 그렇게 한 것 같았다. 서류를 건네기 전에 잠시 훑어보았지만, 이미 한 줄 한 줄 꼼꼼히 검토했음을 알 수 있었다.

나는 왕족의 입양 계약서는 본 적이 없었고, 그러리라고 기대한 적도 없었다. 계약서에는 "아이의 법적 관계", "부모의 책임을 영구히 이양함", "생부모 가족에 접근 금지" 같은 문구가 포함되어 있었다. 세 번째 페이지의 조항에는 요구되는 신체적 특성을 구체적으로 기술해놓았는데, 몸무게, 키와 신체 치수, 맥박 수, 그리고 성별—당연히 남자여야 했다—이 있었다. 그때 사미르는 내게 라다가 여자아이를 낳으면 어떻게 되는지 물었다. 나는 그가 그 질문에 대한 답을 모를 것이라고 생각했고 나 또한 그랬지만, 그 생각을 아예 차단해버렸다. 내 입장에서는 근시안적일 수 있지만, 거기에서 그만둔 것을 보면 사미르 또한 그 가능성을 생각해보고 싶지 않았던 것 같았다.

왕족 의사의 역할을 구체적으로 명시한 긴 조항도 있었다. 특히 그는 아기의 성기가 건강하다는 점과 생식기의 정체성이 모호하지 않다는 사실을 증명해야 했다. 이 마지막 조항은 왕가에 미래의 히즈라, 즉 간성(間性) 아이가 있는 것을 방지하려는 것임을 알 수 있었다.

네 번째 페이지에는 앞서 언급한 조건들 중에 어느 하나라도 궁에서 만족하지 않는다면 계약은 무효가 될 것이고, 자이푸르의 왕가가 손해를 입는 일이 없도록 여섯 번째 페이지에 구체적으로 명기된 어떤 금전적 의무도 지지 않을 것이라는 내용이 적혀 있었다.

분만에 드는 비용에 더하여 생모와 보호자는 3만 루피를 받게 된다. 숫자가 눈앞에서 어른거렸다. 3만 루피. 보상을 받을 것이라는 생각은 한 번도 해본 적이 없었다. 3만 루피면 라다를 대학에 보내는 돈으로 충분했다. 외국 유학을 보낼 수도 있었다. 나는 계속 읽었다. 계약이 어떤 이유로든 취소되면 내가 법적 보호자로서 병원비를 내야 했다. 나는 입술을 깨물었다. 나는 간단히 말해서, 그 비용을 감당할 수 없었기 때문에 그 가능성 역시 깊이 생각해보고 싶지 않았다.

"짚고 넘어가야 할 것 같은데, 샤스트리 부인." 마마의 안경이 코에서 반쯤 내려왔다. 그녀가 턱짓으로 내가 손에 쥔 문서를 가리켰다. "자네는 우리가 제안하는 계약이 공정하다고 생각하지 않는가?"

이마가 축축해졌지만, 나는 사리로 닦고 싶은 마음을 물리쳤다. 나는 라다에게 최선인 일을 하고 있었지만, 이 공식 서류를 보니 아기를 포기한다는 것이 말로만 이야기할 때보다 더 현실적으로 다가왔다.

내가 극도로 공손한 태도로 말했다. "말씀드려도 괜찮다면, 제게는 아직 이런 중요한 서류에 서명할 책임이 주어진 적이 없었습니다. 제가 내용을 꼼꼼히 살펴보는 게 마마의 심기를 불편하게 만들지 않기 바랍니다."

"하고 싶은 대로 하게나."

내가 읽는 동안 그녀는 카드를 새로 내려놓기 시작했다.

내가 다 읽었을 때, 마하라니 인디라는 세 번째 카드놀이를 시작한 참이었다. 나는 서류를 모아 가지런히 하고 작은 탁자에 내려놓은 후, 가능한 한 탁자 모서리와 완벽하게 나란히 줄을 맞췄다. 다기는 치워진 지 오래였다. 마하라니는 카드를 거두어 다시 모았다.

"만족하는가?" 그녀가 미소를 지었다.

"예. 감사합니다."

그녀가 안경을 고쳐 쓰고 만년필 뚜껑을 연 뒤, 지정된 세 곳에 재빨리 서명했다. 그리고 내게 펜을 건넸다. 나는 처음 두 개는 헤나로 선을 그을 때와 다르지 않게 쉽게 서명했다. 어느 조항도 이 아이가 어떤 사람으로 자랄지, 어떤 삶을 꾸려가게 될지, 어떤 운명이 형성될지를 영원히 바꿔놓지는 않을 것이다.

하지만 마지막으로 서명하는 칸에 이르자, 부인들의 피부 위에서 자유자재로 활보해온 내 손이 자신 없이 서성였다. 마음이 놓일 줄 알았는데, 나는 외려 걱정에 사로잡혔다. 초티 추파르에서 낡은 사리를 거지 여인들에게 건넨 것처럼, 나는 한 생명—살아 있고 숨을 쉬는 사람—을 임의로 줘버리려는 것이었다.

내가 라다의 아기를 영원히 떠나보내려고 하고 있었다. 아기는 진짜 엄마가 누군지도 모를 것이다. 핏줄인 친척도 없이 왕가에서 키워질 것이다. 라다의 아들—내 조카—은 두 왕비의 보살핌을 받겠지만, 각자는 그 아이에게 분노할 자기만의 이유가 있었다. 마하라니 라티카는 그 아이가 친자의 자리를 차지한 것에 대해서 그 아이를 결코 용서하지 않을 것이고, 마하라니 인디라는 또 한 번 자기 핏줄이 아닌 아이를 자신의 가족으로 받아들여야 하는 입장이 될 것이다. 이 아기가 나쁜 꿈을 꾸다 깨어나도, 보듬고 달래서 다시 재워주거나 귓가에 달콤한 말을 속삭여주거나 내 아버지처럼 자장가를 불러줄 어머니는 없을 것이다.

이 아기가 처음으로 걸음마를 하다가 넘어져도, 백 번의 키스로 숨

막히게 하고 뺨을 어루만져줄 진짜 어머니는 없을 것이다. 어머니의 사랑을 대체할 수 있는 유일한 사람은 헌신적으로 젖을 물리는 유모, 보모, 가정 교사일 것이다. 바랄 수는 있지만, 장담할 수 있는 것은 아무것도 없다.

일주일 전에는 이런 일이 어떻게 그토록 논리적인 해결책으로 보였을까?

방은 시원했다. 에어컨이 낮은 소리로 윙윙거렸다. 하지만 나는 땀이 났다. 관자놀이에서 시작된 희미한 두통은 곧 폭발하여 지끈거리는 통증이 될 것이다. 내가 혀로 입술을 핥자 입술이 모래처럼 거칠게 느껴졌다.

"물 좀 마실 수 있을까요, 마마?" 이런 요구를 하면 안 되겠지만, 그러지 않으면 계속할 수가 없었다.

마마는 나를 신기한 듯이 쳐다보았고, 지시를 내렸다. 물을 가져온 사람이 크리스털 주전자에서 물을 따라 내게 건넸다. 물을 마시면서, 이유는 모르겠지만 라다의 아기에 대해서 이야기를 나눈 그날 밤의 사미르가 떠올랐다. 그의 얼굴에 떠올랐던 공포와 분노와 수치심. 나는 보육원 그리고 외로운 눈빛과 파리한 입술을 한 소년, 소녀들을 생각했다. 궁에서 자라면 틀림없이 그보다는 나을 것이다. 내가, 사미르가, 라비가, 라다가 할 수 있는 다른 선택은 없었다. 다른 생각이 들기 전에 나는 서명을 하고, 서류 뭉치를 내게서 멀찍이 밀어놓았다.

마하라니가 유리잔을 치우고 내 옆에 놓인 쿠션을 톡톡 쳤다. "자, 이제, 샤스트리 부인. 계약을 마무리해야지." 그녀가 고개를 살짝 돌려 앵무새를 끼워주었다. "너도 껴도 된다."

그녀의 어조에서 마도 싱이 용서받았다는 것을 알 수 있었다. 새는 새장에서 날아가 탁자 위에 내려앉았다.

마마는 붉은빛이 도는 금색 액체를 스푼으로 떠서 오른손에 붓고, 손을 입술로 가져가 능숙하게 빨아 마셨다. 마도 싱이 목을 구부리고 지켜보았다. 새는 자기도 달라는 듯이 조바심을 내고 발을 바꿔가며 폴짝거렸다. 이런 의식에 여러 번 참석해본 것 같았다.

마하라니는 깨끗한 냅킨에 손을 닦고 액체를 또 한 스푼 자기 손바닥에 부어 내게 내밀었다. "마시거라." 그녀가 명령했다.

나는 복종하여, 그녀의 손에 있는 액체를 우아하지 않게 후룩 빨아 마셨다. 액체는 냄새가 없고 약간 달았다. 나는 감히 물어볼 수 없어 눈썹을 치켰다.

그녀가 눈을 반짝거리며 미소를 지었다. "액체 아편이지. 이 계약을 성사시킨 것이 마하라자에게 충분히 좋다면, 우리에게도 충분히 좋을 걸세."

그녀는 또 한 스푼 훨씬 적은 양을 부어 마도 싱에게 주었고, 새는 검은 혀로 액체가 완전히 사라질 때까지 핥았다. 새는 날개를 파닥이며 꽥꽥거렸다. "나마스테! 봉주르! 환영해!"

묘한 고요가 우리 위로 내려앉았다. 두통이 사라지기 시작했다.

"이야기할 것이 한 가지 더 남았네." 마마가 쿠션에 다시 기대며 말했다.

"예?"

"하리 샤스트리라는 남자 말인데."

심장이 갑자기 빠르게 뛰기 시작했다. 분명 아편 때문은 아니었다.

"주방장이 사촌형 이야기를 꺼냈는데……이름이 샤스트리라고 했던가. 선행을 한다고 했어. 굴라브나가르의 여자들을 돕고 있다고. 현실적으로 우리가 그들을 치료할 의사를 찾을 수 없으니 다행스러운 일이지. 주방장의 요구로, 정말로는 간청이었네만, 샤스트리 씨의 노고에 대해서 경제적인 지원을 해주는 데 동의했네. 모두 생계를 유지할 권리는 있으니까, 네스파(프랑스어로 "그렇지 않은가")?" 그녀가 싱긋 웃었다. "그리고 주방장은 거의 밤샘을 해가며, 내가 먹을 음식에 내가 좋아하는 대로 간을 맞추는 법을 배웠네. 즐거운 거래였어!"

그러니까 이것이 말릭이 비밀스럽게 입을 다물고 있던 것이었다. 궁 주방장을 뇌물로 구슬려(싼값에 식자재를 대주겠다고 약속했을 것이다) 마하라니가 하리를 도와주게끔 주방장을 설득한 것이다. 그가 내게 돈을 요구하는 것을 그만둘 수 있도록.

마하라니가 입을 오므렸다. "샤스트리는 라자스탄 주에서 흔히 들을 수 있는 이름이 아니지. 그가 우연히 자네의 친척은 아니겠지?"

나는 눈을 깜박이지 않고 그녀의 눈을 쳐다보았다. "아닙니다, 마마."

그녀는 나를 한참 쳐다보다가 이윽고 말했다. "생각했던 대로군."

15

1956년 5월 6일

우리는 입양 계약서를 썼다는 이야기를 라다에게 전해줄 사람으로 칸
타가 적합하겠다고 결론을 내렸다. 나는 칸타가 이야기를 꺼냈을 때
라다가 동의했다는 사실에 마음이 놓였다. 내가 꺼냈다면 라다는 내
말에 귀를 기울이지도 않았을 것이다. 칸타와 나는 또한 자이푸르 궁
에서 아이를 입양한다는 말은 라다에게 하지 않기로 하는 데 뜻을 같
이했다. 라다가 만약 이 사실을 안다면 자이푸르로 돌아왔을 때 아기
를 잠시라도 보려고 궁 대문 밖에서 서성거릴까 봐 걱정스러웠다(사미
르의 말로는, 라다가 심라로 떠나기 전에 라비와 대화를 나눌 수 있기를
바라면서 싱 가문 사유지 밖에 있는 모습이 종종 보였다고 했다).

1956년 5월 6일

쿠마르 선생님께

우리는 다시 한번 어려운 상황에 처했고 힘을 합쳐야 할 것 같습니다. 아마 선생
님은 지난 12월에—그때도 긴장된 상황이었지요—우리가 나눈 대화를 기억하
실 겁니다. 그때 선생님은 제 약초가 의학적인 효과가 있는지에 대해서 의문을

품으셨지요. 이제 제 동생에게는 제 약초보다는 선생님의 의학이 더 필요한 것 같습니다.

싱 어르신이 알려주기로 선생님이 심라에서 자이푸르 궁의 대리 의사로서 라다의 임신 상태를 살피고 왕가에 정기적으로 보고서를 보내기로 했다더군요. 편지 대신 직접 이야기를 나누고 싶지만, 출산 때라야 그곳에 가볼 수 있을 것 같습니다. 선생님께서는 동생의 상황이 얼마나 민감한지와 비밀이 지켜져야 한다는 것—심지어, 특히 라다에게는—을 잘 알고 계시리라 생각합니다. 저는 누가 아기를 입양하는지 밝히는 일이 꼭 필요할 때까지—꼭 필요하지 않다면—동생에게는 말하고 싶지 않습니다.

라다는 열세 살입니다. 천연두, 홍역, 볼거리는 앓은 적이 없습니다. 라다는 어떤 약이나 약초에도 알레르기가 없는데, 튀긴 음식을 아주 좋아합니다(선생님이 아기는 튀긴 음식을 좋아하지 않을지도 모른다고 설득해주실 수 있을까요). 동생은 잠이 많으니 임신 기간에 적절한 휴식을 잘 취할 것입니다. 성격은 대체로 밝고, 가만히 있지 못하는 편이며, 호기심이 많습니다. 독서를 좋아하는데, 그 습관이 동생의 상상력을 키웠고 (아주) 세속적인 생각도 가지게 했습니다.

이 편지는 라다가 심라에 도착할 때쯤 받으시겠지요. 제 소중한 친구 칸타 아가르왈이 동행할 겁니다. 칸타 또한 선생님을 만나 훌륭한 보살핌을 받기를 고대하고 있습니다. 칸타의 아기는 동생의 아기가 태어나기 한 달 전에 태어날 텐데, 행복한 우연이라 하겠습니다. 두 사람이 아주 가까운 사이인 것이 제게 위안이 됩니다. 칸타는 히말라야 고원과 심라 지역을 잘 압니다. 전에 자이푸르의 여름 먼지 때문에 칸타의 천식이 심해졌을 때, 가족이 그곳의 시원한 산 공기 속에서 휴가를 보냈습니다. 칸타의 남편인 마누 아가르왈이 몇 주일에 한 번씩 가보겠다고 합니다.

라다를 친동생처럼 여기고 돌봐주시면 무척 감사하겠습니다, 쿠마르 선생님.

큰 빚을 지게 되었네요.

다시 만날 때까지 궁금한 점이 있으시면 언제든 우편이나, 싱 어르신을 통해 전화로 물어봐주세요.

존경을 담아,

락슈미 샤스트리

16

1956년 7월 23일

우편물을 하나씩 살폈다. 칸타가 다시 편지를 보내왔다. 쿠마르 선생에게서도 한 통이 왔는데, 그의 편지는 점점 길어지고 횟수도 점점 잦아졌다. 하지만 라다에게서는 여전히 소식이 없었다. 하지만 나는 결코 희망을 버리지 않았다. 그 애가 보고 싶다는 것이 놀라웠다. 그 애가 침대 위에 책상다리하고 앉아 얼굴을 찡그린 채 『제인 에어』에 몰두해 있던 모습이 그리웠다. 아니면 말릭과 행복하게 대화를 나누면서 화덕 앞에서 라두를 요리하던 모습이. 나는 그 애에게 이런저런 소식을 전해주고 싶었다. 파텔 부인이 셰퍼드 강아지를 새로 데려왔어. 판디 씨가 재봉틀 파는 일을 시작했어.

아이러니한 것은, 칸타가 종이에 쓰인 글자만 보면 여전히 머리가 빙빙 돈다며, 매주 보내는 칸타의 편지를 라다가 대신 써준다는 점이었다. 그래서 칸타의 편지를 읽으면서, 나는 내 친구가 디반에 앉아 싱긋거리며 속사포처럼 내용을 부르고 라다의 펜이 질주하며 따라잡는 장면을 상상했다. 그러면 그 편지를 라다가 보냈다고 거의 믿을 수 있었다.

1956년 7월 18일

락슈미에게

라다를 데리고 심라 시장으로 가는 횟수가 더 잦아졌어요. 그렇지만 라다는 내 돈을 쓸 생각뿐이에요! 라다가 주변의 아름다운 튜더 양식 건축물들을 감상하면 좋겠는데, 토끼가 풀밭에 이끌리듯이 아기 용품에만 관심을 보이네요. 어제는 히마찰리 토파(모자나 머리덮개)를 가져왔더군요. 그런데 너무 커서 아기가 모자를 쓰는 게 아니라 모자가 아기를 쓴다고 해야 할 지경이었어요(라다가 웃네요!).

바그완께 감사하게도, 심라에 오면 늘 그랬던 것처럼 내 먼지 알레르기 증상이 가라앉았어요. 여름 동안 자이푸르에 계속 있었다면 제대로 숨을 쉬지도 못했을 거예요. 레이디 브래들리 병원의 쿠마르 의사 선생님(당신이 장담한 것처럼 훌륭한 분이었어요)이 나보고 여전히 피가 비친다면서 마음을 편히 가지라고 하셨어요. 그래서 라다가 산양처럼 언덕을 오르는 동안 나는 히말라야 곰처럼 소파에 앉아 있어요(로즈 밀크를 잔뜩 마신 덕분에 실제로도 곰처럼 보이기 시작했어요).

동생의 뺨이 발그레한 걸 보면 기쁠 거예요(이 내용을 불러주는데 라다가 얼굴을 붉히네요). 심지어 피부도 더 하얘졌어요. 지난주에 쿠마르 선생님이 라다의 아기가 팔방미인이라고 하셨어요. 크리켓 경기를 뛴다면 타자도 투수도 잘할 거래요. 라다는 아기가 밤새 자기를 잠도 못 자게 하면서 배 속에서 크리켓 연습을 한다고 생각해요(우리 안에서 아기가 어떻게 자라는지 볼 수 있게 『그레이의 해부학』을 가져왔는데, 잘한 일이면 좋겠어요. 의견이 다르면 못 보게 할게요). 며칠에 한 번씩 라다는 심라 도서관에서 책을 한 아름 빌려와요. 대부분 영국인들이 남기고 간 책이에요. 지금은 영어 실력이 아주 좋아져서 라다가 언젠가 작가나 교사가 될 거라는 당신의 예측이 어느 때보다도 더 맞는 것 같아요(라다가 고개를 젓네요).

음, 우마가 방금 우리에게 로즈 밀크를 가져와서(내 사스에게는 내가 로즈 밀
크를 정말로 좋아하게 되었다는 말은 하지 말아요) 이제 자러 가야겠어요. 라다
도 인사합니다.

사랑을 담아,

칸타

추신. 바주가 대필하는 사람을 찾아가 편지를 써서 여기로 보냈는데, 심라행 배
표를 보내달라고 부탁하더군요. 사수지 때문에 미칠 것 같다면서 그만두겠다
고요. 알겠죠? 사수지의 손아귀에서 벗어나고 싶어하는 사람이 나 혼자는 아니
에요!

나는 그 편지를 말릭에게 건네고, 다른 봉투를 열었다.

1956년 7월 17일

친애하는 샤스트리 부인에게

지난 편지에서 라다가 독서를 얼마나 좋아하는지 언급하셨죠. 과장이 아니었습
니다! 지난 화요일에는 심라 도서관에서 나오는 동생과 마주쳤습니다. 빌린 책
의 절반은 가방에 있었는데, 나하고 책에 관해서 몹시 대화를 나누고 싶어했어
요. 제 기억이 맞다면, 엘리자베스 배럿 브라우닝의 시집, 『캔터베리 이야기』, 셸
리의 『프랑켄슈타인』, 서버의 『우화집』이 있었습니다. 라다가 책을 고르는 취
향에 감탄했습니다! 저는 그저 고용된 의사이고 당신의 동생을 잠시 보살피는
사람이며 의학이 아닌 분야에서 뭔가 권해드릴 자격은 없지만, 한 가지 제안을
드리고 싶습니다. 개인 과외를 받게 하는 게 어떨까요. 라다는 문학의 개념을

파악하는 데 비상한 재능이 있고, 엘리자베스 여왕 시대의 시인들에 대한 논의를 아주 훌륭히 펼칠 수 있습니다. 이 안타까운 상황 때문에 라다가 학업에 뒤처진다면 큰 비극일 것입니다.

편지에서 여러 차례 말했듯이, 당신은 약초 치료법에 경험이 풍부하고 저는 그 치료법을 배우는 데 관심이 아주 많습니다(때늦은 사과가 완전히 쓸모없지 않기를 바랍니다. 목화 뿌리껍질에 대해서요). 히말라야 산악 지대에 사는 사람들은 레이디 브래들리 병원을 찾아와 의학적 치료를 받을 수 있는데도 민간 치료법에 전적으로 의존합니다. 어제 시장에서 심각한 피부염이 생긴 가디족 소년이 지나가는 것을 보았는데, 소년의 어머니는 툴시 가루로 치료하고 있다고 하더군요. 분명 도움이 되지 않을 텐데요. 다음 날 항생제 연고를 무료로 주겠다고 했는데도, 어머니는 거절했습니다. 아마 당신은 도움이 될 만한 다른 약초를 추천해줄 수 있겠죠? 이 문제에 대한 당신의 의견을 무엇보다도 기다리겠습니다.

휴식 덕분에 동생은 임신 기간을 순조롭게 보내고 있습니다. 라다는 아주 건강하고 운동을 즐기고 잘 먹습니다. 라다를 돌보는 일이 즐겁습니다. 당신의 다음 편지와, 옛 시대의 약과 새 시대의 약 사이의 간극을 메워줄 제안을 기다립니다.

당신의 친구,

제이 쿠마르 박사

추신. 겨자 습포를 보내주셔서 감사합니다. 제 기침이 아주 많이 좋아졌습니다. 하지만 가슴팍이 튀김옷을 입힌 것처럼 되었어요. 당장 튀겨도 될 것 같군요.

나는 다음 편지에 님 가루와 장미수를 섞으면 달콤한 향이 나는 항생제가 만들어진다는 내용을 잊지 말고 써야겠다고 생각했다. 히말라야 사람들은 이것을 양약 냄새가 나는 연고보다 더 좋아할 것이다.

편지를 다시 봉투에 넣으면서, 나는 칸타와 라다의 아기들이 이 세상에 무사히 나오게 해달라고 기도했다. 내 회의주의에도 불구하고, 나는 결국 신들에 대해서 약간의 믿음이 생겼다.

바깥에서 자전거 종이 울리는 따릉따릉 소리가 들렸다. 문에 있던 싱 가문의 소년 배달부가 내게 갈색 종이에 싸인 작은 꾸러미를 내밀었다.

사미르가 보낸 꾸러미였다. 심장이 쿵 내려앉았다. 사미르는 나를 만나려고 몇 번이나 시도했다. 편지를 보냈다. 심지어 집으로 찾아왔다. 나는 그를 들어오지 못하게 했고, 그러자 그는 문 너머에서 그날 밤 기타의 집에서 자기가 한 말에 대해 미안하다고 했다. 그는 모든 것을 원래대로 되돌리고 싶다고 했다. 아마 나를 다시 잠자리로 데려가고 싶었을 것이다. 혹은 다시 속담을 주고받으며 내가 웃는 소리를 듣고 싶었을 것이다. 혹은 그저 더 많은 약주머니를 원했을 것이다. 나는 더는 알고 싶은 마음이 없었다.

꾸러미를 묶은 끈을 풀었다. 만년필 케이스였는데, 라다가 입학한 첫 주에 내가 준 것과 같은 것이었다. 안에는 내가 라다에게 선물한 것과 같은 대리석 무늬 오렌지색 만년필이 들어 있었다. Wilson 1st Quality Fine.

사미르가 어떻게 라다의 펜을 찾았을까?

상자 안을 살펴보았지만 편지는 없었다.

내 선물을 받은 후 라다가 보인 미지근한 반응은 내게 마음 아픈 기억으로 남았다. 잃어버리면 화낼 거잖아요. 결국 잃어버린 것인가? 그리고 용케 사미르가 발견한 것인가?

그 순간 깨달았다.

둘이 여전히 몰래 만날 때, 라다가 라비에게 만년필을 선물로 준 것이다. 그랬다면 라비는 왜 돌려주었을까? 혹시 파르바티가 시켰을까? 아니면 임신 사실을 안 라다가 싱 가문의 차우키다르에게 맡기면서 라비에게 주라고 부탁했을까? 그가 자기와 만나주기를 바라면서? 그리고 사미르는 라비에게 보여주지 않고 이렇게 돌려준 것이고?

어떤 이유에서든 라비가 만년필을 받지 않았다는 사실이 동생의 여린 감정에 화상을 입혔을 것이다. 마음이 점점 아파왔다. "오, 라다." 내가 조그맣게 말했다.

다음 주, 나는 굽타 부인의 이름을 내 장부에서 지웠다.

말릭이 라지나가르 집의 약초 탁자 앞에 선 채로 손바닥에서 구슬을 굴리고 있었다. "헤나 알레르기가 생겼대요." 말릭이 말했다.

나는 믿을 수가 없어 말릭을 물끄러미 바라보았다. "뭐라고? 굽타 부인은 6년째 충성스러운 고객이었어! 딸이 결혼할 때 내가 신부 헤나를 해줬고, 그 딸이 사내아이를 낳았어!" 나는 얼굴을 찡그렸다. "누구도 내가 해준 헤나에는 알레르기가 없어."

말릭이 어깨를 으쓱했다. 말릭은 지난 여섯 달 사이 키가 15센티미터나 자라서 머리 꼭대기가 내 턱까지 왔다. 더 이상 마하라니 인디라에게 말했던 여덟 살로는 보이지 않았다. 내가 추측하기로는 열 살이었다. 말릭도 자기 나이를 몰랐기 때문에 우리는 말릭이 지금 아홉 살인 척했다. 아무튼 이발을 해주고 새 옷을 입혀야 했다.

"압둘 부인은? 그 집 딸 생일이 다가오는데."

"유감스럽다는 뜻을 전해왔어요." 말릭이 구슬을 바닥 저만치 쏘아

날리고 다시 집으러 뛰어갔다.

"이유는?"

"말하지 않았어요." 그가 뺨 안쪽을 씹었다. "아, 찬드랄랄 부인이 여름 내내 유럽에 있을 거라면서, 자기 약속은 잡지 말라고 했어요."

"여름 내내?" 내가 한숨을 쉬었다. "그러면 이번 주만 예약 취소가 다섯 건이로구나."

6월과 7월에는 많은 부인들이 타는 듯한 사막을 피해서 북쪽의 산으로 가거나 해외 친척을 찾아갔기 때문에 헤나 예약이 대체로 줄었다. 하지만 이제 8월이 다가오고 있었다. 남자 형제의 손목에 반짝거리는 팔찌를 묶어줄 때를 위해서 여자들이 자기 손을 장식하는 라키 의식 예약은 어떻게 된 거지? 가을에는 대체로 두세라 잔치(라마 신이 악마 라바나를 물리치고 거둔 승리를 기념하는 축제)와 바가판차카 잔치(닷새 동안 비슈누 신을 섬기며 즐기는 축제)를 대비한 만다라를 해주느라 바빴지만, 지금까지 예약한 손님은 두 명뿐이었다. 그리고 천 개의 등을 밝히는 디왈리 잔치를 위해서 예약한 사람은 아무도 없었다. 대체로 그 무렵에는 2주일 동안 예약이 꽉 차 있곤 했다.

파르바티의 일을 놓친 것은 놀랍지 않았다. 사미르의 사무실 밖에서 마주친 후로 그녀에게서는 아무런 소식이 없었다. 사미르가 라다와 라비 이야기를 했을 테니 내 예약 장부에서 다시는 그녀의 이름을 보지 못하리라는 것은 나도 알았다. 하지만 그녀는 확실히 입을 다물고 있을 것이다. 정치적 연줄을 고려하면, 소문이 퍼져나갔을 때 나보다는 그녀가 잃을 것이 더 많았다.

하지만 예약 장부의 빈자리를 놓고 경쟁하며 긴 줄을 섰던 고객들이 평소의 예약을 취소하거나 아예 하지 않는 것은 왜 그런가? 마하라니 라티카에 대한 소식이 궁금해서 호기심에 나를 찾았던 사람들은 제외하고 말이다. 신선함이 사라지면 그들이 나를 찾는 일이 더 없을 테니까. 그들에게 나는 단지 값비싼 사치품이었을 테니까.

나는 어리둥절해서 말릭을 쳐다보았다.

말릭이 허공에 구슬을 던졌다가 잡았다. "제가 무슨 일인지 알아볼 게요."

파텔 부인은 충성스러운 고객으로 남았다. 그녀는 모든 일정들을 지켰다. 관절염 때문에 손 모양이 변했고, 내가 헤나로 가려주는 것에 의존했다. 그것이 그녀의 유일한 허영이었다. 그녀는 또한 관절의 통증을 줄이기 위해서 내가 주는 뭉 콩과 라두, 양배추 파코라를 아주 좋아했다.

오늘 그녀의 손바닥 중앙에 연꽃을 그리고 있는데, 그녀가 목을 큼큼 풀었다. "다 괜찮소, 락슈미?"

"네, 지. 물어봐주셔서 감사해요."

"돈은……돈 문제는 없고?"

수입이 줄어들었다는 것을 빼면? 날마다 빈약한 핑계를 대며 취소하는 고객들이 있다는 것과? 내가 사미르에게 1만 루피—원래보다 두 배—를 빚지고 있다는 사실도? 그리고 파르바티는 아직 중매 사례금도 주지 않았고? 나는 웃음이 나올 뻔했지만, 미친 사람처럼 보일까 봐 참았다.

"왜 물으세요?"

"음, 이런저런 이야기가 들려서." 그녀는 당황한 듯했고, 자신의 발치에 앉은 셰퍼드 개를 보았다. 나는 라다에게 이 개에 대해서 이야기해주고 싶었다.

심장 뛰는 속도가 빨라졌다. 나는 그녀의 손가락 주변에 툴시 잎을 그렸다. "이런저런 이야기라니요?"

"안 좋은 소문은 금세 퍼지지."

이제 감각이 곤두섰다. "어떤 이야기를 들으셨어요, 지?" 나는 그녀의 손등에 안전함을 뜻하는 세 번째 눈을 그리면서 물었다.

그녀는 하인들이 들을 수 없게 목소리를 낮췄다. "도둑질하다가 걸렸다고."

나는 자세를 똑바로 하고 스스로 느끼는 것보다 더 차분하게 그녀를 쳐다보았다. "누가 그래요?"

"내 요리사한테 들었네. 그러니까 신뢰할 만한 정보는 아닐 수도 있지. 프라사드 부인의 금팔찌가 없어졌다고 했어. 자수를 놓은 사리도 없어졌다고 하고. 은실로 수놓은 거라던데."

그런 소문을 누가 퍼뜨렸단 말인가? 그중 어느 것도 진실이 아니었지만, 소문을 퍼뜨리는 사람들에게 걸리면 진실인지 아닌지는 그다지 중요하지 않았다.

"자네가 찬드랄랄 부인 집에 갔다 온 뒤로 목걸이도 사라졌다고 했어. 내 차우키다르가 그렇게 들었다는군."

나는 얼굴을 찡그렸다. "제가 10년 동안 모시던 부인들입니다. 제가 왜 갑자기 그분들의 물건을 훔치기 시작하겠어요? 저는 도둑질할 이유가……제게는 제 집이 있는데요."

그녀가 턱을 내리고 자기 손을 내려다보았다. "음……."

"말씀해주세요."

"이런 이야기가 도는데……자네가 다른 사람 걸 훔치지 않았다면 어떻게 그 집을 마련할 수 있었겠느냐고." 그녀가 아직 헤나 작업을 시작하지 않은 손을 내 손 위에 얹었다. 그녀의 손은 차가웠다. 아니면 내 피부가 불붙은 듯이 뜨거웠거나. 내가 손을 뺐다. "락슈미, 나는 그런 말을 한마디도 믿지 않는다는 걸 알아주면 좋겠네. 하지만 어떤 말이 나도는지 자네도 알아야 한다고 생각했네."

파텔 부인이 하인들에게 그런 소문을 들었다면 다른 부인들도 들었을 것이다. 그 소문은 얼마나 오랫동안 돌았을까?

가슴속 깊이 두려움이 느껴졌다. 셰퍼드 개가 내 두려움을 감지했는지 고개를 돌려 나를 쳐다보았다. "왜죠? 왜 그런 거짓말이 나도는 거죠?"

"샤르마 부인이 나보다 더 잘 알 거야. 그건 확실해. 언제나 그러니까. 나는 그녀만큼 클럽에 자주 가지는 않잖나." 그녀의 눈에 연민의 빛이 가득했다.

나는 헤나를 거의 다 칠한 그녀의 손을 잡았다. 그리고 갈대붓을 가만히 잡고 있으려고 했지만, 그렇게 되지 않았다.

파텔 부인이 조용히 말했다. "오늘은 이걸로 충분해. 샤르마 부인을 만나봐." 그녀가 사리 매듭 쪽에서 50루피를 꺼내 내게 건넸다.

"하지만 아직 다 끝내지 못했는데요."

"다음은 언제나 있으니까. 선금을 주는 걸로 하지."

그녀는 친절을 보이고 싶은 의도였겠지만, 그럼에도 그런 자선에 화가 났다. 나는 재빨리 물건을 챙겼다. 개가 바닥에서 일어났다.

내가 그녀의 시선을 피하며 말했다. "오늘 일을 마무리하지 못했으니 다음에는 그냥 해드리겠습니다."

나는 돈을 받지 않았다. 떠나기 전에 내가 인사를 했는지도 확신이 들지 않았다.

셰퍼드 개가 작별 인사를 하듯이 한 번 컹 짖었다.

샤르마 가문의 차우키다르는 전에 군인이었던 사람으로, 카키색 블레이저와 흰색 도티를 입은 세련된 모습이었다. 그가 대문에서 나를 정중히 맞아주었다. 내가 티즈 잔치 준비 때문에 샤르마 부인과 상의할 것이 있어서 찾아왔다고 말하자, 그는 나를 들일지 말지 고민이라는 듯이 양쪽 콧수염을 검지로 쓸어 만졌다. 결국 그가 고개를 끄덕였다.

샤르마 부인에게는 매년 8월에 열리는 티즈 잔치를 기다리는 며느리와 조카가 많았다. 티즈 잔치는 결혼할 수 있는 축복을 내려준다는 축제로, 100년 동안 떨어져 지낸 시바 신과 그의 아내의 재회를 기념하는 여자들의 행사였다. 경험상 나는 그런 말에는 회의적이었지만 나 역시 그 잔치를 즐겼다. 티즈 잔치는 장마철이 시작될 즈음에 열렸고, 그 무렵에는 내가 주로 쓰는 식물들이 왕성하게 자라서 로션과 크림에 치유력을 주기에 충분히 강한 힘이 생겼기 때문이었다. 게다가 샤르마 부인이 매년 개최하는 티즈 잔치는 늘 즐거웠다. 집안 여자들 전부가 서로 이야기하고 웃고 농담하고 노래하고 춤추며 활기가 넘쳤고, 그러는 동안 나는 그들의 손에 헤나로 문양을 그려주었다. 샤르마 부인은 여자들에게 실크 사리와 어울리는 유리 팔찌를 각각 선물로 주었다. 그녀의 요리사는 매년 솜씨를 최대한 발휘해서 지난해보다 더 색다르고 손이 더 많이 가는 미식가의 음식을 만들어냈다.

잔치가 3주일 남았을 뿐이어서 샤르마 부인이 아직 평소처럼 약속을 정하지 않았다는 데 놀라기는 했어도, 그리 걱정하지는 않았다. 그녀는 큰 집을 관리해야 했고 실라의 약혼식 준비로 바빠서, 나는 일단 그 날짜를 표시만 해둔 상태였다. 하지만 지금은 파텔 부인에게 그 이야기를 들은 이후였다. 나는 샤르마 부인이 이렇게 약속을 미룬 데 다른 이유가 있지 않을까 생각했다.

베란다 계단을 올라가는데, 여름 해가 참을 수 없을 만큼 뜨거웠지만 양쪽 팔에는 소름이 돋았다. 두피는 불이 난 듯이 뜨거웠다.

앞문에서 대체로 미소로 맞아주던 어린 하녀가 나를 보고 눈썹을 이마 선까지 치켰다. 하녀 역시 소문을 들은 것이 분명했다. 하녀는 나보고 기다리라고―그것부터 평소와 달랐다―하더니 종종걸음으로 복도를 걸어갔다. 나는 하녀와 샤르마 부인이 소곤거리는 소리를 들었다. 곧 하녀가 나타나서 고개를 살짝 기울여 응접실을 가리켰다.

샤르마 부인은 글 쓰는 탁자 앞에 앉아 있었다. 서랍에 청동 손잡이가 달린 견고하고 낮은 책상이었다. 그녀는 내가 들어오는 소리를 듣고 흘끗 쳐다보았다. 금테 안경이 반짝거리며 창문에서 비치는 햇살을 반사했다.

"아, 락슈미. 와줘서 기쁘네. 아들에게 보내는 편지를 마무리할 시간이 잠시 필요한데." 그녀가 다시 탁자로 시선을 돌렸다. "런던 물가가 너무 비싸서 돈이 좀더 필요하다는군. 그 애가 그 돈을 어디에 다 쓰는지 누가 알겠나?" 그녀는 얇고 푸른 항공우편 봉투를 접었다. "내가 답장을 빨리 하지 않으면 그 앤 친구들이 코카콜라를 마실 때 자기만 빠져야 한다고 동동거릴 걸세."

그녀는 항공우편 봉투 가장자리에 잽싸게 침을 묻혀 편지를 봉했다. 그리고 안경을 벗고 허리에 맨 은색 허리띠에 걸었는데, 거기엔 알미라, 보석함, 창고, 바깥 문 등의 열쇠도 걸려 있었다.

나는 페티코트에서 손수건을 꺼내 이마에 흐른 땀을 훔쳤다. 사실

파텔 부인의 집에서 여기까지 나는 목구멍에서 심장박동을 느끼며 뛰어왔다. 시원한 것을 좀 마셨으면 좋겠다고 생각하는 참에, 어린 하녀가 암 판나(상큼한 망고 음료)를 따른 키 큰 잔 두 개를 쟁반에 담아 들어왔다. 그녀는 차 마시는 탁자에 망고 음료를 놓고 나간 후에 문을 닫았다.

샤르마 부인이 소파 위 내 옆에 앉으며 잔을 건넸다. "이번이 지금까지 가장 더운 여름인 것 같아. 그렇게 생각하지 않나?"

그녀는 고개를 뒤로 젖히고 달콤하고 시큼한 음료를 길게 한 번에 꿀꺽 비웠다. 그녀는 또다른 카디 사리를 입고 있었고, 빳빳한 팔루로 윗입술에 고인 땀을 닦았다. 천장 선풍기가 뜨거운 공기를 아래로 밀어내면서 그녀가 바른 탤컴 파우더(땀나는 것을 방지하는 가루)와 땀 냄새를 내게 실어 날랐다. 다른 모든 부유한 저택들에서는 오래 전부터 에어컨을 사용했는데, 샤르마 씨 같은 건축 설계업자가 자기 가족의 편안함에 대해서는 어떻게 이렇게 방치하는지 모를 일이었다.

내 마음을 읽은 것처럼 샤르마 부인이 내게 크고 삐뚤어진 이를 드러내면서 미소를 지었다. "몸에서는 땀이 나야지. 샤르마 씨가 늘 하는 말이야. 몸에서 독소를 빼내는 데 도움이 된다고."

나는 공손히 미소를 지은 채 대화를 어떻게 시작할지 고민하며, 그리고 대화를 시작하는 것을 두려워하며 음료를 홀짝였다.

그녀가 목을 닦으며 말했다. "그래도. 나는 장마철이 기다려지네."

그녀는 내가 이야기를 꺼내도록 유도하고 있는 것이었다. "네. 티즈 잔치 때가 거의 다가왔습니다."

샤르마 부인이 미소를 지었다. 그녀는 손가락으로 입술을 닦고 자기로 만들어진 개 세 마리를 쳐다보았다. 개들은 서로 금줄로 연결된 채 차 마시는 탁자 위에 놓여 있었다. 가장 큰 개가 분명 어미일 텐데, 눈썹과 빨간 입술이 채색된 모습으로 샤르마 부인을 요염하게 쳐다보고 있었다. 한편 강아지들은 어미 개를 쳐다보았다.

샤르마 부인은 동물 조각상을 계속 쳐다보면서 말했다. "티즈 잔치는 우리에게 행복한 시간이지. 조카들도 다 결혼했고. 게다가 자네 덕에 실라의 혼사도 마무리됐고."

여인의 피부에 마지막 헤나 한 점을 찍기 직전의 순간은 늘 뭔가 의미 있게 느껴졌다. 나는 이 특별한 문양을 다시 반복해서 그릴 수 없을 테고, 헤나 또한 몇 주일이 지나면 영원히 사라질 것이다. 샤르마 부인과의 이 순간 역시 최종적이고 그런 만큼 덧없으리라.

나는 몸이 떨렸고, 이가 달달거려 유리잔에 부딪힐까 봐 음료를 탁자 위에 내려놓았다.

샤르마 부인이 말하기 시작했다. "내가 만약, 자네가 실라의 산지트 잔치 때 그려준 만다라가 충분히 기대에 부응하지 못했다고 말하면 뭐라고 할 텐가?"

나는 놀란 마음을 감추기 어려웠다. 내가 샤르마 부인의 며느리들 손에 헤나를 그려줄 때, 여인들은 문양이 독창적이고 아름답다고 말해주었다. "구체적으로 어디가 만족스럽지 않았는지 여쭤봐도 되겠습니까?"

"충분히 전통적이지 않았다고 말할 수 있겠지. 색 파우더를 더 많이 써야 했을 테고." 그녀는 이유는 중요하지 않다는 듯이 넓은 어깨를 으쓱했다.

그녀는 나더러 내가 한 일을 비판하라는 것인가? "하지만 샤르마 부인, 부인께서 제 헤나 문양과 비슷하게 해달라고 하지 않으셨습니까. 뭔가 아주 특별하게 다른 종류의 만다라를 원한다고 그러셨고요."

그녀가 입을 오므리고 축축한 목을 사리로 닦았다. "그랬지. 내가
그 헤나가 이류였다고 말한다면 어쩌겠는가?"

나는 다시 그날 저녁을 회상했다. 반죽이 뭉쳐 있었나? 아니, 그때
나는 라다의 반죽을 사용했고, 질감은 실크처럼 균일하고 고왔다. 내
가 사용하는 모든 재료는 최고급이었고, 내 손이나 라다의 손으로 섞
은 것이었다. 말릭이 손님들의 생각을 혼란스럽게 하는 말이나 행동
을 했나? (그 애는 내게 뭐든 불리한 일은 한 적이 없었다.) 그때 뭔가가
기억났다. 말릭이 만다라 작업을 제대로 시작하지도 않았을 때, 실라
가 말릭에게 떠나라고 요구한 일. 누군가는 라다가 실라에게 돌을 던
지려고 한 것을 봤을 것이다. 하지만 그 일은 거의 여덟 달 전에 일어
난 일이었다. 이 이야기라면 지금보다 훨씬 전에 하인들의 소식망을
통해서 이미 들었어야 했다.

나는 신중하게 말을 꺼냈다. "아시겠지만, 저는 제가 하는 작업을
꼼꼼히 살핍니다, 샤르마 부인. 제게는 철저한 기준이 있습니다. 혹시
부인들 중에 한 분이 불평하셨나요?"

샤르마 부인이 한숨을 쉬었다. 그리고 일어서려는 것처럼 두 손으로
허벅지를 누르며 팔꿈치를 구부렸다.

"자네는 정확히 내가 예측한 대로 말했네, 락슈미. 그리고 그것 말
고 다른 말을 할 이유도 없겠지? 자네는 이 문제에 잘못이 없어. 그리
고 나는 거짓말에 능숙하지 않고. 내가 뭔가를 꾸며내려고 한다면 자
네가 곧바로 꿰뚫어 보겠지."

그녀는 소파에서 몸을 일으키고 목적이 있는 것처럼 글 쓰는 탁자
로 걸어갔고, 허리띠에 걸린 열쇠로 잠긴 탁자 서랍을 열었다. 그리고

내 앞으로 돌아와 서서 끝부분이 불룩한 봉투를 건넸다. 동전이 잘랑거리는 소리가 들렸다.

그녀가 말했다. "자네 거야. 받게." 내가 그것을 받자 그녀는 다시 느릿느릿 소파로 돌아가 무겁게 앉았다. "파르바티가 자네한테 봉투를 줄 시간도 없이 여름을 난다고 해외로 가버렸어. 자네한테 이걸 줘야 했는데 내가 좀 게을렀네." 파르바티가 잉글랜드로 간 이유는 당연히 라비가 자이푸르로 돌아오는 것을 막기 위해서였을 것이다.

싱 건설이라는 회사명과 주소가 봉투의 왼쪽 위에 찍혀 있었다. 받는 사람 이름은 없었다.

"자네가 그걸 열어보는 모습을 나보고 꼭 지켜봐달라고 했어." 샤르마 부인은 이제 겸연쩍은 표정을 짓고 있었다. 그러고는 다시 관심을 자기로 만들어진 개에 돌렸다. "중매 사례금이라고 하던데."

나는 봉인된 곳을 찢었다. 안에는 1루피짜리 동전들이 들어 있었다. 세어보았다. 10루피? 나는 그 안에 동전들 말고는 아무것도 없다는 것을 확인하기 위해서 봉투를 위아래로 뒤집어 흔들고 싶은 충동을 느꼈다. 더 넓게 찢어 열어보았다.

비어 있었다.

나는 턱을 가슴팍으로 내리고 머릿속에서 붕붕거리는 소리를 잠재우기 위해서 눈을 감았다. 파르바티의 목표는 샤르마 부인 앞에서 내 명예를 떨어뜨리는 것이었다. 그녀는 이런 모욕이 내게 천 배는 더 수치스러울 것임을 잘 알고 있었다.

샤르마 부인이 말했다. "파르바티가 한 가지를 더 부탁했는데……." 그녀의 목소리 끝이 흐려졌다. 그녀가 잔을 들어 한 모금 더 마시려다가 잔이 비었다는 것을 발견했다. 그녀는 마지못해 잔을 내려놓고 나를 쳐다보았다. 그녀의 시선이 다정하지 않은 것은 아니었다.

"자네를 잃게 되어서 마음이 안 좋아, 락슈미. 자네 같은 예술가는 만나기 힘들고, 또 자네는 내 가족에게 아주 잘해줬어."

그녀는 위로하고 싶은 것 같았다. 목소리에서 느껴졌다. 심지어 그녀의 뺨에 있는 점마저 내게 힘을 북돋아주려는 듯이 더 위로 올라갔다. "하지만 파르바티는 자네가 도둑질을 해왔다고 주장해. 나는 그 사람 말을 믿지 않지만······그런 생각은 해보지도 않았지만······편을 들 수밖에 없어. 자네도 이해하리라고 생각하네. 실라와 라비가 결혼하면 싱 가문도 우리 가족의 일부가 될 테니까. 내가 파르바티의 생각에 동의하든 동의하지 않든 내 손은 이제 그녀의 손에 묶인 셈이네."

파르바티! 나는 그녀를 성의껏 대했다. 투정을 다 받아주었다. 비위를 맞춰주었다. 그녀의 가족과 내 가족의 이익을 위해서 라다의 임신을 가능한 한 조심스럽게 처리해주었다. 야단법석을 떤 적도 없었다. 돈을 요구하지도 않았다. 그 모든 것을 다 해주었는데 그녀가 나에 대한 거짓말을 한다고? 동생이 바보 같은 짓—당연히 라비의 짓이기도 하다!—을 했다는 이유로! 그녀의 아들도 라다만큼—아니, 나이가 더 많으니 더 많이—비난받아 마땅했다. 하지만 파르바티는 그것을 내게 뒤집어씌우려는 것이다.

아주 불공평했다! 나는 눈물을 참으려고 애썼지만 그러지 못했다. 나는 아주 열심히 일해왔어요. 샤르마 부인에게 그렇게 말하고 싶었다. 나는 그들의 규칙을 지켰어요. 그들의 모욕을 삼켰어요. 그들의 경멸은 못 들은 척했어요. 남편들의 방황하는 손을 밀어냈어요. 내가 벌을 충분히 받지 않았나요? 이 순간 이 선하고 지각 있는 여인 앞에 앉아, 나는 내가 세상에서 가장 싫어하는 것을 구하고 있었다. 동정. 심지어 내가 동정

을 구한다는 사실조차 싫었다. 나약한 나 자신이 싫었고, 조이스 해리
스에게 약주머니를 준 그날 그녀가 보인 자기 연민보다 더 싫었다.

오, 라다만 없었다면! 그 애가 온 후로 내 삶의 무엇 하나도 전과 같
지 않았다. 그 애는 내게 은밀한 장마와 같았다. 부인들과 긴 시간 쌓
은 신뢰와 평판이 무너졌다. 라다만 없었다면 나는 결코 샤르마 부인
앞에서 비굴하게 침묵하지 않아도 되었을 것이다. 하지만 한편 나는
그런 꼴을 당해 마땅했다. 일곱 번의 생애 동안 같이 살았어야 하는
남편을 버림으로써 애초에 죄를 저지른 것이다.

샤르마 부인은 나를 염려의 눈빛으로 보고 있었다. 나는 소파를 눈
물로 얼룩지게 하기 전에 떠나야 했다.

목을 큼큼 풀고 손끝으로 눈두덩을 꾹 눌렀다. 떠나려고 일어설 때,
간신히 "그럼"이라고 말했다.

그녀의 마지막 말은 이것이었다. "행운이 있길 바라네, 베티."

17

1956년 8월 31일

8월—다 태워버릴 듯이 지독히 더운 날씨였다—이 질질 끌며 흘러갔다. 나는 예약 장부를 펴고 빈 페이지를 획획 넘겼다. 8월 15일, 인도의 독립기념일이 한 번의 예약도 없이 왔다가 그냥 가버렸다.

일주일이 지날 때마다 예약보다 취소가 더 많아졌다. 하루에 여섯 명이나 일곱 명의 부인을 소화했는데 이제는 한 명이었다(그리고 그것조차 행운이었다). 최근에는 아직 남은 고객 몇 명이 내게 물어보지도 않고 돈을 적게 주었고, 나는 불평 없이 줄어든 액수를 받았다.

공책에는 쿠마르 선생의 지난번 편지가 끼워져 있었다. 그것을 세 번째로 꺼내, 이번에는 끝까지 읽으려고 해보았다.

1956년 8월 17일
친애하는 샤스트리 부인에게
라다에 관해서 당신이 원하는 바를 존중합니다. 라다에게 궁에서 아기를 입양한다는 사실은 알리지 않았지만 당신과 그 문제를 더 논의하고 싶은데, 아기가 태어날 때까지는 그럴 기회가 없을 것 같군요.

라다는 출산 이후 일주일 동안 병원에서 간호를 받을 것입니다. 하지만 그 기간 동안 라다에게서 아기를 떼어놓는 데 어려움이 있을지도 모르겠습니다. 라다가 자기 안에 데리고 있는 생명에 애착을 많이 느끼고, 아기 이야기를 끊임없이 합니다. 아기가 입양된다는 생각을 라다가 완전히 받아들였는지, 저로서는 잘 모르겠습니다. 이 상황을 머리로는 이해하고 있지만 감정적으로는 받아들이지 못한 것 같습니다.

친구분인 아가르왈 부인은 라다가 상황을 이해하고 있다고 저를 안심시키면서 라다가 아기에게 강한 애착을 느끼는 것은 그저 호르몬 때문이라고 믿습니다. 저로서도 더 나은 설명이 없어서 당분간은 친구분의 말씀이……

편지의 이 부분에서 나는 늘 읽기를 멈췄다. 라다는 입양에 동의했다. 나는 다른 생각은 하지 않을 것이다. 아기는 궁에서 키운다. 우리는 3만 루피를 받을 것이고, 그 돈이 우리를 구해주고 라다의 교육비를 해결해줄 것이다. 아기는 건강할 것이다. 사내아이일 것이다. 내가 쿠마르 선생과 다른 가능성에 대해서는 말하고 싶지 않으니, 그렇게 될 것이다.

이른 9월에 내리는 장맛비는 대체로 안도감을 데려왔다. 옛것을 씻어내고 새것을 맞는다. 하지만 올해 비가 왔을 때 내가 느낀 것은 두려움뿐이었다. 달리 갈 곳이 없어서 집은 감옥이 되었고, 주변 곳곳에서 내가 끝내지 못한 일들이 보였다. 약초 정원을 만들려고 계획한 안뜰의 흙바닥에 빗물이 웅덩이를 만들었다. 빗물은 어린 식물을 싸서 보호하는 말린 짚단에 맞고 튕겨 나왔다. 빗물은 집 뒤쪽에 울타리를 지으려고 사서 놓아둔 벽돌을 타고 흘러내렸다. 나는 마당을 약탈하는 이

윗집 돼지들을 더 이상 쫓아내지 않았다.

종종 나는 몇 시간 동안 조리대 앞에 서서 이제는 아무도 사용하지 않는 오일과 로션을 만들었다. 막자가 만들어내는 리듬은 최면적이어서 끊임없이 내리는 비처럼 마음을 달래주었다. 나는 막자를 저으면서 내가 어떻게 다르게 처신할 수 있었을지 생각했다. 라다를 보호할 책임은 내게 있으니, 더 가까이에서 지켜봤어야 했다. 사미르 같은 남자와 자는 일은 삼갔어야 했다. 그는 자기 아들이 그러듯이 여자를 무정하게 이용했다. 나는 평범한 중매인보다 훨씬 더 훌륭하게 혼사 문제를 마무리한 것에 대해서 파르바티에게 사례금을 선불로 달라고 요구했어야 한다.

샤르마 부인의 집에서 나온 나는 파르바티와 대면할지 말지 잠시 고민했다. 10년 동안 나는, 그녀는 우월하고 나는 열등한 위치에서 그녀에게 속박되어 살았다. 그녀와 얼굴을 마주하고 맞서는 일에는 헤라클레스의 힘이 필요할 것 같았다. 나는 그 순간 아버지가 영국령 인도 제국이라는 현실을 직면했을 때 얼마나 사기가 떨어지고 자신을 무능하게 느꼈을지 조금이나마 체감할 수 있었다. 영국인은 늘 지배하려고 했고, 어느 순간 피타지는 더 이상 맞서 싸울 힘을 잃었다. 아버지는 비겁한 출구를 선택했다. 밤마다 샤라브를 한 병씩 비웠고, 결국 하루에 두세 병이 되었다.

나 역시 비겁한 출구를 선택하고 있었다. 직접 대면하는 대신, 속으로 파르바티에게 말했다. 당신 아들을 통제하는 건 당신 책임이에요, 내 책임이 아니라! 내가 당신 가정을 위해서 얼마나 멋진 혼사를 성사시켰는지 보세요! 그런데 정작 당신은 내가 이루려고 그토록 열심히 노력한 전부를 파괴하는 것으로 그걸 갚는군요!

유일한 다른 선택은 자이푸르의 모든 사람들에게 그녀의 아들이 열세 살인 내 동생을 유혹했다고 말하여 앙갚음하는 일이겠지만, 도움이 되지는 않을 것이다. 오히려 더 나쁜 결과를 낳아서 내가 앙심을 품은 좀스러운 거짓말쟁이로 비칠 수도 있었다. 설사 부인들이 나를 믿어준다고 해도, 어쩔 수 없이 그들과 동류인 파르바티의 편을 들어줄 것이다. 그들의 자식들이 비슷한 곤경에 처하면 (그런 일이 없을 것 같지는 않았다) 그녀의 도움이 필요할 테니까.

말릭은 예약이 없어도 내가 끼니는 챙기는지 확인하려고 매일 나를 찾아왔다. 오늘 말릭은 커리 경단을 가득 담은 찬합을 내 코밑에 들이밀며 냄새를 흘렸다.

"코프타라도 좀 드시지 않을래요? 주방장 아저씨가 지라(커민 씨)를 좀더 넣었어요." 궁의 주방에 더 싼값으로 식자재를 공급하는 부업은 수입이 짭짤해서, 그 덕분에 말릭은 여전히 궁 주방장이 만드는 5성급 요리를 먹을 수 있었다.

나는 아무 말도 하지 않았다. 낡은 사리로 목에 흐른 땀을 닦고 재료를 계속 빻았다.

"앤티-보스, 제발요."

나는 말릭에게 식욕이 없다고 말했다.

그가 내 어깨를 흔들었다. 나는 몸을 흔들어 그의 손을 치웠다.

"말했잖아! 먹고 싶지 않다고."

"앤티-보스?"

나는 짜증이 나서 말릭을 돌아보았다.

말릭이 문쪽으로 턱짓을 했다.

나는 말릭의 시선을 따라갔다.

파르바티 싱이 핸드백을 한쪽 팔에 걸고 물방울이 떨어지는 우산을 옆구리 쪽에 든 채 문지방에 서 있었다. 나는 꿈속에서도 내 집에서 그녀를 보게 될 줄은 결코 몰랐다. 나는 막자를 내려놓았다. 막자는 그릇 안에서 빙빙 돌다가 멈췄다.

"들어가도 되겠나?" 그녀가 서늘한 목소리로 물었다.

나는 말릭이 문으로 걸어가 때려눕힐 듯이 파르바티 앞에 서는 것을 지켜보았다. 그에게 나갈 공간을 만들어주려면 그녀가 복도에서 뒤로 물러날 수밖에 없었다.

"신발이요." 그가 말했다.

나는 그녀가 뭐라고 할 줄 알았지만, 그녀는 허리를 숙여 젖은 샌들을 벗었다.

문밖으로 나가자, 말릭은 차팔을 신고 머리를 꼿꼿이 든 채 거리로 나섰다. 말릭에게는 우산이 없었다. 따뜻한 비가 말릭에게 문제였던 적은 없었다.

파르바티는 잠시 뜸을 들였다. 그러고는 문을 통과했는데, 여기가 내 집이 아니라 자기 집인 것처럼 다시 위엄 있는 모습이었다. 그녀가 문을 닫고 그 자리에 섰다. 나는 그녀가 방 안을 살펴보는 것을 지켜보았다. 로션을 만들 때 쓰는 흠집 많은 탁자, 가운데가 꺼져가는 침대, 나달나달해진 가방, 색이 바랜 개어놓은 담요, 이웃에게서 산 문짝이 균일하지 않은 알미라. 그녀의 눈으로 내 소유물을 보면서, 나 자신이 초라해지는 것 같았다.

그녀가 말했다. "흠, 나는 자네가……." 그녀의 말이 허공에 걸렸다.

그녀가 한 걸음 내게 다가왔다.

나는 본능적으로 한 걸음 물러섰다.

그녀가 걸음을 멈췄다.

파르바티는 조리대 위에 핸드백을 놓고 등잔 옆의 성냥갑을 집었다. "나는 자네가 나를 찾아올 줄 알았네." 그녀가 등잔을 켜고 불꽃의 키를 높이며 말했다.

그때까지 나는 방 안이 얼마나 어두워졌는지도 깨닫지 못하고 있었다. 나는 어떻게 해야 할지 몰라 가만히 서 있었다.

그녀가 성냥 불을 불어서 껐다. "자네는 내게 의지하기 전에 늘 나를 찾아왔지. 기억나나? 처음 자이푸르로 와서 상류 사회에 소개되고 싶어했을 때도 그랬고. 궁에 소개되고 싶어했을 때도 그랬고. 자네는 야망 있는 여자야. 나는 그런 자네에게 적대감이 없었고, 알겠지만."

나는 그녀를 보았다. 그녀가 웃고 있는지, 얼굴을 찡그렸는지 잘 알 수 없었다.

"지금 자네 사업이 잘 안 되고 있으니, 적어도 내게 부탁하러……."

나는 내가 지금 무슨 말을 듣고 있는지 믿을 수 없었다! 주먹이 쥐어졌고, 가슴속에서 분노의 불길이 일었다. "제 사업이 안 되는 건 당신 때문이잖아요. 그런데 당신은 내가 당신을 찾아가서, 나에 대한 거짓말을 퍼뜨리지 말아달라고 빌기를 바라는군요?"

실라 샤르마가 그랬던 것처럼, 불쾌감의 표시로 그녀의 눈이 가느스름해지고 입 모양이 비틀어졌다. 그녀가 말했다. "한순간이라도. 그 소문의 시작이 내가 아니라고 생각해본 적은 있나?"

내 얼굴에 놀란 기색이 드러났을 것이다.

그녀가 말을 이었다. "내가 그 불에 부채질을 하면서 내심 즐겁지 않았던 건 아니지만. 나는 적어도 자네 고객들의 일부는 그 비난을 터무니없다고 여기고 믿지 않을 줄 알았지. 내가 틀렸어. 사람들은 우리가 믿고 싶어하는 것보다 더 잘 속아 넘어가고 더 동정심이 없더군. 동의하지?"

그녀가 핸드백 안에 손을 넣었다. 손을 꺼내자 오므린 손 안에 뭔가가 쥐어져 있었다. 그녀가 손을 탁자 상판 위로, 팔이 평평해질 때까지 나를 향해 쭉 뻗었다. 그러고는 손을 폈다.

사미르가 준 회중시계가 우리 사이에 있었다.

나는 반사적으로 페티코트 안을 만졌다. 당연히 없었다. 회중시계가 없어진 지 한참이었다. 한동안 시간에 맞춰 어딘가에 갈 필요도 없었다. 그날 밤 기타의 집에 갔을 때의 장면들―사미르의 입술, 손, 우리의 벗은 가슴―이 나도 모르게 마음속에 떠올랐다. 거기에서 나올 때 시계를 챙긴다는 것을 깜박한 것이다.

나는 용기가 증발해버렸고―휙!―얼굴이 뜨겁게 달아올랐다.

파르바티는 실망한 듯이 고개를 가로저었다. "기타가 몇 달 전에 나를 찾아왔어. 사미르의 가장 최근 여자." 그녀에게서 미소가 사라졌고 얼굴이 일그러졌다. "남편의 정부가 위로를 구하러 아내를 찾아오는 상황, 남편이 아내가 아니라 정부인 자기에게 충실하지 않다고 불만을 말하는 상황을 경험하는 게 얼마나 수치스러운 일인지 아나?"

나는 눈을 감았다. 그날 밤이 존재했다는 것 자체를 잊고 싶었다.

그녀는 명절 잔치 때 난로 앞을 서성였던 것처럼 방 안을 불안하게 서성였다. 그녀는 양손으로 깍지를 끼고 비볐다. 그러더니 갑자기 걸음을 멈추고 고개를 약간 숙여서 테라초 바닥을 살폈다. "흠." 그녀가 나를 돌아보았고, 내 문양의 가치를 인정한다는 듯이 고개를 한 번 까딱했다.

그녀가 다시 서성이기 시작했다. "사미르는 사랑이 필요해. 존경을 받아야 하고. 사미르 같은 성향의 남자들은 그렇지. 나는 그를 이해하네. 수용하고."

그녀는 나를 설득하려는 것인가, 아니면 그녀 자신을 설득하려는 것인가?

"중요한 건 자네가 나를 배신했다는 거지, 락슈미. 나는 자네를 믿었어. 내 집에서. 내 남편하고. 자네는 두 사람 사이에 아무 일 없다고 나를 안심시켰어."

하룻밤뿐이었어요. 10년 동안 그러지 않았어요. 계속 그럴 생각도 전혀 없어요. 내가 어떤 말을 한다고 해도 달라질 것은 없었다.

파르바티는 핸드백 앞에서 걸음을 멈췄다. 그녀가 무거운 주머니를 꺼내 탁자에 내려놓았다. 잘랑거리는 소리가 났는데, 주머니에 동전이 채워져 있다는 뜻이었다.

그녀가 주머니를 보며 말했다. "우리 이렇게 하지. 중매 사례금을 주겠네. 은화로. 적지는 않아." 그녀가 주저하며 말했다. "자네가 받아야 할 몫이니까." 그녀는 내게 고맙다고 말하려는 것이 아니었다.

내가 돈에 손을 뻗지 않자 그녀가 말했다. "1만 루피일세. 우리가 합의한 것보다 더 많아." 그녀가 나를 보며 미소를 지었고, 아주 잠시 나는 그녀가 내게 그보다 더한 것을 보여주리라고 상상했다. 사과, 용서, 이해, 존중. 다시 그녀의 덕을 입고 싶은 마음이 큰 것에 나는 놀랍고 혼란스러웠다. 나는 피타지를, 나와 같은 인도인을, 그리고 그들이 독립 후 영국인에 대해서 어떻게 느끼는지를 생각했다. 복종에 익숙해진 그들은 아무리 수치스러워도 그 역할로 편안하게 되돌아갔다. 내가 지금 그런 모습 같았다.

"그리고요?" 내 목소리는 희미했다.

"그리고 내가 모두에게 그 소문은 오해였다고 말하는 거지. 심지어 자넬 다시 고용해서 일정하게 예약을 잡는 거야. 중매 의뢰도 더 많이 받을 수 있게 도와주고. 그게 자네가 원하는 것 아닌가?"

나는 기침을 했다. 진짜라고 믿기에는 너무 좋은 제안이었다. "대가는요?"

"사미르를 멀리하는 것. 기타가 그러던데, 자네가 그를 끌어들인 사업이 있다더군. 그 약주머니 말이야. 참 나, 락슈미." 그녀가 몸서리를 쳤다.

입안에서 쓰고 매운 담즙 맛이 났다. 그녀는 내가 사미르를 설득하여 약주머니를 팔았다고 생각한 것이다. 그가 약주머니를 팔라며 나를 자이푸르로 꾀어낸 일은 전혀 알지 못했다.

나는 목소리를 부드럽게 유지했다. "사미르에게는 말해보셨어요?"

그녀는 그렇게 하면 자기가 다친다는 듯이 목을 큼큼 풀었다. 말해보지 않은 것이다.

나는 주머니를 보았다. 사미르에게서 빌린 돈을 갚을 만큼 충분했다. 내가 그녀의 조건에 합의한다면 곧 장부는 고객들의 이름들로 채워질 것이다. 특권과 힘을 가진 사람들이 다시 나를 반기며 자신들의 웅장한 집으로 나를 들이고, 내게 그들의 디반에 앉아 부드러운 차를 마시라고 권할 것이다.

어머니의 목소리가 들렸다. 한 번 잃은 평판은 좀처럼 되살아나지 않는다. 어머니의 말이 맞았다. 아버지를 고용한 영국인들은 아버지가 독립 운동에 가담했다는 이유로 그를 문제 인물로 낙인찍었고, 그후로 아버지의 평판은 결코 회복되지 못했다. 아버지는 평생 낙인이 찍힌 채로 살았다.

인기 있는 헤나 아티스트로서의 내 입지 역시 영원히 더럽혀졌다. 파르바티가 약속을 성실히 지키더라도 도둑질을 했다는 거짓말은 악취처럼 나를 따라다닐 것이다. 내가 그들의 집에 가면 부인들은 내 일거수일투족을 지켜볼 것이며 팔찌가 사라지거나 멤사히브의 지갑에서 돈이 없어지기만 해도 대번에 나를 비난할 것이다. 그러면 나는 어떻게 할 것인가? 파르바티에게 가서—그런 일이 일어날 때마다—그런 것이 아니라고 설득해달라며 빌 것인가?

내가 그녀에게 빚을 지고 있는 한 파르바티는 나를 소유한 것이며, 그것이 정확히 그녀가 원하는 바임을 나는 깨달았다.

내가 그러겠다고 말하면 내 사업은 온전할 것이다. 더럽혀졌지만, 온전해진다. 학교 교사라는 직업은 유지한 피타지처럼. 비록 사람들에게 잊힌 아자르라는 이름의 작은 마을에서였지만.

아버지는 학교 비품도, 달아날 기회도 없이 구닥다리 교과서로 간신히 버티면서, 매일 매 순간 자신의 위신이 얼마나 떨어졌는지를 느꼈을 것이다.

나는 어깨를 펴고 주머니를 다시 그녀 쪽으로 밀었다. "돈은 넣어두세요. 보답으로, 저는 자이푸르의 부인들에게 그들 남편들의 사생아를 얼마나 많이 세상에 나오지 못하게 막았는지 말하지는 않겠어요."

그녀의 얼굴이 일그러졌다. 순식간에 그녀가 팔을 들어올리고 손바닥을 폈다. 그녀가 내 얼굴을 후려치기 전에 내가 그녀의 팔을 붙잡았다. 우리의 시선이 마주쳤다. 그 순간 나는 그녀를 보았다. 그녀의 전부를, 붉은 얼굴과 젖고 광분한 눈을. 그녀는 지난 반 시간 동안 자제력을 잃지 않으려고 안간힘을 썼을 것이다.

내가 말했다. "아드님을 위해서 약주머니 몇 개를 드려야 할지도 모르겠네요. 내 동생이 처음은 아니었지만, 마지막도 아닐 것 같고요."
나는 그녀의 팔을 휙 치웠다.

그녀는 똑바로 서 있으려고 무진 애를 썼다. 눈동자가 증오로―그
리고 수치심으로―이글거렸다. 눈물과 함께 검은색 눈 화장이 뺨 위
로 길게 흘러내렸다. 콧물이 흐르고 있었다. 한쪽 입가에는 분홍색 립
스틱 얼룩이 묻어 있었다. 그녀가 내 손자국이 남은 팔을 문질렀다.

나는 그녀가 뭔가를 더 말하리라고 생각했지만, 그녀는 아무 말이
없었다. 우리는 지붕에 떨어지는 빗소리를 들었다. 나는 그녀가 은화
주머니를 들어 핸드백 안에 넣는 것을 지켜보았다. 아주 짧은 순간 동
안―어이없게도―그것(1만 루피였다!)을 낚아챌까 생각했다.

이어 파르바티는 내가 전혀 예상하지 못한 행동을 했다. 화장이 번
지거나 고급 사리가 더러워지는 것은 신경도 쓰지 않고 얼굴을 팔루
로 닦은 것이다. 얼굴이 검은색, 붉은색, 분홍색으로 얼룩졌다. 그녀의
시선이 회중시계에 떨어지더니 계속 탁자 위에 머물렀다. 그녀가 돌아
섰다.

문 앞에서 그녀는 문틀에 기대 몸을 가누며 샌들을 신었다. 떠나기
전에 그녀가 바깥에서 내리는 비를 쳐다보며 말했다. "그는 결국 당신
들 전부에게 싫증을 낼걸."

몸의 모든 근육이 긴장한 채로 나는 기다렸다. 잠시 후 나는 창문으
로 걸어갔다. 그녀는 흠뻑 젖은 채 거리 한복판에 서 있었다. 우산은
쓰지도 않았다. 그녀의 사리는 완전히 젖어 있었고, 그녀의 굴곡진 몸
에 들러붙어 크고 작게 튀어나온 모든 부분들을 드러내고 있었다. 틀
어올린 머리는 풀려 내려와 젖은 똬리처럼 되었다. 그녀는 그것을 알
아차리지도 못했다. 자신을 태우려고 멈춰선 통가-왈라의 소리도 들

지 못했다. 공손히 섬기는 일에, 기분 좋게 해주고 달래는 일에 익숙한 내 일부는 우산을 들고 그녀를 쫓아가고 싶었다. 하지만 참았다. 나는 비틀거리며 미끄러지듯이 거리를 걸어가는 그녀의 모습이 내 시야에서 사라질 때까지 지켜보았다.

나는 오랫동안 창가에 서 있었다. 그 짧은 몇 분 동안 정당한 분노를 표출한 대신 내가 포기한 것에 대해서 생각했다. 나는 그녀의 남편과 잤다. 그를 위해서 피임 약주머니를 만들었다. 나는 높은 도덕적 기준을 주장할 자격이 없었다.

나는 곁눈으로 집배원이 거리 반대쪽 끝에서 내 집으로 걸어오는 것을 보았다. 그는 귀소하는 비둘기처럼 내게로 오고 있었다.

나는 내리는 비에는 아랑곳없이 앞문으로 달려갔다. 그가 내게 전보가 왔다고 말하기도 전에 나는 그에게서 전보를 낚아채고 찢어서 펼쳤다.

라다에게서 온 것이었다.

적혀 있는 말은 이것뿐이었다. 와요, 당장. 앤티는 언니가 필요해요.

4부

18

인도 히말라야 풋힐 심라, 1956년 9월 2일

"눈을 감으면 앤티의 사리에서 피가 뚝뚝 떨어지는 장면만 보여요."
라다가 내 목에 얼굴을 묻고 흐느꼈다. "쿠마르 선생님이 아기의 호흡
이 멈췄다고 했어요. 며칠 전에요. 앤티의 몸이 아기를 내보내려고 애
쓰는 거라고, 하지만 앤티는 그런 일이 일어나지 않게 하려고 노력하
는 거래요."

나는 병원에서 칸타의 맞은편 침대에 앉아, 옆에 앉은 동생의 팔을
어루만져주었다. 라다는 단지 배만 많이 나온 것이 아니라, 전체적으
로 몸집이 커져 있었다. 팔이 더 통통해졌다. 얼굴에도 살이 더 붙었
다. 지난 11월 자이푸르에 처음 나타났을 때의 모습과는 얼마나 많이
달라 보이는가.

"쿠마르 선생님을 곧바로 부른 건 잘한 일이었어. 그렇지 않았다면
패혈증으로 죽었을지도 몰라." 내가 라다의 머리칼에 입을 대고 속삭
였다.

칸타의 팔에서부터 침대 위로 뒤집혀 걸려 있는 병까지 튜브가 연결
되어 있었다. 배가 많이 나와 있는 모습을 볼 줄 알았는데―9개월째

였다—그 기대는 사라졌다. 이불 밑에 웅크린 칸타는 작고 가냘파 보였다. 마누는 다른 방의 빈 침대에서 자고 있었다. 그는 나를 태우고 밤새 차를 몰고 심라까지 왔다.

라다가 딸꾹질을 했다. 내가 손수건을 건넸고, 라다는 코를 풀었다.

내가 도착했을 때, 라다는 어린아이처럼 엉엉 울었다. "지지!"

나는 지체 없이, 임신 때문에 많이 나온 배가 허용하는 한 라다를 두 팔로 감싸안았다. 라다는 몸을 부들부들 떨고 있었다. "괜찮아. 괜찮을 거야." 내가 말했다. 쿠마르 선생이 나를 동생에게 데려가면서 전날 밤 칸타를 데려왔을 때 동생에게는 충격을 완화시키는 약을 줬다고 말했다.

동생이 말했다. "여기는 무서워요. 여기 간호사들은 전부 심각한 얼굴을 하고 풀 먹인 모자를 쓴 채 서로 자매도 아니면서 '자매님'이라고 불러요. 내 아기는 온 세상에서 약병 냄새가 난다고 생각할 거예요." 라다가 코를 훌쩍였다. "나는 자쿠 사원에서 매일 크리슈나 신에게 기도했어요, 지지. 우리 아기들이 함께 명명식을 할 수 있게 해달라고요. 처음으로 밥을 먹는 잔치를 같이 열 수 있게 해달라고요. 장난감을 가지고 같이 놀게 해달라고요. 그러면 안 된다는 건 알지만, 아기들이 함께 자라는 모습을 상상하지 않을 수 없었어요." 라다가 내 목에 얼굴을 묻었고, 라다의 눈물이 내 사리를 적셨다.

쿠마르 선생이 편지에서 하던 이야기가 바로 이것이었다. 라다에게는 아기가 점점 현실이 되어간다고. 둘을 떼어놓는 것은 견딜 수 없는 일이 될 것이라고. 하지만 나는 말을 참았다. 라다가 마지막으로 나를 이렇게 필요로 한 것이 언제였는지 기억나지 않았다. 나는 라다를 놓아주고 싶지 않았다.

라다가 목이 막히는 소리를 내서 나는 라다를 떼어내고 무슨 문제가 있는지 살폈다. 라다는 나를 깜짝 놀란 표정으로 바라보고 있었다. 입이 벌어져 있었지만, 말은 나오지 않는 것 같았다. 라다는 배를 움켜잡고 귀를 먹게 할 만큼 비명을 크게 질렀다.

쿠마르 선생의 눈이, 우리가 처음 만났을 때 그랬던 것처럼 대기실에 있는 몇몇의 물건들—금속 탁자, 가죽 의자, 빛바랜 레이디 브래들리의 사진—을 살피다가 마침내 내게 와서 머물렀다. "3킬로그램, 30그램이 더 많거나 적거나. 이 아이는 작지만 완벽히 건강합니다. 사내아이고요. 라다가 잘 해내고 있어요. 봉합한 곳이 아물려면 시간이 필요합니다."

나는 두 손을 오므려 입을 가리고 안도의 한숨을 내쉬었다. 괜찮다! 내 동생이 괜찮다! 나는 쿠마르 선생을 끌어안고 싶은 충동과 싸웠다. 놀랍게도 나는 불쑥 커지는 자부심과 경이로움을 느꼈다. 라다가 아들을 낳았다! 그 생각이 떠오르자마자 나는 억눌렀다. 꾹. 내가 무슨 생각을 하는 거지? 아기는 이제 궁의 것이다!

나는 두 손을 툭 내렸다. "아기는 지금 어디 있어요?"

"간호사들이 씻기고 있어요. 그러고 나면 당신이 하라고 한 대로 간호사들이 아기를 신생아실로 데려갈 거예요."

내가 고개를 끄덕였다. "그러면 칸타는? 칸타는 어때요?"

그의 시선이 내가 있는 쪽 벽에 걸린 바티크 천에 그려진 코끼리를 탄 사람에게로 옮겨갔다. "장기가 위험해지진 않았어요. 우리가 감염을 치료할 겁니다. 한 가지 문제가 있습니다. 나는 알려주고 싶지 않았지만, 아가르왈 부인이 기필코 알아야겠다고 해서요." 쿠마르 선생이 자기 손을 보았다. "칸타는 앞으로 아기를 낳지 못할 겁니다. 몸이 큰 외상을 겪었어요."

오, 칸타. 나는 뛰는 심장을 진정시키려고 한 손을 가슴에 댔다. "결국 선생님이 쓰는 약이 더 나은지도 모르겠네요. 제 약초 중에는 아기를 지키는 데 도움이 되는 건 없어요."

"애초에 칸타가 당신의 도움 없이 아기를 가질 수 있었을까요."

간호사가 방에 들어와 쿠마르 선생에게 찻잔을 건넸다. 그는 내게 찻잔을 건네고 간호사에게 한 잔 더 가져와달라고 부탁했다. "드세요, 샤스트리 부인. 부탁이에요. 한숨도 못 잔 사람처럼 보여요."

나는 감사한 마음으로 잔을 받았다. "여기 고도가 나하고는 맞지 않아요. 히말라야까지 구불구불 올라오는 길도 그렇고. 이제 사람들이 왜 기차를 타는지 알겠어요."

그가 자기 구두를 쳐다보며 말했다. "여기로 무사히 와주셔서 기쁩니다."

간호사가 김이 모락모락 나는 잔을 하나 더 가져왔고, 그가 잔을 받았다. 그의 눈 아래 피부가 부어 있었다. 그 역시 밤새 깨어 있었던 모양이었다.

"보여주고 싶은 게 있어요." 쿠마르 선생이 말했다. 그가 복도를 지나 정원으로 통하는 이중문을 통과하여 나를 밖으로 데리고 나갔다. 이곳 히말라야 산맥은 태양과 더 가까웠다. 햇살이 눈이 아플 정도로 밝았다. 나는 눈이 적응할 때까지 잠시 기다렸다가 눈을 찡그리고 주변에서 자라는 분홍색 장미와 푸른색 히비스커스와 오렌지색 부겐빌레아를 쳐다보았다.

이 9월의 이른 아침에 몇몇 환자가 숄로 몸을 단단히 두른 채 가족이나 간호사의 도움을 받으면서 느긋하게 산책을 하고 있었다.

그가 찻잔을 든 채 손짓을 했다. "어떻게 생각해요?"

지난 24시간 동안 겪은 일 때문에 나는 똑바로 서 있을 수조차 없었다. 하지만 꽃이 만발한 정원을 바라보자 약간의 활력이 생겼다. "아름다워요."

"환자들에게 좋죠. 그런데 나는 이런 정원이 더 많은 일을 할 수 있다고 생각해요. 훨씬 더 많은 일을."

차가운 바람이 불어오자 팔다리가 싸늘해졌다. 나는 몸을 데우려고 차를 한 모금 마셨다. 쿠마르 선생이 벤치에 잔을 내려놓고 의사 가운을 벗어서 내 어깨에 걸쳐주었다. 그의 체온이 남아 있어 여전히 따뜻했고, 스피어민트와 항생제, 라임 냄새가 났다.

"편지에서도 말씀드렸듯이……이제 나는 히말라야 주민의 약초 치료가 현대 의학에 기여할 수 있다고 생각합니다. 주민들이 가정에서 만든 찜질제와 묘약이 전혀 듣지 않는다면……음, 그걸 지금까지 사용하지는 않을 테니까요." 그는 생각이 스타카토처럼 툭툭 떠오른다는 듯이 말했다. "우리도 그 방법을 배워야 한다고 확신해요. 그리고 우리 의학으로도 치료하는 거지요. 두 가지 방법을 다 써서요. 나는……내 이론을 시험해보고 싶습니다." 그가 턱을 아래로 살짝 당겼다. "그리고 당신이 도와주길 바랍니다."

"제가요?"

"당신이 여기 이 정원에 뭘 심으면 되는지, 어떤 약초와 관목을 심으면 되는지 말해줄 수 있겠지요. 님 가루. 그게 내 어린 환자에게 아주 잘 들어서 피부를 말끔히 낫게 해줬어요. 우리가 여기서 그런 식물을 키우지 않을 이유가 없잖아요?" 그는 흥분해서 회색 눈을 번개처럼 반짝거렸다.

"진심이에요?"

"진심이다마다요."

내 손에서 찻잔이 흔들렸지만 불안 때문인지, 피곤 때문인지, 흥분 때문인지 알 수 없었다. 오랫동안 나는 툴시와 님과 아몬드나무와 제라늄과 비터멜론과 크로커스를 심을 대규모 약초 정원을 가꾸는 꿈을 키워왔다. 그런 일을 실현할 수단이 내 손아귀에, 내 안뜰에 있었던 것이 그리 먼 과거가 아니었으나, 그러다가─순식간에─사라졌다.

"제가 자이푸르에서 살고 있는 건 당연히 아시겠죠." 내가 미소를 지으며 말했다.

"지금 하는 것처럼 편지로 상의할 수 있습니다. 저, 당신이 해리스 부인을……돕는 모습을 봤어요. 해리스 부인은 내 주사보다 당신의 약초 습포로 더 큰 도움을 받았지요. 그 기억을 그냥 머릿속에서 지워버릴 수 없었습니다. 그리고 겨자 습포는 내 기침에 도움이 되었는데……놀라웠어요!"

그는 자갈밭에서 발의 위치를 조금 바꾸었다. "나는 새로운 인도를 생각하고 있어요. 음, 인도가 구시대의 방식을 아직 포기할 준비가 되지 않은 것 같다고 생각합니다. 그리고 그게 최선인지도 모르겠고요." 그가 내 어깨를 보았다. "아무튼 생각해보세요." 그는 흘끗 자신의 찻잔을 보았다. "고백하자면, 당신이……당신이 안 된다고 하면 나는 크게 실망할 것 같습니다."

하얀 천으로 된 머리 가리개를 쓰고 입을 앙다문 간호사가 그의 이름을 불렀다. 그녀는 이중문 앞에 서서, 자기 옷에 핀으로 꽂아둔 시계를 가리켰다.

"환자들에게 가봐야 합니다." 그가 수줍게 웃었다. "회진을 돈 다음에 계속 이야기하시죠……."

"여기 있을게요."

"라다의 방에 침대를 넣어뒀어요. 피곤하실 겁니다."

나는 그에게 감사하다고 말했다.

그가 고개를 끄덕이고 기다리는 간호사에게 걸어가다가, 이어 발꿈치를 디딘 채 홱 돌아섰다. 그가 자기 가운을 가리켰다. 그의 얼굴이 붉어졌다.

그가 말했다. "음, 다시 가져가도 될까요? 그러니까 직접 수술하시려는 게 아니라면요."

나는 웃었고, 가운을 그에게 건넸다. 그의 체취가 내 사리에 배었고, 나는 다시 걸음을 옮기면서 내 옆에 있는 그를, 정원을 만드는 계획을 설명하는 그를 상상했다.

라다는 병원 침대에 잠들어 있었다. 나는 나를 찾아온 지 1년도 채 되지 않은, 친숙하면서도 낯선 이 아이가 일으킨 기적에 대해서 생각했다. 평생 라다를 알았던 것 같으면서도 전혀 모르는 것 같았다.

전처럼 칸타는 라다의 침대 맞은편 쪽 침대에 누워 있었다. 그녀는 이제 깨어서 멍하니 천장을 보고 있었다.

나는 가방 안에 넣어온 라벤더-페퍼민트 오일 병을 찾아내 칸타의 침대로 가져갔다. 나는 그녀의 빈손(반대쪽 손에는 링거를 꽂고 있었다)을 잡고 손등에 키스한 뒤 내 가슴으로 끌어와 보듬었다. 그녀는 다섯 달 사이에 나이를 부쩍 먹은 것 같았다. 피부는 회색빛이고 입가 주름은 깊어졌다. 머리칼에서도 생명이 빠져나간 것처럼 광채가 사라졌다.

나는 내 이마를 그녀의 이마에 댄 뒤, 가만히 있었다.

그녀의 쑥 들어간 눈에 눈물이 차올랐다. "내가 얼마나 조심했는데." 그녀가 간신히 단어들을 꺼냈다.

나는 그녀를 진정시키려고 검지에 라벤더-페퍼민트 오일을 한 방울 찍어서 그녀의 눈썹 위를 지나 관자놀이까지 손가락으로 그으며 발라주었다. "그랬다는 거 알아요." 내가 말했다.

더는 할 말이 없었다. 이제는 칸타에게 기회가 없을 것이다.

"여자아이였으면 좋았을 거예요. 왜 여자아이가 아니었을까? 혹 그랬다면 살았을지 모르는데."

그녀가 정말로 그 생각을 했는지, 왜 그런 생각을 했는지 나로서는 잘 알 수 없었지만, 그녀는 슬퍼하고 있었다. 그녀는 지난 이틀 동안 일어난 일을 고쳐 쓸 수 있었다면 기꺼이 다른 결말로 썼을 것이다. 우리 모두 좋아했을 결말로.

내가 말했다. "알아요. 라다에게 얼마나 잘해줬는지만 봐도 알죠."

그녀는 간신히 작은 미소를 지었다. "정말로 그랬는지는 잘 모르겠는데요. 내가 돌보는 동안 라다는 자기 마음대로 하고 다녔거든요."

"제가 돌봐주는 동안에도 그랬어요. 하지만 라다는 당신을 한결같이 많이 사랑해요."

"라다는 당신도 사랑해요. 알잖아요."

나는 고개를 갸웃했다. "다섯 달 동안 편지 한 통 못 받은걸요. 한 통도."

"당신이 라다를 보러 온 적도 없잖아요."

"그 애는 고집불통이에요."

"당신도 마찬가지예요, 친구." 그녀가 말했다.

나는 등을 폈다. 그녀가 맞았다. 내가 먼저 시도할 수도 있었다.

나는 창밖을 보았다. "아까 정원에서 마누를 봤어요."

"내가 나가 있으라고 했어요. 우리가 같이 슬퍼하는 건 좋지 않아요." 그녀의 시선이 내 시선을 찾았다. "그이가 우리 아기를 얼마나 만나고 싶어했는지 몰라요."

"쉿." 내가 그녀의 미간을 문질러주었다.

"마누가 그러던데, 라다는 아들을 낳았다고요."

우리는 말없이 서로를 바라보았다.

"정말 예쁘겠죠."

나는 지금 그 아기에 대해서 말하고 싶지 않았다. 칸타는 너무 큰 고통에 빠져 있었다. 대신 나는 아주 나답지 않은 뭔가를 했다. 그녀의 머리칼 몇 가닥을 모아 쥐고 콧수염처럼 내 입으로 가져와 하인 바주가 그러듯이 입술을 과장되게 오므린 것이다.

나는 최선을 다해서 바주의 고향 억양을 흉내 냈다. "마님. 저 도망쳤어요! 마님에게 오려고 마님의 사스 지갑에서 돈을 훔쳤습니다. 제발 그분에게는 말하지 마세요. 저를 감옥에 처넣을 게 너무도 분명합니다."

그녀는 눈물을 흘리면서도 미소를 지어주었고, 연장자나 성직자가 하듯이 내 머리에 손을 얹고 축복의 말을 해주었다.

칸타가 잠들고 난 뒤, 나는 신생아실로 갔다.

라다의 아들은 손가락, 발가락이 모두 있었고 다리도 두 개, 팔도 두 개였다. 아기는 예뻤다. 피부는 아주 예쁜 색깔이었다. 크림을 넣은 차 색깔. 심지어 솜털 같은 검은 머리칼이 머리통을 다 덮고 있었다. 나는 아기의 실크 같은 뺨을 어루만지고, 포동포동한 발목을 손가락으로 쓸었다. 아기가 나를 자석처럼 끌어당기는 것 같았다. 우리는 같은 피를 가졌다. 우리의 눈은 같은 바다 색깔이었다. 우리는 전생에 같은 가족과 살았을지도 몰랐다.

"왜 아이를 낳지 않으십니까?"

돌아보니 쿠마르 선생이었다. 방금 신생아실에 들어온 모양이었다. 나는 그의 질문에 어떻게 대답할지 난감했다.

그는 내 사리의 팔루를 보고 있었고, 이마에는 걱정의 주름살이 잡혀 있었다. "미안합니다. 해서는 안 되는 질문이었어요."

나는 잠든 아기를 내려다보았다. 아기의 분홍색 눈꺼풀 아래 눈동자가 살며시, 빠르게 떨렸다. 아기가 이 세상에 온 지 겨우 1시간이었다. 나는 아기가 무슨 꿈을 꾸는지 상상할 수 없었다. 망고에서 과즙을 짜내듯이 주먹 하나가 앙증맞게 펴졌다가 오므려졌다.

"저는 남편이 없습니다, 선생님."

"아, 그러시군요. 용서하세요. 결혼하셨다고 생각했어요."

이혼했어요. 이제는 법적으로도. 하지만 그 말이 입 밖으로 나오지 않았다.

내가 말했다. "결혼했어요. 예전에."

나는 제이 쿠마르가 사미르와 나에 대해서 아는지 궁금했다. 하지만 그의 얼굴을 보니 눈꼬리가 아래로 내려가 있어서, 모르는 것 같았다. 그의 질문은 더없이 순수했다.

나는 미소를 지었다. "선생님은 당연히 가족이 있으시겠죠."

"있었죠. 그러니까, 아주 꼬마였을 때는요." 그는 손바닥이 바닥을 향하게 손을 내밀며 자기가 그때 얼마나 작았는지 보여주었다. "부모님이 계셨고, 형제는 없었고요. 부모님은 내가 어렸을 때……음, 두 분 다 돌아가셨어요. 자동차 사고로." 그는 풀 먹인 가운을 사각거리며 목에서 청진기를 벗었다.

"미안해요."

"아, 오래됐어요. 속옷만 입고 돌아다니던 시절에요. 돌아가신 고모가 나를 키웠어요. 학업을 마칠 때까지 학비를 대주셨고요."

간호사가 자기가 맡은 작은 아기들의 상태를 확인하러 들어왔다. 라다의 아들은 새로 태어난 다른 아기들과는 떨어져, 구석에 놓인 아기 침대에 누워 있었다. 다른 아기 침대와는 다르게 성(姓)이 적힌 작은 카드가 없었다. 하지만 침대는 깨끗했고, 뺨은 장밋빛이었으며, 아기는 평화롭게 잠들어 있었다. 훌륭한 보살핌을 받고 있는 것이 분명했다.

"심라에는 어떻게 오게 되셨어요, 선생님?"

"심라에 있는 기숙학교에 다녔어요. 비숍 코튼 남학교. 그리고 옥스퍼드로 갔고, 거기에서 사미르를 만났습니다."

사미르에게 아기 소식을 알리는 전보를 보낸다는 걸 깜박 잊고 있었다. "궁에는 알리셨어요?"

그가 말했다. "그 문제는 내가 처리할게요. 지금까지는 서류를 작성할 시간이 없었어요. 열 페이지에서 스무 페이지. 세세한 부분까지 써야 해요. 손가락 길이까지 하나하나 측정해야 합니다. 그리고 다른 신체 부위들도 재야 하고요." 그가 싱긋 웃으며 수줍게 나를 보았다.

나는 웃었다.

그는 손목시계와 벽시계를 쳐다보며 시간을 확인했다. "진료소 일을 다시 시작할 시간이로군요. 같이 가시겠습니까? 당신이 만나봤으면 하는 사람들이 좀 있어요."

"지금요?"

"지금이 가장 좋은 때죠. 라다는 몇 시간 더 잘 겁니다."

라다의 아들이 까마귀 비슷한 소리를 냈고, 허공을 발로 찼다. 우리는 아기를 돌아보았다.

"라다가 아기를 만나지 못하도록 하는 것에는 여전히 같은 마음이시죠?"

아기가 두 손을 항복할 때처럼 들어올렸다. "수녀님들도 알고 있습니다. 그분들도 지시를 받았습니다."

작은 진료소가 병원 건물의 1층에 있었다. 벽은 치약 같은 녹색으로 칠해져 있었다. 의자의 절반에 지역 주민이 앉아 있었다. 여자들은 현란한 블라우스에 히말라야 야생화 색깔의 페티코트를 입고 야생란으로 장식한 머리 스카프를 하고 있었고, 남자들은 양모 튜닉과 점잖은 색깔의 정장 재킷을 입고 머리는 파하리 지역의 토파로 따뜻하게 감싸고 있었다.

쿠마르 선생이 접수대 뒤에 서 있는 예쁜 간호사에게 다가갔다. "오늘은 몇 명입니까, 수녀님?"

"열네 명이요."

그가 싱긋 웃자 턱 보조개가 생겼다. "평소 받는 수의 두 배네요."

그는 나를 비좁은 진료실로 안내한 후에 내가 앉을 의자를 가리켰다. 그가 말했다. "내가 하는 수술이 대단하지는 않아요."

그의 책상에 서류, 처방전 용지, 잉크통이 흩어져 있었다. 의학 서적한 권이 펼쳐진 채 잡지 「타임」 최신호 위에 놓여 있었다. 벽에는 인도

국회의 지도자들에 둘러싸인 간디-지의 사진이 걸려 있었다. 마하트마 뒤로 보이는 배경이 익숙했다. 꽃이 핀 심라의 풍경이었다.

쿠마르 선생은 책상 뒤에 앉아 있었다. 그의 시선이 또다시 불안하게 흔들렸다. "이 진료소를 1년 전에 열었어요. 산악 부족을 치료하기 위해서요. 환자들은 레이디 브래들리 병원에서 치료받으려고 아주 먼 곳에서 여기까지 옵니다. 물론 아가르왈 부인처럼 돈이 많은 사람도 있고, 라다처럼 궁에서 비용을 대는 경우도 있죠. 하지만 누구도, 단연코 누구도, 여기에서 수 세기 동안 살아온 사람들을……돌보지는 못했어요." 내게 부끄럽다는 시선을 던지며 그가 말했다. "당신이 소년의 피부병에 처방을 해주고 나서부터예요. 새 환자들이 오기 시작한 건. 오늘 우리는 어느 때보다도 환자 수가 많네요."

나는 미소를 지었다. "저를 너무 믿으시는데요."

그가 진지한 표정으로 말했다. "솔직히, 믿는 것 이상입니다."

간호사가 열린 문 사이로 고개를 삐죽 들이밀었다. "준비됐습니다, 선생님."

그가 일어섰다. "무슨 뜻인지 보여줄게요."

대기실과 진료실은 올이 굵은 삼베로 만든 수수한 커튼으로 분리되어 있었다. 간호사 한 명이 임신한 여자를 부축해 진찰대에 눕혔다. 쿠마르 선생은 나를 약초 자문이라고 소개한 후에 힌디어와 지역 방언을 섞어가며 환자에게 질문했다. 그는 그 여자에 대한 진단 내용을 내게 공유해주었고, 내가 의학 용어를 잘 알아듣지 못하자 일반 용어로 설명해주었다. 내가 궁금한 것을 말하자 그가 환자에게 통역해주었다. 우리는 이 환자 말고도 다섯 명의 예약 환자에게 이 과정을 반복했다. 나는 환자 다섯 중의 넷에게 양약을 대신해서 쓸 수 있는 약초를 추천했다.

심각한 소화불량으로 힘들어하는 임신부에게는 마늘로 요리한 비터멜론을 권했다. 관절염으로 손마디가 불거진 할머니에게는 님 오일을 추천했다. 아기의 배앓이를 가라앉히기 위해서는 아위—어느 채소 가게에서나 구할 수 있다—를 물에 섞어 먹이라고 제안했다. 갑상선종을 제거하기보다는 식단으로 다스리고 싶어하는 양치기에게는 순무 잎과 딸기를 권했다.

벽시계가 11시를 알렸다.

쿠마르 선생이 자신의 손목시계를 확인했다. "라다가 지금쯤 깨어났겠군요."

지난 1시간이 얼마나 빠르게 지나갔는지! 나는 환자들에게 아주 몰입해 있어서 라다 생각이 나지 않았다. 혹은 아기 생각이. 혹은 칸타 생각이. 허기도 갈증도 느껴지지 않았다.

의사가 싱긋 웃었다. "이 시간을 즐긴 것 같은데요, 안 그런가요? 계속 보고 있었습니다. 우리하고 함께 일할 거라고 말해주세요! 아가르왈 부인이 일은 필요한 때에 생긴다고 그랬……." 그가 내 얼굴에 떠오른 표정을 보더니 말을 멈췄다.

칸타가 그에게 줄곧 내 문제를 말한 것이다! 내 사업이 잘 안 되고 있다는 것을. 내게는 맞비빌 동전 두 개도 없다는 것을. 그는 나를 동정하는 것인가? 그가 이 모든 수고를 한 것이 그 때문인가?

나는 이를 악물었다. "선생님, 저는 동정을 바라지 않아요."

"아니에요. 나는……그저 제안하는 겁니다.……내가 하고 싶은 말은……당신의 지식이 우리에게 아주 큰 가치가 있다는 거예요. 우리에게 뭐가 필요한지 보이시죠? 누구도 당신만큼 이 일을 잘할 수 없어요. 찾아봤어요. 나는 당신이 필요합니다." 그가 손가락으로 자신의 머리칼을 빗어내렸다. 그가 손을 빼자 곱슬곱슬한 머리칼이 사방으로 흩어졌다.

"하지만 저는 라자스탄과 우타르 프라데시 지방의 약초만 알아요. 여기 이 고도와 이런 서늘한 풍토에서 자라는 식물에 대해서는 아무 지식이 없어요."

그의 시선이 내 얼굴을 훑었다. "내가 많이 서툰 것 같네요, 샤스트리 부인. 의학으로 돈을 잘 벌지는 못하지만……보수는 있을 겁니다. 기금을 신청할 거예요. 당신에게 전문 자문을 구할 겁니다. 당신이 도와줄 수 있는 그 모든 사람들을 생각해보세요."

오늘 진료소를 찾은 환자들이 냄새가 독한 약을 먹지 않아도 된다는 사실을 알고 나서 안도한 것은 사실이었다. 임신한 여자는 떠나기 전에 감사의 표시로 내 손목을 살짝 잡았다. 사스와 함께한 시간을 합치면, 나는 15년 동안 약초와 자연물질에 대한 지식을 쌓았고, 그 지식을 더 정교하게 발전시켜왔다. 내 부인들 말고 다른 사람들에게도 유용하게 활용될 수 있을 것이다(내 부인들이라니! 아직 충분히 남은 것처럼!).

그럼에도 나는 결정을 내릴 마음의 준비가 되어 있지 않았다. 선택지를 따져봐야 했다. 아기가 태어났으니 궁에서 돈이 들어올 테고, 그러면 시간을 벌 수 있었다.

"생각 좀 해봐도 될까요?"

"대답이 예스(yes)라면요." 그가 미소를 지었고, 턱 보조개가 더욱 깊어졌다.

19

1956년 9월 3일

아기가 태어난 지 1일째였다. 라다는 몇 시간 동안 간곡히 나를 설득
했고, 나는 마침내 라다가 아기를 보는 것에 동의했다.

"아기의 건강을 보장하려면 적어도 백단유 반죽을 몸 전체에 발라
줘야 하잖아요, 지지." 라다가 고집을 부렸다.

나는 안 된다고 했다.

"갓난아기는 판디트의 축복을 받아야 해요. 이마에 재로 티카(이마
에 찍는 표시)를 해주는 건 어떨까요?"

나는 안 된다고 했다.

지금 라다는 병원 침대에서, 내가 그토록 필사적으로 떼어놓으려고
했던 아기를 안고 있었다. 우리뿐이었다. 마누와 칸타는 정원에서 산
책을 하고 있었다.

라다는 고드레지 탤컴 파우더 향이 나는 아기의 머리 냄새를 큼큼
맡았다. 라다는 아기의 손가락 끝을 하나씩 톡톡 건드렸다. 손가락은
말린 후추 열매 크기였다. 입술은 천수국의 꽃잎처럼 부드러웠고, 라
다가 손가락으로 쓸자 탐욕스럽게 벌어졌다. 라다는 아기의 맨 발바

닥에 키스했고, 장밋빛 발바닥에 이리저리 뻗은 금을 유심히 보았다. 아기는 여기까지 한참을 걸어온 것 같았다.

"젖을 먹이면 안 돼요?"

나는 시선을 피했다. 라다의 젖이 부푼 것을 알고 있었다. 내가 같이 방에 있지 않았다면 아기에게 젖을 물리고 빨아먹게 했을 것이다.

"아기는 우유병에 익숙해져야 해. 입양 가정에서는 우유를 먹일 거 야." 내가 대답했다.

바로 그때 아기가 눈을 떴고 계속 뜨고 있으려고 애썼지만, 다시 스르르 감기며 눈꺼풀을 내렸다. 라다가 나를 보았고, 수채화 같은 라다의 눈이 구슬처럼 동그래졌다.

"지지, 눈이 푸른색이에요! 아기의 눈이 푸른색이에요! 언니처럼. 마처럼. 아기 안에 우리가 있어요!"

나는 고개를 돌리고 목을 큼큼 풀었다. "카잘만 한다는 거지?"

그것이 내가 유일하게 양보한 부분이었다. 악의 시선을 물리치기 위해서 눈가에 검은 칠을 한다. 오래된 미신이었지만, 라다는 굳게 믿었고, 나도 한때는 믿었을 것이다.

"당연하죠! 아기가 부리 나자르(악의 시선)로부터 보호를 받아야 하니까요."

나는 올 때 가져온 찬합을 열고 카잘 통을 집었다. 검댕과 백단유와 피마자 오일을 섞어, 많은 여자들이 눈을 화장할 때 사용하는 부드러운 반죽을 만들었다. 그리고 새끼손가락으로 반죽을 찍었다. 라다가 아기를 가만히 안고 있는 동안 나는 눈 아래쪽 살을 당기고 가장자리를 따라 가늘고 검은 선을 그었다. 그리고 작은 점 세 개를 양쪽 관자놀이에 찍고 양쪽 발바닥에 점 세 개씩을 더 찍었다.

"간호사가 씻기면 떨어질 거야." 내가 통에 뚜껑을 덮으며 말했다.

"하지만 신들이 우리가 아기에게 화장을 해주는 걸 봤잖아요. 그럼 아기가 안전할 거란 말이에요." 아기의 통통한 손가락이 자기 엄지를 오므려 잡고 있었다. "언니도 안아볼래요?"

나는 못 들은 척하며 수건에 손을 닦았다. 병실 창문을 통해 하늘을 보았다. 머리 위로는 구름이 떠돌며 하늘을 은색으로 뒤덮었고, 삼나무, 소나무, 철쭉이 뿌연 녹색 지평선을 그리고 있었다.

"지지?"

"아기는 건강해. 새 가족이 기뻐할 거야."

라다의 입술이 얇게 다물렸다. 내 대답이 그 애를 화나게 만든 모양이었다.

아기가 라다의 손가락에 입을 대고 빠는 동작을 했다.

"언니는 아기를 거의 쳐다보지도 않네요."

라다는 나 역시 아기를 사랑한다는 사실을 인정하기를 바랐다. 내가 아기에게서 우리를 봤다는 것을 인정하기를 바랐다. 그러면 나는 라다에게 아기를 포기하라는 말을 하지 못할 것이다. "보고 있어."

"그러면 나하고 같이 아기를 봐요."

"싫어." 내가 이를 악물었다.

우리는 침묵 속에서 서로를 쳐다보았다.

"나는 아기를 포기하지 않아요, 알겠지만."

뭐라고?

"내가 포기한다고 말한 건 아기가 태어나면 언니가 마음을 바꿀 거라고 생각해서였어……."

"내가 마음을 바꿔? 우리는 그럴 수……."

라다가 말했다. "마음이 바뀌었어요. 이 아이는 내 아기예요."

심장이 아주 빠르게 뛰고 있었다. 심장이 늑골을 뚫고 튀어나올 것 같았다. 이 문제는 오래 전에 약속한 것이다! 칸타는 라다가 아기의 입양에 기꺼이 동의했다고 내게 분명히 말했다.

"라다, 이 아이는 다른 사람의 아기야. 법적으로. 이미 계약했어."

"이 아이는 내 아들이에요. 우리 가족이고요. 자기 가족을 정말로 버릴 수 있어요?"

나는 이미 버렸다. "다른 사람이 아기를 키우려고 기다리고 있어!"

아기가 하품을 하며 부드러운 분홍색 잇몸을 드러냈다. 라다는 아기를 반대쪽 팔로 옮겨 안았다. 라다의 눈이 가느스름해졌다. "언니가 아기를 싫어한다는 걸 인정하지 그래요?"

나는 눈을 깜박였다. "뭐라고?"

"언니가 어린아이들과 같이 있는 걸 봤어요. 부인들의 집에서요. 언니는 늘 공손하고 찬사를 늘어놓죠. '정말 예쁜 아이로군요, 세스 부인. 부인과 꼭 닮았어요. 진짜 아인슈타인을 키우시는군요, 칸나 부인.' 하지만 언니는 한 번 더 쳐다보지도 않고 다시 언니 일로 돌아가요. 시장에 가도 언니는 유아차를 밀고 다니는 엄마를 쳐다본 적이 없어요. 나는 보거든요. 그 아기가 딸인지 아들인지 알고 싶어요. 머리칼이 곧은지 곱슬머리인지도요. 언니는 그냥 옆을 스쳐 지나갈 뿐이에요.

그리고 길에 보이는 거지 아이들도요. 언니는 아이들에게 동전은 주지만 눈길은 주지 않아요. 그 애들이 유령인 것처럼요. 나는 그 애들을 봐요. 그리고 말을 걸어요. 그 애들도 사람이에요, 지지. 이 아기는 사람이에요. 아기는 우리 가족이에요. 눈을 봐요. 마의 눈이에요. 귀는 피타지의 귀고. 그게 언니한테는 아무 의미가 없어요?"

아기가 보챘다.

"헤이 람! 너는 가족에 그렇게 큰 의미가 있어서 네게 남은 유일한 가족을 망쳐놓겠다는 거니?" 내가 말했다. 관자놀이 쪽 혈관이 불끈거렸다. "나도 가족이야, 라다. 나도 핏줄이라고. 나는 어쩌고? 난 널 돌봐줬어. 네가 최고의 학교에 다닐 수 있게 해줬고. 그런데 너는 임신으로 보답했구나!"

"언니 마음을 아프게 하려고 그런 건 아니었어요!"

"지금의 삶을 만들기까지 13년이 걸렸어. 지금 내 예약 장부는 텅 비었어. 페이지를 넘기고 넘겨도, 아무것도 없어."

그 순간 아기가 꿈틀거렸고, 주먹을 쥐었다 풀었다 했다.

"하지만 나는 그를 사랑했어요. 나는 라비를 사랑해요." 라다는 그 말만 하면 다 괜찮아진다는 듯이 말했다.

내 목소리가 높아졌다. "사랑? 이건 네가 봤다는, 여자 주인공이 자기 하고 싶은 대로 하는 그런 미국 영화가 아니야. 그리고 너는 매릴린 먼로가 아니고." 나는 멈출 수가 없었다. "우리에게는 아기가 마땅히 누려야 할 것을 제공할 경제적인 여유가 없다는 말을 몇 번이나 해야 하니? 네가 얼마나 바라는지는 몰라도, 우리는 폴로 경기를 즐기는 무리나 부인들과는 어울리지 않아. 우리는 부자들이 유럽 여행을 떠나는 한 달 중에 단 하루 동안 일을 쉴 만큼의 여유도 없어. 재봉사, 채소-왈라, 구두 수선공, 이런 사람들은 부자들 집에는 기꺼이 찾아가지만, 우리 집에는 오지 않아. 나도 이렇지 않았으면 좋겠어. 하지만 그렇지 않아. 결코 그렇게 되지 않을 거야." 이야기가 너무 깊어지고 있었다. "너는 재수 없는 계집애가 되고 싶지 않다고 말하지? 이 아기를 데리고 도시를 돌아다녀봐, 영원히 재수 없는 계집애가 될 테니! 누구도 너나 이 아이 가까이 가려고 하지 않을 거야."

라다의 눈이 흙바닥에 구르던 말릭의 구슬처럼 반짝거렸다. "언니 싫어! 내 눈앞에서 사라져요!" 라다가 소리를 질렀다.

아기가 응애응애 크게 울기 시작했다. 라다는 아기를 이리저리 흔들었지만, 팔을 떨었고 아기를 더욱 겁먹게 할 뿐이었다. 아기의 얼굴이 빨개졌다.

문이 열렸다. 쿠마르 선생이 들어왔고, 이어 옷에 시계를 꽂은 뚱한 얼굴의 간호사가 뒤따랐다.

그의 시선이 내게 왔다가, 라다에게 갔다가, 아기에게 갔다가, 다시 내게 돌아왔다. "다 괜찮은가요?"

나는 침이 약간 고인 내 입가를 닦았다. 부끄러운 마음뿐이라 그를 쳐다볼 수 없었다. 나는 잔인하게도 동생에게 재수 없는 계집애 운운했고, 내가 그런 말을 할 수 있는지도 몰랐다. 나는 목을 큼큼 풀었다. "아기를 데려가주세요."

라다가 소리쳤다. "안 돼요! 내가 젖을 먹일래요!"

아기의 울음소리가 귀청을 찢을 듯이 커졌다.

나는 간신히 평소 부인들에게 쓰는 부드러운 목소리를 냈다. "선생님, 부탁이에요."

그가 한숨을 쉬었다. 그는 천천히 간호사를 돌아보며 고개를 끄덕였다. 못마땅한 시선으로 쏘아보며, 간호사는 응애응애 우는 아기를 라다의 품에서 빼앗아 재빨리 병실에서 나갔다.

의사가 눈을 비볐다. "라다……."

"선생님, 부탁이에요. 제발요. 제가 아기를 돌보게 해주세요."

라다가 거지처럼 사정하는 것을 들으니 당황스러웠다.

"그건 내가 결정할 문제가 아니란다." 그가 말했다.

"제가 돌볼 수 있어요, 약속해요! 방법을 찾아볼게요."

"네가 성인이 될 때까지는 언니가 법적 보호자야. 언니가 바라는 대로 따라야 해."

라다가 손으로 귀를 막고 고개를 저었다. "내 아기예요. 난 말도 못해요?"

나는 쿠마르 선생을 쳐다보았다. 그는 괴로운 눈빛으로 턱을 문지르고 있었다.

그가 한 걸음 내게 다가와 내 어깨에 손을 얹고 아주 잠시 그대로 있었다. 그것이 내게 용감해지라고, 결국 다 좋아질 거라고 말하는 듯해서 위로가 되었다. 그리고 그는 나가서 조용히 문을 닫았다.

라다의 얼굴은 눈물로 젖고 분노로 달아올랐다. 라다가 감정을 터뜨렸다. "언니는 뭐든 자기 맘대로 해요! 내가 내 아기에게 젖을 먹일지 말지. 내가 누구와 시간을 보내야 하는지. 내가 어떻게 말해야 하는지. 내가 뭘 먹어야 하는지. 늘 이런 식이어야 해요? 언니는 언제 내 삶을 그만 망칠 건가요? 나는 13년 동안 혼자 잘 살아왔어요! 13년이요! 차라리 혼자 살던 게 더 나았어요. 피타지는 술을 마셨어요. 마는 거의 집에 있지 않았고요. 나는 수백 킬로미터 떨어진 곳에 사는 언니를 찾아오는 방법도 알아냈어요! 그게 얼마나 어려운 일이었는지는 알아요?"

라다는 이제는 젖이 새어나와 축축해진 환자복을 내려다보았다. "나는 가족을 원해요, 지지. 내가 원한 건 그것뿐이에요. 내가 언니를 찾아 이 먼 곳까지 온 것도 그 이유예요. 이 아기는 내 가족이에요. 아기는 내 젖을 원해요. 아기가 나를 어떻게 보는지 봤어요? 나는 아기가 배 속에 있는 내내 말을 걸었어요. 아기는 내 목소리를 알아요. 아기는 나를 알아요. 아기에게는 내가 필요하다는 걸, 난 알아요."

물론 아기는 라다를 알았다. 아기는 여덟 달 동안 라다의 몸에 붙어 살았다. 그러니 나도 그것은 이해했다. 그리고 인정하는데, 이 아기에 대한 내 감정은 아주 부드럽고 강렬했고, 내게 그 사실은 놀라웠다. 내가 두 사람에게 최선을 바란 것은 그런 이유에서였다. 동생은 그것을 깨닫지 못했는가? 내가 한 모든 일들이 라다를 위한 것이었음을 이해시킬 문장을 어째서 나는 만들어내지 못하는가? 라다는 나를 화나게 했고 가끔은 겁나게도 했지만, 나는 라다의 삶을 더 좋고 더 편하게 만들기 위해서라면 무엇이라도 할 것이다.

라다는 가슴 앞으로 팔짱을 끼려다가 대번에 후회했다. 젖가슴이 아픈 모양이었다.

내가 아기에게 젖을 먹이지 못하게 했기 때문에 젖이 가득 차 있는 상태였다. 아기가 라다를 필요로 하는 만큼 라다도 아기를 필요로 하는 것 같았다. 하지만 나는 라다가 보지 못한 것을 보았다. 자신들에게 주어진 짐을 없애달라고 사스에게 사정하던 절박한 여자들. 라다가 기쁨을 본 곳에서 나는 곤경을 보았다. 라다가 사랑을 본 곳에서 나는 책임과 의무를 보았다. 그것이 한 동전의 양면일 수 있을까? 그 애가 내 삶에 들어온 후로 나는 사랑과 의무, 기쁨과 분노를 모두 경험하지 않았는가?

나는 일어섰다. "널 위해서 가져온 게 있어." 그리고 가방에서 보온병 두 개를 꺼내, 하나에서 컵으로도 쓰는 뚜껑을 열고는 김이 모락모락 나는 액체를 따랐다.

"마셔. 맛이 쓰지만 젖이 아픈 데 도움이 될 거야."

라다가 코를 찡그렸다.

"부탁이야."

"안에 뭐가 들었어요?" 라다가 내게서 컵을 받아 들고 킁킁 냄새를 맡았다.

"우엉 뿌리. 멀렌 잎이랑. 민들레 뿌리도 조금. 붓기가 좀 가라앉을 거야."

라다는 홀짝홀짝 마시면서 내가 다른 보온병에 담아온 뜨거운 액체를 컵에 따르는 모습을 지켜보았다. 나는 플란넬 직물로 만든 띠 두 장을 그 액체에 한 번에 하나씩 담가 완전히 적셨다. "앞섶을 벌려봐."

라다가 옆의 탁자에 컵을 내려놓고 손등으로 눈을 닦았다. 그리고 환자복 단추를 풀고 젖가슴을 드러냈다. 젖꼭지가 라다가 처음 자이푸르에 왔을 때보다 두 배 더 커져 있었다. 라다는 당황했는지 얼굴이 붉어졌지만, 나는 못 본 척했다. 그리고 양쪽 젖에 따뜻한 습포를 부드럽게 올려주었다.

라다가 한숨을 쉬고 눈을 감았다. "생강이에요?"

"카밀러 오일도 넣었어. 금잔화 꽃도."

라다의 얼굴이 편안해졌다. 라다가 깊은숨을 들이쉬었다.

이것이 내 사스가 가르쳐준, 사랑을 표현하는 방식이었다. 말이나 손길이 아니라, 치료로.

바깥에서 녹색 휘파람새가 휘휘 노래했고, 우리는 고개를 돌려 새가 창문 앞으로 날아가는 것을 바라보았다.

"앤티도 젖이 가득 찼어요."

나는 한숨을 쉬었다. "내가 습포를 대주겠다고 했는데 싫다는구나. 고통을 느끼고 싶다면서. 그렇게 아기에게 작별 인사를 하고 싶은 거

같아. 젖이 한동안은 딱딱하고 아프겠지만, 결국에는 말라버릴 거야."

라다의 눈에 눈물이 그렁그렁해졌다. "내 아기는 살아 있어서, 죄의식이 들어요."

"그건 네 잘못이 아니야."

"앤티는 나 때문에 심라에 왔어요. 남편과 멀리 떨어져 지냈잖아요. 그런데 무슨 일이 일어났는지 보세요."

"레이디 브래들리 병원은 자이푸르에 있는 병원보다 시설이 훨씬 좋아. 여기 공기가 그녀의 천식에도 더 좋고. 게다가 칸타는 여기에서 너하고 지내고 싶어했어."

휘파람새가 짝과 함께 돌아왔다. 두 마리가 창문 근처 철쭉에 앉았다. 암컷이 부리로 깃털 속을 긁는 동안 수컷은 보초를 섰다.

"앤티는 아기를 다시 가질 수 있죠, 그렇죠?"

누군가는 말해줘야 했다. "쿠마르 선생님은 힘들 거라고 생각해."

"아."

우리는 암컷 휘파람새가 우리를 돌아보는 것을 지켜보았다. 우리를 보거나, 아니면 유리창에 비친 자기 모습에 감탄하는 것일 테지.

"나는 앤티가 언니 대신 내 지지였으면 했어요, 언니도 알겠지만."

그 말을 들으면서 나는 마음이 아팠지만, 놀랍지는 않았다.

"하지만 전보를 보낸 그날, 언니가 내 언니라는 사실이 그렇게 기쁠 수가 없었어요."

나는 동생과 시선을 마주쳤다. 동생은 피하지 않았다.

"나는 언니가 모든 걸 다 괜찮게 만들리란 걸 알았어요."

내 안의 단단한 것이 누그러졌다. 동생은 자기를 위해서 와준 내게 의지했고, 심지어 화가 나서 내가 싫다고 말했을 때도 그랬다. 나는 빨래와 다림질을 너무 많이 해서 깔끄러워진 이불을 반듯하게 펴주었다. 라다의 손이 무릎 위에 올라가 있었고, 나는 그 손을 꽉 잡았다. 라다는 내버려두었다.

"말릭은 어떻게 지내요?" 라다가 물었다.

"바쁘지. 주문받은 걸 배달해줘. 헤어토닉 그런 거. 늘 나를 보러 와주고. 내게 말벗이 필요하다고 생각하나봐."

"언니가요?"

나는 어깨를 으쓱했다. 그리고 동생의 젖 위에 올려놓아 따뜻해진 습포를 서늘한 것으로 바꿔주었다. 나는 동생의 호흡을 보면서 통증이 줄어들었고 아울러 젖을 먹이고 싶은 충동도 잦아들었다는 것을 알 수 있었다.

"부인들이 더 이상 헤나 문양을 그려달라고 언니를 찾지 않는다고 했나요?"

칸타가 말해준 모양이었다. "그들은 나를 믿지 않아. 내가 도둑질을 한다고 생각해."

동생이 눈썹을 치켰다. "말도 안 돼요! 왜 그런 생각을 하죠?"

"뒷말하기 좋아하는 사람들." 악의의 거짓말.

나는 습포를 들어냈다. 라다는 생각에 잠겨 환자복 단추를 잠갔다.

나는 침대 옆으로 창밖을 보았다. 검은 구름이 태양 앞으로 느른히 지나가면서 빛을 가렸다. 내 모습이 비쳐 보였다. 눈 밑에는 자주색 멍이 들었고, 입가에는 잔주름이 졌다. 머리 위로 형광등이 내 은색 머리칼 몇 개와 이마 위 굵은 주름살을 드러냈다. 등은 약간 굽어 있었다. 나는 늙어가고 있었다. 손을 보았다. 더 이상 부드럽지 않았고, 피부에는 길 위의 바퀴 자국 같은 홈이 패고 핏줄이 불거져 있었다.

쿠마르 선생이 들어왔다. 사적인 순간에 불쑥 들어왔다고 생각했는지 모호한 태도로 서 있었다.

그가 동생을 보았다. "괜찮니? 라다, 기분은 좀 어때?"

"좀 나아요." 동생이 그에게 내 약초 습포에 대해서 말했다.

"당신은 재능이 많은 사람이로군요, 샤스트리 부인." 그가 말했다.

그는 자기가 나를 바라보고 있다는 것을 깨닫고는 라다에게, 이어 칸타의 빈 침대에, 손에 쥔 서류 뭉치에 시선을 주었다. "당신 서명이 필요해요."

아. 새 왕자의 탄생을 증명하는 공식 문서. 나는 서류를 받으려고 일어섰지만, 다리가 후들거려서 다시 앉았다.

"우리에게 잠시 시간을 주면 좋겠어요, 선생님."

그가 고개를 끄덕이고 방에서 나갔다.

라다가 미소를 지었다.

"뭐가 그렇게 재미있어?"

"선생님이요." 라다가 턱짓으로 쿠마르 선생을 가리켰다. "선생님은 볼 때마다 내 아기가 팔방미인이 될 거라고 하셨어요. 앙증맞은 다리가 튼튼하다고요."

물론 라다는 아기의 미래를 생각했을 것이다. 아기는 크리켓 선수가 될 것이다. 스타 볼링 선수가 될 것이다. 아기가 나중에 아침을 먹을 때면 키체리(쌀과 렌즈콩 요리)나 알루 티키를 달라고 할까? 머리칼은 라다처럼 곧거나 아니면 자기 아빠처럼 곱슬곱슬할 것이다.

동생이 수줍게 물었다. "지지? 우리가 아기를 다시 볼 수 있을까요? 다시 야단법석을 떨지 않을 거라고 약속해요."

내가 침대에서 일어서려는데, 라다가 놀랄 만큼 센 힘으로 내 손을 잡았다. 라다가 내 손가락을 꽉 쥐었다. 라다의 손은 따뜻하고 약간 축축했다. 나는 다시 앉았다.

"지지, 나 때문에 깜짝 놀란 거 알아요. 내가 네 살이나 다섯 살 때였을 텐데, 요구르트를 만들려고 끓는 우유를 젓고 있는데 집배원이 언니 편지를 가져왔어요. 마는 봉투를 흘끗 보더니 편지를 불 속에 던져 넣었어요. 왜 펴보지도 않느냐고 물어봤더니 마는 그저 어깨를 으쓱하고 말했어요. '가슴에서 오래 전에 죽은 사람이 보낸 거다.'

나는 마가 누구 이야기를 하고 있는지 궁금했어요. 그후로 뒷말하기 좋아하는 사람들이 무슨 이야기를 하는지 더 유심히 듣기 시작했고, 마가 말한 사람이 언니라는 걸 알았어요. 나는 언니가 모든 걸 두고 떠날 수 있다니 아주 용감하고, 아주 강할 거라고 생각했어요. 그리고 언니를 만났어요. 언니는 내가 상상한 모든 것이었어요. 영리하고. 예쁘고. 재미있고. 나는 자랑스러웠어요. 언니는 아주 많은 것을 할 수 있었어요. 나는 언니를 본 순간부터 사랑했어요. 그러니까, 나는 언니라는 존재에 대해서 생각할 시간이 있었어요."

눈에 눈물이 차올랐다. 누구도 내게 사랑한다고 말해준 적이 없었다. 오, 나는 마와 피타지가 나를 사랑한다는 것은 알았지만, 말로 표현된 사랑은 아니었다. 하리는 자기만의 방식으로 나를 사랑했거나 사랑한다고 생각했지만, 이타적인 사랑은 아니었다. 그는 나를 소유하고 싶어했고, 나를 자신의 일부로 만들고 싶어했다. 그리고 사미르도 나를 사랑하지 않았다. 그는 나를 침대로 데려가고 싶어했을 뿐.

"나는 아이를 원해요. 하루가 끝나면, 아이들에게 줄 키르를 위해서 우유를 끓이고, 아이들과 돌 차기 놀이를 하고, 아이들의 상처에 강황을 대주고, 아이들이 지어내는 이야기에 귀를 기울이고, 아이들에게 라마야나(인도 경전)를 읽는 법과 반딧불이를 잡는 법을 가르쳐주느라 피곤했으면 좋겠어요. 그래서 이 아기와 결코 그런 일들을 할 수 없으리라고 생각하면, 언니가 상상할 수 있는 것보다 더 슬퍼져요."

라다의 집요함에 나는 점점 지쳐갔다. 내 속이 너무 좁은가? 어쩌면 라다와 내가 이 예쁜 아기를 같이 키워야 할지도 모른다. 내가 이 아이를 돌보는 동안 라다는 학교에 가면 된다. 아니, 나는 그럴 수 없었다. 사미르의 빚을 갚으려면 계속 일해야 했다. 그리고 생각해보니, 자이푸르에 있는 어떤 학교에서도 아기를 낳은 여자는 받지 않았다. 라다는 학업을 마칠 수 없을 것이다. 사생아를 데리고 있으면 우리는 버림받은 사람이 되고, 사회에서 배척당해 축하 행사나 결혼식, 장례식 어디에도 갈 수 없고, 심지어 생계를 이어갈 수단도 사라질 것이다. 누가 헤나나 만다라를 부탁하거나 중매를 의뢰하는 일도 없을 것이다. 먹고사는 것도 어려워질 것이다! 어떤 각도로 봐도 라다의 아기를 집으로 데려오는 것은 불가능했다.

나는 창밖을 내다보았다. 바깥에선 햇살이 구름을 통해 빠끔 고개를 내밀고 있었다. 진홍색 할미새사촌이 정원 분수에서 목욕을 하고 있었는데, 불안스레 조그맣게 고갯짓을 하면서 깃털로 슬금슬금 물을 튕겼다.

나는 칸타와 마누가 양모 담요로 무릎을 덮은 채 레이디 브래들리 병원의 정원 벤치에 앉아 있는 것을 바라보았다. 칸타는 남편의 어깨에 머리를 기대고 있었다. 눈은 감겨 있었다.

칸타는 엄마가 되고 싶은 마음이 간절했다. 엄마가 됐다면 아주 훌륭한 엄마가 됐을 것이다. 그녀는 성품이 좋았고 재미있고 너그러웠다. 그녀에게는 집에서 도와줄 마누와 시어머니와 바주가 있었다. 그리고 아기를 돌봐줄 아야(유모)를 고용할 여유가 있었다. 그녀가 라다의 아기를 데려가면 좋을 텐데. 그녀라면 이 귀여운 남자아이를 자식처럼 사랑해줄 것이다.

나는 맥박이 빨라지는 것을 느꼈다.

그녀와 마누는 아기에게 좋은 가정을 만들어줄 돈과 시간과 에너지가 있었다.

그런 것을 생각하다니, 어리석다! 계약서에 서명도 이미 했다.

만약…….

땀방울이 이마 선을 따라서 맺혔다.

"라다." 내가 속삭였다. 그 말을 하고 나면 결코 되돌릴 수 없을 것이다. 나는 고개를 돌려 라다의 얼굴을 마주 보았다.

나는 내가 지금 무엇을 하려는지 잘 알고 있다고 속으로 혼잣말을 했다. 내가 이 생각을 밀어붙였는데 왕가에서 진실을 알아내면, 나는 법적인 계약 위반과 엄청난 액수의 벌금과 심지어 감옥에 갇히는 위험까지 떠안아야 했다.

라다가 내 얼굴에 떠오른 흥분을 본 모양이었다. "네?"

나는 지금 3만 루피와 라다의 안정적인 미래를 포기하려고 하고 있었다! 하지만 그 대신 아기는 훨씬 더 사랑이 넘치는 가정에서 살게 될 것이다.

나는 턱으로 창문을 가리켰다. 칸타와 마누가 벤치에서 일어섰다. 그들은 신생아실이 있는 병원 건물을 향해서 저만치 걸어가고 있었다.

"칸타는 자기 아기를 안아보지 못했어. 그래서 신생아실로 가서 네 아기를 안아보는 걸 좋아하는 거야."

라다가 눈썹을 치키고 창밖을 내다보았다.

"칸타는 아기에게 노래를 불러줘. 아기는 그걸 좋아하는 것 같고."
내가 말했다.

라다가 미소를 지었다. "칸타는 아기들이 배 속에 있을 때도 온갖
엉뚱한 노래를 지어 불렀어요. 꼭 피타지가 그랬던 것처럼요."

"칸타가 네 아기를 키우면……." 내가 라다를 보았다. 가슴에서 심장
박동이 빨라졌다. "아기에게 셰익스피어를 읽어줄까, 아니면 『크리슈
나 이야기』를 읽어줄까?"

라다가 눈을 끔벅거렸다.

내가 라다의 손을 잡았다. "칸타는 단 과자를 먹일까, 아니면 향미
과자를 먹일까?"

라다의 입술이 벌어졌다. "칸타는 내가 만든 라두를 좋아해요." 라
다가 소곤거리는 목소리로 말했다.

"칸타의 사스가 아기에게 로즈 밀크도 먹이겠지?"

라다의 눈에 놀라움과 희망의 빛이 가득 떠올랐다. "아기가 분홍색
이 될 때까지요."

나는 미소를 짓고 내 이마를 동생의 이마에 가져다댔다. "칸타는 아
기를 정말로 무지 많이 사랑하겠지?"

내 초티 베헨이 천천히 고개를 끄덕였다. 라다가 내 손을 꽉 잡았다.
"하지만 지지, 아기를 입양하고 싶어하는 가정은 어쩌고요?"

"그건 내게 맡겨둬."

칸타는 내가 투명 인간이 된 것처럼 어느 순간부터 나를 지나 저 멀리
시선을 보내고 있었다. 나는 잠시 그녀가 내 말을 들었는지 궁금했다.
이윽고 그녀가 말했다. "하지만 락슈미, 궁과의 계약은……."

"내가 알아서 할게요." 라다는 입양하려는 곳이 궁이라는 사실을 여전히 모르고 있었다. 이제는 절대 말하지 않을 것이다.

나는 칸타의 얼굴에 고민의 표정이 떠오르는 것을 지켜보았다. 내 말이 사실이기를 바라지만, 이 행운을 믿어도 될지.

마누가 어리둥절해서 라다에게 말했다. "네 마음은 확실하니?"

"엉클은 이 아기를 엉클의 아이처럼 대할 거잖아요." 라다의 마음은 확실했다. 다만 라다의 손이 침대 시트를 움켜쥐고 있는 것이, 라다의 손마디가 하얘지는 것이 눈에 띄었을 뿐이다. 이 순간이 오기 전까지는 다른 사람들이 라다를 위한 결정을 내려주었다. 이제 라다는 스스로 결정을 내렸다. 어린 인생에서 가장 힘든 결정을.

"앤티가 맞았어요. 나는 이 아기를 키울 수 없어요. 자이푸르에서는. 아자르에서도, 심라에서도. 하지만 앤티는 할 수 있어요. 엉클도요."

칸타와 마누는 흥분해서 기쁨을 감추지 못했다. 그들은 동시에 대답했고, 둘의 말이 겹쳤다. 나는 내 입 앞에서 두 손을 꼭 잡고 그들의 행복을 빌어주었다.

"우리가 최선을 다해 돌볼게……."

"……이미 아기는 우리 가족이야……."

"……나는 아기가 짭조름한 캐슈를 더 좋아한다는 것도 알아……."

"그럼, 아기의 이가 날 때까지 기다려야겠지……."

칸타가 다음에 무슨 말을 꺼낼지 내가 알았다면, 나는 그녀를 막고 성급하다고 말했을 것이다. 머리가 아니라 가슴에서 움직여 나오는 행동으로. 하지만 라다는 신이 나서 고개를 끄덕이고 제안을 받아들였다. 라다는 학교로 돌아가지 않을 것이다. 칸타와 함께 있으면서 아기의 아야가 될 것이다.

칸타와 마누가 달려가 라다를 끌어안았고, 세 사람은 웃고 울면서 서로의 뺨에서 눈물을 닦아주었다.

내가 진료실로 들어갔을 때, 쿠마르 선생은 펜을 손에 든 채 책상 앞에 앉아 있었다.

"제안해주신 것 생각해봤어요. 전문적인 지식을 기반으로 의견을 드릴 수 있을 것 같아요, 선생님."

그가 펜을 놓고 표정을 감추려고 했지만, 표정을 감출 수 없을 만큼 기쁜 모양이었다. "정말 기쁜 일입니다! 굉장히……."

"하지만 계획에 변화가 생겼어요."

"변화?"

나는 그의 반응에 대해서 마음의 준비를 했다. "아가르왈 부부가 라다의 아기를 입양하기로 했어요."

이제 그는 혼란스러워 보였다. "무, 무슨 말인지 모르겠네요. 궁에서는……."

"바라건대, 선생님이……궁에 제출할 서류를……."

그는 양손을 관자놀이에 대고 자신의 책상을 내려다보았다. "샤스트리 부인, 혹시 여쭤봐도……."

"궁에서 아기를 거부할 이유가 필요해요. 의학적인 이유." 나도 계약서 내용을 잘 알고 있었지만, 그가 적당한 용어를 알 것이다.

그의 양손이 관자놀이에서 뺨으로 내려왔다. 그는 손을 뺨에 그대로 두었고, 피부가 당겨져 광대처럼 우스꽝스럽게 보였다. 내가 그의 사무실로 들어왔을 때 문을 꼭 닫았는데도, 그는 불쑥 일어나 문이 잘 잠겼는지 다시 확인했다.

"나한테 뭘 부탁하는 건지는 알고 계시……."

"올바른 일을 부탁하는 거예요."

그는 다시 책상 뒤 자기 자리에 앉았고, 두 손을 포개 잡았다. 그리고 만년필을 들어 뚜껑을 닫고 자기 앞에 있는 종이를 가볍게 톡톡 쳤다. 그러자 그의 손과 그가 쓰고 있던 내용이 잉크로 물들었다.

"라다가 이 결정을 내렸나요?"

"네."

그의 시선이 내 뒤의 책장에 가닿았다. "제가 이런 일이 일어날지도 모른다고 미리 말씀드렸지요. 아기가 태어나기 전에는 계약을 취소할 수 있었어요. 이제는 너무 늦었습니다."

"가끔은 잘못 든 길이 올바른 길이 될 수도 있다는 거 아직 경험하지 못하셨나요, 쿠마르 선생님? 아기는 낯선 사람들만 있는 궁보다는 자기를 사랑하는 사람들과 함께 있는 게 더 행복할 거예요. 왕가는 적절한 혈통을 가진, 크샤트리아로 태어난 다른 아기를 입양할 수 있을 거예요."

제이 쿠마르의 표정을 읽기가 힘들었다. 그의 눈동자는 회색 진주 같았고, 바깥 테두리에서는 빛이 났다. 그는 아랫입술을 씹고 의자에서 호리호리한 체격의 몸을 일으켰고, 잉크가 묻은 손으로 턱을 문지르며 서성이기 시작했다.

내가 말했다. "쿠마르 선생님. 부탁이에요."

그가 다시 앉아 자신이 쓰고 있던 편지를 집어들었고, 잉크 얼룩이 생긴 것을 알아차렸다. 그가 숨을 내쉬고 그 종이를 반으로 찢었다. 그러더니 왼쪽에 있는 서류 뭉치를 뒤져 새로 한 장을 꺼냈다. 나는 그게 왕가의 봉인이 양각으로 장식된 종이라는 것을 알 수 있었다.

그는 만년필 뚜껑을 열고 내 쪽으로 빠른 시선을 던진 뒤, 조심스럽게 그 양식에 쓴 숫자를 수정했다.

그가 말했다. "신생아의 심장박동 수는 대체로 분당 100회에서 120회입니다. 하지만 심장이 비대하면 심장박동은 훨씬 느려집니다."

그는 종이 묶음에서 깨끗한 종이 한 장을 찢어냈다. 그의 펜이 종이 위를 날면서 2분도 채 안 되는 시간 안에 종이를 채웠다. 그가 완성된 편지를 두 손으로 잡고 후후 불어 잉크를 말린 후에 내게 건넸다.

1956년 9월 3일

친애하는 람 선생님께,

1956년 9월 2일 오전 6시 20분에 위탁하신 환자가 체중 3.14킬로그램의 남자아이를 출산했습니다. 외관상 신체적인 결함은 없지만, 검사 항목 중에 분당 심장박동 수가 84bpm을 기록했습니다. 잘 아시겠지만, 이런 경우에 비대성 폐쇄성 심근병증이나 비대칭 사이막 비대가 나타날 수 있습니다. 지금은 아니더라도 장차 심근에 문제가 생긴다면 말입니다.

아기가 3주일 일찍 나왔기 때문에, 이 문제는 조산 때문인 것으로 사료됩니다. 계약 종료에 대해서는 샤스트리 부인이 연락을 드릴 것입니다.

궁에 제 진심 어린 위로의 마음을 전달해주시길 부탁드립니다. 저를 믿고 이런 특권과 신의에 기반한 일을 맡겨주셔서 무한한 감사를 드립니다.

존경을 담아,

제이 쿠마르 박사

나는 편지를 두 번 읽었다. 체면을 잃는 사람은 아무도 없을 것이다. 왕족도, 쿠마르 선생도, 싱 가문 사람들도 괜찮을 것이다. 하지만 이제 라다의 의료비는 누가 내줄 것인가? 나는 그 생각을 얼른 밀어냈다. 한 번에 하나씩.

나는 편지를 세 번째로 읽었다. 그제야 이 일이 제이 쿠마르 선생으로서는 명성을 쌓을 기회를 포기하는 것이라는 생각이 떠올랐다. 그는 자이푸르의 새 왕자가 될 아이를 받은 의사가 될 수 있었다.

나는 그를 올려다보았다. "미안해요."

그도 나를 바라보았다.

그가 말했다. "아가르왈 부인은 좋은 엄마가 될 거예요. 정말로 좋은 엄마."

그가 책상 위로 편지와 문서를 밀어주었다. 빠진 것은 내 서명뿐이었다. 그가 내게 만년필을 건넸다.

20

인도 라지스탄 주 자이푸르. 1956년 10월 15일

나는 심라에 2주일 동안 머물렀다. 늦은 9월에 자이푸르로 돌아왔을 때, 한동안 느끼지 못했던 행복감과 가벼운 기분을 느꼈다. 심라에서 나는 나를 필요로 하는 사람들, 내가 제공하는 것의 가치를 알아주는 사람들과 함께 일했다. 히말라야 산악 지대에 사는 사람들은 갈라진 흙바닥이 비를 환영하듯이 내가 제안하는 방법들을 열렬히 환영했다. 몇 명은 내게 감사를 전하려고 야생화나 가정에서 요리한 음식을 선물로 들고 쿠마르 선생의 진료소로 찾아오기도 했다. 사스와 보낸 시간 이후로, 나는 다른 사람들을 치료하는 데서 오는 이런 기쁨을 느껴본 적이 없었다.

칸타와 마누가 라다의 아기와 함께 있는 것을 보자 내 기분 또한 가벼워졌다. 그들은 부모가 되자, 첫 아기이자 이제는 유일한 아기인 그 아이의 응석을 다 받아주었다.

나는 라다의 질투하는 내색을 살폈지만, 라다는 자신의 아기를 앤티, 엉클과 공유하는 데 만족하는 듯했다. 그들은 일주일 내에 자이푸르로 모두 돌아갈 것이고, 라다는 그들과 함께 살 것이다.

자이푸르로 돌아와 현실의 삶으로 돌아오는 데 고작 며칠밖에 걸리지 않았다. 13년 동안 고된 일을 한 끝에 나는 내가 시작한 곳으로 돌아왔고, 이제는 열일곱 살이었을 때처럼 가난했다. 입양 계약으로 받을 수 있었던 3만 루피는 이제 받지 못할 것이다. 나는 파르바티의 더럽혀진 중매 사례금도 거절했다. 사미르에게 갚을 돈도, 레이디 브래들리 병원에 낼 돈도 없었다. 내 사리는 너무 많이 빨아 색이 바랬지만, 새 옷을 살 돈이 없었다. 나는 릭쇼를 타는 돈을 절약하기 위해서 몇 개 남지 않은 예약(파텔 부인처럼 한결같은 몇 명의 부인들) 장소로 걸어갔다.

칸타와 마누에게 돈을 달라고 할 수도 있었지만, 그러면 입양한 아기에 대해서 친구들에게 보상금을 요구하는 것과 같았다. 생각만으로도 마음이 불편했다.

다른 빚도 있었다. 님 오일 가게 주인에게 갚을 빚도 수백 루피 있었는데, 어느 날 그 사람이 내 집을 찾아와 문을 두드렸다. 여섯 달 전이었다면 나는 말릭을 통하라고 말했을 것이다. 어제 나는 그에게 그냥 빈손을 보여주었다. 그는 미간이 너무 좁고 얼굴은 길쭉해서 마치 매 같았다. 그는 내 세간살이와 낡은 물건과 나달나달해진 블라우스를 훑어보았다. 내가 얼마나 아래로 추락했는지에 놀란 것 같았다.

그의 작은 눈이 나를 뜯어보더니 내가 팔짱을 껴서 젖가슴을 가려야겠다고 느낄 때까지 내 가슴에 머물러 있었다.

그가 킁킁 콧소리를 내고 가래를 삼켰다. "당신은 여자들에게 헤나를 해주는 사람인 걸로 아는데?"

내가 고개를 끄덕였다.

"나한테 진 빚을 갚는 대신 아내에게 헤나 문양이나 그려주시오."

내가 그의 집에 이르자 가게 주인은 아내가 침실에서 기다리고 있다고 말했다. 침실을 향해 걸어가는데, 그가 내 팔을 잡았다.

몸이 굳었다.

"내 아내의 젖가슴에 헤나를 해주면 좋겠소."

내가 그를 빤히 보았다. 아그라에서 창녀들과 지낸 이후로, 내 아이디어로 칸타의 배에 그려주었던 것을 빼면, 누가 손이나 발 말고 다른 곳에 헤나를 해달라고 요구한 적은 없었다.

나는 그의 말을 거부할 수 없었다. 빚진 돈을 갚을 다른 방법이 없었다. 나는 침실 안으로 들어가 문을 닫았다. 가게 주인의 아내인, 코코넛 껍질처럼 피부색이 까맣고 가녀린 여인이 머리를 팔루로 가린 채 바닥에 앉아 나를 기다리고 있었다. 우리 둘만 남자 나는 그녀에게 머리에 쓴 것을 벗으면 더 편할 거라고 말했다. 그녀는 수줍게 웃으면서, 심지어 사리로 얼굴을 더 많이 가리면서 그러고 싶지 않다고 했다.

그녀가 내게 "살이 많이 빠졌네요" 하고 말해서 나는 깜짝 놀랐다. 그녀는 좋았던 시절의 나를 본 것이다. 내가 말릭과 함께 그녀 남편의 가게에 가서 물건을 사던 때의 나를.

나는 살이 점점 빠지는 것에 대해서 누가 뭐라고 하면 이유를 대고는 했지만, 이제는 그만두었다. 누군가가 질문하거나 알아차리면 그저 어깨만 으쓱했다. 거의 매일 말릭이 궁 주방장이 준비한 음식을 가져왔지만, 몇 입 먹으면 식욕이 사라졌다.

나는 그녀에게 블라우스를 벗으라고 했다. 세 아이에게 젖을 먹여 키운 그녀의 가슴은 늘어져 있었다. 나는 헤나 문양을 이용하여 살이 터진 자리를 가능한 만큼 가려주었다. 내가 한쪽 젖가슴의 장식을 막 끝냈을 때, 침실 문이 삐걱 하고 열리는 소리가 들렸다. 갈대 붓을 든 채로 돌아보니 오일 가게 주인이 문 입구에 서 있었다. 아랫니를 이쑤시개로 쑤시면서.

나는 눈썹을 치켜 그에게 무엇을 원하는지 물었다.

"계속하시오." 그가 방 안으로 들어오며 말했다. 그가 문을 닫았다. 아내는 자신의 사리 안으로 더 숨어들었다.

"부인들과의 작업은 비밀입니다. 제가 떠나면 바로 보실 수 있어요."

"내게 갚을 돈이 있지, 잊었소?"

나는 시선을 내리고 아내를 다시 돌아보았다.

"얼굴을 그릴 수 있소? 젖가슴 위에?"

나는 그의 말을 무시하고 갈대 붓을 헤나에 찍었다. "지금 갓 생긴 봉오리를 나선형으로 그리고 있어요. 가정에 무한한 행운의 축복이 내리기를 바란다는 의미입니다."

"같은 역할을 할 만한 다른 그림도 아마 있겠지." 그의 목소리가 부드러워졌고, 나는 오싹한 기분이 들었다. 그의 얼굴에서 음탕한 표정을 본 것 같았다.

"예를 들면?"

"당신 얼굴."

얼마나 뻔뻔스러운지! 그는 내가 얼마나 절박한지 알고 있었다. 그렇지 않았다면 그런 소리를 하지 못했을 것이다. 그 모욕은 단지 나만을 겨냥한 것이 아니라, 아이들 엄마를 겨냥한 것이기도 했다. 아내의 명예를 떨어뜨리고 수치심을 일으킬 수도 있다는 사실에 그는 전혀 관심이 없었다. 그녀는 그의 재산이었다. 이번 주 초에 쿨피-왈라(아이스크림 장수)의 집에 갔을 때, 그가 자기 머리카락을 헤나로 물들여 달라고 요청했을 때처럼 나는 역겨움을 느꼈다. 물론 나는 거절했다.

내가 스스로 자랑스럽게 여기는 기술을 그와 같은 사람들에게 해줄 필요가 없었다.

"어떤지?"

나는 그에게 뭔가를 던져 입을 다물게 하고 싶었지만, 붓은 너무 가벼웠고 헤나를 담은 단지는 너무 소중했다. 나는 그의 눈을 보았다. "안 됩니다. 우리가 합의한 건 아내분의 젖가슴에 헤나를 해주는 것까지였어요."

그가 이쑤시개를 씹었다. 잠시 후 그가 말했다. "잘 알겠소."

하지만 그는 나가지 않았다. 내 뒤쪽 바닥에 앉았다. 나는 곁눈으로도 그가 보이지 않게 자리를 옮겨 앉았다. 그리고 젖가슴이 올라가 보이는 효과를 내려고 젖꼭지에서 시작해서 나선형으로 바깥과 위쪽을 향해 뻗어가는 잎을 그렸다.

잠시 후 나는 그가 부스럭거리는 소리를 들었다. 아내의 고개가 조금 돌아간 것으로 보아, 그녀도 그 소리를 들었음을 알 수 있었다. 나는 그의 손이 자기 도티를 만지작거리고 있음을 알아차리고 온몸에 소름이 돋았다. 그녀가 부끄러워하는 것이 느껴졌고, 또다른 뭔가가 느껴졌다. 그녀의 분노가. 그가 아닌, 나를 향한 분노였다.

나는 갈대 붓을 바닥에 놓고 벌떡 일어났다. 허둥지둥 내 물품을 가방에 챙겼다.

그가 내 팔을 잡았다. 그의 손은 자기 거기를 만지작거린 후라 따뜻했다. 나는 그 손을 비틀어 떼어냈다. "만지지 마요!"

내가 헤나 단지를 잡았다.

"아직 다 안 끝냈잖소."

나는 이를 악물었다. "이곳에 다시 들어오니 차라리 변소 청소를 하겠어요."

그가 내 손에서 헤나 단지를 빼앗아 벽에 던졌다. "나한테 사기를 치는 거요?" 반죽이 바닥과 벽에 철퍼덕 들러붙었다. 그의 아내가 얼굴을 덮은 사리를 홱 걷었고, 우리 셋은 엉망진창이 된 장면을 잠시 바라보았다.

사수지의 그릇, 내 소중한 헤나 단지는 이제 파편에 지나지 않았다. 핑크 시티 바자르에 가면 몇 루피로 또 하나 살 수 있겠지만, 이 단지는 내 거주지를 1,600킬로미터 떨어진 곳으로 옮겼을 때에도 사수지와 가까이 있다는 느낌을 주었다.

나는 분노하여 가게 주인의 갈빗대를 팔꿈치로 찌르고 온 힘을 다해 그를 문으로 밀었다. 그는 어깨를 문틀에 부딪히면서 바닥에 쓰러졌다. 그가 잠시 숨을 못 쉴 만큼 내가 그를 쓰러뜨린 것이다. 그가 호흡을 가다듬기 전에 나는 깨진 단지의 파편을 가능한 한 많이 주워 가방 안에 넣고 그 집에서 뛰쳐나왔다.

나는 힘껏 달려서 길을 건너고 첫 번째 골목으로 들어섰다. 쥐 한 마리가 한쪽 길가에서 악취가 진동하는 진흙탕 속을 허둥지둥 달려갔다. 나는 허물어지려고 하는 벽을 짚고 허리를 숙인 채 토했다. 우유 같은 찻물이 담배 색깔의 오수 구덩이에서 회오리처럼 빙빙 돌았다.

이 골목과 비슷한 골목에 대한 기억이 떠올랐다. 열여섯 살 때의 나. 고향 마을에서. 나는 화를 내며 폭력을 휘두르는 하리에게서 달아나고 있었다. 죽기 살기로 달렸다.

지금 나는 서른이었고, 여전히 달아날 곳을 찾고 있었다. 하지만 갈 곳이 어디 있는가?

"지? 괜찮아요?"

나는 휙 돌아섰다.

파르바티의 전 하녀인 랄라가 염려스러운 눈빛으로 나를 보고 있었다. 그녀가 하수구 옆에서 나를 끌어내 자신의 사리 끝으로 내 입가를 닦아주었다.

나는 그녀의 손목을 잡아 그러지 못하게 막고, 팔루로 입을 닦았다.

그녀가 웃으면서 말했다. "습관을 버리기 힘드네요. 멤사히브의 아이들을 키우면서 긴 시간을 보내다 보니."

그녀의 짙은 피부색 얼굴은 내가 기억하는 것보다 더 야위었고 뺨은 쑥 들어가 있었다. 나는 헝겊을 덧대 기운 그녀의 사리를 보았다.

"그후에는 어디로⋯⋯?" 나는 질문을 완성할 수 없었다. 그녀와 조카가 싱 가문에서 해고된 이유는 이미 알고 있었다. 사미르가 그 사실을 확인해주었다.

그녀는 혀로 이를 쓱 핥았다. "처음에는 오빠 집에요. 오빠는 공사업자인데, 대단한 사람이에요. 부자예요. 하지만 자기 딸이 아이를 가졌다는 이유로 받아주지 않았어요. 결국에는 그 애를 혼인시킬 자리를 찾아냈고요."

나라야가 임신한 딸을 위해서 혼사를 서두르던 것이 떠올랐다. "오빠분 이름이 혹 나라야인가요?"

그녀의 눈에 눈물이 차올랐다. "한." 그녀가 사리로 눈물을 닦았다. "그보다 더 지독한 사람은 없을 거예요. 자기 딸을 창녀라고 불렀어요. 암캐라고."

나는 답을 이미 알고 있었지만 물어볼 수밖에 없었다. "그러면 라비 도련님은⋯⋯."

"제가 도련님을 키웠지만, 저 또한 응석을 다 받아줬어요. 우리 모두 그랬어요. 아주 잘생겼잖아요. 저는 조카가 그에게 어울리는 상대가 아니라고 말했지만, 조카는 들으려고 하지 않았어요."

"지금 그 애는 어디 있어요?"

눈물이 늙은 부인의 주름진 뺨 위로 흘러내렸다. "새 남편이 그 애가 이미 임신한 것을 알고는 집 밖에 나가지 못하게 가두고 문을 잠가버렸어요. 지, 그 애는 안뜰에 앉아서 자기 몸에 불을 붙였어요. 둘 다 죽었어요. 조카도, 아기도."

다리가 후들거렸다. 랄라가 나를 붙잡아주지 않았다면 나는 쓰러졌을 것이다.

"당신의 약주머니에 대한 이야기를 들었어요. 그게 있었다면 도움이 됐을 텐데요." 1년 전 그날, 파르바티의 집. 나는 랄라가 베란다에서 있던 것이 기억났다. 나는 그녀가 뭔가 말하고 싶어한다고 느꼈지만, 그녀는 용기가 사라진 것 같았다. 그녀를 찾아내서 뭐가 필요한지 물어봤어야 했다. 내 사스라면 그렇게 했을 것이다. 나는 시어머니가 지켰던 그 모든 것들로부터 얼마나 멀어졌는가.

나는 랄라를 보았다. 그 순간 나는 내가 부끄러웠다. 이 여인은 조카를 돌보기 위해서 모든 것들을—심지어 자신의 생계 수단도—포기했다.

"그러면 랄라, 당신은? 어떻게……?"

"다른 부인들을 찾아가봤지만 멤사히브가 미리 수를 써서 나를 고용하지 않으려고 했어요. 이제 집 청소를 해요. 여기 이 동네에서."

파르바티는 자기 아들을 스캔들로부터 보호하려고 랄라의 삶까지 망쳐놓은 것이다.

나는 랄라를 붙잡고 간신히 일어섰다. 어지러웠다. "그런 일이 없었다면 좋았을 텐데, 정말 유감이에요……."

"우리는 신의 뜻 앞에서 무력하지요, 지."

그녀가 내 등을 어루만져주었다. 아이를 달랠 때도 그랬을 것이다.

내 사스는 내가 한 일에 대해서도, 내가 하지 않은 일에 대해서도 나를 나무라지 않았을 것이다. 그녀라면 랄라가 지금 하는 것처럼 안쓰럽다는 듯 내 팔을 톡톡 쳐주었을 텐데, 그것이 더 나빴다. 나는 내 피부를 벗어버리고 다시 처음부터 시작하고 싶었다.

나는 집으로 향하기 전에 다시 한번 사과의 말을 중얼거렸다.

말릭이 라지나가르에서 1.5킬로미터 떨어진 곳에서 나를 찾아냈다. 말릭에게서 담배 냄새가 났다.

나는 약간 물러섰다. 내게서는 토사물과 수치심의 고약한 냄새가 났다.

나는 한 손에 헤나 단지 파편 하나를 들고 있었다. 말릭이 파편을 보았다.

"집에 모셔다드릴게요." 말릭이 말했다.

"릭쇼를 탈 돈이 없어."

"저한테 있어요."

"네 돈은 싫어." 내가 말했고, 너무 못되게 말한 것을 후회했다. "내게는 두 다리가 있어."

"저도 있어요. 같이 걸어가요."

말릭은 오랫동안 내 조력자였고, 친구였다. 내가 말릭을 알아보기 전에 말릭은 한동안 자이푸르에서 나를 쫓아다녔다. 내가 그 애를 알아봤을 때, 말릭은 비쩍 마르고 지저분하고 신발도 신지 않은 모습으로, 그러나 총명하고 맑은 눈빛으로 나를 쳐다보고 있었다. 나는 오래 기다리면 말릭이 내게 오리라는 것을 알았다. 내게 다가와 찬합을 들어줘도 되겠느냐고 물을 때 말릭의 말투는 공손했지만, 한편으로는 그의 어린 나이와 가녀린 몸마저 잊게 만드는 자신감이 느껴졌다. 나는 이제 말릭에게 찬합뿐만이 아니라 가방도 같이 건넸다.

내게는 랄라의 위로를 받을 자격이 없었던 것처럼, 말릭이 의리를 지킬 대상이 될 자격도 없었다.

"앤티-보스."

"나는 더 이상 네 보스가 아니야."

"앤티는 언제나 내 보스예요." 말릭이 웃으며 말했고, 그의 얼굴에 떠오른 웃음은 너무도 편안했다. "앤티가 주방장 아저씨보다 더 똑똑하니까요." 말릭은 내 얼굴을 보려고 뒷걸음질로 걷기 시작했다. "제가 파탄(파키스탄 서북부에 사는 아프간족) 사람들한테서 엄청 맛있는 생 캐슈를……그 주방장 아저씨가 양고기 커리 위에 뿌리는 것보다도 더 좋은 건데, 지금 주는 돈보다 적은 돈을 주고 구해올 수 있다고 했어요. 그런데 그 멍청이가 제 제안을 거절하지 뭐예요. 이유가 뭔지 아세요?"

나는 아무 말도 하지 않았다.

"이슬람교도하고는 거래하지 않겠다는 거예요. 당연히 저는 빼고요! 하지만 앤티는 더 똑똑한 사업가예요. 앤티라면 더 좋은 거래를 선택했을 거예요."

나는 걸음을 멈췄다. "내가 그렇게 똑똑하면 왜 맞비빌 돌멩이 두 개도 없겠어?"

"아레! 그건 제 실수 때문이에요! 앤티가 심라에 있을 때, 제가 쿨피-왈라에게 앤티의 헤나에 대해서 자랑했거든요." 말릭이 침을 뱉었다. "그가 자기 머리칼에 헤나를 바르더니 사람들에게 앤티가 한 거라고 떠벌리고 다녔어요! 지금 자이푸르 사람들 모두, 앤티가 그자의 더러운 머리를 만졌다고 생각해요."

그 말을 들으니 재봉사와 채소 가게 주인이 내가 오는 것을 보고 길을 건넌 이유를 알 것 같았다. 그리고 두드-왈라가 우유 배달을 멈춘 이유도. 내 집에 오는 것을 잊어버렸는지 물어보려고 우유 배달부를 찾아갔을 때, 그는 내게 타락한 브라만에게선 돈을 받지 않는다고 말했다. 이제 나는 잡범처럼 일주일에 한 번씩, 사람들의 관심을 끌지 않으려고 얼굴을 팔루로 감춘 채 집에서 20분 거리에 있는 가게로 뛰어갔다.

말릭이 돌멩이를 집어던졌고, 나를 곁눈으로 흘끗 보았다. "앤티는 계속 이렇게 살 수 없어요."

말릭이 말하는 방식의 어딘가가, 나를 쓰러지지 않게 붙잡아주던 뭔가를 허물어버렸다. 나는 걸음을 멈추고 사리로 입을 가린 채 흐느끼기 시작했다.

말릭이 내 어깨를 한 팔로 감싸안았다. 나는 그대로 가만히 있었다.

"앤티-보스, 앤티가 열심히 일한 거 알아요. 하지만 그 집을 짓기 전에 더 행복하지 않았나요? 사업도 잘됐고요. 은행에 돈도 있었어요. 하고 싶은 건 마음대로 할 수 있었어요."

"나는 결코 자유로웠던 적이 없어, 말릭. 지금도 마찬가지고."

"다른 곳으로 가요."

"어디로? 가서 뭘 하지?"

"여기서 하는 것과 같은 일이요. 델리나 뭄바이로 가도 좋고요. 저도 같이 갈게요."

"너는 여기서 잘 지내고 있잖아."

"제가 방금 멍청이를 위해서는 일하고 싶지 않다고 말하지 않았나요, 마담?"

사랑스러운 말릭. 말릭이 얼마나 그리웠는지.

나는 긴 한숨을 내쉬었다. "다시 시작하는 건 쉽지 않아."

말릭은 최대한 인내심을 발휘하며 내게 말했다. 더 강한 약을 써야 할 때라는 듯이.

"언제 그런 걸로 포기했어요, 앤티-보스? 자이푸르를 떠나야 해요. 다른 방법은 없어요. 더 좋은 방법이 떠오르지 않는다면요."

배와 젖가슴을 너무 문지르는 바람에 피부가 벗겨졌다. 코코넛 껍질 조각과 석탄 조각으로 겨드랑이와 허벅지 안쪽과 두피를 박박 문질렀다. 나는 손바닥으로 피부가 벗겨진 부분을 쓸어내리면서, 아파서 몸을 움찔거렸다. 그리고 이 벌로 더러워졌다는 느낌이 사라지게 해달라고 기도했다. 하지만 아무리 열심히 문질러도 오늘 오후 님 오일 가게 주인의 손이 팔에 닿고 그의 숨이 등에 닿은 느낌을 여전히 지울 수가 없었다. 나는 온몸을 처음부터 다시 씻어야 할 것이다.

너무 지쳐서 더는 할 수 없어졌을 때, 나는 벗겨진 피부에 라벤더 오일을 문질렀다. 그리고 깨끗한 사리를 입었는데, 단이 나달나달해져 있었다. 엉킨 머리를 빗어서 푸는데, 황마가 닳아 해어지기 시작한 그때—벌써 1년 전?—수선하려고 생각한 침대의 구멍에 시선이 머물렀다. 구멍은 이제 완전히 벌어져 있었다. 내가 잠을 잘 때 이따금 발이 구멍 안으로 들어갔다.

사두(성직자)가 거리에서 음식을 구걸하는 소리가 들렸다. 나는 빗을 내려놓고 말릭이 어제 가져온 차파티를 신문지로 쌌다. 그리고 그에게 주려고 문으로 달려갔다. 색 바랜 사프란 천으로 몸을 감싼 성직자가 지팡이에 몸을 의지한 채 기다리고 있었다. 그는 집과 물질적인 편안함을 거부하고 자아로부터 자유로워진 사람이었지만, 나는 그렇게 할 용기가 없었다.

내가 공물을 건네자 그는 내가 모르는 방언으로 축복을 빌어주었다. 하지만 내 공물을 받지는 않았다. 그저 나를 쳐다보며 가만히 서 있었다.

나는 그의 동공에서 그가 본 것을 보았다. 묘목 같은 여자, 뱀처럼 어깨 주위로 구불구불 흘러 내려온 머리카락, 그리고 얇은 사리. 목과 팔의 긁힌 상처에서 흐르는 피. 나는 그의 눈에 내가 불쌍해 보인다는 사실을, 그래서 가진 것이 그토록 없는 그이지만 내가 내민 음식을 거절했다는 사실을 깨달았다.

나는 차파티를 그의 손에 거칠게 찔러주고, 안으로 뛰어들어가 문을 쾅 닫았다. 문에 기대 눈을 감았다. 심장이 사정없이 쿵쾅거렸다.

호흡이 정상으로 돌아오자 나는 작업대로 이동했다.

떨리는 손으로 어제 도착한 편지를 펴보았다.

1956년 10월 10일

친애하는 샤스트리 부인에게

지금 우리의 상황에는 찰스 디킨스의 표현이 가장 정확할 것입니다. 빛의 계절이었고, 어둠의 계절이었다. 안타깝게도, 산악 지대 부족과 그들의 가축이 남부 지방으로 이동하면서 우리 지역 진료소가 갑자기 운영을 중단하게 되었습니다.

그와 더불어 우리의 자문 협약도 (적어도 계절이 바뀔 때까지는) 중단해야 할 것 같습니다. 하지만 어둠 속에도 빛이 있습니다. 약초 정원에 대한 계획을 실행에 옮길 기회니까요.

심라에 와서 계속 지낼 마음이 있으면, 이곳의 기후와 토양 상태, 토착 약초를 연구하고, 도시 주민들(우리 직원들 중에도 열렬한 약초 지지자가 있습니다)과 대화를 나눠보고, 레이디 브래들리 병원에 약초 정원을 만드는 계획을 세워보면 좋겠습니다.

만약 당신이 이 제안을 고려하여 나와 함께 심라 주민들을 도울 마음이 있다면 말이죠. 물론 나는 당신이 이곳에 오면 우리의 아름다운 도시에 정착하도록 힘닿는 범위 안에서 최선을 다해 설득할 것입니다. 이곳의 자연이 충분히 아름답지 않았나요? 이곳 주민들이 충분히 따뜻하게 맞아주지 않았나요?

당신이 자이푸르의 부인들에게 귀중한 헤나를 그려주고 있다는 사실을 부인할 수는 없지만, 아가르왈 부인의 말에 당신은 그곳에서 비호의적이고 부당한 비난을 당하고 있다더군요. 간단히 말하겠습니다. 자존심이 당신의 재능을 더 많은 사람들에게 나눠 쓰는 데 걸림돌이 되어서는 안 됩니다(제게 당신의 곤란한 상황을 말해주었다는 일로 아가르왈 부인을 탓하지 말아주십시오. 부인이 라다의 병원비를 내주었기 때문에, 당신이 어떻게 지내는지 물어보지 않을 수 없었습니다. 부인이 제게 말해주지 않았다면, 나는 이렇게 편지를 써서 제안할 용기도 내지 못했을 것입니다).

우리는 당신에게 배울 것이 많습니다. 당신이 한 일로 몇 명의 생명을 살렸고, 환자들은 위안을 얻었습니다. 지금까지도 도움이 되고 있고요. 산악 지대 사람들은 당신을 잊지 않았습니다(우리 병원 환자들 중에 당신이 도와준 가디족의 임신부는 당신의 비터멜론 처방에 대해서 침이 마르게 칭찬합니다. 그녀의 아기가 곧 태어날 겁니다!).

우선 나는 당신이 이 초대를 받아들이는 쪽으로 잘 생각해주시면 좋겠습니다. 배우기를 열망하는 학생이자 충실한 친구로서, 당신이 와줄 날을 진심으로 기다리겠습니다.

큰 존경과 기대를 담아,
제이 쿠마르

나는 칸타의 너그러움에 눈물이 났다. 내게 미리 말했다면 나는 당연히 거절했으리라는 것까지 칸타는 알고 있었다. 라다의 병원비에 대해서는 이제 걱정을 좀 덜었다.

나는 말릭이 한 말을 생각했다. 말릭이 나보고 자이푸르를 떠나 다른 곳으로 가라고 말한 것은 이번이 처음이 아니었다.

제이 쿠마르는 내게 치료할 기회, 내 조언을 바라는 사람들과 일할 기회를 주려는 것이다. 내 지식이 신성하다고 믿는 사람들. 사스가 내게 가르친 일을 할 기회였다. 사스는 여전히 내 안에 살고 있다. 다시 한번 나를 자랑스러워할 수 있다. 나 자신도 다시 나를 자랑스러워할 수 있다.

하지만……집은 어쩌고! 나는 집을 꿈꾸었고, 집을 가지기 위해서 열심히 노력했고, 집을 지었다. 그 모든 결정이 내게 달려 있었다는 것도 아주 즐거웠다. 사는 곳을 옮긴다는 것은 집을 두고 가야 한다는 의미였다.

하지만 집이 내게 준 것은 빚과 불안과 불면의 밤뿐이지 않았는가? 한때 내가 그랬던 것처럼, 성공한 자의 세상에 들어갔다고 선포하려면 집이 꼭 필요한가? 내가 고생 끝에 힘들게 알아내기로, 성공은 덧없는—흘러가는—것이었다. 왔다가 간다. 성공은 사람의 겉모습을 바꾸지만, 내면을 바꾸지는 않는다. 내 내면에는 여전히 허락된 것보다 더 큰 운명을 꿈꾸는 똑같은 여자가 있었다. 내가 기술과 재능과 야망과 지성을 가진 사람이라는 것을 증명하는 데 정말로 집이 필요한가? 만약에…….

갑자기 나는 마음이 한결 가벼워졌다. 심라에서 느낀 것과 같은 무중력의 느낌이었다. 나는 숨을 깊이 들이마셨다. 벌써 푸른 히말라야 산맥의 상쾌한 공기 냄새를 맡을 수 있다는 듯이.

용기를 잃기 전에, 나는 공책에서 깨끗한 종이 한 장을 찢었다.

1956년 10월 15일

사미르에게

11년 동안 고향이라고 부른 이 도시를 떠나려고 하니 큰 아쉬움이 밀려옵니다. 빚을 청산하지 않고는 떠나지 않겠다는 결심은 무엇보다도 확실합니다. 하지만 빌린 돈을 갚기 위해서는 집을 팔아야 합니다. 부동산 중개소에서는 여자가 주인인 집을 대행해서 팔아주기 싫어하니, 저 대신 그 일을 맡아주시길 부탁드립니다. 맡아주신다면, 집을 판 값에서 제가 빌린 금액을 제하고 남은 돈을 아래의 주소로 부쳐주시면 감사하겠습니다.

상황이 이렇지 않았다면 우리의 관계도 이어졌겠지요. 하지만 사람들이 하는 말처럼, 새들이 농장 전체를 다 먹어치웠는데 운다고 무슨 소용이 있을까요?

저는 한 달 안에 심라로 떠납니다. 다음 주에 결정을 알려주세요.

락슈미 샤스트리

주소. 히마찰 프라데시 주 심라 해링턴 에스테이트 레이디 브래들리 병원.

나는 몇 번을 반복해서 읽어보았다. 만족스러웠고, 한 장을 더 찢어 제이 쿠마르에게도 썼다. 그리고 등잔불을 후 불어 *끄고* 12시간을 내리 잤다.

이틀 뒤에 배달원이 편지를 들고 문 앞에 왔다. 나는 라벤더 향이 나는 봉투를 뜯었다.

락슈미에게

집을 팔아달라고 사미르에게 부탁했다는 말을 들었네. 내가 어떻게 알아냈는지는 중요하지 않고. 그냥 알게 됐네. 하지만 내가 그 집을 팔지 않고 문양이 있는 바닥을 지키겠다고 하면 놀라겠는가? 봉투 안에, 자네 집을 판 돈에서 자네가 사미르에게 빌린 만큼을 제하고 남은 금액을 넣었네(그래, 나도 자네가 사미르에게 돈을 빌렸다는 사실을 알고 있네). 자네의 호의(우리는 그 점에서 비겼지)를 사려는 건 아니네. 다만, 자네처럼 우리의 손을 경이롭게 만들어줄 수 있는 손을 지닌 사람을 다시는 만나지 못할 거라는 점만은 인정하네.

파르바티

용서는 아니었다. 사과도 아니었다. 하지만 편지가 내 가슴 안에 있던 뭔가를 풀어주었다. 분노의 따리, 해묵은 원한. 나는 그 편지를 손에 쥔 채 한참 앉아 있었다.

21

이제 내게는 돈이 있었다. 피할 수 없는 일을 미룰 핑계는 없었다.

나는 릭쇼를 타고 칸타의 집으로 갔다.

몇 주일 전 칸타, 라다, 아기가 심라에서 돌아온 후로 나는 그들을 피하고 있었다. 그들이 보고 싶었다. 하지만 그들이 한 가족으로서 시간을 보내기를 바랐다. 그리고 나는 라다에게 내가 자신을 발아래에 두면서 자기 삶을 지배하려고 한다는 느낌을 주고 싶지 않았다.

"락슈미! 깜짝 놀랐잖아요!" 칸타가 나를 꼭 끌어안았다. 행복해 보였고, 기운을 되찾은 것 같았다. 눈 밑에 짙게 드리운 음영은 사라졌다. 광대뼈에도 살이 붙었다.

"라다는 아기방에 있어요. 어서 들어가봐요. 사수지가 기도를 올릴 때는 나도 같이 앉아 있어야 해서요. 곧 갈게요."

칸타의 시어머니는 아기를 손자로 받아들였다. 아기의 출생에 대한 진실을 추측했거나 아기가 라다와 닮았다는 사실을 알아차렸더라도, 아무 말도 하지 않았다. 원하던 손자가 생긴 것이다.

나는 아기방 바로 바깥에서 걸음을 멈췄다. 문이 조금 열려 있었는데, 아기가 자고 있다면 깨우고 싶지 않았다. 방 안에서 라다의 목소리가 들렸다. "'어떻게 감히 당신이라는 존재가 나를 조롱할 수가 있는가?' 사악한 칸사 왕이 고함을 쳤다. 그는 크리슈나 경을 그토록 여러 번 죽이려고 했지만, 그 횟수만큼 실패했다."

나는 조용히 안으로 들어갔다. 라다는 내 쪽으로 등을 돌린 채, 흔들의자에 앉아 이리저리 흔들리고 있었다. 아기는 라다의 품에 포근히 안겨 있었고, 라다는 『크리슈나 이야기』를 읽어주는 중이었다. 이제 책이 너무 낡아서 낱장이 떨어지지 않게 책등에 접착테이프가 붙어 있었다.

칸타와 마누는 아기 이름을 니킬이라고 지었다. 명명식에서 칸타는 축복의 의식을 위해서 아기를 사스에게 넘겨주기 전에, 아기의 이마를 물로 깨끗이 씻겼다. 출생 날짜와 시간을 들은 판디트는 아기의 이름이 N으로 시작해야 한다고 선언했다. 아기의 푸른 눈을 보면 닐이라는 이름이 자연스러운 선택이었겠으나, 마누는 아기의 귀에 니킬이라고 네 번 속삭인 뒤 그 문제를 마무리했다.

아기가 꾸륵거렸다.

라다가 달콤하게 속삭였다. "그렇지, 크리슈나가 말한 게 정확히 그거였어!" 그리고 고개를 숙여 아기의 뺨에 키스했다. "우리 똘똘이!"

"확실히 크리슈나처럼 잘생겼네."

흔들의자가 갑자기 멈추더니 라다가 나를 돌아보았다. "지지! 나를 그렇게 훔쳐보면 안 되죠!" 라다가 얼굴을 찡그렸다.

라다는 아기의 입에 들어갔다가 빠져나온 것이 틀림없어 보이는 우유병을 한 손으로 잡고 있었다. 아기가 다시 우유병을 가져오려고 작고 통통한 손가락으로 병을 잡았지만, 라다는 가방 안에 거의 빈 우유

병을 툭 떨어뜨렸다.

라다의 얼굴에 죄의식이 떠오른 것인가? 아니면 단지 내 상상인가?

"미안해. 아기가 자고 있다면 깨우고 싶지 않아서 그랬어."

나는 아기의 포동포동한 손 하나를 잡고 흔들어주었다. 아기는 우리의 잡은 손을 물끄러미 쳐다보았다. 배불리 먹은 듯 행복해 보였다. 아기는 크림색의 리넨 배내옷을 입고 있었다.

"앤티에게서 언니가 온다는 말은 못 들었는데요." 목소리에서 비난의 기색이 느껴졌다. 내가 염려한 대로 라다는 내가 자기를 확인하러 왔다고 생각하는 것이다.

라다는 아기를 한쪽 어깨에 올렸다. 어깨에는 아기에게 트림을 시킬 때 쓰려고 이미 깨끗한 수건을 올려놓았다. 나는 라다가 많은 아기들을 키워본 것처럼 어떻게 이런 것을 본능적으로 아는지 놀라웠다.

"칸타는 몰랐어. 말릭하고 내가 전해줄 중요한 소식이 있는데……."

칸타가 급히 방 안으로 들어왔다. "푸자가 끝났어! 자, 이제 내가 먹일게."

"아기는 거의 잠들었어요." 라다가 의자에서 일어나 아기의 등을 톡톡 두드려주었다.

칸타는 아기방 한가운데 모호하게 서 있었다. "하지만 먹은 지 몇 시간이 지났는데. 괜찮은 걸까? 아프지는 않지, 그렇지?"

라다가 고개를 한쪽으로 갸웃했다. 자기가 어른이고 칸타가 아이인 것처럼. "아기는 괜찮아요, 앤티. 앤티는 걱정이 너무 많아요."

칸타의 눈이 아기가 트림한 헝겊에 가닿았다. "아기한테 한 병을 다 먹인 건 아니지?"

라다는 그 말에 대답하기 전에 나를 흘끗 보았다. "조금만 먹였어요. 자꾸 보채서요."

칸타 뒤에서 내가 얼굴을 찡그렸다. 내가 방에 들어왔을 때 우유병은 거의 비어 있었다. 라다가 왜 거짓말을 하지?

"하지만 라다, 우유를 너무 자주 먹이면 내 젖이 말라버릴 거야." 칸타가 내게 희미하게 미소를 지어 보였다. "나는 그저……아기가 한 살이 될 때까지는 계속 젖을 먹이고 싶어. 아기가 원하면 더 오래." 그리고 라다를 보았다. "그러면 내가 아기와 더 가깝다는 느낌이 들거든. 내가 엄마인 것처럼."

칸타는 아기에게 젖을 먹이고 싶어하는 것에 대해서, 라다에게 사과하는 것만 같았다.

동생이 내 표정을 알아차렸다. 동생의 뺨이 붉어지더니 시선을 돌렸다. 라다는 니킬을 칸타의 품에 어색하게 안겨주었다. "기저귀를 빨아야겠어요." 라다가 더러워진 기저귀 바구니를 들고 방에서 나갔다.

칸타는 흔들의자에 앉아 블라우스 단추를 풀었다. 그리고 작은 젖을 꺼내 아기 입에 가져다댔다. 하지만 아기는 고개를 돌려버렸다. 시도하고 또 시도했지만, 우유 한 병을 다 먹어버린 아기는 흥미가 없었다. 칸타의 표정이 시무룩해졌다. 칸타가 아기를 어깨 위에 안아 올리고 등을 두드려주는데 눈물이 가득 고였다.

"칸타, 왜 그래요?"

갑자기 그녀의 얼굴이 초췌해 보였다. "엄마가 되는 법을 모르겠어요. 정말로, 정말로 잘하고 싶은데……라다가 훨씬 더 많이 아는 것 같아요. 어떻게 먹여야 하는지, 언제 먹여야 하는지, 그런 거요. 낮잠은 언제 재우는지. 라다가……이 아기를 낳았기 때문에 더 좋은 엄마인 것 같아요."

그녀는 웃으려고 했지만 까마귀 울음소리만 나왔다. "나도 참! 이 사랑스러운 아기를 돌볼 수 있다는 것만 해도 정말 행운인데." 그녀가 아기의 포동포동한 팔에 입을 맞췄다. "내가 바보 같은 소리를 하고 있네요."

내가 조심스럽게 말을 꺼냈다. "부인께서는, 혹시 라다와 같이 지내는 게……?"

칸타가 고개를 힘껏 가로저었다. "나히-나히. 그건 확실히, 내가 서툴러서 그런 거예요! 나는 엄마가 된 여자들이 이런 일을 겪는 모습을 봤어요. 감정이 너무 커지는 거 말예요."

그녀가 의자에서 일어나 잠든 아기를 부드럽게 침대에 눕혔다. 그녀는 블라우스 단추를 채우며 짐짓 밝은 표정을 지었다. "차 마실까요?"

우리는 방에서 나왔다.

비스킷과 차이를 즐기면서 나는 칸타와 마누에게 심라에 대해서 말했고, 칸타는 두 손을 마주쳤다. 마누는 축하해주었다. 그들이 레이디 브래들리 병원과 쿠마르 선생의 진료소에서 어떤 일을 할지 물어봐서 답해주었고, 그들은 내가 앞으로 성공할 것이라고 확신했다. 칸타가 아니었다면 나는 심라에 가보지도, 장엄한 산맥, 나를 환영하는 사람들과 사랑에 빠지는 일도 없었을 것이라고 말했다.

1시간 후에 나는 라다에게 이 소식을 전하고 오겠다며 양해를 구했다. 라다는 나를 일부러 피하는 눈치였다. 나는 라다가 뒤뜰에서 빨랫줄에 기저귀를 널고 있는 것을 발견했다.

내가 말릭과 2주일 뒤에 심라로 갈 것이고 파르바티 싱이 라지나가르 집을 샀다고 말하자 라다는 놀란 표정을 지었다. 젖은 기저귀를 빨랫줄에 널고 집게를 꽂으려던 라다의 팔이 그대로 허공에서 멈췄다.

라다의 반응이 나는 놀라웠다. 내가 멀리 떠난다는 소식을 라다가 좋아할 것이라고 생각했다.

내가 부드럽게 말했다. "내가 자이푸르를 떠나야 할 때라는 거 알잖아. 나는 여기서 더 이상 헤나 아티스트로 살 수 없어. 그리고 이제는 다른 일을 시도해볼 준비가 되었고."

"하지만……난 다시 언니를 볼 수 있나요?"

라다가 그 모든 일들—피타지의 익사, 마의 죽음, 라비의 배신—이 일어난 후에 나 역시 자기를 버린다고 생각할 수도 있겠다는 생각이 문득 떠올랐다. 나는 라다의 팔을 꼭 잡고 미소를 지었다. "네가 원하면 언제든. 네게 표를 보내줄게. 오고 싶을 때 언제든 와. 물론, 말릭은 학교에 가느라 바쁠 테니 네가 와도 약간 심심할지도 몰라."

라다는 나를 조심스럽게 쳐다보았다. "말릭이? 학교에요?"

"말릭이 학교를 다니지 않은 지 너무 오래되었어. 하지만 더 이상은 그렇게 두지 않을 생각이야. 말릭은 비숍 코튼 남학교에 다닐 거야." 내가 거의 속삭이는 정도로 목소리를 낮췄다. "요즘에는 구두 신는 연습을 하고 있어."

나는 우리가 같이 웃을 거라고 생각했지만, 라다는 생각에 빠져 있었다. 나는 세탁한 기저귀가 담긴 바구니 안을 들여다보고 하나를 꺼냈다. "니킬을 매일 보는 게, 그리고 그렇게 엄마가 되고 싶어하는 칸타의 모습을 보는 게 너에게는 분명 많이 괴롭겠지."

빨랫줄에는 나무로 만들어진 빨래집게가 가득 든 주머니가 걸려 있었다. 내가 집게 두 개를 꺼냈다. "아기를 잃은 일이 칸타에겐 너무 힘들었을 거야. 전에도 두 번 유산했어. 자신감을 많이 잃었어. 예전의 활기찬 칸타 모습이 아니야."

나는 빨랫줄에 널린 기저귀에 빨래집게를 꽂았다. "칸타는 니킬이 너를 더 사랑할까 봐 걱정하는 것 같아. 게다가 너는 아기를 아주 잘 다루고 아주 자연스럽게 대하잖아. 네가 이곳을 떠난다면……물론 너는 지금 여기에 있지만 만약에 말이야. 아기가 칸타와 함께 있는 것도 괜찮지 않을까?"

나는 동생을 흘끗 보았다. 아랫입술을 씹고 있었다. 라다에게 나는 안내하고 제안할 수 있을 뿐이었다. 라다는 의지가 강하고 자기 생각대로 하는 것을 더 좋아했다. 나도 이제는 잘 알았다.

나는 기저귀를 하나 더 집었다. "일자리가 필요한 멋진 아야를 알고 있어. 다른 가정에서 일했는데, 거기에서는 더 이상 아야가 필요하지 않대. 랄라는 친절해. 아이들을 좋아하고. 니킬을 자기 자식처럼 사랑해줄 거야." 내가 말을 잠시 멈췄다. "그러니까 네가 우리하고 같이 심라로 가기로 한다면, 당연히 그래도 돼." 내가 라다의 어깨를 가볍게 잡았다. "결정은 너한테 달렸어."

라다가 나를 흘끗 보았고 눈에서 어떤 빛이 반짝였다.

나는 계속 말했다. "말릭은 당연히 엄청 좋아할걸. 숙제를 도와줄 사람도 필요할 거고. 네가 거기에서 학교에 가면 그 애를 도와줄 수 있어. 물론 쿠마르 선생님도 좋아하실 거야." 내가 웃었다. "너하고 시 이야기를 나누던 걸 그리워하셔."

라다는 말이 없었다. 하지만 꾹 다문 입 모양새를 보면 라다가 고민한다는 것을 알 수 있었다.

2주일 뒤, 라지나가르 집이 비워졌다. 이삿짐을 나르는 사람들이 심라로 보내는 교통편에 실으려고 무거운 트렁크들을 꺼냈다. 말릭은 바닥이 쑥 꺼진 침대를, 황마를 다루는 일을 하는 아버지를 둔 친구에게 주었다. 우리가 기차에 가지고 탈 짐은 비닐 가방 세 개뿐이었다.

내일 아침이면 말릭이 기차역으로 데려다줄 통가를 타고 와서 나를 데려갈 것이다. 오늘 밤 나는 내 집에 작별 인사를 하고 싶었다. 모자이크로 처리한 바닥 문양을 마지막으로 한번 보려고 벽의 모서리를 따라 배치한 등잔에 불을 붙였고, 나는 문양에 감탄했다. 나는 방 안을 한 바퀴 돌면서 내가 그 문양을 계획하면서 보낸 시간을 생각했다. 자식이 없는 나를 위한 사프란 꽃. 아소카 사자는 인도의 야망과 나 자신의 야망을 나타내는 상징이었다. 내 이름은 약초 바구니 안에 글자 형태로 숨겨져 있었다. 내게 가르쳐준 모든 것들을 기리며 사스의 이름도 넣었다.

나는 기분이 좋아졌다. 내 삶의 지도를 여기 자이푸르에 남기는 것이다. 나는 만 번의 헤나 획을 남기고 떠난다. 나는 더 이상 스스로를 헤나 아티스트라고 부르지 않을 것이고, 누가 물어보면 고통을 치유하고 덜어주며 건강을 찾아주는 사람이라고 말할 것이다. 순종하지 않은 것에 대한 부질없는 사과는 놓고 떠난다. 과거를 다시 쓰고자 한 열망은 두고 떠난다.

기술, 배움에 대한 열망, 내 것이라고 부를 수 있는 삶에 대한 갈망. 이것들은 내가 가져갈 것들이다. 피, 숨, 뼈가 그렇듯이 이것들은 내 일부이다.

나는 방 안을 두 번, 세 번 돌았고, 점점 더 빨리 움직였다. 머릿속에서 카타크의 박자가 들렸다. 다-딘—다-다-딘. 악마 트리푸라수르를 살해한 것을 축하하는 고대 춤의 리듬.

다-다-딘―타-틴―다-다-딘.

나는 하지와 나스린이 아그라에서 하던 대로, 손을 연꽃 모양으로 오므려 물속을 유영하는 물고기처럼 팔을 흔들며 춤을 췄다. 그들이 지금 내 모습을 보면 뭐라고 할까? 나는 그들을 그려보았다. 한 사람은 활기차게 손뼉을 치면서 통통한 엉덩이를 흔들고, 다른 한 사람은 벙글거린다. "춤은 우리 노치 여자들에게 맡겨두는 게 좋겠는데요, 락슈미!"

나는 웃었다.

다-딘―다-다-딘.

내 발이 테라초 바닥을 탁탁 치면서 나만이 들을 수 있는 타블라(손으로 연주하는 타악기) 소리에 맞춰 춤췄다. 사스가 아니었다면 나 자신을 지키지 못했을 것이고, 아그라로 갈 기회도 결코 얻지 못했을 것이며, 내 집을 짓는 일도 결코 하지 못했을 것이다.

다-딘―다-다-딘.

공중에 떠 있는 느낌, 끝없는 자이푸르 하늘에 구름이 빠르게 흘러가는 모습을 지켜보는 듯한 느낌이 내 안을 가득 채웠다. 나는 더 빨리 돌았다. 심장이 빠르게 뛰었다.

다-딘―다-다-딘.

나는 백 번을 회전했다. 끝까지, 부활할 때까지.

다-딘―다-다-딘.

문이 훌렁 열리고 찬 공기가 훅 들어왔다.

나는 동작을 멈췄고, 숨이 차서 가슴이 들썩였다. 땀이 흘러 쇄골 쪽에서 웅덩이를 이루었다.

동생이 입구에 서 있었고, 품 안에 꾸러미를 들고 있었다. 내가 니킬을 위해서 만들어준 퀼트 이불이었다.

"라다?"

라다가 이불 꾸러미를 한쪽 어깨 위로 들어올렸다. 라다는 입술을 벌벌 떨었다. "앤티가 니킬을 사랑하는 거 알아요. 정말로 그런 거 알아요." 라다가 이불을 가볍게 톡톡 쳤다. 숨이 거칠었다. "하지만 나는 앤티가 그러는 게 싫어요. 앤티가 아기에게 잘해주는 건 알지만, 앤티가 아기 가까이 갈 때마다 앤티를 밀어버리고 싶어요. '그 애는 내 아기예요' 하고 말해주고 싶어요." 그러고는 헐떡거리며 숨을 쉬었다. 너무 빠르게 말하고 있었다.

"라다……."

"나를 내 아기 가까이 있게 해줘서 앤티가 고맙기는 하지만……. 나는 아기가 앤티를 사랑하지 않게 만들고 싶어요. 정말 못된 소리라는 거 알아요. 하지만 사실이에요. 나는 아기를 키우는 게 금지됐는데, 앤티는 왜 내 아기를 키울 수 있어요?"

피가 쏠리며 관자놀이가 불끈거렸다. "너 무슨 짓을 한 거지?"

라다는 이제 퀼트 이불을 단단히—너무 꽉—끌어안고 이리저리 흔들고 있었다. "앤티가 미워요. 그러고 싶지 않지만, 그렇게 돼요." 라다가 고통스러운 신음 소리를 냈다. "그리고 니킬도 칸타를 미워하면 좋겠어요. 얼마나 나쁜 말인지 알아요. 내가 이기적이라는 것도 알아요. 하지만 어쩔 수가 없어요!"

라다의 팔에 힘이 풀렸다. 꾸러미가 라다의 손에서 미끄러져 바닥에 떨어졌다.

"안 돼!" 내가 소리쳤다. 그리고 꾸러미를 받으려고 황급히 앞으로 나섰다.

퀼트 이불이 펼쳐졌다. 노란 부츠 한 켤레가 발치에 떨어졌다.

니킬의 은색 딸랑이가 대리석 위로 미끄러져 벽에 부딪혔다가 튕겨 나왔다.

라다가 아자르에서 가져온 책 『크리슈나 이야기』가 테라초에 부딪혀 두 쪽으로 갈라졌다.

다른 것은 더 없었다.

라다가 눈을 꾹 감았다. 말을 꺼내기 힘든 것 같았다. "지지. 내가 아기를 떠나야겠어요." 라다의 입이 벌어졌다. 그리고 참고 있던 울음을 내뱉었다.

나는 라다에게 달려갔다. 동생이 내게 매달렸고, 비통한 마음이 오롯이 느껴졌다. 라다가 아기를 가만가만 흔들어주듯이 나도 라다를 가만가만 흔들어주었다.

"나는 감사라고는 할 줄 몰랐어요. 그저 말썽만 일으켰어요." 라다가 딸꾹질을 했다. "뒷말하기 좋아하는 그 사람들 말이 맞았어요. 나는 늘 재수 없는 계집애일 거예요."

나는 머리를 떼어내고 라다를 쳐다보았다. 그리고 라다의 턱을 들었다. "아니, 라다. 그렇지 않을 거야. 결코 그런 적 없었어. 내가 너에 대해서 그런 말을 했다면 미안해. 너는 내 삶에, 우리 삶에 아주 많은 행복을 가져왔어. 네가 없었다면 내가 심라로 갈 수 있었겠니? 나만의 약초 정원을 만드는 건 어떻고? 쿠마르 선생님하고 같이 일하는 건 어떻고? 너 없이 내가 어떻게 그럴 수 있었겠니?"

라다가 젖은 속눈썹을 깜박였다.

"오랫동안 나는 사람들의 기분을 좋아지게 해주는 사람으로 일해왔어. 심라에 가면 사람들을 낫게 해주는 사람으로 일할 거야. 정말로 고통을 받는 사람들, 사스는 그런 사람들을 위해서 일하라고 나를 훈련 시켰어. 그들은 내가 필요해. 그리고 나는 그들 옆에 있고 싶고."

나는 라다의 머리칼을 부드럽게 어루만졌다.

"그리고 봐봐. 나는 네 도움으로 가족을 만들 수 있었잖아. 말릭, 칸타와 마누. 그리고 니킬. 당연히 너도. 너, 라다, 크리슈나의 지혜로운 고피."

이 아이가 나를 찾아낸 것은 얼마나 기적 같은 일인가. 그리고 내가 이 아이를 찾아낸 것은. "그래서, 룬도 라니, 부리 사야니……. 너도 심라에 같이 갈래?"

라다가 나를 올려다보았다. 잠시 후에 라다가 고개를 끄덕였다.

이어지는 침묵의 순간에 나는 개가 컹 짖고 통가가 덜컹 멈추고 까마귀가 나무에서 날개를 퍼덕이는 소리를 들었다.

마침내 라다가 나를 붙잡은 손을 놓았고, 나는 라다의 정수리에 입을 맞췄다.

"아침에 칸타의 집에 가서 네 짐을 챙겨오자." 나는 사리로 라다의 얼굴을 닦아주었다. "이리 와. 알루 고비 수브지를 만들어놨어. 나는 왜 밤에 먹으면 훨씬 더 맛있는지 모르겠어."

다음 날 아침에 내가 라지나가르 집을 치우는 동안, 말릭과 라다가 우리의 짐을 대기하고 있는 통가에 실었다. 기차를 타러 가는 길에 칸타의 집 앞에 멈추고 우리는 작별 인사를 할 것이다.

나는 방을 마지막으로 한 바퀴 돌았다. 벽을 만졌다. 모자이크 문양을 따라서 손가락을 쓸었다.

헤나 아티스트로서의 내 삶은 끝이다. 다시는 자이푸르 부인들의 손에 그림을 그리지 않을 것이다.

나는 페티코트에서 회중시계를 꺼냈고, 매끈한 하얀 진주로 만든
내 이름의 첫 글자 L을 엄지로 쓸었다.

나는 탁자 위에 시계를 놓았고, 밖으로 나가 문을 닫았다.

22

자이푸르 기차역, 1956년 11월 4일

자이푸르 기차역의 승강장은 승객, 짭조름한 땅콩을 파는 상인, 구두
닦는 사람, 이 빠진 거지, 버려진 음식 조각의 냄새를 킁킁 맡는 떠돌
이 개로 북적거렸다. 기차가 출발한 후에도 사람들은 계속 기차에 올
라타겠다며 올려달라고 손을 내밀었고, 열차 양쪽에서 난간에 몸을
기댄 친절한 사람들은 몸을 내밀고 짐을 받아주었다. 기차가 출발한
다는 것 자체가 경이로울 정도였다.

우리 기차는 10분 후에 떠나기로 되어 있었다. 집을 판 돈으로 1등
석 객실이라는 사치를 부려 우리 모두 한 칸에서 타고 가기로 했다.
객실에서 말릭과 라다는 신나게 대화를 나누었다.

나는 우리 객실 바로 바깥 통로, 승강장이 보이는 창문 쪽에 서 있
었다. 승강장에서는 목도리를 칭칭 감은 짐꾼들이 기차에서 가방을
싣거나 내리고 있었다. 양모 조끼를 입은 위엄 있어 보이는 남자들이
아내와 아이들을 이끌고 가면서 짐을 다루는 사람들에게 조심하라고
소리를 질렀다. 1등석 표를 가진 가족들은 열차에 탄 후에 우리 구역
으로 걸어왔다. 대부분은 2등석 객실로 갔다. 짐꾼을 부릴 여유가 없

는 사람들은 각양각색의 가방을 3등석 객실에 쑤셔넣으면서 사람들에게 자리를 만들어달라고 소리쳤다. 차이-왈라들은 승강장을 이리저리 오가며 열차 차창을 통해서 잔에 담은 차를 팔았다. 남자들은 한쪽 눈으로 출발 시간을 확인하면서 아내나 어머니나 누이나 친척 아주머니나 친구 누가 찬합에 담아준 차파티, 커리 수브지를 먹었다.

나는 자이푸르에 처음 도착한 스무 살 때를 돌이켜보았다. 처음 타본 기차였다. 모든 것들이 얼마나 흥미진진했는가! 새로운 삶에 대한 약속. 일이 잘 풀릴지에 대한 걱정. 일은 잘 풀렸다. 나는 그림을 그리는 기술과 시어머니가 가르쳐준 것 말고는 아무것도 없이 이 도시로 왔다. 여자들이 각자의 욕망을 이루어―뭔가가 있기를 바라든, 뭔가가 없기를 바라든―각자 잘 살아나갈 수 있도록 도왔다. 이제 제이 쿠마르가 나 자신을 다시 창조할 기회를, 젊거나 늙었거나 아프거나 불구이거나 가난하거나 위로가 필요한 사람들을 치료하는 데 내 지식을 활용할 기회를 주고 있었다.

내가 살아온 길에서 나를 도와준 사람이 아주 많았다. 사스. 하지와 나스린. 사미르. 칸타. 마하라니 인디라와 라티카. 샤르마 부인. 심지어 파르바티까지.

나는 자이푸르를 그리워하지는 않겠지만―모든 도시들에는 그곳만의 매력이 있다―사미르를 그리워할까?

솔직히 말해서, 나는 여전히 그를 생각했다.

우리는 사업 동료로서 얼마나 잘 해냈는가? 우리가 함께 웃은 순간들, 우리의 유대감이 진실하고 강하다고 느낀 시간들. 그리고 욕망의 하룻밤.

한때 존경했으나 이제는 그럴 수 없는 그의 모습이 있지만, 그는 아주 오랫동안 내 삶의 일부였다. 그 기억을 잠재우는 것은 내 삶의 3분의 1이 존재하지 않는 척하는 것과 같았다.

내가 그를 만나지 않았다면 나는 여전히 아그라에서 창녀들의 윤락가에서 숨어 지내며 그들을 위해서 일하고 있을 것이다. 그와의 연줄이 없었다면 내가 헤나 아티스트로서 사업을 시작할 수 있었을지 누가 알겠는가? 그가 나를 파르바티에게 소개하지 않았다면 나는 마하라니들의 궁에 결코 초대되지 않았을 것이다. 마마에게 차를 대접받지도 못했을 것이다.

승강장에서 소동이 벌어져 그곳으로 주의를 돌렸더니, 인산인해를 이룬 여행객들이 궁 제복을 입어서 중요해 보이는 남자를 위해서 길을 열어주고 있었다. 마하라니의 수행원 복장인 빨간색 허리띠와 머리 장식을 한 남자였다. 손에는 새틴 천으로 덮은 큰 꾸러미를 들고 있었다. 왼쪽 팔 밑에는 말린 카펫이 끼워져 있었다. 승강장에 있는 사람들의 시선이나 쉬쉬하는 목소리에는 아랑곳하지 않고, 남자는 종이 한 장을 흘끔거리며 열차를 한 칸씩 지나갈 때마다 고개를 들어 쳐다보았다.

나는 말릭에게 창문 쪽으로 오라고 한 후에 턱짓으로 승강장을 가리켰다.

말릭은 목을 쭉 빼고 창밖을 내다보았다. 그가 싱긋 웃고 손을 흔들었다. "주방장 아저씨!"

궁 주방장이 말릭의 목소리가 들리는 쪽을 돌아보았다. 그의 얼굴에서 긴장이 풀리며 따뜻한 미소가 지어졌다. 말릭이 그를 맞으러 열차의 문으로 달려갔다. 나는 그들이 인사를 주고받는 것을 지켜보았다. 말릭은 살람, 주방장은 나마스테로 인사했다. 덩치 큰 주방장이 재킷 주머니에서 봉투 하나를 꺼내더니 꾸러미와 함께 말릭에게 건넸다. 그들은 몇 분 더 이야기를 나누었고, 이윽고 주방장이 손을 흔들며 작별했다.

말릭은 꾸러미를 들고 열차의 통로를 걸어오면서 환하게 웃었다. 그가 내 이름이 적힌 묵직한 크림색 봉투를 건넸다. 나는 궁 봉인을 뜯고 편지를 펴서 소리 내어 읽었다.

친애하는 샤스트리 부인에게

자네의 어린 친구가 마도 싱의 마음을 훔쳤네. 마도 싱은 라브리와 말릭, 말릭과 라브리, 그 말만 한다네. 그리고 레드 앤드 화이트를 요구하기 시작했는데, 담배를 피우기 시작한 게 아닌가 싶어. 참을 수 없는 일이지. 게다가 더 이상 프랑스어를 배우려고 하지 않네(지금 아는 건 봉주르와 봉 부아야주["좋은 여행 되세요"] 정도가 전부야). 그리고 문제가 생겼는데, 나는 앞으로 파리에 가서 계속 지낼 생각일세. 그래서 내 사랑하는 새에게 작별을 고해야 할 것 같으니 자네가 부디 이 새를 말릭에게 전해주면 좋겠네. 마도 싱 역시 말릭과 지내는 게 무덤 같은 내 거실에서 지내는 것보다 더 행복할 걸세.

둘이 아주 잘 어울리는 한 쌍이야. 동의하나?

자네의 친구이자 자네를 경애하는,

마하라니 인디라 만 싱

추신. 카펫은 마도 싱이 좋아하는 걸세. 없으면 향수병에 시달릴 거야.

객실 안에서 말릭이 새장에 씌운 새틴 덮개를 걷었다. 마도 싱이 횃대의 이쪽에서 저쪽으로 폴짝 뛰었다. 새가 말했다. "나마스테! 봉주르! 환영해!" 그리고 휘파람을 불었다. 말릭이 되받아 휘파람을 불었다. 마도 싱을 처음 보는 라다는 깔깔거리며 즐겁게 웃었다.

나는 내 가족들을 바라보며 미소를 지었다.

기차의 날카로운 호각 소리가 귀를 파고들며 우리의 출발을 알렸다. 나는 마지막으로 차창 밖을 내다보았다. 사람들이 개미처럼 부지런히 왔다 갔다 하는 승강장 한복판에 한 남자가 조각상처럼 움직임 없이 서 있었다.

그의 시선이 내게 와서 머물렀다. 얼룩 없는 흰색 셔츠와 도티를 입고 있었다. 면도한 얼굴이었다. 이발도 했다. 그는……잘생겨 보였다.

나는 하리와 고작 2년 같이 살았을 뿐이지만, 그는 내 삶의 절반 동안 내 마음속에서 살았다. 나는 차례로, 그를 두려워했고, 그에게 무관심했고, 그를 경멸했고, 그에게 미움과 연민을 오롯이 느꼈다. 단 한 번도 그가 변할 수 있으리라고 생각하지 않았다. 하지만 내가 달라질 수 있다면, 그러고 왜 달라질 수 없겠는가?

엔진이 천천히 무거운 몸체를 끌어당기기 시작했다. 바퀴가 철컥 소리를 내고 몸체를 들썩였고, 다시 들썩하고 철컥 소리를 냈다. 출발 직전에 도착한 승객들은 몸과 짐을 열차 위로 던져 올렸다. 차이-왈라가 승객들에게서 빈 잔을 거두어갔다.

하리가 두 손을 모아 나마스테로 인사하고 자기 얼굴 앞으로 들어올렸다. 그의 미소에는 책망이나 분노가 담겨 있지 않았다. 그를 안 뒤로 처음으로, 그는 편안해 보였다.

나도 그에게 나마스테로 인사했다.

기차가 속도를 내기 시작했다. 그가 입을 열었고 입술이 움직였지만, 나는 삐걱거리는 바퀴 소리 때문에 아무것도 들을 수 없었다.

에필로그

인도 히말라야 풋힐 심라. 1956년 11월 5일

"그게 마지막 터널이었어요, 앤티-보스!"

말릭은 철도 지도를 뚫어져라 쳐다보면서, 우리가 탄 장난감 같은 작은 기차가 지나간 백 개의 터널을 하나하나 헤아렸다. 우리는 자이푸르에서 칼카까지는 일반 기차를 탔고, 거기에서 심라로 가는 작은 기차로 갈아탔다.

말릭은 지도에서 우리 위치를 가리켰다. "몇 분만 더 가면 심라 역에 도착할 거예요!" 말릭이 빙긋 웃었다. "들었어, 마도 싱?" 앵무새는 말릭 옆자리에 놓인, 새틴 덮개로 덮인 새장 속에서 투덜거렸다.

라다는 머리를 내 무릎에 대고 잠들어 있다가 방금 일어나 앉아 눈을 비볐다. 동생은 열차 창밖을 내다보았다. 히말라야 삼나무와 히말라야 소나무가 계곡을 가로질러 험준한 산 곳곳에 무리 지어 자라고 있었다. 첫눈이 내려 나무 꼭대기에 푸르스름한 흰색의 아이싱을 얹어놓은 것 같았다.

"여긴 늘 눈이 내려, 라다?" 말릭이 물었다. 말릭은 라자스타니 사막에서 살았던 것이 전부였다.

라다가 빙긋 웃었다. "겨울에만. 한 달 더 기다려야 해. 그러면 땅이 완전히 눈으로 덮일 거야. 이옝가르 부인을 닮은 눈사람을 만들자."

아이들이 웃었다. 사리를 입은 땅딸막한 여인의 모습을 한 눈사람은 내 생각에도 재미있었다. 나는 읽고 있던 편지 뒤로 미소를 숨겼다.

내가 함께 일하겠다는 제안을 받아들인 이후로 쿠마르 선생은 내게 며칠에 한 번씩 편지를 보내고 있었다. 이번 편지는 우리가 심라로 떠나기 직전에 도착했다.

1956년 11월 1일

락슈미에게

심라에서 당신 가족이 지낼 침실 세 개짜리 집을 구했습니다. 라다와 말릭이 쓸 방도 따로 있습니다! 레이디 브래들리 병원과 가까워서 집에서 걸어다닐 수 있습니다. 원하면 차와 운전기사도 준비할 수 있습니다.

또한 당신이 도착해서 처리해야 할 일정 몇 개를 제가 임의로 잡았습니다. 너무 빨리 일을 드리는 것 같아 벌써 죄송한 마음입니다. 기차에서 내리자마자 곧바로 달리기를 하셔야 될지도 모르겠네요!

오클랜드 하우스 학교의 교장인 세티 선생님이 라다의 입학과 관련하여 당신과 만나는 날을 기다리고 있습니다. 말릭이 제 모교인 비숍 코튼 남학교에 가는 첫날에는 제가 당신, 말릭과 동행할 수 있다면 좋겠습니다. 물론 혼자 그 즐거움을 누리고 싶다면 그러셔도 됩니다(제가 학교 다닐 때의 교장 선생님이 아직 학교에 계시지만, 저에 대해서 어떤 이야기를 하더라도 믿지 마십시오!).

사미르 싱이 라다의 교육비를 내겠다고 제안했다. 나는 그의 편지를 받고 깜짝 놀랐다. 그는 내 동생이 셰익스피어를 계속 공부하면 좋

426

겠다고 했다. 나는 라다가 그보다는 더 나은 보상을 받아야 한다고 생각했지만, 그의 미약한 사과를 그냥 받아들였다. 등록금은 익명으로 내달라고 부탁했다. 그와 더 이상 연락하고 싶지 않다고. 나는 라다가 싱 가문 사람들과 어떤 대화든 나눌 이유를 만들고 싶지 않았다.

제이 쿠마르는 누가 등록금을 내준다는 것은 알았지만, 배경에 대해서는 몰랐다. 내가 설명하자 그는 더는 질문하지 않았다. 그는 우리가 공유할 미래에만 집중하는 것 같았다. 그는 편지로(자주 써서 보냈다), 자신이 산악 지대 사람들과 오래 전부터 전해 내려오는 그들의 치료법에 관해 공부하고 있음을 알려주었다.

발목이 부었을 때는 진달래의 한 부분을 쓸 수 있다고 하더군요. 혹시 들어보셨는지요? 어제 나이 많은 가디족 부인이 우리 병원의 임신한 청소부에게 주려고 (님나무의 말린 열매로 만든) 시크 한 그릇을 가져왔습니다. 출산 전후로 몸을 건강하게 해준다고 하는군요. 궁금해서 맛을 보았는데, 두 여인 모두 좋아하더군요!

제이 쿠마르가 임신한 여인이 먹는 죽을 먹는다는 생각에 나는 미소가 지어졌다.

사람들이 언제 당신이 도착하는지 매일 묻습니다. 많은 사람들이 진료소에서 만난 당신 모습을 기억합니다. 당신이 강렬한 인상—좋은 인상—을 남겼나 봅니다. 그분들도, 그리고 저 또한 당신을 맞는 날을 고대하고 있습니다.

만나는 그날까지,

제이

기차가 경적을 울리자 나는 다시 현실로 돌아왔다.

"다 왔어요!" 말릭은 기차가 멈추기도 전에 자리에서 일어났다.

나는 편지를 핸드백 안에 다시 집어넣었다. 라다와 말릭이 짐을 챙겼다. 기차가 속도를 늦추고 산자락을 도는데 심라 역이 보였다.

제이 쿠마르는 승강장에 나온 사람들 중에서 가장 키가 컸다. 녹색 터틀넥 스웨터 위에 흰색 가운을 입고 있었다. 병원에 있다가 바로 온 모양이었다. 히말라야 산맥의 바람이 그의 곱슬머리를 헝클어놓았다. 간간이 보이던 그의 회색 머리칼을 내가 잊고 있었다는 것이 재미있었다. 혹은 뭔가 중요한 이야기를 듣고 있다는 듯이 머리를 한쪽으로 갸웃한 채 서 있는 모습이라든가.

그가 창가에 앉은 나를 보았고, 우리의 시선이 마주치자 그의 표정이 바뀌었다. 알아봤다는 것을 나타내는 느린 미소. 나 역시 그의 회색 눈을 알아보았고, 이번에는 그도 시선을 피하지 않았다.

나는 얼굴을 붉혔고, 내 목이 불이 붙은 듯이 화끈거렸다.

라다가 내 팔을 톡톡 쳤다. "지지, 봐요!"

나는 사람들이 그의 옆으로 몰려드는 것을 보았다. 밝은 색깔의 양모 치마, 자수가 놓인 토파, 색색의 블라우스. 임신 때문에 심각한 소화불량에 시달린다고 해서 내가 비터멜론과 마늘을 권했던 여자도 왔다. 여자는 갓 태어난 아기를 자랑스럽게 품에 안고 있었다.

그녀의 오른쪽으로는 관절염을 앓던 할머니가 손에 노새의 고삐를 잡은 채 이 빠진 잇몸을 드러내며 미소를 짓고 있었다.

그리고 저만치, 그 양치기가 있었다! 제이는 내가 제안한 식단 덕에 양치기가 갑상선종 제거 수술을 받지 않을 수 있었다는 내용의 편지를 전에 써 보냈다. 양치기가 환영의 뜻으로 한 손을 들었고, 그의 눈가에 기쁨의 잔주름이 잡혔다.

　내가 삶을 시작한 아주 작은 마을에서 1,600킬로미터 떨어진 여기 이곳에서, 나는 마침내 집을 찾았다.

　우리 뒤로 새장에서 마도 싱이 다시 외쳤다. "나마스테! 봉주르! 환영해!"

감사의 말

이 소설은 어머니를 위해서 썼다.

수다 라티카 조시는 열여덟 살에 중매로 결혼했고, 스물두 살까지 세 아이를 낳았다. 어머니에게는 누구와 결혼할지, 언제 결혼할지, 아이를 낳을지, 학업을 계속할지, 어떤 인생을 살아갈지에 대한 선택의 기회가 주어지지 못했다. 하지만 내게는 모든 선택을 열어주었다.

소설에서 나는 어머니라는 존재를 다시 그려본다. 락슈미, 자기 삶을 스스로 창조하는 헤나 아티스트로. 나는 강렬한 사랑과 인내심을 보여주고 내 형제들과 나를 위해서 헌신한 훌륭하신 어머니에게 날마다 감사한다. 어머니가 없었다면 이 책은 결코 쓸 수 없었을 것이다.

아버지는 처음부터 이 소설에 열광적인 관심을 보여주셨다. 초라한 마을에서 태어나 세계를 누비는 엔지니어가 된 아버지 라메시 찬드라 조시의 멋진 여정에 나는 감탄을 멈춘 적이 없다. 아버지는 영국령 인도 제국 시대 이후 당신의 어린 시절에 인도가 어땠는지, 새 인도를 건설하는 데 당신은 어떠한 기여를 했는지에 대해서 말씀해주셨다. 아버지의 기억이 독립 이후의 열정을 이해하는 데 도움을 주었고, 나는 그것을 이야기 속에 짜넣었다. 아버지는 이 소설의 초고들을 읽고 나서 아버지의 인도 친구들을 소개해주었고, 그분들은 내 글을 살펴보면서 각자의 경험을 공유해주었다. 이야기에 실수가 있었다면 내 잘못이다.

나는 엠마 스위니 리터러리 에이전시의 엠마 스위니에게 천 번의 감사를 표한다. 그녀는 이 책을 오래 전부터 좋아했고, 책이 세상에 나올 때까지 함께했다. 그리고 MIRA 북스의 투고 담당 수석 편집자 캐시 세이건과 훌륭한 하퍼콜린스 편집부의 로리아나 사실로투, 니콜 브레브너, 리오 맥도널드, 헤더 코너, 헤더 포이, 마거릿 마버리, 에이미 존스, 랜디 챈, 애슐리 맥도널드, 에린 크레이그, 캐런 마, 이리나 핀티, 케이틀린 빈센트, 록샌 존스, 로라 자니노에게 또 천 번의 감사를 드린다. 여러분들은 감동이었다!

어니타 아미레즈바니는 내가 다른 시대, 장소, 문화를 배경으로 하는 이야기를 쓰는 데 영감을 준 멘토로, 깊은 감사의 마음을 전한다.

톰 바르바시, 재니스 쿡 뉴먼, 에이미 판, 래니 우델, 샌드라 스코필드, 로버트 프리드먼, 샘 오언스, 보니 에이어스 남궁, 리티카 쿠마르, 샤일 쿠마르, 그랜트 듀크셔, AJ 부누안, 메리 세버런스, 그리고 CCA MFA 워크숍에 같이 참가한 친구들은 이 책이 노래할 수 있게 도와준 최초의 독자들이다.

내 형제들인 마둡 조시와 피유시 조시는 이 소설의 초고를 읽고 나를 응원해주었다. 2008년 이후 나는 어머니와 여러 번 자이푸르로 함께 가서 피유시의 아파트에서 지냈다. 자이푸르에 있는 동안 나는 라지푸트족의 가정들과 핑크 시티에서 가게를 하는 사람들, 내 또래의 여자들과 그들의 딸들, 마하라니 가야트리 데비 여학교에 다니는 교사들, 아유르베다 의사들, 그리고 물론 헤나 아티스트들을 인터뷰했다. 나는 학교와 대학교에서 강연하고, 화려한 결혼식에서 춤을 추고,

차이를 매우 많이 마셨다.

나는 또한 인도의 약용 식물을 연구했고, 아유르베다와 아로마세러피와 헤나의 역사에 대해서 공부했다. 헤나가 어떻게 만들어지는지, 또 인도 문화에서 왜 그렇게 중요한지를. 나는 라자스탄 주에서 영국이 만든 역사와 그 시대의 여자들, 카스트, 카스트가 사람들에게 미친 영향을 탐구했다.

영감을 얻기 위해서 나는 과거와 현재의 인도를 보여주는 작가들의 책을 읽었다. 카말라 마르칸다야, 루스 프로어 자브왈라, R. K. 나라얀, 애니타 데사이, V. S. 나이폴, 로힌턴 미스트리, 아미타브 고시, 마닐 수리, 치트라 바네르지 디바카루니, 트리티 움리가르, 쇼바 라오, 아킬 샤르마, 마두리 비제이가 그들이다. 나는 또한 식민 시대 이후의 작가들인 저메이카 킨케이드, 치누아 아체베, 할레드 호세이니, 치마만다 응고지 아디치에, 에드위지 당티카의 눈부신 작품을 읽었다.

마지막으로—그리고 언제나—내 남편 브래들리 제이 오언스에게 고맙다. 그는, 나 스스로 작가가 되고 싶은 마음이 있었기 때문에 내가 작가와 결혼한 것이라고 말해준다. 그가 1997년에 용기를 주지 않았다면, 나는 작문 워크숍에는 결코 참가하지 않았을 것이고, MFA 학위를 받지도 못했을 것이며, 어머니에게 지극히 당연한 방식으로 영원성을 부여할 기회도 결코 얻지 못했을 것이다. 내 심장, 내 사랑은 당신의 것이다.

나는 독자의 이야기를 듣는 것이 좋다. 나와 연락하려면 홈페이지(www.thehennaartist.com)나, 페이스북(alkajoshi2019), 인스타그램(@thealkajoshi)을 이용하면 된다.

단어 설명

가스티 키 베헨(ghasti ki behen) : 창녀의 여동생. 경멸적인 표현.

가자르 카 할바(gajar ka halwa) : 채 썬 당근으로 만든 디저트.

가잘(ghazal) : 종종 사랑을 주제로 하는 발라드.

고비(gobi) : 콜리플라워.

고피(gopi) : 소를 모는 여자. 또한 종교적으로는 크리슈나 신에 대한 무조건
적인 헌신을 의미한다.

군다(goonda) : 불한당.

그리하 프라베시(griha pravesh) : 집들이.

기(ghee) : 정제 버터 혹은 수분을 제거한 버터.

나와브(nawab) : 상류층 이슬람교도.

나히(nahee) : "아니", "아니요".

남킨(namkeen) : 튀겨서 만드는 짭조름한 과자.

노치(nautch) : 춤꾼 또는 춤.

니커(knickers) : 헐렁한 무릎 바지.

님(neem) : 건강과 관련된 다양한 목적으로 활용되는 상록수의 일종.

님부 파니(nimbu pani) : 달게 만든 탄산수.

달(dal) : 렌즈콩 수프.

달 바티(dal batti) : 밀로 만든 경단. 보통 달과 함께 먹는다.

데브다스(devdas) : 한량.

도티(dhoti) : 바느질을 하지 않은 사각형 천. 대체로 흰색이며 길이는 4.5–
6.5미터이다. 허리와 다리를 감싸고, 남자들이 입는다. 마하트마 간디
는 양복을 입지 않은 후로 항상 도티를 입고 다니며 영국 풍습보다 인
도 풍습을 따를 것을 권장했다.

두드-왈라(doodh-walla) : 우유 배달부.

디반(divan) : 동양식의 긴 쿠션 의자.

디야(diya) : 진흙으로 만든 기름등.

라두(laddu) : 달게 만든 렌즈콩과 간 병아리콩 또는 통밀 가루로 만든 둥근
경단.

라브리(rabri) : 우유로 만든 부드러운 디저트.

라스말라이(rasmalai) : 우유와 크림으로 만든 디저트.

라시(lassi) : 요구르트에 망고 과육을 섞어 만든 대중적인 음료.

라지푸트족(Rajput) : 인도 서부, 중부에 여러 왕조를 세웠던 아리아족.

라크(lakh) : 인도의 수 체계에서 10만을 나타내는 단위.

로티(roti) : 통밀이나 옥수수로 효모 없이 만든 둥근 빵.

루드락샤(rudraksha) : 인도의 나무. 씨앗으로 힌두교 염주를 만든다.

루피(rupees) : 인도의 화폐 단위.

릭쇼(rickshaw) : 인력거.

릭쇼-왈라(rickshaw-walla) : 인력거꾼.

마(maa) : 어머니.

마데르초드(maderchod) : 후레자식. 경멸적인 표현.

마하라니(Maharani) : 마하라자의 아내. 특정 지역에서 가장 강력한 힘을 지
닌 왕비.

마하라자(Maharaja) : 특정 지역에서 가장 강력한 힘을 지닌 왕.

만다라(mandala) : 의식을 거행하기 위해서 그리는, 원 모양을 기본으로 한
문양.

만답(mandap) : 신부와 신랑과 주례를 서는 힌두교 성직자를 위해서 세우는 지붕 덮인 무대.

말라(mala) : 목걸이.

말리시(malish) : 여자 마사지사.

망 티카(maang tikka) : 여자의 이마에 하는 장신구.

멤사히브(mem Sahib) : 존경을 담아서 기혼 여성을 부르는 말.

무트키(mutki) : 물을 차게 보관하는 질그릇.

미르치(mirch) : 매운 고추.

바그완(bhagwan) : 신.

바드마시(badmash) : 나쁜 사람, 악당.

바자르(bazaar) : 시장(市場).

바지(bhaji) : 묽은 밀가루 반죽에 담갔다가 튀긴 채소.

바치(bwachi) : 냉압하여 피부나 머리칼에 바르는 아유르베다 오일을 만들 때 쓰는 씨.

바타(vata) : 아유베르다 전통에서 몸의 원기를 이해하는 기초 개념.

밥 레 밥(baap re Baap) : "맙소사".

베타(bheta) : 아들, 혹은 소년이나 젊은 남자를 부르는 애칭.

베티(bheti) : 딸, 혹은 소녀나 젊은 여자를 부르는 애칭.

보디스(bodice) : 코르셋 위에 입는 여성용 조끼로, 가슴과 허리에 꼭 맞게 되어 있다.

보테(boteh) : '잎'을 뜻하는 페르시아어 단어에서 파생된, 페이즐리 문양의 모티프.

부르피(burfi) : 우유로 만드는 단 과자로, 종종 다양한 견과류를 섞는다.

부리 나자르(burri nazar) : 악한 얼굴 혹은 악의 시선.

부시-셔츠(bush-shirt) : 남성용 반소매 셔츠, 혹은 긴소매 셔츠 아래에 입는 하얀 티셔츠.

부크와(bukwas) : 헛소리.

분디 라이타(boondi raita) : 병아리콩 가루를 튀긴 분디를 요구르트 소스인 라이타에 버무린 인도 음식.

불불(bulbul) : 아시아와 아프리카에 서식하는 새. 우는 소리가 곱다.

브라미(brahmi) : 정신을 자극하기 위해서 사용하는 약초.

비디(beedi) : 인도 담배. 갈색 원추 모양이고, 흰색의 영국제보다 훨씬 싸다.

빈디(bindi) : 연지색 가루를 이용하여 이마에 붙이는 작고 둥근 점. 결혼 여부를 나타낸다.

빌쿨(bilkul) : 엄청나게, 혹은 전적으로.

사두(sadhu) : 성직자.

사리(sari) : 긴 천을 어깨에 둘러 입는 여성용 의상. 길이는 5-9미터이다.

살리 쿠티(saali kutti) : 암캐. 경멸적인 표현.

사모사(samosa) : 감자와 향신료, 콩으로 속을 채운, 향미가 강한 튀긴 요리.

사수지(saasuji) : 시어머니를 존경을 담아 부르는 말.

사스(saas) : 시어머니.

사지나(sajna) : 긴 녹색 콩과 비슷하게 생긴 채소.

사히브(sahib) : 남자 어른에 대한 존칭.

산지트(sangeet) : 함께 노래를 부르는 모임.

살라 쿠타(salla kutta) : 더러운 개. 경멸적인 표현.

살와르-카미즈(salwaar-kameez) : 1950년대에 소녀나 젊은 여자들이 입었던 튜닉과 바지. 오늘날에는 노소를 막론하고 모든 여자들이 멋을 목적으로 입는다.

샤라브(sharab) : 술.

샤바시(shabash) : "브라보", "잘했어".

세브 푸리(sev puri) : 짭조름한 맛을 내는 튀긴 패스트푸드.

수브지(subji) : 커리를 넣는 채소 요리.

아레(arré) : "맙소사".

아야(ayah) : 유모.

아차(accha) : "그랬니?", "알겠니?" 또는 "알았어", "알겠어요".

아타(atta) : 밀가루 반죽.

알루 티키(aloo tikki) : 향신료 맛이 강한 감자 팬케이크.

알루(aloo) : 감자.

알미라(almirah) : 나무로 만든 옷장.

암 판나(aam panna) : 상큼한 망고 음료.

앙그레지(Angreji) : 영국인 백인.

야르(yar) : 친구 등을 친근하게 부르는 호칭.

앤티(auntie) : 나이가 더 많은 여성 지인에게 존경을 담아 부르는 애칭.

엉클(uncle) : 나이가 더 많은 남성 지인에게 존경을 담아 부르는 애칭.

왈라(walla) : 어떤 일을 하는 사람을 뜻하는 호칭. 단어에 붙여(예 : 통가-왈라, 릭쇼-왈라) 사용한다.

우아조(oiseau) : 프랑스어로 새.

자루르(zaroor) : 당연히, 또는 "그럼요".

자민다르(zamindar) : 소작농이 농사를 짓는 땅의 주인.

잘레비(jalebi) : 진한 설탕물을 입혀 튀긴 오렌지색의 단 과자.

주이(juey) : 벼룩.

지(ji) : 존경을 표하는 호칭. 사람의 이름에 붙이면(예 : 가네시-지, 간디-지) 존경과 경의를 표하기도 한다.

지라(jeera) : 커민 씨.

지지(jiji) : 언니.

짐카나(gymkhana) : 시합이 열리는 경기장.

차르포이(charpoy) : 밧줄이나 그물로 짜서 만드는 전통 인도 침대.

차멜리(chameli) : 인도 재스민.

차이(chai) : 뜨거운 차.

차이-왈라(chai-walla) : 차이를 파는 사람.

차트(chaat) : 가판대에서 만들어 파는 맛있는 즉석 간식.

차파티(chapatti) : 효모를 넣지 않은 둥글고 납작한 빵.

차팔(chappals) : 샌들.

참파(champa) : 향수나 향을 만들 때 종종 사용되는 향기로운 꽃.

차우키다르(chowkidar) : 문지기, 수위.

초티 베헨(choti behen) : 여동생.

촐레(chole) : 병아리콩에 향신료를 넣어 익힌 것.

추라(chura) : 뱅글 모양 팔찌.

춘니(chunni) : 여자의 머리덮개.

춥-춥(chup-chup) : 쉿-쉿.

카디(khadi) : 손으로 짠 천. 주로 면으로 만든다. 영국이 영국에서 생산된 천을 인도에 팔려고 인도 공장을 파괴하자 간디는 인도인에게 영국 물자를 거부하고 카디를 생산, 이용하여 사리와 도티를 만들 것을 장려했다.

카스트(caste) : 인도의 엄격한 사회경제적 계급 구조. 수 세기 동안 인도는 사람들을 출신에 따라 넷 혹은 다섯 계급(몇 개인지는 논쟁의 여지가 있다)―브라만(승려나 교사), 크샤트리아(무사), 바이샤(상인), 수드라(하인), 불가촉천민―으로 나누었다.

카잘(kajal) : 눈가를 검은색으로 칠하는 눈 화장. 또는 그 화장품. 콜이라고도 한다.

카타크(kathak) : 고대부터 이어진, 아주 격정적이고 대중적인 춤.

캬(kya) : "뭐?", "뭔데요?"

캬 호 갸(kya ho gya) : "무슨 일이에요?"

코얄(koyal) : 아름다운 노랫소리로 유명한 두견과의 새. 종종 인도의 나이팅게일이라고 부른다.

코프타(kofta) : 감자나 고기로 만든 경단.

콜(kohl) : 눈가를 검은색으로 칠하는 눈 화장. 또는 그 화장품. 카잘이라고
　　도 한다.

쿠르타(kurtha) : 헐렁한 긴 소매 튜닉으로, 파자마 위에 입는다.

쿠스-쿠스 부채(khus-khus fan) : 베티베르 풀로 만든 부채. 물에 적셔 사용
　　하면 시원한 향이 난다.

쿤단(kundan) : 고도로 정제된 금을 녹인 뒤, 그 안에 자르지 않은 다이아몬
　　드나 원석을 박아 넣어 만든 장신구. 라자스탄 주의 궁정에서 유래했
　　다고 여겨진다.

쿨피(kulfi) : 아이스크림.

쿨피-왈라(kulfi-walla) : 아이스크림 장수.

키르(kheer) : 라이스 푸딩과 비슷한 디저트.

키체리(kicheri) : 종종 아이들에게 먹이는 쌀과 렌즈콩 요리.

타블라(tabla) : 손가락과 손바닥으로 연주하는 타악기.

탤컴 파우더(talcum powder) : 땀나는 것을 방지하는 가루.

테라초(terrazzo) : 대리석 따위의 부스러기를 시멘트와 섞어 만드는 인조석
　　(人造石).

토파(topa) : 모자나 머리덮개.

통가(tonga) : 이륜마차.

통가-왈라(tonga-walla) : 마차를 모는 사람.

툴시(tulsi) : 다양한 약효가 있다고 여겨지는 신성한 약초.

티카(tikka) : 이마에 찍는 표시로, 단향목이나 버밀리언 같은 향이 나는 반죽
　　으로 만든다.

티틀리(titli) : 나비.

파니르(paneer) : 가정에서 우유를 분리시켜서 만드는 신선한 치즈.

파자마(pyjama) : 상하의로 된 남성용 복장에서 통 넓은 바지.

파코라(pakora) : 흔히 양파나 감자 등 채소로 속을 채운, 향미가 강한 튀김

요리.

판(paan) : 담배와 빈랑나무 열매를 빈랑나무 잎으로 싼 것. 어디에서나 판다.

판디트(pandit) : 교사, 승려.

팔루(pallu) : 어깨 위에 걸치는 사리의 장식적인 끝부분.

파이사(paisa) : 1루피의 100분의 1에 해당하는 동전 단위.

페티코트(petticoat) : 속치마. 사리를 입기 전에 속에 받쳐 입는다.

푸르다(purdah) : 힌두교나 이슬람교 지역사회에서, 남자와 여자가 서로 분
리된 숙사에서 생활하는 고대 관행.

푸리(puri) : 튀긴 둥근 빵.

푸자(puja) : 신성한 숭배의식.

푸카 사히브(pukkah) : 예의 바른 신사.

프랜지패니(frangipani) : 아주 달콤한 향이 나는 꽃. 플루메리아(plumeria)라
고도 부른다.

피야지(piyaj) : 양파.

피타지(pitaji) : 아버지.

필라오(pilao) : 채소를 넣어 향미가 있는 밥.

한(hahn) : "그래", "응", "네".

헤이 람(hai Ram) : "맙소사".

히즈라(hijra) : 인도의 최하층 계급이자 남성도 여성도 아닌 성 정체성을 가
진 사람들. 축하 행사에서 공연하고 받은 대가로 생계를 꾸린다.

헤나 이야기

5,000년이 넘는 시간 동안 헤나(혹은 메헨디[mehendi])는 몸을 장식하는 데 사용되었다. 인도, 파키스탄, 중국, 중동, 북아프리카 같은 뜨거운 기후에서는 1.5미터 높이까지 자라는 라브소니아 에네르미스(*Lawsonia enermis*) 식물이 풍부했다. 이 식물―잎, 꽃, 작은 가지를 갈아서 헤나 분말을 만든다―은 찾기도 쉽고 비싸지도 않다.

헤나 분말과 물, 설탕, 오일, 레몬과 다른 재료를 섞으면 색깔이 진해지고, 약효와 치유 성질이 증진된다. 헤나는 더운 날씨에 몸을 식히고 피부가 건조해지는 것을 방지한다. 인도에서 남자와 여자는 머리가 희어지면 화학적인 염료 대신 헤나로 염색하는데, 이때에도 역시 비슷한 진정 효과를 낸다. 어떤 문화권에서는 몸을 시원한 상태로 유지하기 위해서 손과 발 전부를 헤나로 적신다.

헤나는 대체로 결혼식과 신부 예식 준비에 쓰이지만, 약혼식, 생일, 명절, 종교적인 축하의식, 명명식 등 다른 중요한 행사에서도 사용된다. 고대 이집트인은 시신을 미라로 만들기 전에 몸에 헤나를 발랐다. 중국 남부에서는 헤나가 3,000년 동안 성애적 의식에 사용되었다.

오늘날 헤나 아티스트는 특별한 행사를 위한 것이 아니어도 더욱더 정교하고 섬세하고 복잡한 문양을 만들어낸다. 헤나 문양을 원하는

사람이 지리적으로 어느 곳에 살든지 간에 헤나 아티스트는 그 사람
에게 맞는 문양을 그려내며, 그 능력 덕분에 헤나 아트는 문화, 종교
적 신념, 민족성을 초월하게 되었다.

라다의 헤나 반죽법

우선 헤나 식물의 잎, 꽃, 줄기를 말린 다음, 빻아서 가루로 만든다. 잎 맥 같은 질긴 부분은 제거한다. 가루로 만드는 과정에서 접착 물질이 나오는데, 뜨거운 물과 섞으면 그 결과로 만들어진 반죽이 꽤 오랫동 안 피부에 붙어 있으면서 상쾌한 약초 향이 은은하게 밴다.

헤나의 색깔이 검을수록, 피부에 문양이 더 오래 남는다. 레몬즙, 식 초, 맛이 강한 홍차 같은 산성 성분은 헤나 색깔을 더 진하게, 즉 호박 색에서 짙은 갈색으로 만들어준다. 차나무, 유칼립투스, 제라늄, 정향, 라벤더 오일에도 마찬가지로 헤나를 피부에 더 강하게 착색시키는 성 질이 있다. 우리 피부에서 가장 두꺼운 부분인 발바닥과 손바닥이 헤 나를 가장 잘 흡수한다.

반죽을 만들고 바르기 전에, 시원하고 그늘진 장소에 6시간에서 12 시간 정도 둔다.

헤나가 염료 착색 전에 마르거나 피부에서 떨어져나가는 것을 방지 하기 위해서, 아직 촉촉한 상태의 문양에 설탕과 레몬을 섞은 것을 조 심스럽게 뿌린다(혹은 바르기 전에 설탕을 더 넣는다). 망고나 구아바 같은 비산성 과일즙의 천연 설탕만 사용한다. 그러면 색깔과 색조가 더욱 진해진다. 과일즙을 더 넣을수록 반죽에 물을 덜 넣어야 한다.

헤나 작업이 끝나도 반죽이 떨어져 나간 직후에는 손을 씻으면 안 된다. 열기가 문양을 더 확실히 착색시키는 데 도움이 되므로 작업이 끝난 직후에는 정향 오일이나 라벤더 오일로 피부를 마사지한다. 며칠 지나면 색깔이 짙어지면서 옅은 오렌지색에서 불그스름한 갈색이 된다(그러므로 축하 행사 며칠 전에 헤나를 해야 가장 아름다운 문양을 볼 수 있다).

인도의 카스트

인도의 카스트는 설명하기가 복잡하고 까다롭다. 예수가 태어나기 1,000년 전에 사회를 직업에 따라서 네 개의 뚜렷한 범주로 구분하는 방법으로 시작되었고, 지금은 3,000개가 넘는 카스트와 2만5,000개의 하위 카스트가 존재한다.

어떤 사람들은 애초의 네 카스트가 창조의 신 브라흐마의 몸에서 만들어졌다고 믿는다. 브라흐마 신의 머리에서 나온 브라만에게는 승려, 교육자, 지식인의 역할이 주어졌다. 팔에서 크샤트리아가 나왔는데, 주민 전체를 보호하는 책임을 맡는 무사, 지배자의 역할이 주어졌다. 사업을 하거나 돈을 빌려주는 일을 하는 바이샤 혹은 상인은 허벅지에서 나왔다. 네 번째 카스트인 수드라는 들에서는 일꾼이고 가정에서는 하인이었다. 그들은 브라흐마 신의 발에서 나왔다.

달리트 혹은 불가촉천민은 카스트에서 어떤 역할도 주어지지 않았고 도살업자, 변소나 거리의 청소부, 무두장으로 일했다. 그들은 또한 시신을 처리했다. 아이들은 부모의 카스트를 물려받았다.

16세기와 17세기의 대부분 동안 인도를 지배한 무굴인은 인도의 카스트를 유지했다. 나중에 영국은 카스트를 식민지 지배를 조직하는 편리한 방법으로 이용했다.

1947년에 인도가 독립하면서, 카스트 때문에 누구는 특권을 받고 누구는 받지 않는다는 부당함을 인정하며 카스트에 따른 차별을 금지하는 새 헌법이 만들어졌다.

안타깝게도, 인도가 근본적인 "할당제(미국의 적극적 우대 조치와 비슷하다)"를 시행하여 달리트가 대학에 들어가고 공공 영역에서 직업을 가질 수 있음을 인정하기까지 수십 년의 시간이 걸렸고, 반복적인 달리트 시위가 있었다.

카스트는 정략결혼, 음식 준비, 종교 행사에서 계속 중요한 역할을 꾸준히 맡아왔다. 다른 카스트와의 결혼은 두 가족의 평판 모두에 흠집을 내므로, 그렇게 결합한 부부는 사회로부터 종종 배척당했다. 어떤 카스트는 고기를 먹지 않지만, 또 어떤 카스트는 먹는다. 인도인은 자신들과 다른 종교적 관행에는 관용적이지만, 카스트에 따라 그들만의 종교의식을 계속해서 거행한다.

카스트가 인도 문화에 아주 깊이 뿌리 박고 있으며 수천 년 동안 존재했으므로, 사람들이 카스트에 존재하는 힘, 특권, 제약에 대해서 오랫동안 이어진 믿음을 버리기까지는 시간이 걸릴 것이다. 매체를 통해 인도인은 카스트가 없는 서구 사회에 점점 더 노출되었고 서구 사회와의 소통도 빈번해졌다. 그리고 그 과정에서 그런 믿음이 얼마간 바뀌고 있다. 이와 비슷하게, 여성과 하위 카스트에 교육과 직업의 기회가 더 많이 주어지면서 카스트로 인한 여러 가지 금기들도 바뀌고 있다. 그럼에도 불구하고 카스트와 같은 신분제도는 인도에서만이 아니라 스리랑카, 네팔, 일본, 예멘, 인도네시아, 중국, 아프리카의 일부 국가에서 존속되고 있다.

말릭의 버터 경단 요리법

라자스탄 주의 토착 음식인 달 바티 추르마는 영양이 풍부한 음식으로, 향미가 있으면서 달콤하며 결혼식 등 여러 축하 자리에서 먹는다. 달은 녹색, 노란색, 혹은 검은색 렌즈콩과 말린 이집트콩으로 만들고 커민, 강황, 고수, 녹색 고추, 양파, 마늘, 소금으로 간하여 만드는 간단한 커리 요리이다. 달을 만드는 요리법은 차파티만큼 많다.

바티는 통밀 가루를 공 모양으로 만든 것인데, 숯불이나 오븐에 구워 달과 같이 낸다. 달에 적셔 통째로 내거나, 부수어서 설탕이나 재거리(인도산 흑설탕)와 섞어 달콤한 디저트인 추르마를 만들 수도 있다.

다음은 바티 경단을 만드는 방법이다. 말릭은 경단을 기에 넣고 튀기지만, 건강을 더 생각한다면 오븐에 넣고 구워도 된다.

재료(4인분 기준)
- 통밀 가루 2컵
- 회향 씨 2티스푼
- 소금 2티스푼
- 녹인 기(혹은 카놀라유) 4테이블스푼(바티를 튀기려면 더 필요하다)
- 홀 요구르트 4분의 1컵(저지방이나 무지방은 사용하지 말 것)

- 미지근한 물 2테이블스푼

요리법

1. 오븐을 180도로 예열한다.
2. 통밀 가루에 회향 씨, 소금, 그리고 기 또는 카놀라유를 넣고 잘 섞는다.
3. 요구르트에 물을 넣고 고루 섞이도록 잘 젓는다. 통밀 가루와 여러 재료를 섞은 것에 붓는다.
4. 통밀 가루가 잘 섞일 때까지 반죽을 치댄다. 케이크 반죽이 아니라 쿠키 반죽처럼 단단해야 한다.
5. 손바닥으로 반죽을 굴려 지름 약 4센티미터 크기의 경단 모양을 만든다.
6. 바티 경단을 쿠키 쟁반에 5센티미터 간격으로 놓고, 15분 동안 굽는다. 아래쪽이 황금 갈색이 될 때까지 굽는다. 뒤집어서 반대쪽을 15분 더 굽는다.
7. 경단 한 개를 반으로 쪼개 속까지 잘 익었는지 확인한다.
8. 달을 곁들인다.

로열 라브리를 만드는 궁정 요리법

만들기 쉬운 디저트인 라브리는 부드럽고 맛이 풍부하며 건강에 좋다. 시간이 많이 들지만 분명 노력할 가치가 있다. 재료를 젓는 동안 책을 읽어도 될 만큼 말이다. 이 책을 읽어도 좋겠다!

재료(10인분 기준)

- 우유 10컵
- 진한 휘핑크림 2컵
- 설탕 5분의 4컵
- 빻은 카더멈 씨 1티스푼
- 구워서 얇게 썰고 부스러기를 낸 아몬드 2테이블스푼
- 사프란 6가닥
- 장미나 큐라의 진액(선택) 1티스푼

요리법

1. 깊은 냄비에 우유와 크림을 섞는다. 2시간 동안 약한 불에서 끓이면서 계속 젓는다. 냄비 한쪽에 모인 크림을 긁어서 다시 섞는다. 우유가 타지 않게 한다.

2. 뜨거운 우유 혼합물 2테이블스푼을 그릇에 따로 담아두고, 사프란을 적신다.

3. 냄비에 설탕을 넣는다.

4. 우유 혼합물이 부드러워지고 반으로 줄어들면, 불에서 냄비를 옮기고 식힌다.

5. 우유 혼합물에 사프란 진액과 빻은 카더멈 씨, 아몬드를 넣고 천천히 섞는다.

6. 4시간 동안 차게 식힌다.

역자 후기

역동하는 역사, 그 속에서

"독립이 모든 것을 바꾸었다. 독립은 아무것도 바꾸지 않았다. 영국이 떠나고 8년이 지난 지금, 우리는 공립학교를 공짜로 다니고 수돗물을 쓰고 포장도로를 이용한다. 하지만 내게 자이푸르는 흙먼지 날리는 땅에 처음 발을 디딘 10년 전과 여전히 똑같이 느껴진다."

우리는 늘 시시각각 일어나는 크고 작은 변화 속에서 살지만, 가끔은 역사에 기록될 만큼 엄청나게 큰 폭으로 일어나는 변화의 물결에 휩쓸리기도 한다. 변화는 당연히 그 이전과 이후가 다르다는 것을 전제로 하지만, 변화의 크기를 감각하고 인지하는 정도는 사람마다 다른 것 같다. 변화의 폭과 정도가 우리 대부분이 감각과 직관으로 인지할 만큼 크다면, 그 시기를 전환기라고 부를 수 있을 것이다. 규모가 커지면 휩쓸리는 정도 또한 커지기에, 스스로에게 어떤 설 자리—다행히 휩쓸려서 떨어져 나가지 않을 수 있다면—가 마련되어 있는지도 중요한 문제가 될 것이다. 그 과정에 개개인의 가치가 반영될 것이고, 그에 따라 변화에 반응하는 태도 또한 달라질 것이다. 변화의 흐름을 주도하는 특정한 자들은 역사적으로 늘 존재해왔지만, 대부분의 평범한 사람들은 그 역사 속에서 하루하루 주어진 삶을 살아왔다. 그중에서도 그 흐름을 발 빠르게 따라가는 사람들이 존재하고, 거부하고 따라가려 하지 않는 사람들이 존재한다. 우리는 흔히 거부하고 뒤처지는 사람을 도태되는 자라고 부르는데, 진화론적 관점에서 벗어나 가만히 생각해보면, 그들은 도태된 게 아니라 자신들의 가치를 지키는 것뿐이다. 그러니 앞서가는 것이 좋은 것이고 뒤처지는 것은 좋지 않은 것이라는 이분법적 사고는 곤란한 것 같다. 결국 길지 않은 인생에서 중요한 것은 자신의 중심, 즉 자신이 지키고 싶은 가치이고 태도일 것이기 때문이다.

그런 가치나 태도, 본성과 기본 자질 같은 것이 가장 극명히 드러나는 때가 바로 전환기인 것 같다. 그런 특성이 드러나는 양상에 따라서 우리는 낙관주의자, 비관주의자, 기회주의자, 수구주의자, 이념이나 신념이 결부된다면 영합한 자, 변절한 자, 거부한 자, 저항한 자 등의 이름을 붙일 수 있다. 변화는 전쟁에 의해서건, 자본에 의해서건, 세력에 의해서건, 이념에 의해서건, 이익관계에 의해서건 결국 그것을 시작하는 거대한 힘 혹은 주체 없이는 일어나지 않는 것 같고, 개인마다 인지하는 수준은 다르겠지만 우리 모두 태어나면서부터 늘 그런 크고 작은 물결에 휩쓸린다는 사실은 부인할 수 없다.

2020년에 출간된 『헤나 아티스트』에서 가장 묵직하게 다가온 주제가 '이러한 전환기에 사람들은 어떤 삶을 살아가는가'였다. 계급과 남녀의 지위와 교육과 의료에 대한 접근이 뒤흔들리는 시대. 맨발로 다니느냐 신발을 신느냐 같은 일상의 한 부분에도 어떤 의미가 부여되는 시대. 전복의 씨앗이 잉태된 시대. 『헤나 아티스트』는 인도 라자스탄주 조드푸르 태생인 알카 조시의 데뷔 소설로, 출간 당시 조시는 예순한 살이었다. 카피라이터 등 광고계 이력이 작가가 소설가로서 데뷔

할 수 있는 자원이 되었던 것 같다. 이 책은 작가가 기획한 자이푸르 3부작 중에 첫 번째이다. 두 번째 작품인 『자이푸르의 비밀 파수꾼(The Secret Keeper of Jaipur)』은 『헤나 아티스트』에서 등장한 말릭을 주인공으로 2021년에 출간되었고, 그 마지막인 『파리의 향수 개발자(The Pefumist of Paris)』는 2023년 5월에 출간된다. 그 사이 마음에 담아둔 이야기들이 많았는지 봇물 터지듯 작품을 써내려가는 듯하다. 작가는 작품을 구상하며 인도로 여행을 떠났는데, 어린 나이에 고국을 떠나 거의 기억에 없을뿐더러 기대도 별로 없었던 그 여행에서 굉장한 경험을 하게 되었다고 말한다. 사리의 다채로운 색깔과 미각을 즐겁게 해주는 음식, 전통 시장, 수공예품 등 새롭고 감각적인 경험들을. 그래서인지 이 작품은 인도에 당장에라도 가보고 싶게 만드는 감각적인 또 하나의 즐거움을 준다. 작가는 마지막 "감사의 말"에서 이 작품의 배경에 어머니가 있었음을 말하는데, 이 여행에 대해서도 '어머니의 눈을 통해 인도를 다시 보고 내 (문화적인) 유산을 다시 발견했다'고 말한다.

인도에서 태어났으나 어린 나이에 부모를 따라 고국을 떠나 미국에 정착했고, 자신의 커리어를 착실히 쌓아나가다가 어느 늦은 나이에 집필을 염두에 두고 여행자로서 인도를 방문한 작가를 상상해보면, 작가의 고백에서 엿볼 수 있는 것처럼, 그렇게 만난 인도는 아마도 자신이 기존에 가진 인상과 인식을 완전히 바꾸어놓은 새로운 인도였을 뿐만 아니라 자신의 기원과 직면하는 장소였을 것이다. 작가는 아홉 살에 미국에서 좋은 환경의 학교(부모님이 교육에 특히 관심이 많았다고 한다)에 다니게 되었을 때, 자신과 형제들만이 갈색 피부였고 학교 친구들 모두 인도를 발전되지 않고 사람들이 굶어 죽어가는 문맹의 국가로 알고 있어서 고국에 대한 수치심을 느꼈다고 한다. 그런 상황에서 우리는 흔히 '나는 너희가 알고 있는 그런 전형적인 사람이 아니야' 하고 자신의 기원을 부인해버리는데, 작가 또한 그랬다고 고백한다. 그러니 나이가 몇이건 우리의 기원을 새로운 눈으로 돌아볼 수 있는 경험은 소중하다. 하지만 스스로 경험하고자 하지 않는다면 그런 기회는 쉽게 주어지지 않는다. 더욱이 기회가 왔다고 해도 내게 모든 것을 새롭게 볼 수 있는 열린 시선이 준비되지 않았다면 그런 경험은 불가능할 것이다. 예순 살이 넘은 작가의 행보를 떠올리면서 우리 자신은 우리의 기원—단순히 고향이나 고국의 개념이 아니라—을 어느 정도로 알고 있는지 궁금해진다.

인도는 1947년 8월 15일에 독립했다. 『헤나 아티스트』는 인도가 대영제국의 지배로부터 독립한 시점에서 8년이 지난 어느 날부터 시작한다. 1955년 9월의 어느 날, 이 소설의 화자이자 주인공인 락슈미의 동생 라다는 부모를 모두 잃고 동네 사람들의 손가락질을 받으며 살다가, 인도의 우타르 프레디시 주 아자르에서 탈출하여 이름과 사는 지역만 알아낸 언니를 찾아나선다. 라다의 떠남을 다룬 짧은 프롤로그가 끝나고, 소설은 락슈미를 1인칭 시점으로 하여 흥미진진하게 펼쳐진다. 계급이나 성별에 따른 사회적 지위에 대한 의식이 완전히 바뀌지 않았지만, 적어도 예전과 같지는 않다. 뭔가 달라지고 있다는 분위기가 감돈다. 소설은 역사책이 아니기에 시대는 거의 늘 배경이고, 작가가 들여다보는 것은 늘 그 안의 개인이다. 그리고 소설은 늘 배경과 작중 인물에 구체성을 부여하여 우리가 그 모든 것을 생생히 그려볼 수 있게 해준다. 『헤나 아티스트』를 통해 우리는 1950년대 전환기에 인도라는 공간을 배경으로 살아가는 여러 인물들의 삶과 관계의 역동을 구체적으로 생생하게 접할 수 있다.

여기서 잠깐, 인도의 독립일이 우리나라의 광복절인 1945년 8월 15일과 날짜가 묘하게 일치하여 이것저것 찾아보다가, 브런치 필자 이상우 님이 쓰신 문장이 와닿아서 소개한다. 제국주의가 "티가 나게 남겨준 유산 하나는 무수한 광복절을 각국에 선물해준 것이다"라는 내용이다. 무수히 많은 나라들이 영국, 프랑스, 스페인 등에서 독립하면서 독립기념일을 제정하고 있었다. 한편으로는 인도와 우리의 독립일의 묘한 일치에서, 각 나라를 식민지화한 것도 거대한 세력이었지만 식민지에서 독립시켜준 데도 거대한 힘이 작용하지 않았을까 하고 잠시 생각해보게 된다. 역사는 승자가 쓴 것이라는 말이 있듯이 우리가 배워서 아는 역사가 전적으로 진실이라는 보장이 없으니, 결국 역사는 늘 의문을 품은 채 보아야 하는 것이라는 생각을 다시금 해본다.

인도를 말할 때 가장 먼저 떠오르는 것은 아마도 카스트일 것이다. 이 책을 번역하면서 우리나라 인도 사학자가 쓴 인도에 관련된 책을 읽어보았는데, 우리가 역사책에서 배운 카스트는 영국의 손길을 거쳐 세계로 전파된, 그러니까 양념을 친 모습일 수 있다는 것을 알게 되었다. 종교와 교육을 담당하는 브라만 계급을 최상위 카스트로 보는 것을 당연한 사실로 생각해서는 안 된다는 내용이었던 걸로 기억한다. 흔히 외부에서 침입한 세력이 토착 세력을 장악하는 수단이 교육과 종교라고 하고, 교육과 종교는 정신에 관한 것이다. 정신을 장악하면 모든 것을 지배할 수 있다는 말이다. 카스트에 대해서는 작가가 마지막에 좀더 구체적으로 정리해두었으니 그것을 참고하면 이 소설을 이해하는 데 큰 도움이 될 것이다. 개인적으로 놀란 점은 카스트가 단순히 몇 개가 아니라 3,000개가 넘고, 하위 카스트는 2만5,000개가 넘는다는 사실이었다.

카스트는 이 소설에서 아주 큰 배경이다. 모든 인간관계가 카스트를 전제로 펼쳐진다. 락슈미는 브라만이다. 하지만 수드라나 하는 일인 헤나 작업을 직업으로 삼은 타락한 브라만이다. 후반부로 가면서 잘못된 소문이 퍼진 뒤로는 더욱 타락한 브라만으로 여겨져, 영문도 모른 채 예약을 취소당하고, 자기보다 낮은 카스트의 상인들은 락슈미와의 거래를 단절해버린다. "……우유 배달부를 찾아갔을 때, 그는 내게 타락한 브라만에게선 돈을 받지 않는다고 말했다." 파르바티는 원래 크샤트리아 출신이지만 락슈미를 아랫사람 취급한다.

하지만 락슈미는 수드라가 하는 헤나 일을 해도 문양이나 염료의 수준에서 차별화되기 때문에 자부심이 있다. 그리고 자기 집을 소유하는 것이 꿈이다. 이런 점에서 알 수 있듯이 락슈미가 그 시대 다른 여성들과 가장 차별화되는 지점은 "부동산 중개소에서는 여자가 주인인 집을 대행해서 팔아주기 싫어하"는 시대에 여성으로서 자신의 인생을 스스로 개척하려고 한다는 데 있을 것이다. 부모에게 떠밀려 결혼했으나 락슈미는 행복하지 않은 결혼과 자식을 낳고 가정에 묶여 사는 삶에 대해서 스스로 고민하고 어떻게 할지 판단하는 얽매이지 않은 사고력과 자신의 결정을 실행에 옮기는 악착같은 실천력이 있었다. 자립에 도움이 되는 일을 배우고, 더 큰 기회가 주어졌을 때 받아들였다. 락슈미의 삶은 여자가 남자에게 종속되어 살던 당시의 기준으로 보자면 그야말로 기존의 질서를 뒤엎는 전복적인 것이다. 그 전복적인 에너지들이 변화를 만들어낼 것이고, 그것이 개인 수준에서는 크지 않더라도, 더 큰 집단 수준에서는 아주 큰 에너지와 파장을 만들어낼 것이다. 락슈미는 과거와 현재가 혼재하는 1950년대 인도에서 그러한 에너지와 파장을 만들어내는 상징적인 인물이다.

한편 라다는 락슈미와는 또 다르게 자기 삶을 당차게 개척하는 매력적인 인물이다. 시대의 흐름에 앞서가고 시대의 변화를 주도하는 태도만을 개척적인 것으로 여기고, 전통적인 가치를 존중하는 태도를 개척적이지 않은 것으로 바라보는 것은 우리가 너무 발전이라는 편향된 관점에 매몰되어 있기 때문일 것이다. 라다의 모습을 보면서 나 역시 그랬다는 것을 깨닫는다. "언니는 언니가 하고 싶은 대로 하고 사는데, 나는 왜 언니가 시키는 대로 해야 해요?" 자신의 삶을 스스로 결정하고 스스로 이끌어가고 그것에 책임을 지려는 태도는 그 자체로 개척적이다. 스스로의 삶을 산다는 건, 나 아닌 타인이 이 길이 더 좋다고 해서 그 길을 따라가는 것도 아니고, 사회적으로 더 나은 지위를 차지하기 위해서 원하지 않는 길을 선택하는 것도 아니며, 고위층 자제가 다니는 학교에 가야 하는 것도 아니고, 가족이나 관계에 대한 기존의 가치를 뒤엎어야 하는 것도 아니다. 시대를 막론하고 자기 삶을 스스로 책임지고 개척해나갈 준비가 된 인물, 라다는 그런 인물의 전형이다. 나의 주변 환경을 편향되지 않게 인지하고 그에 대한 태도를 유연하게 결정하고 나의 길을 단단한 걸음으로 가는 것, 시대에 대한 거창한 고민 없이도, 내 생각과 의지에 따라서 내 길을 가는 것이 바로 내 삶을 개척하는 것이 아닐까. 락슈미는 락슈미대로, 라다는 라다대로. 한편 이 소설에서는 라다와 비슷한 입장이었으나 라다와는 다른 길을 선택한 인물도 보여준다. 자기 삶을 스스로 개척하기보다는 스스로 시대의 희생양이 되는 길을 선택한 랄라의 조카가 그런 인물일 것이다. 이 다양한 인물들을 보면서, 우리는 늘 시대의 변수와 개인의 변수의 역동 속에 살고 있지만 결국 더 강한 것은 시대의 변수에도 굴하지 않는 개인의 변수임을 깨닫는다.

역자 후기를 쓰는 동안 이 소설에 등장한 인물들을 다시 떠올리면서 각 인물이 얼마나 시대에 맞게 구체적으로 그려졌는지가 새삼스럽게 와닿았다. 다소 전형적인 인물 같기도 하지만 계기가 생겼을 때 자신을 변화시킬 줄 알았던 하리, 기존의 관습과 익숙한 안락함을 벗어나지 못하는 싱 가문의 사람들, 현대 의학을 공부하고 의사가 되었으나 자신이 배운 내용에 고착되지 않고 다른 관점과 방법에도 열려 있었던 쿠마르, 현대 문물과 전통적인 가치 사이에서 균형을 잡으려고 애쓰는 칸타, 이기적이고 계급주의적인 여자의 전형 같은 실라 등 모든 인물이 흥미롭다. 그리고 빼놓지 않아야 할 인물이 바로 말릭이다.

말릭은 3부작 중에 두 번째 소설에서 이미 주인공으로 등장했다고 하니 작가 또한 애착이 깊었던 것 같다. 말릭은 등장하는 시점부터 말하고 행동하는 것을 보면 여덟 살로는 전혀 보이지 않는다. 라다에게 오빠 같고, 가끔은 락슈미에게도 오빠 같다. 우리는 말릭을 통해서 당대의 종교와 교육상을 엿볼 수 있는데, 힌두교를 주된 배경으로 하고 있는 이 소설에서 말릭의 종교는 힌두교가 아니라 이슬람교이다. "제가 파탄 사람들한테서 엄청 맛있는 생 캐슈를……그 주방장 아저씨가 양고기 커리 위에 뿌리는 것보다도 더 좋은 건데, 지금 주는 돈보다 적은 돈을 주고 구해올 수 있다고 했어요. 그런데 그 멍청이가 제 제안을 거절하지 뭐예요. 이유가 뭔지 아세요? 이슬람교도하고는 거래하지 않겠다는 거예요. 당연히 저는 빼고요!" 인도 사회에서 힌두교와 이슬람교 사이의 갈등을 엿볼 수 있는 부분이다(인도가 대영제국으로부터 독립하던 당시 이슬람교를 믿는 파키스탄이 분리되었다). 말릭은 종교를 따지는 시대(지금도 세계적으로 일어나는 사건들을 보면 크게 다르지는 않은 것 같다)에 종교보다 실리를 더 중시하는 인물로 비친다. 락슈미도 힌두교의 신들을 믿지 않는, 종교로부터 자유로운 모습을 보여주었다.

또한 말릭은 인도의 교육 또한 과도기에 속해 있음을 보여준다. 말릭은 신발도 신지 않고 학교에도 다니지 않다가 락슈미의 영향으로 신발도 신고 학교에도 다니게 된다. 이런 이야기는 우리가 흔히 잘 아는 『알프스의 소녀 하이디』에서도 만날 수 있다. 할아버지는 하이디를 학교에 보내지 않으려고 하지만, 우리는 학교에 가지 못하는 하이디가 안타깝고 하이디를 학교에 보내지 않는 할아버지가 이상하고 잘못된 고집을 부리는 걸로 보인다. 또다른 관점에서 보면, 학생들이 배움에의 열의로 초롱초롱 눈망울을 굴리는 학교의 풍경은 『상록수』 같은 계몽주의 소설에서나 보는 옛이야기가 되었고, 지금의 학교를 생각할 때 떠오르는 풍경은 그것과는 사뭇 다르다. 보편적인 현상은 아니지만, 학교의 역기능으로 지금은 다시 홈스쿨링이 되살아나기도 했다. 현시대에는 학교가 제공하는 것은 무엇이며 학교는 어떤 사회적 기능을 하는가에 대한 주제가 다각적으로 심도 있게 다뤄져야 할 문제가 되었다. 따라서 당시로부터 이만큼 와서 바라보는 그 시대의 풍경은, 적어도 내게는 상반되는 감정을 불러일으킨다. 말릭이 학교에 다녀서 사회적으로 유능한 인재가 되었으면 하는 마음과 말릭이 인도의 기존 문화를 순수하게 지켜주었으면 하는 마음을.

그리고 교육 문제처럼 우리 안에 상반된 혹은 양가적인 태도를 유발하는, 사실상 이 소설에서 가장 중요한 주제는 락슈미의 전통적인 약초 치료법과 쿠마르의 현대 의학일 것이다. 가치 판단을 떠나서 현대 의학과 의료 산업이 발달하면서 의료 산업 또한 전통적인 것을 몰아내는 데 한몫을 담당한 것은 사실이다. 앞서 말했듯이 종교와 교육이 정신적인 부분에 깊이 관여된다면, 현대 의료 산업은 발전하는 새 시대의 시작을 나타내는 지표이자 다른 관점에서는 기존의 것을 무너뜨리는 한 축이었다. 우리나라만 봐도 서방 선교사들의 활약이 주로 의료 산업과 교육에 집중되어 있었다는 것을 알 수 있고, 이를 통해 근대화가 이루어졌다. 이런 시대에 히말라야 산악 지대 사람들이 현대 의학을 거부하는 모습과 쿠마르가 락슈미의 약초를 경시하지 않고 진지하게 바라보는 모습 또한 흥미로웠다. 요즘은 현대 의학이 무조건 신뢰의 대상이 되던 시기를 지나 현대 의학에 회의적인 시선이 존재하고, 전통 의학이나 대체요법 같은 기존의 치료법에 다시 힘이 실리기 시작했다. 역시 이만큼 와서 멀찍이 바라보는 그 시대는, 그 시대의 한복판에서 생각하는 것과는 또 다르다.

전환기에는 여러 가지 관점이 혼재하지만, 중요한 것은 역시 균형일까? 새로운 것을 받아들일 것인가, 기존의 것을 지킬 것인가. 변화하는 시대를 거부해서도 안 되고, 무조건 따라서도 안 되고, 균형을 잡는 것? 한 가지만을 추구하는 외고집보다 다양한 방법에 열려 있는 유연성이 결국 변화에 직면하는 우리에게 필요할 것이다. "나는 새로운 인도를 생각하고 있어요. 음, 인도가 구시대의 방식을 아직 포기할 준비가 되지 않은 것 같다고 생각합니다. 그리고 그게 최선인지도 모르겠고요."

그러니 이런 전환의 시기를 돌아보며 역사가 어떻게 흘러가는지 고찰해보고 그 역사 안에서 살아가는 개개인은 어떤 삶을 개척하는지 생각해보는 것도 의미 있는 일 같다. 소설은 질문을 던지고, 그 고민과 답은 늘 각자의 몫이다. 그리고 그 결론으로 자신이 의미를 부여하는 가치에 따라 삶의 방식을 찾는 것, 정착할 집을 찾는 것이 중요하지 않을까 싶다. 그게 가정을 이루는 것이건, 자기만의 커리어를 쌓아나가는 것이건. 그런 의미에서 이 소설의 말미에 나오는 락슈미의 말은 의미심장하다. "내가 삶을 시작한 아주 작은 마을에서 1,600킬로미터 떨어진 여기 이곳에서, 나는 마침내 집을 찾았다."

2022년 가을
정연희